LA GUERRA DE LOS HURACANES

Thea Guanzon

La GUERRA DE LOS HURACANES

Traducido por Patricia Sebastián

◖ UMBRIEL

Argentina · Chile · Colombia · España
Estados Unidos · México · Perú · Uruguay

Título original: *The Hurricane Wars*
Editor original: HarperCollins*Publishers*
Traducción: Patricia Sebastián

1.ª edición febrero 2024

ISBN: 978-84-19030-77-1
E-ISBN: 978-84-19936-21-9
Depósito legal: M-33.363-2023

Fotocomposición: Ediciones Urano, S.A.U.
Impreso por: Romanyà Valls, S.A. – Verdaguer, 1 – 08786 Capellades (Barcelona)

Impreso en España – *Printed in Spain*

Este lo escribí para las ratas.

Prólogo

O yó a la chica antes de verla, un zumbido agudo y áureo que se abrió paso entre el fragor de la batalla como el primer destello del alba.

Cruzó corriendo el lago helado en dirección al sonido mientras las placas de hielo oscilaban y crujían bajo sus botas. Sintió que lo llamaba entre los demás ruidos que perforaban el aire invernal: los gritos, el golpeteo de las ballestas y el rugido de los cañones…, todos provenientes de la ciudad que ardía tras el bosque centenario situado a orillas del agua. Los huecos entre los pinos de hoja larga dejaban entrever la destrucción, conformando vetas de brasas de un dorado rojizo, y la silueta de las copas repletas de agujas se recortaba contra la corona de humo que flotaba bajo las siete lunas.

También había humo allí fuera, sobre el hielo, aunque aquel provenía del eterespacio, no de las llamas. Las sombras se extendían por la escarcha en forma de ondulantes anillos y capturaban a todos los que intentaban huir de la ciudad, a todos excepto a él y a sus legionarios. Hizo un gesto con la mano, enfundada en un guantelete, y cada una de las oscuras barreras que tenía delante se separó ante él hasta que, por fin…

La vio.

El viento montano le agitaba los mechones de cabello castaño desaliñado que se le habían soltado de la trenza y enmarcaban un rostro ovalado de piel aceitunada y llena de pecas. El bamboleo del hielo restaba precisión a los movimientos de la chica, pero la luz brotaba de sus manos y contrastaba con la turbulenta oscuridad; el cuerpo de uno de sus hombres se sacudía a sus pies.

Se lanzó hacia delante y bloqueó con su arma el que habría sido el golpe de gracia a su legionario. Ella trastabilló hacia atrás y lo miró a los ojos, mientras la magia que fluía en su interior se reflejaba en sus iris marrones en forma de esquirlas doradas, haciéndolos arder, y puede que así empezasen también las guerras. En el espacio entre un latido y otro. En los dominios de la noche.

Se abalanzó sobre ella.

Parte I

CAPÍTULO UNO

En tiempos de guerra, las bodas proliferaban en una región en la que cada jornada amenazaba, de forma bastante categórica, con convertirse en la última, pese a que podían llover piedras del cielo durante siete noches seguidas sin que alcanzasen a ningún maestro de ceremonias disponible. La mayoría de los clérigos se hallaban en el frente de batalla, entonando canciones sobre el valor de Mahagir Corazón de Sable para las tropas sardovianas y guiando a las almas de los soldados moribundos hacia el crepúsculo eterno de los bosques de sauces de Adapa la Recolectora.

No me extraña que hayan dejado atrás a este anciano, reflexionó Talasyn, que contemplaba desde un rincón de la casa comunal con techo de paja cómo el encorvado clérigo, ataviado con unas vestiduras de color amarillo claro, se esforzaba por alzar un enorme cáliz de peltre por encima de las crepitantes llamas que se le reflejaban en la reluciente calva. Con un tono de voz quebradizo y tembloroso, pronunció, sin orden ni concierto, las últimas palabras del rito matrimonial mientras la novia lo fulminaba con la mirada.

Khaede poseía una mirada capaz de atravesar el vidriometal. Fue un milagro que el frágil hombrecillo no acabase hecho papilla en el acto. Por fin, consiguió acercar el cáliz templado por el humo a los labios del novio, y luego a los de Khaede, para que la pareja bebiese el vino dorado de lichi consagrado a Thonba, la diosa de la casa y del hogar.

Desde su posición apartada, Talasyn aplaudió junto con los demás soldados cuando el clérigo proclamó con voz trémula la unión de por vida de Khaede y de Sol. Este último esbozó una tímida sonrisa; una que Khaede se apresuró a besar, olvidando así cualquier resquicio de ira que hubiera podido albergar hacia el torpe oficiante. Los estridentes vítores de sus camaradas resonaron en los gruesos muros de piedra caliza.

—¿Crees que serás la próxima, timonel?

La afable pulla le llegó desde algún punto por encima del hombro y Talasyn puso los ojos en blanco.

—Imbécil. —Como era la amiga más íntima de Khaede, llevaban toda la noche tomándole el pelo, lo que la había hecho desplegar una actitud bastante defensiva—. ¿A santo de qué iba a estar el matrimonio entre mis prioridades...? —El cerebro le puso freno a la lengua en cuanto se dio la vuelta y vio quién era el bromista. Se cuadró de inmediato—. Con el debido respeto, señor.

—Descansa —respondió Darius, con una sonrisa divertida asomando bajo su poblada barba. Cuando Talasyn se unió al ejército cinco años atrás, las canas habían salpicado el cabello del contramaestre; ahora lo poblaban casi por completo. El hombre bajó la voz para que los de alrededor no lo oyeran—. La amirante quiere hablar contigo.

Talasyn desvió la mirada hacia el lugar entre la multitud donde había visto a Ideth Vela hacía un rato. La mujer, que ostentaba el mando de las fuerzas armadas de Sardovia en su totalidad, se dirigía ahora a una habitación lateral, acompañada de un corpulento oficial que lucía un bigote negro en forma de herradura.

—¿El general Bieshimma ha vuelto ya de Nenavar?

—Acaba de llegar —respondió Darius—. Según tengo entendido, la misión se fue a pique y tuvo que batirse en retirada. La amirante y él tienen que comentar un asunto crucial contigo; venga, ve.

Talasyn se abrió paso entre el gentío. No dudó en utilizar los codos mientras mantenía la vista clavada en la puerta del fondo por la que habían desaparecido Bieshimma y la amirante. Se moría de curiosidad, y no solo porque la hubieran hecho llamar.

La agonizante coalición de naciones-estado conocida como Confederación Sardoviana había enviado al general Bieshimma a las misteriosas islas del Dominio de Nenavar, al sudeste del Continente, con la intención de formar una alianza. Puede que, incluso, de reavivarla, si había que dar crédito a las viejas historias. La misión del general, un exconsejero político que había intercambiado la insignia del cargo por la espada y el escudo, había sido la de desplegar toda su destreza diplomática para convencer a la reina nenavarena de que prestase su ayuda a Sardovia para derrotar al Imperio de la Noche. Las cosas no habían salido según lo previsto, teniendo en cuenta la celeridad de su regreso, pero aun así... Bieshimma había estado en *Nenavar*.

Cada vez que Talasyn pensaba en el Dominio de Nenavar, una mezcla de intriga y desasosiego se apoderaba de ella y le producía mariposas en el estómago. Jamás había estado allí, ni siquiera se había alejado de las menguantes fronteras de Sardovia, pero la más mínima alusión al apartado archipiélago al otro lado del Mar Eterno le provocaba siempre una extraña sensación de vacío, como si hubiera olvidado algo muy importante, y se moría de ganas de averiguar qué era.

A sus veinte años, nunca le había hablado a nadie de la extraña conexión que sentía con Nenavar. Era un secreto, algo demasiado frágil para pronunciarse en voz alta. No obstante, conversar con alguien que acababa de volver de allí le pareció un buen punto de partida.

A pesar de su impaciencia, Talasyn aminoró la marcha al pasar junto a uno de los cabos que habían acompañado al general Bieshimma en su misión diplomática. El frío del exterior había teñido de rosa las mejillas del chico, y unos cuantos copos de nieve se le derretían en el cuello del uniforme al tiempo que relataba la aventura a un grupito embelesado de invitados.

Todos los demás, incluida Talasyn, llevaban también el uniforme. Pantalones de lana, botas gruesas y abrigos forrados del color de la corteza de la naranja. No había tiempo para enfundarse vestidos bonitos ni para celebrar una ceremonia elaborada. Aquella boda constituía un instante robado entre una batalla y otra.

—La cosa ha salido tan mal como la última vez que enviamos un emisario al Dominio de Nenavar —estaba diciendo el cabo—. Fue hace un par de años, ¿os acordáis? Aunque reconozco que esta vez nos permitieron tocar tierra en lugar de prohibirnos la entrada al puerto, pero solo para que pudiésemos descansar y reabastecernos. La reina, la Zahiya-lachis, se negó de nuevo a recibirnos. Bieshimma dio esquinazo a los guardias del puerto y partió rumbo a la capital a caballo, aunque parece ser que ni siquiera lo dejaron entrar en el palacio real. Los problemas de los forasteros no son asunto del Dominio... eso es lo que nos dijeron los guardias del puerto cuando intentamos explicarles la situación.

Un arquero se inclinó hacia delante con un brillo cómplice en la mirada.

—¿Y viste algún dragón?

Talasyn se detuvo en seco y se percató de que las conversaciones de alrededor se habían apagado. Varios soldados estiraron el cuello con interés.

—No —dijo el cabo—. Aunque no llegué a salir del muelle y el cielo estaba nublado.

—Ni siquiera creo que existan —repuso un soldado de infantería, resoplando por la nariz—. No son más que rumores. Ya os digo yo que los nenavarenos son muy listos; han dejado que el resto de Lir creyera que sus dragones son reales. Cuando cuentas con un supuesto ejército de gusanos gigantescos que escupen fuego, nadie se atreve a molestarte.

—Daría lo que fuera por tener un gusano gigante que escupiese fuego —dijo el arquero con cierta tristeza—. Ganaríamos la guerra solo con uno.

El grupo se puso a discutir sobre si un dragón sería capaz de derribar a una nave de tormenta o no. Talasyn dejó que siguiesen a lo suyo. Un caudal de imágenes borrosas la asaltó de improviso mientras se alejaba; todo sucedió en una fracción de segundo y apenas fue capaz de interpretarlas antes de que se desvanecieran. Una espiral de relucientes escamas que ondulaban al sol, y tal vez una corona tan afilada como el diamante, tan clara como el hielo. La conversación de los soldados había despertado algo en su interior que intentaba abrirse camino.

¿Qué puñetas...?

Parpadeó. Y las imágenes desaparecieron.

Lo más probable es que fuera cosa del humo con olor a pino que salía de los diversos braseros distribuidos por la casa comunal, y eso sin contar con el calor que irradiaban los numerosos cuerpos hacinados en aquella estrecha estructura. Sol era amable, encantador y muy querido, algo que quedó demostrado cuando casi una cuarta parte del regimiento acudió a su boda.

Desde luego, no estaban allí por la novia —la brusca, gruñona y cáustica Khaede—, pero el amor que Sol le profesaba equivalía, de todos modos, al de cien personas.

Cuando llegó a la puerta cerrada de la sala lateral, Talasyn volvió la vista hacia los recién casados. Se encontraban rodeados de invitados que, cerveza caliente en mano, les expresaban con efusividad sus buenos deseos al tiempo que la banda del regimiento tocaba una animada melodía con flautines, cornetas y tambores de piel de cabra. Sol, todo sonrisas, le daba a Khaede besos en el dorso de la mano, mientras ella intentaba poner cara de fastidio y fracasaba de forma estrepitosa. Ambos estaban todo lo radiantes que el uniforme de invierno de timonel les permitía, pues las guirnaldas de flores secas que lucían alrededor del cuello eran lo único que dejaba adivinar su condición de novios. De tanto en tanto, Khaede se llevaba la mano que tenía libre al vientre, todavía plano, y la mirada negro azulada de Sol resplandecía como el Mar Eterno en verano y resaltaba su tez morena, del color del roble.

Talasyn ignoraba cómo aquellos dos pensaban ocuparse del bebé mientras la guerra que se había extendido por todo el Continente seguía su curso, pero se alegraba por ellos. Y no creía estar *celosa* exactamente, pero ver a los recién casados despertó en su interior el mismo anhelo que llevaba sintiendo como huérfana desde hacía veinte años. El anhelo de pertenecer a algún lugar, de encontrar su sitio junto a alguien más.

Mientras Sol se reía de algo que le había dicho Khaede y enterraba el rostro en el cuello de la muchacha, rodeándole la cintura con el brazo, Talasyn se preguntó qué sentiría una al reírse así con alguien, qué sentiría si la tocaran de esa forma. Un dolor la recorrió durante el breve instante en que se permitió imaginárselo, hundiéndose en un abrazo ilusorio.

Uno de los soldados que había por allí cerca se tropezó, borracho, y salpicó el suelo de cerveza a los pies de Talasyn. El agrio aroma le asaltó las fosas nasales y ella se estremeció, embargada, durante un momento, por los recuerdos de la infancia; le vinieron a la cabeza los custodios que apestaban a cebada remojada y leche cuajada, unos hombres de palabras ásperas y mano dura.

Hacía años de aquello. Ya era cosa del pasado. El orfanato de los arrabales había quedado destruido junto con el resto de Pico de Cálao y lo más probable era que sus crueles custodios hubieran quedado aplastados bajo los escombros. No podía tratar un *asunto crucial* con sus superiores sumida en aquel estado, angustiada por un poco de cerveza derramada.

Talasyn se irguió y respiró hondo; acto seguido, llamó enérgicamente a la puerta de la sala lateral.

Como en respuesta a sus golpes, el tañido estridente y profundo de los gongs de advertencia se filtró por la fachada de piedra caliza del edificio y atravesó el regocijo del ambiente como un cuchillo.

La música y el parloteo cesaron de golpe. Talasyn y sus camaradas echaron un vistazo a su alrededor mientras las torres de vigilancia seguían haciendo sonar su apremiante cántico. Al principio se quedaron pasmados, incrédulos, pero poco a poco una oleada de movimiento se extendió por la casa comunal a medida que los invitados a la boda reaccionaban.

El Imperio de la Noche estaba atacándolos.

Talasyn se adentró a toda prisa en la oscuridad plateada de la noche; la adrenalina que le corría por las venas la ayudaba a mantener a raya el aire gélido que le azotaba el rostro.

Las luces iban apagándose por toda Prunafría y el alegre brillo dorado de las ventanas se desvanecía y quedaba sustituido por la oscuridad. Era una medida de precaución para evitar llamar la atención y protegerse de los ataques aéreos, aunque de poco iba a servir. Las siete lunas de Lir coronaban el cielo en sus diversas fases crecientes y menguantes y derramaban su intenso resplandor sobre las montañas nevadas.

Y si a las tropas kesathenses se les ocurría desplegar una nave de tormenta, la ciudad acabaría desintegrada como un diente de león en una fuerte brisa. Las casas eran de piedra y mortero y estaban cubiertas con vigas de madera y varias capas de paja; eran lo bastante robustas para resistir las inclemencias del tiempo, pero no había nada que pudiese soportar los cañones de rayos del Imperio de la Noche.

Debido a su remota ubicación, en lo alto de las Tierras Altas Sardovianas, Prunafría había sido siempre una región pacífica, envuelta en mantos perennes de pinos de hoja larga. Sin embargo, aquella noche se encontraba sumida en el caos y los abrigados lugareños huían en tromba a los refugios, llamándose unos a otros en medio de una vorágine de actividad bélica. Había llegado el momento que todos temían, el motivo por el que el regimiento de Talasyn había sido destinado a aquel lugar.

Mientras los arqueros ocupaban sus posiciones en las murallas, los soldados de infantería levantaban barricadas en las calles y los timoneles echaban a correr hacia la plataforma de despegue, Talasyn escudriñó el cielo estrellado. Lo más probable era que no hubieran desplegado ninguna nave de tormenta; de lo contrario, ya habría divisado su gigantesca silueta.

Aceleró el paso y se dirigió junto con los demás hacia la pista, mientras la nieve se transformaba en barro bajo las pisadas de decenas de botas militares. Parecieron tardar una eternidad en llegar a las afueras de la ciudad, donde unos esbeltos coracles con las velas naranjas y rojas de la Confederación estaban atracados en las plataformas de acero apanalado. La abundante luz lunar iluminaba las pequeñas aeronaves, apodadas «avispas» debido a su diminuto tamaño y sus mortíferos ataques. Sus extremos se curvaban como el de las canoas.

Mientras corría a toda prisa hacia su coracle, Talasyn se topó con Khaede, que se dirigía también al suyo.

—Pero ¡cómo se te ocurre! —gritó Talasyn por encima del estruendo de los gongs de advertencia y las órdenes que ladraban los oficiales—. Estás de dos meses...

—¡No grites! —siseó Khaede. El gesto decidido de su mandíbula de ébano resaltaba entre la nieve que caía—. Mi garbancito y yo estaremos bien. Tú preocúpate por ti. —Le dio a Talasyn una palmadita en el brazo y desapareció entre la marabunta de timoneles antes de que ella tuviera ocasión de responder.

Talasyn escudriñó la plataforma en busca de Sol y soltó una maldición en voz baja al ver que su avispa surcaba ya el aire. Dudaba que él estuviera de acuerdo con la decisión de Khaede. Salvo que se equivocara, su amiga y Sol no tardarían en tener su primera pelea de casados.

Pero ahora no podía pensar en aquello. A lo lejos, los coracles del Imperio de la Noche se elevaban sobre una cresta boscosa. A aquellos feroces navíos de proa afilada se los llamaba «lobos», pues cazaban en manada e iban armados hasta los dientes; eran tan numerosos que tapaban el horizonte, y sus velas negras y plateadas ondeaban con la fría brisa.

Talasyn se metió de un salto en su nave, se puso los guantes de cuero marrón que llevaba en los bolsillos del abrigo y tiró rápidamente de varias palancas con la soltura que brinda la familiaridad. La avispa izó las velas y los cristalinos corazones de éter se iluminaron con un resplandor esmeralda que insufló vida a la nave; los corazones crepitaron con la magia eólica de la Dimensión del Vientorrecio que los Encantadores sardovianos habían condensado e introducido dentro. El ruido de las interferencias resonaba en el transceptor, un artefacto en forma de caja provisto de diales y filamentos de metales conductores. Un resplandor blanco iluminaba el corazón de éter de dentro, equipado con la magia de la Viatempesta, una dimensión azotada por las tormentas que producía sonidos, generalmente en forma de truenos, aunque podía manipularse para transmitir las voces de un lugar a otro a través de lo que se conocía como la eteronda.

Con los dedos alrededor del timón, Talasyn despegó de la plataforma, dejando a su paso una humareda mágica de color verde, y se unió a la formación en «V» de las demás aeronaves sardovianas.

—¿Cuál es el plan? —preguntó por la boquilla del transceptor, y su pregunta resonó a través de la frecuencia de la eteronda que utilizaba su regimiento.

Sol respondió desde el frente de la formación con el tono calmado y despreocupado que solo él era capaz de adoptar durante el combate. Sus palabras emergieron de un cuerno que había en la parte superior del transceptor e invadieron la cabina del coracle de Talasyn.

—Nos superan en una proporción de diez a uno, así que lo mejor será ceñirse a las tácticas de defensa habituales. Intenta que no se acerquen a las murallas hasta que los civiles se encuentren en los refugios.

—Entendido —respondió Talasyn. No podía arriesgarse a contarle lo de Khaede, no cuando la conversación les llegaba a muchos de sus camaradas, no cuando necesitaban que estuviese totalmente concentrado en la tarea que tenían por delante. Aun así, no pudo resistirse a añadir—: Enhorabuena por la boda, por cierto.

Sol se echó a reír.

—Gracias.

Las avispas sardovianas formaron un enjambre cerrado en torno a las murallas de Prunafría y las naves kesathenses se abalanzaron sobre ellas de frente. Aunque los coracles avispa no podían compararse con las numerosas ballestas de repetición ni con los cañones de órgano de los lobos del Imperio de la Noche, lo compensaban sobradamente gracias a su tremenda agilidad; una agilidad que Talasyn aprovechó al máximo durante los vertiginosos minutos que siguieron. Surcó el aire nocturno, esquivando un cañonazo mortífero tras otro y lanzando ataques propios con las ballestas que había fijadas en la popa de su nave. Los coracles enemigos apenas disponían de capacidad de maniobra y ella tenía muy buena puntería, por lo que la mayoría de las veces conseguía atravesar las velas y astillar los cascos de madera.

No obstante, había tantísimos lobos que estos no tardaron demasiado en abrirse paso a través del perímetro defensivo, acercándose cada vez más a los tejados de paja de Prunafría, que resplandecían a la luz de las lunas.

Y a lo lejos…

A Talasyn se le cayó el alma a los pies al divisar la monstruosa silueta de un acorazado kesathense de doble mástil asomándose por encima de unas cumbres nevadas sobre un cúmulo de éter esmeralda. Dos fragatas sardovianas —totalmente aparejadas y de velas cuadradas; de menor tamaño, aunque igualmente repletas de cañones— se dirigieron a su encuentro. Se elevaron desde el valle en el que habían estado ocultándose, a la espera de que una nave de semejante envergadura hiciera acto de presencia.

Iba a ser una carnicería, aunque, al menos en aquella ocasión, el Imperio de la Noche había prescindido de las naves de tormenta. Mientras no las utilizaran, todavía existía la posibilidad de hacerles frente.

Talasyn se dirigió a la primera línea de combate y se sumió de lleno en el fragor de la batalla. Volaba y combatía como nunca antes. Vio por el rabillo del ojo cómo las naves de sus camaradas se incendiaban o se hacían añicos al chocar contra las almenas y las copas de los árboles de alrededor. Hacía apenas unos instantes, todos habían estado a salvo y relajados en la casa comunal mientras celebraban la boda de Khaede y Sol.

Aquello no había sido más que una ilusión. Ningún lugar cálido, ningún instante de júbilo se hallaba a salvo de la Guerra de los Huracanes. El Imperio de la Noche de Kesath destruía todo cuanto tocaba.

Los primeros rescoldos de calor afloraron en su interior. Brotaron desde lo más hondo de su ser y la recorrieron hasta llegar a las mismísimas puntas de los dedos, acechando bajo su piel como agujas al rojo vivo.

Contrólate, se ordenó mentalmente. *Nadie puede enterarse.*

Se lo prometiste a la amirante.

Talasyn reprimió la ardiente sensación, aplacando el abrasador incendio que se había apoderado de su alma. Se percató, demasiado tarde, de que varios lobos habían logrado acorralarla cuando estaba distraída. Los proyectiles de hierro de los cañones de órgano acribillaron su aeronave, y un instante después todo era caída libre y ella se precipitaba hacia el suelo, que aguardaba para recibirla.

CAPÍTULO DOS

Soñó que volvía a tener quince años y estaba en Pico de Cálao, toda tierra prensada, celosías de madera y piel animal. La ciudad se elevaba sobre la hierba pajiza de la Gran Estepa como una tarta de varios pisos de aspecto precario, encajada entre muros de adobe y sal. Talasyn huía de los guardias con los bolsillos de sus harapientas ropas repletos de pan ácimo y bayas secas, maldiciendo al sagaz tendero con cada uno de sus resuellos entrecortados.

Pico de Cálao era —había sido— más alta que ancha. Sus habitantes aprendían desde pequeños a desplazarse en sentido vertical, encaramándose más y más alto, y Talasyn no era la excepción. Trepó por las escaleras y las cornisas, recorrió los tejados a toda velocidad y cruzó los desvencijados puentes que conectaban los edificios mientras los guardias la perseguían tocando unos silbatos confeccionados con huesos de pájaro. Corrió sin parar, elevándose cada vez más, notando el familiar dolor que la ciudad le dejaba siempre en las extremidades y la oleada de miedo que la recorrió cuando los guardias intentaron agarrarle los pies. Sin embargo, siguió adelante, se aupó y trepó rumbo al cielo, hasta que llegó a las almenas del muro occidental. El gélido viento le hundió los dedos con fuerza en el cabello y le arañó los labios agrietados cuando se encaramó a la almena. A su espalda, oyó los estridentes silbidos de los guardias.

Tenía pensado bordear los muros de la ciudad y luego volver a descender a los arrabales, donde vivía con los demás ciudadanos de baja estofa, un lugar al que los guardias no se molestarían en acceder solo para seguirle la pista a una rata callejera que había birlado unas hogazas de pan y algo de fruta. Sin embargo, tras erguirse sobre el saliente de adobe, con la Gran Estepa extendiéndose bajo sus pies a lo largo de varios kilómetros de hierba y colas de liebre, la vio.

La nave de tormenta.

Se asomaba en el horizonte, artrópoda y elíptica, con sus cañones de rayos colgando de proa a popa como un conjunto de piernas articuladas. En los recuerdos de Talasyn medía quinientos metros. En sus sueños, tenía el tamaño de un planeta.

La nave de tormenta, que se nutría de decenas de corazones de éter imbuidos, gracias a los hábiles Encantadores del Emperador Gaheris, con magia eléctrica, eólica y de lluvia, y que desplegaba pulsantes corrientes de color blanco, esmeralda y zafiro por las láminas de vidriometal que componían su casco translúcido, se aproximó a Pico de Cálao con la inexorable y lúgubre contundencia de un maremoto, dejando negros nubarrones a su paso; el interminable océano de hierba bruñida se inclinó bajo la nave debido a las galernas del Vientorrecio que sus enormes turbinas expulsaban bajo el cielo cada vez más oscuro.

Talasyn se quedó paralizada de miedo. En sus recuerdos había echado a correr rumbo a las zonas bajas, y se había metido en el primer refugio con el que se había topado, pero en aquel sueño su cuerpo se negaba a obedecer. La nave de tormenta se acercaba cada vez más y el viento le atravesaba el corazón como virotes de acero, y de pronto...

Se despertó.

Abrió los ojos de golpe y dejó escapar un grito ahogado. Los pulmones se le llenaron de un humo espeso que la hizo toser, y un dolor abrasador le contrajo la garganta. Un resplandor rojo lo iluminaba todo, aderezado con el destello de los fragmentos de vidriometal. Manoseó con torpeza el cierre de su cintura hasta que el arnés cedió y ella cayó sobre un lecho de nieve. A su alrededor, llovieron trozos del portillo de su avispa.

Permaneció desorientada durante un instante mientras la bruma se disipaba y ella recuperaba la conciencia del todo; el velo entre los sueños y la realidad se desintegró, transformándose en esquirlas de fuego e invierno, y el corazón le latió a toda velocidad. No se encontraba en Pico de Cálao ni estaba contemplando cómo la nave de tormenta del Imperio de la Noche eclipsaba el cielo. Se hallaba en algún lugar a las afueras de Prunafría, mirando por encima del hombro a su avispa, que se había estrellado y volcado. La nave era un amasijo de láminas y las resplandecientes llamas del corazón de éter que alimentaba las lámparas con magia del Nidoardiente, y que ahora había quedado hecho añicos, devoraban las velas a rayas y avanzaban lentamente hacia el resto de la nave.

Tomó una profunda bocanada de aire tras otra hasta volver al presente. Hasta tener veinte años de nuevo, cuando hacía ya tiempo que todo rastro de la civilización de la Gran Estepa de Sardovia se había extinguido. Las fuerzas de Kesath la habían erradicado como castigo por negarse a hincar la rodilla ante el Emperador de la Noche.

Si Sardovia perdía la batalla de aquella noche, las Tierras Altas, a las que se accedía a través de Prunafría, correrían la misma suerte.

Talasyn se alejó a rastras de los restos de la nave, tosiendo para expulsar los últimos vestigios de humo. Los lobos habían derribado su avispa, que se había precipitado sobre el bosque de pinos de hoja larga que lindaba con Prunafría y había acabado estrellándose al otro lado del lago glaciar. A lo largo de una extensión plagada de témpanos de hielo y agua oscura, a través de los huecos entre los robustos troncos, vislumbraba los edificios en ruinas, las siluetas de la gente que corría, las llamas. No había rastro de los coracles, ni del acorazado kesathense ni de las fragatas sardovianas, lo que significaba que ambos bandos se habían pasado al combate en tierra: debía de haber estado inconsciente un buen rato. Por fin, la cabeza dejó de darle vueltas y las piernas volvieron a responderle, así que se incorporó y comenzó a cruzar el lago, recorriendo con dificultad los enormes y traicioneros bloques de hielo.

Por las enmarañadas barbas del Padre-Mundo, el aire de allí era tan gélido como el corazón del Emperador de la Noche. Con cada exhalación que daba, unas volutas de vapor plateado se elevaban en el aire. A través del vaho, vio cómo una multitud emergía en tromba del bosque, al otro lado del lago: no eran solo civiles, sino también soldados sardovianos. Algunos se dirigían a las cuevas, pero otros se arriesgaban a adentrarse en el hielo. La luz de las siete lunas de Lir se derramaba sobre todos ellos y acentuaba la abrupta silueta de las montañas blancas de los alrededores.

Tengo que llegar al otro lado del lago, pensó. *Tengo que volver a Prunafría. Debo seguir luchando.*

Talasyn casi había llegado a la orilla más cercana al bosque cuando una humareda de oscuridad emergió de los árboles y recubrió la nieve, engullendo las placas de hielo y sumiéndolas en un océano de negrura.

Se detuvo en seco y la ondulante oscuridad la envolvió, rebosante de éter. No se trataba de la oscuridad de la noche ni del humo de la batalla que había aflorado ya en la montaña. Era más densa, más pesada, y estaba más viva. Se *movía*, desplegando sus tentáculos sobre el lago helado.

No era la primera vez que se topaba con aquellas sombras; las había visto en muchos campos de batalla. Cuando conformaban anillos como aquel, atrapaban a todos los que se encontraban dentro. Los regimientos sardovianos habían aprendido por las malas que intentar atravesar aquellas barreras les causaba heridas graves o directamente los desmembraba. Era la táctica favorita de los guerreros Forjasombras que constituían la temible Legión del Imperio de la Noche. Si el Emperador Gaheris les había dado vía libre para que se entretuvieran, las posibilidades de que Prunafría resistiera el asedio eran ahora bastante remotas.

Así como sus posibilidades de sobrevivir a la batalla.

Permaneció completamente inmóvil, oyendo el crujido de las pisadas sobre el hielo y los gritos de la gente que era incapaz de ver por culpa de la turbia negrura que colmaba el aire.

—Eliminad a los rezagados —ordenó desde no muy lejos una voz masculina, tan gutural y untuosa como una mancha de aceite.

Talasyn reprimió un juramento. El hecho de que la Legión estuviese peinando el lago significaba que su presencia ya no era necesaria en la ciudad y que el regimiento sardoviano se había dispersado. Prunafría había caído. Ahora que el emplazamiento estratégico más valioso de las Tierras Altas se hallaba en manos del Imperio de la Noche, el resto no tardaría en sucumbir.

El horror y el pánico la atravesaron por igual, antes de ceder terreno a una rabia virulenta. Ni ella ni el pueblo de Prunafría se habían buscado aquello. Ninguna persona de Sardovia se había buscado nada de aquello. Hacía unas horas su regimiento había estado celebrando la unión de Sol y Khaede; ahora sus enemigos los aplastaban en el hielo como si fueran topillos. Exterminándolos uno a uno. No había nadie más que ella misma, la noche, el agua negra y el Forjasombras, que la acechaba como cazador a su presa. *No dejaría que la cosa acabase así.*

La rabia de Talasyn vino acompañada de una chispa, una brasa que prendió en lo más hondo de su ser. La sintió arder igual que antes, solo que con más intensidad. Punzante, luminosa, clamando justicia.

Y le dolió. Era como si toda ella estuviera envuelta en llamas. Debía dejarla salir antes de que la consumiera.

No se lo enseñes a nadie, le había advertido la amirante. *Aún no estás preparada. No dejes que lo descubran.*

O te perseguirán.

Talasyn cerró los ojos para tranquilizarse y contuvo sus emociones, tragándoselas como si fueran bilis. En cuanto lo consiguió el hielo osciló bajo sus pies y ella oyó el crujido de la escarcha bajo la pesada armadura. Notó el peso de una mirada escrutadora sobre el emblema de la Confederación Sardoviana que llevaba cosido en la parte trasera del abrigo —un fénix, el mismo que engalanaba las velas del regimiento— y el vello de la nuca se le erizó.

—¿Te has perdido, pajarito?

Era la misma voz untuosa de antes. Oyó unas pisadas cautelosas y el revelador zumbido de energía estática que produjo el Pozoumbrío al abrirse. El fuego que invadía el interior de Talasyn brotó como si una presa hubiera cedido por fin.

No podía huir a ningún sitio.

No pienso morir. Ni aquí ni ahora.

Talasyn se dio la vuelta y se enfrentó a su oponente.

El legionario debía de medir por lo menos dos metros; tenía cada centímetro del cuerpo cubierto con placas de obsidiana, llevaba guanteletes y empuñaba un enorme mandoble forjado a partir de la más absoluta oscuridad, surcado por vetas de éter plateado. El filo de la cuchilla crepitó cuando levantó el arma por encima de la cabeza.

Ocurrió lo mismo que el día en que Pico de Cálao quedó destruida. Su instinto tomó el mando. Su cuerpo luchó con uñas y dientes por sobrevivir.

La magia se desplegó como un par de alas en su interior.

Talasyn se defendió de la espada forjada en sombras con una oleada de luz. El tapiz de éter que unía las dimensiones y contenía todos los elementos apareció en su mente, y ella tiró de los hilos para que la Telaluz pudiera abrirse paso. Salió disparada de la yema de sus dedos, pura, informe y descontrolada debido al miedo que la invadía, y lo tiñó todo a su alrededor de unos resplandecientes tonos dorados.

La última vez que aquello había ocurrido —cuando las tropas kesathenses recorrieron las ruinas de Pico de Cálao después de que la nave de tormenta asolase la ciudad, en busca de supervivientes con los que dar ejemplo al resto—, el soldado que apuntó con su ballesta a Talasyn, que por aquel entonces tenía quince años, murió al instante; la Telaluz le devoró la carne y los huesos. El gigantesco legionario logró bloquear su ataque; transformó su mandoble en un escudo alargado y oscuro que chocó con el resplandor, produciendo un intenso destello. Sin embargo, Talasyn estaba desesperada y lo había tomado por sorpresa; el hombre profirió un grito cuando la luz devoró las sombras y él cayó al suelo con la armadura chamuscada.

Aunque las fuerzas sardovianas no lograron llegar a tiempo para salvar la ciudad de Pico de Cálao, sí consiguieron rescatar a los que soportaron la embestida de la nave de tormenta. El contramaestre Darius fue quien la vio eliminar al soldado kesathense y la llevó directamente hasta la amirante.

Pero aquella noche, en el hielo, nadie acudiría en su ayuda. Tendría que apañárselas sola hasta que volviera a reunirse con su regimiento en Prunafría.

Y no pensaba permitir que nadie se interpusiera en su camino.

Concéntrate, le había dicho la amirante una y otra vez durante sus sesiones de entrenamiento. Palabras con las que meditar. *El éter es el elemento primario, el que une a todos los demás y conecta cada dimensión con la siguiente. De vez en cuando, nace un etermante: alguien capaz de recorrer la senda del éter de forma determinada. Cantalluvias. Agitafuegos. Forjasombras. Llamavientos. Tronadores. Encantadores. Y tú.*

La Telaluz es el hilo y tú, la hilandera. Hará lo que le ordenes.

Así que dile lo que quieres.

El gigantesco legionario se sacudía sobre el hielo como una tortuga boca arriba y la sangre manaba allí por donde su voluminosa armadura se había resquebrajado. Talasyn lo miró con los ojos entornados, extendió el brazo hacia un lado y desplegó los dedos; tiró del velo que separaba aquel mundo de los demás y volvió a abrir la Telaluz. El arma que apareció en la palma de su mano, proveniente de uno de los planos de energía mágica que existían dentro del eterespacio, se parecía a las largas dagas de hoja ancha que les habían salvado la vida a muchos soldados de infantería sardoviana en los combates cuerpo a cuerpo, aunque estaba hecha únicamente de luz dorada y éter plateado. Sus bordes dentados brillaban en la penumbra como briznas de sol.

El terror del Forjasombras era casi palpable, pese a llevar puesta la máscara. Retrocedió, arrastrándose con los codos, al tiempo que Talasyn se aproximaba a él. Las piernas parecían no responderle y tal vez en el pasado una parte de ella hubiese titubeado ante la idea de matar a alguien que se encontraba incapacitado e indefenso. Sin embargo, el guerrero formaba parte de la Legión, y la Guerra de los Huracanes había endurecido a Talasyn, sofocando, derrota tras derrota, a la niña que había sido, hasta que no quedó nada más que la furia.

Y la luz.

Talasyn le clavó la daga en el pecho. O lo intentó. En esa fracción de segundo antes de que la punta de la hoja entrara en contacto con la cota de malla que cubría el torso del guerrero, algo…

… alguien…

… apareció de entre la oscuridad…

… y la daga de Talasyn se deslizó sobre el filo curvado de una guadaña de guerra conjurada con la magia del Pozoumbrío.

Aquella interrupción la desconcertó, por lo que la daga de luz se desvaneció y Talasyn se quedó agarrando el aire. El instinto la hizo retroceder de un salto y evitar por los pelos el siguiente golpe de su nuevo oponente.

La luz de las siete lunas, resplandecientes como monedas, tiñó de tonos abigarrados al otro legionario, que, sin ser tan descomunal como el gigantesco guerrero al que Talasyn acababa de derribar, era alto, corpulento e igualmente imponente. Sobre la túnica de cota de malla de manga larga, llevaba una coraza ceñida de cuero negro y carmesí, con hombreras puntiagudas y unos guardabrazos escamados, también carmesíes, unidos a unos guanteletes negros con las puntas de los dedos afiladas como garras. La capa de invierno que lo envolvía, del color de la medianoche, tenía una capucha de piel que enmarcaba su pálido rostro, cuya parte inferior se encontraba cubierta por una máscara de obsidiana con un relieve de dos filas de afiladísimos colmillos lobunos que reflejaban un gruñido eterno.

El efecto que provocaba era espeluznante. Y aunque Talasyn jamás se había topado con aquel Forjasombras, sabía de quién se trataba. Reconocía la quimera de plata del broche que llevaba prendido a la clavícula. Una cabeza de león, en pleno rugido, unida al sinuoso cuerpo de una morena, alzándose sobre las pezuñas de un saola: el sello imperial de Kesath.

El miedo la dejó sin respiración, tan punzante como el invierno de aquella montaña.

La gente siempre decía que Alaric de la Casa Ossinast, Maestro de la Legión Forjasombras y único hijo y heredero de Gaheris, tenía unos ojos grises de lo más penetrantes. Bajo la luz de las siete lunas, aquellos ojos reflejaban el escalofriante brillo plateado de su magia, y la contemplaban fijamente.

Le habían hablado de él. Le habían dicho que llevara cuidado. Había sabido que algún día tendría que enfrentarse a aquel hombre.

El día había llegado antes de lo esperado.

De pronto, él se abalanzó sobre ella con su fluctuante guadaña de tinta y humo, y Talasyn supo que el terror se había apoderado por completo de su rostro y sus trémulos labios. De manera instintiva, volvió a invocar la Telaluz e hizo aparecer una daga en cada una de sus temblorosas manos. La guadaña chocó contra la daga de la derecha y un estremecimiento le recorrió el brazo al tiempo que lo levantaba por encima de la cabeza. Usó toda su fuerza para apartarlo, pero él no tardó en recuperarse y lanzarse de nuevo sobre ella.

La batalla había dado comienzo.

Talasyn entrenaba a menudo con la maestra de armas de los regimientos sardovianos, pero ninguno de los embates de una espada de metal podía hacer sombra a la vibrante magia del Pozoumbrío. Además, practicar con una mentora era un paseo por el campo en comparación con un enfrentamiento en el que su oponente estaba intentando matarla a toda costa, sobre todo cuando el oponente en cuestión casi la doblaba en tamaño y, según se decía, había sido instruido en los caminos del Pozoumbrío desde el momento en que había aprendido a caminar.

Lo único que Talasyn podía hacer era bloquear y esquivar los golpes mientras Alaric la conducía por los bloques de hielo, dejando atrás a su subordinado herido. Cada barrera oscura se disipaba a medida que se acercaban a ellas, como si Alaric estuviera haciéndolas desaparecer... aunque ¿con qué fin? Tal vez sintiera un placer sádico al alargar el combate, al jugar con ella como haría un gato con un ratón. Lo ignoraba y tampoco pensaba preguntárselo.

El príncipe heredero de Kesath era implacable: avanzaba como una tormenta, de forma enérgica, por todas partes. Las sombras y la luz chocaron en una vorágine de chispas de éter, una, dos, un millón de veces. Las zonas más endebles del hielo se resquebrajaron bajo las botas de nieve de Talasyn y el agua del lago, que estaba dolorosamente fría, le salpicó los pantalones de lana. El arma de su oponente era gigantesca en comparación con las suyas, y en más de una ocasión Talasyn intentó servirse de su desesperación para crear un escudo, intentó poner en práctica lo que llevaba sin lograr desde que había empezado a practicar la etermancia, pero siguió *sin poder* crearlo. En más de una ocasión, se quedó desprotegida por no ser capaz de conjurar un escudo y la guadaña atravesó la endeble arma que Talasyn improvisaba en el último momento. Pese a todo su esfuerzo, acabó con los brazos llenos de cortes, provocados por las sombras que conformaban el arma.

Llegó un momento en el que Talasyn se quedó en el borde del bloque de hielo; Alaric blandió la guadaña desde un costado, pero ella no tenía tiempo de girarse ni de bloquearlo, y tampoco sabía crear un escudo...

Unió las manos. Las dos dagas se convirtieron en un látigo fulgurante y Talasyn movió el mango en dirección a su oponente. La cadena dorada se enroscó alrededor de la hoja de la guadaña y ella tiró de él con todas sus fuerzas.

Él desplazó el peso del cuerpo e hincó las botas en el hielo, desbaratando el intento de Talasyn por hacerlo perder el equilibrio. Permanecieron a escasos centímetros del otro, ambos a un resbalón de caerse al lago, con las armas enredadas a los lados. La capucha de Alaric se había deslizado hacia atrás en algún momento, dejando al descubierto una aureola alborotada de pelo negro y ondulado. La mirada que Talasyn veía por encima de la feroz máscara era incisiva e inquietantemente intensa. Era tan alto que tuvo que alzar la barbilla para mirarlo a los ojos.

El combate la había dejado sin aliento y él parecía algo cansado también, a juzgar por el modo irregular en que su pecho subía y bajaba. Sin embargo, al dirigirse a ella, lo hizo con un tono suave y bajo, tan profundo que dio la impresión de que el ambiente se oscurecía a su alrededor.

—No sabía que Sardovia tuviera una nueva Tejeluces.

Talasyn apretó la mandíbula.

Hacía diecinueve años, durante el llamado Cataclismo, dos estados vecinos de la Confederación Sardoviana habían entrado en guerra: Soltenaz, hogar de todos los Tejeluces del Continente, y el reino de Kesath, gobernado por las sombras. Después de que los Tejeluces asesinaran a Ozalus Ossinast, su hijo Gaheris ascendió al trono y otorgó la victoria a Kesath, que se anexionó por la fuerza con Soltenaz. Al mismo tiempo, Kesath se separó de la Confederación Sardoviana y adoptó el nombre de Imperio de la Noche. Gaheris asumió el título de Emperador de la Noche y él y su Legión Forjasombras exterminaron a todos los Tejeluces y destruyeron sus templos, eliminaron todo rastro de ellos en el Continente. Salvo…

—Al tirano de tu padre se le escapó una —le espetó Talasyn a Alaric, y acto seguido se puso de puntillas y…

… le dio un cabezazo.

Un intenso estallido de dolor le atravesó los ojos. En plena oleada agónica, vio que el príncipe de Kesath retrocedía y que la oscura guadaña desaparecía de sus dedos enguantados; el joven se llevó la mano a la frente para palparse lo que ella esperaba que fuera una fractura en el cráneo.

Pero no se quedó para averiguarlo. Transformó el látigo de nuevo en una daga, se la clavó limpiamente en el hombro y él profirió un gruñido. Talasyn se dio la vuelta y, mientras la fulgurante arma desaparecía, echó a correr, ignorando el terrible dolor de cabeza que la aquejaba. Recorrió, bajo la luz de las lunas, las placas de hielo en dirección a los árboles.

No volvió la mirada ni una sola vez, temerosa de lo que pudiera encontrarse.

CAPÍTULO TRES

El lúgubre lamento de un cuerno reverberó por la montaña justo cuando Talasyn se zambullía en un bosquecillo de pinos de hoja larga y zarzas. Era la señal de retirada, de manera que cambió el rumbo y en vez de dirigirse a la ciudad propiamente dicha, se encaminó hacia los atracaderos. Atravesó la linde del bosque con el rostro magullado y ensangrentado y los brazos cubiertos de cortes, con el abrigo empapado en sudor y los oídos pitándole a causa de la adrenalina y las heridas.

Los ardientes restos de Prunafría tiñeron de rojo sangre el cielo nocturno. Las enormes carracas de madera de la Confederación Sardoviana desplegaban sus velas, que ondularon en la brisa impregnada de humo, y Talasyn vio que sus sentinas se elevaban ya varios metros por encima del suelo y que la tripulación dejaba caer por los costados de las cubiertas largas escalerillas. Los soldados y los lugareños subían en tropel como una marabunta de hormigas. La joven aceleró el paso en dirección a la carraca de mayor tamaño, la *Brisa Veraniega*, y se encaramó a la primera escalerilla con la que se topó, invadida por una mezcla de alivio y miedo.

Sus camaradas no la habían dejado atrás todavía, pero era evidente que se estaban marchando, cediendo más terreno al Imperio de la Noche. Un terreno que no podían permitirse perder.

Talasyn aterrizó a cuatro patas sobre la cubierta, donde reinaba el caos: la gente corría de un lado a otro y los sanadores atendían heridas espantosas. Talasyn solo distinguía a los soldados de los civiles por los trozos de uniforme que asomaban de entre el hollín, la mugre y la sangre.

Las escalerillas se replegaron en cuanto la carraca zarpó. Esta se elevó por encima de las tierras nevadas sobre cúmulos de magia de viento de color verde esmeralda. Talasyn contempló Prunafría, los tejados en llamas y los muros hechos pedazos, que menguaban a medida que se alejaban. Se dio la vuelta, incapaz de seguir observando las ruinas del lugar en el que habían hallado breves instantes de paz y felicidad, pero se detuvo en seco al posar la mirada sobre la pareja que se encontraba a varios metros de distancia. Lo poco que quedaba en pie de su universo se vino abajo.

Acurrucada contra el mamparo, Khaede sostenía en brazos el cuerpo inerte de Sol, que tenía la cabeza apoyada en su regazo. Los uniformes de ambos estaban manchados de sangre, que manaba de un enorme agujero que él tenía en el pecho. Una flecha empapada de escarlata yacía sobre los tablones de madera.

Talasyn supo, incluso antes de acercarse a ellos con paso vacilante, que Sol estaba muerto. Tenía la mirada negra azulada clavada en el cielo y no pestañeaba. Las lágrimas surcaban el rostro de Khaede, que acariciaba el cabello oscuro del joven, y el anillo de boda que él le había deslizado en el dedo hacía apenas unas horas resplandeció con la maraña de luz proveniente de las lunas y las lámparas.

—Casi lo había conseguido —susurró Khaede cuando se dio cuenta de que Talasyn se había sentado a su lado—. Nuestras avispas se estrellaron y tuvimos que abrirnos paso hasta los atracaderos. Trepamos por las escalerillas y él me hizo pasar primero, pero cuando me volví para ayudarlo a subir a cubierta, tenía esa… —Señaló la flecha con la cabeza— esa *cosa* clavada en el pecho. Todo pasó muy rápido. Yo ni siquiera lo vi. Me…

Khaede tomó una profunda y temblorosa bocanada de aire. Permaneció en completo silencio, sin sorber siquiera por la nariz, aunque las lágrimas continuaron corriéndole por las mejillas.

Apoyó la mano sobre el corazón de Sol, junto al lugar donde lo había alcanzado la flecha del arquero kesathense, y la sangre le tiñó aún más los dedos.

Talasyn no tenía ni idea de qué hacer. Sabía que Khaede era de esas personas que aborrecían que se compadeciesen de ellas, aunque esa no fuera la intención de los demás, que rechazaba de muy malas formas cualquier gesto de consuelo. Talasyn ni siquiera era capaz de llorar por Sol, pues su infancia en la Gran Estepa había sofocado esa parte de ella, mucho antes de que la Guerra de los Huracanes se desatase. En cierto modo, lo había considerado una ventaja —si tuviera que llorar a todos los que perecían en combate, siempre estaría hecha un mar de lágrimas—, pero ahora, al contemplar el cuerpo sin vida de Sol, al recordar sus amables sonrisas y su naturaleza bromista, al recordar lo feliz que había hecho a su amiga, su entumecimiento la asqueó. ¿Acaso Sol no merecía las lágrimas que su extenuación le impedía derramar?

Desvió la mirada hacia el vientre de Khaede y la bilis le subió por la garganta.

—Tienes que contarle a Vela que estás embarazada para que te dé la baja.

—Lucharé mientras pueda —la interrumpió Khaede con un gruñido bajo—. Y ni se te ocurra contárselo. Soy la mejor timonel de la Confederación, me necesitáis. —Se tocó el estómago con la mano que no tenía apoyada en el pecho inerte de Sol—. El bebé estará bien. —El labio inferior le tembló un poco antes de componer un gesto de determinación—. Es fuerte como su padre.

Al ver la mezcla de tristeza y rebeldía en el rostro de su amiga, Talasyn decidió dejar el tema. No era el momento. En su lugar, recorrió con la mirada las atestadas cubiertas para intentar localizar al clérigo que había oficiado la boda, pero lo único que halló fueron las vestiduras amarillas que se asomaban desde el sudario improvisado de una figura inerte y tendida boca arriba.

Tendría que hacerlo ella, pues. Igual que había hecho en los campos de batalla de todo el Continente cuando los caídos se habían encontrado demasiado lejos de los santuarios y los hogares de curación.

Talasyn se inclinó sobre Sol y le cerró con suavidad los ojos ciegos; notó bajo las yemas de los dedos que su piel había quedado desprovista de calor vital.

—Que tu alma halle cobijo en los sauces hasta que el mundo se hunda en el Mar Eterno y volvamos a encontrarnos —murmuró.

A su lado, Khaede tomó otra profunda bocanada de aire, una que sonó casi como un sollozo. La carraca siguió sobrevolando las montañas y los valles, con los remos del invierno y de la luz de las estrellas.

—¿Por qué Kesath no ha desplegado una nave de tormenta?

La pregunta de Talasyn interrumpió el tenso silencio que se había apoderado del despacho de la amirante tras su declaración. Había ayudado a amortajar el cuerpo de Sol y conducido a Khaede a una de las literas libres hacía media hora. Ahora estaba sentada frente a Vela; había sustituido el abrigo húmedo y chamuscado por una manta que se había echado sobre las prendas de algodón que la envolvían.

—Teniendo en cuenta el terreno y las condiciones existentes, la suma de otros fenómenos meteorológicos habría sido desastrosa para todas las partes. Las avalanchas suelen minar bastante la moral —respondió Vela con un tono de serena autoridad desde detrás de su mesa—. Por no mencionar que, debido al reducido tamaño de Prunafría en comparación con las ciudades de las llanuras o las costas, el número de bajas civiles y aliadas habría resultado demasiado alto.

—Esos son los motivos por los que *nosotros* no las hemos desplegado —señaló Talasyn.

—Así es. —El amago de una sonrisa sardónica se dibujó en los rasgos broncíneos y curtidos de la amirante. Un legionario le había sacado el ojo el año anterior y en su lugar se hallaba un elaborado parche de cobre y acero que no hacía más que acentuar su imponente figura—. En el caso de Kesath, creo que pensaban que no les hacía falta ninguna nave de tormenta para ganar. *También* creo que se conformaron con ahuyentarnos en lugar de darnos caza porque lograron su objetivo.

—Y tanto —repuso escuetamente el contramaestre Darius. Estaba de brazos cruzados y apoyado contra la pared; aquel hombre era ahora una caricatura demacrada del afable oficial con el que Talasyn había hablado en la casa comunal—. Ahora que se ha apoderado de Prunafría, Gaheris está muy bien situado para conquistar el resto de las Tierras Altas. No tardará demasiado en someter al rey de la Montaña. —Vela guardó silencio y Darius suspiró, dirigiéndole una mirada taciturna—. Ideth, el territorio de la Confederación Sardoviana se reduce con cada año que pasa. Dentro de poco nos quedaremos sin lugares a los que huir.

—¿Y qué quieres que hagamos? —replicó Vela—. No podemos rendirnos. Ambos éramos conscientes de ello cuando abandonamos Kesath. Gaheris lo dejó muy claro: cualquiera que se interponga en su camino, que intente desbaratar el futuro de su imperio, sufrirá un destino terrible.

En esa ocasión fue Darius el que guardó silencio, aunque se quedó contemplando a la amirante mientras ella le devolvía la mirada. No era la primera vez que Talasyn tenía la impresión de estar presenciando una conversación que no podía oír. A Vela y a Darius no les hacía falta emplear las palabras para comunicarse: se habían conocido cuando Vela se incorporó a la flota kesathense, y hacía diez años habían desertado junto con otros oficiales y varios soldados leales; se llevaron ocho naves de tormenta, y cruzaron con ellas la frontera con Sardovia.

Vela y Darius estaban decididos a impedir que el cruel reinado del Emperador de la Noche se extendiera por todo el Continente, pero la Guerra de los Huracanes se había prolongado, las naves de tormenta de Sardovia habían quedado reducidas a cinco y Talasyn había empezado a vislumbrar los primeros signos de abatimiento en sus superiores.

Darius se pasó una mano por el rostro con ademán cansado.

—Ojalá Bieshimma hubiera tenido éxito —murmuró—. Ojalá el Dominio de Nenavar hubiera accedido a ayudarnos.

—Sabíamos que las posibilidades eran escasas —dijo Vela—. Ya le habían prohibido la entrada al emisario que enviamos la vez anterior. Está claro que los nenavarenos siguen molestos por lo que ocurrió la *última* vez que prestaron su ayuda a un estado sardoviano.

Talasyn sintió cómo el pulso se le aceleraba, igual que ocurría siempre que alguien mencionaba cualquier cosa que estuviera relacionada con el Dominio.

—Entonces, ¿es verdad? —soltó—. ¿Nenavar envió aeronaves para ayudar a los Tejeluces de Soltenaz durante el Cataclismo?

Talasyn había oído las historias que se contaban entre susurros en las tabernas y los mercados, y que se repetían sin cesar en los barracones.

—Sí —confirmó Vela—. Yo era intendente de la flota de Kesath en aquel momento. Vi a la flotilla nenavarena a lo lejos, pero no llegaron a aproximarse a nuestras costas. El emperador Gaheris envió el prototipo de la nave de tormenta a su encuentro.

—Era el proyecto estrella de su padre —añadió Darius curvando el labio con desagrado—. Ozalus había perecido en combate no hacía mucho. Gaheris acababa de ser coronado y hervía de rabia. Ordenó el despliegue de la primera nave de tormenta. Aún no la habían puesto a prueba, pero cumplió su cometido a las mil maravillas. La flotilla nenavarena no pudo hacer nada.

Talasyn se lo imaginó: las ráfagas de viento, las corrientes de lluvia torrencial y las oleadas de rayos destructivos desplegándose sobre el oscuro Mar Eterno y aplastando las aeronaves del Dominio como si de cerillas se tratase. Después de que Kesath se anexionara con Soltenaz y se convirtiera en el Imperio de la Noche, Gaheris siguió construyendo aquellas temibles armas. Unas enormes naves blindadas que eran casi imposibles de derribar y que causaban un nivel de devastación indescriptible.

Hacían falta centenares de corazones de éter para que cada una de las naves de tormenta funcionase a pleno rendimiento, pero las minas de Kesath estaban casi agotadas, de manera que Gaheris había recurrido a sus vecinos. Los estados restantes de la Confederación Sardoviana se negaron a proporcionarle recursos y Gaheris decidió hacerse por la fuerza con el suministro de corazones de éter de Sardovia; comenzó a conquistar una ciudad de la Confederación tras otra y su Imperio de la Noche se extendió con cada victoria. Vela, Darius y sus hombres se rebelaron y les facilitaron la tecnología de las naves de tormenta a las fuerzas sardovianas, y ahora, una década más tarde, allí estaban todos. Librando una guerra sin fin.

—Hablando de Gaheris —dijo Vela, y volvió hacia Talasyn el ojo que le quedaba— y de padres e hijos...

—Eso mismo. —Darius adoptó una actitud aún más solemne—. Alaric Ossinast ha descubierto ya que eres una Tejeluces.

Talasyn asintió.

—Ya se lo habrá contado a Gaheris —dijo Vela—. Harán lo que sea necesario para neutralizarte. No es solo que tu magia sea capaz de contrarrestar a la suya, sino que para ellos se trata de una cuestión *personal*. Gaheris vio cómo los Tejeluces de Soltenaz mataban a su padre y le ha inculcado a su hijo el mismo deseo de venganza. Tienes una diana en la espalda.

—Lo siento —murmuró Talasyn con las mejillas rojas por la vergüenza. A Sardovia le habían hecho falta timoneles y ella había demostrado gran aptitud para gobernar los coracles avispa, aunque se le había advertido una y otra vez que debía ocultar su capacidad para canalizar la magia del eterespacio, para atravesar las fronteras entre dimensiones y manipular a su antojo una en particular.

—Hiciste lo que debías para sobrevivir —le concedió Darius—. Pero eso significa que vas a tener que empezar a entrenar en serio.

—No bastará con entrenar —repuso Vela de forma sombría—. No por mucho tiempo. Por suerte, tal vez hayamos encontrado una solución.

Antes de que Talasyn tuviera ocasión de preguntarle qué quería decir, la amirante se dirigió a Darius.

—Ve a ver si Bieshimma ha llegado y está esperando en la puerta.

Sí había llegado. No fue hasta que Darius se hizo a un lado para que Bieshimma pasara al despacho que Talasyn recordó que en la casa comunal de Prunafría habían querido reunirse con ella. Aunque pensar en la boda le desgarraba el corazón, una pizca de la curiosidad que había sentido en aquel momento se las arregló para aflorar en su interior, junto con una buena dosis de cautela.

El oficial del bigote negro con forma de herradura le devolvió a Talasyn el saludo con un escuetísimo y evasivo gruñido. La chica no se lo tomó como algo personal: Bieshimma daba la impresión de estar sumido en sus pensamientos cuando desplegó lo que parecía ser un mapa sobre el escritorio de Vela.

La amirante le hizo una seña a Talasyn para que se acercase, y ella obedeció y se situó junto a Darius. Se fijó en que era un mapa viejo y descolorido de la costa sureste de Sardovia y del Dominio de Nenavar, ambos separados por el Mar Eterno. En acusado contraste con lo detallada que era la parte sardoviana del mapa, Nenavar había sido representado como un conjunto de islas toscamente esbozadas y en su mayoría sin rotular, como si el cartógrafo no hubiese tenido tiempo de estudiar el terreno.

Lo cual para Talasyn tenía todo el sentido del mundo. El mapa debía de haberse trazado a bordo de una aeronave, y solo una tripulación de lo más insensata se adentraría en un territorio que, según los rumores, se hallaba custodiado por dragones que escupían fuego cuando la aeronave en cuestión estaba hecha casi toda de madera.

Sin embargo, el herrumbroso papel tenía marcas de tinta fresca. Nombres de lugares, puntos de referencia y notas. Lo que más llamaba la atención era la «X» negra sobre una cordillera que se encontraba entre Puerto Samout, el lugar donde había atracado la aeronave de Bieshimma, y la capital del Dominio, Eskaya, donde el general se había adentrado solo, según había afirmado aquel cabo.

—Tal y como te estaba diciendo antes de que esos desgraciados de Kesath nos interrumpieran en Prunafría —la voz de Bieshimma retumbó en la estancia—, creo que es factible. —Metió una pluma en un tintero que había por allí cerca y trazó una ruta con una serie de rayas—. Una avispa llamará menos la atención que una carraca, desde luego, así que no tendrá que dar un rodeo como nosotros. Si la chica abandona el centro de Sardovia a través del Azote de los Navíos y cruza el bosque hasta la costa, será capaz de salir sin problema. Mientras no se acerque a los puestos de avanzada de los Cayos Salados, el Imperio de la Noche no se dará cuenta.

Talasyn enarcó una ceja.

—¿Por qué tengo la sensación..., *señor* —añadió con rapidez cuando Bieshimma le lanzó una mirada penetrante—, de que *la chica* esa que habéis mencionado soy yo?

—Porque así es. —El tono de Vela era tan severo que Talasyn se abstuvo de decir nada más. La amirante era terrible cuando se lo proponía; si había logrado ocupar una posición de liderazgo en el ejército de Sardovia a pesar de haber formado parte en el pasado de las tropas kesathenses era porque no se trataba de una de esas personas que toleraba las tonterías.

—A estas alturas, esas puñeteras cotorras que me encasquetaron como escoltas habrán corrido la voz de que logré escabullirme hasta la capital del Dominio —le dijo Bieshimma a Talasyn.

Acorralada, la chica no pudo sino encogerse de hombros, gesto que confirmó las sospechas del hombre.

—Pensé que tal vez la Zahiya-lachis de Nenavar se dignaría a concederme audiencia si me presentaba en palacio. —La expresión de Bieshimma se agrió—. Por desgracia, los guardas estuvieron a un tris de atravesarme con las lanzas. Y también a mi caballo. Hui a lomos del pobre animal sin lograr echarle un vistazo siquiera a la reina Urduja. Aunque *sí* que vi algo. —Señaló la «X» del mapa—. Mientras volvía a Puerto Samout capté en el cielo un destello tan intenso como si el sol se hubiese venido abajo. Una columna de luz brotó de la cima de una montaña e iluminó el firmamento a lo largo de varios kilómetros a la redonda. No tuve ocasión de investigar más a fondo el asunto, pues tenía que volver a la aeronave cuanto antes. Tras el espectáculo que monté en palacio, temía que Urduja pidiera mi cabeza y la de toda mi tripulación. Pero sé lo que vi.

El general se enderezó y miró fijamente a Talasyn, que lo contempló con expresión interrogante.

—Era una Grieta de Luz —afirmó—. Como las que llevan sin existir en el Continente desde que Gaheris invadió Soltenaz y destruyó todo rastro de la Telaluz.

Talasyn abrió los ojos de par en par. Una Grieta de Luz. Un desgarro provocado por el éter en el mundo material, donde la Telaluz existía sin necesidad de ser invocada. Un punto de unión al que ella podría vincularse para amplificar y pulir su magia del mismo modo que la Legión del Imperio de la Noche utilizaba las numerosas Grietas de Sombra que salpicaban Kesath para adquirir una fuerza y una destreza mayores. Una oleada de esperanza la atravesó.

Pero entonces recordó *dónde* se encontraba ubicada exactamente la Grieta de Luz y su emoción se transformó en algo parecido al pavor.

Miró a Vela.

—Queréis que vaya a Nenavar. Yo sola.

—Lamento pedírtelo —repuso la amirante—, pero el general Bieshimma tiene razón al suponer que una avispa llamará menos la atención. Tal y como han ido las cosas con el Dominio, dudo que te permitan atravesar su territorio por muchos emisarios que enviemos… y tampoco tenemos tiempo para mandar a nadie más. El Imperio de la Noche se cierne sobre nosotros.

Talasyn tragó saliva.

—Así que debo infiltrarme.

—Te cuelas, entras en comunión con la Grieta de Luz y sales —dijo Vela—. Y no dejes que te descubran.

—Es más fácil decirlo que hacerlo —refunfuñó Talasyn antes de acordarse de que debía abstenerse de hacer comentarios sarcásticos.

Vela frunció el ceño.

—Hablo en serio, timonel. Tras el numerito de cierta persona, no podemos arriesgarnos a hacer enfadar aún más a los nenavarenos. —Se volvió hacia Bieshimma, pero el general apenas reaccionó.

—Esa me la merecía —dijo él.

Vela tensó los labios, pero cuando volvió a tomar la palabra, se dirigió a Talasyn.

—Créeme, si pensara que pedirle ayuda al Dominio fuera a servir de algo…

—No, tenéis razón, amirante —interrumpió Talasyn, meneando la cabeza—. No nos queda tiempo.

Tras un conflicto que se había prolongado a lo largo de una década, la extensión territorial de Sardovia había quedado reducida a la mitad. A menos de la mitad, ahora que prácticamente habían perdido las Tierras Altas. No había alternativa. Aquella era su última esperanza.

—No pretenderás que la chica zarpe hacia territorio nenavareno sin ninguna preparación. —Era lo primero que Darius decía desde que Bieshimma se les había unido—. Si la descubren, si no logra escapar de los guardias…

—Bien pensado. —Vela reflexionó durante unos instantes con la vista clavada en el mapa, en los kilómetros que debían recorrerse para llegar a la Grieta de Luz—. Pues dentro de quince días. Talasyn, a partir de mañana, llevarás a cabo un entrenamiento más intensivo conmigo y con la maestra de armas Kasdar. Partirás hacia Nenavar siendo perfectamente capaz de defenderte.

—Eso me proporcionará el tiempo suficiente para trazar la ruta por tierra hacia la Grieta de Luz con tanto detalle como me sea posible —dijo Bieshimma—. La cotejaré también con los documentos históricos y los informes de espionaje de los que disponemos. Haré todo lo que pueda.

Enrolló el mapa, se lo metió debajo del brazo y le dirigió un saludo a Vela antes de abandonar el despacho. Talasyn, que había vuelto a quedarse a solas con Vela y Darius, advirtió que la amirante parecía preocupada, una emoción insólita en una mujer tan estoica e imperturbable.

—Dos semanas no son suficientes, ni mucho menos, pero no podemos prescindir de ningún día más —murmuró Vela—. Alaric no olvidará el hecho de que lo derrotaste, Talasyn. Era un chico altivo y tenaz y, al crecer, se convirtió en alguien orgulloso e implacable. No quiero ni imaginarme su reacción cuando volváis a encontraros.

—A lo mejor lo maté —repuso Talasyn con una pizca de optimismo—. Cuando lo apuñalé en el hombro y eso.

Darius dejó escapar una risa carente de alegría.

—Se acabarían muchos de nuestros problemas, ¿verdad?

—Para matar a Alaric hace falta algo más que clavarle una daga de luz en el hombro —dijo Vela—. Es el Forjasombras más poderoso que se ha visto en siglos. Si se convirtió en Maestro de la Legión con apenas dieciocho años, es por algo. La próxima vez que te enfrentes a él, Talasyn, tendrás que estar preparada.

Con el corazón en un puño, Talasyn pensó en el oscuro príncipe con el que se había topado en el hielo. En la danza letal a la que se había visto arrastrada. Pensó en el brillo plateado que habían

adquirido sus ojos a la luz de las siete lunas y en su forma de mirarla, como si fuera su presa.

Se estremeció.

CAPÍTULO CUATRO

Las dos semanas se le hicieron eternas. Tras su infructuoso intento de convencer a Khaede para que informase a la amirante de su embarazo y permaneciese de baja hasta que naciera el bebé, resultó irónico que fuese Talasyn la que acabara apartada del servicio militar activo para centrarse en el entrenamiento. Khaede se pitorreó de ella y Talasyn no pudo reprochárselo: su amiga tenía muy pocos motivos para sonreír aquellos días. Talasyn tuvo que admitir que, en cierto modo, era casi mejor que Khaede se mantuviera ocupada con batallas aéreas.

La nueva base del regimiento se encontraba en el Sendagreste, un cañón profundo y fértil ubicado en la región central de Sardovia. Allí, el invierno no era tan crudo como en las montañas y el terreno seguía teñido de un magnífico tono otoñal. No tenía nada que ver con el ruinoso orfanato de Pico de Cálao. Aquel recinto compuesto de tapiales y goteras, situado en los arrabales de una ciudad de apagados tonos marrones donde no crecían los árboles, con sus camastros de paja mohosa, letrinas desbordadas y apáticos custodios que se dejaban su escaso jornal en mujeres, juego y riesag, un potente cóctel hecho a base de cebada destilada y leche fermentada de buey almizclero que constituía la forma más barata y eficaz de calentarse en la Gran Estepa. Daba igual a dónde fuera, todo era mejor que aquello, pero Talasyn apenas tuvo ocasión de apreciar la belleza de los nuevos barracones.

Cada minuto que pasaba despierta lo dedicaba a practicar la etermancia bajo las atentas directivas de Vela o a entrenar con Mara Kasdar.

La Telaluz era capaz de atravesar como si nada las armas físicas, de manera que Talasyn y la maestra de armas luchaban con espadas, dagas, lanzas y látigos. Era agotador, pero, con el paso de los días, se fijó en que se movía con más rapidez y le costaba menos canalizar su magia.

Al menos ya no hacía falta que siguiera ocultándole al regimiento sus habilidades. Sus superiores habían albergado temores de que algún espía o soldado capturado revelara a sus enemigos que Sardovia contaba con una Tejeluces. Como Kesath estaba ya al tanto, Talasyn podía entrenar a la vista de todos, por lo que a menudo se congregaba a su alrededor una multitud de espectadores asombrados.

Hasta entonces, su entrenamiento etermántico se había limitado a las pocas horas libres de las que disponía. No tenía sentido mandarla al frente en calidad de Tejeluces cuando el otro bando estaba conformado por centenares de Forjasombras. Pero ahora que Alaric Ossinast estaba al tanto de su existencia, ahora que Gaheris sentiría aún más deseos de aplastar a Sardovia por ocultar a la última Tejeluces del Continente...

En fin, Talasyn debía asegurarse de que a sus enemigos no les resultara sencillo quitarla de en medio.

Pensaba mucho en Alaric. No a propósito, aunque, por desgracia, solían asaltarle imágenes del chico cuando menos lo esperaba. La imponente y acorazada figura de Alaric plantada frente a ella, esgrimiendo la magia con una seguridad letal que contrastaba claramente con sus torpes y caóticos intentos. Aunque los cortes de los brazos se le habían curado hacía ya días, ella seguía reproduciendo el duelo en su cabeza. Siguió rememorando todas las veces en las que él podría haberle cortado la cabeza, pero no lo hizo. ¿Había sobrevivido por una cuestión de suerte? ¿O era que el príncipe se había contenido? Pero ¿por qué habría hecho eso?

Puede que no fuera tan buen guerrero como todos decían. Tal vez su reputación se debiera en gran medida a su imponente aspecto. Aquellos ojos suyos...

Cada vez que Talasyn pensaba en los ojos de Alaric, en su brillo plateado, que contrastaba con su rostro pálido y medio oculto, en su forma de enfocarse únicamente en ella, la invadía una mezcla de sensaciones de lo más extraña. El miedo se encontraba presente, claro, pero había también algo magnético. Algo que la obligaba a evocarlo una y otra vez para poder...

¿Para poder hacer *qué*, exactamente?

Daba igual. Seguiría entrenando y entraría en comunión con la Grieta de Luz, y la próxima vez que se cruzara con Alaric, sería una contrincante más que digna. Y no se contendría.

Entretanto, la batalla por las Tierras Altas seguía librándose. La mayor parte de los refuerzos se habían enviado desde Sendagreste unos días después de que el regimiento se hubiese establecido, por lo que, además de darle vueltas a su inminente misión en Nenavar, Talasyn se pasaba los días preocupada por su amiga, sumida en un estado de impotencia por no estar allí para ayudar. Por suerte, Khaede volvió sana y salva el día anterior a su partida. Por *desgracia*, no tardaría en recibir nuevas órdenes, puesto que las ciudades alpinas se habían rendido y el Consejo de Guerra había empezado a considerar la idea de trasladar todos los recursos disponibles a la región central y a la costa.

Muchos lo llamaban «una retirada estratégica». A Talasyn le parecía que, en lo que respectaba a Sardovia, la Guerra de los Huracanes había estado compuesta de una sucesión de retiradas estratégicas, pero se guardó aquella opinión para sí misma. La moral ya estaba lo bastante baja.

—¿Sabes siquiera *cómo* entrar en comunión con la Grieta de Luz? —inquirió Khaede, desafiante—. ¿En qué consiste el proceso exactamente?

Estaban sentadas en una zona de hierba amarronada y hojas secas frente a los barracones, bajo un ciprés de aspecto cobrizo aunque exuberante. El sol empezaba a ponerse en el Sendagreste y la luz escarlata iluminaba los bordes del cañón mientras un fuerte viento soplaba desde el norte, transportando el frío gélido de la lejana tundra polar. Desde aquel lugar en particular se divisaba el lecho de un río que se teñiría de turquesa en cuanto la primavera asomase, pero por ahora no era más que una franja ancha de tierra cuarteada, bordeada de tojo y artemisa.

El lecho del río habría pasado del todo inadvertido de no haber sido porque era el emplazamiento de una Grieta de Viento, por donde en ocasiones se filtraba el Vientorrecio. Un Encantador sardoviano ataviado con una capa blanca se encontraba en la orilla, con un cofre lleno de corazones de éter vacíos a sus pies, esperando pacientemente a que la Grieta de Viento lanzase una descarga y él pudiera recolectar su magia.

Pese a que no podían conjurar directamente ninguna de las dimensiones, los Encantadores eran los etermantes más valorados de Lir debido a su habilidad para manipular la Viatempesta, el Vientorrecio, el Nidoardiente y el Lluviantial... siempre y cuando hubiera una fuente de la que extraer la magia. Allí en el Continente, constituían el pilar fundamental de ambos bandos, aunque no participaban en la lucha armada, sino que se encargaban de fabricar día tras día los corazones que alimentaban las aeronaves y las naves de tormenta. Era un trabajo ingrato y agotador y Talasyn sintió una punzada de culpa. Había estrellado muchos coracles avispa en combate y echado a perder los múltiples corazones de éter que cada uno tenía incorporados.

Respondió a Khaede sin apartar la vista del Encantador:

—No estoy segura, pero la amirante y yo hemos hablado otras veces de lo que ocurriría si alguna vez me topara con una Grieta de Luz. Cree que será un proceso similar al que los Forjasombras llevan a cabo cuando acceden a sus puntos de unión y que el instinto me guiará.

—Así que vas a colarte en un país que trata de pena a los forasteros y donde seguramente haya dragones con el único objetivo de llegar hasta la Grieta, pero solo dispones de un mapa chapucero y encima no tienes ni idea de cómo proceder una vez que llegues allí. —Khaede se tapó los ojos con la mano—. Vamos a perder la guerra.

—Bueno, si lo planteas de ese modo, está claro que parece imposible —replicó Talasyn—. Pero me las apañaré. No me queda otra.

Ambas se sumieron en un silencio desganado que se entremezcló con el susurro de las hojas del ciprés, mecidas por el viento del norte. Talasyn se preguntó si debería abordar el tema de Sol. Lo habían enterrado en el cañón junto a los demás caídos y Khaede había partido rumbo a las Tierras Altas poco después, pero antes de que tuviera ocasión de decidir lo que iba a decirle y si debía sacar o no el tema, Khaede se le adelantó:

—¿Qué sabes de Nenavar?

Sé que es un lugar con el que me siento conectada, pensó Talasyn. *Sé que por alguna razón me resulta familiar. Sé que quiero descubrir el motivo.*

Se moría de ganas de contarle a Khaede —*a quien fuera*— todas las emociones que Nenavar despertaba en su interior, pero la idea de hacerlo le resultaba insoportable. Se parecía demasiado a su amiga: no quería que los demás sintiesen lástima por ella. Khaede creería que simplemente estaba dejándose llevar por sus descabelladas ilusiones de huérfana, que estaba desesperada por sentir cualquier tipo de vínculo.

De manera que Talasyn enumeró todo lo que había oído a lo largo de los años de la enigmática nación que se hallaba al otro lado del mar:

—Consta de siete islas grandes y miles de menor tamaño. Su clima es tropical. Está regido por un matriarcado. —Había aprendido aquella palabra de un tendero de Pico de Cálao que charlaba con sus clientes mientras ella esperaba el momento oportuno para llevarse algo al bolsillo.

—Que no se te olvide el oro —apuntó Khaede.

—Cierto. —Talasyn esbozó una sonrisa y repitió las palabras que uno de los críos mayores del orfanato había pronunciado en los arrabales de su niñcz—. Un archipiélago donde solo gobiernan reinas, donde los dragones surcan los cielos y cuyas calles están hechas de oro.

Le parecía inconcebible que existiese un país donde aquel metal precioso fuera tan abundante que se utilizara para *pavimentar* las calles. Tal vez por eso el Dominio se negaba a involucrarse en asuntos ajenos: tenían demasiado que perder.

Pero era evidente que hacía diecinueve años *algo* los había llevado a romper la tradición...

—¿Has oído hablar de la Advertencia del Pescador? —preguntó Khaede.

Talasyn negó con la cabeza.

—No, ya imagino que no. Te criaste en la Gran Estepa. —Khaede frunció el labio inferior, inusualmente pensativa. Nostálgica, incluso—. Es algo propio de la costa. Una especie de leyenda. Una vez cada mil años aproximadamente, un resplandor del color de la amatista ilumina el horizonte del Mar Eterno y señala el inicio de varios meses de aguas bravas y escasez de pesca. La última vez que, en teoría, ocurrió, la Confederación Sardoviana ni siquiera se había constituido y, desde luego, tampoco teníamos todavía aeronaves. La mayoría de los lugareños coinciden en que la Advertencia del Pescador no es más que un mito, pero los que creen de verdad en ella, los de más edad, entre los que se encontraba mi abuelo, que los sauces otorguen cobijo a su alma, afirman que el resplandor proviene del sudeste. De Nenavar.

—Pues ya te contaré si veo alguna lucecita púrpura por allí —bromeó Talasyn.

Khaede le dedicó una sonrisa fugaz.

—Mejor tráete un dragón. Nos será más útil.

Ganaríamos la guerra solo con uno, había dicho aquel arquero en la casa comunal de Prunafría. El recuerdo, en principio inocuo, le provocó a Talasyn una punzada de dolor. Todos estaban cansados, pero no buscaban únicamente poner fin al conflicto, sino que deseaban salir victoriosos. Porque de lo contrario se pasarían el resto de su vida constreñidos por las cadenas de las sombras y el imperio.

Cumpliría con su deber. Por Khaede, por la amirante. Por Sol y por todos los que habían muerto para que el alba asomase de nuevo sobre Sardovia.

—¿Qué tal te encuentras? —Talasyn se armó por fin de valor para preguntárselo.

Khaede se puso tensa y entornó los ojos oscuros. Entonces algo dentro de ella pareció quebrarse; dejó caer los hombros, como haría alguien que exhalase por fin tras llevar mucho rato conteniendo el aliento.

—Cuesta creer que se haya marchado de verdad —confesó, con la voz atenazada por el dolor—. Sigo pensando que se trata de una pesadilla y que me despertaré en cualquier momento. Y luego hay veces en las que me doy cuenta de que no voy a volver a verlo, y lo echo tanto de menos que me cuesta respirar. —Khaede jugueteó con su anillo de boda; la banda de oro resplandeció bajo la luz mortecina. Cuadró los hombros con determinación—. Pero Sol querría que siguiese adelante. Se marchó de este mundo profesando una fe absoluta en la Confederación Sardoviana, albergando la certeza de que triunfaríamos. Y me aseguraré de que así sea. Mi hijo crecerá en un mundo mejor.

—Así es —dijo Talasyn con suavidad. Lo creía con cada fibra de su ser, pese a que nadie era capaz de predecir el futuro. Pero había algunas cosas que *debían* ser ciertas, porque, si no, ¿qué sentido tenía luchar?

Khaede estiró la mano y le dio un golpecito a Talasyn en la rodilla.

—Vuelve de una pieza. No puedo perderte a ti también.

Se apoyó en el tronco del ciprés y se llevó la palma al estómago. La luz del atardecer incidía sobre su rostro de tal manera que acrecentaba la tristeza de su semblante. La hacía parecer mayor de veintitrés.

Entonces Talasyn comprendió algo: la muerte de Sol atormentaría a Khaede durante el resto de su vida. Siempre echaría en falta una parte de ella, que yacería sepultada con él en el cañón, víctima de la Guerra de los Huracanes. Y aunque Talasyn sabía que era egoísta contextualizar el dolor de su amiga en términos personales, aunque era consciente de que aquello la convertía probablemente en una persona horrible, no podía evitar sentirse extrañamente agradecida por la falta de pertenencia que la había atormentado toda su vida, puesto que significaba que jamás experimentaría un dolor tan desgarrador. No pudo evitar pensar: *Menos mal que nunca amaré tanto a nadie.*

Talasyn se reunió con Vela después de cenar. La amirante le proporcionó un mapa más detallado y unos archivos con información sobre Nenavar de parte del general Bieshimma, así como un montón de instrucciones de última hora. A continuación, Vela se aproximó a la ventana salediza de su despacho, que ofrecía una panorámica del Sendagreste iluminado por el brillo plateado de las lunas, y cruzó las manos a la espalda.

—Creo que todo saldrá bien —murmuró—. Incluso si te capturan, no existe ninguna celda, ningún tipo de restricción, capaz de contener por mucho tiempo a una Tejeluces.

—No me capturarán —afirmó Talasyn. No se trataba de que tuviera una confianza desorbitada en sus habilidades, sino que no podía permitirse que la capturasen, de manera que no lo permitiría.

—Entiendes por qué debes ir, ¿verdad? —Vela extendió la mano con la palma vuelta hacia arriba. Unas volutas de magia de sombras se elevaron en el aire y se desplegaron como si de humo se tratase, devorando todos los rayos de luz estelar con los que entraban en contacto—. Tuvimos suerte de que el procedimiento básico para invocar y manipular la Telaluz y el Pozoumbrío fuese el mismo, pese a que su naturaleza es totalmente distinta. Pero mis enseñanzas solo te sirven hasta cierto punto.

—Soy consciente —respondió Talasyn en voz baja—. Es imperativo para que podamos ganar la guerra. Por supuesto que iré.

Por Sardovia.

Por el hijo de Khaede, que jamás conocerá a su padre.

Por mí. Para entender el motivo por el que Nenavar despierta algo en mi interior, y para que Alaric Ossinast tenga que dar lo mejor de sí la próxima vez que nos crucemos en el campo de batalla.

Solo esperaba que fuera suficiente.

La Guerra de los Huracanes se acercaba a un punto crítico y la única Tejeluces de la Confederación debía entrar ya en acción. No obstante, lo único que Talasyn sabía hacer de momento era dar forma a las armas y luchar con ellas. Según las historias que se contaban, los Tejeluces de Soltenaz habían sido capaces de tumbar edificios, de crear barreras en torno a ciudades enteras y conjurar ataques desde el cielo. La última vez que había intentado crear una barrera protectora, había perdido el control y había estado a punto de derribar la avispa de Khaede.

La Grieta de Luz de Nenavar le brindaba la oportunidad de perfeccionar su magia para que esta alcanzase todo su potencial. La oportunidad de ser realmente útil.

La amirante cerró el puño en torno al remolino de oscuridad y este se desvaneció.

—Ve a descansar. Partirás mañana a primera hora.

Talasyn tenía el pomo de la puerta ya agarrado cuando le vino a la cabeza una pregunta. Una que llevaba años rondándole la mente y nunca se había atrevido a formular hasta ese momento, cuando le pareció más obvio que nunca que tal vez no volviese a tener ocasión.

—Amirante, antes de que desertarais... Es decir, cuando todavía formabais parte del ejército kesathense... ¿por qué no os unisteis a la Legión Forjasombras?

La mujer guardó silencio durante tanto tiempo que Talasyn pensó que no iba a responder.

—Cuando me alisté como timonel era muy joven —dijo Vela por fin, sin apartar la mirada de la ventana—. Mis habilidades se manifestaron mucho más tarde, pero decidí ocultárselas a todo el mundo porque... en fin, por aquel entonces no sabía muy bien lo que estaba bien y lo que no. Lo único que tenía claro era que no quería convertirme en la persona que la Legión me habría obligado a ser. Si hubiera sucumbido ante aquella oscuridad, el Imperio de la Noche me habría devorado por completo. —Las miradas de ambas se cruzaron en el cristal, en los tenues fragmentos de sus reflejos salpicados de estrellas—. Tienes la oportunidad de poner fin a la guerra, Talasyn. De convertirte en la luz que nos guíe a través de las sombras y nos conduzca a la libertad.

Tras abandonar el despacho de Vela, Talasyn se dejó caer contra la pared, intentando tranquilizarse. El peso de las palabras de la amirante le oprimía el corazón, aunque no era aquello lo que la tenía en un sinvivir. En poco más de veinticuatro horas, estaría en Nenavar y averiguaría por fin lo que la empujaba a aquel lugar.

Déjate de tonterías, se reprendió a sí misma. *Ya estás otra vez, intentando encontrar algún vínculo donde no lo hay.*

Como tantas otras veces, usó la fría lógica para salir de aquel trance. Lo más probable era que sus padres descendiesen de los Tejeluces de Soltenaz y que ella hubiese heredado su magia. Por alguna razón, la habían abandonado en la puerta del orfanato de Pico de Cálao, pero jamás descubriría el motivo, así que más le valía asumirlo y dejar de hacerse ilusiones; dejar de alimentar la creencia de que algún día se reuniría con ellos. Lo más inteligente era centrarse únicamente en la misión que se le había encomendado y partir rumbo a Nenavar sin pensar en nada más. Todos contaban con ella.

Unos pasos lentos resonaron por el silencioso pasillo, como si alguien estuviera arrastrando los pies. El contramaestre Darius se dirigía al despacho de Vela con la pesadumbre de alguien que cargaba con el peso del mundo sobre los hombros. Se detuvo frente a Talasyn.

—¿Entonces te marchas?

Ella asintió con cautela, incapaz de hablar. El hombre la miraba con gesto derrotado. Como si llevase meses exhausto y ya no aguantase más.

—No sé si a estas alturas servirá de algo —murmuró casi para sí. Sacudió la cabeza como si se acabara de dar cuenta de que no estaba solo—. Hemos recibido noticias de las Tierras Altas —le dijo a Talasyn—. Se acabó. El rey de la Montaña se ha postrado ante el Imperio de la Noche. Y la Legión Forjasombras le ha cortado la cabeza.

Un terror gélido invadió a Talasyn.

Tras el Cataclismo entre Kesath y Soltenaz, los estados que habían conformado la Confederación Sardoviana habían sido la Gran Estepa, las Tierras del Interior, las Tierras Altas, la Costa y el Núcleo. Ahora, tras una década de enfrentamientos por tierra y aire, Sardovia había quedado reducida a las dos últimas regiones. Estaban rodeados por todas partes, a excepción de la costa.

—La guerra aún no ha terminado —insistió Talasyn, intentando convencerlos a ambos—. Fortaleceremos las defensas. Entraré en comunión con la Grieta de Luz de Nenavar y luego volveré y me situaré en primera línea de combate...

—¿Y de qué servirá? —estalló Darius. Sus palabras resonaron en las paredes de piedra, y Talasyn palideció, recordando el orfanato de Pico de Cálao, la época en la que los gritos de los custodios precedían a las bofetadas.

Darius no la golpeó, claro, sino que siguió hablando en un tono más tranquilo, aunque cargado de desesperación.

—¿Qué podría hacer una Tejeluces adiestrada frente a toda una legión? Y eso suponiendo que seas capaz de acceder a la Grieta de Luz. La amirante se agarra a un clavo ardiendo, Talasyn. Vamos... —Tragó saliva. Sus siguientes palabras brotaron temblorosas—. Vamos a morir. La Sombra se extenderá sobre el Continente y Gaheris no nos mostrará piedad alguna. ¿Y por qué iba a hacerlo? Hemos sido una molestia constante.

Talasyn se lo quedó mirando. Jamás había visto a un oficial sardoviano desmoronarse de aquella manera, y mucho menos al contramaestre Darius, que se había mostrado tan firme como una roca desde el día en que lo conoció. Años atrás, una niña envuelta en harapos se había puesto a chillar cuando un soldado kesathense que la había visto entre el polvo y los escombros apretó el gatillo de su ballesta; una luz había brotado del interior de la niña y había dejado al soldado reducido a cenizas. Recordó que Darius la había guiado con calma a través de las ruinas de Pico de Cálao; la había alejado de los restos del soldado y le había asegurado que todo saldría bien mientras ella temblaba de miedo por lo ocurrido, sin comprender lo que había hecho ni cómo había sido capaz de hacerlo. Él la había salvado aquel día.

Le resultaba tremendamente difícil reconciliar aquel recuerdo con el hombre destrozado que tenía delante.

—Debo informar a Ideth de que las Tierras Altas se han rendido —repuso Darius con dificultad antes de que Talasyn tuviera ocasión de responder, cosa que no le vino del todo mal, ya que no tenía ni la menor idea de qué decir—. Buen viaje, timonel. Que el aliento de Vatara te conceda viento favorable y te traiga de vuelta a casa.

Abrió la puerta del despacho de Vela y la cerró tras él. Talasyn se quedó sola en el pasillo, intentando asimilar el hecho de que, ahora más que nunca, era crucial que su misión tuviera éxito.

A la mañana siguiente, antes de que el sol hubiese despuntado, su coracle avispa abandonó la plataforma y recorrió a toda velocidad el profundo surco que conformaba el Sendagreste, envuelto en la penumbra del crepúsculo náutico.

Nadie presenció su partida: se había despedido de todo el mundo la noche anterior. La invadió un leve sentimiento de culpa mezclado con preocupación por dejar allí a Khaede, pero sabía que si no lo hacía, se quedarían sin nada.

Al cabo de cuarenta y cinco minutos arrió las velas —había sustituido las velas a rayas con el emblema sardoviano del fénix por unas lisas para evitar llamar la atención— e hizo descender poco a poco la palanca que controlaba los corazones de éter equipados con el Vientorrecio, reduciendo la velocidad al tiempo que se deslizaba por el tortuoso barranco al que todo el mundo llamaba, de forma acertada, el Azote de los Navíos.

Debía llevar cuidado. Atravesar las rocosas y pronunciadas curvas durante el día ya resultaba bastante complicado incluso para los timoneles más veteranos, y como aquella era una misión secreta, le había tocado atenuar las lámparas de su diminuta nave, que se encontraban sujetas a la proa y funcionaban gracias a la magia del Nidoardiente. Sin embargo, a pesar de su inquietud, la avispa se abrió paso por el traicionero barranco sin apenas problemas.

Aun así, Talasyn permaneció en tensión hasta que el estrecho laberinto de tierra y granito se abrió a un bosque de sicomoros. Voló a baja altura, pegándose todo lo posible a las copas de los árboles mientras los corazones de éter expulsaban sus efluvios de luz verdosa.

Algunos de sus primeros recuerdos giraban en torno a aquellas noches en las que, sentada en la escalinata frontal del orfanato, había levantado la vista hacia el sonido zumbante del Vientorrecio y había contemplado, maravillada, cómo los coracles sobrevolaban la ciudad y dejaban a su paso una estela de éter, igual que si fueran estrellas fugaces de color esmeralda. Por aquel entonces, jamás hubiera imaginado que algún día llegaría a pilotar uno de aquellos cacharros. Esa clase de sueños no tenían cabida en los arrabales de Pico de Cálao.

Cuando el cielo grisáceo adquirió un tono menos opresivo, Talasyn apagó las lámparas de fuego, desplegó el mapa que Bieshimma le había proporcionado y lo cotejó con su brújula para asegurarse de que no se estuviera desviando del camino.

Una Grieta de Sombras aprovechó aquel instante para lanzar una descarga y su chirrido distante y gutural atravesó el aire. Miró por el portillo que tenía a la derecha y vio una columna enorme de magia oscura, conformada por espesas espirales de humo, brotar de la tierra justo al otro lado de la tensa frontera meridional de Sardovia. Se elevó por encima de las copas de los árboles y sus negros tentáculos, semejantes a las nubes de ceniza de un volcán enfurecido, se extendieron hacia el cielo.

La Furia de Zannah, proclamaban los sardovianos más mayores cada vez que una Grieta de Sombras cobraba vida, atribuyendo el fenómeno a la diosa de la muerte y las encrucijadas. Tras contemplar el desgarrador espectáculo, Talasyn casi llegaba a creérselo. El Pozoumbrío no había causado más que dolor y angustia.

Apartó la mirada de la ondulante columna de energía mágica. Todavía debía recorrer diez kilómetros de bosque antes de llegar a la costa. Si aceleraba, podría llegar al Mar Eterno antes de que amaneciese del todo y reducir al mínimo el riesgo de que las patrullas kesathenses la descubriesen.

Mentiría si dijera que no estaba nerviosa. No sabía lo que le aguardaba en Nenavar ni si sería capaz de entrar —o de salir, ya puestos— de una sola pieza. Lo único que tenía claro era que no podía defraudar a Sardovia.

Debía seguir adelante. Era la única manera de sobrevivir a la Guerra de los Huracanes.

Talasyn aceleró. El rugido de su avispa atravesó el silencio mientras se dirigía a toda prisa hacia el horizonte.

CAPÍTULO CINCO

Alaric sabía que tendría que matar a la chica tarde o temprano. Las Sombras solo podrían extenderse cuando no hubiera luz que las sofocara. Mientras ella siguiese con vida, los sardovianos la verían como un símbolo en torno al que unirse. Mientras Sardovia siguiera en pie, Kesath jamás estaría a salvo. Jamás tendría la libertad de alcanzar la grandeza para la que estaba destinada.

Estamos rodeados de enemigos, le recordaba su padre una y otra vez. Y la Tejeluces *era* su enemiga. Desde el instante en que Alaric oyó el zumbido de su magia, desde que la vio por primera vez en el hielo, iluminada por la luz de las lunas, acercando un puñal dorado al cuerpo tendido de su legionario, supo que debía morir.

Y no es que tuviera reparos, pero no podía eliminarla si la chica no aparecía por ningún lado. Tras el enfrentamiento de Prunafría parecía haberse escondido, pues no tomó partido en el resto de la batalla por las Tierras Altas.

Alaric redirigió su frustración a la Grieta de Luz que tenía delante, y contempló ceñudo cómo se derramaba por la ladera del peñasco, una cascada luminosa que contrastaba con el áspero y oscuro granito.

No era una auténtica Grieta, sino, más bien, los vestigios de una. Sobre la cima del peñasco había varios arcos derruidos y montones de escombros, lo único que quedaba de un templo Tejeluces situado en la que había sido la frontera entre Soltenaz y las Tierras Interiores, antes de que el Imperio de la Noche conquistase ambos estados. Los legionarios a los que originalmente se les había encomendado la misión de destruir aquella Grieta de Luz no habían sido demasiado minuciosos y, como resultado, una parte había permanecido sepultada bajo las entrañas de la tierra y había ido aflorando a la superficie progresivamente.

Era una suerte, reflexionó Alaric, que Sardovia hubiera abandonado hacía mucho aquella región y una patrulla kesathense hubiera localizado la corriente mágica antes de que la Tejeluces llegase a ella. La chica ya era bastante poderosa sin la ayuda de un punto de unión.

Extendió los dedos enfundados en el guantelete negro e hizo desaparecer un tramo estrecho de la agonizante Telaluz con una última efusión de magia del Pozoumbrío. Alaric siguió descendiendo diligentemente por los salientes de granito del peñasco. Por debajo, tres legionarios inspeccionaban una brecha más amplia y la eliminaban con los oscuros cúmulos del Pozoumbrío que se elevaban como volutas de humo entre el aire y las piedras de aquel lugar.

—Daos prisa —les ordenó en cuanto se situó a su altura—. El Emperador de la Noche ha solicitado nuestra presencia en la Ciudadela.

Estaban planeando un ataque múltiple en varias ciudades sardovianas; la Legión se uniría a la primera ofensiva junto a los regimientos de Kesath.

—Cuesta más de lo que parece, Alteza —replicó Nisene, y su voz gutural adquirió un matiz un tanto petulante—. Hay que ver el trabajo que está dando esta. Es como si con cada cacho que nos quitamos de encima brotaran tres más.

—Deberíamos volar este tramo y se acabó —opinó la hermana gemela de Nisene, Ileis. Le dio una patada a una roca para imprimir énfasis a sus palabras—. Dejamos toda la veta al descubierto y la erradicamos de raíz. Llevo proyectiles en la mochila.

Alaric negó con la cabeza.

—Podría producirse una avalancha. Puede, incluso, que todo el peñasco se venga abajo. Desconocemos la profundidad de la Grieta.

—¿Y qué más da? —preguntó Nisene lentamente.

—Hay un poblado en la base —señaló Alaric—. No creo que destruir sus hogares para ahorrarnos tiempo sea lo más sensato.

—A vuestro padre le traerían sin cuidado los aldeanos sardovianos —replicó Ileis—. Si fuera él quien tuviera que tomar la decisión.

—Ya no son sardovianos, sino kesathenses como nosotros. —Alaric frunció el ceño tras la máscara que le cubría medio rostro—. Y yo no soy mi padre. La decisión me corresponde a mí tomarla, que para algo estoy al frente de la misión.

Las gemelas se volvieron a la vez hacia él y le clavaron sendas miradas astutas y penetrantes. Los ojos marrones de ambas, que exhibían el destello plateado de la magia, asomaban desde unos yelmos idénticos que se entrecruzaban sobre los rostros desnudos en espirales de obsidiana y lucían prolongaciones en forma de alas a los lados. Apretó los dientes al notar lo que parecía ser el principio de una migraña. Ileis y Nisene eran capaces de volver loco a cualquiera, y no en un sentido halagador.

—El príncipe Alaric tiene razón, señoras mías —exclamó Sevraim, que colgaba, algo más alejado, de unas cuerdas fijas mientras derramaba sombras sobre la luz. Se había quitado el yelmo hacía ya un rato y las gotas de sudor le perlaban la frente pese al frío aire de la montaña, pues el esfuerzo requerido para socavar una Grieta de Luz era considerable—. ¿Cuántas veces hay que repetiros que no *todo* se resuelve a base de explosiones?

—Anda y que te jodan —respondió Nisene alegremente.

Alaric frunció los labios en señal de desaprobación al oír la ordinariez. Sevraim se limitó a esbozar, divertido, una media sonrisa, y el blanco de sus dientes contrastó con su tez caoba. Ileis ladeó la cabeza en señal de interés y Alaric deseó por enésima vez contar con unos subordinados que fueran capaces de concentrarse en la tarea que tenían entre manos y no en sus necesidades más básicas.

No obstante, no le quedaba más remedio que apechugar con aquellos tres. Sevraim y él se habían criado juntos, habían entrenado al lado del otro desde pequeños, y cuando se convirtieron en legionarios y conocieron a Ileis y a Nisene, el otro guerrero no tardó ni un segundo en engatusar a las gemelas para hacerlas partícipes de las gansadas que Alaric se veía obligado a soportar a menudo. Tras haber pasado casi toda la vida batallando codo con codo era natural que entre los tres existiera un sentimiento irremplazable de confianza. Sus formaciones de combate eran las más fluidas de toda la Legión y podía decirse que al príncipe no le disgustaba del todo pasar el rato con Sevraim, Ileis y Nisene durante sus periodos de descanso.

Al oír el suave murmullo de un aleteo, los cuatro Forjasombras levantaron la mirada. Alaric había esperado divisar un págalo grande, el ave mensajera habitual del ejército kesathense, o un cuervo, utilizado en exclusiva por la Casa Ossinast. Sin embargo, se quedó de una pieza al ver que lo que descendía sin demora hacia él era una criaturilla regordeta de plumas grisáceas, pico enjuto y brillantes ojillos de color naranja.

Una paloma.

Se le posó en el hombro con un suave arrullo y extendió una de sus escuálidas patas, que tenía sujeto un trozo de pergamino enrollado. El animalillo aguardó pacientemente mientras los legionarios contemplaban la escena perplejos.

—¿Se ha *perdido*? —preguntó Ileis.

—Imposible —murmuró Sevraim—. El éter fluye por todas las aves mensajeras. Jamás se equivocan de destinatario.

—Pues eso es que algún soldado sardoviano ha usado por fin las neuronas y ha decidido pasarse al bando ganador —repuso Nisene—. En fin, más vale tarde que nunca.

—Menuda jeta —dijo entre bufidos Ileis—, mira que ponerse en contacto directamente con el príncipe heredero…

Alaric se planteó la posibilidad de añadir *Que no hable más de la cuenta* a su lista mental de cualidades deseadas en un subordinado.

Tomó la misiva sujeta a la pata del pájaro y la desenrolló. La paloma batió sus oscuras alas y alzó el vuelo una vez más antes de desaparecer entre las nubes.

Se trataba de dos trozos de pergamino enrollados en un solo fajo. Alaric examinó el mensaje garabateado a toda prisa en uno de los trozos y, acto seguido, dobló el otro y se lo metió en el bolsillo.

—Me tengo que ir —anunció. El Pozoumbrío se derramó de sus dedos y el mensaje quedó reducido a cenizas, que acabaron dispersándose con la brisa.

—¿A dónde? —cuestionó Nisene con marcada suspicacia.

—Es confidencial.

—Anda, una misión secreta —dijo con entusiasmo Sevraim cuando Alaric se dispuso a volver a lo alto del risco—. ¿Queréis que os acompañe, Alteza?

Alaric puso los ojos en blanco ante el evidente intento de Sevraim por librarse de la tediosa tarea que tenía entre manos.

—Negativo. Vosotros tres quedaos aquí y acabad de deshaceros de la Grieta. Después, reuníos en la Ciudadela con el Emperador Gaheris.

—¿Sin vos? —insistió Ileis—. ¿Y cómo le explicaremos vuestra ausencia a Su Majestad?

—¿Qué te hace pensar que no me marcho por orden suya? —replicó Alaric, encaramándose a otro saliente sin mirar atrás.

—Está claro que no —exclamó Nisene a su espalda.

Sonrió para sus adentros mientras seguía subiendo.

—Decidle que tengo un asunto urgente que atender.

Al llegar a la cima, Alaric se dirigió directamente al lugar donde estaban atracados sus cuatro lobos, una plataforma medio derruida que se alzaba entre un océano de ruinas. Los coracles, que se llamaban así por sus puntiagudos morros, eran negros como el carbón y relucían bajo el sol de la tarde; una quimera kesathense plateada adornaba los cascos con forma de tonel. Alaric se metió en el interior de su coracle, izó las velas negras y despegó. La proa del lobo atravesó el aire como una cimitarra y los corazones de éter expulsaron una humareda iridiscente de color verde esmeralda mientras la nave se elevaba sobre los acantilados. Rumbo al Mar Eterno.

He aquí una muestra de buena fe, había rezado el mensaje. *Os la ofrezco con la esperanza de recibir un trato clemente.*

Solo había sido cuestión de tiempo que un oficial sardoviano cambiase de bando, pero lo cierto era que el desertor no podía haber elegido mejor momento. Si lograban recabar información acerca de las defensas de la Confederación, el próximo ataque del Imperio de la Noche tendría el éxito asegurado. El asalto se iba a lanzar a una escala nunca vista en el Continente y, por lo tanto, conllevaba un grado de riesgo equivalente.

Y en cuanto a la información que el desertor había compartido *ya* con él...

Alaric se hurgó el bolsillo en busca del mapa que le había llevado la paloma y lo examinó con detenimiento, trazando mentalmente la ruta más rápida. La Tejeluces le sacaba más de medio día de ventaja, pero confiaba en poder darle alcance. Si no por aire, por tierra, dentro de las fronteras de Nenavar. Tenía que detenerla antes de que llegase a la Grieta de Luz del Dominio.

El príncipe hizo todo lo posible por ignorar la sarcástica vocecilla que le recordó que si hubiera acabado con ella hacía quince días, no se habría visto obligado a dejar de lado todas sus responsabilidades y embarcarse en una persecución frenética que amenazaba con desatar una crisis diplomática. Al margen de cómo resultaran las cosas, Gaheris se pondría furioso en cuanto descubriese que Alaric había tomado la iniciativa sin enseñarle antes la misiva. Después de todo, ¿y si aquello era una trampa? Y si no lo era y al final la cosa se torcía, el Emperador de la Noche averiguaría que su heredero había enfurecido a la Zahiya-lachis por invadir su reino. En cualquier caso, habría consecuencias graves.

Alaric pensó con ironía que si los nenavarenos acababan ejecutándolo en lugar de mandarlo de vuelta con su padre, estarían haciéndole un favor.

Pero no le quedaba otra. A lo largo de sus veintiséis años de vida, Alaric jamás se había topado con ningún Tejeluces sardoviano. Aquella criaturilla había hecho gala de una voluntad de hierro y se había abierto camino a la fuerza en el campo de batalla, derrotándolo a él y a uno de sus más letales legionarios, pese a que no contaba con adiestramiento formal ni acceso a un punto de unión. Con aquello último, había muchas posibilidades de que nadie pudiera detenerla.

Lo cierto era que *debería* haber acabado con ella aquella noche en las afueras de Prunafría. Pero Alaric se había quedado... *fascinado*. Tal vez aquel fuera un término algo exagerado, pero así se había sentido. Se habían encontrado rodeados por una miríada de barreras oscuras, cada una lo bastante poderosa como para hacerla pedazos, pero él no había permitido que aquello sucediera. Se había dejado llevar por un *impulso* y había apartado las barreras. Al principio la chica se había comportado como un conejillo asustado y él la había puesto a prueba, bajo la luz de las siete lunas; había estudiado su forma de moverse, el gesto que compuso su boca al enseñarle los dientes, la manera en que el éter había iluminado su piel aceitunada cuando la expresión temerosa de su semblante se transformó en una de ferocidad. La forma en que sus ojos entornados destellaron con el brillo dorado de su magia, reflejando las lejanas llamas del campo de batalla.

Y entonces le había dado un cabezazo y lo había apuñalado en el hombro, y él se había pasado los días sucesivos con una conmoción cerebral e incapaz de mover el brazo derecho. En cuanto estuvo más o menos recuperado, su padre le aplicó el castigo correspondiente por permitir que la primera Tejeluces de la que se tenía noticia en diecinueve años escapase, de manera que Alaric siguió postrado en cama unos cuantos días más.

Había bajado la guardia y dejado escapar a la chica, y ahora todos los logros de Kesath —todo aquello en lo que habían conseguido convertirse a base de esfuerzo— corrían peligro.

La Guerra de los Huracanes estaba a punto de llegar a su fin. Sardovia estaba acorralada, y no había nada más peligroso que un animal acorralado. Concederles cualquier tipo de ventaja a aquellas alturas podría resultar desastroso para el Imperio de la Noche.

Estamos rodeados de enemigos.

Soltenaz había atacado a Kesath tras descubrir que los Encantadores de su abuelo, el rey Ozalus, estaban construyendo un prototipo de nave de tormenta. Los Tejeluces habían pretendido robar dicha tecnología y, para ello, habían asesinado a miles de kesathenses, entre los que se encontraba el abuelo de Alaric. Y el resto de la Confederación Sardoviana se había limitado a quedarse de brazos cruzados.

De no haber sido por los Tejeluces, tal vez Ozalus seguiría con vida y Gaheris no se habría visto obligado a tomar el poder sin estar preparado, de luto y con el país sumido en guerra.

De no haber sido por los Tejeluces, Gaheris no se habría convertido en la persona que era en la actualidad y la madre de Alaric no habría huido del Continente.

Alaric apretó la mandíbula. Su mente volvía a sumirse en una senda peligrosa. Mientras sobrevolaba una extensión de áridos desfiladeros y cascadas congeladas, decidió sustituir aquellos pensamientos por otros más acordes a su condición de príncipe heredero del Imperio de la Noche y Maestro de la Legión Forjasombras.

Gaheris tenía la fortaleza y el coraje suficientes para hacer lo que era necesario, incluso cuando todo Lir estaba en su contra. Alaric se sentía orgulloso de ser su hijo.

Y debía concentrarse en la tarea que tenía entre manos: colarse en Nenavar y matar a la chica.

Talasyn, pensó Alaric, recordando el nombre que aparecía en la carta que le había enviado el desertor mientras su lobo planeaba sobre la rocosa costa sureste. *Se llama Talasyn.*

CAPÍTULO SEIS

A primera vista, el Dominio de Nenavar era exactamente lo que el mapa sugería: un despliegue interminable de islas. Lo que el mapa pasaba por alto era lo exuberante de su vegetación, el aspecto que presentaban incrustadas en aquel profundo océano, como si fueran cuentas de jade desperdigadas de cualquier manera sobre un lecho de seda del color del zafiro. Resplandecían bajo la intensa luz del sol naciente, invitando a Talasyn a aproximarse.

Su extraordinaria belleza la dejó sin aliento.

Talasyn, que se había criado en la Gran Estepa, una región interior, había soñado a menudo con visitar el océano. Adoraba oír las historias que se contaban sobre aquella inconcebible extensión de agua, aunque la guerra la había llevado, según parecía, a todos los rincones del Continente *excepto* la costa. Cuando las olas azules se desplegaron por primera vez frente a su diminuta aeronave, a plena luz del día y sin rastro alguno de tierra a la vista, un sentimiento de júbilo la recorrió. No obstante, pasadas unas diez horas más o menos, la expresión «demasiada agua» ya no se le hacía tan descabellada.

Sin embargo, Nenavar compensó con creces el agotador viaje, incluso desde el aire. Solo sus playas constituían un paisaje de una belleza inimaginable: suaves y apacibles, curvándose en franjas de arena nacarada a lo largo de los bajíos de color turquesa, salpicada de palmeras de hojas puntiagudas que se mecían con la brisa y dejaban caer sus frutos redondos y marrones. El agua era tan clara que podían verse bancos de peces entre los pastos marinos de color ocre y los corales irisados que ondulaban con la corriente.

Aquella región... *colmaba* una parte de su interior. Tras llevar toda la vida oyendo historias sobre aquel archipiélago, unas historias que habían despertado tanto su inquietud como su curiosidad, por fin lo veía con sus propios ojos: sobrevoló las resplandecientes y prometedoras costas con la sensación de que habían estado esperándola.

Y entonces el mundo se tiñó de *violeta* y Talasyn se quedó tan desconcertada que estuvo a un tris de acabar hundiendo su avispa en el dichoso océano.

Primero notó un temblor en los márgenes, como si una mano gigantesca estuviera dándole un tirón al tejido de la realidad para que las entrañas del eterespacio quedasen al descubierto. El aire se *deformó*. Unos resplandecientes penachos de magia de color ciruela brotaron de algún lugar del corazón del archipiélago, se desplegaron sobre la verde jungla, las blancas arenas y las azules aguas e iluminaron el cielo a varios kilómetros a la redonda con la bruma translúcida que se extendió sobre las islas como si de llamas se tratase.

Una vez cada mil años aproximadamente, un resplandor del color de la amatista ilumina el horizonte, había dicho Khaede. Aquello era, pues, la Advertencia del Pescador de la que hablaban en la costa sardoviana: una Grieta. Aunque Talasyn ignoraba a qué dimensión del eterespacio pertenecía. Jamás había oído hablar de una magia violeta. Cuando se condensaban e introducían en los corazones de éter, el Vientorrecio era verde, el Lluviantial azul, el Nidoardiente rojo y la Viatempesta blanca. Sus Grietas abundaban en el Continente, pese a que nunca se habían hallado pruebas de una presencia significativa de sus respectivos etermantes, a diferencia de lo que ocurría con los Forjasombras y los Tejeluces.

O tal vez sí la hubiera habido. Entre los registros documentados había muchos espacios en blanco, épocas de las que apenas se habían encontrado restos de escritos y artefactos. Tal vez se hubiese producido una gran migración de Llamavientos, Cantalluvias, Agitafuegos y Tronadores debido a las luchas de poder que habían plagado el antiguo Continente antes de que se formase la Confederación. Aunque al final dicha alianza había resultado ser solo un fugaz ensueño de paz.

No obstante, la mayoría opinaba que únicamente los Forjasombras, cuyas Grietas eran tan negras como el carbón, y los Tejeluces, cuyas Grietas se asemejaban, según se decía, a columnas de luz solar, habían ocupado, además de los Encantadores, el Continente.

Aquella Grieta de Nenavar pertenecía a un tipo de energía mágica que seguramente nadie del Continente conocía. ¿Significaba eso que los nenavarenos contaban también con una variedad particular de etermantes? Su curiosidad se acrecentó junto con la luz del amanecer mientras observaba desde su pequeña aeronave cómo se desplegaba la magia. El resplandor amatista no era lo bastante extenso como para ser visto desde Sardovia, pero lo más probable era que hubiera varias Grietas; puede que, muy de vez en cuando, estas lanzasen descargas a la vez y que dicho fenómeno fuera el origen de la Advertencia del Pescador. Se preguntaba cuál sería el efecto de aquella nueva dimensión. En lugar de tomar la forma de un elemento concreto —como el viento, el agua, el fuego o la tormenta— parecía ser energía pura, como la Telaluz o el Pozoumbrío. ¿Podrían sus etermantes crear armas también a partir de dicha energía?

Tardó un rato, pero, por fin, Talasyn fue capaz de apartar la mirada de aquella extraña magia y hacer descender lentamente su avispa. La extraña Grieta se apagó y el resplandor violeta remitió justo cuando ella se detenía a varios centímetros de la superficie del agua.

Talasyn debía tomar la ruta más larga y evitar las siempre vigilantes ciudades portuarias y los principales accesos del interior. Se alejó de la región central del archipiélago y se dirigió hacia un grupo de islas periféricas envueltas en un sudario de bruma que engulló a su avispa por completo. Durante varios minutos, sobre-voló el agua con cada fibra de su cuerpo en tensión. El murmullo de los corazones de éter resultaba demasiado estridente en contras-te con el silencio. No le habría extrañado que hubiera aparecido una patrulla nenavarena o que un dragón se hubiera abalanzado sobre ella.

Pero no percibió movimiento alguno en ninguna de las islas circundantes. Al menos, nada que fuera capaz de avistar a través de los velos de niebla. Y ni Bieshimma ni su tripulación habían captado ningún indicio de las gigantescas criaturas que, según los rumores, merodeaban por el Dominio.

Puede que los dragones fueran solo un mito. Un cuento para ahuyentar a los forasteros.

En cuanto Talasyn llegó a la isla donde estaba situada la Grieta de Luz, se elevó un poco más, mientras las velas captaban el soplo de la brisa, y esquivó el mosaico de tejados que delataba la presencia de aldeas y las relucientes torres metálicas que, sin lugar a duda, eran ciudades. Todas se encontraban enclavadas entre cúmulos de vegetación, como si formaran parte de la selva. Atracó su avispa en el interior de una cueva situada a medio camino de una de las mu-chas montañas escarpadas: resultaba algo estrecha, y calculó que tendría que caminar varias horas para llegar a su destino, pero al menos así reduciría al mínimo el riesgo de que algún nenavareno se topase con una aeronave extranjera.

Salió del interior y, con la ayuda de la brújula, marcó en el mapa que le había proporcionado Bieshimma la ubicación de la cueva. Aunque consiguiera llegar a la Grieta y entrar en comunión con ella —y eso era mucho suponer—, la cosa se complicaría aún más si acababa perdiéndose mientras buscaba su única vía de escape. Se metió en la boca un trozo generoso de galleta marinera y lo masti-có con desgana antes de darle un trago a su pellejo de agua. En cuanto el magro alimento se encontró en su estómago, comenzó su larga caminata.

Los kilómetros que separaban la cueva del punto de unión estaban cubiertos de vegetación verde oscuro, y el primer problema con el que se topó fue la humedad.

Dioses, menuda humedad.

Aunque en la mayor parte de Sardovia hacía frío todo el año, Talasyn había vivido quince años en la Gran Estepa, una región de extremos. Estaba acostumbrada al calor seco y abrasador de los veranos septentrionales, no al ambiente húmedo de Nenavar, que se adhería a la piel e inundaba los pulmones incluso en los lugares densos donde la luz del sol no era más que una ilusión remota. Se había quitado todas las prendas de abrigo y llevaba únicamente un blusón blanco y unos pantalones marrones, pero seguía teniendo la sensación de encontrarse aprisionada bajo la sofocante axila del Padre-Mundo. Tras pasarse cinco horas caminando bajo un dosel de varios tipos de árboles que no conocía, estaba sin aliento y empapada en sudor. Las ramas se hallaban cubiertas de abundantes enredaderas y Talasyn se vio obligada a conjurar un sable de luz para abrirse paso.

La maleza encerraba una gran cantidad de vegetación que también le era desconocida. Había helechos que se extendían a lo largo de los troncos en hileras trenzadas, arbustos cuyas hojas se cerraban cuando ella las rozaba al pasar y plantas de las que colgaban unos sacos de labelos rojos llenas de un líquido transparente en el que se ahogaban todo tipo de criaturillas. Vio unas flores negras con forma de alas de murciélago, pétalos amarillos que parecían trompetas y unas flores enormes de aspecto aterciopelado y manchas blancas que desprendían un hedor a carne en descomposición que le provocó arcadas.

En la jungla abundaban también los insectos y los pájaros cantores, las ramas estaban repletas de reptiles con escamas que parecían joyas y de criaturas marrones y peludas que podían ser tanto primates como roedores y que se escabullían en cuanto ella se acercaba.

No creía que hubiera ningún otro ser humano en varios kilómetros a la redonda.

Era distinto a Sardovia en todos los sentidos.

Si Talasyn no se había opuesto a aquella peligrosa misión era porque tenía otro objetivo: uno que les había ocultado a sus superiores e incluso a Khaede. No le había contado a nadie el desasosiego que la inundaba cuando oía hablar de Nenavar. No le había contado a nadie el inquietante sentimiento de familiaridad que le producía. Había partido hacia el Dominio con la esperanza de encontrar… *algo*. Aunque no sabía qué. Buscaba respuestas a preguntas que no era capaz de expresar con palabras.

Pero hasta el momento no había descubierto gran cosa. Estaba cansada, cubierta de mugre y sudando a chorros.

Por la tarde, Talasyn se subió a un árbol para comprobar dónde estaba. El árbol tenía un aspecto semejante al de un anciano, encorvado sobre sí mismo y cubierto de hojas finas, y de sus ramas nudosas colgaban raíces aéreas. Daba la sensación de que la ensortijada corteza, que estaba plagada de huecos, estuviese hecha de sogas de madera entrelazadas.

No le costó nada trepar, pues se ayudó de un gancho y de los salientes del grueso tronco, que le sirvieron como puntos de apoyo. Mientras subía, se topó con muchas más de aquellas criaturitas peludas y marrones y comprobó que se trataba, sin duda alguna, de primates, aunque no eran más grandes que la palma de su mano. La mayoría salió huyendo, pero unos cuantos se quedaron paralizados, aferrándose a las ramas con sus alargados dedos y contemplándola con cautela. Sus ojos, redondos y dorados, abarcaban casi la totalidad de su diminuto cráneo.

—No os preocupéis —les dijo Talasyn entre resoplidos a tres de las criaturas—. Solo estoy de paso.

Eran las primeras palabras que pronunciaba en voz alta en día y pico. Aunque, lejos de considerarlo un honor, los tres monitos-rata profirieron unos ruiditos indignados y… *desaparecieron*.

Lo hicieron sin estridencias. Se encontraban allí encaramados y al instante siguiente ya no.

Lo más probable era que se hubieran escabullido entre las hojas con demasiada rapidez como para que ella se diese cuenta, pero la impresión que le dio fue que habían abandonado la realidad para evitar que siguiese hablando con ellos.

—Siempre me pasa lo mismo —farfulló.

Según sus cálculos, el árbol medía unos cien metros. Tras subirse a una de las ramas más altas y atravesar el espeso dosel selvático, se topó con un páramo desconocido que se desplegaba por todas partes en crestas cubiertas de un verde profundo e intenso. A lo lejos se perfilaban, envueltas en niebla, las siluetas de color azul pálido de otras montañas. Por delante pasaron varias bandadas de pájaros con plumajes de todos los tonos imaginables; las plumas de sus colas se extendían por detrás como si fueran chorros de éter. Colmaron el aire con el murmullo de sus alas iridiscentes al batir y su melodioso gorjeo, semejante al tintineo del cristal.

Talasyn notó el viento fresco en el rostro, lo que redujo en gran medida la sensación de humedad. La brisa transportaba el aroma de la lluvia y de la fruta dulce. Le despertaba recuerdos vagos y fugaces, aunque lo bastante intensos como para tener que aferrarse con más fuerza a la rama, ya que temía caerse por culpa de la sensación que la embargaba.

Yo ya he estado aquí. La idea se apoderó de su mente y se negó a soltarla. *Conozco este lugar.* Un torrente de imágenes y sensaciones la recorrió de arriba abajo, veloz y cambiante y sin forma definida. Aunque le pareció atisbar...

Unas manos ásperas le agarraban la cara. Una ciudad de oro. La voz de una mujer diciéndole: *Siempre estaré contigo. Volveremos a encontrarnos.*

Talasyn se notó las mejillas mojadas. Al principio pensó que se había puesto a llover, pero cuando el líquido le llegó a la comisura de los labios y se filtró dentro, descubrió que sabía salado. Hacía años que no lloraba. Lloraba por algo a lo que no le podía poner nombre, por alguien a quien era incapaz de recordar. El viento susurró entre las copas de los árboles y se llevó sus lágrimas.

Estoy llorando sentada en un árbol en medio de la selva, pensó afligida. *Soy la persona más ridícula del mundo.*

Entonces se oyó un trueno. Una columna de luz brotó en una de las montañas del norte. Cubrió el dosel de la jungla con un resplandor dorado, tan brillante que casi podía palparse. Salió disparada hacia el cielo, recubierta de hebras plateadas de éter.

Talasyn contempló la llamarada con el corazón desbocado. La Grieta de Luz parecía llamarla; despertaba algo en su interior. Estuvo a punto de lanzar un grito de protesta cuando se desvaneció; la columna se arremolinó y crepitó con renovada vehemencia hasta que por fin desapareció sin dejar rastro alguno.

Comenzó a descender por el árbol. Se juró que averiguaría el motivo por el que Nenavar le resultaba tan familiar. La respuesta se hallaba allí, en alguna parte. Estaba a su alcance.

Pero primero debía llegar a la Grieta de Luz.

A última hora de la tarde se puso a llover, un diluvio que convirtió el suelo en barro. Talasyn se refugió en otro árbol con forma de anciano; se metió en uno de sus muchos huecos y se llevó las rodillas al pecho.

Se quedó dormida en esa posición mientras esperaba a que el chaparrón amainara. Era inevitable: llevaba sin pegar ojo desde que había salido del cañón del Sendagreste. Volvió a soñar con Pico de Cálao y con la nave de tormenta que se lo había arrebatado todo, pese a que no tenía gran cosa. Aquella vez, al final del sueño —después de que los huracanes hubiesen arrasado con todos los puentes de madera, cuando las praderas reclamaron la ciudad y el polvo se asentó sobre las ruinas—, vio a una mujer que la abrazaba y le acariciaba la nuca, que le decía que todo saldría bien y que tenía que ser fuerte.

La mujer del sueño había llamado a Talasyn por otro nombre.

Uno que se desvaneció de sus recuerdos en cuanto se despertó, al igual que el rostro de la mujer.

Talasyn abrió los ojos de golpe. Había dejado de llover y la selva exhibía un aspecto húmedo y aletargado con el crepúsculo. Salió del hueco y reanudó su viaje, consciente de todo el tiempo que había perdido. Intentó recordar más detalles del sueño mientras el nerviosismo se apoderaba de cada uno de sus pasos.

¿Era aquella mujer la misma persona cuya voz la había asaltado con el viento nenavareno? ¿La que le había acariciado el rostro con esas manos ásperas?

¿Y qué era aquella ciudad de oro? Jamás había estado en ningún lugar como el que había vislumbrado en medio de las corrientes monzónicas. ¿Por qué el recuerdo había aflorado precisamente ahora? ¿Acaso la ciudad se hallaba dentro de las fronteras del Dominio?

Una parte de ella ahuyentó aquel pensamiento en cuanto asomó. La colmaba de miedo, ya que no debía contárselo a nadie…

¿Contarle a nadie el *qué*?

La perseguirían si lo descubrieran.

No, eso era lo que *Vela* le había dicho en cuanto a su condición de Tejeluces.

¿Verdad?

—El calor me está trastornando —dijo Talasyn porque al parecer ahora había adquirido la costumbre de hablar sola—. La cabeza se me ha ido del todo.

La oscuridad envolvió poco a poco a la selva. Allí los árboles crecían pegados unos a otros y ni siquiera la luz de las siete lunas era capaz de atravesar su frondosa techumbre. El sable de luz que había conjurado le servía ahora para iluminar el camino además de para abrirse paso a través de la vegetación. Había tenido la esperanza de que el sofocante calor le diese una tregua al caer la noche, pero no hubo suerte. La noche resultaba asfixiante y su manto cálido y húmedo se le pegaba a la piel.

Pero no se detuvo; siguió adentrándose en la jungla. Percibía la Grieta de Luz. Su proximidad.

A medida que el terreno se inclinaba cuesta arriba, el sable brillaba cada vez más, como si la intensidad de la magia con la que le había dado forma se hubiera multiplicado por diez. Notó un sabor extraño en la boca, pesado y metálico como el ozono o la sangre. Los espinosos arbustos le arañaron los brazos cuando aceleró el paso, pero ella no prestó atención a los cortes. Percibía un poder antiguo y vasto que la sobrecogió hasta dejarla embriagada; se le puso la piel de gallina y el corazón le golpeó la caja torácica hasta que, por fin...

Dio un respingo, confundida e incrédula, cuando la selva se abrió a un templo. Tal vez fuera como los que los Tejeluces habían construido por todo Soltenaz. Pero, al igual que aquellos, se encontraba en ruinas. Parecía que llevara siglos derruido. La luz lunar iluminaba los bordes ásperos de las losas cubiertas de musgo que sobresalían de cualquier manera entre la desenfrenada maleza. No había señales de vida.

¿Habían sufrido los Tejeluces de Nenavar el mismo destino que los del Continente? ¿Habían sido exterminados?

Talasyn pasó con cuidado por debajo de una bóveda de entrada medio derruida y recubierta de hiedra y recorrió un pasillo lleno de grietas que se hallaba flanqueado por columnas con intrincados diseños en relieve. En otras circunstancias, se habría parado a examinarlos, pero solo podía pensar en llegar hasta el punto de unión. La atracción que ejercía sobre su alma era magnética. Percibía su llamada, al igual que había ocurrido con los vientos monzónicos.

El templo era enorme. Más que de un edificio, se trataba de un complejo: estaba conformado de pasillos sinuosos y cámaras llenas de escombros cuyas puertas se habían venido abajo hacía mucho.

Se abrió paso como pudo entre los restos y salió a un patio del tamaño del hangar de una nave de tormenta. Era una zona a cielo abierto y la naturaleza la había reclamado ya para sí: muchos de aquellos árboles con forma de anciano se aferraban a lo que quedaba de la fachada de piedra, y sofocaban con sus gruesas raíces e innumerables brazos el suelo pavimentado y los muros y tejados circundantes. Las siete lunas coronaban el cielo y arrojaban un resplandor tan brillante como el día.

Se adentró un poco más. En el centro del patio, entre la maraña de arbustos y raíces y maleza, se alzaba una fuente enorme, la única estructura que no parecía afectada por el paso del tiempo ni por la destrucción que había asolado al complejo. Estaba hecha de piedra arenisca y tenía la anchura de varios árboles juntos; sus surtidores parecían tener forma de serpiente... o puede que de dragón, pensó al observarlos más de cerca.

Aquel era, sin duda, el emplazamiento de la Grieta de Luz. Se lo decía el instinto entre gritos. La magia la llamaba tras el velo del eterespacio. Solo debía esperar a que volviera a filtrarse.

—Ahí estás —murmuró una voz familiar a sus espaldas. El inconfundible chirrido del Pozoumbrío al cobrar vida quebró el silencio.

A Talasyn se le erizó el vello de la nuca, pero reaccionó de inmediato. No dijo nada, No perdió ni un segundo: transformó el sable en una alabarda y, tras girar sobre sí misma, se abalanzó sobre la espigada figura vestida de negro y carmesí que se encontraba a varios pasos de distancia. La hoja de su arma chocó con las puntas del tridente de sombras de su oponente en una unión de luz y oscuridad, y las chispas resultantes iluminaron la mirada entornada y plateada de Alaric Ossinast y su feroz máscara de obsidiana con forma de hocico de lobo.

Hacía quince días también se habían enfrentado, pero mientras que la actitud de él sobre el hielo había sido de amenaza y determinación, ella había estado aterrorizada. Esta vez, era diferente; esta vez, no tenía miedo.

Esta vez, estaba furiosa.

Talasyn se abalanzó sobre el príncipe de Kesath y descargó sobre él una andanada de golpes cortos y rápidos que lo hicieron retroceder, pese a que los bloqueó con magistral rapidez. Esperaba acorralarlo contra una de las columnas, pero él consiguió esquivarla e hizo descender el tridente sobre su hombro. La chica inclinó el arma, adoptando una posición defensiva, y los dientes le *entrechocaron* de la fuerza del golpe.

—Has estado entrenando —le dijo él.

Ella lo miró perpleja a través de la bruma resultante del cruce de sus magias.

—Me refiero a que tu técnica de combate ha mejorado —aclaró.

—Ya sé a lo que te refieres —espetó ella—. ¿Tienes por costumbre felicitar a todos los que intentan matarte?

—A todos no. —Una expresión divertida asomó a sus ojos durante un instante—. Solo a ti. Y de felicitación tenía poco: simplemente me alegro de que sea un duelo más interesante.

Talasyn se sirvió de su ira para impulsarse con más fuerza y logró destrabar su arma y zafarse de él. Volvieron a enzarzarse en una danza repleta de destellos dorados y oscuros sobre las piedras y las raíces, envueltos por la calidez de la noche y bañados por la luz de las lunas.

Talasyn casi estaba *disfrutando* aquel enfrentamiento, pero se negó a pensar en ello. Dejar que su magia fluyera en aquel lugar antiguo e indómito le provocaba una sensación agradable, así como el hecho de medirse contra un hombre como Alaric y hacerlo sudar un poco, pese a que ella estaba esforzándose al máximo.

Pero *se suponía* que no debía sentir nada que se pareciera remotamente al disfrute. Él se interponía en su camino; le estaba haciendo perder el tiempo.

Sus armas volvieron a chocar y engancharse.

—¿Cómo es que estás aquí? —exigió saber ella. Detestaba lo estridentes que habían sonado sus palabras, pero él la sacaba tanto de quicio… Y se encontraba increíblemente cerca de ella—. ¿Cómo has dado conmigo?

—Tenéis un traidor entre vuestras filas —dijo él con total naturalidad, y de algún modo fue mucho peor que si se lo hubiera dicho con jactancia—. Los vuestros se cambian de bando porque saben que la guerra está ya perdida.

—No te emociones tanto, que solo ha desertado uno —replicó, aunque se preguntó, alarmada, de quién podría tratarse. Sin duda, alguien cercano a Bieshimma o a la amirante, pues estaba al tanto de su misión y había conseguido una copia del mapa, pero ya se ocuparía de ello más tarde. Primero debía zanjar el enfrentamiento que tenía entre manos. El hecho de que Alaric le hubiera contado aquello significaba que no tenía intención de dejarla volver al Continente para avisar a sus superiores, sino que pretendía quitársela de en medio. Iba a disfrutar muchísimo frustrando dicho plan.

Talasyn le dio un rodillazo a Alaric en el estómago y aprovechó la vacilación momentánea del príncipe para alejarse de él. Se puso en guardia, sujetando el arma con ambas manos y situándola en el lado derecho del cuerpo.

—Confieso que cuando nos enfrentamos en el lago fui demasiado benevolente contigo. —Alaric cambió su postura también, listo para atacar, con la empuñadura del tridente apuntando al suelo y los pies poco separados—. Me has causado demasiados problemas. A partir de ahora, no habrá compasión que valga.

—Tú y yo tenemos opiniones muy diferentes sobre lo que es la compasión.

Cuando volvieron a chocar, lo hicieron con saña y sin tregua, dispuestos a matar al otro con cada uno de sus golpes. Los antiguos cimientos de piedra del templo se sacudieron y la selva quedó sumida en un abismo de ruido y furia. Tras otro intercambio de golpes, ambos se separaron, y Alaric estiró la mano, enfundada en un guantelete, y desplegó unos tentáculos de sombra salidos directamente del Pozoumbrío que se cerraron en torno a la cintura de Talasyn, la levantaron del suelo y la arrastraron hacia las chirriantes púas del tridente. Haciendo acopio de todas sus fuerzas, la chica giró el cuerpo en el aire y se estrelló contra *él*. El príncipe cayó de espaldas al suelo y su arma y los tentáculos se desvanecieron. Talasyn, a horcajadas sobre él, transformó la alabarda en una daga y se la acercó al cuello.

—¿Quién es el traidor? —gruñó.

Alaric contrajo los dedos. Unas esquirlas de magia de sombras hicieron trizas el árbol que se cernía sobre ellos desde uno de los tejados y que dejó escapar un poderoso gemido. Lo que quedó del tronco se derrumbó sobre la cabeza de ambos y Talasyn, movida por el instinto, se dispuso a apartarse. Sin embargo, en cuanto le alejó la daga del cuello, Alaric se incorporó y la hizo rodar hacia un lado. La daga de luz que tenía sujeta desapareció y el suelo se sacudió cuando el árbol se estrelló en el lugar donde habían estado ellos medio segundo antes.

Talasyn, que era ahora la que se encontraba de espaldas, contempló furiosa el rostro impasible y medio oculto que tenía encima.

—¡Podrías habernos matado!

—Teniendo en cuenta los objetivos de cada uno, nos ahorraríamos la tira de tiempo si muriésemos juntos —meditó Alaric.

—Hablas demasiado.

Arañó las baldosas de piedra con los dedos mientras se preparaba para conjurar otra arma, pero él se le adelantó. Le inmovilizó las muñecas con fuerza y las puntas afiladas de sus guanteletes con forma de garras se le clavaron en la piel.

Y entonces la Telaluz… *desapareció*. Abandonó las venas de Talasyn. Era el único modo de describir aquella repentina ausencia, parecida a la ensordecedora calma que envolvía el ambiente cuando una puerta se cerraba de golpe. En su interior no había *nada*. Absolutamente nada.

—¿Qué ha sido eso? —siseó Alaric, y Talasyn notó cómo tensaba el cuerpo—. ¿Por qué no puedo…?

Al parecer, había perdido también la capacidad de acceder al Pozoumbrío. Talasyn abrió la boca para lanzarle alguna réplica tajante, para despotricar contra él por haberlo echado todo a perder y por jorobarla a ella y al resto del mundo. Sin embargo, el ruido de unas pisadas reverberó por todo el patio en ese preciso momento.

—¡En pie! —les ordenó una voz masculina y severa—. *Despacio.* Y las manos donde podamos verlas.

Pronunció las palabras en la lengua común de los marineros, una lengua de comercio que el Continente había adoptado como idioma materno hacía siglos, pero con un acento muy marcado que Talasyn no había oído nunca. Las siete lunas iluminaron a las treinta figuras ataviadas con armadura que, sin que ellos se percatasen, habían aparecido en tropel y los habían rodeado. Los apuntaban con unos tubos de hierro largos con asas triangulares y una especie de dispositivo de disparo. Muchos de aquellos soldados llevaban lo que parecían ser unas jaulas metálicas a la espalda, sujetas a los hombros y la cintura.

Talasyn notaba un enorme vacío en su interior allí donde había estado la Telaluz. Alaric y ella se separaron y se pusieron en pie. Le habría dado un empujón, movida por el rencor más absoluto, si el instinto no le hubiera advertido que era mejor no hacer ningún movimiento brusco, ya que sospechaba que los soldados no se lo tomarían demasiado bien.

—Si salimos vivos de esta, te retorceré el pescuezo —le prometió ella.

—Eso es mucho suponer —recalcó él tajantemente.

Talasyn calculó las probabilidades que tenía de escapar si se enfrentaba a ellos. Por alguna razón era incapaz de usar la etermancia, pero todavía podía servirse de los puños y los dientes. Finalmente, se vio obligada a reconocer que había demasiados soldados y que no sabía qué eran aquellos tubos ni para qué servían. Parecían cañones, pero... ¿era posible que hubiese cañones *de mano*?

El nenavareno que les había ordenado que se pusieran en pie dio un paso adelante, lo que permitió a la chica poder verle mejor la armadura. Era una mezcla de placas de bronce y cota de malla y estaba adornada con flores de loto que parecían de oro de verdad. El hombre era delgado, y poseía la actitud calmada y el porte de autoridad propios de un oficial distinguido. Tenía el cabello encanecido y los ojos oscuros, y se quedó mirando a Talasyn...

... al principio con ira, luego como si la reconociera y no diera crédito, y finalmente con una tristeza que le erizó la piel.

El oficial negó con la cabeza y murmuró algo en un idioma que, aunque Talasyn no entendía, le resultaba inquietantemente familiar. Alzó la voz y les dio una orden a sus soldados.

Unas corrientes de magia violeta salieron disparadas de los tubos de hierro. Era la misma magia que Talasyn había visto brotar antes del punto de unión, aunque su aspecto era más pálido, más tenue. Vio por el rabillo del ojo que Alaric se desplomaba en el suelo y se dispuso a esquivar las corrientes, a contratacar, pero el aluvión provenía de todas partes. Notó que un torrente de calor la recorría y que un zumbido le inundaba los oídos cuando varios rayos chocaron con ella y luego...

La engulló *la oscuridad*...

CAPÍTULO SIETE

Cuando Talasyn recobró el conocimiento, lo primero que pensó fue que debería ir a ver a un sanador lo antes posible. Acabar inconsciente dos veces en un periodo de pocos días *no* podía ser bueno para nadie.

Lo segundo que pensó fue que se encontraba en una celda.

La habían dejado en un catre con un colchón finísimo y una almohada raída, y al incorporarse para mirar a su alrededor, el maltrecho armazón emitió un crujido. En lo alto de la pared del fondo, vio una única ventana con barrotes de hierro. Estaban demasiado pegados los unos a los otros como para colarse a través de ellos, pero dejaban entrar generosas cantidades de húmedo aire tropical y la claridad plateada del resplandeciente cielo nocturno. Lo que le bastó para ver sin problemas a la corpulenta figura que había sentada en el catre de enfrente, la cual aferraba los dedos enfundados con garras al borde del colchón y tenía los pies apoyados firmemente en el suelo, justo al lado de su máscara de obsidiana. Talasyn supuso que se la habían quitado sus captores, ya que no creía que un integrante de la Legión se hubiese desprendido de ella de forma voluntaria en aquella situación. Contempló el gesto de ferocidad de los colmillos lobunos a la luz de las lunas, pero se olvidó rápidamente de ellos, pues la presencia de su dueño la dejó sin aliento.

Tragó saliva nerviosa al percatarse de que estaba mirando el rostro desnudo de Alaric Ossinast por primera vez.

Su aspecto la dejó descolocada, aunque tampoco sabía muy bien *qué* era lo que esperaba encontrarse. Puede que a alguien más mayor, dada su temible reputación y su destreza en el campo de batalla, pero parecía tener veintitantos años. Unas ondas de pelo negro revuelto enmarcaban unos rasgos pálidos y angulosos salpicados de lunares. Tenía la nariz alargada y la mandíbula definida, aunque sus labios carnosos y suaves rebajaban la dureza del semblante.

Talasyn se quedó mirando fijamente aquellos labios. Su gesto era... casi malhumorado. O puede que *enfurruñado* fuera un término más adecuado, aunque jamás se le habría pasado por la cabeza que algún día utilizaría dicha palabra para describir al heredero del Imperio de la Noche.

Probablemente le daba aquella impresión porque era la primera vez que veía la mitad inferior de su rostro. Levantó la vista y se topó con la mirada del príncipe, un acto que la devolvió a un territorio más familiar; sus ojos grises reflejaban la dureza del granito y la contemplaban con intenso desagrado.

—¿Cuánto tiempo he estado inconsciente? —exigió saber Talasyn, devolviéndole a Alaric la mirada furiosa lo mejor que pudo.

—No llevo despierto mucho más que tú. Sin embargo, nuestros amables anfitriones no han considerado oportuno brindarnos la lujosa asistencia de un reloj. —Sin la máscara, la voz de Alaric era grave y profunda y poseía un matiz áspero. No debería haberla sorprendido, pero lo hizo. Le vinieron a la cabeza la seda tosca y el hidromiel en barrica de roble.

Acto seguido, el príncipe añadió en un tono despectivo que pulverizó sus descabelladas ideas con bastante efectividad:

—En cualquier caso, el hecho de no saber la hora es el *menor* de nuestros problemas.

—¿Nuestros problemas? —dijo Talasyn, enfadada—. ¿Te refieres al lío este en el que estamos metidos por tu culpa?

—Que yo recuerde había dos personas armando jaleo en aquel patio —replicó Alaric.

—¡Pero una de esas personas no tendría que haber estado allí!

Alaric esbozó una sonrisa burlona.

—Anda, no sabía que la Zahiya-lachis te había mandado una invitación personal para que utilizaras su Grieta de Luz.

Talasyn se puso en pie de un salto y salvó la distancia entre ambos.

—¡Tú me seguiste hasta Nenavar y empezaste la pelea! —gritó, cerniéndose sobre él. Al menos, todo lo que su altura le permitía. Apenas le sacaba un par de centímetros pese a que él estaba sentado—. El templo estaba abandonado. Podría haber entrado y salido del Dominio sin que se dieran cuenta, pero ¡tuviste que entrometerte!

—No me quedó otra. —La respuesta de Alaric fue puro hielo—. No podía dejar que accedieras al punto de unión. Habría supuesto una desventaja táctica bastante significativa.

—Y supongo que ser capturado en un país extranjero de sobra conocido por su aversión a los forasteros es el *summum* de la estrategia. Sobre todo cuando son capaces de arrebatarnos los poderes y de conjurar un tipo de magia con la que jamás nos habíamos topado —se mofó ella, clavándole un dedo en el pecho. Era… irritantemente firme. Los músculos no cedieron en absoluto.

La agarró de la muñeca antes de que tuviera ocasión de retirarla.

—Me caías mejor cuando me tenías miedo —le dijo.

—Ya, y tú me caías mejor cuando estabas inconsciente. Lo de tenerte miedo fue una tontería —replicó ella, sonrojada por la referencia a su primer encuentro—. No eres más que el perrito faldero de tu padre. Me juego un brazo a que nunca has pensado por ti mismo…

Alaric se levantó y arrinconó a Talasyn en el espacio que ella se negó a cederle. La chica intentó zafarse de él, pero el príncipe le agarró la muñeca con la fuerza suficiente como para casi magullarla. Estaba tan cerca que era capaz de *olerlo*, el sudor y el humo de la batalla mezclados con el persistente aroma balsámico del agua de sándalo. Era una combinación embriagadora y, unida a la ira que reflejaban sus ojos plateados, tuvo la sensación de estar ahogándose, de que iba a ahogarse *en él*, pero se negó a retroceder; levantó la barbilla y le dirigió una mirada feroz, enseñándole los dientes.

—Te arrepentirás de haber dicho eso, Tejeluces —dijo él con voz rasposa. La promesa abandonó sus labios envuelta en una rabia contenida y candente.

Ella cerró la mano que tenía libre y le dio un puñetazo en la mandíbula.

Alaric se tambaleó hacia atrás y Talasyn se acercó a él.

—Dime quién es el traidor. —Se le pasó por la cabeza sacarle la información a golpes si se negaba a cooperar. Al fin y al cabo, estaban encerrados en una celda y él no podía huir a ninguna parte—. Haz algo bueno por una vez en tu *miserable* vida…

Alaric cargó demasiado rápido contra Talasyn como para que ella pudiese reaccionar. En un abrir y cerrar de ojos, él la había lanzado ya de espaldas sobre su colchón y la había inmovilizado; el catre gimió bajo el peso de ambos. Le sujetó los hombros mientras ella yacía tendida debajo, y Talasyn notó la garra de uno de sus dedos deslizándosele por el cuello y dejando a su paso una estela de calor y electricidad estática.

—Descubrir la identidad de un soplón cualquiera no te servirá de nada. —La luz lunar se reflejó en sus ojos, que resplandecieron con el brillo plateado de un cuchillo—. La Confederación Sardoviana se encuentra al borde de su desaparición. Nada de lo que hagas podrá detener su caída, sobre todo ahora que estás tan lejos de casa. —Curvó la comisura de sus carnosos labios y esbozó una media sonrisa cargada de sarcasmo—. Es demasiado tarde.

Ella se lo quedó mirando. ¿Insinuaba que iba a producirse un ataque inminente? Tenía que volver y avisar a los demás.

La puerta de la celda chirrió al abrirse y el soldado que los había capturado en las ruinas entró. Este se detuvo de golpe y enarcó una ceja al ver a Alaric inmóvil sobre Talasyn.

—Parece que siempre acabáis igual —comentó secamente.

Los prisioneros iban a ser interrogados por separado y Talasyn tuvo el dudoso honor de ser la primera. Le esposaron las muñecas a la espalda y fue escoltada por nada menos que cinco soldados nenavarenos; dos de ellos la sujetaron por los brazos y otro le apoyó esa *cosa*, esa especie de cañón, en la columna. Los otros dos estaban situados en los flancos del grupo, encajonándola, con aquellos artilugios con forma de jaula sujetos a los hombros.

Talasyn miró disimuladamente alrededor mientras la conducían por un estrecho pasillo hecho de cañas de bambú, sujetas entre sí con ratán. Habían colgado una de aquellas jaulas frente a la celda donde los retenían a Alaric y a ella, y tenía la sospecha de que lo que fuera que hubiera dentro suprimía la capacidad de ambos para vincularse al eterespacio. No sabía que aquello fuera posible y se moría por saber lo que había dentro de las jaulas, pero estas estaban cubiertas con paneles de vidriometal tintado que ocultaban el interior.

Por fin, llegaron a una sala iluminada y austera y la hicieron sentarse a una mesa sobre la que habían vaciado su mochila; sus provisiones y su equipo de navegación habían sido dispuestos en ordenadas hileras. Vio también una taza de peltre llena de agua con una pajita de madera. Los soldados colocaron cada una de las jaulas en rincones opuestos de la sala y se retiraron, dejando a Talasyn a solas con el oficial, que ocupó la silla que había frente a la suya y le acercó la taza de peltre.

Al menos, los nenavarenos eran captores *benévolos*. O simplemente no querían que se muriera de sed antes de haber acabado el interrogatorio. En cualquier caso, no pensaba rechazar el agua.

Con las manos todavía atadas a la espalda, Talasyn se inclinó como pudo hacia delante, colocó los labios alrededor de la pajita y sorbió con avidez. Sus ademanes no tenían nada de sutil ni de corteses. Vació la taza en cuestión de segundos y no se detuvo hasta oír el ruido del aire al ser absorbido con fuerza.

El oficial la contempló con expresión divertida, pero no dijo nada. A decir verdad, el gesto de diversión desapareció poco después de que ella se enderezase. Recorrió con la mirada cada centímetro de su rostro hasta que Talasyn se removió en el asiento, incómoda por tan intenso escrutinio, y acto seguido carraspeó, según le pareció a ella, a modo de disculpa.

Talasyn pensó que, ya que se encontraba sentada en una sala de interrogatorio, podría formular también algunas preguntas.

—Esos tubos que llevan vuestros hombres…

—Se llaman «mosquetes» —explicó el oficial.

—De acuerdo, mosquetes —dijo con tono informal, haciendo lo posible por no trabarse con aquella palabra desconocida—. ¿Qué es la magia esa que disparan? Procede del eterespacio, ¿verdad?

—Veo que en el Continente del Noroeste aún no se ha descubierto la dimensión del Vaciovoraz —respondió el oficial—. Es un tipo de magia necrótica que resulta muy útil. Es capaz de matar, pero también puede ser calibrada simplemente para aturdir —añadió como quien no quiere la cosa, aunque el significado de sus palabras estaba claro. Si Talasyn intentaba algo raro, sus soldados no se limitarían a dejarla inconsciente.

Aquellos mosquetes… Frunció el ceño. Los cristales que tanto Kesath como Sardovia extraían de las minas para contener la energía de las dimensiones que *sí* habían descubierto tenían el tamaño de un plato. La magia proveniente del eterespacio se desestabilizaba si se almacenaba dentro de algo que fuera más pequeño. De algo lo bastante pequeño como para caber en esos tubos de hierro—. ¿Qué clase de corazones de éter…?

El oficial la interrumpió, adoptando la actitud de quien que ya le ha consentido lo bastante a otra persona.

—Soy Yanme Rapat, kaptán de las divisiones de patrulla designadas por Su Majestad Estelar Urduja de la Casa Silim, La que Elevó la Tierra sobre las Aguas, para garantizar la seguridad de nuestras fronteras —anunció con un tono de voz formal—. Los restos del templo Tejeluces del Monte Belian se encuentran bajo mi jurisdicción y, como tal, me corresponde a mí dictar sentencia por tu intrusión. Los forasteros tienen prohibida la entrada a menos que dispongan de la autorización de la Zahiya-lachis.

—Y aun así aquí estoy —murmuró Talasyn—. ¿Dónde nos encontramos exactamente?

—En la guarnición Huktera situada en la cordillera de Belian.

Tras echarle un vistazo al dossier de Bieshimma, Talasyn había deducido que «Huktera» era el nombre colectivo de las fuerzas armadas nenavarenas. Y fue un alivio descubrir que no se hallaba demasiado lejos de las ruinas. En cuanto escapase, no le costaría demasiado dar esquinazo en la selva a los soldados, recuperar el rumbo y volver a la cueva donde había escondido su coracle avispa.

Aunque tal vez no le hiciese falta escapar. Quizá podría razonar con aquel oficial, aquel kaptán.

—Oíd —dijo—. Siento haberme colado en el templo. De verdad. No pretendía hacer nada malo.

Rapat se inclinó hacia delante y tomó el mapa de entre las pertenencias de Talasyn.

—Se trata de un mapa relativamente detallado, teniendo en cuenta que no acostumbramos a compartir con el resto del mundo el trazado geográfico de nuestra nación. Además de señalar la ubicación de la Grieta de Luz, la persona que elaboró el mapa también trazó una ruta desde el puerto hasta la capital para que fueras capaz de evitar las vías concurridas, me parece a mí. El último forastero que logró llegar hasta el interior y, por lo tanto, el único que podría haber esbozado este mapa, fue el general Bieshimma de la Confederación Sardoviana, quien violó nuestras leyes al negarse a permanecer en el puerto e intentó infiltrarse en la Bóveda Celestial. El palacio real —aclaró, al percatarse de la confusión que asomó al rostro de Talasyn—. Y quince días después, aquí estás tú, sembrando el caos en uno de nuestros emplazamientos históricos más importantes. Yo diría que dichas acciones no se corresponden con las de alguien que *no pretende hacer nada malo*.

Dicho así, los hechos resultaban irrefutables. Talasyn intentó recordar si alguna vez había llegado a sus oídos la noticia de que fueran a ejecutar a algún forastero por haberse colado en el Dominio de Nenavar. Por otra parte, si era el procedimiento habitual, nadie sobrevivía para contarlo, claro. Tal vez la encarcelaran de forma indefinida… aunque eso acarrearía otra serie de problemas.

El hecho de estar dispuesta a embarcarse en aquella misión, así como el deseo de Vela para que la llevase a cabo, había dependido de su habilidad como Tejeluces para luchar y escapar. Sin esta, las opciones eran bastante limitadas.

Talasyn desvió la mirada a una de las jaulas opacas del rincón. Ojalá supiera cómo funcionaban —*qué* eran— y cómo desactivarlas. Había deducido ya que cualquiera que fuera el mecanismo con el que inhibían sus habilidades mágicas se encontraba limitado a un radio fijo, ya que los nenavarenos se aseguraban de no alejarlas de ella y de Alaric, aunque ignoraba lo amplia que era el área en la que producían efecto.

Tras seguir la dirección de su mirada, Rapat esbozó una sonrisa tensa.

—Es una jaula de sarimán —explicó—. No encontrarás nada parecido en Lir. Casi todas las guarniciones cuentan al menos con un par, pero mis hombres son los únicos que llevan varias encima mientras patrullan, precisamente para proteger la Grieta de Belian de Tejeluces no autorizadas como tú. La cuarta Zahiya-lachis encargó su fabricación para contrarrestar a los etermantes. No podía permitir la utilización sin control de un poder semejante. Los Encantadores resultaban útiles, pero los demás... constituían una amenaza para la dinastía reinante.

—Los echasteis a todos —aventuró Talasyn. Una imagen del abandonado templo en ruinas afloró en su mente—. O los matasteis.

—Todos los Tejeluces, Forjasombras, Cantalluvias, Agitafuegos, Llamavientos y Tronadores abandonaron Nenavar de manera voluntaria hace innumerables generaciones —repuso Rapat—. Se negaron a someterse a las jaulas de sarimán y a la voluntad de la reina Dragón, de manera que se marcharon en busca de otros puntos de contacto.

La reina Dragón, observó Talasyn, preguntándose si era algo literal o si se trataría simplemente de una parte de la mitología local.

—¿Y qué hay de los etermantes con acceso al Vaciovoraz?

—No tenemos constancia de que en Nenavar existieran etermantes vinculados al Vaciovoraz. La cuestión es —Rapat evitó ahondar en el tema con un ademán despectivo— que no se produjo genocidio alguno. El Dominio no es Kesath.

Talasyn apretó la mandíbula.

—De modo que estáis al tanto de lo que ha estado ocurriendo en Sardovia.

—Así es —le confirmó Rapat—. Es una desgracia, pero no podemos prestar ayuda alguna. Nenavar ha sobrevivido durante tanto tiempo precisamente porque no interferimos en asuntos extranjeros ni nadie interviene en los nuestros. La única vez que una parte de nuestra flota puso rumbo hacia el noroeste, la nave de tormenta de Kesath arrasó con ella. —Durante un instante fugaz, un recuerdo doloroso pareció apoderarse del kaptán—. La reina Urduja tenía razón. Nunca debieron haber partido.

La confusión invadió a Talasyn.

—¿Zarparon sin su permiso? ¿Acaso no es la soberana...?

—Aquí el que hace las preguntas soy yo —la interrumpió Rapat con la presteza de quien se ha dado cuenta tarde de que ha hablado de más—. Si cooperas, tal vez seamos más indulgentes. Bueno, ¿cómo te llamas?

Respondió a regañadientes. El nombre se lo habían puesto en el orfanato y tomaba su inspiración de la palabra *talliyezarin*, una hierba parecida al esparto que se encontraba diseminada por toda la Gran Estepa y que no servía absolutamente para nada. Jamás le había gustado.

Rapat la acribilló a preguntas y, aunque Talasyn no dijo ninguna mentira, fue todo lo imprecisa que pudo. Cuando el hombre le acercó el mapa y le preguntó dónde había atracado su nave, ella señaló un lugar al azar de la costa. No obstante, *sí* se aseguró de contarle a Rapat quién era Alaric y por qué se estaban peleando: su parte más rencorosa esperaba que el kaptán se quedara descolocado al descubrir que había detenido al príncipe heredero de Kesath y que la situación podía, por lo tanto, desembocar en un incidente diplomático, pero su expresión permaneció impasible hasta…

—Solo me queda una pregunta por hacerte. —Rapat tomó aire, como preparándose para las palabras que iba a pronunciar a continuación y, durante un instante, su aspecto fue el de un hombre mayor—. ¿Qué relación tienes con Hanan Ivralis?

Talasyn lo miró perplejo.

—No tengo ni idea de quién es esa persona.

Rapat frunció el ceño.

—¿Quiénes son tus padres?

El corazón le dio un vuelco.

—No lo sé. Me abandonaron en la puerta de un orfanato de Pico de Cálao, una ciudad situada en la Gran Estepa, cuando tenía un año.

—¿Y cuántos años tienes ahora?

—Veinte.

Rapat perdió la compostura. Un temblor lo recorrió mientras la miraba fijamente; parecía no saber qué decir. Antes de que Talasyn tuviera la ocasión de reflexionar acerca de aquel extraño giro de los acontecimientos, la puerta se abrió y uno de los soldados asomó la cabeza y le dirigió a Rapat unas palabras en la melodiosa lengua del Dominio.

—Su Excelencia el príncipe Elagbi está aquí —le tradujo Rapat, que seguía mirándola como si le hubiera salido una segunda cabeza—. He solicitado su presencia. Creo que lo mejor es que os conozcáis.

Aquello solo la desconcertó aún más. ¿La realeza de aquel país tenía por costumbre interrogar a los intrusos? Al zarpar de Sardovia, Talasyn se había preparado para un largo trayecto en coracle, una caminata agotadora y puede que algún que otro enfrentamiento. No había contado con que Alaric Ossinast figurase en aquella última parte y mucho menos con tener que vérselas con *otro* personaje de título rimbombante.

Transcurrieron varios minutos antes de que el hombre que a todas luces era Elagbi entrase en la sala. Pese a su delgada complexión, el porte regio del príncipe nenavareno, que iba ataviado con una túnica de color azul pálido y una capa de seda dorada, conseguía transmitir una apariencia imponente. Dos figuras serpentinas entrelazadas conformaban la corona dorada que le adornaba el canoso cabello, peinado hacia atrás, y el rostro que asomaba bajo el intrincado ornamento tenía unas proporciones perfectas y poseía una estructura elegante y distinguida pese a las arrugas de la edad.

No obstante, no fue la única razón por la que Talasyn se quedó boquiabierta. El príncipe del Dominio le resultaba tremendamente familiar de un modo que era incapaz de explicar pero que la reconcomía como un dolor de muelas constante. Era como si lo hubiera visto antes, pero eso no podía ser.

¿Verdad?

Elagbi había clavado su mirada azabache en Rapat desde el momento en que entró en la sala de interrogatorios. Se dirigió al otro hombre en nenavareno, lo que a Talasyn le pareció no solo de mala educación, sino también peligroso, puesto que no sabía lo que pensaban hacer con ella.

—Disculpad —interrumpió enérgicamente—. No entiendo lo que decís.

Sin un segundo de dilación, Elagbi pasó a hablar la lengua común de los marineros.

—Le decía a nuestro estimado kaptán que más le valía tener una buena razón para haberme hecho venir desde la capital cuando el debate por la sucesión está en pleno apogeo…

Elagbi se interrumpió bruscamente al posar la mirada en Talasyn. Sus ojos permanecieron fijos en ella.

Las expresiones de angustia no le eran ajenas a Talasyn. Las había visto en el rostro de sus camaradas cuando hablaban de todo lo que la Guerra de los Huracanes les había arrebatado. Pero aquella era distinta: exhibía una intensidad que desgarraba el alma. El príncipe del Dominio de Nenavar la miraba como si fuera un fantasma.

—Hanan —susurró.

De nuevo aquel nombre. Antes de que Talasyn tuviese ocasión de abrir la boca para preguntar quién era aquella persona y qué era lo que ocurría, Rapat tomó la palabra.

—Mis hombres y yo estábamos llevando a cabo una inspección rutinaria cuando la encontramos peleándose con otro intruso en el templo, Excelencia. Ambos proceden del Continente del Noroeste. El otro intruso es Alaric Ossinast. La chica afirma que la abandonaron siendo un bebé y que no recuerda a sus padres. No obstante, tiene veinte años y es una Tejeluces…

—Por supuesto que sí —murmuró Elagbi. Hizo caso omiso a la mención de Alaric y no le quitó en ningún momento la vista de encima a Talasyn, que presenció el intercambio con una expresión perpleja—. Se hereda de padres a hijos, ¿no?

—No lo sabemos con seguridad —se apresuró a decirle Rapat—. Le recomiendo…

—¿Es que estás ciego? —le espetó Elagbi—. ¿Acaso no ves que es la viva imagen de mi difunta esposa? Y es capaz de urdir la Telaluz, igual que Hanan. No hay duda, Rapat.

Las palabras que pronunció a continuación la dejaron de piedra.

—Es mi hija.

CAPÍTULO OCHO

Talasyn llevaba soñando con aquel momento diecinueve largos años. Cuando birlaba y vendía lo que podía para sobrevivir en los arrabales de Pico de Cálao, abriéndose paso entre las altas pasturas y el viento cortante de la Gran Estepa, cuando se acurrucaba en cualquier rincón del orfanato o en las fétidas calles donde pasaba la noche, cuando añadía semillas al agua para tener algo con lo que llenarse el estómago y, tiempo después, cuando se acomodaba en las trincheras con compañeros que a aquellas alturas ya estaban muertos, mientras cerraba los ojos y el estruendo de las naves de tormenta lo invadía todo... la imaginación había sido su refugio, evocando escenarios distintos cada vez. A menudo se había preguntado qué diría su familia cuando volvieran a encontrarse, si la estrecharían entre sus brazos, si las lágrimas derramadas serían por fin lágrimas de felicidad.

Ni siquiera en sus fantasías más dramáticas e inverosímiles aparecía ella atada, y jamás se habría imaginado que las primeras palabras que le dirigiría al hombre que, en teoría, era su padre serían:

—¿Soy vuestra *qué*?

—Mi hija —repitió Elagbi, y sus facciones cobrizas y aristocráticas se suavizaron mientras daba un paso hacia ella—. Alunsina...

Ella se puso en pie de un salto y una sensación latente de temor la instó a retroceder mientras negaba con la cabeza.

—Me llamo Talasyn.

Durante un instante, Elagbi pareció dispuesto a refutar aquella afirmación, pero Talasyn se había quedado lívida y cada vez tenía los ojos más desorbitados, por lo que tan tremebunda imagen debió de empujar al príncipe a proceder con un poco más de tacto.

—Sí, eres Talasyn —dijo lentamente—. Talasyn de Sardovia, que oscila entre este mundo y el éter. Pero también eres Alunsina Ivralis, la única hija de Elagbi del Dominio y de Hanan del Amanecer. Eres Alunsina Ivralis, nieta de Urduja, La que Elevó la Tierra sobre las Aguas, y la heredera legítima del trono del Dragón.

—Excelencia, debo aconsejaros que os abstengáis de hacer declaraciones tan prematuras. —Rapat parecía afligido—. Pese al sorprendente parecido con Lady Hanan, Su Majestad Estelar jamás aceptaría...

Elagbi le dirigió un gesto desdeñoso con la mano.

—*Obviamente* se llevará a cabo una investigación exhaustiva, tal y como dictan las formalidades. No obstante, la investigación en cuestión no hará más que confirmar lo que yo ya sé. —Volvió a concentrarse en Talasyn, que advirtió, para su disgusto, que el hombre tenía los ojos anegados en lágrimas—. Te *conozco*, ¿sabes? Eras una chiquilla de lo más traviesa y siempre intentabas quitarme esto —se señaló la corona— de la cabeza cuanto te tomaba en brazos. Pero los enfados nunca me duraban mucho porque me mirabas con esos ojos tuyos, idénticos a los de tu madre, y me regalabas su misma sonrisa... Te reconocería en cualquier parte. Podrían haber transcurrido otros diecinueve años antes de que nos encontrásemos y el corazón seguiría diciéndome que eres mi hija. ¿No te acuerdas aunque solo sea un poco de tu *amya*?

No, pensó Talasyn. *No me acuerdo.*

Sin embargo, por fin lo entendió todo. El vínculo que siempre había sentido con Nenavar. Los sueños y las visiones que, se percató entonces, habían sido siempre recuerdos.

Había partido hacia el Dominio en busca de respuestas y allí las tenía. Aunque jamás hubiera pensado que no sentiría una conexión instantánea con su familia tras reunirse con ellos. Sí, el príncipe nenavareno le resultaba familiar, pero la extraña situación la había dejado estupefacta; no solo eso, la habían atado de manos y era incapaz de acceder a la Telaluz, por lo que también se hallaba indefensa. Las circunstancias distaban tanto del alegre reencuentro que se había imaginado de pequeña que se sentía engañada... y *furiosa*.

—Es imposible que seamos familia —le gruñó a Elagbi mientras una horrible sensación de dolor le inundaba el pecho—. Porque eso significa... a ver, la gente abandona a sus hijos cada dos por tres porque no son capaces de mantenerlos o protegerlos. Vos... Vos pertenecéis a la *realeza* —prácticamente escupió la palabra—. De manera que, o me abandonasteis en Sardovia o me enviasteis allí porque... porque no me *querías*.

Era una posibilidad que en el fondo siempre la había aterrorizado, aunque no se había atrevido a reconocerlo. Había tenido que vivir aferrada a la esperanza mientras se peleaba por los restos de comida del suelo con otros pobres desgraciados. La esperanza de que su familia la quería, de que, *sin duda*, había alguien ahí fuera que la quería.

—Es imposible que seamos familia —repitió—. No me lo creo.

—Alun... *Talasyn* —se corrigió Elagbi, al ver que la invadía la cólera cuando se dispuso a llamarla por un nombre que *no* era el suyo—, por favor, deja que te lo explique. Ven, siéntate conmigo. Rapat, quítale las dichosas esposas. Es increíblemente inapropiado tratar a la Lachis'ka como si fuese una criminal.

¿Lachis'ka? ¿Acababa de insultarla en nenavareno? Talasyn fulminó a Elagbi con la mirada al tiempo que Rapat se aproximaba con cautela y la rodeaba para quitarle las ataduras. Sacudió las muñecas para devolverles la sensibilidad y estiró los brazos, pues había permanecido mucho tiempo en la misma posición, pero permaneció de pie. Tal vez tuviera que huir si las cosas se ponían feas.

No, era imperativo que huyese. Si la Confederación Sardoviana estaba a punto de sufrir un ataque brutal, tal y como Alaric había insinuado, Talasyn debía marcharse.

Si a Elagbi le molestó que no tomase asiento, no dio muestras de ello. En cambio, permaneció también de pie; le dirigió una mirada imperiosa a Rapat y señaló la puerta con la cabeza. El atribulado kaptán abrió la boca, dispuesto a protestar, pero pareció pensárselo mejor. Le lanzó una última mirada escrutadora a Talasyn por encima del hombro mientras abandonaba la sala.

—Yanme Rapat es un buen hombre —comentó Elagbi en cuanto Talasyn y él se quedaron a solas—. Y un buen soldado, aunque todavía le pese un poco el hecho de que lo rebajasen de categoría hace diecinueve años.

Talasyn no entendía a qué venía aquel comentario acerca de Rapat y su trayectoria militar. ¿Intentaba Elagbi mantener una conversación trivial con ella? *¿Precisamente* en aquel momento?

El príncipe lanzó un suspiro.

—Quiero contártelo todo, Talasyn, y espero que algún día me lo permitas. No obstante, dadas las circunstancias y tu estado de ánimo actual, creo que lo mejor será saltar directamente hasta el final y explicarte el motivo por el que tuvimos que sacarte de Nenavar. Créeme, si hubiese habido otra alternativa…

Dejó la frase a medias, evocando, con la mirada perdida, algún suceso angustioso del pasado, antes de volver a tomar la palabra:

—Cuando tenías un año, en Nenavar estalló una guerra civil. Mi hermano mayor, Sintan, lideró una revuelta. Acumuló un gran número de seguidores que creían lo suficiente en la causa como para matar a cualquiera que se interpusiera en su camino. Asaltaron la capital y derrotaron a nuestras fuerzas, con lo que Su Majestad Estelar y tú tuvisteis que ser evacuadas en naves distintas. Habría dado cualquier cosa por no separarme de ti, pero tuve que defender nuestra patria y a nuestro pueblo.

La voz de Elagbi se tornó grave y tensa.

—Corrías muchísimo peligro. Eras la Lachis'ka, la heredera. Solo las mujeres pueden ocupar el trono del Dragón y Sintan jamás te habría perdonado la vida, al margen de lo pequeña que fueras, al margen de que fueras su sobrina. Su ideología lo transformó en otro hombre, le pudrió las entrañas. Lo maté yo mismo una semana después en la Bóveda Celestial; su muerte alteró el curso de la guerra y los Huktera lograron reconquistar la capital y derrotar a las fuerzas rebeldes. La reina Urduja volvió, pero tú no. No conseguimos encontrarte. Perdimos contacto con tu nave.

—¿Quién más iba a bordo? —preguntó Talasyn con apenas un susurro.

—Te acompañaban tu niñera y dos miembros de la Lachis-dalo, la Guardia Real —dijo Elagbi—. Debían llevarte a las Islas del Amanecer, la tierra natal de tu madre, pero no llegaste a tu destino. Sardovia está en dirección contraria, no me explico cómo acabaste allí.

—Mi… mi madre. —Qué extraño le resultaba pronunciar aquellas palabras—. ¿No es nenavarena? —Elagbi negó con la cabeza y Talasyn prosiguió—: ¿Dónde…?

Se interrumpió. Ya lo sabía, ¿no? Elagbi había mencionado a su *difunta esposa* mientras hablaba con Rapat. Puede que aquella fuera una de las razones por las que se había negado a creerle al principio. Si realmente era su padre, eso significaba que su madre estaba muerta.

—Hanan falleció poco antes de que te sacáramos de la capital —respondió Elagbi y, pese a todos los años que habían pasado, su dolor se reflejaba de tal manera en su rostro que cualquiera podía imaginarse lo mucho que debió de sufrir cuando la herida aún era reciente—. Fue víctima de una enfermedad. Una fiebre repentina. Sucumbió antes de que los sanadores comprendiesen de qué se trataba.

Talasyn fue incapaz de reaccionar a aquello. Era incapaz de desentrañar la maraña de sentimientos encontrados que invadía su interior y dilucidar qué emociones —¿pena?, ¿nada?— le despertaba aquella mujer a la que no conocía. En aquel momento le era imposible. No le quedaba espacio para nada más.

Así que preguntó en cambio:

—¿Cómo estalló la guerra civil? ¿Por qué se rebeló Sintan contra Urduja?

Ocurrió más o menos durante la misma época que el Cataclismo. ¿Estaban relacionados ambos acontecimientos? ¿Tuvo la guerra civil de Nenavar algo que ver con las aeronaves que partieron para ayudar a los Tejeluces de Soltenaz y que la Zahiya-lachis se había negado a enviar?

Elagbi se dispuso a responder, pero en ese preciso momento se desató el caos.

Cinco mujeres irrumpieron en la sala de interrogatorios. Talasyn supuso que eran las Lachis-dalo que Elagbi había mencionado antes: imponentes y ataviadas con armaduras pesadas. Formaron un círculo en torno al príncipe de forma ensayada y le dirigieron unas palabras urgentes y aceleradas en el lenguaje lírico de Nenavar.

—Alaric Ossinast ha escapado —le tradujo Elagbi a Talasyn—. Ya no está bajo el control de las jaulas de sarimán. Debemos ponernos a salvo…

Talasyn agarró el mapa y la brújula de la mesa y salió disparada de la sala, guardándose los objetos en los bolsillos mientras corría. Debía reducir a Alaric o, en su defecto, volver al Continente lo antes posible. Sardovia corría peligro por culpa del traidor y lo que fuera que el Imperio de la Noche había planeado. Ya asimilaría el resto después. Se abrió paso a empujones entre las guardias haciendo caso omiso de los gritos que oyó a su espalda y recorrió lo más deprisa que pudo los pasillos de bambú en dirección al lugar donde sonaba la alarma. Había soldados corriendo en la misma dirección que portaban mosquetes, pero Talasyn sabía que no servirían de nada, no cuando Alaric había recuperado el acceso a la magia del Pozoumbrío.

Tras haberse alejado unos siete metros de las jaulas de los sarimanes, Talasyn notó que la Telaluz volvía también a ella. La recorrió como una oleada, desplegando aquella sensación abrasadora en su interior. Algunos de los soldados que salían de los barracones intentaron detenerla —seguramente pensaban que *ella* era el motivo de que se hubiera dado la alarma—, pero Talasyn los apartó con unas ráfagas informes de magia abrasadora y estos se estrellaron contra las paredes y dejaron caer las armas al suelo. Finalmente, consiguió dejarlos a todos atrás, salió a toda prisa del edificio principal de la guarnición y se adentró en la cálida noche, donde vio un sinnúmero de hombres malheridos tirados en la plataforma de aterrizaje cubierta de vegetación, donde una guadaña forjada de sombra y éter aullaba bajo una urdimbre de constelaciones plateadas y golpeaba al último soldado que quedaba en pie.

El hombre se desplomó en la hierba húmeda; tenía una herida en el pecho, pero seguía vivo, al igual que sus compañeros heridos. Alaric estaba mostrando una moderación de la que Talasyn jamás hubiera creído capaz a la Legión, aunque, por otra parte, lo más probable era que no quisiera que la situación entre el Dominio de Nenavar y el Imperio de la Noche se complicase aún más. Ambos cruzaron una mirada a lo lejos y Talasyn vio en la comisura arrugada de sus ojos plateados la sonrisa que su máscara de obsidiana ocultaba, ya que había vuelto a ponérsela. Hizo aparecer dos dagas y echó a correr hacia él, que la esperaba con la guadaña de guerra preparada, crepitando de forma amenazadora.

Casi había llegado a él cuando advirtió las pisadas que se detenían a su espalda, seguidas del grave rugido del Vaciovoraz y un destello abrasador de color amatista. Oyó que el príncipe Elagbi profería un grito.

Tanto Alaric como Talasyn se volvieron hacia la corriente de magia violeta que se precipitaba en su dirección. Los otros soldados nenavarenos bajaron de inmediato los mosquetes cuando Elagbi y

Rapat les ordenaron, según le pareció a ella, que se retirasen, aunque la amplia corriente era ya imparable.

No había tiempo de esquivarla ni de pararse a pensar. Lo único que podía hacerse era dejar que el instinto tomase las riendas. Alaric transformó la guadaña en un escudo y lo situó frente a él mientras Talasyn —que aún no sabía crear escudos ni cualquier otra cosa que no se usase para atacar— arrojaba una daga a la bruma violeta con la esperanza de interceptarla.

Su plan no funcionó.

No de la manera que esperaba.

En cuanto su daga tejida de luz rozó el extremo del escudo forjado de sombras de Alaric, ambos... se fusionaron. Era el único modo que se le ocurría a Talasyn para explicar lo que sucedió. El escudo y la daga se difuminaron entre sí y unas espirales de éter brotaron del punto donde ambos se entremezclaban, como la superficie de un estanque al arrojar una piedra. Las ondas se expandieron con la rapidez de un relámpago y envolvieron a Talasyn y a Alaric, conformando una esfera translúcida que brillaba con un resplandor negro y dorado fruto de la combinación del Pozoumbrío y la Telaluz. La corriente mágica chocó con la esfera y la recubrió de forma inofensiva, desplegándose hasta el suelo en forma de volutas de humo violeta.

Cada brizna de hierba que el Vaciovoraz tocaba se tornaba marrón, creando parches marchitos entre un manto de verdor.

Talasyn recordó que Rapat había descrito aquella nueva dimensión como *necrótica*, pero no le dio tiempo a ahondar en lo que acababa de ocurrir, ya que en cuanto la esfera protectora que los envolvía a Alaric y a ella desapareció, el chico echó a correr hacia el coracle que tenía más cerca y se metió dentro.

—¡Ni se te ocurra! —gritó ella, aunque sabía que él no podría oírla debido al rugido de los corazones de éter equipados con el Vientorrecio al cobrar vida. Se apresuró a hacerse con otro de los coracles y ninguno de los nenavarenos intentó detenerla. Es más, cuando volvió la vista hacia los soldados, se percató de que Elagbi y Rapat parecían conmocionados, como si acabaran de presenciar algo imposible.

Pero Talasyn apenas dedicó un momento a pensar en los nenavarenos. Se concentró únicamente en la aeronave que había robado Alaric y que en aquel momento sobrevolaba las copas de los árboles. No tardó demasiado en salir volando tras él, con los nudillos blancos de tanto apretar el timón. Se alejó del suelo, envuelta en el estruendo de los corazones de éter, mientras la selva se desplegaba frente a ella.

CAPÍTULO NUEVE

La chica estaba furiosa con él.

Alaric lo encontró divertido al principio, aunque no tardó en reconocer que lo más probable era que estuviese en un aprieto.

El casco color marfil del coracle del Dominio era de un material opalescente y ligero que facilitaba en gran medida el manejo de la nave. Era más o menos cilíndrico, aunque se estrechaba en ambos extremos, y disponía de unas velas azules y doradas que se desplegaban a babor y estribor como si fueran alas y de un segundo conjunto de velas que se extendían desde la popa en forma de abanico. Después de trastear unos segundos con los controles, Alaric descubrió las palancas que accionaban los sistemas armamentísticos de la nave, salvo que en lugar de cañones de órgano o ballestas de repetición, los que se activaron fueron una serie de estrechos cañones giratorios de bronce. Y en lugar de proyectiles de hierro, lo que salió disparado fueron unas extrañas descargas de magia violeta que iluminaron el cielo, aunque su resplandor era aún más intenso que el de los dispositivos en forma de tubo de los soldados.

Aquel coracle era un auténtico prodigio de la ingeniería. Un arma tan elegante como mortal.

El problema era que la Tejeluces también iba a bordo de otra de aquellas naves.

Lo persiguió por el bosque. El eterespacio brotó por los cañones de la nave, lanzándole una oleada amatista tras otra que lo obligaron a desplegar toda su destreza y astucia para esquivar los ataques. La chica iba a por todas y él no pudo resistirse a provocarla. Trasteó con los controles de nuevo hasta que consiguió activar la eteronda.

—No creo que sea el momento ni el lugar para ajustar cuentas —le dijo por el transceptor.

—Que te calles, joder. —La voz furiosa de Talasyn resonó en la cabina mezclada con el ruido monocorde de la estática. La chica orientó los cañones hacia las velas de Alaric y abrió fuego. No era más que una silueta recortada contra las lunas, que exhibían distintas fases: se deslizó por el creciente de la segunda, desapareció durante un instante en el eclipse de la sexta y se abalanzó sobre él desde las sombras de la tercera, en creciente convexa.

—¿Acaso no sientes ni un poco de curiosidad por la barrera que hemos creado? —le preguntó él.

—La verdad es que sí —le dijo ella con suavidad—. Repliega los cañones y estate quietecito para que podamos hablarlo.

A Alaric se le escapó una risita, pero la reprimió a toda prisa.

—Casi cuela.

Dejó que la chica se entretuviera un rato y le disparase antes de ascender bruscamente, trazar una espiral en el aire y situarse detrás de ella. Había tenido la esperanza de tomarla por sorpresa, pero, por desgracia, los reflejos de Talasyn eran excelentes y esta dio media vuelta de una forma tan brusca que a Alaric le sorprendió que no acabara con el cuello roto. Se abalanzaron el uno hacia el otro, lanzándose descargas de aquella extraña magia que chocaron violentamente entre sí y arrojaron una lluvia de chispas sobre las copas de los árboles; cada una de las hojas y las ramas con las que entraron en contacto acabaron marchitas.

Iban a estrellarse. Alaric frunció el ceño al percatarse de que la chica no tenía intención de dar el brazo a torcer. La única Tejeluces de Sardovia carecía de instinto de conservación. Era un milagro que hubiera sobrevivido tanto tiempo.

Alaric viró a la derecha unos segundos antes de verse envuelto en lo que hubiera sido una colisión devastadora. La brusca maniobra le provocó un mareo, pero consiguió activar el transceptor.

—Nos vemos en casa —le dijo, sin otro propósito que el de molestarla, y salió disparado hacia el cielo estrellado.

Talasyn no fue tras él, lo que constituyó una extraña muestra de sentido común por su parte, según le pareció a Alaric. Al fin y al cabo, seguían estando en lo que se había convertido en territorio enemigo. Estaba convencido de que a los nenavarenos no les iba a hacer ninguna gracia que sus ruinas históricas hubieran acabado dañadas y sus soldados heridos, de que se hubieran llevado dos de sus naves y de que uno de aquellos pájaros hubiera escapado de su jaula.

El chico meneó la cabeza al acordarse del pájaro; qué extraña era aquella nación. Poco después de que se hubiesen llevado a Talasyn para interrogarla, Alaric había golpeado la puerta de la celda y exigido que le dejaran usar el servicio. El único guardia que se encontraba apostado fuera, joven y con el rostro lleno de espinillas, confiaba demasiado en el hecho de que su prisionero no tuviera acceso al Pozoumbrío. No le había costado nada sorprenderlo, arrebatarle el arma y disparar a la jaula que colgaba frente a la celda. Alaric había temido que el arma no funcionara tampoco, puesto que lanzaba corrientes mágicas, pero al parecer, el dispositivo de inhibición solo afectaba a los etermantes, y la jaula saltó por los aires y rodó por el suelo. Se quedó descolocado al ver el pico curvado y dorado y el penacho de plumas rojas y amarillas que asomaron en cuanto la jaula se hizo añicos, pero el pájaro se alejó con un gorjeo indignado y el Pozoumbrío volvió a fluir por sus venas. Dejó inconsciente al guardia y recorrió la guarnición en busca de una salida, hasta que alguien dio la voz de alarma y tuvo que enfrentarse a los soldados para escapar.

La misión de Alaric había resultado ser un completo desastre y para colmo ni siquiera había conseguido eliminar a la Tejeluces. Iba a pagarlo muy caro a su regreso a Kesath.

Pero ahora que había dejado atrás la guarnición y sus fuerzas hostiles, tuvo la oportunidad de reflexionar sobre lo que el arsenal particular del Dominio de Nenavar suponía para el Imperio de la Noche. Además de contar con naves tan ligeras como letales, su manejo de la etermancia era excepcional; no había otra explicación, teniendo en cuenta que habían descubierto una dimensión de magia mortífera de la que ni siquiera él había oído hablar. No sabía cómo, pero incluso sus armas de mano iban equipadas con dicha magia; en Kesath, el único dispositivo armamentístico lo bastante grande para alojar la cantidad necesaria de piedras corazón eran los cañones de rayos de las naves de tormenta. Y por si fuera poco, los nenavarenos disponían también de unas criaturas capaces de inhibir tanto la Telaluz como el Pozoumbrío.

Aunque la Zahiya-lachis optase por olvidar aquel incidente, Nenavar podría suponer un problema en el futuro.

Al menos parecía que los dragones no eran más que una leyenda. Por enésima vez desde que había llegado a las costas del Dominio, Alaric escudriñó el cielo de forma furtiva y no encontró nada que le llamase la atención.

Había atracado su lobo en un claro cercano a la costa. En cuanto se planteó la idea de ir a buscarlo, se puso a pensar en la aeronave que estaba manejando en aquel momento. En lo rápida que era, en la elegancia de sus movimientos. En que contaba con una abrumadora variedad de controles capaces de lanzar rayos mágicos mil veces más poderosos que los proyectiles de hierro. Unos rayos que marchitaban a todo ser vivo con el que entraban en contacto.

Se trataba de una tecnología muy valiosa. Desaprovecharla sería una estupidez mayúscula.

Y debía contarle a su padre de inmediato que su magia y la de la Tejeluces se habían fusionado. *Aquello* era también algo inaudito.

Alaric puso rumbo al Imperio de la Noche.

Talasyn aterrizó en la orilla de un río y le dio un golpetazo al panel de control en cuanto apagó la aeronave nenavarena. Su arrebato no consiguió mitigar la frustración, de manera que profirió un grito que inundó la cabina oscura y silenciosa del coracle.

Abandonó la nave y recorrió a pie la selva para ir a buscar su avispa. De vez en cuando le llegaba el zumbido de los corazones de éter y se veía obligada a ocultarse bajo el dosel de los árboles para evitar que lo que sin duda eran patrullas de búsqueda la localizasen. Una parte de ella ansiaba volver a la guarnición y pedirle más explicaciones al príncipe del Dominio, pero otra parte tenía...

Miedo. Tardó unos minutos en darse cuenta, mientras se abría paso entre la maleza, de que tenía miedo. ¿Y si se llevaba a cabo una investigación exhaustiva y acababan descubriendo que no era pariente de Elagbi, que su parecido con aquella mujer, Hanan Ivralis, no era más que una coincidencia? Al fin y al cabo, era un asunto de lo más descabellado. Ella no era nadie, solo una chica de origen humilde, una soldado. No era, ni por asomo, una princesa que hubiese desaparecido hacía años.

Ni siquiera sabía si *princesa* era el término correcto. Elagbi había empleado otra palabra. La había llamado Lachis'ka.

La heredera al trono.

Talasyn se estremeció con la húmeda brisa. No sabía por qué, pero la idea de que al final *sí* resultara ser Alunsina Ivralis se le antojaba aún más inquietante.

Si lo descubren, te perseguirán.

¿Quién le había dicho aquello? ¿Acaso estaba confundiendo las advertencias que Vela le había hecho acerca de la Telaluz con aquel descubrimiento inesperado? ¿O habían sido los nenavarenos que la habían llevado a Sardovia? ¿Por qué la habían llevado a Sardovia, a Pico de Cálao precisamente, en vez de al lugar de origen de su madre?

Tenía muchas preguntas y ni una sola respuesta.

Talasyn se topó con la nave de Alaric en la linde de la selva; el casco negro y elegante contrastaba con el musgo y las hojas. Más allá de darle una patada al pasar por al lado, lo dejó donde estaba. Que los nenavarenos se enterasen de que el Imperio de la Noche había entrado ilegalmente en su territorio.

Tras caminar durante una hora más, los primeros rayos del sol comenzaron a asomar y ella llegó a la cueva donde había ocultado su avispa, que ahora alojaba a una bandada de murciélagos de la fruta alarmantemente grandes que se alejaron cuando ella se aproximó. En cuanto estuvo dentro de la aeronave, Talasyn permaneció con la mirada perdida durante un buen rato mientras repasaba mentalmente los últimos acontecimientos y sopesaba las alternativas. No obstante, tenía bastante claro lo que debía hacer a continuación.

—Tengo que irme —dijo en voz alta, como tanteando las palabras. No le hacía ninguna gracia tener que marcharse sin haber resuelto el misterio de su pasado, pero la Confederación Sardoviana la necesitaba. Debía avisarlos de que había un traidor entre sus filas y de que el Imperio de la Noche planeaba… *algo*. Por un lado estaba la familia que había anhelado localizar y por otro la que había hallado por el camino, y sabía perfectamente al lado de quién debía estar en aquel momento. Detestaba tener que confesarle a Vela que no había podido entrar en comunión con la Grieta de Luz, pero volver al templo no serviría de nada. Los nenavarenos se encontraban ya en alerta.

Mientras la avispa abandonaba la cueva y ponía rumbo al cielo del amanecer, Talasyn pensó en Elagbi y en la abrupta manera en que había acabado su reunión, si es que podía llamarse así. Se preguntó si él podría verla en aquel preciso instante, plantado en la cordillera de Belian, si ella era ahora un cometa que dejaba tras de sí una estela de color esmeralda.

Volveré, se juró. Algún día, cuando la Guerra de los Huracanes hubiera llegado a su fin y ella hubiera saldado sus deudas con aquellos con los que había acabado forjando un lazo. *Lo prometo*.

El día dio paso a la noche y la noche a otro nuevo día antes de que Talasyn, que había sobrevolado el Mar Eterno en dirección noroeste, aterrizara en Sardovia. Tras experimentar el calor tropical de Nenavar, el aire invernal del Continente le causó una fuerte impresión.

En el Sendagreste había más ajetreo de lo que era habitual a aquellas horas de la mañana. Los calafates revisaban las carracas y las tripulaciones engrasaban y reabastecían las armas de asedio. A lo lejos, tras un conjunto de edificios de las afueras, se alzaba una nebulosa de varios colores, lo que significaba que los Encantadores estaban inspeccionando los corazones de las naves de tormenta. Las palomas mensajeras volaban de aquí para allá portando importantes misivas y colmaban el aire con el frufrú de sus plumas.

—¡Tal! —Khaede se le acercó justo cuando se disponía a entrar en el edificio que albergaba los despachos del consejo de guerra sardoviano—. ¡Estás viva!

—Oye, tampoco es para que te sorprendas tanto.

—No veas lo fácil que es chincharte —comentó Khaede con una sonrisa. A Talasyn le encantaba verla de buen humor, pese a que estuviera tomándole el pelo—. ¿Qué tal tu viajecito? ¿Has visto algún dragón?

—No.

—¿Y has visto a *alguien*? —insistió Khaede.

Talasyn bajó la mirada.

—¿A qué viene esa cara? ¿Qué ocurre? No pasa nada si al final no has podido entrar en comunión con la Grieta de Luz. La verdad, me pareció un disparate desde el principio. Lo que importa es que has vuelto sana y salva y ahora puedes llevar a cabo más disparates…

—No es eso. —Talasyn se detuvo y Khaede hizo lo mismo—. Es decir, *no* fui capaz de entrar en comunión con la Grieta de Luz, pero ahí no acaba la historia.

—Bueno, pues desembucha —ordenó Khaede—. Pero date prisa, que hay un lío tremendo. Poco después de que te marcharas, empezamos a recibir informes que revelaban un aumento de la actividad militar kesathense; han congregado muchos acorazados en la frontera. Y para rematar, el contramaestre Darius ha desaparecido, no hay ni rastro de él en todo el dichoso cañón…

Talasyn palideció en cuanto cayó en la cuenta.

—Es él —soltó, y recordó la expresión de absoluta derrota que se había apoderado del rostro curtido y barbudo de Darius. Recordó cómo se le había quebrado la voz al decir que iban a morir todos—. Es el traidor.

Le contó toda la historia a Khaede lo más deprisa que pudo, sin apenas tomar aire entre una frase y otra. Sabía que al cabo de unos minutos se vería obligada a repetirse para informar a la amirante, pero le daba igual: *quería* que su amiga fuera la primera en saberlo. Al principio, Khaede la escuchó impasible, dirigiéndole breves asentimientos con la cabeza, pero cuanto más hablaba Talasyn, más atónita parecía su amiga, hasta que al final se la quedó mirando boquiabierta.

—¿Eres una *princesa*?

—¡Baja la voz! —siseó Talasyn. Echó un vistazo a su alrededor para comprobar si alguien la había oído, pero las pocas personas que se encontraban también frente al edificio parecían demasiado ensimismadas con sus propias tareas como para prestar atención a una conversación entre dos timoneles—. No lo sabemos con seguridad, y es un asunto muy delicado, así que te agradecería que no te pusieras a *berrear*…

—Bueno, ¿qué esperabas? Ha sido mucha información de golpe y me has dejado de piedra —refunfuñó Khaede. Se puso en marcha de inmediato; atravesó la entrada y recorrió los estrechos pasillos de ladrillo mientras Talasyn caminaba a su lado—. Por cierto, le deseo a Darius una muerte lenta y dolorosa. Que los grifos de Enlal se den un festín con su hígado hasta el fin de los tiempos.

—Me di cuenta de que le pasaba algo —murmuró Talasyn, notando un dolor hueco en el pecho—. Antes de marcharme.

—Pues a Vela se le pasó por alto. —Khaede llamó con fuerza al despacho de la amirante y abrió la puerta sin esperar a que le diera permiso para entrar—. Darius ha desertado... *otra vez*. Y Talasyn es una princesa —proclamó al entrar.

—¡*Khaede*! —Talasyn cruzó el umbral mientras Vela le lanzaba una mirada atónita—. Te he dicho que bajases la voz...

—Mil perdones, Majestad...

—¡No me llames así!

—Casi me da miedo preguntar qué ocurre, pero no me queda más remedio —las interrumpió Vela—. Sentaos. Talasyn, explícate, por favor.

Vela escuchó el relato de Talasyn con mucha más serenidad de la que había mostrado Khaede. No manifestó reacción alguna cuando le contó la traición de Darius, lo que no significaba que se lo hubiera tomado a la ligera; una máscara inexpresiva se asentó sobre sus rasgos, tan inescrutable como aquellas hechas de obsidiana que llevaba la Legión Forjasombras.

Cuando Talasyn concluyó su relato, en el despacho se produjo un silencio tan denso que podría haberse cortado con un cuchillo. *Un silencio sofocante*, pensó algo nerviosa. Le recordaba a la tensa y opresiva calma de la atmósfera del mediodía, cuando el agobiante calor que azotaba la Gran Estepa lo adormecía todo. Solo que aquella vez se encontraba en el cañón del Sendagreste y era primera hora de la mañana. Los tenues rayos del sol se filtraban por las ventanas y bañaban los muebles, los mapas y el único ojo que le quedaba a Vela, que la contemplaba, inquieta, desde detrás de su mesa. Khaede, que se había cruzado de brazos y estaba repantingada en la silla, había vuelto a adoptar su actitud cáustica y aburrida de siempre.

—No me cabe en la cabeza cómo es posible que tu magia y la de Alaric acabasen fusionándose —repuso Vela por fin—. Les preguntaré a los Encantadores si les suena que alguna vez haya pasado algo semejante. Puede que tú y yo seamos capaces de replicar el efecto, así que nos centraremos en eso también. Lo que sí sé con seguridad es que el eterespacio alberga todas las dimensiones, incluido el tiempo. Tal vez por eso, al aproximarte al punto de unión, afloraron recuerdos de cuando tenías un año.

—Tal vez. —Un sentimiento de inquietud inundaba a Talasyn. Todo aquello eran conjeturas. Toda la información relativa a la Telaluz que los sardovianos habían recopilado a lo largo de los siglos se perdió cuando Kesath invadió Soltenaz.

—Pero ahora Nenavar tendrá que prestarnos su ayuda, ¿no? —dijo Khaede—. Al menos, Elagbi. Su hija ha crecido aquí y lucha a nuestro lado…

—Por desgracia, el príncipe del Dominio no es quien toma las decisiones. Eso es cosa de la Zahiya-lachis. —Vela frunció los labios—. Y después de todos los problemas que Sardovia ha causado dentro de sus fronteras, no sé yo si Urduja estará dispuesta a ayudarnos. Pese a que hayamos acogido a su nieta.

—Me gustaría dejar constancia de que todo fue culpa de Alaric Ossinast —dijo Talasyn con toda la dignidad de la que fue capaz.

La amirante esbozó una fugaz sonrisa.

—Sí, supongo que tienes razón. Quizá podamos mandar algún otro emisario cuando la situación se haya calmado un poco. No obstante, de momento debemos dedicar todos nuestros esfuerzos a evitar que el Imperio de la Noche lleve a cabo lo que sea que haya planeado. —Las dudas parecieron asaltarla durante unos instantes, en los que contempló a Talasyn con cierta compasión. Pero finalmente, su semblante se endureció y de ella se apoderó la actitud de determinación que tan importante papel había jugado en la supervivencia de Sardovia.

—No es casualidad que Darius se viniese abajo cuando hablaste con él ni que desapareciera justo cuando Kesath comenzó a concentrar sus fuerzas en la frontera. Por no mencionar que durante tu misión en Nenavar has podido confirmar que no solo hemos sido víctimas de actividades de espionaje sino también que va a producirse un ataque a gran escala —le dijo Vela a Talasyn—. Alaric Ossinast no tenía motivos para engañarte: en aquel momento creía que te tenía a su merced. Debemos ocuparnos primero de eso, antes de centrarnos en otros asuntos.

Talasyn lo entendía. Las fuerzas de Sardovia ya estaban lo bastante mermadas, y en aquel momento no podían destinar ningún recurso a ayudarla a ella. Era su Tejeluces y tenía la obligación de luchar con ellos, por lo que de momento debía olvidarse del Dominio. Ya había metido la pata durante su misión en Nenavar; no podía echar a perder también aquello.

Pero aun así...

—Hay más Tejeluces. Y otros puntos de contacto —se oyó decir—. El príncipe Elagbi me dijo que su difunta esposa —*Hanan, la mujer que en teoría es mi madre*— era de un lugar llamado las Islas del Amanecer.

—Está demasiado lejos —señaló Vela—. Incluso a bordo de una avispa, tardarías al menos un mes en llegar. El ataque de Kesath es inminente, no disponemos de tanto tiempo. Estamos solos.

Talasyn vaciló unos instantes. La embargaba un dolor desgarrador. Quería hablar con Vela sobre lo que pasaría si al final resultaba que Elagbi tenía razón.

Pero tras advertir la tensión que asolaba el cuerpo de la mujer, Talasyn desechó la idea. Era evidente que la amirante estaba agotada y, aunque jamás lo reconocería, la traición de Darius debía de haberla afectado profundamente. Habían sido amigos durante años, y ahora gran parte de la información relativa a los regimientos sardovianos corría el peligro de quedar expuesta por su culpa.

Ideth Vela cargaba, más que nadie, con el peso de la Guerra de los Huracanes. Talasyn era incapaz de acrecentar dicha carga.

De manera que asintió en silencio y se limitó a aguardar con Khaede a que la amirante les diera nuevas órdenes.

CAPÍTULO DIEZ

Talasyn y la amirante fueron incapaces de replicar la barrera de luz y oscuridad que Alaric y ella habían urdido en Nenavar, aunque lo intentaron muchas veces. Tampoco pudieron volver a ponerse en contacto con el Dominio, pues la feroz contienda no tardó en producirse, arremetiendo desde todos los flancos.

Al final, solo hizo falta un mes.

Un mes para poner fin a una guerra que se había prolongado durante una década. Para echar abajo los restos de aquello que en el pasado había abarcado un continente entero. Para desbaratar la idea de una nación y sus estados.

No está pasando.

El momento se prolongó como el latido de un corazón, y una luz roja lo inundó todo cuando la nave de tormenta sardoviana se precipitó desde el cielo en un aluvión de fragmentos de vidriometal que asoló las calles de Última Morada, la vasta capital de la Confederación y el último bastión del Núcleo. La nave de tormenta kesathense que había asestado el golpe definitivo se elevó, victoriosa, y sobrevoló la ciudad, desatando una nueva lluvia de munición. Los enormes cañones de la parte inferior descargaron un rayo tras otro, trazando franjas incandescentes en los tejados, que acabaron siendo pasto de las llamas. El humo y la ceniza colmaron el cielo del atardecer, oscureciendo la pálida silueta de todas las lunas salvo la séptima, que estaba en eclipse y ardía en un tono rojo y dorado sobre la tierra devastada por la guerra.

Al otro lado de Última Morada estaba *lloviendo*. Una segunda nave de tormenta, que lucía con orgullo en el casco la quimera plateada de la Casa Ossinast, desató la magia del Lluviantial y del Vientorrecio en forma de trombas de granizo y fuertes vendavales que derribaron árboles y viviendas, esparciendo los restos por todas partes mientras los soldados sardovianos y la población civil intentaban resguardarse entre la tormenta y la oscuridad.

No está pasando.

Aquel pensamiento asomaba de vez en cuando a la mente de Talasyn, como si las palabras fueran a hacerse realidad finalmente y ella pudiera despertarse en una realidad en la que Kesath no había tardado solo quince días en arrasar la costa y otros quince en devastar el Núcleo, sitiando así a Última Morada.

Nadie había esperado que Gaheris se sirviese de todas sus naves de tormenta y del ejército en su totalidad para llevar a cabo aquel devastador asalto. Kesath se había enriquecido y había acrecentado su poder precisamente porque su estrategia había sido la de acumular los recursos de los estados sardovianos que conquistaba, pero al parecer el Emperador de la Noche había considerado que eliminar toda forma de oposición era un asunto prioritario. La mayor parte del Núcleo había quedo arrasado y se habían producido incontables muertes. La base sardoviana del Sendagreste era ya historia y la capital, donde estaban llevándose a cabo los últimos intentos de resistencia, se encontraba a punto de quedar reducida a cenizas.

Las estructuras maltrechas de los numerosos molinos eléctricos y talleres que albergaba el distrito industrial de Última Morada protegieron a Talasyn y a sus dos compañeros de los peores embates del viento mientras se abrían paso entre las ruinas. La lluvia no había llegado todavía a esa parte de la ciudad, lo cual había sido una suerte, teniendo en cuenta lo *espantoso* que estaba siendo el día.

—¿Qué tal va? —preguntó Talasyn, echándole un vistazo a Vela, que estaba apoyándose en un cadete. El polvo, teñido de rojo por culpa de los innumerables incendios, impregnaba el ambiente, pero Talasyn se encontraba lo bastante cerca como para percatarse de que a la amirante le costaba respirar y que su tez había adoptado un tono mortalmente gris. La sangre, que empapaba la capa con la que se había envuelto el torso a modo de venda, manaba con abundancia de la herida que le había infligido uno de sus enemigos con un mandoble forjado en sombras.

Después de que su fragata se estrellase, a Vela la había atacado el mismo Forjasombras gigantesco al que Talasyn había tomado por sorpresa hacía mes y medio en el lago helado. Tenía que tratarse de él: habría reconocido su figura y el estilo de su armadura en cualquier parte.

Talasyn había conjurado una espada de luz y lo había matado, pero deseaba con todas sus fuerzas haberlo eliminado la noche que se topó con él a las afueras de Prunafría. La amirante estaba bastante malherida.

—Se nos va —dijo el cadete. El chico, que llevaba unas botas que le venían grandes y era varios años más joven que Talasyn, estaba temblando, aunque intentaba mantener la compostura lo mejor que podía—. Tiene que verla un sanador lo antes posible.

Talasyn entornó los ojos para escudriñar mejor la penumbra.

—Hay un punto de reunión justo al final de la calle.

O, en fin, lo que quedaba de la calle. Lo único positivo era que aquel distrito ya había sido arrasado, por lo que el Imperio de la Noche había dirigido su atención a otra parte. La zona se encontraba desierta, oculta tras una montaña de escombros que la separaba del resto de la ciudad, donde seguían produciéndose enfrentamientos.

Tras salvar a Vela y al cadete del gigantesco legionario, Talasyn había albergado la esperanza de que el sistema de puntos de reunión siguiera funcionando. Los lugares se habían señalizado antes de la batalla: en teoría, allí debería haber sanadores, así como equipos que se encargaran de trasladar a la gente a las carracas para su evacuación.

Era consciente de que no iba a quedar ningún lugar al que dirigirse cuando el enfrentamiento llegase a su fin, pero intentó no pensar demasiado en aquello.

Una torre se había derrumbado en mitad de la calle, pero entre los amasijos de metal había una abertura lo bastante grande como para poder colarse de uno en uno. Talasyn le hizo un gesto al cadete para que pasara primero y luego empujó con suavidad a Vela, sin dejar de dirigirle en ningún momento palabras de aliento. Notó el cuerpo de la desorientada mujer increíblemente frágil bajo la yema de los dedos. En cuanto Vela hubo desaparecido por la abertura, Talasyn oyó el malevolente chirrido del Pozoumbrío.

Mierda.

—Marchaos —le dijo al cadete a través de la brecha—. Yo los contendré. —El chico se dispuso a protestar, pero ella lo interrumpió bruscamente—. Tienes que llevar a la amirante al punto de reunión y para eso alguien debe entretenerlos. *Marchaos*. Os alcanzaré luego.

En cuanto Vela y el cadete se hubieron alejado, Talasyn se dio la vuelta, dispuesta a enfrentarse a las tres figuras con yelmo que emergieron de entre la bruma de la batalla. Adoptó una postura... no exactamente de ataque, sino casi contemplativa, totalmente inmóvil, y evaluó la situación mientras los Forjasombras se desplegaban para lanzar una ofensiva simultánea desde distintos flancos.

Le pareció que la figura que se hallaba frente a ella pertenecía a la legionaria que le había sacado el ojo a Vela con un cuchillo el año anterior. Talasyn no estaba del todo segura, ya que a su derecha había otra figura, idéntica en complexión y armadura, pero sabía que había sido una de las dos. Los yelmos de ambas dejaban al descubierto unos ojos marrones que la contemplaban con retorcido deleite. Se las había encontrado también la semana anterior durante una cruenta batalla a bordo de un acorazado kesathense del que las fuerzas sardovianas habían intentado —sin éxito— apropiarse. Las llamaba mentalmente Eso y Aquello.

—Hola, pequeña Tejeluces —murmuró Eso—. Última Morada ha caído y lo que queda de tu ejército está por ahí, disperso. Si nos lo pides por favor, quizá te demos una muerte rápida.

—Lo mismo os sorprende, pero mi objetivo no es facilitaros la vida —replicó Talasyn con serenidad.

La figura que estaba a su izquierda soltó una risita. Era de constitución esbelta y exhibía una pose relajada que contrastaba con la oscura y crepitante vara de doble hoja que tenía apoyada en el hombro de forma despreocupada.

—Yo que tú no me pasaría de graciosa —murmuró—. Podrían hacerte mucho daño. Las gemelas ya están bastante cabreadas contigo por haberte cargado al grandullón de Brann. Estaban coladas por él, ¿sabes...?

—Cierra el pico, Sevraim —gruñó Eso.

Talasyn cayó en la cuenta de que estaba hablando del gigantón. Se encogió de hombros, intentando aparentar seguridad.

—Que su sombra descanse al abrigo de los sauces, protegida de la mirada omnipotente de Zannah, aunque, la verdad, lo dudo.

Aquello, la Forjasombras que estaba situada a la derecha de Talasyn, se dirigió a ella entonces, y su capa negra ondeó al tiempo que una maza con púas se materializaba en sus manos enfundadas en guanteletes.

—Se acabó, Tejeluces. La Confederación Sardoviana ya es historia.

Talasyn conjuró dos espadas curvas, una más corta que la otra. Resplandecían en sus manos de forma incandescente y colmaban el aire con un calor dorado.

—En ese caso, no me queda más remedio que haceros caer conmigo.

Los tres legionarios se abalanzaron sobre ella, pero Talasyn reaccionó de inmediato e hizo chocar sus espadas de luz contra la vara, el cuchillo y la maza. Aprovechó los restos de las columnas y las cornisas para tomar impulso; saltó, giró y lanzó estocadas a sus enemigos mientras dejaba pasar los minutos y calculaba cuál era el momento idóneo para batirse en retirada. Debía esperar a que Vela y el cadete llegaran al punto de reunión, pero los legionarios la superaban en número y era evidente que se encontraba en desventaja. Aun así, si lograba moverse con mayor rapidez, si conseguía imprimir más fuerza a sus golpes, tendría una oportunidad…

Una nueva llamarada de magia de sombras emergió cerca de allí. La había conjurado *otra persona*. Vio que unas cadenas de oscuridad se enroscaban en torno a un fragmento de piedra de tamaño considerable y se lo lanzaban a Sevraim al dorso de la mano un segundo antes de que su vara aterrizase en el cráneo de Talasyn.

Sevraim maldijo en voz baja y su arma se desvaneció. Hizo girar la muñeca para comprobar si tenía algún hueso roto.

—A ver, ¿qué he hecho mal ahora? —se quejó mientras Alaric Ossinast se situaba entre sus legionarios y Talasyn. La chica no pudo sino quedarse mirando, estupefacta, la amplia espalda del príncipe heredero. El resplandor de los incendios cercanos otorgó a las púas de sus hombreras un brillo grotesco.

—Buscaos otro juguetito —les ordenó Alaric con su voz profunda y áspera—. Con este tengo que ajustar cuentas yo.

Una oleada de indignación sacudió a Talasyn. En cuanto los demás Forjasombras hubieron desaparecido de mala gana entre el humo y los escombros, unió las dos espadas y las transformó en una afilada jabalina, que le lanzó al príncipe con un alarido feroz. Alaric alzó el brazo y lo cruzó frente al pecho; la jabalina chocó contra un escudo hecho de sombra y ambos se desvanecieron. El príncipe tenía desprotegido el costado izquierdo y Talasyn no le dio la oportunidad de corregir la postura. Se abalanzó sobre él de inmediato, blandiendo de nuevo dos espadas curvas.

Alaric se apresuró a conjurar un látigo del Pozoumbrío y se lo enroscó a Talasyn en torno al tobillo. Dio un fuerte tirón y ella cayó de espaldas al suelo; el impacto la dejó sin aliento. El chico transformó el látigo en un bracamarte y lo hizo descender para golpearla, pero Talasyn se levantó de un salto, cruzó las espadas delante de ella y atrapó el arma. Contempló el rostro medio oculto del príncipe kesathense por primera vez desde que se toparon en Nenavar.

Ambos forcejearon. El mundo se desvaneció para Talasyn y quedó eclipsado por la peligrosa presencia de Alaric, que la perforaba con sus intensos ojos grises por encima de la máscara de obsidiana.

—Me alegro de verte. —El sarcasmo del chico atravesó el aire, tan certero como un cuchillo; el filo letal del bracamarte de sombras casi le rozaba el cuello.

—¿Qué, me echabas de menos? —replicó, haciendo lo posible por inclinar una de sus espadas para apuñalarlo en la garganta.

Alaric resopló, burlón, y la apartó de un empujón. Ella trastabilló hacia atrás, pero recuperó el equilibrio de inmediato y volvió a lanzarse contra su oponente una vez más. Se sumieron en una frenética secuencia de golpes, bloqueos y contrataques con la que recorrieron las ruinas del distrito industrial. Los relámpagos refulgían bajo el eclipse rojo sangre de la séptima luna.

Finalmente, Talasyn se vio obligada a reconocer que le hacía falta otra estrategia. Alaric era como un muro de ladrillo inamovible y no la dejaba bajar la guardia ni un momento; no podía alargar aquel duelo eternamente. Sobre todo, porque las tropas sardovianas necesitaban su ayuda para replegarse. Hizo desaparecer la espada más corta y transformó la otra en una lanza. La enorme cuchilla tenía la forma de una hoja de laurel y la longitud de la empuñadura resultaba perfecta para defenderse de un hombre de semejante tamaño mientras aguardaba el momento oportuno para escapar.

Alaric la contempló en silencio. Su mirada era inescrutable, pero seguro que sabía tan bien como ella que la guerra había acabado. El destino de Talasyn, así como el de sus camaradas, estaba escrito en cada trueno, en cada edificio que se derrumbaba, en cada avispa acorralada en el cielo, en cada emblema de la Confederación atravesado por una flecha. Tras aquella batalla, Sardovia sería historia.

—A lo mejor deberías rendirte —dijo Alaric. Su profunda voz sonaba algo ronca.

Normal, lleva todo el día azuzando a los suyos entre gritos para que sigan matando, pensó Talasyn con sorna. Blandió la lanza, lista para atacar.

Él se abalanzó sobre ella con una espada y un escudo de sombras, pero cuando hizo chocar su arma con la de Talasyn, ella se fijó en que no empleaba su habitual fuerza bruta, casi como si no estuviera por la labor de matarla, lo cual era una idea ridícula, ¿no? El príncipe se agachó para esquivar su embate y, acto seguido, ambos se dedicaron a ponerse a prueba mutuamente, mientras la luz, la oscuridad y el éter iluminaban los lúgubres alrededores y el cielo se venía abajo.

Talasyn procuró alejarlo del punto de reunión de la Confederación. Recorrieron las calles arrasadas enzarzados en una danza letal de magia devastadora, hasta que se toparon con una refriega entre soldados de infantería kesathenses y sardovianos. El ruido de las flechas y los proyectiles de cerámica inundaba la zona, y los soldados de ambos bandos se apresuraron a dejar paso a los dos etermantes que atravesaban el campo de batalla. La luz y la oscuridad chisporroteaban junto al metal que surcaba el aire, y los cuerpos se desplomaban por doquier. Las imponentes sombras de las naves de tormenta se aproximaban cada vez más con cada confuso y sangriento momento que transcurría.

Talasyn tuvo que esquivar un fragmento de una avispa que acababa de estrellarse y Alaric aprovechó para saltar sobre ella. Bloqueó el golpe con el mango de la lanza, tras verse obligada a doblar la espalda casi por la mitad, y los haces de magia entrecruzados bramaron peligrosamente cerca de su garganta.

—Se acabó, Talasyn. —La miraba de forma inexpresiva, pero su voz sonaba… extraña. Demasiado suave, por alguna razón, desprovista del regocijo que una declaración así habría merecido.

Talasyn se quedó tan pasmada que estuvo a punto de caerse de culo. Era la primera vez que la llamaba por su nombre. Lo pronunció con cuidado, como sopesándolo, y su tono contrastó con la feroz mueca de su máscara, con el modo en que las armas de ambos crepitaban con violencia a escasos centímetros de la piel del otro.

—Se acabó —repitió, como si intentara tranquilizarla o hacerse él mismo a la idea de algo.

—*¿Y qué?* —espetó ella con brusquedad—. A ver si lo adivino: si me rindo, ¿me perdonarás la vida?

Alaric arrugó el ceño.

—No puedo.

—Desde luego que no —se burló ella. Un sentimiento de amargura se acumuló en su interior—. Entonces, ¿me darás una muerte rápida? ¿*Misericordiosa?* A la Legión os encanta decirme eso, ¿eh?

Él se la quedó mirando. Por inquietante que resultara, a Talasyn le dio la impresión de que Alaric no sabía qué decir. Transformó la lanza en dos dagas y le dio una patada para derribarlo, y mientras él caía, ella se abalanzó...

Y se detuvo de golpe, pues un proyectil de cerámica se aproximó rodando por el suelo y la mezcla incendiaria de su interior estalló. Una enorme columna de piedra que se encontraba frente a ella quedó separada del plinto y se precipitó hacia delante con una sacudida horrible.

Talasyn se odió por lo que sucedió a continuación. Detestó lo instintiva que fue su reacción, el hecho de no pararse siquiera a pensarlo. Se volvió hacia Alaric y ambos intercambiaron una mirada de muda comprensión, tan veloz y candente como un rayo. Arrojó una de sus dagas a la columna que se derrumbaba y él hizo lo mismo tras conjurar un cuchillo de sombras. Las dos armas se fundieron entre sí, y entonces volvió a aparecer aquella esfera negra y dorada, aquella oscuridad radiante, que se desplegó en forma de ondas, emitiendo un sonido similar al del cristal plateado. La columna se desintegró al entrar en contacto con la barrera, fragmentándose en miles de pedacitos diminutos. El estruendo de la batalla quedó amortiguado, como si Talasyn estuviera debajo del agua.

Alaric se puso de pie y se desplazó lentamente, sin apartar su mirada depredadora de Talasyn. Ella permaneció con los puños apretados a los costados mientras el entramado mágico brillaba a su alrededor, desplegando un tupido velo a través del cual aún podía percibirse el resplandor carmesí del eclipse.

Alaric se encontraba a suficiente distancia de ella como para que la columna ni siquiera lo hubiese rozado. La había *ayudado*. La epifanía le generó tal confusión que Talasyn se quedó en blanco. Le vino a la mente el primer enfrentamiento de ambos en el hielo, el modo en que él había apartado cada corriente de Pozoumbrío para que ella pudiese seguir avanzando sin un rasguño.

¿Qué pretendía? Talasyn era la Tejeluces de Sardovia. Si la mataba, no solo vengaría a su familia sino que la inevitable victoria de Kesath sería aún más satisfactoria.

Puede que solo estuviera saboreando el momento.

Un profundo surco se abrió paso entre las cejas oscuras de Alaric. A Talasyn se le ocurrió que quizá su máscara ocultaba una expresión atribulada.

—Podrías venir conmigo. —Las palabras afloraron con demasiada rapidez como para haberlas meditado debidamente—. Podríamos… estudiar este fenómeno. La fusión de nuestras habilidades. Juntos.

Talasyn se quedó boquiabierta. Al príncipe le faltaba un hervor. Y a *ella* también.

Porque tampoco meditó las palabras que pronunció a continuación.

Porque, en lugar de decirle a Alaric que preferiría ahogarse en su propia mierda que ir con él a ningún sitio, lo que dijo fue…

—Tu padre jamás lo permitiría.

La mirada de él destelló. Durante un instante, casi pareció estremecerse.

Qué tipo más raro, pensó ella, asombrada ante su desfachatez. No es que Talasyn no sintiera curiosidad por aquellas barreras que, al parecer, solo podía crear con él, pero…

—¿En serio esperas que me trague que el Emperador de la Noche recibirá con los brazos abiertos a una Tejeluces? —exigió saber Talasyn. De pronto, entendió que aquello debía de ser lo que pretendía el hijo del emperador en cuestión, y entornó los ojos—. ¿En serio pensabas que me la ibas a colar? ¿Que me alegraría tanto de salvar el pellejo que abandonaría todo sentido común?

Cuanto más le reprochaba ella, más rojo se ponía él. Talasyn no había creído que fuera capaz de hacer algo tan mundano como sonrojarse, pero los vendavales de las naves de tormenta y los combates en tierra le habían revuelto el espeso cabello de tal manera que las puntas de las orejas le asomaban, y estas habían adquirido el mismo tono carmesí que el del eclipse. La rabia que albergaba contra él y todos los suyos no se desvaneció exactamente, pero quedó algo amortiguada por la confusión.

¿Qué mosca le había picado?

—Olvídalo —soltó Alaric de forma feroz—. Como si no hubiera dicho nada.

El tañido de los gongs reverberó en el aire, atenuado por la esfera negra y dorada, pero insistente. Era la señal para que el ejército sardoviano se replegase, dejando atrás el polvo, los escombros y aquellos que habían muerto. Talasyn tiró de los hilos de los que estaba constituida su magia; Alaric siguió su ejemplo, y ambos deshicieron el tapiz que habían urdido juntos. La barrera se disipó de inmediato y dejó al descubierto el caos que asolaba la calle. Los soldados sardovianos que no se batían en retirada, cubrían a sus compañeros con la ayuda de las ballestas y los proyectiles de cerámica, y Talasyn se preparó para la siguiente embestida de Alaric.

Pero no llegó a producirse.

—Hasta la próxima, Tejeluces. —La expresión de sus ojos grises volvía a ser dura e impasible—. En mi ausencia, intenta que no se te caigan más columnas encima.

Una mezcla de rabia y perplejidad sacudió a Talasyn. No logró darle respuesta alguna; las palabras se le atascaron en la garganta, negándose a aflorar. Tampoco podía seguir luchando con él, pues debía ayudar a mantener a raya al ejército kesathense mientras Sardovia se replegaba.

Alaric también era consciente de ello. Vio que las comisuras de los ojos se le curvaban, como si estuviera sonriendo de forma burlona tras la máscara. Y, sin embargo, algo no acababa de encajar. La situación resultaba, en cierto modo... *extraña*, y algo paradójico acechaba bajo la superficie. Bajo el tono frío y regio de su voz y el destello inescrutable de su mirada.

No cayó en la cuenta de lo que era hasta que él se dio la vuelta, dispuesto a dejarla ahí plantada.

—¿Vas a dejar que me vaya? —soltó Talasyn.

¿Así sin más?

Alaric se detuvo. No volvió la vista hacia ella, pero Talasyn se fijó en que apretaba los puños enfundados en guanteletes.

—Matar a alguien que ya ha perdido carece de sentido. —Pronunció su respuesta en voz baja, pero las palabras retumbaron en su interior como un trueno—. ¿Para qué malgastar las fuerzas? Lo más probable es que mueras mientras os replegáis.

Y dicho aquello se alejó, dejándola hecha una furia, y provocando que se preguntara por qué hacía esas cosas. Pese a que Sardovia se estaba desmoronando a su alrededor.

CAPÍTULO ONCE

La *Brisa Veraniega* sobrevoló como pudo el Mar Eterno y dejó atrás el Continente. Había sufrido tantos daños que se inclinaba hacia un lado; la estructura de madera se encontraba plagada de abolladuras y agujeros de balas de cañón, y las velas, otrora impresionantes, estaban hechas jirones. Algunos de los corazones imbuidos con Vientorrecio habían explotado también, pero como no podían sustituirlos debido a la escasez de cristales vacíos, la aeronave emprendió su camino hacia el sur con muchas dificultades.

Las otras naves que la acompañaban, que no eran muchas, se hallaban en un estado similar. Además de la *Brisa Veraniega*, solo disponían de otra carraca, una fragata, un puñado de coracles avispa y la nave de tormenta sardoviana, la *Nautilus*. La *Nautilus*, un maltrecho leviatán, se abría paso a duras penas por detrás del resto; el hollín que cubría las capas de vidriometal del maltratado casco atenuaba el resplandor de los corazones de éter.

Talasyn se encontraba en la cubierta de la *Brisa Veraniega*, con los brazos cruzados sobre la barandilla y la mirada fija en las esponjosas nubes que los rodeaban, aunque sin verlas realmente. A poca distancia, unos Encantadores ataviados con capas blancas examinaban el cuadro de mandos de la nave, que chirriaba de forma frenética, compilando las frecuencias identificables de la eteronda y encargándose de las transmisiones que se enviaban de aquí para allá mediante canales encriptados para intentar seguir el rastro de los camaradas que aún seguían con vida. La *Brisa Veraniega* y su convoy no eran los únicos navíos que habían logrado escapar, pero la evacuación había sido un caos y, tras varios días, los sardovianos se habían desperdigado por los confines del Mar Eterno.

De vez en cuando perdían contacto con alguna de las frecuencias de la eteronda, y Talasyn debía obligarse a no pensar en lo que podría haberle ocurrido a la nave que estaba al otro lado. De lo contrario, se volvería loca. Debía concentrarse en el presente, en mantener con vida a todos los que formaban parte de su convoy.

Pero estaba muy preocupada por Khaede.

La habían hecho abandonar el frente hacía una semana, cuando un episodio particularmente intenso de náuseas matutinas la obligó a informar de su estado. Talasyn la había divisado entre la multitud poco antes de que la batalla de Última Morada diera comienzo, organizando un plan de evacuación para la gente de la ciudad, pero no había vuelto a verla desde entonces.

En situaciones así, la explicación más sencilla era a menudo la correcta, pero ella se negaba a aceptarlo. Estaba segura de que en cualquier momento oiría la voz de su amiga por el transceptor, poniéndose en contacto desde la nave con la que hubiera abandonado Última Morada…

Bieshimma se acercó a Talasyn y apoyó el brazo que no llevaba en cabestrillo en la barandilla del alcázar. Parecía que hubiera envejecido una década desde la replegada de las tropas.

Había tomado el mando mientras Vela se recuperaba de sus heridas, así que Talasyn le preguntó en voz baja:

—¿Y ahora qué, general?

—¿Ahora? —Bieshimma contempló el resplandeciente océano que se desplegaba por debajo, como si buscara la respuesta en sus corrientes azules—. Debemos escondernos en algún lugar para hacer balance de la situación y reagruparnos.

—Pero ¿dónde? —preguntó Talasyn, pese a que era consciente de que Bieshimma tampoco tenía la respuesta. Les habían arrebatado el Continente y, aunque el mundo era un lugar muy grande, estaba plagado de reinos que habían hecho oídos sordos a las súplicas de Sardovia a lo largo de los años, ya fuera por desinterés o por temor a desatar la ira del Imperio de la Noche. No tenían ningún lugar adonde ir, pero no podían seguir deambulando por el Mar Eterno siempre.

La gravedad de la situación la abrumaba, y el presente adquirió un desgarrador tinte surrealista. Le daba la sensación de que solo habían pasado unas horas desde el día en que le habló a Khaede de la misión de Nenavar, cuando su amiga se había debatido entre la sorpresa y la risa al oír la revelación sobre el origen de Talasyn. Y ahora Khaede no aparecía por ninguna parte y...

Talasyn se quedó inmóvil mientras una idea comenzaba a tomar forma.

Sí había un lugar adonde podían ir. Hasta entonces no había sido una opción viable, pero las cosas habían cambiado.

A lo mejor, solo a lo mejor, salía bien.

El convoy se dirigió al sudeste. La lenta y ardua travesía se prolongó dos días más antes de que se detuvieran, y Talasyn se dedicó a atender a los heridos, a trazar un plan con Bieshimma y con Vela, que seguía postrada en cama, y a vigilar las transmisiones por si Khaede daba señales de vida. Al principio no tuvo fuerzas para ayudar a sus compañeros a encargarse de aquellos que habían perecido por las heridas, pero finalmente les echó una mano también, pues andaban muy cortos de personal. Envolvió los cuerpos con trapos y trozos de lona a modo de sudario y les cerró los ojos antes de que los arrojaran por la borda y desaparecieran entre las olas y la espuma del Mar Eterno.

Había muerto mucha gente. Si Kesath pensaba darles caza, lo único que tendrían que hacer era seguir el rastro de los cadáveres en el agua. La sal y el dolor impregnaban el aire.

Dos días después de que hubieran cambiado el rumbo, Talasyn trepó por el palo mayor de la *Brisa Veraniega* cuando el sol empezaba a ponerse. Medía treinta y seis metros, lo cual no suponía ningún problema para ella, que se había criado en Pico de Cálao, donde los edificios brotaban unos encima de otros y sus ciudadanos sabían llegar a lo más alto. Acababa de envolver y arrojar al mar el cuerpo de Mara Kasdar junto con sus camaradas y necesitaba estar sola, lejos de los camarotes abarrotados y las cubiertas plagadas de gente que deambulaba de aquí para allá consternada.

El mástil era el lugar más alejado al que podía ir. Talasyn se embutió en la cofa con forma de barril y permaneció allí inmóvil, compungida y con la mente en blanco. La maestra de armas Kasdar había sido toda una institución. Llevaba allí casi desde el principio y se había encargado de entrenar a los nuevos reclutas. Su muerte parecía simbolizar la desaparición del propio ejército sardoviano. Ella había sido la que había enseñado a Talasyn a luchar con espadas, lanzas, dagas y muchas otras armas que esta última no había sabido ni cómo empuñar. Kasdar había sido una instructora exigente y ambas habían andado casi siempre a la gresca, pero Talasyn estaba empezando a asimilar que no volvería a ver a la corpulenta y seria guerrera. La invadió un dolor sordo, aunque la experiencia le había demostrado que la herida acabaría formando una costra dentro de poco que se añadiría a las innumerables capas que constituían sus antiguas cicatrices.

¿Cuándo terminará el sufrimiento?, se preguntó Talasyn allí arriba, y los márgenes de su campo visual se prendieron con la puesta de sol carmesí que teñía el horizonte desierto y las olas tornadizas con un resplandor dorado. La Guerra de los Huracanes les había arrebatado muchas cosas, pero aún podía arrebatarles más.

Al volverse, los tablones de madera de la cofa crujieron bajo sus botas. Posó la mirada en la *Nautilus*. Avanzaba a duras penas tras las dos carracas, y medía casi siete veces más que las otras dos naves juntas.

Khaede había vivido en un pueblo pesquero antes de que los atronadores huracanes lo sacudieran y ella se refugiara en el Núcleo. Una vez le contó a Talasyn que las naves de tormenta le recordaban a las místicas criaturas que a veces quedaban atrapadas en las redes de pescar. Eran unos seres que provenían de las oscuras profundidades del Mar Eterno —habitantes de los fondos, igual que lo había sido Talasyn en los barrios bajos de Pico de Cálao— y su aspecto era más parecido al de los insectos que al de los peces; tenían un cuerpo ovalado y segmentado, con las partes más blandas protegidas por caparazones tan rígidos como una coraza.

No obstante, lo que protegía a la *Nautilus* y a todas las naves de tormenta era una estructura externa de acero que mantenía unidos unos paneles extremadamente resistentes de vidriometal y hierro. Debido a su inmenso tamaño, hacían falta flotillas enteras para derribar una sola de aquellas monstruosidades, y para entonces, esta había causado ya estragos la mayoría de las veces. Cuando la primera nave de tormenta de Kesath surcó el cielo, alteró la naturaleza de las guerras por completo. Y ahora, diecinueve años después, Gaheris se había servido de una flota entera de aquellas naves para ver cumplida su ambición de dominar el Continente.

Talasyn odiaba las naves de tormenta. Si no fuera por ellas, mucha gente seguiría aún con vida. Ni siquiera las que había robado Vela cuando desertó habían resultado de demasiada utilidad. El ejército sardoviano casi nunca las había desplegado en zonas donde la población civil corría el riesgo de acabar diezmada, pero, de todos modos, ¿qué hubieran podido hacer ocho naves de tormenta frente a cincuenta?

Ahora solo quedan tres, se recordó con amargura. *Puede que menos.*

Era una situación horrible. El plan de Talasyn solo proporcionaba a lo que quedaba de la Confederación Sardoviana una mínima posibilidad de defenderse. Las probabilidades de que saliera bien eran escasísimas.

En cuanto el sol asomó lo bastante como para formar una semiesfera ígnea en el horizonte y atenuó las pálidas siluetas de las siete lunas que coronaban el cielo, un enorme ajetreo se apoderó de las cubiertas y una exclamación se extendió entre los pasajeros de la *Brisa Veraniega*. *Tierra a la vista*. Talasyn apartó la vista de la descomunal silueta de la *Nautilus* y se volvió hacia la proa de la carraca. Y entonces las vio a lo lejos: las innumerables islas verdes del Dominio de Nenavar, alzándose desde el oscuro océano y conformando atalayas de selva y tierra. Notó una sacudida en el pecho. La invadió la inquietante sensación de que se encontraba a punto de cruzar un umbral y que no habría marcha atrás.

El convoy detuvo la marcha y permaneció flotando sobre el océano. Los coracles avispa se dirigieron a sus hangares, a bordo de la *Nautilus*, y Talasyn volvió a descender al alcázar de la *Brisa Veraniega*. Los Encantadores habían captado cerca de allí varias señales provenientes de la eteronda, aunque sus intentos por establecer contacto estaban siendo rechazados, lo que provocó que Bieshimma compusiese una expresión ceñuda.

—Se presentan en sus fronteras un grupo de aeronaves que necesitan ayuda y ellos ni siquiera se dignan a responder —farfulló en voz baja el general.

—Los nenavarenos están al tanto de la guerra —señaló Talasyn—. Puede que no quieran buscarse problemas.

—Esperemos que cambien de opinión cuando les digamos que tenemos a su princesa desaparecida.

Talasyn se mordió el labio para evitar mandar callar a su superior, pero lanzó una mirada furtiva a la tripulación, que iba de aquí para allá. Hasta donde ellos sabían, se habían dirigido a Nenavar simplemente porque era el reino que más cerca les quedaba y tenían la esperanza de que la reina Dragón les mostrase algo de compasión.

Finalmente, decidieron enviar una de las pocas palomas mensajeras con las que aún contaban a Puerto Samout. Bieshimma escribió una nota en la lengua común de los marineros, ató el pergamino a la pata del ave y la soltó en dirección al resplandeciente puerto.

—¿Crees que responderán? —le preguntó Bieshimma a Talasyn mientras veían alejarse a la paloma.

—No me extrañaría que le pegaran un tiro directamente, la verdad.

—Ni se te ocurra bromear con algo así, timonel —le advirtió el hombre—. Es la única oportunidad que tenemos.

De haber estado allí, Khaede habría soltado un *Ahora tenéis que llamarla Excelencia, general*, y a Talasyn volvió a invadirla un sentimiento de pérdida. Una familiar sensación de miedo que le trepó por la garganta.

El mensajero alado no tardó en regresar, aunque sin respuesta, pese a que ya no llevaba la nota original atada a la pata. Permanecieron a la espera. Las horas transcurrieron y la noche cubrió lentamente el Mar Eterno con su manto de terciopelo negro salpicado de estrellas. Talasyn estaba tan nerviosa que apenas fue capaz de saborear el estofado de carne que se tomó para cenar; le preocupaba que los nenavarenos los ignorasen, después de todo. Puede que hubieran llegado a la conclusión de que *no* era hija de Elagbi, de que no tenía ninguna relación con ellos. Quizá su comportamiento durante su visita a Nenavar hubiera sido demasiado insultante como para dejarlo pasar. Tal vez se disponían a atacar el convoy con aquellos coracles suyos tan elegantes y letales.

Aunque, bueno, la cena tampoco le habría sabido a gloria precisamente ni aunque se la hubiera comido estando de buen humor, por no mencionar la escasez de la ración. Las provisiones habían disminuido considerablemente tras pasar una semana sobrevolando el Mar Eterno. La *Brisa Veraniega* no había estado equipada para llevar a bordo a tantos pasajeros durante tantos días. Habían estado racionando la comida, pero esta no tardaría demasiado en acabarse.

Tal vez en un mes. Aunque seguramente antes.

Talasyn durmió en el alcázar por temor a perderse alguna transmisión de Nenavar... o de Khaede. Mientras el turno de noche trajinaba de aquí para allá, ella se quedó dormida sobre los tablones de madera, bajo un entramado de constelaciones, y soñó con su ciudad de oro.

Una fuerte ráfaga de viento le azotó el rostro y ella se despertó sobresaltada, convencida de que una nave de tormenta los atacaba, aunque no era más que una falsa alarma. La paz reinaba en las cubiertas de la carraca, que se hallaban iluminadas por la luz lunar, y el viento que agitaba los extremos de las velas arrastraba un aroma a algas y a pescado seco, con un leve matiz afrutado.

—¿Aún nada? —exclamó en dirección a la figura ataviada con una capa blanca que estaba frente al transceptor.

La Encantadora negó con la cabeza, adormilada, y a Talasyn se le hizo un nudo en la garganta. Ni Khaede ni Puerto Samout se habían puesto todavía en contacto.

Le iba a resultar imposible volver a conciliar el sueño, pues sentía demasiada ansiedad. Paseó la mirada por la *Brisa Veraniega* hasta acabar posándola en Ideth Vela, que se encontraba a solas en la proa. Tenía los hombros rígidos, como si estuviera sujetando el mismísimo cielo.

Unos cuantos sanadores le habían cosido la herida y la magia de sombras que fluía de manera innata por su cuerpo la había ayudado a combatir las secuelas que le había dejado la espada del legionario. No obstante, la pérdida de sangre y los daños leves que había sufrido en algunos órganos habían hecho mella en ella, y cuando Talasyn se aproximó, se fijó en que la amirante tenía los labios pálidos y que una expresión de dolor reprimido asomaba en el ojo que aún le quedaba.

—Deberíais estar descansando, amirante.

—Llevo toda la semana en el camarote. Además, tomar un poco el aire sienta de maravilla —dijo Vela con un rastro de su habitual actitud displicente—. Bueno… parece que, después de todo, volverás a reunirte con tu familia.

Talasyn palideció.

—Yo no quería que la cosa acabara *así*.

Vela suavizó el semblante.

—Ya sé que no. Ha sido una broma de mal gusto por mi parte, aunque sí que me pregunto qué te deparará el futuro si al final el Dominio responde a nuestra petición.

—¿A qué os referís?

Vela respondió a la pregunta de Talasyn con otra.

—Según Elagbi, eres la heredera al trono. Supongo, entonces, que Urduja Slim no tiene ninguna hija, ¿no?

—No lo… —Talasyn se interrumpió cuando un recuerdo de aquella fatídica noche emergió en su mente—. Elagbi comentó que Rapat lo había hecho salir de la capital en pleno debate de sucesión.

—Los hombres no pueden gobernar el Dominio de Nenavar —repuso Vela—. Apenas nos ha llegado información a lo largo de los milenios, claro, pero sabemos que el título de Lachis'ka lo hereda siempre la hija mayor. Si la reina solo da a luz a hijos varones, la esposa del primogénito es quien asume el trono.

—Supongo que los nenavarenos no tienen muy claro cómo proceder, puesto que Hanan falleció, y si la esposa del otro hijo… —Talasyn vaciló al recordar de pronto la relación que la unía a ese hombre: era su *tío*, el tío que había querido asesinarla—. Si la esposa del otro hijo —volvió a intentarlo— sobrevivió a la guerra civil, se la consideraría la mujer de un traidor, ¿no?

—Sí —respondió Vela, pensativa—. Unas circunstancias de lo más insostenibles. Tal vez estemos entregándoles la solución en bandeja, pero supongo que ya lidiaremos con la tormenta cuando llegue el momento.

—Supongo que sí —repitió Talasyn.

En realidad era un alivio que dejaran correr el tema de momento. Talasyn estaba exhausta; se sentía derrotada, pese a que seguía aferrándose con fuerza a la esperanza de haber conducido a Sardovia a un lugar seguro y no a su destrucción.

Y entonces Vela la sorprendió al preguntar:

—Todavía no sabemos nada de Khaede, ¿no?

—No, amirante.

En el pasado, Vela jamás había comentado temas personales con sus tropas, pues siempre estaba pensando en la siguiente batalla, en la siguiente maniobra. Tal vez la lesión la hubiera dejado algo trastornada, o puede que ahora que estaban esperando una respuesta por parte de Nenavar dispusieran de tiempo para hacerlo. En cualquier caso, lanzó un suspiro y miró de reojo a Talasyn antes de posar la vista en el océano.

—Lo último que le dije fue que no podía volar debido a su embarazo. Le ordené que en su lugar ayudara a evacuar a la población civil. Me extrañó que no refunfuñara más.

—Eso es que debía de encontrarse *fatal* —murmuró Talasyn.

Vela esbozó una leve sonrisa. Aunque esta se desvaneció de inmediato.

—No llegué a decirle lo mucho que sentí la muerte de Sol. Nunca había tiempo suficiente. Nunca era el momento adecuado. Espero… —Se interrumpió de golpe, como intentando recuperar la compostura—. Espero que tanto ella como el bebé estén bien.

—Lo están —respondió Talasyn, convenciéndose a sí misma también—. Khaede es rápida, lista y fuerte. Si alguien puede sobrevivir a la guerra, es ella.

Vela le dirigió un leve asentimiento con la cabeza, y la conversación se desvaneció con la marea. Un pesado silencio se extendió por la proa de la nave, donde no había nadie más. Talasyn tuvo la impresión de que era como si estuviera a solas con la amirante en los confines del mundo.

Un miembro de la tripulación despertó a Talasyn poco antes del alba. Una lucecita amarilla parpadeaba en la bombilla del transceptor. La chica se apiñó junto al corrillo de gente agrupada alrededor mientras alguien iba a avisar a sus superiores.

Una voz femenina al otro lado del aparato se dirigió a ellos en su idioma, aunque con un marcado acento.

—La Zahiya-lachis os concederá audiencia a bordo de su buque insignia —anunció sin preámbulos—. Se os permite aproximaros con una carraca, pero sin escolta. El resto del convoy, y muy *especialmente* la nave de tormenta, permanecerá en su sitio. Solo se permitirá embarcar a bordo de la *W'taida* a un grupo reducido de individuos desarmados. En caso de que estas directrices se incumplan, el Dominio procederá a abrir fuego sobre vuestras filas.

A continuación, la voz recitó una serie de coordenadas y la transmisión llegó a su fin antes de que ninguno de ellos tuviese la ocasión de articular palabra.

A aquellas alturas, Talasyn estaba acostumbrada a la sensación de *déjà vu* que le sobrevenía cuando pensaba en Nenavar. No obstante, esta vez entendía de dónde provenía aquella sensación. Ya había estado allí, y además, recientemente. Había pasado poco más de un mes desde que el sol asomara entre la niebla mientras ella se abría paso entre las numerosas islas que la carraca estaba sorteando ahora.

El alcázar se encontraba en calma en comparación con las demás secciones, donde la multitud, desamparada y harta de la guerra, se agolpaba contra las barandillas entre codazos para divisar mejor los manglares, las selvas tropicales y las playas de arena blanca. La densa y fresca niebla se arremolinaba por todas partes y recubría los rostros y las extremidades expuestas con un fino rocío. La *Brisa Veraniega* la atravesó laboriosamente, y Vela y el resto de los oficiales se abrieron camino como pudieron hasta el alcázar, mientras las lámparas de fuego que adornaban la popa y los mástiles proyectaban su intenso resplandor.

Las coordenadas que les habían facilitado los llevaron más al sur de aquellos tramos inconexos que formaban la costa de Nenavar de lo que Talasyn se había aventurado anteriormente. Las islas se tornaron cada vez más estrechas, altas y escarpadas, hasta convertirse en columnas desperdigadas de piedra con alguna que otra veta de vegetación aquí y allá. Ya casi había amanecido del todo cuando la *Brisa Veraniega* llegó a su destino, tras sortear con cuidado un cúmulo de picos rocosos.

Un silencio sobrecogedor se apoderó del deplorable grupo de refugiados.

A unos dos kilómetros de distancia, envuelta en niebla y flotando por encima de las olas azules y las innumerables islas, se hallaba lo que sin duda era la *W'taida*. No se parecía a ninguna de las aeronaves que Talasyn había visto hasta entonces. Es más, tardó un poco en asimilar que lo que tenía delante era, en efecto, una aeronave.

Un inmenso conjunto de torres de acero y ornamentadas almenas de cobre se alzaba sobre un lecho más o menos circular de relucientes piedras volcánicas casi tan amplio como una nave de tormenta, envuelto entre los velos esmeralda de lo que debían de ser *centenares* de corazones de éter. Estaba repleto de enormes ventanas de vidriometal, rosadas bajo la luz del amanecer, salpicado de enormes engranajes y mecanismos y coronado con agujas doradas.

Aquel debía de ser, pues, el buque insignia de la reina nenavarena y era...

—Un castillo —dijo, aturdido, el general Bieshimma—. Un castillo *flotante*.

—Desde luego a esta gente les va la mar de bien sin nadie más —rezongó Talasyn.

Un rugido ensordecedor resquebrajó el silencio matutino.

Solo un animal salvaje y monstruoso era capaz de emitir aquel sonido. Parecía provenir de todas partes; reverberó por las escarpadas islas y brotó del Mar Eterno.

Los soldados sardovianos se dejaron llevar por el instinto: se apresuraron a tomar sus armas y adoptaron posiciones defensivas a lo largo de la cubierta. Talasyn extendió los dedos, dispuesta a urdir con luz y éter cualquier arma que necesitase, pero no tardaron demasiado en darse cuenta de que ninguna ballesta ni espada —puede que ni siquiera la Telaluz— iba a servirles de nada.

Al norte, una figura sinuosa se desplegó entre la niebla. Era bastante más grande que la *Brisa Veraniega*, e incluso más larga que la *Nautilus*. Se trataba de una criatura serpentina cubierta de escamas azul zafiro incrustadas con bálanos, que poseía dos extremidades anteriores con garras curvadas del color del acero. Su gigantesca columna vertebral conformaba montañas que se derrumbaban sobre sí mismas y volvían a erigirse de inmediato al deslizarse por el aire. Dotada de un par de alas coriáceas cuyas sombras se proyectaban vastamente a su alrededor, se aproximó a una velocidad alarmante; atravesó la niebla y voló en círculos sobre su cabeza, bañada por la luz del amanecer.

El aspecto de la cabeza era similar al de un cocodrilo, y tenía el hocico cubierto de alargados bigotes que se agitaban como escudriñando las corrientes de viento. Entornó los ojos, brillantes y de color óxido, en dirección a los sardovianos, que se habían quedado boquiabiertos, y tras abrir las enormes fauces y dejar al descubierto dos filas de dientes afiladísimos, profirió otro rugido. A Talasyn se le erizó todo el vello del cuerpo y, entonces, una *segunda* criatura como aquella emergió del Mar Eterno.

De las relucientes y empapadas escamas de la bestia, que eran de color escarlata en lugar de azul, colgaban ristras de algas como si fueran tentáculos. Salió disparada por el aire, provocando una erupción de agua salada tan inmensa que los pasajeros que se encontraban más cerca de las barandillas de la *Brisa Veraniega* quedaron empapados. Voló junto a su compañero mientras trazaba amplios arcos en el cielo y ambos se sumieron en una danza de una elegancia letal. La brisa del amanecer quedó impregnada con el olor del plancton y el lecho marino revuelto, con el olor de la madera podrida de los naufragios y las blandas criaturas que vivían y perecían en su interior, en las negras profundidades donde no alcanzaba la luz del sol.

La voz incrédula de Bieshimma atravesó el atónito silencio que reinaba en el alcázar.

—Pues al final parece que en Nenavar *sí* que hay dragones.

CAPÍTULO DOCE

Talasyn contempló a los dragones. Eran tan grandes que le costaba asimilarlo, pero se deleitó con ellos de todas formas.

Le había extrañado mucho que el buque insignia de la Zahiya-lachis no viajase con escolta. Incluso si la W'taida disponía de armas ocultas entre los puntales de cobre de su fachada negra y dorada, lo normal hubiera sido que un puñado de coracles lo acompañasen, dado que la jefa de Estado se disponía a lidiar con unos forasteros desesperados y curtidos en batalla y la situación podía tornarse imprevisible.

Pero ¿quién necesitaba coracles, o cañones, cuando tenía a aquellas criaturas? Los dos dragones se situaron a ambos lados del castillo flotante y batieron sus poderosas alas. Contemplaron la carraca con cautela, preparados para entrar en acción a la menor señal de amenaza.

Probablemente también escupían fuego. No había razón para suponer lo contrario, teniendo en cuenta que los rumores acerca de su existencia habían resultado ser ciertos. Aquellos que habían afirmado que los dragones podían derribar naves de tormenta no se equivocaban. Esas garras gigantescas parecían perfectamente capaces de rasgar el vidriometal de un plumazo.

A Talasyn le asaltaron unas ganas irrefrenables de... llorar.

De gritar. De bramar al cielo. Aquellas criaturas eran terribles y preciosas, pero lo que quedaba de la Confederación Sardoviana se había topado con ellas demasiado tarde. Pensó en toda la gente que habría sobrevivido si el Dominio hubiera accedido a ayudarlos a luchar contra el Imperio de la Noche. La flota de naves de tormenta de Gaheris no habría tardado en sucumbir. La Guerra de los Huracanes habría llegado a su fin antes de que las ciudades del Núcleo hubieran acabado arrasadas. Darius jamás los habría traicionado, Sol y la maestra de armas Kasdar todavía seguirían vivos y Khaede no estaría desaparecida en combate.

Sin embargo, Talasyn recobró la compostura en cuanto le echó un vistazo a Vela. La amirante se mostraba *acongojada*, como si estuviera pensando algo similar. Como prefería no agravar la situación, Talasyn compuso una expresión más sobria y comedida, y al cabo de unos instantes, Vela hizo lo mismo.

La eteronda se activó con un chasquido. Una voz enérgica les ordenó que se detuvieran y les dio permiso para enviar una pequeña partida de abordaje «a la mayor brevedad posible», al margen de lo que *aquello* significase.

—Creo que lo que insinúan es que si no movemos el culo, dejarán que esos gusanos enormes nos merienden —gruñó Bieshimma.

Bieshimma no podía unirse a la partida de abordaje, claro, debido a lo que había ocurrido la *última* vez que había estado en Nenavar. Tras debatir el asunto durante unos instantes, Vela decidió que no había grupo más pequeño e inofensivo que uno formado por dos personas, y Talasyn y ella se dirigieron a la plataforma donde se alineaban los esquifes de la carraca: unas diminutas embarcaciones chatas que se utilizaban a menudo como lanzaderas o cápsulas de escape.

La multitud de soldados y refugiados se separó con deferencia para cederles el paso, pero Talasyn era demasiado consciente de los susurros nerviosos y las miradas preocupadas e inquisitivas. No podía culparlos: un coletazo de aquellos dragones y la *Brisa Veraniega* acabaría partida en dos. Nadie le quitó el ojo de encima mientras ayudaba a la amirante a subir al esquife, encendía los corazones de éter y ponía rumbo al resplandeciente castillo del cielo.

Los dragones se veían enormes a lo lejos. De cerca, su colosal anchura hizo sentir a Talasyn tan insignificante como una hormiga. Los resplandecientes ojos seguían cada uno de los movimientos del esquife y de sus pasajeros sin pasar nada por alto. Talasyn ni siquiera se atrevió a respirar hasta que la amirante y ella llegaron a la plataforma de aterrizaje que había labrada en las rocas de la base del castillo, e incluso entonces fue incapaz de relajarse.

Elagbi las esperaba en el umbral de la entrada principal, escoltado por las Lachis-dalo que lo habían protegido en la cordillera de Belian. Talasyn permaneció inmóvil al principio, pero Vela le dio un empujoncito, y ella se aproximó a la regia figura hecha un manojo de nervios, sin tener la menor idea de cuál era el protocolo que debía seguirse a la hora de saludar a un padre al que solo habías visto una vez y que te era totalmente desconocido. ¿Debería abrazarlo? Dioses, esperaba que no. Puede que lo apropiado fuera hacer una reverencia bajando el cuerpo y doblando las rodillas, ya que se trataba de un príncipe, pero *ella* era la heredera al trono, ¿no? ¿Estaba por encima de él? A lo mejor era Elagbi quien debía hacer la reverencia… No, imposible, los hombres no…

Elagbi resolvió el dilema al agarrarla de las manos.

—Talasyn —la saludó con calidez; la dulzura de sus ojos oscuros contrastaba en cierto sentido con su porte aristocrático—. No hay nada que pueda compararse con la alegría que siento al volver a verte. Lamento que tenga que ser en circunstancias tan dolorosas.

—Si-siento lo de… la última vez —tartamudeó Talasyn, encogiéndose por dentro al percatarse de lo poco refinada que sonaba en comparación con él—. Tuve que volver de inmediato…

—No pasa nada —respondió Elagbi—. Recuperamos sin problemas el *alindari* que tomaste prestado. Y no fuiste tú precisamente la que dejó un reguero de soldados heridos a su paso. —Ensombreció la expresión al pronunciar aquella última parte, y en ese momento Talasyn se sintió de lo más identificada con él. Sabía perfectamente lo que era que Alaric Ossinast te jorobara el día.

Talasyn se apresuró a hacer las presentaciones. Vela le dirigió una inclinación de cabeza al príncipe del Dominio y Talasyn se percató, tarde, de que la amirante permanecía erguida pese a que estaba segura de que la herida que se le extendía desde el esternón hasta la cadera seguía doliéndole.

—Excelencia. —El habitual tono mordaz de Vela sonaba algo más comedido—. Os agradezco que nos hayáis concedido audiencia.

Elagbi esbozó una sonrisa y se inclinó, con una pierna echada hacia atrás, apoyándose la mano derecha en el abdomen mientras con la izquierda hacía una elegante floritura.

—Amirante, el honor es mío. Por mi parte, agradezco que acogierais a mi hija y cuidarais de ella todos estos años. Ahora, si sois tan amables de seguirme…

Las Lachis-dalo se congregaron a su alrededor mientras entraban en el castillo. Los sinuosos pasillos de la *W'taida* eran tan opulentos como sugería su exterior. El mármol salpicado de manchas doradas que revestía las paredes y los suelos tenía una tonalidad broncínea. Las ventanas de vidriometal estaban revestidas con marfil oscuro y ofrecían una panorámica de las islas sobre un lecho de olas turquesas mientras los dragones las sobrevolaban, vigilantes. A Talasyn le hubiera costado creerse que se encontraba a bordo de una aeronave de no haber sido por la vibración de los corazones de éter que notaba bajo los pies.

Elagbi y Vela se enfrascaron en una discreta y sombría conversación acerca de lo ocurrido; la amirante le contó que los últimos bastiones de Sardovia habían caído y le explicó el motivo por el que los supervivientes habían puesto rumbo a Nenavar. Talasyn agradeció que Vela tomase las riendas de la situación. Le daba la sensación de que el castillo se extendía de forma interminable y no creía estar preparada para recorrer sus numerosos pasillos charlando de trivialidades con el hombre que, según había descubierto recientemente, podría ser su padre.

Se detuvieron frente a unas puertas doradas cubiertas de elaborados grabados. Había dos guardias apostadas a ambos lados y, cuando Elagbi se dirigió a ellas, Vela retrocedió y le murmuró a Talasyn:

—Si me permites un consejo en cuanto a nuestro inminente encuentro con la reina Dragón, lo mejor será que hable yo. Y con esto me refiero a que controles el mal genio. Y a que no digas tacos.

—Tampoco digo tantos —replicó Talasyn de mala uva—. ¿Y por qué tenemos que andarnos con pies de plomo?

—Porque si lo que cuentan las antiguas historias es cierto, hace falta ser una mujer de tomo y lomo para que no te arrebaten el poder en el implacable nido de intrigas políticas que es la sociedad nenavarena —repuso Vela—. Teniendo en cuenta el tiempo que su casa lleva gobernando, la reina Urduja es, a todas luces, esa clase de mujer. Debemos proceder con cautela.

Las guardias abrieron la puerta y Elagbi no perdió ni un instante en hacer pasar a Talasyn y a Vela.

A diferencia del resto de la *W'taida*, donde la luz del amanecer entraba a raudales, los ventanales de la sala del trono, que se extendían desde el suelo hasta el techo, estaban cubiertos por unas opacas cortinas de áspera seda azul marino; Talasyn suponía que para proteger la intimidad de la reina. La estancia se habría encontrado sumida en la más absoluta oscuridad de no haber sido por la presencia de las lámparas de fuego. Se diferenciaban de las del Continente en que irradiaban una luz pálida y radiante, con un matiz plateado, que arrojaba un brillo etéreo sobre las columnas de mármol y los tapices con motivos celestiales, sobre las siluetas inmóviles de las Lachis-dalo de la reina, apostadas en distintos puntos de acceso, y sobre la tarima que había al final de la sala, sobre la que se alzaba un majestuoso trono blanco. La mujer que lo ocupaba se hallaba demasiado lejos como para que Talasyn pudiera distinguir sus rasgos con claridad, pero su postura tenía algo que le recordaba a las víboras sumamente venenosas que acechaban entre la hierba de la Gran Estepa. Contemplaban a cualquier criatura que invadía su territorio desde lo alto de su sinuosa forma y sopesaban con calma si valía la pena abalanzarse sobre el intruso.

—La estancia se encuentra habitualmente plagada de cortesanos —explicó Elagbi mientras conducía a Vela y a Talasyn por el salón del trono—. Sin embargo, debido a lo delicado de la reunión, a mi madre y a mí nos pareció oportuno llevar el asunto con la máxima discreción.

—Pues ya podrían haber acudido con una nave más pequeña... —le dijo Talasyn a Vela con un murmullo.

—Se trata de una exhibición de poder —respondió Vela en voz baja también—. De fuerza y opulencia. Es más fácil negociar con un oponente intimidado.

A Talasyn le pareció curioso que la amirante utilizara la palabra *oponente*, aunque tras aproximarse a la tarima y contemplar más de cerca a la reina Dragón, tuvo que reconocer que costaba mucho no sentirse intimidada.

Urduja de la Casa Silim era vieja a la manera que lo eran las montañas: imponente y sobrecogedora, habiendo superado los estragos del tiempo mientras otras entidades inferiores habían quedado destruidas. Llevaba el cabello, blanco como la nieve, recogido en un moño del que caían unas cadenas de cristales en forma de estrella que le decoraban la frente. Por encima, una elegante corona que parecía hecha de hielo se enroscaba hacia el techo salpicado de estrellas como una cornamenta con muchas puntas. Sus largas pestañas se hallaban salpicadas con fragmentos diminutos de diamantes que resplandecían sobre un par de ojos tan negros como la tinta, y tenía los labios pintados con un tono de azul casi negro que contrastaba con su piel aceitunada. Iba ataviada con un vestido de seda de manga larga rojo grosella ribeteado con hilo de plata; las amplias hombreras y el dobladillo acampanado de la falda, con forma de reloj de arena, estaban engalanados con multitud de escamas iridiscentes de dragón y llamativas cuentas de ágata, y unas elegantes gargantillas de plata salpicadas de rubíes le recubrían la garganta. Talasyn reparó en que la monarca tamborileaba tranquilamente con las uñas de una mano, adornadas con unos conos de plata repletos de piedras preciosas y tan afilados como dagas, sobre el reposabrazos del trono, a la espera de que el grupo rompiera por fin el silencio.

Elagbi carraspeó.

—Excelentísima Zahiya…

—Ahorrémonos las formalidades. Ninguno de mis aduladores está presente para deleitarse con ellas. —Urduja hablaba la lengua común de los marineros de forma impecable y su tono desprendía la misma frialdad que su corona—. Amirante Vela, tras todos vuestros intentos infructuosos de convencer al Dominio para que se uniera a vuestra causa, esperaba que hubierais captado ya el mensaje. En cambio, os habéis presentado en mis fronteras con la Guerra de los Huracanes a cuestas.

—Es una guerra que aún podemos ganar, Majestad —repuso Vela—. Si nos ayudáis. —A primera vista parecía exudar tanta confianza como Urduja, con la cabeza igual de erguida, pero Talasyn se encontraba lo bastante cerca para fijarse en la lividez del rostro y en los puños cerrados de la amirante. Sin duda, estaba esforzándose por aparentar normalidad pese a su lesión.

La Zahiya-lachis enarcó una ceja elegantemente esculpida.

—¿Me estáis pidiendo que despliegue mi flota y me enfrente al Imperio de la Noche en vuestro nombre?

—No —dijo Vela—. Lo que os pido es asilo. Os pido que abráis vuestras fronteras a *mi* flota y nos permitáis refugiarnos aquí mientras nos reagrupamos.

—Entonces estaría dando cobijo a los enemigos jurados de Kesath —dijo Urduja arrastrando las palabras—. Gaheris todavía no ha dirigido la mirada hacia Nenavar, pero dudo mucho que estuviera dispuesto a pasar por alto algo así.

—No tiene por qué enterarse, e incluso aunque lo hiciera, ¿qué podría hacer él? —argumentó Vela—. Estando los dragones, es imposible asaltar el archipiélago.

—Yo no estaría tan segura. Los forasteros son de lo más impredecibles. —Un amago de cólera tiñó por fin la gélida voz de Urduja—. Ese general vuestro... Bieshimma, si mal no recuerdo... fue perfectamente capaz de colarse hace no mucho.

—Y yo también —soltó Talasyn.

Todos se volvieron para mirarla, pero ella no apartó la vista de Urduja, quien los contemplaba desde la tarima con una expresión totalmente inescrutable. El sentido común la instaba a guardar silencio y dejar que Vela se encargase de manejar la situación, pero los últimos acontecimientos la habían dejado hecha un manojo de nervios y sentía la imperiosa necesidad de ayudar a aquellos camaradas que se encontraban desperdigados por Lir, intentando no caer en las garras de Kesath. Tenía que hacer *algo*.

—Yo también me colé —prosiguió, tratando de que no se le quebrara la voz—. Así fue como vuestro hijo dio conmigo. —¿Estaba hablando demasiado alto? Era incapaz de medir el volumen de su voz debido a la adrenalina que le golpeaba en los oídos—. Si el príncipe Elagbi tiene razón, entonces soy vuestra nieta. Eso significa que puedo pediros que al menos escuchéis lo que tenemos que decir.

Urduja se la quedó mirando durante un largo instante. La mirada de la reina Dragón tenía algo que no acababa de gustarle: cierta expresión astuta, cierto brillo de triunfo que la hizo sentir como si hubiese caído en una trampa. Vela alargó la mano y la agarró del brazo, un gesto tan protector que Talasyn sintió un nudo en la garganta, incluso si no entendía el motivo que lo había provocado.

—Tenías razón, es clavadita a tu difunta esposa —le dijo Urduja a Elagbi al cabo de un rato—. Es más, reconozco esas agallas. Puede haberlas heredado de Hanan o incluso de mí. Creo que es Alunsina Ivralis. Pero dime —ladeó la cabeza—, ¿por qué debería escuchar lo que tiene que decir la hija de la mujer que instigó la guerra civil de Nenavar?

A Talasyn se le heló la sangre. Notó un vacío en el estómago. Al principio, pensó que la había entendido mal, pero los segundos pasaron y vio que la Zahiya-lachis seguía esperando una respuesta. Silenciosa y letal. La serpiente estaba a punto de atacar.

Talasyn recordaba haberle preguntado a Elagbi cómo había empezado la guerra, pero él no había tenido ocasión de responder porque la alarma había empezado a sonar cuando Alaric se fugó. Contempló a su padre, que se había quedado pálido, y luego se volvió hacia Vela. La amirante ya no la agarraba del brazo, y aunque su semblante había permanecido inexpresivo ante aquella inesperada información, Talasyn se fijó en que había cerrado los puños.

—Vaya —Urduja se dirigió primero a Elagbi con voz gélida—, ya veo que no se lo has contado *todo*. —Y a Talasyn le dijo—: Tu madre, Hanan, no solo causó un gran revuelo al negarse a asumir el título de Lachis'ka después de que mi hijo la trajera a Nenavar y se casara con ella, sino que además envió una flotilla al Continente del Noroeste sin consultarlo conmigo para ayudar a Soltenaz durante el conflicto con Kesath. Por la única razón de que los habitantes de Soltenaz eran Tejeluces como ella. Gracias a la nave de tormenta de Kesath, ni un solo navío consiguió regresar a casa. Mi *otro* hijo —en ese momento se le dilataron las fosas nasales con cierto enojo— aprovechó la catástrofe en beneficio propio. Me echó la culpa, acusándome de ser débil, y encabezó una revolución en la que participaron cientos de islas en un intento por apoderarse del trono. Los siguientes seis meses fueron un baño de sangre y estuvieron a punto de provocar la desaparición de una civilización milenaria, y todo se remonta, en última instancia, a una forastera, Hanan Ivralis. Mi sangre corre por tus venas, cierto, pero también la de *ella*. ¿Cómo voy a fiarme de ti, *Tejeluces*?

Urduja escupió aquella palabra como si se tratara de un juramento. Talasyn se quedó atónita, incapaz de hallar la manera de enmendar la situación; de algún modo, los pensamientos se le arremolinaban y a la vez permanecían varados.

—Harlikaan. —Elagbi se cuadró de hombros y le dirigió a la Zahiya-lachis una mirada suplicante—. Sabes tan bien como yo que a mi esposa la manipularon tus enemigos. No fue culpa suya. Pero aunque lo hubiera sido, Talasyn no tendría responsabilidad alguna. Creció en un orfanato, muy lejos de donde descansan los restos de sus antepasados. Es víctima de las circunstancias y la culpa no debería recaer sobre ella.

Urduja seguía sin parecer convencida. Aunque lo cierto era que tampoco parecía albergar otros sentimientos; su inmaculado semblante no dejaba entrever nada en absoluto, y Talasyn ya no sabía qué hacer. Si Nenavar se negaba a conceder asilo a los sardovianos, todo habría acabado. No les quedaban suficientes provisiones para seguir sobrevolando el Mar Eterno hasta llegar a alguna otra nación que tal vez ni siquiera los acogiese. Por no mencionar el hecho de que cuanto más tiempo pasaran en alta mar, más probabilidades habría de que las patrullas kesathenses los descubrieran.

No podía permitir que una década plagada de sacrificios —de sangre, sudor, heroicidades y pérdidas— tuviese un final tan incierto. Talasyn haría cualquier cosa que fuera necesaria.

—Haré lo que queráis —soltó—. No puedo disculparme por algo que sucedió cuando solo era un bebé, pero si nos concedéis asilo, no os causaré ningún problema. Lo juro.

Contuvo el aliento y aguardó.

Urduja esbozó una sonrisa satisfecha.

—Muy bien. Ya he tomado una decisión. Hay un grupo de islas deshabitadas en el extremo occidental de Nenavar. Lo llamamos Sigwad, el Ojo del Dios de las Tormentas. Está situado en medio de un estrecho canal al que nadie puede acceder sin mi permiso, ya que se trata de una zona con aguas turbulentas y feroces ráfagas de viento. Allí se encuentra la Grieta de Tempestades de Nenavar, la cual se activa bastante a menudo. Creo que dichas islas bastarán para alojar a la flota sardoviana. —Durante un instante, el desconcertado silencio que se produjo tras sus palabras pareció divertirle. A continuación, se dirigió a Vela—: La Viatempesta no llega al grupo de islas, aunque sí lo rodea y azota el resto del canal. Se trata de un trayecto peligroso, pero es una zona muy remota y se halla bajo mi jurisdicción; allí nadie os molestará. Es la mejor opción. Así pues, Nenavar abrirá sus fronteras a Sardovia durante quince días, tiempo que podréis emplear para alojar a vuestras tropas en el estrecho. Ordenaré a mis patrullas que hagan la vista gorda, pero si les causáis algún problema no podré garantizar vuestra seguridad. Cualquier embarcación o *nave de tormenta* —pronunció la última palabra con desprecio— que intente acceder al Dominio una vez transcurrido el periodo estipulado, será derribada en el acto. Pero la Confederación puede refugiarse aquí hasta que esté lista para recuperar el Continente del Noroeste.

Talasyn no pudo sentirse aliviada. Aún no. La convulsa sensación que notaba en el ambiente —así como la rigidez de la postura de Vela— le indicaba que había gato encerrado.

Y, en efecto, la reina Dragón no tardó en añadir:

—A cambio, Alunsina permanecerá, naturalmente, en la capital, donde asumirá su papel como Lachis'ka del Dominio de Nenavar.

En la intimidad de sus dependencias a bordo de la *Libertadora*, la nave de tormenta más grande de Kesath y principal medio de transporte de su padre tanto en situaciones bélicas como de asuntos de Estado, Alaric se quitó la máscara lobuna de obsidiana que le cubría la mitad inferior del rostro y la depositó en una mesa cercana.

Acababa de volver a la nave tras haber estado explorando la parte occidental del Mar Eterno, pero no había encontrado ni rastro del remanente sardoviano. Ni siquiera restos de alguna aeronave. Gaheris estaba de relativo buen humor, todavía exultante tras su victoria definitiva, pero la cosa no tardaría en torcerse en cuanto se acordara de que su hijo había dejado escapar a la Tejeluces.

Lo cierto es que la culpa sí era de Alaric. Había permitido que se le escapara por razones que todavía seguía sin entender tras haberse pasado unas cuantas horas rememorando su encuentro durante el asedio de Última Morada. Algo lo había empujado a marcharse, algo para lo que todavía no tenía nombre, y, poco antes de aquello, lo había incitado a proponerle que se fuera con él.

Se estremecía cada vez que recordaba *aquella* parte.

Gaheris había mostrado cierta curiosidad por el hecho de que la Telaluz y el Pozoumbrío se hubiesen combinado, pero al final había llegado a la conclusión de que los Forjasombras no necesitaban a los Tejeluces para nada. Así pues, ¿por qué le había hecho Alaric semejante proposición a la chica, que era su mayor enemiga?

¿Y por qué no podía dejar de pensar en ella?

Tal vez sintiese lástima por ella. El polvo era todo cuanto había conocido.

Alaric se acercó a las ventanas y observó, a través de las múltiples capas de vidriometal, los humeantes restos de las ciudades del Núcleo que se extendían varios kilómetros por debajo. El número de víctimas mortales superaba los cientos de miles solo en la capital. No se había visto tal nivel de destrucción desde que Kesath había conquistado las Tierras del Interior, el acontecimiento que había provocado la deserción de Ideth Vela y que había iniciado la Guerra de los Huracanes.

Pero todo había acabado ya. El Imperio de la Noche había resultado vencedor. Las Sombras se habían extendido sobre el Continente, tal y como tenía que ser.

Alaric contempló la tierra yerma, con sus edificios arrasados y su océano de cadáveres, y se preguntó si había valido la pena. No fue más que un pensamiento espontáneo, pero permaneció con él hasta que el transceptor de eteronda cobró vida y un miembro de la Legión le informó de que su padre deseaba verlo.

Aunque el carácter adusto de Ideth Vela era conocido por todos, Talasyn casi nunca la había visto enfadada. La mujer, que había permanecido prácticamente impasible al recibir la noticia de que el contramaestre Darius los había traicionado, se paseaba ahora arriba y abajo por la pequeña antesala que la reina Urduja les había proporcionado a Talasyn y a ella para que debatieran la cuestión durante unos minutos.

—¿Te has fijado en la rapidez con la que se ha sacado de la manga la propuesta? —preguntó Vela—. Lo tenía planeado desde el principio, incluso antes de que pusiéramos un pie en la nave.

—La verdad es que no se lo ha pensado mucho, amirante —convino con cautela Talasyn.

—Eso significa que su reinado corre peligro —murmuró Vela—. Necesita asegurar la línea de sucesión; al no tener ninguna heredera, las demás familias nobles deben de estar intentando quitársela de encima. Urduja hará lo que sea para mantener el trono.

Más te vale tener una buena razón para hacerme venir desde la capital cuando el debate por la sucesión se encuentra en pleno apogeo. Talasyn volvió a recordar las palabras que Elagbi le dirigió a Rapat. ¿Llevaba la Zahiya-lachis acorralada desde entonces? Puede, incluso, que su posición se hubiese visto comprometida desde el final de la rebelión de Sintan, cuando la nave que llevaba a bordo a Alunsina Ivralis no regresó…

Vela se encaró con Elagbi en cuanto el príncipe nenavareno se les unió en la antesala.

—*Vos* —atronó, en absoluto intimidada por su estatus real—. ¿Estabais al tanto de esto? ¿De la sorpresita que la reina Dragón nos tenía preparada?

Elagbi alzó las manos en actitud suplicante, como asegurando su desconocimiento, con la mirada clavada en Talasyn.

—Os juro que no.

Sus palabras no apaciguaron la cólera de la amirante.

—Hemos venido de buena fe —replicó con amargura—. No para que coaccionarais a vuestra hija para que pasase a formar parte de este nido de víboras.

—Nadie la está coaccionando —dijo Elagbi con el semblante pálido y un aspecto tan miserable como le era posible exhibir a un príncipe—. Os aseguro que si decidís rechazar la propuesta, se os dejará marchar sin poner traba alguna.

—¿Y *luego* qué, Excelencia? —replicó Vela con brusquedad—. ¿Dejamos que el Imperio de la Noche nos extermine como a ratas durante los próximos meses? ¿O que Talasyn tenga que cargar con la certeza de que podría haberlo evitado? Podéis adornarlo todo lo que os dé la gana, pero sigue siendo coacción.

La idea de separarse de sus camaradas y acabar inmersa en un mundo extraño y nuevo le provocó a Talasyn un lento y angustioso sentimiento de horror. No deseaba sino descargar su rabia por lo injusto de la situación y el carácter incierto del periodo que se avecinaba, e incluso, tal vez, echarse a llorar por la ferocidad con la que Vela estaba defendiéndola. Pero hacía un rato en la sala del trono había llegado a la conclusión de que debía hacer algo, y aquella era su oportunidad. No había alternativa. Tenía que ser fuerte.

—He tomado una decisión —anunció, sin apartar la vista de Elagbi, ya que si miraba a Vela podría acabar echando por tierra su determinación—. Lo haré. Seré la Lachis'ka.

Gaheris disponía de un despacho a bordo de la *Libertadora*. No era una estancia grande, ya que la mayor parte del espacio de la nave de tormenta estaba destinado a albergar sus numerosos corazones de éter. Se encontraba sumida en las sombras y la única fuente de luz provenía de la tenue claridad vespertina que se filtraba por los huecos de las cortinas y que no llegaba a alcanzar a la figura sentada en medio de la sala… hasta que esta extendió una mano esquelética y marchita hacia la luz grisácea y le hizo un gesto a Alaric para que se acercase.

Alaric sospechaba desde hacía mucho que la luz lastimaba los ojos de su padre y que la perenne penumbra con la que se envolvía siempre tenía como objetivo ocultar su estado actual. Pese a que Gaheris tenía únicamente cincuenta años, aparentaba el doble. Había llevado a cabo grandes hazañas con la magia de sombras durante el Cataclismo y, en los años sucesivos, se había pasado la mayor parte del tiempo experimentando con el eterespacio y llevando su cuerpo al límite. Aquello lo había desgastado físicamente, aunque sus habilidades mágicas eran ahora inimaginables.

Alaric tenía siete años cuando la guerra entre Kesath y Soltenaz estalló. Había sido testigo del deterioro gradual de su padre y a menudo se había preguntado si lo que estaba contemplando era su propio futuro. Pese a lo mucho que insistía Gaheris en que el precio que se cobraba el conocimiento estaba justificado, aún no le había enseñado a Alaric sus secretos más valiosos: la presencia del Maestro de la Legión era necesaria en el frente.

—Todavía no has dado con los remanentes sardovianos. —Era más una afirmación que una pregunta. Su voz era un estertor ronco y brotaba con gelidez de su envejecida garganta—. Permitiste que la Tejeluces se te escapara y ahora no la encuentras ni a ella ni al resto. Podría estar ya en la otra punta del planeta, junto con Ideth Vela. El reino no estará a salvo mientras Vela siga con vida y el pueblo sardoviano cuente con una Tejeluces en torno a quien unirse. Una *cerilla* con la que combatir la oscuridad.

Alaric inclinó la cabeza.

—Te pido perdón, padre. Hemos buscado a fondo, pero si nos permites poner rumbo hacia el sudeste…

—No. Todavía no. Aún no estamos preparados para lidiar con el Dominio de Nenavar. Después de lo que *hiciste*, no me extrañaría que hubiesen declarado el estado de alerta máxima.

Alaric guardó silencio. El silencio era una defensa de lo más lamentable, pero en aquel momento no disponía de ningún recurso mejor.

—Aún no ha llegado el momento. He hecho planes para el sudeste —prosiguió Gaheris—. Unos planes que me horripila dejar en manos de un incompetente como tú, aunque quién sabe, tal vez el hecho de asumir más responsabilidades te haga espabilar.

Alaric se quedó paralizado.

—Ahora empieza el trabajo de verdad. Confío en que no me decepciones —advirtió su padre—. ¿Estás listo, *Emperador*?

Alaric asintió. Se sentía extrañamente vacío.

—Sí.

Parte II

CAPÍTULO TRECE

Cuatro meses después

La cuerda se tensó mientras Talasyn trepaba por la torre más alta de la Bóveda Celestial, con los garfios de acero del gancho aferrándose laboriosamente a la almena, situada un puñado de metros por encima de su cabeza. Notó una brisa húmeda en la frente perlada de sudor. Era ya casi mediodía en el Dominio de Nenavar y el resplandor del sol la hizo entornar los ojos. Continuó subiendo, con el corazón latiéndole con fuerza y la adrenalina corriéndole por las venas a medida que la capital, Eskaya, se hacía cada vez más pequeña, hasta que los tejados no fueron más que una alfombra de joyas de distintos colores sobre un campo verde. Apretando los dientes, se alzó sobre las rodillas y enderezó la columna lo suficiente como para prácticamente *caminar* por la fachada de alabastro del edificio, con el cuerpo inclinado de forma oblicua contra el horizonte y el cielo azul.

Aquella escalada se había convertido en un ritual diario y, con el paso de los meses, Talasyn había llegado a atesorar esos momentos en los que no había nadie más que ella, la torre y la gravedad. Era una especie de meditación en movimiento que la ayudaba a ejercitar los reflejos y hacía que los destartalados barrios verticales de Pico de Cálao siguieran vivos en su interior. Le gustaba recordar sus orígenes. Así se aseguraba de que su nueva prosperidad no se le subiera a la cabeza.

Pasó por encima de la almena y dejó que sus pies tocaran de nuevo el suelo plano y sólido del balcón. El palacio real estaba situado sobre unos escarpados acantilados de piedra caliza con vistas a la impresionante ciudad de oro que había visto en su visión. Desde aquella torre, podía contemplar los exuberantes jardines, los resplandecientes canales y las concurridas calles salpicadas de plataformas de aterrizaje donde un desfile incesante de aeronaves —tanto coracles y cargueros como embarcaciones de recreo y barcazas consulares— atracaban. Los edificios curvilíneos de piedra, oro y vidriometal ocupaban el perfil de la ciudad, pese a que ninguno era tan alto como la Bóveda Celestial, y alojaban entre medias las zonas residenciales, donde las casas, situadas sobre pilotes de madera, lucían fachadas de vivos colores y ornamentadas columnas de estuco, coronadas por aleros respingones y tejados a varias aguas que albergaban veletas de bronce con forma de gallos, cerdos, dragones y cabras que giraban con cada soplo de viento.

En torno a la urbe —pegada a los márgenes, de hecho— había una selva tropical que se extendía a lo largo de kilómetros y kilómetros a la redonda, interrumpida únicamente por algún que otro pueblecito desperdigado. Las siluetas gris azuladas de las lejanas montañas circundaban el horizonte.

Además de los miles de islotes, atolones, cayos, farallones y pequeños cúmulos deshabitados que se alzaban del lecho de olas turquesas, el Dominio de Nenavar estaba compuesto por siete islas principales. Una por cada luna de Lir, tal y como a los cronistas les gustaba señalar. Tanto Eskaya como Puerto Samout y la cordillera de Belian estaban situadas en Sedek-We, la más grande de las siete y centro neurálgico y comercial de Nenavar. Talasyn había pasado la mayor parte del tiempo allí, vigilada muy de cerca, familiarizándose con su padre y su abuela cuando no se encontraba estudiando el idioma, la historia, la cultura y los modales de Nenavar con un sinnúmero de tutores. Se la había presentado oficialmente hacía apenas dos meses, pero la Zahiya-lachis no cejaba en su empeño de asegurarse de que su heredera estuviera a la altura. Lograr que la aristocracia y el pueblo llano aceptasen el hecho de que una forastera asumiría el gobierno algún día constituía una tarea monumental. Talasyn debía parecer y sonar lo más nenavarena posible, y comportarse como tal. *Siempre.*

—Alunsina Ivralis. —Pronunció el nombre en voz alta, tanteando su forma con la lengua. Seguía resultándole complicado incluso ahora. Frunció el ceño—. Un poquito rebuscado.

Oyó una risa melodiosa a su espalda.

—Os acostumbraréis a él, Alteza.

Talasyn se dio la vuelta. Jie, su dama de compañía, apoyaba uno de sus esbeltos hombros engalanados con seda y caracolas contra la puerta que daba al balcón. Había adoptado una pose desenfadada, con los brazos y los tobillos cruzados.

Aquel era otro aspecto de su nueva y extraña vida al que le estaba costando acostumbrarse: el hecho de tener dama de compañía. Jie provenía de una casa nobiliaria y algún día heredaría un título. Su familia la había mandado a la corte para que adquiriese experiencia política y estableciese alianzas que pudieran serle de utilidad en el futuro. Se encargaba de que Talasyn tuviera un aspecto presentable y le hacía compañía durante las comidas y los ratos muertos entre una lección y la siguiente.

—Ni los guardias ni tú tenéis que estar vigilándome siempre, ¿sabes? —le dijo Talasyn a Jie en nenavareno. Las palabras brotaron con facilidad gracias a una combinación de intenso estudio y una habilidad innata que solo podía atribuir a su magia. Desde que residía allí, próxima a una Grieta de Luz, el éter de su interior había germinado como un pimpollo bajo la luz del sol—. La Bóveda Celestial es una fortaleza. No creo que ningún secuestrador o asesino vaya a colarse fácilmente.

—Casi todos los peligros provienen de dentro de los muros de palacio, Lachis'ka —respondió Jie—. Aunque ahora he venido porque Su Majestad Estelar os ha mandado llamar.

Talasyn intentó no proferir un gemido. Había tardado muy poco en descubrir que mostrar la más mínima falta de respeto hacia Urduja incomodaba a los demás. Y a veces incluso los ahuyentaba.

—Pues vámonos.

—En realidad… —Jie soltó una risita y se colocó un mechón de cabello ondulado castaño detrás de la oreja. Recorrió con la mirada, de color café, la túnica manchada de sudor y los pantalones raídos de Talasyn—. ¿Qué tal si primero os refrescáis un poco y os cambiáis de ropa, Alteza? Tomaréis el té con Su Majestad.

El salón de la reina Dragón era una espaciosa estancia situada en el ala oriental que estaba decorada con frescos y alfombras geométricas de distintos tonos de púrpura, naranja y rojo. Como la mayoría de las habitaciones del palacio real, contaba con paredes blancas de mármol y detalles en oro y marfil que resplandecían a la luz del sol, que se filtraba por las vidrieras.

Las flores de hibisco que adornaban la falda color champán del vestido de gasa de Talasyn emitieron un frufrú cuando ella cruzó las piernas; o, más bien, cuando *intentó* cruzarlas. Si subía más el muslo, acabaría desgarrando alguna de las costuras. No le cabía ninguna duda de que, si Khaede pudiera verla en aquel momento, se partiría de risa.

Como si a ti fuera a quedarte mejor, se imaginó respondiéndole a su amiga ausente.

Khaede seguía desaparecida. Talasyn se había acostumbrado a mantener conversaciones con ella en su cabeza como si no fuera así. Tal vez fuera una actitud infantil, pero era mejor que torturarse a sí misma y ponerse en el peor de los casos.

Volvió a apoyar el pie, enfundado en un zapato de punta, en el suelo, mientras Urduja la observaba desde el otro extremo de una mesa de palisandro repleta de delicadas pastas y tazas de porcelana.

La Zahiya-lachis aún no se había aplicado el elaborado maquillaje que utilizaba para sus apariciones públicas, pero su rostro, con sus facciones angulosas y su mirada penetrante, resultaba igual de intimidante.

—Quería asegurarme de que no me guardaras rencor tras la última orden que te di —dijo Urduja en un tono que daba a entender que a Talasyn no le quedaba otra alternativa—. Espero que hayas entrado ya en razón.

—Así es, Harlikaan —le aseguró Talasyn, intentando adoptar una expresión compungida mientras se dirigía a ella empleando la expresión nenavarena equivalente a *Majestad* y mentía de forma descarada. Hacía unos días ambas se habían enzarzado en una discusión a grito pelado porque Urduja había considerado demasiado arriesgado que Talasyn siguiera frecuentando el escondrijo del ejército sardoviano en El Ojo del Dios de las Tormentas. Talasyn no pensaba permitir que *nadie* le dijese a dónde podía ir y a dónde no, pero eso su abuela no tenía por qué saberlo. Le resultaría muy sencillo tomar un coracle polilla de uno de los muchos hangares en plena noche y volver a Eskaya al amanecer. Sin embargo, para que el plan funcionara, Urduja debía creerse que Talasyn iba a obedecerla.

La Zahiya-lachis dejó estar el tema. Jamás hablaba de los sardovianos si podía evitarlo. Sus aliados más cercanos estaban al tanto de la situación, pero, de cara a la galería, no se había llegado a ningún acuerdo y la flota de Ideth Vela no se encontraba, en absoluto, dentro de las fronteras del archipiélago.

En su lugar, pasó a comentar otra cuestión que también había generado fricción entre ambas durante su acalorada discusión.

—Entiendo que desees saber más cosas sobre tus habilidades, motivo por el cual no has dejado de insistirme para que te permitiera acceder a la Grieta de Belian. Sin embargo, eso no formaba parte del trato. Eres mi heredera y ya es hora de que te centres en tus obligaciones y de que aprendas a gobernar. No viviré eternamente y me gustaría abandonar este mundo con la certeza de que he dejado el reino en buenas manos.

Talasyn tuvo que morderse la lengua para no replicarle. No sería fácil colarse en las ruinas del templo Tejeluces, dado que los soldados patrullaban la zona con regularidad, pero tendría que intentarlo.

—Acataré tu decisión, Harlikaan, igual que siempre —afirmó apaciblemente.

Respondió con demasiada rapidez: Urduja la miró con recelo. Talasyn compuso la expresión más inocente que pudo, aunque la sorpresa suavizó su actitud para con la anciana. Era la primera vez que Urduja mencionaba su propia mortalidad en presencia de su nieta y, pese a que cuatro meses no resultaban suficientes para que hubiera germinado en Talasyn ningún tipo de afecto familiar, el estómago le dio un vuelco al pensar en que aquella poderosa y, en apariencia, inexpugnable mujer moriría algún día.

—Mis cortesanos andan como locos por echarte las zarpas encima —advirtió Urduja—. Debes aprender a distinguir quién es digno de confianza y quién no. La mayoría de ellos no lo son, pero si juegas bien tus cartas, nadie se atreverá a poner en entredicho tu reinado. La Zahiya-lachis es La que Elevó la Tierra sobre las Aguas y se la considera una diosa.

Dicho aquello, el encuentro se desarrolló de forma ágil y provechosa, y Urduja aleccionó a Talasyn sobre diversos temas relacionados con el Dominio mientras tomaban el té con pastas. De tanto en tanto, Urduja le hacía alguna pregunta y Talasyn respondía lo mejor que podía, echando mano de los conocimientos adquiridos en lecciones anteriores y sus propias observaciones. Todo formaba parte de una rutina, y sin embargo, aquellas conversaciones se habían vuelto cada vez más técnicas con el paso de los meses, por no mencionar que se llevaban a cabo en un idioma nuevo para ella. Para cuando uno de los criados entró en la sala y anunció la llegada del príncipe Elagbi, Talasyn se encontraba mentalmente exhausta, por lo que agradeció el descanso.

Se puso en pie para saludar a su padre. No estaba obligada a hacerlo —oficialmente, Talasyn lo superaba en rango—, pero Elagbi era lo más parecido a un aliado que tenía en la corte. Aparte de Jie y las Lachis-dalo, que la seguían allá donde iba, Elagbi era la persona con quien más tiempo pasaba a diario, excepto cuando sus obligaciones lo alejaban de la capital. No pudo evitar sonreír cuando él le dio un beso en la mejilla: justo lo que solía imaginarse que hacían sus padres para desearle los buenos días y las buenas noches.

—De haber sabido que venías, les habría pedido a los criados que preparasen té de hoja de naranja en vez del de bastón de emperador —amonestó Urduja a su hijo en cuanto Talasyn y él hubieron tomado asiento.

—El té de hoja de naranja era el único que no aborrecía de pequeño —le explicó Elagbi a Talasyn—. En general, no es una bebida que me guste demasiado.

—En eso os parecéis —comentó Urduja.

Porras, pensó Talasyn. Creía que tenía ya dominado lo de poner una expresión neutra mientras bebía algo que era, básicamente, agua sucia, pero estaba claro que le hacía falta practicar más.

Elagbi se volvió hacia Urduja.

—Lamento haberme presentado de improviso, Harlikaan, pero traigo noticias urgentes. —Guardó silencio un instante y miró vacilante a Talasyn. La Zahiya-lachis le hizo un gesto para que prosiguiera, haciendo honor a su intención de dejar que la heredera del Dominio aprendiera a gobernar y, en consecuencia, tuviera acceso a información confidencial—. Uno de nuestros barcos pesqueros nos ha enviado hace unas horas una transmisión por eteronda desde el sector septentrional. Han divisado una flotilla de al menos una treintena de buques de guerra kesathenses dirigiéndose hacia aquí. Llevan una nave de tormenta en la retaguardia. A la gran magindam le preocupa que se produzca una ofensiva inminente. Nenavar es el único reino situado en esta dirección.

—Es ridículo. —Talasyn dejó la taza de té en la mesa con un ruido seco—. Ni siquiera ese condenado forúnculo anal es lo bastante idiota como para atacar al Dominio con tan pocas tropas.

Su abuela y su padre se la quedaron mirando atónitos.

—*¿Ese condenado forúnculo anal?* —preguntó Urduja con tono seco.

Elagbi se aclaró la garganta.

—Creo que la Lachis'ka se refiere al nuevo Emperador de la Noche, Harlikaan.

—Así es. —Talasyn frunció el ceño.

El Dominio contaba con una extensa red de espionaje que seguía la pista a otros reinos y, unas pocas semanas después de que Talasyn se hubiera instalado en Nenavar, les había llegado la noticia del ascenso al trono de Alaric Ossinast. No sabía si aquello significaba que ahora tomaba él las decisiones —sobre todo porque su padre seguía, en teoría, vivo—, pero no creía *ni por asomo* que fuera a atacar un archipiélago entero con solo treinta buques de guerra y una nave de tormenta.

—Alaric fue capturado conmigo en la cordillera de Belian —prosiguió Talasyn—. Sabe de lo que es capaz el Dominio. Ha sido testigo de los efectos de la magia de vacío y ha pilotado un coracle polilla. Incluso podría haber avistado algún dragón, pero aunque no fuera así, ningún comandante en su sano juicio se arriesgaría a hacer algo semejante.

—En efecto —convino Urduja—. Nadie esperaría que alguien que se ha infiltrado sin refuerzos en un país que detesta a los forasteros se comportase de forma imprudente.

Talasyn se sonrojó. Estaba claro que su abuela iba a estar echándole en cara aquello hasta el fin de los tiempos.

—Bueno, personalmente, yo sí me alegro de que te infiltrases, querida. —Elagbi alargó el brazo y le dio unas palmaditas a Talasyn en la mano—. Y Su Majestad Estelar también, aunque no lo demuestre.

—En estos momentos el sentimentalismo no nos sirve de nada —resopló Urduja—. Volviendo al tema *en cuestión*: sea lo que fuere, no parece un intento de invasión. Al menos, todavía.

—¿Podría Kesath estar al tanto del paradero de los sardovianos? —preguntó Elagbi con el ceño fruncido, y a Talasyn se le heló la sangre—. Quizá pretendan intimidarnos para que les entreguemos a nuestros refugiados.

Había algo que Talasyn tenía muy claro acerca de la monarca del Dominio de Nenavar y era que nunca enseñaba sus cartas, jamás dejaba entrever lo que en realidad pensaba. Y aquella vez no fue distinta; Urduja se puso en pie: la reunión había acabado.

—Hablaré con la gran magindam para decidir cuál es el mejor modo de proceder. Entretanto, espero que ambos tratéis la cuestión con la máxima discreción.

Elagbi condujo a Talasyn a otra ala del palacio.

—Tu abuela está de los nervios —le dijo mientras caminaban.

—Me cuesta un poco creérmelo, la verdad —comentó Talasyn.

—Con el tiempo aprenderás a darte cuenta. —Pese a que en el pasillo no había nadie más que las Lachis-dalo, que los acompañaban a una distancia prudencial, Elagbi bajó la voz—. La situación podría desembocar en una crisis. Si el Imperio de la Noche consigue entrar en territorio nenavareno y descubre la presencia del ejército sardoviano, desatará su cólera sobre nosotros. No le has hablado a nadie de la corte sobre el acuerdo, ¿verdad?

Talasyn negó con la cabeza. Como la cordillera de Belian había estado plagada de testigos, Urduja se había visto obligada a contarles a los demás nobles que Talasyn se había criado en el Continente y que era una Tejeluces. No obstante, nadie sabía que no había vuelto por voluntad propia para ocupar su posición; nadie, salvo los principales aliados de la Casa Silim y las Lachis-dalo,

que habían estado presentes durante la reunión a bordo de la
W'taida y cuyo juramento las obligaba a guardar los secretos de la
familia real.

—Supongo que no sirve de nada preocuparse hasta que sepa-
mos qué es lo que pretende Alaric Ossinast —repuso Elagbi—. Por
ahora, hablemos de algo más agradable.

Lo cierto era que Talasyn estaba bastante preocupada, pero el
tiempo relativamente corto que habían pasado juntos le había permitido formarse una imagen detallada de aquel hombre que era su
padre. Como hijo menor, Elagbi despertaba en Urduja un sentimiento de desesperación; era un hombre tranquilo, sin grandes
aspiraciones, que no poseía ni un ápice de la astucia propia de la
aristocracia nenavarena. Talasyn pensaba en él como en alguien
frívolo, aunque desde el cariño más absoluto.

—¿De qué cosas agradables quieres que hablemos? —preguntó
ella resueltamente.

Elagbi parecía sentirse orgulloso de sí mismo.

—He encontrado más eterregistros antiguos.

En el estudio del príncipe nenavareno, una mujer bellísima intentaba engatusar al bebé que tenía en brazos para que mirase a la cámara: un momento inmortalizado en granulados destellos en blanco y
negro sobre un lienzo.

A Talasyn nunca dejaría de asombrarla el ingenio del Dominio.
En Sardovia contaban con eterógrafos, aunque eran bastante in-
usuales. Se trataba de unos dispositivos montados sobre trípodes
de madera que utilizaban la luz de un corazón de éter equipado
con el Nidoardiente para enviar una imagen a una lámina de cobre
plateado. Los nenavarenos habían modificado los eterógrafos para
que fueran capaces de estampar un *conjunto* de imágenes en una
película de algodón y a continuación proyectarlas de forma rápida

y sucesiva sobre una superficie plana. Como resultado, las imágenes se veían en movimiento.

Aquellas eran, por tanto, las cosas que podían crearse cuando los inventores y Encantadores de una nación no dedicaban todo su tiempo y esfuerzo a la guerra. Últimamente, a Talasyn la embargaba cierto sentimiento de melancolía al pensar en lo que podría haberse convertido Sardovia de no haber estado diez años sumida en un conflicto bélico.

No obstante, aquella mañana en particular no se centró en otra cosa más que en la mujer y la bebé del lienzo.

Por mucho que Talasyn contemplase las similitudes con su madre, el inquietante parecido siempre la tomaba desprevenida. Era como si en vez de examinar el pasado, estuviese contemplando el futuro, una versión mayor de sí misma. Sin embargo, en todos los retratos al óleo y eterografías, la sonrisa de Hanan Ivralis tendía a desvanecerse en los extremos. No había sido demasiado feliz en la corte, había preferido las selvas que le recordaban a su tierra natal y el templo Tejeluces del monte Belian, donde podía entrar en comunión con la única Grieta de Luz de la nación.

Talasyn salía en el eterregistro con apenas unos meses, tirando a su madre del pelo con sus dedos regordetes, el rostro arrugado y la boca abierta en un llanto mudo. Las imágenes casi le resultaban familiares, como si tuviera una palabra en la punta de la lengua. Si se esforzaba un poco más, si escarbaba a más profundidad, seguro que podría hallar aquel medio minuto en las entrañas de sus recuerdos. Seguro que sería capaz de evocar lo que sintió al encontrarse entre los brazos de su madre.

El príncipe Elagbi accionó una palanca del eterógrafo y rebobinó la película sin que nadie se lo pidiera. Talasyn podría haberse pasado la vida viendo aquel momento, aquel pedacito de amor, en bucle. La flota del Imperio de la Noche se aglutinaba en algún lugar del Mar Eterno, pero no le costó demasiado dejar de lado sus preocupaciones por unos instantes. Solo durante un ratito. Si algo le había enseñado la Guerra de los Huracanes era que aquellos momentos de paz eran escasos y breves, por lo que tenía que exprimirlos al máximo. Cuando se le presentaba la oportunidad de hacerlo.

—Cuéntame otra vez cómo os conocisteis Hanan y tú —pidió Talasyn sin apartar la mirada del lienzo.

Pese a que Elagbi le había contado la historia varias veces a lo largo de los meses, no dudó en complacerla de nuevo.

—De joven me embarqué en numerosos viajes. Exploré Lir y descubrí nuevas culturas. Por aquel entonces seguía asumiendo mi papel como hijo pequeño y no tenía demasiadas responsabilidades. —Las facciones se le ensombrecieron, como siempre que pensaba en Sintan, el hermano al que había matado en batalla, pero recuperó la compostura enseguida, gracias a la distancia que otorgaba el paso del tiempo—. En uno de esos viajes, me topé con un grupo de islas al oeste de Nenavar, donde las Grietas de Luz iluminaban constantemente el cielo.

—Las Islas del Amanecer —dijo Talasyn entre suspiros.

—¿Cómo lo sabes? —bromeó Elagbi—. Mi aeronave se topó de lleno con una de las descargas y acabamos estrellándonos. La tripulación y yo sobrevivimos al accidente, aunque nos quedamos tirados en la selva durante días. Al principio pensé que había tenido muy mala suerte, pero luego me encontré a tu madre bajo los árboles. O más bien le di un susto de muerte: estuvo a punto de atravesarme con una lanza de luz.

—Menudo genio —dijo Talasyn con una sonrisa.

—Ni te imaginas —convino Elagbi, riendo entre dientes—. Al principio no nos entendíamos. La lengua común de los marineros no está muy extendida en las Islas del Amanecer. Gracias a una inspirada combinación de gestos y dibujos en la tierra, me las apañé para convencerla de que nos llevara a mi tripulación y a mí hasta su aldea. Su madre era la matriarca del clan, y se vieron obligados a ofrecernos refugio y ayuda. Tardamos casi un mes en reparar la aeronave, tiempo durante el cual tu madre y yo llegamos a conocernos mejor.

—Y os enamorasteis —añadió Talasyn, sonriendo cada vez con más ganas.

Elagbi le devolvió la sonrisa.

—Fue un romance de lo más arrollador. Cuando por fin abandonamos las Islas del Amanecer, ella se vino conmigo. Nos casamos pocos días después de llegar a Nenavar. Ni la Zahiya-lachis ni la corte se tomaron demasiado bien que una forastera se uniera a la familia real, sobre todo porque Hanan se negó a que se la proclamase Lachis'ka, lo que ponía en riesgo la sucesión, ya que Sintan todavía no se había casado. Pero nuestro matrimonio pudo con todo, y un año después te tuvimos a ti.

En el eterregistro, Hanan Ivralis se sacudía con una risa muda mientras intentaba desenganchar mechones de su pelo de los deditos curiosos de Talasyn, que en aquel momento tenía tres meses. En el presente, la Talasyn de veinte años que contemplaba la escena percibió un leve aroma a bayas silvestres y supo, sin lugar a dudas, que aquel había sido el aroma de su madre.

Era un comienzo. De momento bastaba.

Su padre y ella nunca hablaban del papel que Hanan había desempeñado, involuntariamente, en la guerra civil. Lo más probable era que Urduja siempre considerara a Hanan la mujer ingenua y manipulable que había estado a punto de destruir el Dominio. Elagbi, en cambio, guardaba un recuerdo sagrado de su esposa y, aunque la guerra civil nenavarena había relegado a Talasyn a una vida de penurias durante muchos años, eligió creer en los recuerdos que eran fruto del amor.

—Quiero que tú experimentes lo mismo. —Al oír la críptica afirmación de Elagbi, Talasyn se volvió hacia él, sin entender a qué se refería—. Al margen de si es un sentimiento tan fulminante y arrollador como un rayo o algo que florece con el tiempo, quiero que algún día tengas lo que tu madre y yo tuvimos.

—No creo que haya tiempo para eso —dijo Talasyn, desestimando la idea. El romance era un concepto desconocido para ella. Y, por lo que había visto hasta el momento, la mayoría de los aristócratas nenavarenos tampoco parecían concederle demasiada importancia, puesto que su prioridad era la de enriquecerse y poner en práctica sus juegos de poder. El matrimonio de Urduja con el abuelo de Talasyn, que había muerto antes de que Elagbi naciera, había sido una decisión puramente estratégica, la unión de dos casas nobiliarias y sus respectivos territorios para poner punto final a un conflicto fronterizo centenario.

El de Elagbi era un caso aparte, y tal vez fuera la prueba definitiva de que Talasyn era hija suya, puesto que una parte de ella sentía cierta *curiosidad*. Sobre el hecho de profesarle a alguien un amor tan profundo como para oponerse a las tradiciones o dejarlo todo atrás.

Y entonces se acordó de lo ocurrido entre Khaede y Sol, del dolor que acompañaba a Khaede allá adonde fuera y que siempre llevaría a cuestas, y pensó en lo agridulces que sonaban las palabras de su padre cuando hablaba de su difunta esposa.

Talasyn reconsideró su opinión. Estaba segura de que ningún romance valía tanto la pena como para pasar por todo aquello.

—Algún día, cariño mío —repitió Elagbi—. Quienquiera que sea tendrá que hablar primero conmigo, claro, y no tendré ningún reparo en dejarle clarito que no está a tu altura.

CAPÍTULO CATORCE

Al mediodía del día siguiente, mientras el imperecedero sol veraniego coronaba el cielo, Talasyn tomó sus aparejos de escalada y se escabulló del palacio real, poniendo a prueba su recién ideada ruta de escape. Salió por el balcón de su alcoba y descendió los muros blancos de mármol y los acantilados de piedra caliza. Aprovechó los breves instantes que le proporcionaba el cambio de turno de las patrullas y los puntos ciegos que había descubierto a lo largo de las semanas para marcharse sin ser detectada. Al llegar a la base del acantilado, se levantó la anodina capucha gris para cubrirse el rostro, el cual había copado los boletines informativos del Dominio durante los últimos meses, y se adentró en la bulliciosa ciudad.

Debía reconocerles el mérito a los nenavarenos que vivían en Eskaya. Pese a que se había decretado el estado de alarma y se había aconsejado a los ciudadanos de las islas que se preparasen para refugiarse, puesto que las naves de tormenta kesathenses podían aparecer en cualquier momento, la vida cotidiana de la capital transcurría, en su mayor parte, con total normalidad. Las tabernas y los mercados callejeros seguían operativos, el cielo estaba plagado de barcos mercantes; y los carros, tirados por afables bisontes de sol, traqueteaban por las calles, llevando cántaros de leche y sacos de arroz. Lo único que diferenciaba aquel día de cualquier otro era el hecho de que todos comentaban la noticia de que una flotilla kesathense se aproximaba.

O *casi* todos, se corrigió Talasyn para sus adentros mientras pasaba junto a dos niños que había en la acera. Ambos jugaban tranquilamente a las palmas, sin que la más mínima preocupación se reflejase en sus rostros morenos.

—*El viento de poniente suspira, todas las lunas expiran* —entonaban, haciendo chocar las palmas al compás de la melodía—. *Bakun, que a amor perdido añora, se alza y el mundo devora.*

Talasyn se escabulló entre la multitud, procurando moverse por los callejones oscuros y las zonas residenciales menos concurridas cuando le era posible, y asegurándose, además, de mantener la cabeza gacha hasta llegar al hangar, donde le alquiló una aeronave al patrón más desganado que vio. La jugada le salió bien y el hombre apenas le dedicó una mirada fugaz antes de embolsarse el puñado de monedas de plata que Talasyn le entregó. Acto seguido, le señaló la embarcación que podía utilizar aquel día.

Era... En fin, podía decirse que se trataba de una aeronave, pues contaba con corazones de éter, un transceptor de eteronda y una vela. No obstante, a diferencia de los imponentes buques de guerra, los elegantes coracles polilla o los ostentosos yates de recreo, aquella embarcación nenavarena en particular era lo que se conocía como un *cayuco*. Era poco más que el tronco hueco de un árbol y disponía de una única vela amarilla que claramente había visto días mejores.

Talasyn sabía que los cayucos eran más resistentes de lo que parecía. Era bastante común verlos surcar los cielos del Dominio, puesto que constituían un modo barato y práctico de viajar entre islas, aunque no podía evitar pensar que su diminuta aeronave acabaría desmoronándose en cuanto soplara una fuerte brisa.

Aun así, tampoco podía ponerse exigente, y al cabo de unos minutos se encontraba ya alejándose del hangar, sobrevolando los tejados de la ciudad y la extensión de selva que los rodeaba. El viento y el sol le azotaron el rostro mientras ponía rumbo a Puerto Samout.

Jie, que estaba enterada de todos los chismes de la corte, le había contado a Talasyn durante el desayuno que la flotilla kesathense podía verse ya desde las costas de Nenavar. Nadie le había ofrecido más detalles, de modo que Talasyn había optado por acercarse hasta allí y comprobarlo con sus propios ojos. Aquella tarde no tenía más clases programadas; lo único que había tenido que hacer era soportar otra abrumadora y frustrante sesión matutina con el profesor de baile antes de retirarse a sus aposentos con un dolor de cabeza fingido y ordenar al personal que no se la molestase.

Aunque le hubieran presentado un informe detallado cada pocos minutos —como era, sin duda, el caso de su abuela, a juzgar por el desfile interminable de oficiales que entraban y salían del salón del trono—, Talasyn no se habría limitado a permanecer de brazos cruzados en aquella suntuosa prisión mientras el Imperio de la Noche llevaba a cabo su jugada. La invadió una descomunal oleada de furia en cuanto vislumbró las inconfundibles siluetas de los acorazados recortadas contra un cielo azul claro que se encapotó, presagiando una intensa lluvia, poco después, cuando atracó en lo alto de una ladera de arena que había cerca del puerto.

No era más que una coincidencia. El clima de Nenavar podía cambiar en un abrir y cerrar de ojos, tan pronto brillaba el sol como se ponía a diluviar. Pese a ser consciente de aquello, Talasyn no pudo evitar que un escalofrío la recorriera, fruto no solo del miedo sino también de la repulsión. Le daba la sensación de que era la nave de tormenta la que arrastraba todos aquellos nubarrones.

No pasará nada, se repitió a sí misma sin cesar. *Tenemos a los dragones.*

Y la flota Huktera.

Salió del cayuco y gateó hasta el borde de la ladera, con la arena raspándole las palmas de las manos y los pantalones marrones, hasta que encontró un lugar estratégico desde donde poder tenderse boca abajo. Sacó un catalejo dorado de la bolsa y se lo llevó al ojo derecho; cerró el izquierdo y observó en dirección al norte.

A pocos kilómetros de la costa de Sedek-We y en formación defensiva, se encontraban las barcazas del Dominio: unos buques de guerra dotados con tres cubiertas y numerosas hileras de cañones de bronce cuya quilla se curvaba igual que una medialuna. La proa de las naves tenía forma de cabeza de dragón y las popas, de sinuosas colas. Las velas de mariposa lucían el emblema del dragón de Nenavar, con las alas desplegadas y la mitad inferior del cuerpo serpentino enroscada, de un resplandeciente color dorado que contrastaba con el fondo azul. Las barcazas se cernían en el aire sobre una humareda de magia eólica, entre los cúmulos de coracles polilla que sobrevolaban el Mar Eterno. Las aguas habían empezado a agitarse a medida que el cielo se oscurecía y las espumosas corrientes habían adquirido el color del aceite de máquina usado, reflejando la tensa atmósfera.

Al frente de la formación se hallaba la *Parsua*, el buque insignia de Elaryen Siuk, la gran magindam, un rango que equivalía, según había deducido Talasyn, al de la amirante sardoviana. Siuk exhibía la misma actitud impertérrita que habría exhibido Ideth Vela en su situación: estaba tomándose un café en la cubierta de mando mientras observaba las naves kesathenses, que se habían detenido a una distancia lo bastante prudencial, con los cañones ya desplegados.

Talasyn orientó el catalejo más al norte. Frunció el ceño. Los acorazados y los coracles lobo del Imperio de la Noche tenían un aspecto distinto. Los cascos parecían estar hechos con planchas más gruesas y los cañones, más finos. O quizá llevara demasiado tiempo sin verlos. Tras ellos acechaba la nave de tormenta, una pesadilla creada a partir de éter y niebla, y era…

Los dedos le temblaron, aferrados al catalejo, mientras en su interior bullía una furia más intensa de lo que su cuerpo era capaz de reprimir. Era la *Libertadora*. El buque insignia del Emperador de la Noche.

Ya no pertenecía a Gaheris, sino a Alaric.

La magia de Talasyn se agitó en su interior, rabiosa y anhelante. Deseaba con todas sus fuerzas cruzar las turbulentas aguas y hundir las ardientes garras de la luz en su némesis. Se imaginó a Alaric en el puente de la nave de tormenta, contemplando, flemático, las blancas orillas de otro de los territorios que su imperio pretendía asolar. Y como desde allí no podía hacer nada y no quería que su odio la consumiera, volvió el catalejo hacia las naves nenavarenas con el objetivo de distraerse mientras esperaba a ver qué hacía Siuk a continuación.

Una sombra cubrió las numerosas cubiertas de la *Parsua*. Un dragón se había aproximado desde el otro lado de las montañas: tenía los ojos verdes y el cuerpo cubierto de escamas cobrizas incrustadas de sal. Talasyn no sabía si su actitud era curiosa o protectora. Nadie, salvo el dragón, podría haberlo sabido con seguridad. Pese a que aquellas criaturas jamás lastimaban a nadie que tuviese sangre nenavarena, y se encargaban de proteger al Dominio en épocas de conflicto, no se las podía comandar. Los dragones eran criaturas del éter, más aún que los espectrales, que podían desvanecerse a voluntad, y que los sarimanes, que eran capaces de inhibir la magia.

Aquel dragón en particular profirió un desafiante rugido y echó a volar hacia las naves kesathenses. Talasyn se preguntó cuál sería la reacción de Alaric al ver a semejante criatura abalanzarse sobre él. Ojalá pudiera verle la cara.

Dio un respingo y se golpeó la cabeza sin querer con el catalejo. ¿A santo de qué se había puesto a pensar en la *cara* de Alaric Ossinast?

Se fustigó mentalmente y volvió a centrar su atención en el dragón, que se acercaba cada vez más a las naves del Imperio de la Noche.

Unos brillantes destellos de color amatista iluminaron el horizonte. Los acorazados que encabezaban la formación de Kesath dispararon numerosas descargas de magia de vacío y algunas alcanzaron al dragón en el ala izquierda. El grito de incredulidad de

Talasyn quedó sepultado bajo el alarido de dolor que profirió la imponente criatura cuando dio comienzo la descomposición; unas manchas negras de podredumbre se desplegaron sobre las escamas cobrizas. El instinto de supervivencia hizo reaccionar al dragón, que se zambulló, malherido y con una torpeza poco habitual, en el Mar Eterno. El hecho de encontrarse en el extremo receptor de la única magia del mundo capaz de atravesar su piel lo habría dejado seguramente descolocado.

¿Cómo...?

Alaric, se percató Talasyn. Había robado uno de los coracles polilla y se lo había llevado de vuelta al Continente, donde los Encantadores de Kesath debían de haber extraído la magia recién descubierta de los corazones de éter.

Después de que el dragón desapareciese bajo la marea, Talasyn echó a correr hacia el cayuco. A la porra la discreción. Debía avisar en palacio que el Imperio de la Noche había desarrollado sus propios cañones de vacío, y luego debía unirse a la flota de la gran magindam Siuk para prestar su ayuda en la inevitable batalla. Sin embargo, en cuanto encendió el transceptor del cayuco, oyó un mensaje por la eteronda. Provenía del acorazado kesathense principal y anuló todas las frecuencias cercanas del Dominio.

—Saludos —dijo una mujer en la lengua común de los marineros—. Soy la comodoro Mathire del Imperio de la Noche. En la retaguardia se encuentra Su Majestad Alaric Ossinast, y hay más naves de guerra en camino. Lamentamos haber tenido que herir al dragón, pero ha sido una medida para evitar que se produjeran más pérdidas. Como veis, también disponemos de la magia amatista, así que lo más prudente es no ofrecer resistencia. Enviad a un emisario para acordar las condiciones de la rendición del Dominio de Nenavar antes de que se ponga el sol. O procederemos a invadiros.

En el puente de mando de la *Libertadora*, Alaric se acercó al transceptor y tiró de la palanca que lo comunicaba con la *Gloriosa*, la embarcación de Mathire.

—Comodoro —dijo sin levantar la voz, consciente de los numerosos miembros de la tripulación que podían oírlo—. Ordené que se disparase únicamente si nos topábamos con una situación de vida o muerte.

—Con el debido respeto, Majestad —respondió Mathire con un tono de voz idéntico al suyo—. Esa bestia venía derechita a nosotros. Todo líder que se precie habría tomado la misma decisión. Al menos ahora les habrá quedado claro que no nos andamos con chiquitas.

O nos declararán la guerra por haber herido a uno de sus dragones, replicó Alaric para sus adentros. No podía ponerse a discutir en público con una de sus oficiales; después de todo, acababan de nombrarlo emperador hacía nada y Mathire pertenecía a la vieja guardia. Era una heroína de guerra, y había demostrado su valía durante el Cataclismo. No le convenía enfrentarse aún a los veteranos del Alto Mando y sus seguidores.

Alaric se conformó con ordenarle a Mathire que permaneciese alerta antes de cortar la comunicación. Y entonces no le quedó otra cosa que hacer más que aguardar la respuesta de Nenavar… y pensar en el dragón.

Le había parecido monstruoso. Una bestia infernal con forma de serpiente que había eclipsado el cielo. Muchos de sus hombres habían proferido gritos y exclamaciones ahogadas al ver aparecer a lo lejos a aquella criatura de leyenda, serpenteando en el aire y aproximándose a ellos con un propósito inescrutable. Una criatura de leyenda cuyas garras y fauces hacían que, de pronto, su temible nave de tormenta pareciese una estructura de lo más frágil, construida por meros mortales.

Alaric reconoció de mala gana que, en muchos sentidos, era un alivio comprobar que los nuevos cañones mantenían a raya a semejante monstruo. Gaheris se había quedado de inmediato cautivado por la magia nenavarena y había obligado a sus Encantadores a dejarse la piel hasta conseguir dominarla, hasta extraer una cantidad suficiente como para armar a una buena parte de los acorazados y los coracles lobo. Pero el suministro era limitado y el antiguo Emperador de la Noche, que ahora era regente, se moría de ganas de acceder al punto de unión de la dimensión amatista. De ahí que aquella expedición al sureste se hubiese llevado a cabo en cuanto los cañones estuvieron listos.

Y no se trataba solo de eso.

Gracias a su tecnología y enorme riqueza, el Dominio de Nenavar constituiría una estupenda incorporación para cualquier imperio. Y aunque no fuera así, aquella nación había intentado ayudar a los Tejeluces de Soltenaz hacía diecinueve años y Alaric era consciente de que, si los dejaba seguir sus propios designios, jamás podría fiarse de ellos.

Estamos rodeados de enemigos. Que no se te olvide, hijo mío.

La respuesta de Nenavar llegó mucho más rápido de lo esperado. Al cabo de una hora, en realidad. Como si hubieran previsto la maniobra de Kesath y hubieran trazado sus planes en consecuencia.

Alaric contempló con recelo a la emisaria nenavarena, que entró en la sala de conferencias de la *Libertadora* como si estuviera en su casa.

Tal y como se indicaba en la escueta misiva que el Dominio había enviado a la nave de tormenta mediante un águila crestada marrón y blanca del tamaño de una canoa, la emisaria era Niamha Langsoune, la daya de Catanduc. Iba ataviada con una túnica cruzada de color melocotón y albaricoque que oscilaba suavemente con cada paso que daba; los motivos celestiales bordados en hilo de cobre resaltaban el tono bruñido de su tersa piel. Unas elaboradas pinturas y polvos engalanaban sus elegantes facciones por debajo del pañuelo incrustado con piedras preciosas que le envolvía el cabello, de color negro azabache, a modo de aureola. Alaric hizo todo lo posible por no quedarse mirándola boquiabierto, y respondió a la impecable reverencia de la mujer con una inclinación de cabeza antes de indicarle con un gesto que tomara asiento frente a él en la larga mesa. Se trataba de una audiencia a puerta cerrada y los guardias de ambos los aguardaban fuera de la sala.

—Daya Langsoune —comenzó Alaric—. Confío en que vuestro viaje haya sido placentero. —La embarcación de la mujer había tardado quince minutos en llegar desde Puerto Samout, pero pensó que no estaba de más ser cortés.

—Tan agradable como cabe esperarse, teniendo en cuenta que la amenaza de la guerra se cierne sobre nosotros. —La voz de Niamha era alarmantemente enérgica y clara, como una campana de cristal. A decir verdad, parecía demasiado joven para que se la hubiera enviado a tratar un tema tan delicado. Alaric calculó que tendría más o menos la misma edad que Talasyn, pero se apresuró a apartar de su traicionera mente todo pensamiento relacionado con la desaparecida Tejeluces.

—No tiene por qué producirse una guerra —le dijo a Niamha—. Si la Zahiya-lachis accede a jurar lealtad al Imperio de la Noche, no habrá que derramar ni una gota de sangre nenavarena.

—Yo no estaría tan segura, Majestad. Dejad que os cuente algo sobre mi pueblo. —Niamha se inclinó hacia delante, como si estuviera a punto de revelarle un secreto—. *No permitiremos que nos gobierne ningún forastero.* Si la reina Urduja hinca la rodilla, tened por seguro que las islas se sublevarán.

—¿Y qué podrían hacer vuestras islas frente a la artillería kesathense? —respondió lentamente Alaric—. Os saco ventaja. No solo dispongo de naves de tormenta, sino también de vuestra magia. Podría someter al ejército de Nenavar en dos semanas con la mitad de la flota imperial.

—Podríais, sí, pero acabaríais gobernando un montón de cenizas —replicó Niamha—. Preferiríamos salar los campos y envenenar el agua, quemar los castillos, sepultar las minas y matar hasta al último de nuestros dragones antes que permitir que cayeran en manos del Imperio de la Noche.

—Aunque sería un desenlace de lo más trágico, resultaría preferible a tener que compartir este rincón del Mar Eterno con una monarquía independiente y poco cooperativa. Una monarquía que intentó acabar con nosotros hace diecinueve años —repuso él—. Estamos perdiendo el tiempo, daya Langsoune. Esperaba que hubierais venido a negociar las condiciones de vuestra rendición o a declarar la guerra, no a intercambiar bravatas.

—No pretendemos rendirnos, Majestad. Y solo una necia declararía la guerra estando rodeada de enemigos. —Un destello iluminó la mirada, negra como la tinta, de Niamha—. La reina Urduja desea evitar el derramamiento de sangre, al igual que vos. Por suerte para todos, en Nenavar es habitual, desde hace mucho tiempo, resolver las diferencias entre facciones rivales mediante un método de lo más eficaz.

Alaric apretó la mandíbula.

—¿Y cuál es?

—Os traigo una oferta de La que Elevó la Tierra sobre las Aguas —dijo la emisaria—. La reina os brinda la posibilidad de contraer matrimonio con la heredera al trono.

Al principio, Alaric pensó que la había entendido mal. Después de que Niamha lo contemplara pacientemente durante varios instantes, frunció el ceño y recuperó por fin la voz.

—A lo largo de los años, hemos recopilado toda la información que hemos podido sobre el Dominio de Nenavar, y estoy seguro de que el Dominio ha hecho lo mismo con Kesath. —Ella esbozó una sonrisa satisfecha que no dejaba entrever nada y que, a la vez, lo decía todo, y él prosiguió hablando—. Según nuestros informes, no tenéis Lachis'ka. La hija de Elagbi desapareció durante una sublevación fallida y se la da por muerta.

—Vuestros informes están obsoletos —repuso Niamha con deleite—. Recuperamos a Alunsina Ivralis hace algún tiempo. La unión de ambos reinos nos beneficiaría a todos, ¿no os parece? El Dominio conservaría su autonomía y el Imperio de la Noche tendría acceso a Nenavar y a sus recursos. —Se puso en pie—. No pretendo abusar de vuestra hospitalidad, así que me marcho, Majestad. Aguardaremos vuestra respuesta para dar comienzo a las negociaciones matrimoniales o al intercambio de hostilidades, y tened por seguro que estamos preparados para ambas cosas. No obstante, tomaos el tiempo que haga falta para considerar la oferta; al fin y al cabo, *nos sacan ventaja*.

Niamha abandonó la sala entre un frufrú de telas y dejó que Alaric lidiara, a solas y aturdido, con la magnitud de la elección que se le presentaba.

—Algo quieren.

La voz de su padre resonó como un trueno lejano en un lugar que no era tal. Una estancia que no existía en el mundo material.

Gaheris lo llamaba el Espacio Intermedio, una dimensión oculta a la que se podía acceder a través del Pozoumbrío. Había dado con ella cuando comenzó a ahondar más a fondo, a sobrepasar los propios límites de la magia. Era un espacio que podían ocupar varios etermantes al mismo tiempo, lo que proporcionaba un método de comunicación instantánea incluso aunque los separase la más vasta distancia. Acceder al Espacio Intermedio requería un esfuerzo y una concentración tremendos y, hasta el momento, Alaric era el único integrante de la Legión que dominaba dicho arte.

De niño, se había dejado llevar por la fantasiosa idea de que el Espacio Intermedio era especial, algo que les pertenecía únicamente a su padre y a él. Puede que una parte de él siguiera creyéndolo.

Gaheris meditaba, absorto, entre los titilantes muros de sombras y eterespacio, con la cabeza inclinada y la barbilla apoyada sobre sus largos dedos. Inerte. Alaric, por el contrario, estaba hecho un manojo de nervios, pese a que permanecía inmóvil por respeto, abriendo y cerrando el puño con movimientos lentos y vacilantes.

—El Dominio quiere algo de nosotros —repitió Gaheris—. Dada la rapidez con la que han respondido, tenían la oferta preparada mucho antes de que estableciéramos contacto. Reconozco que siento curiosidad. —Levantó la vista y Alaric fue incapaz de apartar la mirada de las tenebrosas profundidades de sus ojos grises—. En cualquier caso, la daya Langsoune tiene razón. Una unión conyugal entre el Emperador de la Noche y la Lachis'ka del Dominio de Nenavar sería lo más sensato.

—Padre. —La queja abandonó los labios de Alaric antes de que pudiera reprimirla—. No puedo casarme con una mujer a la que no conozco. —No podía casarse y punto. Tener esposa jamás había entrado en sus planes y no deseaba dejarse aprisionar por la misma clase de acuerdo que tanta infelicidad les había causado a sus padres.

—Todos debemos sacrificarnos por la causa. Vacilar ahora sería un error. —La voz de Gaheris adquirió un tinte zalamero y hundió su aguijón en el alma de Alaric—. Tu destino es gobernar. Con los recursos de Nenavar a tu disposición y la Huktera cubriéndote las espaldas, construirás un imperio mayor de lo que yo jamás habría podido soñar.

—Ni los recursos ni la flota me pertenecerán —murmuró Alaric—. Seguirán siendo…

—De tu esposa. Que un día se convertirá en la Zahiya-lachis. Que estará más que dispuesta a compartir sus posesiones terrenales si se la corteja como es debido.

Alaric hizo una mueca. El orgullo le impedía expresarlo en voz alta, pero Gaheris parecía abrigar demasiada fe en las habilidades de cortejo de su hijo.

—No sé si convendría dejar que el futuro dependiese del corazón de una mujer —señaló en su lugar.

—¿Y si dependiese del deber de esa mujer para con su pueblo? ¿De su instinto de supervivencia? —preguntó Gaheris, cambiando de estrategia con su implacable brusquedad habitual—. En cuanto hayamos consolidado nuestra posición en el archipiélago, el Dominio se lo pensará dos veces antes de ponernos a prueba. Tras la boda, estaremos en posición de acercarles la daga al cuello.

—Muy romántico. —Alaric se estremeció en cuanto las palabras abandonaron sus labios, pues incluso a él le sonaron sarcásticas. El estómago se le encogió apenas se percató de lo que acababa de hacer, y no perdió ni un instante en dejarse caer al suelo y postrarse a los pies del regente—. Te pido disculpas, padre.

—Me da la sensación de que el poder que con tanta generosidad te he otorgado se te ha subido a la cabeza, mi insignificante principito —dijo Gaheris con frialdad—. Aunque seas el rostro público de este nuevo imperio, yo he sido el artífice de todo. Tu palabra debe acatarse, pero soy yo quien habla a través de ti, ¿o es que lo has olvidado?

—No. —Alaric cerró los ojos—. No volverá a ocurrir.

—Eso espero. Por tu bien —atronó Gaheris desde su trono, situado a miles de kilómetros de distancia y aun así ineludible—. Si te empeñas en comportarte como un crío engreído, te trataré como tal. Te casarás con la tal Alunsina Ivralis y formarás una alianza que señalará el amanecer de una nueva era, o sufrirás las *consecuencias*. —Alaric asintió, y Gaheris pronunció sus siguientes palabras con más suavidad, esbozando una sonrisa cargada de ironía—. No te preocupes, hijo mío. Ya que sacas el tema, soy el primero que te diría que el romance está de más en un asunto como este, pero he oído decir que las mujeres nenavarenas son las más bellas y corteses del mundo. Tal vez no sea tan desagradable como temes.

—¡*Me niego*!

Talasyn tembló de furia y le dirigió una mirada colérica a la Zahiya-lachis, que a su vez la contempló impasible desde el butacón de su salón privado.

—No pienso hacerlo. —Una bestia se había adueñado de su interior, una criatura vil y horrible nacida de la furia y la incredulidad, pero aun así, Talasyn era como el mar, y chocaba desesperadamente contra el bastión infranqueable que constituía la férrea voluntad de su abuela. Se volvió hacia Elagbi, que aunque también se había puesto en pie al oír la afirmación de Urduja, no dijo ni una palabra—. ¡No podéis obligarme! —le dijo a su padre con brusquedad—. ¿No dijiste que querías que fuera feliz? ¿Que tuviese lo mismo que Hanan y tú habíais tenido? No encontraré la felicidad con ese... con ese *monstruo*... —La voz se le quebró—. Por favor...

Tras escuchar la transmisión de Mathire, Talasyn había devuelto el cayuco a su propietario y había regresado a palacio a pie. Había tenido el suficiente sentido común como para fingir que seguía en la cama cuando Jie llamó a la puerta y le informó de que la Zahiya-lachis deseaba verla. No había confiado demasiado en su habilidad para hacerse la sorprendida cuando tomó asiento en el salón de su abuela y esta le habló de la flotilla kesathense y sus nuevos cañones, pero entonces la anciana mencionó la *oferta* que se le había hecho llegar al Imperio de la Noche y ya no tuvo necesidad de fingir sorpresa y horror.

—Talasyn tiene razón, Harlikaan —le dijo Elagbi a Urduja en voz baja—. No solo se ha visto obligada a asumir su papel en la corte, sino que ahora la ofreces como sacrificio al Emperador de la Noche.

—La alternativa es librar una guerra que no podemos ganar —repuso Urduja—. Es lo mejor para el pueblo.

—¡Pues entonces cásate *tú* con él! —espetó Talasyn.

La reina Dragón enarcó una ceja.

—No fue a mí a quien persiguió hasta Nenavar. Ni soy la persona en quien halló a su igual tras batirse en duelo. ¿Quién mejor para controlar a un marido Forjasombras que una esposa Tejeluces?

—¿Y cómo pretendes que lo logre? —Talasyn dejó escapar una risa carente de alegría—. Llevo meses sin luchar y tampoco permites que visite la Grieta de Belian. ¡Dejaste muy claras tus *condiciones* durante nuestro primer encuentro!

—¿Y tu aceptaste dichas condiciones, ¿no es así? Para salvar a tus amigos. Dime, ¿qué crees que les pasará si el Imperio de la Noche nos ataca y descubre que se encuentran aquí? —preguntó Urduja de forma mordaz—. Si Alaric Ossinast se convierte en tu consorte, ejercerás más control sobre las idas y venidas de sus tropas. Conservaremos la soberanía del archipiélago y podremos mantener al Imperio de la Noche alejado de Sigwad, donde se esconden tus compañeros. Si no lo haces por Nenavar, al menos hazlo por Sardovia.

—Tienes respuesta para todo, ¿no? —Talasyn miró a la mujer con los ojos entornados. Era incapaz de sentir simpatía por ella, aunque había llegado a respetar su poder y su perspicacia política, si bien a regañadientes. Le entristecía darse cuenta de que su familia, la que tanto tiempo había estado buscando, distaba mucho de ser perfecta; y aún le entristecía más que uno de sus miembros le provocara semejante sentimiento de cólera—. ¿Sabías que esto ocurriría? ¿Pretendías usarme como moneda de cambio desde el principio? ¿Te imaginaste que el Imperio de la Noche se presentaría en Nenavar?

—Sospechaba que podía pasar —respondió Urduja con una serenidad exasperante—. Lo que más desean los imperios recién formados es dejar huella, ¿y quién podría resistirse a los cantos de sirena del Dominio? Un punto estratégico a medio camino entre Kesath y los hemisferios sur y este, donde la tierra es fértil y los metales preciosos y la tecnología abundan... Sí, se me pasó por la cabeza. Y actué en consecuencia, porque *eso es lo que hacen los líderes*.

—¡Los líderes luchan por su pueblo! —gritó Talasyn—. ¡No abren las puertas de par en par y reciben al enemigo con los brazos abiertos!

—Chiquilla *insensata* —siseó Urduja—. ¿Aún no lo has entendido? *Así* es como lucharemos. Les proporcionaremos el punto de apoyo que buscan, pero dictaremos todos sus movimientos.

—Usas mucho el plural, teniendo en cuenta que voy a ser yo la que se case con ese tirano.

Talasyn volvió la vista hacia Elagbi una vez más, pero él permaneció en silencio, con la expresión de su rostro en conflicto. Dejó caer los hombros. Puede que su padre la quisiera, pero, en última instancia, jamás desafiaría a su madre, la reina. A la Zahiya-lachis se la consideraba prácticamente una diosa y su palabra se acataba.

—Lo prometiste, Alunsina —le recordó Urduja en voz baja—. Me aseguraste que, si accedía a daros cobijo a ti y a tus camaradas, no me causarías problemas. Te pido que cumplas dicha promesa.

Pese a sus quejas, Talasyn sabía, de nuevo, que no le quedaba alternativa. Esta vez no solo estaba en juego la supervivencia de los remanentes sardovianos, sino de todo Nenavar. Y si por algún milagro sus camaradas y ella conseguían salir del Dominio ilesos, estaría dejando a todo el país a merced de un régimen que no había tenido ningún problema en asolar ciudades enteras. Estaba atada de pies y manos.

—Ánimo, querida. —Urduja debía de haber percibido la beligerante conformidad de Talasyn, porque ahora parecía algo más comprensiva—. Desde que la primera Zahiya-lachis ocupó el trono se han sucedido innumerables imperios. Nenavar los ha visto erigirse y caer, y a este también lo sobrevivirá. El Imperio de la Noche no acabará con nosotros, ni tampoco contigo, pues por tus venas corre nuestra misma sangre. Así que sálvanos a todos.

CAPÍTULO QUINCE

Al día siguiente, una chalupa kesathense abandonó las profundidades de la *Libertadora* y atravesó el puerto nenavareno mientras las velas negras y plateadas de sus mástiles gemelos se agitaban con la brisa, demasiado cálida para Alaric. Los rodeaba una formación de coracles del Dominio que no solo se encargaba de acompañar a los forasteros hasta la capital, sino también de vigilar muy de cerca todos sus movimientos.

Alaric se planteó la posibilidad de que todo fuera una trampa, de que sus hombres y él acabaran masacrados en cuanto aterrizaran en la Bóveda Celestial. Era bastante improbable, pero *casi* lo deseaba. Una muerte rápida y violenta le resultaba preferible a tener que casarse con una desconocida, una fría, hermosa y viperina mujer nenavarena.

Permaneció plantado en la proa de la chalupa mientras la embarcación se adentraba en Nenavar y un exuberante paraíso se desplegaba por debajo de sus pies, un laberinto de ríos y senderos sinuosos incrustados en una enorme y verde extensión de selva. Sin embargo, apenas se fijó en el paisaje, puesto que por alguna razón se había puesto a pensar en Talasyn.

Tras pasar varios meses sin saber nada de ella, la idea de que pudiera estar muerta había comenzado a asomar en su mente. Le repateaba reconocer que quizá sus caminos no volvieran a cruzarse nunca, que tal vez no volviera a ver su feroz expresión ni los fibrosos músculos de sus brazos tensándose con cada oleada luminosa que brotaba de sus dedos. Si siguiera viva, solo estaría prolongando lo inevitable, claro, pero…

Pero la última vez que había visto a Talasyn, con su trenza despeinada ondulando al viento, él le había dado la espalda y se había alejado entre una amalgama de humo y ruinas. Y aquello, no sabía cómo, le había dejado una sensación desagradable. Le había parecido una partida brusca y demasiado abrupta.

Se preguntó, sin pretenderlo, qué pensaría ella si alguna vez descubría que iba a casarse. Se lo preguntó mientras lo invadía un dolor sordo y abstracto que no entendió.

Talasyn levantó la vista cuando la puerta de sus aposentos se abrió, y se quedó perpleja al ver entrar a Elagbi en vez de a Jie, que debía ayudarla a prepararse para su primer encuentro con la delegación kesathense.

—¿Qué haces aquí? —Su tono era demasiado cortante, pero le traía sin cuidado.

—Quería disculparme. —Su padre lucía ojeras—. Sé que estás enfadada porque no me expresé con tanto énfasis como debería.

—La reina Dragón es la que dicta las órdenes —murmuró Talasyn—. Nadie en el Dominio la contradice.

—Eso no es excusa. Eres mi hija y debería haber dado la cara por ti —dijo Elagby con gravedad—. He intentado hacerla cambiar de opinión. Está empeñada en seguir adelante, pero he conseguido convencerla para que te permita asistir a las negociaciones matrimoniales.

Talasyn ladeó la cabeza.

—¿Cómo lo has logrado?

Elagbi le dedicó una sonrisa cansada y solemne.

—Apelando a la naturaleza compasiva de Su Majestad Estelar… —Talasyn resopló al oír aquello— y recordándole que al Imperio de la Noche debe quedarle claro que la Lachis'ka cuenta también con autoridad. Y prometiéndole, además, que no permitiré que le des un puñetazo a Ossinast en cuanto aparezca. Aunque ya no soy tan joven como antes, lo mismo no llego a tiempo.

Talasyn no pudo evitar esbozar una sonrisita. No se le había pasado el enfado, ni mucho menos, pero al menos había redirigido su ira a aquellos que más se la merecían. En teoría, las negociaciones debían llevarse a cabo entre los dos jefes de Estado y sus asesores de confianza. A Elagbi debía de haberle costado que la reina hiciese tal concesión.

—Una cosa más —dijo el príncipe del Dominio—. La opinión de la corte está dividida. Hay quienes ven esta unión como un acuerdo lucrativo, mientras que otros la consideran una traición a todo lo que el Dominio representa. Kai Gitab, el rajá de Katau, forma parte del último grupo, aunque tu abuela lo ha sumado al comité de negociación.

Talasyn lo miró estupefacta.

—¿Por qué?

—Para apaciguar a los que se oponen al matrimonio. La reina Urduja consideró que lo más prudente sería asegurarse de que los intereses de *todos* se vieran representados, sobre todo porque ha nombrado a Lueve Rasmey de Cenderwas negociadora principal. La daya Rasmey es una de las más estrechas aliadas de Urduja, por lo que Gitab equilibra las cosas. Se ha ganado la fama de ser una persona incorruptible y entregada a sus ideales. Con él en el comité de negociación, nadie podrá acusar a la Zahiya-lachis de vender a Nenavar. Y si *tú* mantienes a raya el desagrado que te provoca la situación, otros miembros de la corte seguirán tu ejemplo.

—Yo no estaría tan segura —murmuró Talasyn—. Me conocen desde hace apenas unos meses.

—Eso es irrelevante —dijo Elagbi—. Eres La que se Alzará Después. Los nobles que intentan demostrar que son indispensables para tu futuro reinado abundan. No obstante, ya que Gitab forma parte del comité de negociación, te aconsejo prudencia. —Suspiró—. Al menos Surakwel anda zanganeando por ahí, porque si no tendríamos un problema más grave entre manos.

—¿Quién es Surakwel? —preguntó Talasyn.

—Un puñetero dolor de cabeza —replicó Elagbi con un deje de humor—. Surakwel Mantes es el sobrino de la daya Rasmey. Su joven señoría es una de las principales voces críticas del aislacionismo nenavareno y opina que deberíamos integrarnos con el resto de Lir. Hará unos tres años, él y unos cuantos nobles comenzaron a presionar al Dominio para que nos uniésemos a Sardovia en su lucha contra el Imperio de la Noche. Si alguien va a oponerse de pleno a que se celebre la boda, y con más vehemencia aún que Gitab, es Surakwel.

—Ya me cae bien —dijo Talasyn—. ¿Y qué has querido decir con lo de que *anda zanganeando por ahí*? ¿Dónde está?

—A saber. Siempre está de aquí para allá. Pasa la mayor parte del tiempo en el extranjero, llenándose la cabeza de ideas de lo más estrambóticas.

—Tú también viajabas mucho de joven, amya —lo reprendió Talasyn—. Y te casaste con una *extranjera*.

Su padre se ruborizó encantado, como cada vez que lo llamaba *padre* en nenavareno. Lo invadía la alegría de haber recuperado el tiempo perdido.

—La verdad es que no te falta razón.

Elagbi se marchó cuando llegó Jie, que portaba con suma cautela la corona de la Lachis'ka sobre un cojín de terciopelo. Talasyn contempló el objeto mientras sentía la mirada aprensiva de Jie recorriéndola. Nunca se había esforzado por ocultar lo mucho que detestaba que la emperifollaran, y siempre tenían que engatusarla para hacerla cooperar. Aquel día, sin embargo, era otro cantar.

Es más fácil negociar con un oponente intimidado, le había dicho Vela hacía cuatro meses en el buque insignia de la reina Urduja. Aunque la artillería de Alaric era superior, Talasyn tenía el factor sorpresa de su parte. El joven desconocía que *ella* era Alunsina Ivralis. Y Elagbi tenía razón: la Lachis'ka contaba con autoridad propia, por lo que aquella farsa de matrimonio se llevaría a cabo en los términos que *ella* estableciera.

Pero para ello debía adaptarse a su papel.

Talasyn respiró hondo y se desató la desgastada cinta con la que solía sujetarse la trenza del pelo, dejando que la maraña de cabello castaño le cayera por los hombros.

—Muy bien —le dijo a Jie—. Soy toda tuya.

Un grupo de nobles nenavarenos recibió a Alaric frente a la escalinata de la Bóveda Celestial. Al frente se encontraba un hombre alto de piel cobriza y ojos negros que lo contemplaba con dureza.

—Emperador Alaric.

Tras aquello, los demás nobles le dedicaron, al unísono, la reverencia más breve y tensa que había visto en su vida.

Alaric asintió, deduciendo la identidad del hombre por la corona con forma de dragón que llevaba.

—Un placer, príncipe Elagbi.

—Me alegro de que os lo parezca —replicó Elagbi, rezumando sarcasmo, y Alaric se mordió la lengua para evitar contestarle: *Yo tampoco quiero casarme con vuestra hija.* No sería muy diplomático que el príncipe del Dominio y él llegaran a las manos.

En cuanto Elagbi echó a andar, sus guardias los rodearon y cubrieron todas las vías de escape con precisión marcial; todas eran mujeres, y al contemplar su imponente complexión y sus formidables y pesadas armaduras, Alaric deseó haberse llevado más soldados. De su protección se encargaban su legionario Sevraim y la tripulación de la chalupa, pero estos últimos ni siquiera podrían acompañarlo al interior del palacio. El alto mando kesathense había abogado por una exhibición de poderío, pero Alaric había señalado que presentarse al comienzo de unas negociaciones de paz con más guerreros de la cuenta podía provocar que el otro bando adoptase una actitud aún más defensiva de la que ya tenía. Además, Nenavar era consciente de que el lobo que tenían delante disponía de unos colmillos muy afilados… o, mejor dicho, de un tipo de magia capaz de matar dragones.

Mathire lo acompañaba también. No era la oficial que mejores habilidades políticas poseía, pero había pensado que tal vez el matriarcal Dominio se mostrase más receptivo con él si aparecía con una mujer que ostentara un cargo de autoridad. Aunque, claro, eso había sido *antes* de que Mathire diera la orden de disparar al dragón. Dioses, esperaba que la criatura no estuviese muerta.

No obstante, acudir con un séquito reducido era una muestra de buena voluntad por su parte, así como también lo era el hecho de acceder a que las negociaciones tuvieran lugar en territorio nenavareno y de prescindir de la máscara que normalmente llevaba en situaciones en las que había muchas posibilidades de que estallara un conflicto antes incluso de haber pisado el palacio.

Y era un palacio magnífico. De eso no cabía duda. Daba la sensación de que los acantilados de piedra caliza sobre los que descansaba la inmaculada fachada blanca, que reflejaba la luz de la mañana, se encontraban cubiertos de nieve recién caída, pese a estar situados en el corazón de una selva tropical. Contaba con una amplia variedad de vidrieras, torres esbeltas y cúpulas doradas. El arco ornamentado de la entrada principal también era dorado, y al pasar por debajo, Alaric oyó que Sevraim maldecía en voz baja, algo que se correspondía con la inquietante sensación que lo asaltó de repente: sus habilidades etermánticas habían quedado inhibidas. Había jaulas colgadas en los pasillos cada pocos metros; unas jaulas que, según había descubierto Alaric en su última visita, albergaban criaturas vivas. Los voluminosos y opacos cilindros contrastaban con las pinturas, tallas y tapices que adornaban las relucientes paredes blancas.

—Sentimos tener que tomar semejantes precauciones, Majestad —dijo Elagbi con el mismo tono que había empleado al saludar a Alaric. Señaló las jaulas con la cabeza—. Nuestro pueblo desconfía de la magia proveniente del Pozoumbrío, sobre todo si se esgrime en presencia de la Zahiya-lachis.

—No hay inconveniente, príncipe Elagbi —respondió Alaric, fingiendo indiferencia—. Lo único que lamento es que las jaulas desentonen con vuestra preciosa decoración.

—Os pido que no intentéis remediar la situación destrozándolas y dejando en libertad a los sarimanes.

Seguramente le recordarían *aquello* hasta el fin de los tiempos, pero al menos ahora sabía que esos pájaros de tonos brillantes con la habilidad de inhibir la magia se llamaban «sarimanes».

—Mientras sigáis tratándonos con hospitalidad, no habrá necesidad de causar problema alguno —le dijo a Elagby secamente.

Mathire, que caminaba a su lado en silencio, le lanzó a Alaric una mirada apenas disimulada de regocijo. Lo conocía desde que era pequeño, y siempre había tenido la impresión de que lo encontraba divertido. Aquello le molestaba un poco. Era el Emperador de la Noche, no un crío tontorrón.

El salón del trono de la reina Dragón era de lo más ostentoso. Alaric estaba acostumbrado a la sencilla arquitectura de Kesath y a los prácticos interiores de las naves de tormenta, que conferían más importancia a la funcionalidad que a la estética. Estuvo a punto de detenerse en seco al cruzar el umbral de la vasta cámara: las paredes se encontraban revestidas de pan de oro, las cortinas habían sido confeccionadas con seda carmesí, y los suelos de mármol pulido se hallaban cubiertos de alfombras de color crema y burdeos que lucían intrincadas constelaciones de perlas y zafiros. El techo abovedado estaba adornado con bajorrelieves de aves, lirios y dragones que sobrevolaban las olas del océano. El Imperio de la Noche habría tenido que vaciar sus arcas solo para decorar y mantener aquella estancia. Y los cortesanos…

Los cortesanos guardaron un silencio sepulcral en cuanto el grupo de Alaric apareció. Jamás había visto semejante congregación de gente; cada uno de ellos iba ataviado con untuosas telas y coloridas y pintorescas plumas, y cubierto de piedras preciosas de pies a cabeza.

Tampoco le habían dedicado nunca tantísimas miradas cautelosas.

—No somos bienvenidos, Majestad —murmuró Sevraim a través del yelmo—. Aún nos consideran invasores. Os aconsejo que os andéis con cuidado.

—¿No lo hago siempre? —replicó Alaric sin mover apenas los labios—. ¿Pese a *tus* intentos por convencerme de lo contrario?

Sevraim lanzó una risita. Iba caminando tan tranquilo, oteando con interés desde detrás de su visera de obsidiana a las damas nenavarenas de la estancia. Alaric estaba convencido de que de no haber llevado el yelmo puesto, les habría guiñado un ojo mientras se pasaba la mano por el pelo.

Debería haberse traído a las gemelas.

Al fondo del salón había una enorme plataforma compuesta por franjas de mármol blanco, rojo y gris que se alzaba sobre los cortesanos de la misma manera que los acantilados de piedra caliza de la Bóveda Celestial se elevaban sobre la capital. Tres tronos coronaban lo alto de la escalinata; el de la izquierda estaba vacío (se trataba, como era obvio, del de Elagbi), mientras que el de la derecha lo ocupaba una figura femenina vestida de azul y dorado que, por lo demás, lucía opacada tras un biombo translúcido con el marco de madera que sujetaban dos ayudantes.

Alaric aún no estaba listo para examinar a conciencia a su futura prometida, de manera que centró su atención en la mujer sentada en el centro.

Urduja Silim. La Zahiya-lachis del Dominio de Nenavar, con una aparatosa corona adornándole la cabeza, el rostro cubierto de polvos blancos y una mirada negra como la tinta y fría como el acero. Su trono, de oro puro, superaba a los otros dos tanto en opulencia como en amplitud; las patas tenían forma de garras y del respaldo brotaban unas alas que se extendían hacia el techo. Se encontraban desplegadas como las de un dragón en pleno vuelo y cubiertas de jade, ópalos, rubíes, diamantes y otras gemas que Alaric ni siquiera conocía.

—Solo con ese trono podríamos costear otra flota de acorazados —oyó que le comentaba Sevraim a Mathire mientras se aproximaban a la plataforma, que también contaba con sendas jaulas de sarimán a cada extremo.

Elagbi subió los escalones y tomó asiento junto a su madre mientras el resto del comité de bienvenida se mezclaba con la vigilante multitud. Alaric se enderezó, procurando no dejar caer los hombros, como hacía siempre de forma instintiva, y Mathire hizo chocar los talones y saludó a la reina Urduja. Alaric se percató de que Sevraim se detenía con brusquedad a su lado mientras la guardia real de Urduja se desplegaba para rodear a la delegación kesathense y, al mismo tiempo, formar una barricada en torno a la plataforma.

—Emperador Alaric —La voz autoritaria de Urduja reverberó por el salón—. Sed bienvenido a mi corte. Antes de que comiencen las negociaciones, me gustaría señalar que mi intención no es otra que la de que ambas partes abordemos el diálogo con la mente abierta e intentemos cooperar a fin de garantizar un futuro próspero para ambos reinos. Deseo de todo corazón que vuestro viaje hasta aquí no acabe siendo infructuoso, ni por culpa vuestra ni de otros.

Finalizó el cordial discurso de forma tajante y firme, como si se hubiera tratado de una advertencia desde el principio. Una advertencia que parecía dirigida también a la miríada de nobles que contemplaban la escena como si todos ellos hubieran pisado algo apestoso. Alaric se imaginaba el escándalo que debía de haberse producido cuando Urduja anunció el compromiso de su nieta con el Emperador de la Noche.

Percibió movimiento por el rabillo del ojo, un destello de pelo castaño rojizo salpicado de canas: Mathire se había vuelto hacia él para lanzarle una mirada cargada de énfasis. Cierto. Ahora le tocaba hablar a *él*.

—Os agradezco la hospitalidad, reina Urduja, así como vuestra pericia a la hora de dar con una solución a esta disputa territorial que nos beneficie a ambos —repuso Alaric. No quería que los nenavarenos olvidasen que aquel acuerdo había sido idea de *su* soberana—. Mi pueblo está harto de la guerra y el vuestro preferiría no tener que librar ninguna. Por lo tanto, nos une un objetivo común, y confío plenamente en que conseguiremos sellar un acuerdo duradero y fructífero de paz.

No eran palabras huecas. Al menos para él. Llevaba combatiendo desde los dieciséis años. Si aquella alianza se llevaba a cabo, tendría la oportunidad de experimentar la vida sin los huracanes.

Urduja inclinó la cabeza con elegancia.

—En ese caso, podéis aproximaros al trono y conocer a nuestra Lachis'ka.

Alaric subió los escalones de mármol, que parecieron prolongarse de forma interminable, como si tuviera las piernas de plomo, con todo el salón pendiente de cada uno de sus movimientos. Al llegar a lo alto de la plataforma, se fijó en que la mirada de la reina Dragón se iluminaba con un brillo astuto que no le gustó nada, un brillo que le encogió las tripas y le provocó una oleada de aprensión. Pero antes de poder darle vueltas al asunto, la figura del trono que se encontraba más a la derecha salió de detrás del biombo y se encaminó hacia él, y Alaric se quedó con la mente en blanco.

Las mujeres nenavarenas son las más hermosas del mundo, le había dicho Gaheris, pero la palabra *hermosa* no resultaba en absoluto suficiente para describir a Alunsina Ivralis. Llevaba un vestido de color azul marino, con un corpiño ceñido y salpicado de pintitas doradas, que le dejaba el hombro izquierdo al aire de forma elegante. El hombro derecho se encontraba cubierto por una hombrera de oro en forma de ala de águila unida a la manga, que parecía confeccionada con cota de malla dorada. La falda, voluminosa y abullonada, estaba adornada con cuentas cristalinas; el dobladillo de seda se arremolinaba en forma de rosetas y dejaba al descubierto la cascada de tela dorada que había debajo, con el dragón que constituía la insignia de la Casa Real nenavarena bordado de forma minuciosa. Su corona de estrellas y aspas era de oro y estaba engastada con zafiros, y llevaba los ojos maquillados profusamente con khol, con una pizca de polvo dorado en los bordes, pero, además... Ignoraba la razón, pero sus pardas profundidades le resultaban, en cierto modo, familiares. De hecho, *ella misma* tenía algo, en general, que lo atraía. Su reacción física lo había dejado demasiado alterado para descifrar de inmediato de qué se trataba, pero cuando lo descubrió por fin, se quedó sin respiración.

Le recordaba a Talasyn. Su estatura, el color de su cabello e incluso su forma de moverse. El hecho de tener que casarse con alguien tan similar a la chica que no podía quitarse de la cabeza le parecía una broma de mal gusto.

—Lachis'ka. —Alaric inclinó la cabeza y se adhirió a los formalismos habituales con la misma presteza con la que se desenvolvía en el campo de batalla—. Espero que este encuentro marque el comienzo de una relación amistosa entre nuestros reinos y...

Se interrumpió a media frase al levantar la vista hacia ella. Su cerebro empezó a entender la situación, empezó a darse cuenta de que...

... debajo de la opulenta seda y las fastuosas joyas...

... debajo del maquillaje que le disimulaba las pecas, que le afilaba los pómulos y suavizaba el contorno de su mandíbula...

... debajo de todo eso... estaba...

—¿*Relación amistosa*? —siseó Talasyn con la mirada entornada y una mueca feroz. A Alaric estuvo a punto de parársele el corazón—. Y una mierda.

CAPÍTULO DIECISÉIS

Talasyn no era demasiado partidaria de las galas que acostumbraba a llevar el pueblo de su padre. Aquello no significaba que detestara contemplar los untuosos atuendos de la nobleza nenavarena, pero tener que ponérselos ella ya era otra historia. La reina Urduja, habiendo llegado a la conclusión, tal vez, de que su nieta sería una rehén mucho más complaciente si le proporcionaba cierta libertad, solía permitir que Talasyn vistiera túnicas y pantalones sencillos cuando no se requería su presencia en ninguna reunión. No estaba acostumbrada al picor que le producía la seda bordada ni a las restricciones de las joyas pesadas y las faldas de volantes.

Por lo tanto, aunque era consciente de que en ese momento tenía un aspecto de lo más glamuroso, también estaba, por decirlo sin rodeos, *muriéndose* por dentro. Jie se había pasado un poco apretándole el corpiño, en un intento por proporcionarle a su cuerpo alguna que otra curva, y las horquillas que le sujetaban la corona se le clavaban en el cuero cabelludo como si fueran garras. Llevaba una tonelada de polvos y pigmentos metálicos en el rostro y notaba los labios pegajosos a causa del brillo melocotón que le habían aplicado para compensar la intensidad de su maquillaje de ojos. Estaba incómoda y acalorada y, para colmo, se sentía como una impostora, pero ver la cara que se le había quedado a Alaric Ossinast hacía que todo aquello mereciera la pena.

Había empezado a hervirle la sangre prácticamente desde el momento en que entró en el salón del trono con sus acompañantes.

Uno de ellos era el legionario del bastón con el que se había topado durante la batalla de Última Morada. *Sevraim*, según lo había llamado una de las gemelas. Talasyn había esperado que Alaric se presentara con su armadura habitual o tal vez con los elegantes atavíos correspondientes a su nuevo cargo, pero en cambio llevaba una túnica negra con cinturón y unos pantalones negros, y en lugar de los guanteletes con garras de su atuendo de combate se había puesto unos sencillos guantes de cuero. El único adorno que lucía era un broche de plata con la quimera del escudo de su casa prendido a la capa, que ondulaba con cada paso como las alas de un cuervo. Jamás lo reconocería en voz alta, ni siquiera a punta de cuchillo, pero el sencillo atuendo favorecía su esbelta figura y resaltaba sus amplios hombros y formidable estatura. Al verlo acercarse a la plataforma, con la espesa cabellera negra enmarcándole el rostro, y ajeno, en apariencia, a las miradas y susurros de la corte, a Talasyn le había parecido un príncipe de la cabeza a los pies. Y no uno encantador y elegante como Elagbi, sino un príncipe siniestro que llevaba consigo sangre, guerra y malos presagios.

Así pues, le pareció aún más gratificante ver cómo se quedaba boquiabierto cuando se dio cuenta de que *ella* era Alunsina Ivralis.

Talasyn estaba plantada frente a él. Tuvo la buena fortuna de presenciar cómo todo rastro de cortesía desaparecía de su semblante y una expresión de absoluta conmoción ocupaba su lugar. Abrió los ojos grises de par en par y se quedó tan blanco como el papel. Incluso tras oír sus hostiles palabras, que Talasyn había pronunciado en voz baja para que no llegaran a oídos de los cortesanos, el chico permaneció en silencio unos segundos más, mirándola con el rostro desencajado, como un pez fuera del agua.

La invadió un mezquino sentimiento de triunfo, pero este se convirtió en desconcierto al percatarse de que algo parecido al alivio asomaba a las facciones de Alaric. La expresión duró solo un segundo, lo suficiente para que ella apreciase su similitud con el gesto que adoptaban muchos soldados cuando sonaba el aviso de que el peligro había pasado —*hemos sobrevivido y mañana seguiremos luchando*—, y acto seguido desapareció.

—Nos habéis tendido una trampa magnífica —dijo con frialdad, recorriendo el salón con la mirada, como si creyera que fueran a aparecer soldados sardovianos en cualquier momento. Se produjo cierta conmoción frente a la plataforma, pues Sevraim reconoció a Talasyn e intentó subir de inmediato los escalones, pero las Lachis-dalo cerraron filas en torno a él y el chirrido de las espadas al desenvainarse perforó el silencio.

—No es ninguna trampa, Majestad —repuso Urduja—. El kaptán de la guarnición de Belian advirtió el parecido de Alunsina con su difunta madre e hizo llamar al príncipe. Después de que Kesath ganase la Guerra de los Huracanes, Alunsina regresó a Nenavar para refugiarse y hacer valer sus derechos de nacimiento.

—Si la patrulla no nos hubiera capturado en el templo, jamás me habría reencontrado con mi familia —le dijo Talasyn a Alaric con venenosa dulzura—. Así que en realidad te tengo que dar las gracias.

—¿Y quién más se refugió contigo? —replicó él—. ¿Encontraré, por casualidad, a Ideth Vela entre tu comitiva? ¿Es Bieshimma otro príncipe desaparecido?

—No tengo ni idea de dónde están los demás. —La mentira abandonó sus labios con toda facilidad: había estado ensayándola a menudo—. Acabé separada del regimiento durante la retirada. Si crees que se trata de una treta, te animo a que peines el Dominio.

Pero la inspección del archipiélago constituiría un quebrantamiento imperdonable de la jurisdicción, por no mencionar que equivaldría a tildar de mentirosa a la jefa de Estado nenavarena, lo que difícilmente conseguiría granjearles el cariño de la ya desconfiada población. Alaric se hallaba en una situación delicada y lo sabía, al igual que también sabía que Talasyn era consciente de ello, a juzgar por cómo la fulminaba con la mirada. La chica arqueó una ceja en señal de desafío mientras él seguía observándola ceñudo, prácticamente echando humo, pero ella estaba pasándoselo en grande. Vaya que sí.

—¿Habéis acabado ya de montar el espectáculo?

Las palabras afloraron de los labios de Urduja como carámbanos de hielo e hicieron añicos la burbuja particular de Alaric y Talasyn. La chica quiso señalar que no era como si se hubieran puesto a discutir a grito pelado, pero se percató de que su tenso intercambio había provocado ya unos cuantos murmullos de especulación entre los presentes. Por no mencionar el revuelo que se había producido frente a las escaleras de la plataforma.

Siempre acabas sacando mi parte más impulsiva. A Talasyn le hirvió la sangre al contemplar al malhumorado emperador que se erguía frente a ella. Alaric tenía la costumbre de eclipsar todo lo demás, haciéndola prescindir de toda precaución en aras de intercambiar golpes y pullas en cada campo de batalla donde se enfrentaban. El magnífico salón era otra clase de campo de batalla. Debía ser más astuta y emplear las armas que con tanta habilidad blandía la reina Urduja.

—Me parece que Su Majestad y yo ya hemos terminado de ponernos al día. —Talasyn intentó adoptar un tono sofisticado y altivo, pero las palabras simplemente sonaron sarcásticas. En fin, ya mejoraría con la práctica. O al menos eso esperaba—. ¿Empezamos con las negociaciones?

—¿Qué puñetas está pasando? —preguntó Sevraim cuando Alaric bajó de la plataforma. La habitual actitud despreocupada del legionario había desaparecido—. ¿Por qué va la Tejeluces vestida como si fuera la Lachis'ka? ¿Están el Dominio y la Confederación Sardoviana confabulados? ¿Han…?

—Cállate, Sevraim —gruñó Alaric, consciente de que tenían público. A continuación, les explicó la situación a sus atónitos acompañantes mientras los nobles nenavarenos los contemplaban con mayor o menor grado de júbilo e ira.

—Estoy convencida de que Vela tiene algo que ver en todo esto —siseó Mathire cuando Alaric acabó de hablar—. Es demasiada coincidencia. No creerán que vamos a dejarlo pasar, ¿no?

—Podemos largarnos y prepararnos para librar otra guerra… o seguirles la corriente por ahora —dijo Alaric—. Te necesitaré en plena forma durante la negociación, comodoro. Ya han logrado tomarnos desprevenidos con esta revelación. Procura que no vuelva a ocurrir.

La reunión se trasladó a la sala de reunión adyacente al salón del trono. Mientras contemplaba a Talasyn sentarse a la mesa de caoba frente a él, a Alaric le costó conciliar aquella versión vestida con los tonos azules y dorados de Nenavar con la andrajosa soldado que había conocido. Es más, pese a las pullas que habían intercambiado hacía unos minutos, no le habría extrañado si alguien le hubiera dicho que se trataba de un error, que aquella era otra persona completamente diferente. Sin embargo, la chica lo miraba como si fuera una mancha de mugre particularmente rebelde y *esa* sí era una expresión propia de Talasyn. Una expresión que no dudó en responder con un levantamiento de ceja, lo que claramente la enfureció aún más.

Debía reconocer que, en cuanto la sorpresa inicial se hubo desvanecido, sintió alivio al verla —alivio al saber que estaba viva, después de todo—, pero aquel era un punto débil que debía examinar en privado. Ahora mismo, lo mejor que podía hacer era dominar sus emociones y aferrarse a la aversión que sentían el uno por el otro, un territorio mucho más familiar.

Estaba sentada entre el príncipe Elagbi y una mujer morena de mediana edad vestida con ópalos y prendas tradicionales de colores cálidos que se presentó como Lueve Rasmey, la mano derecha de

Urduja y la daya cuya familia controlaba las Vetas de Cenderwas, de donde se extraían todo tipo de gemas y metales preciosos. A la izquierda de Elagbi estaba Niamha Langsoune, la cual le dirigió una sonrisita que le pareció de lo más sospechosa, y un poco más allá se encontraba un tipo delgado con pinta de erudito llamado Kai Gitab, el raján de Katau.

En lugar de aristócratas, Alaric tenía sentada al lado a la comodoro Mathire, mientras que Sevraim, encargado de cubrirle las espaldas, se había situado entre él y los amplios ventanales que se extendían a lo largo de una de las paredes y que ofrecían una vista panorámica de la selva tropical. La reina Urduja, quien también iba escoltada por su guardia real, presidía la mesa, y su gélida corona destellaba bajo la luz matutina.

—Antes de nada, deberíamos abordar cierta cuestión incómoda —repuso Urduja—. Hace diecinueve años, varios buques de guerra nenavarenos zarparon hacia al Continente de forma injustificada con la intención de prestar su apoyo a los Tejeluces de Soltenaz en su enfrentamiento con los Forjasombras. La flotilla abandonó el Dominio sin que yo estuviera al tanto y sin mi autorización. Yo me opuse *rotundamente* a interferir en asuntos ajenos cuando se me sugirió la idea de enviar refuerzos a Soltenaz. Los responsables, aquellos que actuaron a mis espaldas después de que yo lo prohibiese expresamente, eran individuos díscolos que ya no forman parte de mi corte, Majestad, os lo aseguro.

Alaric desvió la vista de nuevo hacia Talasyn, que se había quedado pálida y miraba a Elagbi mientras se mordía el labio. De pronto, el príncipe parecía encontrar fascinante la superficie de la mesa.

—El Dominio, a día de hoy, abordará las negociaciones con la mejor de las intenciones y cumplirá cualquier acuerdo que se lleve a cabo —concluyó Urduja.

A Alaric le sorprendió la contundencia de la Zahiya-lachis, pero inclinó la cabeza con amabilidad. Podría estar simplemente cubriéndose las espaldas, pero, desde un punto de vista general, el discurso era lo bastante inofensivo como para dejar estar el tema por ahora. La alianza matrimonial era una muestra de que, claramente, Nenavar había aprendido la lección cuando la primera nave de tormenta destruyó la flotilla de un plumazo.

—Debemos considerarlo agua pasada, reina Urduja —dijo Alaric—. No seremos capaces de avanzar mientras lo ocurrido en el pasado siga interponiéndose entre nosotros.

Pese a sus palabras, volvió a mirar a Talasyn y a Elagbi, desconcertado por la extraña reacción que ambos habían mostrado cuando Urduja mencionó a aquellos *individuos díscolos*. Saltaba a la vista que había algo más.

Urduja le dirigió a Lueve Rasmey un asentimiento de cabeza y esta adoptó un tono amable y cordial que contrastaba con el ambiente de la estancia.

—Como principal negociadora del Dominio de Nenavar y en nombre de Su Majestad Estelar Urduja Silim, La que Elevó la Tierra sobre las Aguas, doy por comenzada la reunión. Se me ha ordenado proceder como si fueran unas negociaciones de matrimonio tradicionales...

—Con el debido respeto, no lo son —interrumpió Mathire—. Se trata de una unión política entre dos gobiernos, y tanto nuestros ejércitos como nuestras economías están en juego. Resultaría contraproducente para ambas partes considerarlo un matrimonio normal y corriente, por no mencionar los muchos malentendidos que ello desencadenaría.

—Debemos pasar por alto, ciertamente, el desconocimiento de vuestra estimada comodoro en relación a las costumbres nenavarenas —repuso Lueve sin titubear ni un momento y con la sonrisa todavía intacta—. Entre las altas esferas de nuestra sociedad, el matrimonio se considera una unión política. Lo empleamos para formar alianzas, alcanzar acuerdos de paz entre casas rivales y sellar pactos comerciales. Y esa es la mentalidad con la que pretendemos enfocar estas nupcias.

El rumbo de la conversación llevó a Alaric a pensar en un punto muy importante que se había negado a asumir, pero que por fin empezaba a asimilar.

Talasyn.

Su futura esposa sería Talasyn.

Iba a casarse con Talasyn.

Era surrealista y absurdo. Frente a él, la chica en cuestión estaba comenzando a poner cara de espanto, como si también acabara de darse cuenta de que lo que se estaba debatiendo en aquella estancia era su futuro en común.

De pronto, a Alaric lo invadió la escalofriante certeza de que si Talasyn perdía los papeles, a él le pasaría lo mismo. Queriendo zanjar la cuestión lo antes posible para poder centrarse en los aspectos prácticos en lugar de en su inminente ataque de nervios, se dirigió a la daya Rasmey:

—Kesath confía en los beneficios diplomáticos y comerciales que le reportará esta unión. A cambio, podemos ofrecerle muchas cosas a la Lachis'ka.

—Además de la seguridad y de la supervivencia de su pueblo, claro está —añadió Mathire.

—No sabía que habíamos venido a intercambiar bravuconadas —dijo Niamha—. Ni tampoco que alguien se atrevería a proferir amenazas en un territorio que no es el suyo.

Alaric reprimió el impulso de pellizcarse el puente de la nariz para prevenir el dolor de cabeza que se avecinaba.

—La Lachis'ka recibirá el título de Emperatriz de la Noche y todo el poder y prestigio que este conlleva. Naturalmente, esperamos que Nenavar nos brinde su plena colaboración mientras nos esforzamos por mantener la prosperidad y la estabilidad de este rincón del Mar Eterno.

—Estaremos encantados de colaborar —dijo el príncipe Elagbi— siempre y cuando dicha colaboración no interfiera con nuestra soberanía. Tenemos dos condiciones y esa es una de ellas: que las leyes del Dominio prevalezcan en nuestro territorio.

Alaric asintió.

—¿Y cuál es la otra condición?

—Que tratéis a mi hija con la máxima cortesía y respeto. —Elagbi le dedicó una mirada más gélida que el hielo—. Que jamás le levantéis la mano, que jamás la hagáis sentir insignificante.

Talasyn se volvió hacia Elagbi con una expresión de gratitud e incredulidad en el rostro. Aquello hizo reflexionar a Alaric. El gesto de la chica lo hizo pensar en ciertas cosas que había anhelado durante su infancia. Había deseado con todas sus fuerzas que alguien se preocupara por su bienestar. Que alguno de sus padres, o quien fuera, diese la cara por él...

No. Aquellas eran las inseguridades de un niño. Los resentimientos de un crío insensato. No tenían cabida en la mente de un emperador.

—A Su Alteza Alunsina Ivralis se la tratará de acuerdo a su comportamiento —respondió secamente Alaric, haciendo caso omiso de lo extraño que le resultaba llamar a Talasyn con otro nombre.

—¿Así que debo ser una mujercita obediente? —Talasyn intervino por primera vez desde que se había sentado, lanzándole cada palabra como si fueran cuchillos—. ¿Debo limitarme a sonreír como una boba mientras millones de personas sufren bajo tu tiranía?

Dioses, la migraña iba a ser de campeonato.

—Nada de lo sucedido en Sardovia sucederá en Nenavar mientras el Dominio cumpla con lo acordado.

—¡Lo acordado soy yo! —Aunque su parte más desleal siempre había encontrado impresionante a la Tejeluces y su rebeldía, el oro y las piedras preciosas le conferían un aspecto más mortífero, la iluminaban como si de una diosa vengativa se tratara. Sus ojos resplandecieron como dos ágatas a la luz del amanecer—. Te plantas aquí con esos aires de grandeza para pedirme la mano, y encima te traes a la comodoro que asoló la Gran Estepa y al legionario que participó en el asedio de Última Morada. Y eso sin contar con que tú mismo has acabado con la vida de innumerables camaradas míos. ¡Así que tendrás que perdonarme si no me pongo a dar saltos de alegría, capullo pretencioso!

Alaric notó que empezaba a palpitarle una vena en el ojo izquierdo, como siempre que estaba a punto de perder los estribos. Intentando aparentar tranquilidad, inspiró lentamente, y cuando volvió a tomar la palabra, lo hizo sin que le temblara la voz.

—¿Tus camaradas? —repitió—. Si todavía te consideras sardoviana, señora mía, estas negociaciones son una pérdida de tiempo y de esfuerzo.

La vio apretar los labios con fuerza. Parecía tan enfadada que no le habría extrañado si se hubiera puesto a levitar. Ella permaneció callada y él prosiguió:

—Incluso si fuera lo bastante servil como para disculparme por actuaciones militares llevadas a cabo en época de guerra, jamás se me pasaría por la cabeza hacerlo a instancias de una cría con mal genio. Nos hemos presentado aquí con la esperanza de llegar a un acuerdo y evitar otro conflicto sangriento, pero si la idea te resulta tan reprobable, Lachis'ka, no tienes más que decirlo y ambos volveremos a encontrarnos en el campo de batalla.

Durante el silencio sepulcral que se produjo a continuación, la reina Urduja se inclinó hacia delante y captó de inmediato la atención de todos.

—Creo que estamos demasiado tensos como para llegar a un acuerdo en este momento. Sugiero que pospongamos la reunión. —A juzgar por su actitud, era más una orden que una sugerencia—. Podemos reanudar las negociaciones mañana, cuando nos hayamos aclimatado unos a otros. Así pues, estaremos encantados de proporcionar a la delegación kesathense alojamiento en palacio, donde se os tratará como huéspedes de honor.

Lueve había perdido su aplomo característico durante la disputa entre Alaric y Talasyn —es más, pareció sufrir una embolia cuando Talasyn llamó «capullo» al Emperador de la Noche—, pero tras la intervención de la monarca, la negociadora en jefe recuperó de inmediato la compostura.

—En efecto, Harlikaan, me parece lo más sensato —dijo con suavidad—. Las negociaciones quedan aplazadas por el momento.

Kai Gitab se había abstenido de opinar durante toda la reunión. Talasyn sabía por experiencia que el rajan era un hombre astuto y extremadamente calculador que empleaba las palabras con la misma moderación con la que un avaro se desprendía de su fortuna. No obstante, en cuanto la delegación kesathense abandonó la estancia, se volvió hacia Urduja.

—Con el debido respeto, Harlikaan, no me parece prudente dejar que el Imperio de la Noche campe a sus anchas por la Bóveda Celestial cuando todavía no se ha alcanzado un acuerdo formal.

—No creo que Ossinast vaya a asesinarnos mientras dormimos —replicó Urduja cortante—, por más que ciertas personas estén empeñadas en convencerlo de lo contrario.

A Talasyn le repateó que su abuela la fulminase con la mirada, pero antes de que pudiera defenderse, Niamha intervino:

—Tal vez sea conveniente no poner fin a dichos arrebatos. El Emperador de la Noche me parece uno de esos hombres al que es muy difícil poner nervioso. Pero de algún modo, la Lachis'ka consigue alterarlo. He estado observándolo. Parece perfectamente capaz de mantener la calma hasta que tiene que intercambiar más de un par de frases con Su Alteza.

—Simplemente nos odiamos, eso es todo —murmuró Talasyn, muerta de vergüenza.

—El odio es otra clase de pasión, ¿no es así? —repuso Niamha.

—Me... ¿De *pasión*? —repitió Talasyn con un graznido, y un rubor le tiñó las mejillas—. No hay ninguna... Pero ¿qué dices? ¡No puedo verlo ni en pintura y el sentimiento es mutuo!

Niamha y Lueve se la quedaron mirando con cierto grado de diversión.

—Parece que Su Alteza aún tiene que aprender mucho sobre los hombres —comentó Niamha con una leve sonrisa.

Elagbi se tapó las orejas con las manos, lo que provocó que Lueve Rasmey profiriera una melodiosa carcajada.

—Quizá deberíamos dejar de tomarle el pelo a la Lachis'ka —bromeó—. No creo que su padre pueda soportarlo mucho más.

—Sí, mejor dejarlo estar antes de que se ponga a llorar. —Urduja miró a Talasyn con los ojos entornados. La chica se puso tensa al percatarse de que su abuela aún no había acabado con ella—. No me cansaré de repetírtelo, Alunsina. Si Kesath no hubiera conseguido hacerse con la magia de vacío, tal vez podríamos habernos enfrentado a ellos. No obstante, han herido ya a uno de nuestros dragones. El Imperio de la Noche está dispuesto a negociar porque, al igual que nosotros, prefiere conservar sus recursos, y es tu deber asegurarte de que *no cambien* de opinión. Si fracasas, las consecuencias serán nefastas para todos. Mantén el orgullo a raya, Alteza… O, al menos, empléalo con más astucia.

La delegación de Kesath tenía a su disposición un ala entera del palacio. La enorme puerta de bronce de los aposentos de Alaric daba a un jardín de orquídeas con una cascada en miniatura que se encontraba dividido por dos caminos de piedra. Uno partía desde su puerta y conducía a un pasillo occidental, mientras que el otro se cruzaba con el extremo del primer pasillo y conectaba con lo que parecían ser los aposentos de otra persona en el ala opuesta del palacio, a juzgar por la cama con dosel que vislumbró a través del hueco de las cortinas, al otro lado del jardín.

No obstante, todo aquel lujo tenía un coste. Había jaulas de sarimán colgadas en las paredes y las columnas cada siete metros que inhibían el acceso al Pozoumbrío, por lo que le era imposible hablar con su padre a través del Espacio Intermedio. Y eso sin mencionar que la comodoro Mathire le estaba impidiendo disfrutar de las agradables vistas del jardín, pues no dejaba de pasearse de aquí para allá, pisoteando el cuidado césped.

—Me trae sin cuidado lo que hayan dicho la Tejeluces y el vejestorio de su abuela, aquí hay gato encerrado. Es una trampa. —Era evidente que a Mathire seguía escociéndole su metedura de pata durante la reunión. Tenía el rostro pálido de furia.

—En primer lugar, no creo que *vejestorio* sea la palabra que mejor se adecue a Urduja Silim —señaló Sevraim, que estaba sentado junto a Alaric en un banco de piedra—, y en segundo lugar, recuerda que estás hablando de la abuela política del Emperador de la Noche.

—*Posible* abuela política —precisó Alaric—. Y con cada segundo que pasa más remota se me antoja dicha posibilidad.

—Cosa que os entristece enormemente, Majestad, estoy seguro. —Sevraim pronunció las palabras con suficiente sarcasmo como para que pareciera un comentario jocoso, aunque no consiguió disimular la pizca de curiosidad que estas desprendieron. Estudiaba a Alaric con una mirada que rozaba la *certeza*, aunque este no tenía ni la más remota idea de qué era lo que Sevraim creía saber—. Me parece increíble que la Tejeluces y la Lachis'ka hayan acabado siendo la misma persona. Hemos pasado meses buscándola y resulta que estaba aquí. Es…

—¡Una trampa! —repitió Mathire de forma acalorada—. ¡Una estratagema orquestada por Ideth Vela! —Se detuvo frente a Alaric y se irguió con determinación—. Majestad, tenemos derecho a exigirles pruebas de que no existe confabulación alguna. No podemos poner en riesgo la seguridad de nuestro imperio, sobre todo cuando los nenavarenos tienen fama de arteros. Lo único que sabemos es que la Tejeluces ha afirmado que huyó a Nenavar después de la guerra, pero eso me lleva a preguntarme *quién más* pudo haber venido con ella. Permitidme el atrevimiento de insistir, pero debemos exigirle al Dominio que nos deje peinar el territorio para poder comprobar de primera mano que la flota sardoviana no esté escondida en ningún lugar de sus fronteras.

—Se lo pediremos *tras* resolver los detalles del contrato matrimonial —concedió Alaric—. De ese modo, habrán acabado las negociaciones y no tendremos que preocuparnos tanto por si ofendemos a Nenavar.

—¿Seguiréis adelante con todo este asunto si no hallamos rastro de los sardovianos, Majestad? —preguntó Sevraim—. ¿Os casaréis con vuestra enemiga jurada?

Alaric preferiría cortarse un brazo, pero las palabras de su padre ocupaban por completo sus pensamientos. No obstante, había muchas probabilidades de que Gaheris cambiase de opinión en cuanto descubriera la identidad de la Lachis'ka. Pero por ahora...

—Haré lo que tenga que hacer por el bien del Imperio de la Noche —fue la estoica respuesta de Alaric.

CAPÍTULO DIECISIETE

Talasyn estaba de muy mal humor. Había intentado escabullirse de palacio, pero descubrió, muy a su pesar, que las medidas de seguridad se habían endurecido debido a la presencia de la delegación de Kesath. Volvió a sus aposentos, antes de que alguno de los numerosos guardias se percatara de que la Lachis'ka andaba merodeando por los alrededores, y se dirigió al jardín, con una sensación de frustración invadiéndole las entrañas. Debía informar a los sardovianos de aquel giro de los acontecimientos lo antes posible. Quería que Vela la aconsejara sobre cómo proceder.

Aquel rincón ajardinado de la Bóveda Celestial se encontraba a cielo descubierto, por lo que la abundante luz lunar se derramaba sobre la hierba, las orquídeas y la cascada artificial que se precipitaba en un estanque oscuro y ondulante. La luz combinada de las estrellas y las siete lunas se asemejaba a la tenue claridad de un día encapotado.

Plantada en mitad del jardín, Talasyn alzó el rostro hacia los titilantes laberintos celestiales y tomó aire lentamente. Puede que la fragancia de las flores, el suave murmullo del agua y la fresca brisa vespertina la ayudasen a recuperar la calma.

Mientras contemplaba el firmamento, un haz de luz amatista iluminó el cielo. El único punto de unión del Vaciovoraz, situado en el cráter de un volcán inactivo de la isla central del Dominio, estaba lanzando una descarga.

La magia de vacío seguía provocándole a Talasyn la misma curiosidad que había sentido al toparse con ella por primera vez. Aunque se la había informado sobre la mayoría de los aspectos que conformaban el día a día de Nenavar, apenas le habían dado detalles acerca de aquella dimensión amatista del eterespacio. Solo sabía que era más maleable que las demás dimensiones, que podía introducirse en corazones de éter más pequeños y aun así seguir conservando sus propiedades y utilizándose como arma. De ahí, los mosquetes; y menos mal que Kesath no parecía haber empezado a fabricarlos todavía.

Había momentos en los que el Vaciovoraz brillaba con tanta intensidad que todo el cielo se iluminaba, y el miedo se apoderaba de ella. No era *normal* que un punto de unión se iluminase de aquella manera. La gente de la corte le había asegurado que no había nada de lo que preocuparse, que el Vaciovoraz simplemente se manifestaba así. Una parte de ella seguía sin estar convencida, aunque atribuía la sensación al hecho de no haber encontrado todavía su sitio en aquella tierra agreste.

Se preguntaba lo grande que sería la Grieta de Vacío para poder vislumbrarse no solo desde Eskaya, sino también, de vez en cuando, desde las costas de Sardovia. Khaede lo había llamado *la Advertencia del Pescador*. Se producía una vez cada mil años.

Pensar en Khaede la destrozaba. Su amiga no se había ocultado en Nenavar con ninguno de los convoyes y nadie recordaba haberla visto durante la retirada de Sardovia de Última Morada.

Habían pasado meses. O bien estaba muerta o pudriéndose en alguna prisión del Imperio de la Noche. Y Talasyn estaba a punto de casarse con el hombre responsable de cualquiera de los dos escenarios.

—Anda, si eres *tú*.

Cómo no, pensó Talasyn con amargura. No cabía duda de que la suerte no estaba de su parte últimamente, porque era como si lo hubiera invocado.

La lejana Grieta de Vacío se apaciguó mientras ella se volvía hacia aquella voz profunda, tan robusta como el vino y el roble. Solo las lunas y las estrellas iluminaban el semblante pálido y afilado de Alaric. El austero atuendo negro que llevaba ya no desentonaba tanto con el resto de Nenavar ahora que había anochecido. El chico parecía salido de las sombras, una prolongación de la noche misma. Su sombría presencia contrastaba con el entorno que lo rodeaba, un fondo de orquídeas de todas las formas y colores: algunas tan vaporosas y blancas como la espuma de mar, otras tan rojas e indómitas como un bosque en llamas, algunas con pétalos en forma de flauta y otras, iridiscentes como las alas de una mariposa. Cada una de las flores exhalaba su fresca fragancia en la noche tropical.

Hubiera sido una escena idílica si se tratase de otras dos personas cualesquiera. Pero no lo eran, y Talasyn notó que la invadía una familiar sensación de cólera al ver que Alaric reparaba en el blusón y los pantalones que a ella le gustaba ponerse tras pasarse el día en la corte, en su rostro desprovisto de maquillaje y su habitual trenza.

—Empezaba a creer que los nenavarenos me habían encasquetado a otra chica —continuó él—. Te arreglas la mar de bien, Alteza.

—¿Qué narices haces en mi jardín? —exigió saber Talasyn.

—Pregúntaselo a quien le haya parecido buena idea ponerme en la habitación que está justo enfrente de la tuya. —Una sonrisa de satisfacción asomó a los labios de Alaric—. Además, técnicamente el jardín será *de los dos* después de la boda, ¿no?

Se adelantó un paso y Talasyn vio a un hombre hecho de luz de luna, con las ojeras de alguien que no es capaz de conciliar el sueño. Ya había estado tan cerca de él en el pasado, e incluso más cerca aún, pero siempre durante el fragor de la batalla, cuando uno no se percataba de esas cosas. No llevaba sus habituales guanteletes de cuero, y por alguna razón la asaltó el pensamiento de que estaba contemplando sus manos por primera vez. Las llevaba cuidadas, y eran mucho más grandes que las suyas.

—Dime —dijo él—, ¿cómo es que la Lachis'ka del Dominio de Nenavar acabó siendo timonel del ejército sardoviano?

—Como que a ti te lo voy a contar —se burló Talasyn.

El más leve atisbo de irritación cruzó el rostro del chico.

—Tal vez no lo sepas, pero no es aconsejable ocultarle cosas a tu cónyuge. No veas la de matrimonios que se han ido al traste por cosas así.

Estuvo a punto de picar. A punto de chillarle: *¡No quiero casarme contigo, pedazo de cretino!* Sin embargo, recordó lo que sus profesores no dejaban de repetirle y lo que su abuela llevaba siempre a la práctica: si perdías la compostura, perdías la razón.

—Ni siquiera hemos formalizado el compromiso —consiguió señalar sin perder la calma—. Pero ya veo lo emocionado que estás tú, que no dejas de mencionar el tema. Me alegro de que al menos a uno de los dos le haga ilusión.

—No sé si *emocionado* sería la palabra que yo emplearía, pero *sí* estoy deseando que Nenavar se una al Imperio de la Noche de forma pacífica.

—¿Qué sabrá el Maestro de la Legión Forjasombras sobre la paz? —lo desafió Talasyn.

—Yo diría que más que una chica que parece dispuesta a estrangularme por haberle hecho una pregunta —replicó Alaric.

—No voy… —Se interrumpió y respiró hondo. A ese paso, terminarían llegando a las manos y el acuerdo se iría al garete. Decidió cambiar de tema y contestar a su pregunta—. La guerra civil estalló cuando yo tenía un año —explicó, incapaz de mantener a raya la frialdad de su voz—. Deberían haberme trasladado a la tierra natal de mi madre, que era Tejeluces, pero algo salió mal. No recuerdo el qué. Y en su lugar acabé en Sardovia. —Echó la cabeza hacia atrás: ahora le tocaba preguntar a ella—: ¿Y cómo es que el heredero del Imperio de la Noche ha ocupado ya el trono si su padre todavía sigue vivo?

Alaric no vaciló, estaba claro que había ensayado la respuesta.

—El regente tiene ya cierta edad. Optó por adoptar un rol menos prominente ahora que todavía puede disfrutar del fruto de su trabajo.

Talasyn no se lo creyó ni por asomo, o más bien, no creyó que fuera la única explicación. Sin embargo, antes de que pudiera seguir interrogándolo, Alaric se volvió de pronto hacia ella y le dirigió otra de aquellas penetrantes miradas suyas que la dejaban clavada en el sitio. Tenía unos ojos enigmáticos y, al bajar la barbilla, el resplandor de las lunas incidió en su cabello negro y ondulado, una sombra ribeteada de plata.

—Yo tenía siete años cuando estalló la guerra civil de Nenavar —dijo por fin, con tanta tranquilidad como si estuviera hablando del tiempo.

—¿Y eso ahora qué tiene que ver? —soltó ella.

—Eres muy joven. —La comisura del labio se le curvó hacia arriba, como si estuviera riéndose de algún chiste a su costa.

—Igual por eso te venzo siempre —dijo ella con un resoplido—. Porque eres viejo y lento.

Estaba plantada a unos metros de él cuando, de pronto, se encontró pegada al borde del estanque, a un paso de caerse dentro, y Alaric era todo cuanto podía ver; él y la ancha extensión de sus hombros, la oscuridad de sus dilatadas pupilas en contraste con la radiante noche, la constelación de lunares sobre su pálida piel. Le apoyó una de sus enormes manos en la parte baja de la espalda, sujetándola para que no se cayera, en una burda réplica de un abrazo, mientras ella se aferraba a toda prisa a la parte delantera de su camisa; un intento de autoprotección o de venganza, aún no lo tenía claro. Si acababa dándose un chapuzón nocturno, se aseguraría de que él la acompañase.

—¿Acaso no le han enseñado a respetar a sus mayores, mi señora? —Estaba claro que pretendía burlarse de ella, pero su voz había adquirido un tono demasiado bajo. Se encontraba demasiado cerca de su oreja.

—¿Es que piensas tirarme al agua? —inquirió ella con toda la dignidad de la que fue capaz, agarrándose a su camisa con más fuerza.

—¿Quién ha dicho nada de tirar? Lo único que tengo que hacer es soltarte. —Movió los dedos por la base de su columna y Talasyn notó el ardor de aquel roce a través de la fina tela de la blusa que separaba las pieles de ambos.

Talasyn era incapaz de pensar en nada, incapaz de *tomar aire*. No era que temiera ahogarse, pues dudaba que el agua del estanque le llegara siquiera al cuello. No, era la descarga de adrenalina, la tensión de saber que podría caerse en cualquier momento, el calor sobrecogedor del cuerpo de Alaric. Era el brillo depredador de sus ojos plateados, su voz ronca, las siete lunas y las innumerables estrellas que vio sobre la cabeza del chico al alzar la barbilla para lanzarle una mirada desafiante, pese a lo precario de su posición.

—Respeto a mis mayores —dijo ella entre dientes— cuando se comportan *de forma acorde a su edad*…

Se interrumpió a mitad de frase, soltando un sonoro improperio, cuando él la agarró de pronto de la cintura *con ambas manos*, la levantó del suelo y, tras darse la vuelta, la depositó a unos pasos de distancia del estanque. En cuanto volvió a tocar el suelo, Talasyn se apartó de él, con el corazón desbocado al percatarse de lo poco que le había costado a él levantarla, como si fuera tan ligera como una pluma.

—¿Qué estamos haciendo? —exigió saber Talasyn—. Me refiero a todo este… *asunto*. Seguro que eres consciente de que es una idea horrible.

—En efecto —convino Alaric—, pero evitaremos la guerra.

—¿Sabes qué otra cosa evitaría también la guerra? ¡Que te marcharas de Nenavar y no volvieras!

Él apretó la mandíbula.

—Eso no puedo hacerlo.

—El Imperio de la Noche se ha apoderado ya de Sardovia —argumentó ella—. Tenéis todo el Continente a vuestra disposición…

—¿Y quién nos tomará en serio en el Continente cuando se corra la voz de que nos dimos la vuelta en cuanto nos cruzamos con las fuerzas de Nenavar? —Hablaba con tanta tranquilidad que a Talasyn le resultaba exasperante—. No aplastamos a la Confederación Sardoviana andándonos con medias tintas. Ya deberías saberlo. Estuviste allí.

Me lo voy a cargar. Aunque su comentario frívolo la había enfurecido, aquella epifanía la sorprendió en cierto modo. *Un día de estos me lo voy a cargar de verdad.*

—O sea que me estás diciendo que prefieres casarte conmigo a dejar las cosas a medias. *Conmigo*, Ossinast. Piénsalo bien. —Tal vez podría hacerlo cambiar de opinión recordándole el odio que ambos se profesaban, y si al decirle aquello parecía que estaba menospreciándose a sí misma, pues bueno, que así fuera—. No pretenderás hacerme creer que me parezco *lo más mínimo* al tipo de persona con la que contraerías matrimonio.

Alaric dirigió la mirada al estanque.

—He venido a casarme con la Lachis'ka de Nenavar —dijo con una determinación ilógica—. Que dicha persona resultes ser *tú* es… irrelevante. Te sugiero que te hagas a la idea.

Siempre sabía exactamente qué decir y cómo decirlo para sacarla de sus casillas. Era un don, la verdad.

—Aunque ahora que lo pienso, lo de que no le pongas pegas a este matrimonio tiene bastante sentido —se burló ella—. Parecías muy interesado en que *estudiásemos juntos* y ahora por fin tendremos la oportunidad.

Talasyn ignoraba cómo iba a reaccionar Alaric al echarle en cara las palabras que le había dirigido durante su último enfrentamiento. Llevaba meses dándole vueltas a aquella absurda e inusitada oferta. Se preparó para afrontar su rabia o su irritación. Puede, incluso, que su turbación.

En cambio, Alaric se estremeció. Acto seguido, una expresión impasible se apoderó de sus facciones, tan inescrutable como una máscara. Talasyn reconoció aquella reacción: era la misma rigidez altiva que ella había adoptado en el orfanato cuando los custodios la golpeaban, pues se había negado a darles la satisfacción de que vieran lo mucho que le había dolido, lo mucho que le zumbaban los oídos, pese a los cardenales que se extendían por su piel.

Cuando Alaric le había pedido en Última Morada que se marchara con él... ¿acaso no había sido un ardid? ¿Por qué ahora se comportaba casi como... como si lo hubiera dicho *en serio*? ¿Y por qué se sentía ella como si acabara de aplastar sin querer algo frágil, algo que estaba abocado al fracaso desde el principio?

Se produjo un silencio incómodo. Talasyn contempló cómo la nuez del chico subía y bajaba por la elegante columna que era su garganta.

—Tenía curiosidad por saber cómo se fusionaban nuestras magias. Eso es todo —dijo Alaric, por fin, pronunciando cada palabra con una precisión y un dominio que Talasyn jamás podría igualar—. Lo único que me preocupaba era que acabases muerta antes de que yo llegara al fondo del asunto. Pero no merece la pena, ya que sigues empeñada en ponerme las cosas difíciles. De ahora en adelante sugiero que nos centremos únicamente en esta —torció la boca— *alianza política*.

Fue como si le hubiera clavado un puñal en las costillas, un recordatorio de que estaba a punto de casarse con alguien que la despreciaba de verdad. No era que anhelara la aprobación de Alaric —no, aquello era lo último que quería—, pero un espacio hueco había ido creciendo en su corazón a lo largo de los años y las palabras de él reverberaron en aquella oquedad junto con otras que llevaban allí más tiempo: que era una persona que no valía la pena, demasiado complicada para que alguien se molestase en lidiar con ella. Una huérfana respondona. Una soldado que solo tenía una amiga. Una Tejeluces que apenas dominaba las técnicas básicas. Una Lachis'ka de modales demasiado toscos. Y, ahora, una esposa a la que jamás amarían.

Talasyn volvió a refugiarse en la familiaridad de su furia, que siempre andaba al acecho cuando Alaric estaba con ella.

—Muy bien —espetó ella—. Pues *de ahora en adelante* quiero que tengas presente una cosa. —Esta vez fue ella la que invadió su espacio personal y lo fulminó con la mirada. No podía decírselo directamente, pero le prometió en silencio, sin que él fuera consciente y con una oleada de veneno subiéndole por la garganta, que la Guerra de los Huracanes no había llegado todavía a su fin. Que algún día el Imperio de la Noche caería.

—Era la Tejeluces de Sardovia —gruñó Talasyn—. Y os he plantado cara a ti y a tu legión. Pero *también* soy Alunsina Ivralis del Dominio de Nenavar. Hija de Elagbi y heredera de la reina Dragón. Soy La que se Alzará Después y *aquí tengo influencia*. Y la próxima vez que me pongas la mano encima, te arrepentirás. ¿Te ha quedado claro?

Alaric contrajo los dedos y cerró los puños. La miraba no solo como si fuera una criatura salvaje, sino también como un enigma que intentaba desentrañar. La luz de las siete lunas los iluminó y, a medida que el silencio se prolongaba, Talasyn fue consciente una vez más del murmullo del agua y el embriagador aroma de las orquídeas.

Por fin, él le dirigió un tenso asentimiento de cabeza.

—Del todo. —Esas palabras deberían haber constituido un sometimiento, pero las pronunció como si se tratase más bien de una retirada táctica—. Hasta mañana entonces, Alteza.

Talasyn no le dio la oportunidad de marcharse primero. Se dio la vuelta y se encaminó, furiosa, a sus aposentos, reprimiendo el impulso de volver la cabeza pese a sentir la mirada de él clavada en la espalda.

Lo de recuperar la calma no había salido demasiado bien.

CAPÍTULO DIECIOCHO

Los días siguientes fueron un torbellino de negociaciones, compromisos y concesiones salpicados de amenazas y puntos muertos, y todo cubierto bajo un fino velo de fría cortesía. La reina Urduja prefería limitarse a observar mientras sus asesores regateaban en su nombre, pero Alaric no podía permitirse tal lujo. Puso a prueba cada lección de diplomacia, gobierno y economía que le habían impartido su padre y los instructores de su infancia.

Talasyn tenía la costumbre de avivar aquellas reuniones con algún que otro comentario mordaz, dejando entrever siempre su recelo y su desprecio, y a los negociadores nenavarenos no les quedaba más remedio que intervenir apresuradamente para soterrar sus meteduras de pata. Aparecía cada mañana con un vestido y un tocado distinto y el rostro exquisitamente maquillado, pero Alaric no podía evitar recordar aquella noche en el jardín, cuando ella había aparecido con un blusón y unos sencillos pantalones y él había podido contemplar las pecas que le recubrían la nariz y las mejillas. Cuando los ojos oscuros de la chica se habían iluminado como un fósforo al bajarle los humos a él. Algo se había apoderado de su pecho aquella noche al toparse con la Talasyn que él recordaba, salvo que aquella vez no estaban en el campo de batalla, sino bajo un cielo estrellado y violeta, rodeados de orquídeas.

Intentó no mirarla desde la otra punta de la estancia, pues cada vez que lo hacía lo invadía un débil eco de sensaciones: la del hueco de su cintura y la curva de su espalda apoyados contra sus manos desnudas, la del calor de su piel filtrándose a través de la fina tela, arrugada bajo la presión de sus dedos. Aquella noche había sido la primera vez desde hacía años que tocaba a otra persona sin sus guanteletes de cuero. Su padre insistía siempre en que la armadura resultaba indispensable para desarrollar el máximo potencial de un guerrero; solo si bloqueaba los estímulos externos superfluos podría manejar la magia de sombras de forma eficaz.

Pero solo un roce de piel había despertado en su interior un anhelo olvidado. Ahora era como si las manos de Alaric ardieran de deseo, pese a que volvía a llevar puestos los guantes negros.

Cuando la sensación se tornó casi insoportable, cuando empezó a temer que aquel extraño anhelo pudiera empujarlo a cometer alguna imprudencia, Alaric se distrajo con otro recuerdo. Concretamente, el de Talasyn burlándose de su inoportuno desliz durante los últimos coletazos de la Guerra de los Huracanes. La pulla lo había atravesado como una cuchilla, rápida y precisa.

No sentía deseo alguno de analizar *por qué* le había afectado tanto, ni le guardaba rencor a ella por lo que había dicho, ya que *él* tampoco se había comportado de la mejor manera, pero era bueno que no olvidase que las reacciones que le provocaba Talasyn no eran las mismas que le provocaban otras mujeres, y que debía andarse con ojo.

Al quinto día de negociaciones, Kesath y Nenavar habían forjado un pacto de defensa mutua y estaban puliendo los últimos detalles de un acuerdo comercial. No estuvo exento de contratiempos: la educada sonrisa de Lueve Rasmey resultaba cada vez más forzada, y la comodoro Mathire y Niamha Langsoune parecían estar a un comentario de retorcerse el pescuezo mutuamente. Incluso la imperturbable Urduja había empezado a dirigirse con brusquedad a sus propios consejeros. Mientras tanto, el príncipe Elagbi, que, según había deducido Alaric, se encontraba presente para brindar apoyo moral más que para otra cosa, parecía muerto de aburrimiento, al igual que Sevraim, que acudía en calidad de guardaespaldas, por lo que no se esperaba que contribuyera en las negociaciones.

Alaric aún no había averiguado qué era lo que quería el Dominio en realidad. Según Gaheris, debían de tener en mente algo más que un tratado de paz para ofrecer de tan buen grado a su Lachis'ka. Pero había llegado el momento de que él dejase claro de una vez por todas lo que deseaba *su* pueblo por encima de todo.

Se aclaró la garganta en el tenso silencio que se había producido después de que ambas partes acordaran a regañadientes el precio del arroz de grano largo y los granos de pimienta kesathenses.

—Además de todo lo acordado hasta ahora, también estaríamos interesados en comprar corazones de éter de las minas de Nenavar.

Talasyn resopló en voz baja, pero Alaric la oyó y, desoyendo al sentido común, centró toda su atención en ella. Cuando ella lo sorprendió mirándola, disimuló su desacertado interés con una burla:

—¿Deseáis comentar algo, Alteza?

Ella lo contempló altiva.

—Es que me parece graciosísimo que llevarais a cabo una campaña de terror contra el resto del Continente para poder acaparar corazones de éter y ahora estéis mendigando más, eso es todo.

—Un imperio nunca descansa —repuso Alaric secamente—. Sobre todo cuando los perdedores de la guerra vuelan sus propias minas mientras se baten en retirada. Espero, con toda sinceridad, que no fuera idea tuya, por cierto. No quisiera que te fustigaras por haber dado a Kesath más motivos para poner rumbo al sureste.

Era una pulla de lo más mezquina, y no muy acertada, teniendo en cuenta que Kesath habría tenido que neutralizar al Dominio de todos modos, al margen de los corazones de éter, pero le daba igual. Talasyn parecía estar a un tris de abalanzarse sobre él desde el otro extremo de la mesa. Alaric jamás se había divertido tanto en aquella sala de reuniones.

—En cualquier caso —prosiguió—, Kesath no *mendiga* nada. Abonaremos el precio correspondiente por los cristales nenavarenos con mucho gusto, si es que Su Majestad Estelar nos da el visto bueno.

Todos volvieron la vista hacia Urduja, que ladeó con elegancia la cabeza, engalanada con su corona plateada.

—Acordaremos un precio, al igual que con el resto de las mercancías, Emperador Alaric. ¿Deseáis negociar alguna cuestión comercial más?

Le había proporcionado en bandeja la oportunidad perfecta para cambiar de tema. Una leve sensación de recelo invadió a Alaric, pero siguió adelante. Era el momento propicio.

—Solo una cosa más, Harlikaan. Nos gustaría que autorizarais el acceso de los Encantadores kesathenses a lo que llamáis la Grieta de Vacío para ampliar nuestros conocimientos etermánticos, a cambio, claro está, de beneficios comerciales que estaremos encantados de…

—¡De ninguna manera! —lo interrumpió Talasyn. *De nuevo*. Aunque aquella vez, uno de los consejeros nenavarenos, el raján Gitab, mostró su conformidad con ella asintiendo de forma tan enérgica que las gafas estuvieron a punto de caérsele—. ¡No podemos permitir que el Imperio de la Noche se acerque al punto de unión del Vaciovoraz! —prosiguió Talasyn—. Crearon las naves de tormenta con la Viatempesta; a saber qué otra aberración se les ocurre si les dejamos poner las zarpas sobre un arsenal de magia letal. Si se lo entregamos en bandeja.

Alaric se había imaginado que reaccionaría así, pero Mathire saltó a la palestra antes de que pudiera articular palabra.

—Creamos las naves de tormenta para proteger a nuestra nación. Y únicamente las desplegamos cuando la flotilla nenavarena nos atacó sin motivo —señaló. Los nobles del Dominio se quedaron rígidos—. Pero el Emperador Alaric ya ha dado su palabra de que Nenavar no correrá la misma suerte que Sardovia si no se infringen los acuerdos. A *menos* que pretendáis volver a poner en práctica una maniobra semejante, no tenéis nada que temer.

—Pues perdonad la franqueza, comodoro —le gruñó Talasyn a Mathire, y Alaric no pudo sino contemplar maravillado a su futura esposa, que parecía siempre dispuesta a enzarzarse en una pelea con cualquiera—, pero no me tomo demasiado en serio las palabras de unos invasores...

Urduja alzó la mano; sus dedos refulgían con una multitud de anillos y largas fundas incrustadas de joyas para las uñas. Talasyn apretó los labios y compuso una actitud totalmente distinta, sumiéndose en un ominoso silencio. A Alaric le recordó a un gato al que han regañado.

—Aunque sería un honor contribuir al progreso etermántico del Continente del Noroeste —dijo Urduja sin manifestar abiertamente su sarcasmo—, el estado actual del Vaciovoraz es... inestable. Nenavar suspendió sus extracciones el mes pasado y, por tanto, no podemos permitir que Kesath desestabilice aún más el punto de unión.

—¿Cómo que *inestable*? —inquirió Talasyn justo cuando Alaric se disponía a preguntar lo mismo.

Urduja intercambió una mirada con los demás nobles del Dominio. Una mirada de lo más elocuente que ponía de manifiesto el hecho de que nadie había compartido aquella importante información con Talasyn.

—No se te informó en su día, Alunsina, porque se trata, entre otras cosas, de una cuestión muy delicada que atañe a la seguridad nacional —repuso la Zahiya-lachis—. Pero te lo contamos ahora, de modo que presta atención. —A continuación, se dirigió a la delegación kesathense—. El Vaciovoraz resulta indispensable para Nenavar. Se dice que fue el primer punto de unión que rasgó el velo del eterespacio y atravesó nuestro territorio. A lo largo de los siglos nos ha proporcionado los medios para defendernos. No obstante, estos tienen un coste y el Dominio paga las consecuencias cada mil años. —Urduja miró a Talasyn—. Te has preguntado el motivo por el que la Grieta de Vacío brilla con tanta intensidad. El instinto no te falló: no es normal. Por lo general, se comporta como cualquier otro punto de unión. Sin embargo, dentro de poco se producirá un eclipse lunar séptuple, por lo que la Grieta de Vacío ha empezado a descontrolarse. La noche en que las siete lunas se desvanezcan, el Vaciovoraz se desatará y arrasará Nenavar. Asolará los campos y las regiones selváticas con las que se cruce, eliminando toda forma de vida. Ni siquiera los peces ni los corales saldrán indemnes. Nuestros Encantadores llevan años intentando hacer retroceder el Vaciovoraz cuando lanza descargas normales, puesto que son los únicos etermantes capaces de manipular la magia de vacío que se extrae de la Grieta. Pero todos los intentos han fracasado.

Alaric se afanó por mantener una expresión neutra. Jamás había oído hablar de ninguna Grieta que fuera capaz de asolar por sí misma una nación entera. Según su experiencia, la magia solo resultaba devastadora cuando había seres humanos involucrados.

—La Advertencia del Pescador —dijo Talasyn de pronto—. Así llamaban los lugareños de la costa de Sardovia a la luz violeta que atisbaban en el horizonte.

—Aquí lo llamamos la Época Yerma —repuso Urduja—. Después de que el Vaciovoraz descargue su ira sobre nosotros, se requiere el trabajo de varias generaciones para reestablecernos. Gracias a las evacuaciones en masa, al almacenamiento de semillas y la recogida del ganado, Nenavar ha logrado mitigar los estragos cada vez más. Pero tal vez ahora hayamos dado con una solución para evitar del todo el desastre. —Señaló primero a Talasyn, que estaba atónita, y luego a Alaric, que se quedó rígido al comprender por fin que aquello era lo que había pretendido la Zahiya-lachis desde el principio, que por eso había ofrecido la mano de su nieta con tanta facilidad—. En la guarnición de Belian, ambos creasteis una especie de escudo que bloqueó la descarga de vacío. Jamás nos habíamos topado con una magia semejante. Creemos que la combinación de la Telaluz y el Pozoumbrío podría ser la clave para evitar la catástrofe. Si deseáis acceso al Vaciovoraz, así como beneficiaros de todo lo que el tratado con Nenavar os ofrece, deberéis colaborar con la Lachis'ka y aprender a replicar y perfeccionar la barrera hasta que nuestros Encantadores descubran cómo ampliar el efecto y bloquear toda la Grieta de Vacío cuando llegue el día de la verdad.

Urduja contempló impasible a Alaric, a la espera de su respuesta, pero los pensamientos del chico se movían a paso de tortuga mientras procesaba la información. Por el rabillo del ojo vio que, al otro lado de la mesa, Talasyn se había quedado boquiabierta y temblaba ligeramente, invadida por un sentimiento de cólera que siempre parecía demasiado intenso como para que su menudo cuerpo pudiera contenerlo. Estaba claro que los nenavarenos le habían mentido. Les había preguntado acerca de las anomalías en relación con la Grieta de Vacío y ellos la habían ignorado o le habían asegurado que no había motivo para preocuparse.

¿Por qué se lo había ocultado su abuela hasta entonces?

—Si la memoria no me falla —comentó la comodoro Mathire— el próximo eclipse lunar séptuple, fenómeno que en el Continente llamamos la Oscuridad de las Lunas Ausentes, no se producirá hasta dentro de cinco meses. Es imposible que el Emperador Alaric deje de lado sus deberes en Kesath durante tanto tiempo. ¿Y si nos negamos?

—Entonces estas negociaciones habrán sido una pérdida de tiempo —Alaric se tomó la libertad de responder, pues no quería darle a Urduja la satisfacción de pronunciar las palabras—. Y dentro de cinco meses perderemos todos los recursos que esta alianza podría proporcionarnos.

Unos recursos que necesitamos con urgencia, pensó él. Cultivos, ganado, corazones de éter y todas las materias primas que les hacían falta para paliar el deterioro de las infraestructuras y las pérdidas agrícolas que el Continente había sufrido tras una década de guerra.

La reina Dragón sonrió como si le hubiera leído el pensamiento. Habían caído en la trampa.

—Yo no habría podido decirlo mejor, Majestad.

—No sois la única nación que existe —argumentó Mathire—. Hay territorios más acogedores e igual de poderosos con los que podemos aliarnos. Y cuyas supuestas herederas no son antiguas enemigas de Kesath. —Fue elevando la voz a medida que se acaloraba—. Si Nenavar va a quedar fuera de combate dentro de cinco meses de todas formas, ¿por qué debería Su Majestad Imperial mover siquiera un dedo para ayudaros?

El susodicho soltó una sarta de improperios en la intimidad de su propia cabeza. Alaric sabía que Mathire era una negociadora agresiva, al igual que todos aquellos que formaban parte de la vieja guardia de su padre, pero jamás hubiera esperado que fuera tan temeraria. Ahora que Sevraim y él no podían acceder al Pozoumbrío, acabarían quitándoselos de encima en esa misma sala.

Pero Urduja no pidió sus cabezas. Se acomodó en el asiento y entrelazó los dedos.

—Podríais dejar que nos las apañáramos solos, sí —dijo de forma reflexiva—, pero me temo que ninguno de los tratados que pudierais firmar con otras naciones os serviría de mucho a largo plazo. Disponemos de informes detallados de todas las Épocas Yermas que se han producido en el pasado y hemos hallado un patrón. Cada vez que la Grieta de Vacío lanza una descarga durante la noche del eclipse séptuple, su radio de efecto se extiende. La última vez la magia se adentró en el Mar Eterno y se extendió hasta las aguas territoriales del Continente del Noroeste.

—Por eso en la costa sardoviana consideraban la luz violeta una advertencia. —La voz de Talasyn se tiñó de horror ante la escalofriante revelación—. Porque anunciaba fuertes marejadas y meses de escasez de pesca. El Vaciovoraz acababa con la mayoría de la vida acuática de las zonas pesqueras.

—Exacto —dijo Urduja—. Y este año promete ser el peor de todos. Hemos calculado que la descarga del Vaciovoraz llegará al Continente del Noroeste.

Mathire ahogó un grito. Por el rabillo del ojo, Alaric se fijó en que Sevraim se removía, inquieto; él, por el contrario, se había quedado totalmente inmóvil.

—Podría estar mintiendo, claro está. —Urduja le lanzó una mirada inescrutable a Alaric—. ¿Preferís comprobarlo por vosotros mismos? Nenavar sabe sobrevivir a semejante catástrofe, pues llevamos haciéndolo desde hace mucho. Pero no podemos decir lo mismo de Kesath.

No sobreviviremos. La certeza atravesó a Alaric y le heló la sangre. No había alternativa. El Imperio de la Noche estaría perdido si no cooperaban con el Dominio.

Todo aquello por lo que llevaba luchando casi toda su vida corría el riesgo de desaparecer. De quedar relegado en el olvido por culpa de una marea amatista, una marea de podredumbre.

—Un momento. —Talasyn frunció el ceño bajo la corona dorada—. Esa canción infantil, la de Bakun, hace referencia a esto, ¿no? *Las lunas expiran, Bakun se alza y el mundo devora.* Habla de la Oscuridad de las Lunas Ausentes y el Vaciovoraz.

Urduja apretó los labios, pintados de un tono oscuro, y asintió, pero no dijo nada más. Fue el príncipe Elagbi quien se inclinó hacia Talasyn y le explicó con suavidad:

—En general, se cree que los antiguos nenavarenos idearon el mito de Bakun para explicar el eclipse y la tormenta de vacío, sí. Aquí llamamos la Noche del Devoramundos a lo que en el Continente se conoce como la Oscuridad de las Lunas Ausentes.

Alaric se dispuso a intervenir y pedirle a Talasyn que le diera más detalles acerca del mito de Bakun, pero al ver la forma en que padre e hija se miraban, se sintió como un intruso. Talasyn parecía perpleja y traicionada y Elagbi, arrepentido.

—¿Por qué no me lo contaste? —le preguntó ella en voz baja—. Está claro que este era el plan desde el principio, la razón de esta alianza matrimonial. ¿Cómo pudiste ocultármelo?

En el rostro de Elagbi asomó una expresión compungida por haberla decepcionado.

Urduja suspiró.

—No seas tan dura con tu padre, Lachis'ka. Fui yo la que le *ordenó* que no te lo contara. Has intentado zafarte del compromiso por todos los medios, y temía que pusieras aún más pegas si descubrías antes de tiempo que mi intención era la de que entrenases junto al Emperador de la Noche. Pero ahora que entiendes la gravedad de la situación, espero que cooperes, ya que el tiempo apremia.

Talasyn posó la mirada sobre cada uno de los solemnes nobles del Dominio, como desafiándolos a decir algo. Todos evitaron mirarla. Para cuando hubo acabado, Alaric vio cómo dejaba caer los hombros en señal de derrota, sin fuerzas para seguir luchando. La Talasyn que él conocía jamás retrocedía, jamás se hubiera sometido, y de pronto *detestó* toda aquella situación. A su izquierda, Mathire intentaba reprimir una sonrisa burlona al contemplar la consternación que se había apoderado de la Tejeluces, y Alaric sintió una oleada de indignación. Fulminó con la mirada a la oficial y ella adoptó de inmediato una expresión neutral.

Alaric se preguntó, mientras estudiaba a su prometida desde el otro lado de la mesa, por qué se sentía tan identificado con ella en aquel momento. Talasyn había agachado la cabeza y él no podía verle el rostro con claridad, pero de algún modo, sabía que estaba a punto de venirse abajo. ¿Había pasado él por lo mismo? Sí, podía ser; todas las veces que había acudido a su padre y este lo había rechazado sin ningún miramiento. Todas las veces que Gaheris le había echado en cara sus errores delante de la corte. La inocente esperanza que había albergado de tener un padre mejor no tardó en convertirse en un sentimiento de culpa por no ser mejor hijo.

La única forma de no sucumbir ante un dolor semejante era volverse más fuerte que dicho dolor. Al parecer, Talasyn aún no había aprendido aquella lección.

—Pues ya está. —anunció Alaric, captando la atención de toda la sala. Nadie, ni siquiera la Tejeluces, debería tener que soportar ser el centro de todas las miradas en un momento como aquel—. Su Alteza y yo procuraremos perfeccionar esta nueva magia durante los próximos cinco meses. No obstante, debo insistir en que a partir de ahora se nos proporcione a los dos *toda* la información pertinente. No creo que sea necesario que siga habiendo secretos entre ambos reinos.

—Desde luego —respondió Urduja con suavidad—. A partir de ahora seré un dechado de transparencia.

La rabia solo ayudaba a seguir adelante hasta cierto punto. El enfado que le provocaba a Talasyn la situación la había alimentado durante la última semana, pero ahora había llegado ya a su punto álgido y se había agotado. Había dejado atrás el enfado. Había dejado atrás, incluso, la tristeza y la humillación. Había accedido a aquel matrimonio no solo para salvar a sus camaradas, sino también a los nenavarenos: a su pueblo, a su *familia*. No solo no la habían informado, sino que su abuela había optado por sacar a relucir aquel hecho delante de Alaric y los demás kesathenses.

Permaneció tumbada en la cama, como atontada, mientras caía la noche. Alguien llamó a la puerta, tal vez se tratara de Jie, o incluso de Elagbi, pero ella hizo caso omiso. Era como si estuviera contemplando todas las emociones que debería haber sentido a través de una lámina de cristal, y no le apetecía hablar con nadie.

Salvo por...

¿Qué debería hacer?, le preguntó a Khaede.

Cargártelos a todos, le respondió de inmediato la Khaede que habitaba su cabeza.

Estuvo a punto de esbozar una sonrisa al imaginarla diciendo aquello. Normalmente, cuando pensaba en Khaede, la invadía un dolor casi físico, pero ahora ni siquiera tenía fuerzas para eso.

No fue hasta que la luz matutina se filtró por la ventana que se levantó y se vistió para encontrarse con Alaric en el atrio de la Bóveda Celestial. Se puso un atuendo apropiado para practicar la etermancia —una túnica, pantalones y botas—, desafiando en silencio a cualquiera que se atreviera a cuestionar su decisión.

Urduja había informado a Alaric y a Talasyn de que había hecho llamar a la capital a los Encantadores nenavarenos para que presenciaran de primera mano la creación de su escudo de luz y sombra. Cuando Talasyn llegó al atrio, Alaric se encontraba ya allí junto a un grupito de hombres y mujeres ataviados con telas a cuadros de colores vivos dispuestas de diversas maneras, la indumentaria característica de Ahmisa, una de las siete islas principales: una bulliciosa metrópolis que constituía el centro neurálgico de la tecnología etermántica de Nenavar.

Alaric, que iba vestido de negro de la cabeza a los pies, contrastaba con los Encantadores de un modo casi cómico, como un nubarrón enorme y adusto. Pero, por alguna razón, Talasyn se fijó únicamente en sus ojos grises. La contempló con un asomo de amabilidad mientras ella se acercaba. De curiosidad, tal vez, o de preocupación, después de que los acontecimientos del día anterior reverberaran en el aire que los separaba. Talasyn lo ignoró por completo, con las mejillas encendidas, y se dirigió, en cambio, hacia la mujer que lideraba el grupo de Encantadores.

Ishan Vaikar, la corpulenta daya de cabello rizado de Ahmisa, le dirigió a Talasyn una reverencia algo aparatosa. Talasyn sabía que debajo de la falda a cuadros de Ishan había una prótesis dorada en lugar de la pierna derecha que había perdido durante la guerra civil de Nenavar.

—Alteza. Por favor, situaos junto a Su Majestad en el centro del atrio.

Mientras Talasyn obedecía, escudriñó las ventanas y los balcones de alrededor en busca de alguna señal de Urduja o de Elagbi, aunque sabía que era en vano. De acuerdo con el protocolo de seguridad, debían permanecer apartados cuando no hubiera jaulas de sarimán que inhibieran el acceso a la magia del Emperador de la Noche, y el atrio se había escogido precisamente porque se encontraba a mucha distancia del ala de palacio donde residía la familia real.

Aunque Talasyn sí avistó a numerosos sirvientes asomándose desde detrás de las cortinas y las columnas, o contemplándola agachados desde algún rincón. En teoría, no debían estar mirando, pero aquel tecnicismo no era capaz de socavar la curiosidad nenavarena.

Alaric se fijó también en los espectadores.

—¿Esto es normal?

Por una vez, Talasyn no estaba de humor para pedirle que se callara. Estaba cansada. Y debía reconocer que no parecía que el dolor que había sido incapaz de disimular el día anterior en la sala de reuniones hubiera proporcionado regocijo alguno al emperador; es más, él había insistido en que el Dominio fuera más comunicativo en el futuro. Sí, seguro que había dicho aquello último más en beneficio propio que otra cosa, pero aun así, Talasyn se había sentido menos sola al escucharlo.

Ya vuelvo a agarrarme a un clavo ardiendo, pensó ella, y recorrió con la mirada el hosco perfil de Alaric bajo el sol de primera hora de la mañana.

—Aquí los cotilleos forman parte del día a día —le dijo ella—. Ya te acostumbrarás.

Alaric alzó la comisura de los labios ligeramente. Un extraño pensamiento asaltó entonces a Talasyn: *¿Qué aspecto tendría al sonreír?*

En cuanto la pregunta afloró en su mente, sintió una punzada de vergüenza. ¿Por qué se había puesto a pensar en *la sonrisa* de Alaric Ossinast? Desde luego, la situación la había dejado más tocada de lo que creía.

A pocos metros de distancia, Ishan dio un paso adelante. Fue la señal para que los guardias de palacio que estaban apostados en el atrio descolgaran de las paredes las jaulas de los sarimanes y las alejaran de allí. La Telaluz volvió a recorrer su interior justo cuando Isham alzaba el cañón de un mosquete de vacío, el mismo modelo con el que Talasyn se había topado por primera vez en Belian.

—A vuestra señal, Alteza, Majestad —dijo la daya, demasiado entusiasmada para tratarse de alguien que tenía en las manos un arma letal, y Talasyn tragó saliva, nerviosa. Se volvió hacia Alaric y él cruzó la mirada con ella, a la espera de su confirmación. Ambos asintieron.

Ishan apretó el gatillo. La descarga violeta del Vaciovoraz se precipitó hacia Alaric y Talasyn. Cada uno conjuró una daga y la arrojó, igual que habían hecho cuando aquella columna en Última Morada se desplomó sobre ellos.

Solo que, esta vez, el resultado fue muy diferente.

Porque no ocurrió nada.

La luz y las sombras chocaron entre sí y chisporrotearon, y la descarga de vacío las devoró con un rugido. Lo único que había ahora frente a Talasyn y Alaric era una oleada violeta que se dirigía hacia ellos a toda velocidad, sin que dispusieran de ningún escudo que la bloquease, y los Encantadores empezaron a gritar…

Talasyn advirtió que el mundo se inclinaba bruscamente cuando Alaric se le echó encima y la tiró al suelo. Habría caído de bruces, pero él la rodeó con los brazos y amortiguó el impacto. Se oyó un silbido gutural cuando la descarga de vacío pasó por donde ellos acababan de estar. Ella se encontraba tendida boca abajo, contemplando el jaspeado de las baldosas de piedra mientras

Alaric la rodeaba. Él resopló y, al hacerlo, le rozó con los labios la curva de la oreja. Talasyn notó que el corazón del chico latía con fuerza contra su columna.

Ignoró cuánto tiempo permanecieron tumbados, con la adrenalina recorriéndolos de arriba abajo, a punto de estallar. La imponente envergadura de Alaric la hacía sentirse pequeña, envuelta en la calidez de su cuerpo. La luz del sol incidió con más intensidad sobre su cabeza y ella advirtió —igual que había hecho en aquella celda de la guarnición de bambú— el aroma a sándalo que desprendía él. Percibió también una pizca de cedro y el penetrante matiz de las bayas de enebro, acompañado por el toque dulce y cálido de la mirra. Olía como los bosques alpinos del Continente. Qué extraño le parecía haberse dado cuenta. Qué extraño le parecía que él la abrazara de ese modo.

Ishan y sus Encantadores corrían hacia ellos, pero sus pasos sonaban amortiguados. El príncipe kesathense eclipsaba todo lo demás, como siempre.

El príncipe no, se corrigió Talasyn, aturdida. *Ahora es el Emperador de la Noche.*

—¿Estás bien? —le preguntó en voz baja y vacilante. Notó su aliento en la mejilla y un escalofrío le recorrió la nuca.

—Quítate de encima. —Le dio un codazo en las costillas, adoptando una actitud defensiva sin saber muy bien por qué.

Para cuando ambos se hubieron puesto en pie, los Encantadores nenavarenos se habían apiñado, preocupados, a su alrededor. Ishan se retorcía las manos, consternada.

—¡Lachis'ka! —gritó, haciendo a un lado a Alaric para examinar a Talasyn de arriba abajo—. ¡Os pido disculpas! Por la forma en que se nos describió lo ocurrido en Belian, creía que podrían replicar el escudo así… así sin más —Chasqueó los dedos—. Os juro por los restos de mis antepasadas que, de haberme imaginado que había alguna posibilidad de que la magia no surtiera efecto, *jamás* habría disparado el arma… Ay, Alteza, ¿podréis *perdonarme*?

—No me ha pasado nada, daya Vaikar —se apresuró a decirle Talasyn para tranquilizarla—. Pero tampoco sé por qué no ha funcionado. —Frunció el ceño y bajó la mirada para examinarse las manos—. Las circunstancias no distan mucho de las veces anteriores.

—El eclipse —dijo Alaric en voz baja. Se rascó de forma distraída la mandíbula mientras meditaba el asunto. Era un ademán de lo más juvenil y Talasyn no pudo evitar contemplarlo maravillada, pero en cuanto los demás centraron en él su atención, este dejó caer la mano y cambió de inmediato su actitud, adoptando un aire más frío e imperioso. Pronunció sus siguientes palabras con más seguridad—: En las dos ocasiones en las que la Lachis'ka y yo conseguimos crear la barrera, las lunas habían salido y una de ellas estaba en eclipse.

Ishan abrió los ojos de tal manera que estos tomaron la forma de los cuerpos celestes en cuestión. Talasyn había descubierto que la daya era una mujer inquisitiva por naturaleza y se fijó en que aquella nueva revelación hizo que la cabeza le bullera de ideas.

—Sí. Tiene mucho sentido. Existen innumerables proezas etermánticas ligadas al mundo natural. Los Cantalluvias de las tierras del sur pueden comunicarse entre ellos a grandes distancias asomándose a charcos claros de agua, y los Agitafuegos del este pueden hacer lo mismo con las llamas. Jamás había oído que las magias de luz y de sombras pudieran fusionarse y crear algo nuevo, pero creo que el momento propicio para que un fenómeno así sucediese sería durante un eclipse lunar. —Se volvió hacia el grupo de Encantadores a toda prisa y les preguntó—: ¿Cuándo es el próximo?

—Dentro de quince días, mi señora —respondió uno de ellos.

—Bueno, pues si a Su Alteza y a Su Majestad les parece bien, volveremos a reunirnos durante el eclipse y lo intentaremos de nuevo. —Ishan se volvió hacia Alaric y Talasyn—. Si me permitís una sugerencia… He observado que ambos habéis conjurado una daga, lo cual es magia ofensiva. Creo que, en este caso, la barrera resultaría más efectiva si crearais escudos y los combinaseis.

Alaric asintió de inmediato, pero Talasyn agachó la cabeza.

—No sé crear escudos —murmuró—. Ni nada que no sea afilado. Solo conozco las técnicas básicas de la etermancia y me las enseñó una Forjasombras que desertó y se unió a la Confederación. La Forjasombras en cuestión no contaba con adiestramiento formal, así que ambas andábamos algo perdidas.

Alaric frunció el ceño y volvió la mirada un instante hacia ella antes de apartarla a toda prisa. No quedó claro si reaccionaba así por la mención de Vela o por la sorpresa que le provocaba el hecho de que Talasyn hubiera logrado sobrevivir tanto tiempo.

—Te puedo enseñar yo —dijo él de forma rígida y sin mirarla.

Y antes de que Talasyn pudiera *asimilar* siquiera sus palabras, Ishan se situó entre ellos, con una palmada de satisfacción.

—¡Estupendo! No me cabe ninguna duda de que Su Alteza demostrará una destreza idéntica a la que ha exhibido en otros campos.

Talasyn le dirigió a Alaric una mirada escéptica por encima de la cabeza de Ishan.

—Seguro que las habilidades del instructor resultan determinantes en estos casos.

Él se encogió de hombros y las puntas de su espeso cabello negro le rozaron el cuello alto de la túnica.

—Yo *sí* he recibido adiestramiento formal. Ya solo por eso estoy más capacitado para enseñarte que Ideth Vela, independientemente de las quejas que puedas tener acerca de mi carácter.

—Tu *carácter* —replicó Talasyn— es una de las *muchas* quejas que tengo de ti, Ossinast.

Se fulminaron mutuamente con la mirada mientras Ishan se alejaba incómoda. Talasyn pensó de forma sombría que tal vez, después de todo, aún albergara algunos resquicios de rabia. El desprecio que sentía por Su Mamarracho Real era suficiente para hacerla salir de su embotamiento. Aquello tenía sus inconvenientes también, claro, pero lo soportaría.

CAPÍTULO DIECINUEVE

Acordaron un horario a regañadientes. Durante los siguientes quince días, Alaric y Talasyn asistirían a las negociaciones matrimoniales por la mañana y practicarían la etermancia por las tardes. Si al final se daba el caso de que las negociaciones concluían antes del eclipse, dedicarían el día entero a entrenar.

Como Talasyn no se encontraba en absoluto de humor para hablar con su abuela, fue Ishan Vaikar la que se ocupó de convencer a la reina Urduja para que retirase las jaulas de sarimán del jardín de orquídeas que conectaba los respectivos aposentos de la Lachis'ka y el Emperador de la Noche. El atrio era demasiado accesible y a Talasyn no le apetecía que un montón de curiosos presenciaran, boquiabiertos, los entrenamientos a diario.

Aquella primera tarde, un día después del fiasco ocurrido frente a los Encantadores de Ahimsan, Talasyn llegó al jardín de orquídeas antes que Alaric.

¿Por qué estaba nerviosa? ¿A qué se debían las mariposas que sentía en el estómago? Le vino a la cabeza el día anterior, cuando Alaric la había rodeado con sus fuertes brazos y le había acercado a la mejilla su exuberante boca. Recordó su fragancia a especias y bosque y el modo en que se había rascado la mandíbula en un inusitado momento de descuido. La desconcertaba que el Emperador de la Noche, el temible guerrero al que se había enfrentado en el campo de batalla, fuera capaz de componer un gesto tan humano. La llevaba a preguntarse si guardaría más humanidad en su interior,

debajo de toda la parafernalia que acompañaba a su cargo y la letal precisión que demostraba en combate.

Talasyn pensó en todo aquello sin saber el motivo, sin saber por qué la carcomía por dentro. Si Khaede estuviera allí…

No. Khaede la amonestaría por reaccionar de un modo tan extraño a Alaric Ossinast, al igual que Vela y todos sus camaradas. Aun así, Talasyn estaba deseando reunirse en el Ojo del Dios de las Tormentas con los remanentes sardovianos, no solo para hablar con Vela de su inminente matrimonio, sino para asegurarse de que todos estuvieran bien.

Y también para averiguar —aferrándose a una vana esperanza— si Khaede se había puesto en contacto con ellos y se encontraba a salvo con su hijo.

Talasyn se propuso poner rumbo hacia las islas de Sigwad en cuanto pudiera. Desde Eskaya, el trayecto en aeronave le llevaría unas seis horas, y aunque el turbulento estrecho resultaba peligroso debido, en gran parte, a la omnipresente amenaza de la Grieta de Tempestades, ya había logrado cruzarlo un puñado de veces y volvería a hacerlo. Solo tenía que aprovechar la oportunidad en cuanto se le presentara.

Talasyn se puso a dar de comer a los peces que vivían en el estanque para intentar distraerse un rato. La intensa luz de primera hora de la tarde entraba a raudales en el jardín de orquídeas, y ella hurgó en la bolsa que se había llevado tras cambiarse el atuendo de la corte y desmaquillarse. Tomó un puñado de gránulos y, tras esparcirlos por la superficie del agua, aparecieron un cúmulo de escamas y aletas que se ondularon como si fueran volutas de humo multicolor. Esbozó una sonrisa. Los *ikan'pla* siempre conseguían animarla. Eran unos peces muy bonitos, cada uno con su personalidad única y particular, pero lo que más le gustaba a Talasyn era que simplemente la veían como la persona que les daba de comer, no como la encargada de salvarlos a todos algún día o la heredera al trono. La sencillez de sus interacciones constituía un bálsamo para su alma.

Vio algo oscuro moverse por el rabillo del ojo y Alaric apareció en el jardín. Talasyn lo ignoró al principio, sin apartar la vista de los *ikan'pla* en el agua. Alaric se acercó a ella vacilante, casi como si no le quedase más remedio, pese a saber que era una idea horrible, y se sentó en el banco de piedra junto al lugar donde ella estaba arrodillada con la misma cautela que quien se adentra en territorio enemigo. Lo cual no se alejaba demasiado de la realidad: Talasyn le había dejado muy clarito que aquel era *su* territorio, después de todo.

—Tu abuela debería haberte contado lo del Vaciovoraz desde el principio —dijo él tras un largo silencio—. Merecías saberlo.

Escuchar decir aquello a otra persona fue como tomar una bocanada de aire puro tras pasar tres días encerrada en una habitación mal ventilada. Pero escuchárselo decir a *él*, precisamente...

—No pasa nada —murmuró ella.

—*Sí* que pasa. No confió en ti y subestimó tu capacidad para manejar el asunto. Es una situación insostenible, teniendo en cuenta que eres su heredera.

A Talasyn le repateaba que tuviera razón, pero Alaric no tenía ni idea, y *jamás* podría tenerla, de la situación en la que se encontraba realmente, de los malabarismos que tenía que llevar a cabo para seguir contando con el beneplácito de Urduja Silim.

Sorbió por la nariz.

—Te agradecería que te guardases tus opiniones para ti. No estoy acostumbrada a este estilo de vida y si todavía estoy adaptándome a estas alturas es por culpa de Kesath. Un kesathense es la *última* persona del mundo que debería andar criticándonos a mi familia y a mí.

—No estaba criticándoos —respondió Alaric con un tono calmado que la sacó de sus casillas—, solo intentaba darte un consejo.

—No me hace falta.

Él lanzó un suspiro frustrado y cansado al mismo tiempo, y ella se acordó de cuando la acusó en aquel mismo jardín de ponerle las cosas difíciles.

Perfecto, pensó. No estaba allí para facilitarle la vida.

—¿Empezamos? —dijo él con brusquedad. Fue más una orden que una pregunta, y se situó junto a ella en la hierba sin esperar su respuesta.

Talasyn se volvió hacia él, molesta. Alaric había adoptado una postura meditativa, cruzado de piernas, con las plantas de los pies hacia arriba y la espalda totalmente erguida. Apoyó las manos enguantadas en las rodillas. Ella siguió su ejemplo de mala gana. A su lado, la cascada se precipitaba en el estanque y el agua salpicaba alegremente contra la orilla.

—Lachis'ka. —El tono de Alaric era formal—. Háblame de tu adiestramiento.

Talasyn no quería compartir esa parte de su vida con alguien que había sido uno de los causantes de su destrucción. Y, desde luego, no le apetecía nada hablar de los sardovianos cuando estos se encontraban en el Dominio sin que él lo supiera. No obstante, si quería lograr algún avance, debía colaborar con él.

—No fue riguroso. La amirante era la única que podía enseñarme y estaba hasta arriba de trabajo. Aprendí a crear armas de inmediato, pero en cuanto a los escudos o cualquier otra cosa... —Se encogió de hombros.

—La creación de armas es la habilidad más instintiva de los Forjasombras. Supongo que debe de serlo también para los Tejeluces. —Alaric volvió a rascarse la mandíbula, una señal de que se encontraba sumido en sus pensamientos—. Según Darius, tus capacidades mágicas afloraron a los quince años, ¿no es así?

Talasyn cerró los puños al oír que mencionaba a Darius.

—Sí. En Pico de Cálao... o en lo que quedaba de la ciudad. —Recordó la luz informe que había brotado de sus dedos y los gritos del soldado kesathense moribundo resonaron en sus oídos.

La expresión de Alaric se volvió aún más neutra, como si ocultase algo. Talasyn esperó con todas sus fuerzas que fuera un sentimiento de culpa.

—La magia suele manifestarse a una edad más temprana —prosiguió él—. En mi caso fue a los tres años.

No lo dijo de forma engreída, pero sus palabras la enfurecieron de todos modos.

—Bueno, es que *yo* no crecí con otros etermantes de mi clase ni dispuse de puntos de contacto propios en cada esquina. Por no mencionar que estaba demasiado ocupada intentando encontrar algo que llevarme a la boca o un lugar donde pasar la noche.

Alaric frunció el ceño.

—Pensaba que te habías criado en un orfanato.

—Me marché a los diez años. Era preferible vivir en la calle; en cualquier otro sitio, en realidad. —Alzó la barbilla orgullosa, desafiante—. Eran muy crueles.

Talasyn no se habría atrevido a decir que los rasgos del chico se suavizaron, pero sí que guardó silencio durante un rato. A continuación, la miró como si hubiera descubierto otra faceta suya y comprendiese exactamente por lo que había pasado.

¿Pero cómo iba a entenderlo si pertenecía a la *realeza*?

—No había considerado esa posibilidad —dijo él por fin—. Lo siento.

Se quedó estupefacta. Nunca jamás habría esperado que aquellas palabras salieran de sus labios. Su primer impulso fue soltarle una bordería, ser tan desagradable con él como se merecía, decirle que también debería disculparse por todo lo que el imperio había hecho.

¿Pero de qué serviría? Jamás se arrepentiría de aquello, y colaborar con él era la única forma que tenía de salvar a Nenavar y a los refugiados sardovianos. También era su oportunidad para hablar con alguien que entendiera la magia combativa mejor que Vela.

—Creo que, en cierto modo, mis habilidades etermánticas estaban protegiéndome —se oyó confesar Talasyn—. Creo que permanecieron ocultas porque los responsables de la guerra civil nenavarena querían acabar con mi vida. Pese a que era demasiado pequeña para recordarlo.

—Es posible —respondió Alaric—. Aún nos queda mucho por descubrir del eterespacio, pero sabemos que está vinculado con el tiempo y los recuerdos. Cuando los Forjasombras entramos en comunión con nuestras Grietas, no solo perfeccionamos nuestra magia, sino que también desenterramos acontecimientos de nuestro pasado. A los Encantadores no parece ocurrirles lo mismo, ya que no cuentan con Grietas propias, pero lo que experimentamos otros legionarios y yo... Por ejemplo, nuestros recuerdos de la infancia son mucho más vívidos que los de aquellos que no son Forjasombras, y somos capaces de remontarnos a una edad más temprana que la mayoría.

—No te imagino siendo un niño. —Talasyn no pudo evitar pincharlo.

—Fue hace *un montón* de años.

—Ya. —No supo por qué hizo la siguiente pregunta. No entendía por qué le importaba de pronto—. ¿Y qué es lo que recuerdas de aquellos años?

Una expresión gélida se apoderó del rostro de Alaric. La cordialidad o, al menos, la falta de hostilidad que había impregnado aquel momento —tal vez lo mismo que la había empujado a ella a preguntarle por su infancia— se esfumó de golpe.

—A lo mejor si entras en comunión con la Grieta de Luz de Belian puedes recuperar recuerdos propios en lugar de darme la lata a mí.

Se mordió la lengua para no sacársela.

—La daya Vaikar le ha pedido a la Zahiya-lachis que nos deje entrenar en el templo para que yo pueda vincularme a la Grieta de Luz cuando lance una descarga. Pero se negará; prefiere teneros vigilados a ti y a los tuyos. —*Y a mí.*

—¿Pero *a ti* no te ha dejado ir todavía? —preguntó de inmediato Alaric—. Llevas aquí cuatro meses. Si hubieras podido visitar la Grieta de Luz a menudo, lo más probable es que ya fueras capaz de crear algo tan simple como un escudo.

Talasyn apartó la mirada.

—Soy su heredera, tengo lecciones y deberes que atender.

Alaric hizo un ruidito de impaciencia y cambió de tema.

—Bueno, a ver si conseguimos que urdas un escudo.

Talasyn estaba ya un poco harta de los abruptos cambios de humor del avinagrado Emperador de la Noche, pero decidió que no era problema suyo. Se conformó con lanzarle una mirada de hastío mientras esperaba a ver qué clase de lección le tenía él preparada.

¿Qué es lo que recuerdas de aquellos años?

Era una pregunta con trampa. Alaric recordaba muchas cosas.

El ataque de los Tejeluces contra la Ciudadela en plena noche. Que solo una puerta cerrada y el abrazo de su madre lo habían separado de los gritos y de la horrible y abrasadora magia de Soltenaz hasta que la Legión Forjasombras se movilizó y consiguió repeler el asalto.

Recordaba los llantos que habían atravesado la fortaleza cuando se difundió la noticia de que su abuelo había sido asesinado frente a las puertas. Recordaba que habían coronado a su padre en mitad del campo de batalla, con la sangre del antiguo rey empapándole la armadura, y la expresión vengativa que se había apoderado de sus ojos grises, que reflejaban las incontables llamas de alrededor.

Alaric recordaba la transformación que había sufrido Gaheris aquella noche, la cual se manifestó en forma de obsesiones y actitudes crueles que fueron acumulándose a lo largo de los años hasta que, finalmente, Sancia Ossinast huyó al abrigo de la oscuridad.

Ven conmigo, por favor.

Envuelto en el aroma de las orquídeas, bajo la cálida luz del sol y el cielo azul del presente, Alaric tomó una profunda bocanada de aire y dejó que esta se deslizara sobre el dolor que le inundaba el pecho, fruto de una antigua herida. Se fustigó por dejar que sus pensamientos tomaran de nuevo un cariz inapropiado, propio de un necio y un cobarde. Su padre había hecho lo que tenía que hacer. Su madre no había sido lo bastante fuerte como para afrontarlo.

Y él había dejado que la pregunta repentina de la entrometida de su prometida le hiciera perder la compostura.

Al menos *ella* no se había dado cuenta.

Talasyn tenía los ojos cerrados y el ceño fruncido, y se estaba imaginando un escudo tal y como Alaric le había pedido que hiciera. Llevaba ya varios minutos con ello, que era casi el mismo tiempo que él había pasado con la mirada perdida, dejando que el pasado lo arrastrase a sus profundidades.

—¿Lo ves? —insistió él—. ¿Ha tomado forma en tu mente? —Ella asintió lentamente—. Pues ahora, conjúralo como harías con una daga o una lanza. —Talasyn alzó una mano frente a ella—. Abre la Telaluz y deja que fluya a través de ti…

Un resplandor dorado brotó de los dedos de Talasyn y salió disparado hacia Alaric, que se hizo a un lado. El chico notó su calidez en la mejilla. La llamarada chocó contra una columna del fondo del jardín y arrancó un trozo considerable de mármol. El aire se estremeció y quedó impregnado de una nube de polvo pálido.

Talasyn se puso tan roja como un tomate. Agachó la cabeza y se encogió, como preparándose para oír las burlas de él, mientras la trenza castaña le caía por el hombro.

Era una postura que le resultaba familiar. Le trajo recuerdos de sus primeras sesiones de entrenamiento.

¿Qué recuerdas?, había preguntado ella.

Si te quedas, le había susurrado su madre, *desaparecerás por completo*.

—No pasa nada, Lachis'ka. —La dulzura que desprendió su voz lo sorprendió. No tenía cabida en aquella situación, pero ya era demasiado tarde para rectificar—. Vamos a intentarlo de nuevo. Cierra los ojos.

—¿Cuál fue la primera arma que creaste?

Sumida en la oscuridad que reinaba tras sus párpados cerrados, oyó la áspera sonoridad de la voz de Alaric amplificada. Se revolvió, inquieta, intentando no distraerse.

—Un cuchillo —respondió—. Solo tardé unas pocas horas en elaborar uno que se pareciera al cuchillo que robé de las cocinas cuando me marché del orfanato. Sabía que al vivir en la calle me haría falta algo con lo que defenderme.

Alaric permaneció callado durante tanto tiempo que, de no haber sido por la familiar fragancia a agua de sándalo que flotaba en el ambiente, Talasyn habría supuesto que se había levantado y marchado. *Debe de echársela por las mañanas después de afeitarse*, pensó ella de forma distraída.

Y entonces se le ocurrió, la única explicación posible a su silencio, y la actitud defensiva habitual de Talasyn asomó la cabeza.

—¿Te doy lástima?

—No.

Alaric permaneció callado un instante, como si estuviera sopesando sus siguientes palabras, y Talasyn cerró los puños, a la espera de lo inevitable. No es que hubiera ido aireando su pasado entre las tropas sardovianas, pero cada vez que alguien le había preguntado por su infancia y ella había contado su historia, todos, sin excepción, habían reaccionado con lástima, antes de proferir un emotivo discurso en el que exaltaban su resiliencia.

—¿Vas a decirme lo *fuerte* que he debido de ser para soportar todo eso? —murmuró ella con los ojos aún cerrados, notando que en su interior resurgía un antiguo sentimiento de amargura. Se alimentaba de su actitud defensiva y esta, a su vez, de ese mismo sentimiento. Un bucle infinito de las cicatrices que le había dejado una vida plagada de dificultades—. Ni te molestes, ya me conozco la historia. Es absurdo: haber pasado frío y hambre durante quince años y que luego venga alguien a darte una palmadita en la espalda por haber sufrido lo indecible. Como si... como si fuera *admirable* tener que pelearse con otros pobres desgraciados para poder beber del abrevadero de los caballos.

Su voz había adquirido un matiz áspero y amargo por culpa de todas las cosas que no había conseguido superar. Se afanó por controlar la respiración, por *meditar*, tal y como debería estar haciendo. ¿Por qué Alaric la distraía con aquello?

—No tendrías que haber pasado por eso —dijo Alaric en voz baja, y fue como si el tiempo se detuviese—. No es que sienta lástima, sino que me da rabia que vivieses así. Los líderes de la ciudad te fallaron. La Confederación te falló. No está bien dejar que la gente sufra cuando tienes los medios para poner fin al sufrimiento.

Fue como cuando se enteró de que su familia le había ocultado los detalles relativos al Vaciovoraz y él le había dicho que deberían habérselo contado, que tenía derecho a saberlo. Era la segunda vez que pronunciaba las palabras que necesitaba escuchar. Estuvo a punto de abrir los ojos, pues el deseo de mirarlo a la cara era tan intenso como abrasador, pero cambió de idea en el último momento; el temor de lo que pudiera encontrarse le oprimió el pecho.

Estaba de acuerdo con él. Aquella era la horrible y perturbadora verdad. Talasyn había reconocido lo que Alaric acababa de señalarle hacía mucho, pero lo había sepultado en su interior. De lo contrario, no habría sobrevivido a la guerra.

¿Cómo iba a luchar por algo en lo que no creía? ¿Cómo iba a *quedarse de brazos cruzados*, cuando la alternativa era someterse al Imperio de la Noche?

—La Confederación no era perfecta, pero Kesath tampoco es mucho mejor —repuso Talasyn con rigidez. Antes de que él pudiera rebatir sus palabras, añadió—: Sigamos con esto. Se supone que hemos acordado una tregua.

Le pareció que Alaric farfullaba algo así como *Cualquiera lo diría*, pero él se apresuró a carraspear y ambos continuaron con el entrenamiento, mientras el tiempo se les echaba encima.

CAPÍTULO VEINTE

Por más que Talasyn se concentró e intentó que su magia cooperase, aquella tarde no hubo manera de avanzar. Y después tuvo que pasarse la noche consumida por los remordimientos, mientras los maestros de obra reparaban la columna que había roto sin querer.

Al contrario que su entrenamiento, las negociaciones matrimoniales prosiguieron al día siguiente sin mayor problema. Talasyn se mordió la lengua durante prácticamente toda la mañana, ya que no tenía ningunas ganas de interactuar con su abuela ni con su padre más de lo estrictamente necesario, y además, los nobles del Dominio —Lueve Rasmey, Niamha Langsoune y Kai Gitab— se mostraron algo más tolerantes con la delegación kesathense, puesto que ahora, gracias a Alaric, existía una mínima posibilidad de que su archipiélago *no* acabase asolado por una oleada de magia mortífera.

No obstante, poco antes de que el tañido de los gongs anunciara el mediodía, se produjo una pequeña crisis.

La comodoro Mathire había tomado la palabra.

—La boda *debe* celebrarse en la Ciudadela —estaba diciendo—. Es el centro neurálgico del Imperio de la Noche, y puesto que Alunsina Ivralis va a convertirse en Emperatriz de la Noche, debe asumir su puesto *allí*.

—Podéis celebrar una coronación en la Ciudadela *después* de la boda, la cual debe oficiarse en Eskaya —replicó Niamha—. Su Alteza va a convertirse en la emperatriz de Kesath, sí, pero Su Majestad será también *su* consorte. Si queréis que los nenavarenos lo acepten como tal, las nupcias *deben* tener lugar en territorio nenavareno.

Mientras los demás discutían, Talasyn se puso rígida y cerró los puños por debajo de la mesa, sin que nadie la viera. No podía casarse en Kesath. No podía pisar el Continente, no hasta que los sardovianos lo recuperasen.

Le dolería demasiado.

—Pues arreglado —interrumpió Alaric justo cuando Mathire parecía a punto de perder los papeles—. *Celebraremos* —pareció no poder reprimir el sarcasmo— la boda en Nenavar y después la coronación en Kesath.

Mathire frunció el ceño, pero tomó nota en uno de sus cuidadosamente organizados pergaminos. A Talasyn le palpitaba la mandíbula de tanto apretarla, y no pasó demasiado tiempo antes de que la gota colmara el vaso y las palabras brotaran de sus labios como un torrente:

—No quiero ir a Kesath.

Alaric posó en ella sus ojos grises desde el otro extremo de la mesa.

—Deberás recibir a la corte en la capital del imperio de vez en cuando, tal y como corresponde a mi esposa —la informó él con frialdad, sin ser consciente, pues *jamás* lo descubriría, del vuelco que le dio el corazón a Talasyn cuando oyó que se refería a ella como *su esposa*—. Debatiremos la agenda más adelante. No tienes por qué acudir más de una vez cada pocos meses, si lo prefieres. Pero la coronación debe celebrarse *sí o sí*.

Su actitud era distante, muy diferente a la del hombre malhumorado pero paciente que había permanecido con ella el día anterior mientras intentaba, sin éxito, crear un escudo. Se dio cuenta de que se trataba de otro tipo de máscara. No una de lobo, sino de político.

O tal vez... tal vez aquel paciente maestro fuera en realidad la máscara. Talasyn lo ignoraba. Era incapaz de comprender al desconocido que iba a convertirse en su marido, y el futuro se cernía ahora sobre ella, un futuro en el que tendría que adentrarse en territorio enemigo como su esposa, como si fuera un botín de guerra...

La respiración se le entrecortó y Alaric la contempló con cautela, a punto de fruncir los labios.

Urduja interrumpió el regio silencio con el que había presidido hasta entonces las negociaciones.

—El Emperador Alaric tiene razón, Alunsina. Tu padre y yo te acompañaremos a Kesath para la coronación, claro está. Y en cuanto a tus visitas posteriores, estoy segura de que Su Majestad dejará que te lleves a quien desees para que la estancia te resulte más... soportable.

Alaric asintió.

—Recibiremos con los brazos abiertos a todos los cortesanos de Su Alteza.

No quiero ir con vosotros a ningún lado, deseó poder decirles a su abuela y a su padre, pues su engaño aún le dolía. *Ni contigo tampoco*, quiso poder espetarle a su prometido. La situación aún le causaba enorme frustración.

Tienes que hacerlo, se recordó a sí misma. Dejó que los rostros de Vela y los demás sardovianos se abrieran paso hasta la vanguardia de sus pensamientos. Se aferró a los recuerdos de Khaede, Sol y la maestra de armas Kasdar para que le proporcionaran fortaleza. Se imaginó el resplandor amatista de la muerte desplegándose sobre las ensombrecidas costas de aquella tierra, sobre aquel pueblo que la había acogido con los brazos abiertos y la consideraba suya.

Tienes que hacerlo.

Talasyn se apaciguó y se acomodó en el asiento, adoptando un semblante sereno frente a los nobles del Dominio y los kesathenses. Guardó las garras.

Así los salvarás a todos.

Tenía que estar entreteniéndose a propósito.

Era la única explicación. Nadie tardaba más de una hora en comer y cambiarse de ropa a no ser que esa fuera su intención.

Alaric, que estaba sentado en la hierba, se obligó a permanecer
inmóvil. En realidad, no le sorprendía que Talasyn lo hiciera esperar. Hacía un rato, en la sala de reuniones, se había quedado blanca
cuando habían comenzado a debatir su regreso al Continente. Le
pareció lógico que quisiera tomarse su tiempo antes de volver a
toparse con él.

O, ya puestos, de ir a Kesath.

A lo lejos, un rugido similar al de una nave de tormenta partién-
dose en dos desgarró la tranquilidad de la tarde. Alaric levantó la
mirada y se quedó maravillado. Un dragón volaba a kilómetros y
kilómetros de distancia de la Bóveda Celestial, con sus enormes
alas recortándose contra el sol. La extensa silueta, cubierta de escamas verdes, serpenteaba en el aire al igual que una ondulante cinta,
trazando bucles y espirales a medida que surcaba el cielo.

Cuando lo perdió de vista, Alaric volvió a bajar la mirada y se
topó con Talasyn.

Se había detenido para contemplar a la enorme criatura, pero
ahora que había desaparecido, las miradas de ambos se cruzaron y
Alaric vislumbró en las profundidades de sus ojos, iluminados por
el resplandor dorado del sol, la misma expresión de asombro que
había sentido él. La ausencia de polvos y pigmentos suavizaba sus
rasgos pecosos y el gesto de su boca rosada. Y durante un instante,
sentado en medio de las orquídeas, junto a la cascada, tuvo la impresión de que simplemente eran dos personas que acababan de
presenciar un espectáculo maravilloso.

Pero entonces ella alzó la barbilla y se acercó enfurruñada, y la
fantasía se desvaneció. Aunque quizá una parte de él seguía sumida
en aquella ensoñación, porque en cuanto Talasyn hubo salvado la

distancia entre ambos y se colocó en la misma postura meditativa que él, Alaric le preguntó:

—¿De verdad escupen fuego?

Talasyn le lanzó una mirada penetrante, como si creyera que le ocultaba algo. Alaric no le ocultaba nada y ella debió de darse cuenta, finalmente, porque asintió rígidamente con la cabeza.

—El alga naranja que te habrán servido más de una vez aquí se llama «aliento de fuego». Crece únicamente en aguas nenavarenas, cerca de donde los dragones establecen sus guaridas. El fuego que habita sus cuerpos calienta la corriente, lo que facilita el desarrollo de esa variedad en particular.

—Es un plato bastante bueno —comentó Alaric. La textura del aliento de fuego era sedosa, con un toque crujiente, y tenía un sabor salado que los cocineros de palacio realzaban con una salsa picante de vinagre de arroz y chiles—. Y lo mismo puede decirse de la cocina nenavarena en general.

—Sí, es mucho mejor que la comida de casa...

Talasyn se interrumpió bruscamente, pero era demasiado tarde. La palabra flotó entre ambos, tan ominosa como un nubarrón.

Casa.

—Estábamos en guerra. —Alaric se apresuró a rellenar el silencio antes de que este se volviera incómodo, y soltó lo primero que se le ocurrió—. Se racionaba todo. Es normal que nuestra comida no pueda compararse con...

Guardó silencio tras percatarse de que también había metido la pata.

El Continente al que ambos llamaban «hogar», la guerra que ambos habían librado... en bandos opuestos. La realidad volvió a caer sobre ellos y vino acompañada del eco de sus desavenencias durante las negociaciones.

No quiero ir a Kesath.

El sentido común instaba a Alaric a reconducir la conversación hacia un terreno menos pantanoso. A dar comienzo al entrenamiento, ya que para eso se encontraban allí. Pero Talasyn, que se había quedado rígida y rezumaba hostilidad, apretaba los dientes con terquedad, y él debía hacerle entender la situación, pues iba a convertirse en su emperatriz...

Tras oírla hablar brevemente de su infancia, lo había invadido una oleada de cólera, tan abrumadora como estéril. Hacía mucho de aquello. Pico de Cálao era ya historia, al igual que la miseria que había marcado sus primeros años de vida.

Aun así, sintió la imperiosa necesidad de volver a erigir la ciudad de Pico de Cálao solo por el placer de asolarla de nuevo con sus naves de tormenta.

Jamás se había sentido tan mal por otra persona. La chica estaba hechizándolo.

—Sé que tuviste una infancia muy dura —le dijo—. Pero estamos reconstruyendo las ciudades. La Gran Estepa, y todo lo que antes era Sardovia. El Continente será mejor que antes.

—Pero ¿a qué precio? —gruñó ella.

De pronto, le vinieron a la mente las secuelas de la triunfante acometida final de Kesath contra el Núcleo de Sardovia. El océano de escombros y cadáveres. Parpadeó para ahuyentar las imágenes.

—El Imperio de la Noche se vio obligado a destruir a la Confederación antes de que esta nos destruyera a nosotros —explicó él escuetamente—, pero bajo el liderazgo de Kesath, el Continente florecerá. Ya lo verás cuando vuelvas. Tal vez no comulgues con nuestros métodos, pero al final la guerra sirvió a una causa mucho mayor que la de cualquier individuo.

Para sorpresa de Alaric, su intento de razonar con Talasyn solo la enfureció aún más.

—La comodoro Mathire y tú no hacéis más que repetir lo mismo, que tuvisteis que destruir a la Confederación antes de que esta acabase con vosotros, pero ¿cuándo dieron alguna muestra de...?

—Cuando Soltenaz nos atacó —interrumpió Alaric, que notó cómo perdía la paciencia a medida que el dolor del pasado afloraba y quedaba al descubierto bajo el sol tropical—. Cuando los Tejeluces asesinaron a mi abuelo, el rey. Cuando los demás estados sardovianos permanecieron de brazos cruzados.

Talasyn frunció el ceño al recordar que los etermantes de su misma clase habían sido los responsables de la muerte del abuelo de Alaric. Sin embargo, el malestar no le duró mucho, pues no tardó en enderezarse y lanzarle otra réplica:

—La intención de los Tejeluces de Soltenaz era evitar que Ozalus construyera las naves de tormenta. Sabían, al igual que todas las naciones del mundo aparte de Kesath, que un arma de ese calibre jamás debería haber visto la luz del sol. Pero Ozalus se negó a entrar en razón, y por eso Soltenaz hizo lo que hizo. ¡No les quedó más remedio!

La rabia brotó de las profundidades del alma de Alaric. Le sorprendió la rapidez con la que se acrecentó, elevándose como la marea junto con su magia. El aire que los rodeaba se oscureció y Talasyn retrocedió y apoyó las manos en la hierba, como preparándose para ponerse en pie en cualquier momento. Alaric fue consciente de que sus ojos reflejaron un resplandor plateado cuando el Pozoumbrío se apoderó de su corazón.

Pero le dio igual.

—¿*Eso* es lo que te contaron en tu lado del Continente? —dijo él con desprecio—. Supongo que no debería extrañarme que un gobierno tan egocéntrico como el sardoviano tergiversase la historia para quedar como los buenos. ¿Quieres que te cuente la verdad, Lachis'ka? —Talasyn se lo quedó mirando como si fuera un oso herido y hambriento. Como si fuera el monstruo que siempre había creído que eran él y los demás kesathenses. Prosiguió con un gruñido—: Se os llena la boca diciendo lo mucho que detestáis las naves de tormenta, pero bien que las habéis utilizado cuando os ha convenido. Es la misma historia que hace diecinueve años, antes de que estallara la guerra. En cuanto los Tejeluces descubrieron que estábamos desarrollando las naves de tormenta, hicieron todo lo que estuvo en su mano para hacerse con la tecnología. El prototipo se estaba construyendo en un valle que era motivo de conflicto territorial, cosa que sirvió a Soltenaz como pretexto para apoderarse del astillero. Kesath lo recuperó y se levantó en armas para asegurarse de que nada nos fuera arrebatado nunca más.

Y, dos meses después, su abuelo murió y su padre ascendió al trono, bañado en sangre, inmerso en el campo de batalla, sumido en la oscuridad de la noche.

Estamos rodeados de enemigos.

Temblarán cuando las Sombras se ciernan sobre ellos.

—¡Eso *no* fue lo que ocurrió!

Resultó de lo más extraño que Talasyn, furiosa como estaba, con la brusquedad que a menudo la caracterizaba, consiguiera traer a Alaric de vuelta al presente, y lograra ahuyentar el clamor que había inundado su cabeza. El aire volvió a aclararse y la magia se desvaneció, como si el recordatorio de su presencia fuera un rayo de sol capaz de abrirse paso a través de la tormenta de rabia y dolor.

—Lo primero que hizo Soltenaz, antes de llevar a cabo cualquier otra acción, fue enviar emisarios a Kesath para disuadir a Ozalus —dijo ella.

—De eso nada. Nos atacaron sin previo aviso. —Alaric se había tranquilizado un poco, aunque no demasiado. Estaba apretando los dientes—. Es la palabra de Kesath contra la de Sardovia. A mí me han contado una cosa y a ti otra. Y como comprenderás, yo prefiero pensar que mi familia no me ha ocultado la verdad. A diferencia de la tuya, que ni siquiera se dignó a contarte algo tan importante como la Noche del Devoramundos.

Talasyn se puso en pie temblando. Se apoyó las manos en las caderas y lo miró con desprecio.

—Aunque lo que dices fuera cierto, aunque llevaran toda la vida mintiéndome, ¡seguiría sin haber justificación alguna para lo que el Imperio de la Noche le hizo al resto del Continente durante diez años! —gritó ella—. La justicia y la venganza son cosas *distintas*. Los Tejeluces de Soltenaz fueron exterminados mucho antes de que estallase la Guerra de los Huracanes. Destruir el hogar de millones de personas inocentes y asesinar a sus seres queridos no hizo que Soltenaz quedase aún *más* devastada, ¿verdad?

Se dio la vuelta y se alejó hecha una furia.

—¿A dónde vas? —exclamó Alaric.

—¡A mi habitación! —gritó Talasyn sin volver la mirada—. Se acabó el entrenamiento por hoy. ¡Déjame tranquila!

Cerró la puerta lateral que conducía a su habitación con un golpazo.

—¿Que se acabó por *hoy*? —resopló Alaric en voz baja—. Si ni siquiera habíamos empezado.

Pero estaba hablándoles a las paredes.

⎚⎚⎚

Quince minutos después, Alaric seguía en el jardín de orquídeas. Se había sentado en uno de los bancos de piedra junto a la cascada, resguardándose del implacable sol de media tarde bajo una multitud de flores en forma de mariposa de color zafiro y crema.

Miró de forma distraída la vegetación que lo rodeaba, reproduciendo mentalmente cada segundo de su acalorada discusión con Talasyn, hasta que, por fin, dijo en voz alta:

—Sevraim.

El legionario salió de detrás de una pared de mármol del pasillo contiguo, donde había estado merodeando. Entró en el jardín y le dedicó a Alaric una alegre sonrisa.

—¿Cómo habéis sabido que estaba aquí?

—No tengo a nadie más guardándome las espaldas en Nenavar. Si *no* estuvieras aquí me cabrearía bastante.

—¿Y dejar que la fierecilla de vuestra esposa os retuerza el pescuezo con sus propias manos? Ni pensarlo —aseguró Sevraim con una risita—. Aunque parecía a punto de abalanzarse sobre vos. Por poco intervengo.

—Todavía no es mi esposa —gruñó Alaric—. Supongo, entonces, que lo has oído todo.

—Así es. —Sevraim se dejó caer en el banco de piedra con una despreocupación que nadie más se habría osado a exhibir frente al hijo de Gaheris Ossinast—. Siempre hay dos versiones de una misma historia, claro está, pero sabemos perfectamente que la razón la tenemos *nosotros*, así que ¿qué más da lo que piensen los demás?

Alaric se encogió de hombros.

Durante los siguientes minutos, en el jardín solo se oyó el rumor de la cascada en miniatura. Y entonces, Sevraim preguntó:

—¿Desea Su Majestad abordar alguna cuestión en particular con este humilde servidor?

Pese a que el tono era jocoso, Alaric sabía que lo decía en serio, pues tras una vida de camaradería entre ambos, no podía ser de otro modo. Puso los ojos en blanco y lanzó una mirada al confiado y despreocupado legionario que había conseguido encandilar y llevarse a la cama a casi toda la corte kesathense. Y acto seguido preguntó:

—¿Cómo hago para... hablar con ella?

Sevraim torció los labios como si estuviera reprimiendo una carcajada. Alaric notó que las puntas de las orejas se le ponían rojas. Se arrepentía de haber preguntado de forma tan impulsiva, pero ya era tarde para dar marcha atrás.

—Entiendo que me deteste —dijo—. A eso no creo que pueda ponerle remedio, hay demasiado rencor entre ambos. Pero me gustaría que nuestras interacciones fueran más... —Dirigió un gesto vago hacia la puerta cerrada de Talasyn, al otro lado del jardín—. Pacíficas. Hablando en términos relativos. Pero es que da igual lo que diga o lo que haga, siempre acabo desquiciándola.

Sevraim apoyó la cabeza en uno de sus puños.

—Vuestro padre os adiestró para que os convirtierais en guerrero y en emperador, *no* para ser el consorte de la Lachis'ka de Nenavar. Y mucho menos de una Lachis'ka que no movería un dedo ni aunque os viera envuelto en llamas.

—Cierto. Me prendería fuego ella misma —murmuró Alaric—. Con uno de sus dragones.

Sevraim lanzó una risita, pero no lo negó. Asintió.

—Hay muchas más cosas en la vida aparte de la guerra y la política, Majestad. Preguntadle por sus intereses.

—Sus intereses —repitió Alaric sin comprenderlo.

—Lo que le gusta —aclaró Sevraim—. Averiguad si hay algo que os guste a los dos y partid de ahí.

Alaric estaba convencido de que los intereses de Talasyn se reducían a verlo muerto, pero la sugerencia de Sevraim no parecía descabellada del todo.

—Muy bien. ¿Y qué más?

—Hacedle algún cumplido —repuso Sevraim.

Alaric se lo quedó mirando.

—¿Un cumplido sobre *qué*?

—Y *yo* qué sé. Le habré dirigido en total unas diez palabras, y fue para decirle que íbamos a matarla. —Sevraim se rascó la cabeza, pensativo—. Podríais intentar rebajar un poquito la actitud intimidante. E incluso intentar sonreírle de vez en cuando.

Alaric no se dignó a responder a *aquello*.

—Vale, igual lo de la sonrisa es pasarse —concedió Sevraim—. Pero... tenéis que entender que la Tejeluces va a casarse con vos para proteger a los suyos, igual que vos os vais a casar con ella para evitar otra guerra, puesto que aún estamos recuperándonos de la anterior. Arremete contra vos porque está de los nervios, como estaría cualquiera en su situación, así que no entréis al trapo. Hacedme caso, Majestad, ya me lo agradeceréis más adelante.

CAPÍTULO VEINTIUNO

No era nada habitual que Talasyn se arrepintiera de haber perdido los estribos, y menos cuando se trataba de Alaric, pero a la mañana siguiente tuvo que reconocer que había metido la pata. Solo quedaban once días para el eclipse y ni siquiera había conseguido urdir todavía un escudo.

Tras el desayuno, Talasyn entró en la sala de reuniones con la intención de comportarse lo mejor posible. No solo durante las negociaciones, sino también durante el entrenamiento de la tarde. Le pareció una promesa bastante noble por su parte. Sin embargo, su determinación sufrió un duro revés cuando Urduja anunció que esa noche se celebraría un banquete al que acudirían todas las casas nobles para festejar el compromiso de la Lachis'ka con el Emperador de la Noche.

Aun así, Talasyn se las arregló para asentir con rigidez y no exhibir más descortesía que la de eludir la mirada de Alaric, que la contemplaba inexpresivo desde el otro lado de la mesa, como si su propio arrebato del día anterior no hubiera tenido lugar.

Notó una sensación de lo más peculiar en la boca del estómago al recordar el arrebato en cuestión. Por lo general y a diferencia de ella, Alaric era capaz de dominar sus emociones de manera magistral. Las únicas veces que se había mostrado realmente enfadado con ella habían sido el día anterior y la noche en la que los habían encerrado en la celda de la guarnición de Belian. En ambos casos, Talasyn había sacado a colación a Ozalus y a Gaheris, por lo que era evidente que su familia era un asunto delicado para él.

Sin embargo, por muy furioso que estuviera, jamás le había gritado. Es más, cuanto más se enfadaba, más bajaba la voz. Pensándolo bien, era el único rasgo de Alaric que agradecía. Los gritos le recordaban al orfanato, a los custodios. Talasyn se ponía a gritar cuando se enfadaba porque para ella el enfado tomaba esa forma, era lo que había aprendido. La rabia silenciosa de Alaric, la facilidad con la que se contenía, la fascinaban en cierta manera.

La hacían sentir…

¿Segura?

A su alrededor, ambas delegaciones conversaban. Negociaban, llegaban a acuerdos, abrían paso al futuro. Talasyn apenas prestaba atención. La epifanía que acababa de tener retumbaba en sus oídos como una tormenta.

El día anterior, cuando el Pozoumbrío había brotado del interior de Alaric, ella había retrocedido ligeramente, aunque solo para, llegado el caso, tener margen suficiente para contratacar. No obstante, aquello había sido su instinto de soldado. Por lo demás, no se había inmutado. Ni siquiera durante un instante había pasado miedo.

Talasyn miró a Alaric con disimulo, y le repateó no poder contenerse. El emperador estaba prestándole toda su atención a Lueve Rasmey, que les explicaba a los kesathenses cada fase de la ceremonia de boda y su correspondiente significado cultural, sin dejar de responder en ningún momento a las preguntas y objeciones de la comodoro Mathire. Alaric tamborileaba con los dedos enguantados sobre la mesa; el despreocupado movimiento contrastaba con el resto de su postura, totalmente inmóvil. Unas observaciones y recuerdos de lo más descabellados asaltaron a Talasyn —el inmenso tamaño de su mano, la sensación que le había producido su roce en la cintura la noche que la había apartado del borde del estanque— y se apresuró a dirigir su atención a Lueve antes de que aquellos pensamientos la consumieran.

Lueve alzó un pergamino cubierto de letras doradas, y los numerosos anillos de ópalo que le adornaban los dedos brillaron al sol. Era su propio contrato matrimonial, el cual había recuperado de los archivos del Dominio, situados en lo alto de las montañas, para ilustrar sus explicaciones. Alaric y Talasyn firmarían un documento similar en el altar del dragón el día de su boda.

—El contrato está en nenavareno, permitidme que os lo traduzca —dijo la daya Rasmey—. *Lueve, hija de Akara de la Vetas de Cenderwas, hija, a su vez, de Viel de la Fortaleza de Mandayar, hija, a su vez, de Thinza'khin de las Llanuras Cercenadas, se une a Idres, hijo de Esah de los Bancos del Infinito, hija, a su vez, de Nayru del Rastro de las Serpientes...*

—Creo que la delegación kesathense ha captado la idea —interrumpió Urduja—. En cualquier caso, lo importante es que a la hora de redactar el contrato nos remontamos tres generaciones por línea materna.

Antes incluso de que acabara de hablar, Alaric ya había empezado a negar con la cabeza.

—Mi madre traicionó a la corona. Su casa ya no forma parte de la nobleza kesathense y mi padre y yo hemos renunciado a todo vínculo con ella. No sería honrado por mi parte contraer matrimonio bajo dichas condiciones.

Talasyn se quedó perpleja. Por enfadada que estuviera en aquel momento con Urduja y Elagbi, era incapaz de imaginarse cortando lazos con ellos, y más cuando llevaba toda la vida buscando a su familia. Lo único que sabía de Sancia Ossinast, la esposa de Gaheris y antigua Emperatriz de la Noche, era que había desaparecido unos años antes de que estallara la Guerra de los Huracanes. Incluso corría el rumor de que Gaheris la había asesinado. Y ahora Talasyn se preguntaba qué había hecho Sancia para que su hijo sintiera tantísimo rechazo ante la mera mención de su nombre.

Estaba claro que su familia era un tema delicado para él.

—Creo que lo mejor será que obviemos el contrato —el príncipe Elagbi rompió el incómodo silencio—. Hanan y yo no firmamos ninguno, puesto que no era costumbre en las Islas del Amanecer.

—Y porque os casasteis en la chabola de una bruja, con un único miembro de la corte como testigo —rezongó Urduja, mirando a su hijo con los ojos entornados.

—¿Y si redactamos un contrato más sencillo? —sugirió la comodoro Mathire. Se dirigió a toda la sala, pero su mirada se demoró en Alaric, como si estuviera al tanto de toda la historia, y Talasyn sintió *muchísima* curiosidad, pero había jurado comportarse, lo que conllevaba mantener el pico cerrado y no exigir respuestas—. Podemos anotar únicamente los nombres de la pareja imperial y sus títulos.

La facción nenavarena aceptó a regañadientes la propuesta de Mathire. Una vez convenido aquello, el resto de la reunión se alargó hasta bien entrado el mediodía. Talasyn abandonó la sala aliviada porque las negociaciones de aquel día hubieran llegado a su fin, pero también inquieta, puesto que debía pasar las horas siguientes a solas con su enigmático prometido y los secretos que acechaban tras sus ojos grises.

Talasyn se disponía a dirigirse al jardín de orquídeas para la sesión de entrenamiento —de verdad que sí—, cuando uno de los guardias llamó a la puerta para informarla de cierta noticia, tal y como había ordenado ella. Era la única orden directa que había dado desde su llegada a la Bóveda Celestial, ya que su intención era estar al tanto de cuando…

—Alteza, ha llegado el mercader del pudin.

Aunque había prometido comportarse, Talasyn tardó exactamente una fracción de segundo en decidir que Alaric podía esperar un poquito más. Se escabulló del ala donde se encontraban sus dependencias; atravesó los pasillos de mármol, con las Lachis-dalo pisándole los talones, y bajó los escalones de la entrada de la Bóveda Celestial, donde un grupito de criados saludaban al mercader que ascendía los acantilados de piedra con su cayuco dos veces al mes.

Era un hombre delgado, con los dientes ennegrecidos de tanto mascar nueces de betel, y exhibía una sonrisa permanente bajo un ancho sombrero de paja. Llevaba apoyada sobre los hombros una vara de bambú de la que colgaban en los extremos unos cubos grandes de aluminio. Uno de los cubos, que se mantenía caliente gracias a un corazón de éter imbuido con el Nidoardiente, estaba lleno de cuajada de soja; el otro contenía unas perlas diminutas de almidón de palma bañadas en caramelo.

La mayoría de los nobles de palacio eran demasiado quisquillosos para probar la comida de los vendedores ambulantes, pero Talasyn no tenía ese problema. Los criados le dirigieron una reverencia, aunque permanecieron en su sitio, pues sabían desde hacía ya tiempo que ella prefería hacer cola como todos los demás. No obstante, siguieron charlando entre ellos en un tono de voz algo más bajo, sin montar demasiado escándalo. Talasyn tenía la sospecha de que antes de que ella llegara, habían estado contándole al mercader las novedades de palacio y poniéndolo al corriente acerca de la inminente boda.

Permaneció, incómoda, en medio del gentío. Tenía la impresión de ser una isla, rodeada de olas de camaradería que nunca alcanzaban sus costas. No era una sensación nueva, pues esta la había embargado a menudo en Pico de Cálao y durante su época como soldado en los regimientos sardovianos.

Parecía que, al margen de cuál fuera su estatus, la soledad iba a ser siempre una constante en su vida.

De pronto, las animadas conversaciones cesaron de golpe. Talasyn se dio la vuelta y notó un cosquilleo nervioso en el estómago al ver a Alaric, que descendía las escaleras de palacio.

Sevraim nunca se alejaba demasiado de su señor, pero aquel día se quedó atrás, junto con las guardias de Talasyn. Los criados se apartaron para dejar pasar al Emperador, que se acercó a ella. Algunos parecían asustados y otros, molestos, pero era evidente que la curiosidad típica nenavarena superaba a las demás emociones.

El pálido rostro de Alaric adoptó una expresión aún más pétrea al advertir el descarado escrutinio de la multitud.

—Tenemos entrenamiento.

—Así es —dijo ella en un tono apacible—. Pero antes, me gustaría tomar un poco de pudin.

—¿De pudin? —repitió, perplejo. Desvió la mirada hacia el mercader, que había perdido la sonrisa y tenía cara de querer esconderse tras los cubos.

El tropel de personas que hasta hacía unos momentos se interponía entre el mercader y Talasyn se había esfumado.

—Dos, por favor —pidió con amabilidad en nenavareno, y le entregó una moneda de plata que se sacó del bolsillo. Un cuenco de pudin valía solo tres piezas de bronce, pero pensó que el hombre se merecía una propina por tener que aguantar a su prometido.

—S-sí, Alteza —balbuceó el mercader. Tomó dos cuencos de madera de su cayuco y sirvió una generosa ración de cuajada de soja, blanca como la nieve, y sirope de caramelo en cada uno. Metió unas cucharas de madera dentro de los cuencos antes de pasárselos a Talasyn.

La chica le tendió uno a Alaric con actitud desafiante. Los presentes estiraron el cuello con curiosidad para ver si el temible Emperador de la Noche del continente al otro lado del Mar Eterno cataba aquel humilde manjar.

Alaric tomó el cuenco con tanta cautela como si se tratara de una serpiente venenosa. El cuero del guantelete rozó los dedos desnudos de Talasyn y esta notó que la recorría otro cosquilleo nervioso. ¿Por qué puñetas sentía *eso*?

Ignorando la sensación, se acercó el cuenco a los labios y se metió una cucharada de pudin en la boca. Las perlitas de almidón estallaron entre sus dientes y la sedosa cuajada de soja se le deshizo en la lengua, empapada en cálido caramelo. Estuvo a punto de cerrar los ojos de lo rico que estaba. Había merecido la pena saltarse unos minutos de entrenamiento.

Alaric, que rezumaba escepticismo, se llevó la cuchara a la boca con vacilación. Una de las criadas profirió una risita y otra la mandó callar de inmediato, pese a estar ella misma conteniendo la risa.

—¿Y bien? —preguntó Talasyn mientras Alaric masticaba cuidadosamente.

Sus modales eran exquisitos, desde luego. Tragó antes de contestar:

—Interesante.

Indignada ante su falta de entusiasmo por su adorado pudin, Talasyn le lanzó una mirada de desdén y se apartó para dejar pasar a los demás. Alaric fue tras ella y ambos se acabaron el cuenco en silencio, situados uno frente al otro junto al cayuco. Pese a la tibieza con la que había reaccionado, Alaric se tomó hasta el último trozo de pudin y se bebió el caramelo restante.

A Talasyn le sorprendió que al Maestro de la Legión Forjasombras le gustara tanto el dulce. Aunque, por otro lado, debía de parecerle un sabor de lo más novedoso, al igual que le había pasado a ella tras instalarse en Nenavar. En el Continente del Noroeste, la guerra había provocado el racionamiento estricto del azúcar y la soja.

Devolvieron las cucharas y los cuencos vacíos al mercader. El sol de primera hora de la tarde caía a plomo sobre los acantilados de piedra caliza, aunque la fresca y enérgica brisa procedente del Mar Eterno aliviaba el bochorno del ambiente. Fue un impulso —el repentino deseo de no tener que pasar la tarde encerrada entre los muros de palacio— lo que llevó a Talasyn a preguntar a Alaric:

—¿Quieres que hoy entrenemos aquí fuera?

Él se encogió de hombros. Se había manchado el labio inferior con una pizca de caramelo y Talasyn demoró la mirada unos instantes más de lo necesario.

—Donde tú quieras, Lachis'ka.

Alaric aún podía saborear el caramelo mientras Talasyn lo conducía hasta un bosquecillo de plumerias que se extendía desde el muro sur del palacio hasta el borde de los acantilados. En Kesath también había plumerias, pero sus flores eran normalmente fucsias. Las flores que salpicaban las hojas verdes de la variedad nenavarena eran tan blancas como la fachada de la Bóveda Celestial y tenían una manchita amarilla con forma de estrella en el centro.

Sevraim y las Lachis-dalo permanecieron en la linde del bosquecillo mientras Talasyn y Alaric se adentraban en su espesura. Los árboles estaban lo bastante pegados como para que las copas impidieran que las patrullas o la gente asomada a las ventanas pudiera verlos.

Alaric se alegraba de no tener que soportar las miradas curiosas de los nenavarenos, pero había algo que llevaba rondándole la cabeza todo el día. En cuanto Talasyn y él adoptaron una postura de meditación bajo las plumerias, fue incapaz de contenerse.

—¿Estás preocupada por algo? —dijo, y era ya la segunda vez en dos días que se arrepentía de hacerle a alguien una pregunta en cuanto esta abandonaba sus labios.

Talasyn, que estaba sentada contra un fondo de corteza, hojas y flores blancas, lo miró como si hubiera perdido la cabeza.

Puede que así fuera.

—Es que no has dicho ni «mu» durante las negociaciones —explicó él—. Y normalmente tienes la lengua muy suelta delante de mí.

Ella sonrió con desprecio y abrió la boca, pero entonces se quedó inmóvil, como si acabara de acordarse de algo. Finalmente, dijo:

—Pongámonos a entrenar y ya está.

Se comportaba como si alguien la hubiera amonestado por su actitud, o, tal vez, como si se hubiera amonestado *ella misma*, ya que, por cómo interactuaba últimamente con la delegación nenava-rena durante las negociaciones, estaba claro que no se hablaba con ellos. En cualquier caso, se mostraba dispuesta a cooperar, y Alaric no pensaba hacer ascos a aquel milagro.

—De acuerdo —repuso—. Hoy nos centraremos en lo básico. Te enseñaré los ejercicios de respiración que usamos los Forjasom-bras. El principio debería ser más o menos el mismo. —Detestaba reconocer que los Forjasombras y los Tejeluces tuvieran algo en común, pero algunas cosas eran innegables—. La etermancia brota del centro, un lugar de nuestra alma parecido a un punto de unión, donde el muro que separa el mundo material y el eterespacio es más sutil. Si aprendemos a dejar fluir la magia por nuestro cuerpo de forma adecuada podemos llegar a descubrir sus entresijos.

Durante la siguiente hora, Alaric guio a Talasyn con cada paso de la meditación. La enseñó a contener el aire en los pulmones y a exhalarlo lentamente. A almacenarlo en la zona del ombligo, a ex-pulsarlo por la nariz y a retenerlo en la lengua. A dejar que la Tela-luz se acumulase y creciese con cada inspiración, filtrándose en los espacios entre la sangre y el alma.

Talasyn memorizó con rapidez las posturas de Alaric, el modo en que expandía y contraía el pecho, el abdomen y la columna, pero era evidente que le costaba dejar la mente en blanco el tiempo suficiente como para que el ejercicio surtiera efecto. Era una cria-tura de lo más nerviosa y su cuerpo irradiaba energía. Alaric consi-deró la idea de dejarla sola un rato, pues tal vez fuera capaz de con-centrarse mejor sin él.

Pero al final optó por quedarse donde estaba. Por una vez, el calor de la tarde era tolerable gracias a la agradable brisa que agita-ba las flores de plumeria. Los huecos entre los árboles le permitían vislumbrar la extensa ciudad de Eskaya, a kilómetros por debajo, con sus torres doradas y sus veletas de bronce. Le resultaba casi re-lajante estar sentado a semejante altura, en aquel lugar colmado de hojas y tierra, apartado del resto del castillo. Sin ninguna maniobra política de la que preocuparse, sin que la sombra de la guerra, ya fuera pasada o futura, lo atormentase. Allí solo estaban ellos, la respiración de cada uno y la magia.

¿Podría haber llevado una vida así de tranquila?, se sorprendió a sí mismo preguntándose. Si no hubiera tenido que heredar el trono, si las naves de tormenta hubieran seguido siendo el sueño irrealizable de su abuelo, ¿se habría conformado con una existencia plácida, en un entorno campestre y mundano?

¿Habría valido la pena no conocer a Talasyn?

Aquel era un pensamiento de lo más extraño, pues estaba convencido de que su vida, al margen de la forma que esta tomase, sería más sencilla sin ella. Talasyn —con ese áspero carácter suyo, con ese rostro que nunca podía evitar contemplar unos instantes de más— era una bomba que amenazaba sus meticulosos planes.

Tenía los ojos cerrados y la pecosa nariz toda arrugada. El sol iluminaba los matices dorados de su piel aceitunada y la despeinada trenza castaña le caía por un hombro. Estaba *arrebatadora*, y al pensar aquello, Alaric hizo una mueca. ¿Qué tenía aquella chica que lo hacía usar adjetivos tan disparatados?

Y, como los dioses tenían un sentido del humor de lo más retorcido, Alaric se encontró precipitándose en las profundidades de sus ojos color miel cuando ella abrió los ojos, con demasiada rapidez como para que él pudiera disimular la mueca.

—¿Qué? —murmuró él con recelo—. ¿Estoy haciéndolo mal?

—No. —Alaric soltó la primera excusa que se le ocurrió—. Solo estaba pensando.

—¿En qué?

En fin, no pensaba revelarle que había estado *comiéndosela* con la mirada. Se devanó los sesos en busca de una respuesta y acabó acordándose de algo que había estado rumiando aquel día. Algo que se había comentado durante las negociaciones.

—Tu madre era de las Islas del Amanecer.

Talasyn dejó escapar un suspiro acompasado que nada tenía que ver con los ejercicios de meditación que él había estado enseñándole.

—Se llamaba Hanan Ivralis. Mi padre la conoció durante sus viajes y se la trajo al volver al Dominio. Murió durante la guerra civil.

Alaric frunció el ceño.

—Según tengo entendido, los habitantes de las Islas del Amanecer son guerreros muy poderosos. ¿Qué pudo haber acabado con una de sus Tejeluces?

—Se vio aquejada por una misteriosa enfermedad. Todo sucedió muy rápido. Acabó con ella en tan solo una semana, antes de que nadie pudiese averiguar qué le ocurría. No me... —Talasyn se interrumpió bruscamente y desvió la vista hacia la cascada—. No me gusta hablar de ello.

—Siento haber sacado el tema —dijo Alaric en un tono suave, solemne y demasiado sincero. Peligrosamente sincero. Al ver el modo en que ella alzaba la barbilla y cerraba los puños, Alaric sintió una punzada de culpa por haberla obligado sin querer a revivir su dolor. Era un dolor que carecía de origen, pues Talasyn había sido demasiado pequeña para conservar recuerdos de su madre. Tal vez estos aflorasen tras entrar en comunión con la Grieta de Luz, pero de momento la Zahiya-lachis les había prohibido el acceso a Belian.

Talasyn alzó las comisuras de los labios.

—Jamás pensé que llegaría el día en que te disculparías conmigo.

—Sé cuándo me he pasado de la raya —respondió Alaric con rigidez—. De paso, también me gustaría disculparme por haber perdido los estribos ayer. Espero que mi comportamiento no te... desconcertase demasiado.

—En absoluto. —Seguía rehuyéndole la mirada, pero ya no parecía tan tensa—. Yo tampoco estuve muy fina. No debería haberme puesto a gritar ni haberme marchado hecha una furia. Ahora nos une un objetivo. Deberíamos colaborar. Con que… hagamos eso a partir de ahora.

Alaric se quedó tan asombrado que, durante unos minutos, fue incapaz de decir nada. ¿Era posible que la Tejeluces fuera más agradable con él cuando él lo era *con ella*? ¿Era posible que Sevraim fuera, después de todo, un genio? No podía contarle que tenía razón.

No fue hasta que Talasyn se volvió hacia él con el ceño ligeramente fruncido que Alaric se percató de que llevaba callado demasiado rato.

—Sí —dijo de inmediato—. Colaborar. Estoy dispuesto a intentarlo.

La expresión ceñuda de Talasyn dio paso a otra contracción de la comisura de sus labios. Tenía la impresión, para desconcierto suyo, que la chica lo encontraba divertido.

Alaric se levantó y le dirigió a Talasyn un gesto para que lo siguiera. Hizo una demostración de los ejercicios de meditación más sencillos: separó los pies e inhaló profundamente mientras se colocaba una palma en el estómago y la otra sobre la cabeza. Acto seguido, exhaló al tiempo que doblaba la rodilla derecha todo lo que el cuerpo le permitía. Movimientos lentos y graduales, como una apacible ola marina.

Al principio, Talasyn centró toda su atención en el ejercicio, frunciendo el ceño y arrugando la nariz, un gesto que Alaric empezaba a encontrar alarmantemente entrañable, pero enseguida se hizo patente que algo le preocupaba, pues tenía la mirada ausente. Su expresión pasó de la incertidumbre a la determinación más solemne, y él no pudo sino maravillarse por lo desprotegida que se mostraba en aquel momento, por cómo dejaba que las emociones cruzaran su rostro por puro reflejo, del mismo modo que las nubes surcaban el cielo, tapando el sol algunas veces y otras, dejando que se asomara. No se parecía a nadie que hubiese conocido; ni en el Imperio de la Noche ni en la corte de Nenavar.

—¿Y qué le pasó a tu madre? —soltó ella de pronto, mientras intentaba adoptar de nuevo la postura.

A Alaric no le gustaba hablar del tema, pero se sorprendió al descubrir que a ella sí quería contárselo. Pronunció cada palabra con menos renuencia de la que debería, ya que era lo justo y Talasyn había compartido con él un fragmento oscuro de su pasado.

—Mi madre abandonó Kesath cuando yo tenía trece años. —*Me abandonó*, anhelaba decir una parte de él. *Me abandonó*—. No he sabido nada de ella desde entonces. Imagino que buscó refugio en Valisa, de donde eran originarios sus antepasados. —Examinó la postura de Talasyn—. No apoyes todo el peso solo en una rodilla. Equilíbralo y mantén la espalda recta.

—Valisa —reflexionó ella—. Eso está al oeste, en los confines del mundo. —Siguió las instrucciones de Alaric y él dio una vuelta a su alrededor sin decir nada, analizando su postura en busca de cosas que perfeccionar.

—¿La echas de menos? —preguntó Talasyn en un tono mucho más bajo.

La pregunta tomó desprevenido a Alaric. Se detuvo detrás de ella, agradecido de que Talasyn no pudiera verle la cara mientras intentaba recuperar la compostura.

—No. Era una mujer débil. No estuvo a la altura de su papel como Emperatriz de la Noche. Estoy mejor sin ella.

Ven conmigo.

Hijo mío. Mi pequeño.

Te lo ruego.

—A veces me pregunto…

Se interrumpió, avergonzado. Siempre se había comportado de forma cautelosa, sopesando cada palabra antes de pronunciarla. ¿Por qué con Talasyn no era capaz de hacer lo mismo?

—Si alguna vez se acuerda de ti —terminó ella por él en voz baja—. Yo me hacía la misma pregunta cada día en Sardovia, antes de descubrir quién era, antes de enterarme de que mi madre había muerto. Me preguntaba si alguna vez se habría arrepentido de haberme abandonado.

Alaric notó un nudo en la garganta y cierta sensación de alivio inundándole el pecho. Por fin alguien lo entendía. Por fin alguien verbalizaba lo que él era incapaz de expresar con palabras. Talasyn seguía en la misma pose, de espaldas a él, y a Alaric lo invadió la necesidad de tomarla entre sus brazos. De abrazarla en señal de consuelo, de solidaridad.

De no volver a estar solo.

—Mantén la espalda recta —dijo en cambio—. Y saca los codos.

—¡Eso hago! —protestó ella. Alaric se fijó en que tensaba los hombros, como siempre hacía antes de ponerse a discutir.

—No… —Se acercó a ella con repentina impaciencia, deseoso de despojarse de las cadenas que constituían los recuerdos, de olvidar la aciaga noche en que Sancia Ossinast abandonó Kesath—. Así…

Extendió el brazo para corregir la postura de Talasyn al tiempo que ella se enderezaba con un resoplido exasperado y retrocedía, juntando los pies. Cerró las manos enguantadas en torno a la parte superior de sus hombros y ella se dio de espaldas contra su pecho.

El mundo se detuvo durante un instante.

Mangos, fue el primer pensamiento coherente que le vino a Alaric a la cabeza. La dorada y suculenta fruta que acompañaba cada una de sus comidas en el Dominio, con su exuberante aroma de néctar veraniego. Talasyn olía como si hubiera comido mangos espolvoreados con escamas de sal. Pero eso no era todo. La fragancia del azahar y la cremosa nota floral de los jazmines emanaba de sus cabellos, suavizada por la frescura del aceite de loto y un leve toque a corteza de canela.

A Alaric se le hizo la boca agua. Quería *darle un bocado*.

Tampoco ayudaba el hecho de que la forma de Talasyn encajara con la suya a la perfección, que pudiera acomodar la cabeza de la chica debajo de su barbilla, que su trasero quedara embutido entre sus caderas de tal manera que el estómago se le encogiera. Observó, aturdido, cómo sus dedos enguantados se desplegaban sobre los hombros de su prometida. Vio cómo sus pulgares le rozaban los costados del cuello.

En aquel momento, detestó llevar los guanteletes. Ansiaba quitárselos y tocar su piel bronceada. Movió los pulgares en círculo, acariciando las elegantes pendientes de su cuello. Ella se estremeció, y cada escalofrío lo recorrió de arriba abajo, acariciando los acordes de su interior, ¿y qué pretendía conseguir él? ¿Por qué no se apartaba? ¿Cómo era que ignoraba que un abrazo pudiera provocar semejantes sensaciones?

Una brisa se levantó e hizo caer una lluvia de pétalos blancos de las plumerias. Y en medio de aquel remolino de flores níveas que se deslizaban entre corrientes de tenue perfume, ella volvió la cabeza y lo miró.

Tenía los ojos marrones muy abiertos, el aliento entrecortado y los labios rosados ligeramente entreabiertos.

Y entonces lo invadió un tenebroso impulso, el anhelo de averiguar si sus labios tendrían el sabor del pudin que acababan de comerse.

Alaric se inclinó hacia ella. Le apartó los dedos del cuello y los posó a lo largo de su mandíbula, para luego levantarle el rostro con suavidad. Ella se dejó hacer, se apoyó contra su pecho e inclinó la barbilla de tal manera que su boca se encontraba ahora mucho más cerca de la de él. Los pétalos de las flores se arremolinaron a su alrededor y Alaric, con el corazón acelerado, inclinó la cabeza aún más para acortar la escasa distancia que los separaba. Ella entrecerró los párpados y aguardó.

—Disculpad.

Alaric y Talasyn se separaron de un salto. Ninguno de los dos se había percatado de la presencia de Sevraim.

—¿Qué quieres? —le gruñó Alaric a su legionario.

—Lamento interrumpir… —Y lo cierto era que Sevraim parecía realmente avergonzado, mirando a todas partes menos a ellos—, pero la dama de compañía de la Lachis'ka acaba de informarme de que es hora de que os preparéis para el banquete.

CAPÍTULO VEINTIDÓS

Talasyn se sentó frente al espejo ovalado de su tocador, rodeado de un marco con colibríes y tallos de calabaza grabados e incrustaciones de nácar. Iba enfundada de nuevo en un vestido absolutamente espectacular, elaborado con fibra de tallo de platanera que confería a la prenda un brillo multicromático. El cuello se le había quedado agarrotado por tener que soportar el peso de otra llamativa corona. Jie la acicaló con un sinnúmero de brochas de sauce de mango largo, las sumergió en distintos polvos para otorgar a su rostro el aspecto que se esperaba que la Lachis'ka nenavarena luciera durante un evento formal.

Tal y como ocurría siempre, Talasyn sufrió en silencio mientras su dama de compañía obraba su magia particular. Pero *a diferencia* de los demás días, no podía dejar de pensar en Alaric. En su cuerpo ridículamente grande pegado al suyo, cálido e implacable. En sus palmas cubriéndole los hombros, en el grueso cuero de sus guanteletes, deslizándosele por el cuello.

Por las uñas amarillentas del Padre-Mundo, se había estremecido. Se había estremecido *de verdad* al sentir el contacto de Alaric y se le había puesto la piel de gallina. Se había tomado aquellas libertades con ella, y a ella…

No le había parecido mal.

Un extraño anhelo había florecido en su interior.

Pese a que se trataba del cruel Emperador de la Noche, del brutal Maestro de la Legión Forjasombras. Durante unos horribles instantes, se había quedado mirando fijamente la boca del chico, y su traicionero cuerpo había reaccionado con entusiasmo cuando la boca en cuestión se acercó a ella. Talasyn se había recostado contra él y había inclinado la barbilla. Había querido sentir la calidez por todo el cuerpo. Ver a dónde llevaba todo aquello.

Talasyn se acordó de que a Sol le había gustado abrazar a Khaede de ese modo. Se acercaba sigilosamente por detrás y le ponía las manos sobre los hombros o alrededor de la cintura, la saludaba entre susurros antes de plantarle un beso pícaro en el cuello.

Cada vez que Talasyn había presenciado la escena —cada vez que había visto cómo la gruñona de Khaede se derretía entre los brazos de Sol— se había preguntado qué se sentiría al experimentar aquello, con alguien que la amase.

Y ahora Sol estaba muerto, Khaede había desaparecido y Talasyn volvía a agarrarse a un clavo ardiendo, comparando el afecto que ambos se habían profesado con la pantomima que había tenido lugar en el bosquecillo de plumerias, que no había sido más que un desafortunado e inexplicable accidente entre ella y el hombre al que odiaba y, que a su vez, la odiaba a ella.

Se le revolvió el estómago.

Alaric había estado a punto de besarla, ¿no? De acuerdo, carecía de experiencia en lo que respectaba a esas cosas, pero todo apuntaba a que se disponía a hacerlo, ¿verdad? *¿Por qué?*

¿Por qué había intentado besarla? ¿Y por qué, pese a saber quién era él y todo lo que había hecho, había querido ella que lo hiciera?

El odio es otra clase de pasión, había dicho Niamha Langsoune el día que llegaron los kesathenses. Tal vez se tratara de eso. Una aberración, como si hubiera sintonizado por error una frecuencia distinta porque los cables de la eteronda se hubiesen cruzado. Nunca sería nada más, y Talasyn estaba decidida a quitárselo de la cabeza… e incluso a apuñalar a Alaric si por alguna casualidad se le ocurría sacar el tema.

—¿Sabéis qué, Alteza? —dijo Jie de forma animada mientras le pasaba hábilmente por las cejas una brocha con la punta cubierta de un pigmento marrón molido—. Justo estaba pensando el otro día que el Emperador Alaric tampoco está tan mal para ser alguien de fuera. Creo que, en cuanto al físico se refiere, podríais haber acabado con alguien mucho peor. ¡De verdad! —exclamó con una risita cuando Talasyn resopló—. Es algo serio y da un poco de miedo, vestido siempre de negro, pero es alto y tiene un pelo fantástico. Y su boca es muy...

—¡N-ni se te ocurra acabar la frase! —exclamó Talasyn casi entre gritos, y vio cómo su reflejo se tornaba escarlata en el espejo de los colibríes.

No sabía si la opinión favorable que tenía Jie de Alaric era un intento de la chica por ver el lado positivo de las cosas o si el hecho de que Kesath constituyera una amenaza para su tierra le traía sin cuidado. Talasyn sospechaba que tal vez se tratara de lo segundo. Jie había crecido en un castillo rodeada de sirvientes, consciente de que algún día heredaría el título de daya de su amantísima madre. Tenía dieciséis años, hablaba por los codos y parecía ser la persona más despreocupada del mundo.

Aun así, siempre acataba sin rechistar las órdenes de la Lachis'ka, de manera que no insistió en el tema. Aunque un brillo divertido asomó a sus ojos mientras le aplicaba a Talasyn unos polvos claros y brillantes sobre el puente de la nariz.

—¿Es el cortejo algo habitual en el Continente del Noroeste, Alteza? Aquí intercambiamos pequeñas muestras de afecto, enviamos cartas, nos tomamos de la mano bajo los jazmines de las promesas cuando se encuentran en flor y robamos algún que otro beso. Y, además, los chicos nos tocan serenatas frente a las ventanas. ¿En el resto del mundo se hace también lo mismo?

—No sabría decirte. Nunca tuve tiempo para esa clase de cosas. —Talasyn pensó que lo que Jie acababa de contarle no se correspondía del todo con sus propias observaciones de la cultura nenavarena—. Creía que casi todos los matrimonios de la aristocracia nenavarena eran concertados.

—Sí, pero hay quien se casa por amor —repuso Jie—. Como mi prima, Harjanti, la daya de Sabtang. Espero correr la misma suerte algún día. —Esbozó una sonrisa relajada, soñadora y genuina, sin rastro alguno de la desesperanza que Talasyn había experimentado ya a su edad, mientras libraba una guerra a un océano de distancia—. Y deseo lo mismo para vos, Lachis'ka, espero que el Emperador Alaric os corteje como es debido. Con besos robados y todo.

Jie se echó a reír, encantada consigo misma. Las notas musicales de unos carillones, tan tenues y etéreos como los trinos de los pájaros, le ahorraron a Talasyn el tener que responder. Jie fue a comprobar quién los había hecho sonar.

Al volver, le comunicó a Talasyn:

—Lachis'ka, la reina Urduja y el príncipe Elagbi han venido a veros.

Maravilloso.

A Talasyn le costó no poner los ojos en blanco. No era que le apeteciera particularmente ver a su abuela y a su padre, pero… podía hacer el esfuerzo. *Estoy dispuesta a intentarlo,* tal y como había dicho Alaric con ese tono remilgado suyo, y al acordarse de lo inaguantable que era, Talasyn reprimió una sonrisa y meneó la cabeza al tiempo que seguía a Jie hasta el gabinete.

El gabinete era *suyo,* pero, al igual que ocurría con su alcoba, se había diseñado pensando en la comodidad de una refinada aristócrata. Las delicadas sillas y las mesas con patas de marquetería estaban hechas de lustroso palisandro. Las paredes de mármol blanco se encontraban cubiertas con pinturas en tonos pastel de cerezos en flor, garzas y figuras bailando con estrellas en los cabellos, y todo acentuado con generosas pinceladas de pan de oro. Había esculturas de bronce y elaborados cestos distribuidos con gusto por el diáfano espacio, y en un rincón, sobre una peana en forma de dragón, una enorme arpa arqueada acumulaba polvo. Según se contaba, la monarca tocaba de maravilla de joven, antes de asumir el liderazgo del reino, pero la primera vez que Talasyn había visto el instrumento, había creído que se trataba de algún tipo de arma.

La reina Urduja se había acomodado en una de las sillas, pero Elagbi se aproximó a Talasyn con una sonrisa radiante.

—Tesoro mío, estás preciosa…

—Gracias —respondió Talasyn con voz monótona. No le devolvió el abrazo a su padre, y el hombre dejó caer los brazos de forma torpe.

Urduja le dirigió a Jie una mirada autoritaria, y esperó hasta que la chica hubo abandonado el gabinete a toda prisa antes de decirle a Talasyn:

—A tu padre y a mí nos gustaría aclarar ciertos asuntos.

Talasyn tomó asiento. Elagbi hizo lo propio, con la misma expresión que un cachorrito al que han maltratado demasiadas veces. Talasyn se esforzó por no claudicar. Su padre le había hecho daño y no estaba dispuesta a olvidar el asunto así como así.

Urduja carraspeó levemente.

—Entiendo que estés disgustada porque no te contásemos el asunto relativo al Vaciovoraz. Quisiera explicarte los motivos…

—Ya sé los motivos —interrumpió Talasyn. Había tenido tiempo de darle muchas vueltas al asunto—. Te preocupaba que la amirante optara por no refugiarse en Nenavar, que yo me marchara con ella y tú te quedaras sin heredera, lo que debilitaría aún más tu reinado.

Urduja no negó las acusaciones. Talasyn prosiguió hablando, indignada:

—Dijiste que tenías la sospecha de que el Imperio de la Noche intentaría llevar a cabo una invasión, pero eso no es del todo cierto, ¿me equivoco? *Sabías* perfectamente que se presentarían aquí, porque tienes la suficiente experiencia como para comprender que era inevitable. Incluso los recibiste *con los brazos abiertos*, ya que una alianza con los Forjasombras, siendo tu nieta una Tejeluces, permitiría que Nenavar se librase de otra Época Yerma. Tenías la proposición de matrimonio lista para servírsela en bandeja desde el principio, puede que incluso desde que llegó a tus oídos que Ossinast y yo habíamos creado una barrera capaz de anular las descargas de vacío en la guarnición de Belian. Cuando le sugerí a Vela que nos refugiásemos aquí, lo que estaba haciendo era caer directamente en tus redes, ¿no es así?

Urduja, que llevaba los labios pintados de un tono oscuro, esbozó una sonrisa. Y lo peor era que se trataba de una sonrisa *genuina*. Esta carecía de calidez, cierto, pero era auténtica.

—Magistral, Lachis'ka. Aunque todavía te cuesta ver las cosas con perspectiva. En el futuro, procura analizar la situación desde *todos* los ángulos. Es una habilidad que te vendrá de perlas cuando seas reina.

—Harlikaan —suplicó Elagbi—, Talasyn está dolida. Le debemos una explicación.

—Y eso es precisamente lo que estoy haciendo —resopló Urduja—. Alunsina, te mantuve al margen durante tanto tiempo para que el Emperador de la Noche y tú os enterarais a la vez. Y fue por una razón muy sencilla: Ossinast no se fía de ti. Seguramente nunca será capaz de confiar del todo en ti debido al pasado que ambos compartís. Si hubieras sabido de antemano el asunto de la Noche del Devoramundos, si hubieras estado ya al tanto cuando le confié la información a él, la situación habría empeorado aún más. Pero ahora tiene motivos para creer que, hasta cierto punto, eres inocente. Que no confío plenamente en ti. Que eres distinta a todos los confabuladores que forman parte de mi corte.

No se limita solo a creerlo, pensó Talasyn aturdida. Alaric había *empatizado* con ella. Le había ofrecido su punto de vista sincero con respecto a la situación.

—¿Y por qué...? —se le quebró la voz—. ¿Por qué me lo cuentas?

—No pensaba hacerlo. Me parecía demasiado arriesgado —repuso Urduja—, pero tu padre... —le lanzó a Elagbi una mirada sufrida— pensó que dejar las cosas como estaban causaría una brecha en nuestra relación familiar que resultaría imposible de reparar.

—Y, de paso, yo aprendería otra lección, ¿verdad? —murmuró Talasyn.

—*Estás* aprendiendo —dijo Urduja.

—Me he cansado de ser un peón más. —¿De dónde salía semejante contundencia? Tal vez fuera por lo que Alaric había dicho acerca de que su abuela la subestimaba. A lo mejor simplemente estaba *harta*—. No quiero que vuelva a suceder nada parecido. Si voy a contribuir a la salvación de Nenavar y el remanente sardoviano, tenemos que trabajar codo con codo.

—¿Es una orden, Alteza? —la desafió Urduja.

—En absoluto, Harlikaan —dijo Talasyn con serenidad, sosteniéndole a su abuela la mirada con una firmeza de la que jamás se hubiera creído capaz—. Simplemente te aconsejo sobre el mejor modo de proceder. Sobre cómo salir airosos, en mi opinión, de todo este embrollo.

Cuando Urduja asintió por fin, Talasyn tuvo la impresión de haber esquivado por los pelos lo que habría sido una estocada mortal. Procuró que el alivio no se le notara demasiado, pero estaba segura de que a la Zahiya-lachis no se le escapaba nada. Asimismo, reprimió la oleada de culpa que la invadió. Estaba haciendo lo que tenía que hacer. Y si Alaric no lo entendía, que hubiese tomado un camino distinto.

Pero los recuerdos la asaltaron de forma repentina, como los vestigios de un sueño justo al despertar. Las sombras, cargadas de dolor y furia, arremolinándose alrededor de Alaric mientras hablaba de la muerte de su abuelo, al margen de que su versión de los hechos estuviese equivocada. El tono distante que había adquirido su voz cuando le habló de su madre, deliberadamente inexpresivo, como una armadura cubriéndole un punto vulnerable.

¿Por qué pensaba ahora en aquello? ¿Por qué debería importarle?

Elagbi juntó las manos con entusiasmo.

—Bueno, ahora que el asunto ha quedado solucionado —su tono alegre desprendía algo de tensión—, ¿bajamos a cenar?

Un manto púrpura de estrellas cayó sobre la Bóveda Celestial y las siete lunas, en sus distintas fases, asomaron por detrás de las nubes. Plantado junto a una ventana abierta del pasillo que conducía al salón de banquetes, Alaric contempló la capital de Dominio, tan iluminada y bulliciosa como en pleno día.

Talasyn llegaría en cualquier momento. Estaba nervioso y aún seguía pensando en lo que había pasado en el bosquecillo de plumerias... o, más bien, en lo que había estado *a punto* de pasar. En aquel momento, había querido matar a Sevraim, pero ahora agradecía que los hubiera interrumpido.

Era un Forjasombras. No podía andar besando a una Tejeluces, con independencia de lo guapa que fuera la susodicha o de que estuviera prometida con él. De todos modos, el suyo no iba a ser más que un matrimonio de conveniencia. Talasyn nunca sentiría lo mismo...

¿Lo mismo en *qué* sentido? ¿Qué sentía *él*?

El calor lo estaba trastornando. Eso iba a ser. Una húmeda brisa se coló por la ventana y Alaric giró el cuerpo con disimulo para que esta le diera todo lo posible. La mayor parte de su vestuario resultaba inadecuado para el clima tropical de Nenavar. La camisa de seda color marfil y el chaqué de cuello alto le daban demasiado calor.

Sabía que Sevraim y Mathire estaban pasándolo igual de mal ataviados con sus uniformes negros y plateados. Los dos habían fruncido el ceño cuando el mayordomo se los llevó al salón de banquetes tras informar a Alaric que Talasyn y él serían los últimos en entrar, puesto que el evento se celebraba en su honor, y que ambos debían acceder juntos al interior, donde los esperaban los demás comensales. Los guardias de palacio apostados junto a las puertas cerradas se afanaban por disimular su recelo y su desprecio frente al presunto invasor que se encontraba allí plantado, pero, por suerte para Alaric, la situación no se alargó demasiado.

Porque *ella* apareció de pronto por una esquina.

Al verla se quedó sin aliento. Talasyn llevaba un vestido de tela turquesa iridiscente, con volumen y perfectamente planchado, con dragones plateados bordados a lo largo del escote cuadrado, la cintura, el dobladillo de la falda y los puños de las anchas mangas que llegaban casi hasta el suelo y que revelaban algún que otro destello del forro, de color rojo sangre. El cabello le caía suelto por debajo de una corona de plata que le recordó a un templo con varias agujas elevándose desde un océano de olas resplandecientes, con la cabeza de un dragón de ojos rojos en el centro.

Ella lo vio y se acercó a él sin vacilar, con la cabeza erguida. Se detuvo a unos centímetros de distancia, y Alaric se fijó en que su mirada no reflejaba su letalidad habitual sino incertidumbre. Sus ojos marrones, que por lo general resplandecían de furia, habían adquirido una tonalidad más clara bajo el resplandor de las antorchas, lo que les confería, de algún modo, un aspecto más amable, pese a que seguían siendo igual de intensos.

El momento que habían compartido en el bosquecillo de plumerias flotó de forma incómoda entre ambos. Alaric le ofreció el brazo con rigidez y las mejillas de Talasyn se tiñeron de un tono ligeramente rosado. Le pareció *arrebatador*. Alaric se planteó por un instante darse un puñetazo.

Hacedle algún cumplido, se acordó del consejo que Sevraim le había dado hacía unos días. Parecía un buen momento para ponerlo en práctica, pero Alaric era incapaz de hacer brotar las palabras. ¿Y si era *ella* la que le daba el puñetazo?

Talasyn lo tomó del brazo, mientras él permanecía indeciso, y metió la mano en el pliegue de su codo.

—¿Preparada? —fue lo único que Alaric pudo decir al final con voz ronca, mientras los guardias les abrían las puertas.

Ella asintió y él la condujo al interior. Hacia el torrente de luz, música y elegantes invitados.

Alaric no creía que fuera exagerado decir que había visto calles más cortas que la mesa que se extendía por el centro del salón. Estaba cubierta con un mosaico de telas de distintos colores y diseños, y dispuesta con una serie de centros de mesa de cristal y platos y copas adornados con piedras preciosas. La gente que ocupaba las sillas, lacadas de rojo y decoradas con grabados de lotos dorados, se puso en pie al ver entrar al Emperador de la Noche y la Lachis'ka; todos, salvo la reina Urduja. Esta los contempló con sagacidad mientras el servil mayordomo los acompañaba hasta dos sillas vacías que se encontraban, según advirtió él con cierta inquietud, justo en el centro de la mesa. Estaría rodeado de nenavarenos durante toda la cena, apartado de Sevraim y de Mathire.

Ya estaba arrepintiéndose de haber acudido al banquete.

Notó que Talasyn le clavaba los delgados dedos en el brazo mientras seguían al mayordomo. *Está nerviosa*, advirtió, y, al bajar la mirada, vio que el labio inferior le temblaba. Quienquiera que le hubiera aplicado los cosméticos había hecho un trabajo excelente a la hora de iluminar su piel y dar a sus mejillas una apariencia arrebolada, pero ni la tintura ni la cera de abeja que le recubría las pestañas, ni los pigmentos de color dorado que le adornaban los párpados eran capaces de disimular la aprensión que reflejaban sus ojos marrones. No cuando estaba tan cerca de él.

—Aún podemos salir corriendo —bromeó él.

—Llevo zapatos de punta —replicó ella—. Con tacón.

—Anda, por eso pareces *un pelín* más alta.

—No todos podemos ser una dichosa secuoya, mi señor —replicó ella, y en aquel momento le pareció tan adorable, desplegando esa actitud desafiante con la que intentaba disimular los nervios, que Alaric sintió asomar a sus labios el principio de una sonrisa auténtica.

—*Mi señor* —repitió Alaric. Su voz no sonó tan burlona como le hubiera gustado—. La verdad es que lo prefiero a cualquiera de los insultos con los que te has referido a mí a lo largo de nuestra accidentada relación.

—Cállate —siseó Talasyn—. Es por culpa de todas esas clases de protocolo. No volverá a pasar.

Dejó caer la mano de nuevo al costado mientras tomaba asiento. Los demás comensales siguieron su ejemplo, al igual que Alaric, al que no invadió —*en absoluto*— un sentimiento de desamparo al advertir la ausencia de su contacto. O eso se dijo él.

La gastronomía era el único aspecto de la cultura nenavarena que Talasyn había abrazado sin reservas hasta el momento. Para alguien que había subsistido a base de sobras hasta los quince años y luego de las raciones insípidas que se servían en los comedores sardovianos durante cinco años más, los platos del Dominio constituían un arcoíris de sabor con sus complejas especias, tentadores aromas y deliciosas texturas.

Por desgracia, las peculiares circunstancias de aquella noche le impidieron prestar tanta atención a la comida como de costumbre. Antes de pasar a los platos principales, les sirvieron una selección de entrantes: lonchas de cerdo fermentado y guindillas envueltas en hojas de plátano; diminutos calamares a la parrilla servidos en brochetas y aliñados con ajo y zumo de lima; verduras encurtidas sobre un lecho de fideos de arroz.

Estaba demasiado pendiente de Alaric, sentado a su lado. Tenía la impresión de que le costaba respirar. Cada una de sus terminaciones nerviosas ardía ante la cercanía del chico, imponente y envuelto en un aroma de sándalo y enebro.

Hacía un rato, en el pasillo, casi se había quedado de piedra al verlo vestido de etiqueta. El abrigo negro de cuello alto, engalanado con un relieve dorado de la quimera kesathense, se le ceñía a los anchos hombros y confería elegancia a su figura. El corte entallado de sus pantalones negros favorecía sus esbeltas caderas, sus musculosos muslos y la atlética longitud de sus piernas. Las espesas ondas de cabello negro que le caían sobre el rostro de forma desenfadada apenas suavizaban la altivez natural de su expresión; su aspecto era, de pies a cabeza, el de un joven emperador que irradiaba poder y seguridad en sí mismo.

Ejercía en ella un efecto *extraño*. Hacía que el corazón se le acelerara y los latidos reverberaran con desasosiego entre su abdomen y su garganta. Y por si eso fuera poco, Jie había mencionado antes los labios de Alaric y ahora Talasyn no podía dejar de mirarlos. Su carnosidad. La sensual crueldad de sus curvas. Recordó lo cerca que habían estado de los suyos hacía un rato. Creía haber captado el amago de una sonrisa hacía unos instantes, pero lo más probable era que se lo hubiese imaginado. Le echaba toda la culpa de aquella desafortunada situación a su dama de compañía.

Además, para más inri, tuvo que ser la encargada de llevar a cabo las presentaciones entre Alaric y las personas que tenían sentadas al lado, y todos aquellos nobles no tardaron en dejar caer comentarios incisivos que evidenciaban su descontento con el compromiso.

—Tengo entendido, Majestad, que Su Alteza y vos os conocíais de antes —ronroneó Ralya Musal, la daya ataviada con plumas de Tepi Resok, un grupo de islas montañosas que ocupaba casi la mitad de la frontera meridional del Dominio—. ¿Os importaría aclararnos la naturaleza de dicha relación?

Talasyn contuvo el aliento. Todos estaban ya al tanto de lo ocurrido; tal vez no conocieran los detalles más escabrosos de la historia, pero se hacían una idea. Solo querían poner a Alaric en un aprieto.

Se produjo un breve silencio mientras él picoteaba del plato, intentando, claramente, ganar tiempo para formular una respuesta diplomática.

—Hace unos meses llegó a mis oídos que el ejército sardoviano contaba con una Tejeluces entre sus filas. Como Maestro de la Legión Forjasombras, traté de neutralizarla, aunque mis intentos fueron, en última instancia, infructuosos. Ahora que el asunto de la Confederación Sardoviana ha quedado solucionado, estoy deseando cooperar con Su Alteza para garantizar la paz.

A Talasyn le hubiera gustado resoplar ante aquel mordaz resumen de su pasado bélico en común, pero la reacción de los demás captó su atención: al oír mencionar las habilidades etermánticas de ambos, varios comensales echaron un vistazo disimulado a las jaulas de sarimán que había colgadas en las paredes antes de volver a posar la mirada en Alaric. *Tienen miedo*, pensó, recordando los primeros días que había pasado en el palacio, cuando Urduja le había recomendado que se abstuviera de emplear sus poderes para no llamar la atención. *Nos tienen miedo a nosotros.*

Frunció el ceño. En lo que se refería a ella y a Alaric Ossinast, no había *nosotros* que valiera. Puede que fuera a casarse con él, pero *no* estaban en el mismo bando.

Por los rotos de la camisa del Padre-Mundo, me voy a casar con él.

Notó que una oleada de pánico volvía a recorrerla, como el primer chorro de viento de una nave de tormenta al azotar las calles, pero más intensa todavía debido a que Alaric estaba sentado a su lado y tenía ese... ese aspecto.

—¿Era *eso* lo que hacíais en la guarnición de Belian, Majestad? —preguntó Ito Wempuq, un corpulento raján de las Tierras de Seda cubiertas de lotos—. ¿Garantizar la paz?

—Podría decirse que la Lachis'ka y yo teníamos asuntos pendientes que resolver —replicó Alaric—. Sin embargo, teniendo en cuenta que ahora *disponéis* de una Lachis'ka, yo diría que al final todo salió a pedir de boca.

Estaba recordándoles que Alunsina Ivralis se había reencontrado con su familia gracias a él, lo que en cierto modo era verdad, pero le repateaba de igual manera. Talasyn no pudo culpar a la anciana daya Odish de Irrawad por exclamar enfurecida:

—¡Allanasteis y deteriorasteis una propiedad privada, heristeis a varios soldados y robasteis una de nuestras aeronaves, Emperador Alaric! ¿Cómo vamos a confiar en Kesath después de eso?

Alaric apretó con más fuerza su tenedor.

—No me arrepiento de mis acciones; hice lo que tenía que hacer en aquel momento. El *objetivo* del nuevo tratado es evitar más desavenencias entre nuestros reinos. Os aseguro, daya Odish, que, tras ratificarlo, no seré *yo* quien incumpla ninguna de las condiciones.

Varios pares de ojos se volvieron hacia Talasyn. Los nobles esperaban que defendiera los esponsales o que se uniera a ellos y despedazara al enemigo, por lo que las siguientes palabras que salieran de sus labios dictarían el flujo de la conversación.

Pero se había quedado en blanco. El sentido común le decía que lo mejor era que el Emperador y ella mostrasen una imagen de unidad, pero ¿cómo iba a aparentar someterse de forma tan dócil a aquel matrimonio?

Bajó la mirada hacia el plato que acababan de servirles hacía unos minutos y, presa del pánico...

—La sopa está sublime, ¿no creéis? —soltó Talasyn como pudo. En sus veinte años de vida, jamás había empleado la palabra *sublime* para describir nada, pero a los nobles del Dominio parecía entusiasmarles.

El raján Wempuq arrugó el ceño, confundido.

—¿Alteza?

—La sopa —repitió Talasyn con tenacidad—. Esta noche los cocineros se han superado a sí mismos.

Se produjo un abrupto silencio y Ralya fue la primera en reaccionar: se llevó la cuchara a los labios y probó el plato en cuestión, compuesto de tiernos trozos de faisán guisados en un caldo de jengibre y leche de coco.

—Sí —dijo lentamente—. Está exquisita.

—Una delicia —se apresuró a añadir Harjanti, la prima de Jie. Volvió los profundos ojos color café, muy similares a los de Jie, hacia la daya Odish con una expresión casi suplicante—. ¿Me equivoco al suponer que un faisán tan extraordinario como este solo puede proceder de Irrawad, mi señora?

La daya Odish pareció sorprendida durante un instante —y bastante resentida de que la conversación hubiera tomado un cariz completamente distinto—, pero las normas sociales le exigían responder a la pregunta de Harjanti.

—No, en absoluto. En la Isla de Irrawad nos enorgullecemos de ser los únicos proveedores de esta ave de caza en particular. Es uno de nuestros principales productos de exportación, después de la piedra lunar.

El esposo de Harjanti, un señor de cabellos rizados con quien ella se había casado por amor, tal y como había afirmado Jie, dio un respingo; casi como si su esposa le hubiera dado una patada por debajo de la mesa, pensó Talasyn con ironía. Se llamaba Praset, y tomó la palabra con un tono de voz bastante afable, pese a que la espinilla debía de dolerle.

—Me he planteado probar suerte en la industria minera de la piedra lunar. Quizá podríais darme algún consejo, daya Odish.

Talasyn tomó nota mental para agradecerles a Harjanti y a Praset el cambio de tema. A su lado, Alaric se llevó la cuchara a los labios, pero no antes de que ella vislumbrara cómo curvaba las comisuras hacia arriba. ¿Estaba sonriendo de forma burlona? La mirada ligeramente divertida que le lanzó el chico sirvió para confirmar sus sospechas. Le había hecho gracia oírla parlotear como una boba sobre la sopa. ¡Qué poca vergüenza tenía!

Estuvo echando chispas hasta que sacaron el plato principal, pero se aseguró de entablar conversación con los demás nobles. Alaric consiguió apañárselas también; se puso a conversar en voz baja con Lueve Rasmey, que estaba sentada a su derecha y quien, poco a poco, lo introdujo en su tertulia con algunas damas de la alta sociedad. Todos hablaban en la lengua común de los marineros por deferencia a Alaric y la velada estaba desarrollándose sin mayor problema. Ninguno de los invitados parecía inclinado a lanzarle a nadie el vino a la cara. Talasyn podía relajarse...

Alaric se inclinó hacia ella.

—¿Os importaría compartir conmigo vuestra experta opinión acerca del cerdo asado, mi señora? —le murmuró al oído.

—Muy gracioso —gruñó ella.

—Me lo tomaré como que no llega a la categoría de *sublime*.

Talasyn pinchó enérgicamente un trozo de melón amargo y se imaginó que era la cabeza de Alaric.

—Debería haber dejado que la daya Odish te hiciera pedazos. Ganas no le han faltado.

Habría jurado que Alaric había estado a punto de sonreír.

Al menos habían vuelto a su habitual intercambio de pullas. Al menos su relación seguía siendo la misma tras el incidente del bosquecillo de plumerias.

Lo cierto era que aquello la descolocó un poco. Tampoco habría estado de más que él mostrase algún indicio de que su casi beso lo había afectado también.

—¿Permaneceréis en Nenavar tras las nupcias, Lachis'ka? —inquirió Ralya, lo que provocó que Talasyn se enderezase de inmediato y apartase la mirada de Alaric—. ¿O trasladaréis vuestra corte a la capital del Imperio de la Noche?

—Me quedaré aquí, daya Musal —respondió Talasyn, y una evidente oleada de alivio recorrió a los nenavarenos que estaban prestando atención a la conversación.

—Me acuerdo del día en que nacisteis —le dijo Wempuq a Talasyn con brusco afecto—. Los gongs de la Torre Estelar estuvieron repicando todo el día. Acabé con un dolor de cabeza de tres pares de narices, pero a nadie se le habría ocurrido abandonar

Eskaya en aquel momento. Se festejó por todo lo alto y las calles se colmaron de regocijo.

—El nacimiento de la siguiente Zahiya-lachis siempre constituye un motivo de alegría —intervino Lueve—. No obstante, es probable que Su Alteza el príncipe lo recuerde de manera diferente.

Los nobles de mayor edad profirieron unas risitas. Talasyn miró hacia donde estaba sentado su padre, que ignoraba por completo que estaban hablando de él.

—¿Qué hizo mi padre?

—Corría de aquí para allá como un pollo sin cabeza —respondió Odish con un resoplido burlón—. El parto duró toda la noche. El príncipe estaba tan preocupado que amenazó con encerrar en las mazmorras a la sanadora que asistió a vuestra madre.

—Yo le dije: *Tranquilizaos, Excelencia, ¿queréis que os traiga una copa de vino?* —intervino Wempuq—. ¡Y entonces amenazó con encerrarme *a mí* también!

Su parte de la mesa estalló en carcajadas. Talasyn no tardó en sumarse al jolgorio, mientras se imaginaba a su padre, que de normal era un hombre de lo más apacible, intentando arrestar a gente al tuntún. Echó la cabeza hacia atrás y se rio con ganas durante un buen rato. Cuando las risas se apagaron y ella hubo recuperado la compostura, se fijó en que Alaric se había quedado inmóvil y la miraba como si fuera la primera vez que posaba la vista en ella.

—¿Qué? —siseó ella tras comprobar con disimulo que los demás seguían demasiado absortos en la alegre conversación como para percatarse—. ¿Por qué me miras así?

—Por nada. —Alaric sacudió la cabeza, como para recobrar la lucidez y entonces…

Entonces hizo algo *raro*. Extendió la mano de tal forma que rozó con los dedos la manga turquesa que cubría el brazo de Talasyn. Parecía un gesto demasiado deliberado como para haber sido un accidente, pero Alaric retiró la mano con la misma rapidez que si se hubiera quemado. Cuando Talasyn le lanzó una mirada perpleja, entornando los ojos, él centró su atención en la comida y no volvió a mirarla hasta mucho después.

A Alaric nunca le había entusiasmado aquel tipo de fiestas. Había tenido que soportar que sus padres lo arrastraran a innumerables galas allá por la época en la que todavía fingían que todo iba bien entre ellos. El banquete de esa noche era mucho más espléndido que cualquiera de aquellos eventos, puesto que lo financiaban las arcas ilimitadas de Nenavar, pero la sensación de rechazo que le provocaba era muy parecida.

Lo que más le desagradaba era el *artificio* que lo envolvía todo. Con la excepción de su séquito, ninguna persona de aquella mesa dudaría en ordenar su asesinato si tuviera la certeza de poder salirse con la suya. Y, sin embargo, allí estaban, comiendo y charlando como si todo fuera de maravilla, y él tenía que seguirles la corriente porque en eso consistía la política.

Alaric dejó que sus pensamientos divagaran hacia Talasyn y el modo en que esta se había reído al oír la anécdota del raján Wempuq. Por alguna razón, había esperado que de su garganta brotara un sonido sutil y ligero que casase con su elegante vestido y el suntuoso ambiente, pero sus carcajadas habían sido enérgicas, melodiosas y poco refinadas. Había sido un momento carente de falsedad y sus relucientes ojos habían adquirido una expresión tan cálida como el brandy. De manera que, vaya uno a saber por qué, había alargado el brazo como un memo para intentar tocarla, aunque por suerte, se había refrenado justo a tiempo.

Reconsideró la conclusión a la que acababa de llegar. Había otra persona en aquella mesa que no daría la orden de asesinarlo. *Talasyn acabaría conmigo ella misma*, pensó, mientras lo invadía un sentimiento que se parecía peligrosamente al afecto, ya que eso la convertía en la persona más auténtica de la estancia.

El silencio se abatió sobre el extremo de la mesa más cercano a la entrada y se extendió gradualmente entre el resto de los invitados. Lueve, que había estado contando una anécdota de su época como dama de compañía de Urduja, dejó la historia a medias y contempló boquiabierta algo a la izquierda de Alaric.

Él se volvió hacia donde estaba mirando no solo la daya, sino todos los demás, y vio la figura larguirucha de un hombre plantada en la puerta. Iba ataviado con un atuendo que no pegaba en absoluto con la formalidad de aquel evento, compuesto únicamente de un chaleco bordado de manga larga y unos pantalones con puños en los tobillos. De la ornamentada banda de cuero y bronce que llevaba en torno a la cadera colgaba una ballesta de mano, y el despeinado cabello le tapaba la frente. Un destello iluminó los ojos castaños del recién llegado mientras paseaba la mirada por el salón de banquetes. Las expresiones de aquellos que le devolvían la mirada oscilaban entre la confusión y el desasosiego. Talasyn y la delegación kesathense formaban parte del primer grupo y los nobles del Dominio, del segundo.

—¿Quién es? —preguntó Talasyn con curiosidad, aunque se aseguró de no levantar la voz.

—Un peligro con patas —respondió Harjanti, inquieta—. El sobrino de Lady Lueve, Surakwel Mantes.

—Detesta al Imperio de la Noche —añadió Ralya, lanzando una mirada en apariencia nerviosa en dirección a Alaric—. Se va a armar una buena.

CAPÍTULO VEINTITRÉS

Niamha Langsoune, daya de Catanduc, negociadora implacable e impávida, tenía la misma edad que Talasyn, pero exhibía más aplomo del que ella podría llegar a mostrar aunque alcanzase los cien años. La joven fue la primera en truncar la imagen congelada en la que se había convertido el salón de banquetes y se puso de pie con una agilidad envidiable.

—¡Surakwel! —exclamó alegremente mientras se acercaba al recién llegado con una sonrisa deslumbrante en el rostro. La sobrefalda plisada que llevaba había sido confeccionada para asemejarse a las escamas de una carpa y revoloteaba con cada paso que daba, produciendo destellos blancos, naranjas y amarillos—. Me alegro de que te unas a…

—Corta el rollo, Nim —gruñó el joven señor en nenavareno. Pasó junto a ella y se dirigió a la cabecera de la mesa. De camino, su mirada se cruzó con la de Talasyn y, durante una fracción de segundo, en sus ojos asomó un destello de reconocimiento.

De modo que aquel era Surakwel Mantes. El errante alborotador del que el príncipe Elagbi le había hablado. Las palabras exactas de su padre habían sido: *Al menos Surakwel anda zanganeando por ahí, porque si no tendríamos un problema más grave entre manos.*

Ahora Surakwell se encontraba *allí*, y Talasyn tenía la sensación de que estaba a punto de descubrir lo grave que era el problema en cuestión.

Se detuvo frente a Urduja, hincó la rodilla en el suelo e inclinó la cabeza, aunque el gesto resultó más mecánico que respetuoso. Urduja lo contempló con recelo durante unos instantes, como si fuera una mangosta que se hubiera colado en su nido de serpientes. El silencio se había apoderado de toda la estancia, y hasta la orquesta había dejado de tocar.

—Bienvenido a casa, Lord Surakwel. —Se dirigió a él en la lengua común de los marineros, probablemente para que la delegación kesathense no creyese que estaban a punto de asesinarlos a sangre fría, y su gélida voz resonó por la vasta cámara—. Confío en que hayas disfrutado de tus viajes.

—La última vez que lo vi fue hace un año —le dijo la daya Odish a los demás invitados, lo que captó la atención de Talasyn—. Se presentó en la corte y presionó a Su Majestad Estelar acerca de la necesidad de que interviniésemos en la Guerra de los Huracanes… y de forma bastante estridente, debo añadir. Surakwel estaba convencido de que el Imperio de la Noche no tardaría en convertirse en una amenaza para el Dominio.

El rajan Wempuq soltó un bufido.

—Y no se equivocaba, ¿no? —le echó una mirada a Alaric por debajo de sus cejas pobladas, como si acabara de acordarse de que el emperador podía oírlo—. Sin ánimo de ofender.

—Tranquilo —respondió Alaric secamente.

Surakwel se puso en pie.

—Mis viajes han sido bastante agradables, Harlikaan. —A diferencia de casi todos los demás nobles, hablaba la lengua común de los marineros con la soltura de quien la usa habitualmente—. Mi vuelta a casa, no tanto. Acabo de enterarme de que pretendéis sellar una alianza con un déspota asesino.

Como todos los que estaban sentados cerca de Alaric, Talasyn se quedó rígida y volvió la mirada hacia él. Pero su prometido permaneció impasible.

Al menos, a primera vista.

Alaric se había quitado los guantes de gala de piel de cabrito al comienzo del banquete. Tomó la copa de vino y a Talasyn le pareció que la sujetaba con más fuerza de la necesaria, pues los nudillos se le habían puesto blancos.

No obstante, le dio un sorbo a la copa con expresión neutral. Cuando Niamha pasó junto a él a toda prisa para dirigirse, sin duda, hacia donde Surakwel se encontraba, Alaric exclamó:

—Creo que no le caigo demasiado bien a vuestro amigo, daya Langsoune.

—Os pido disculpas, Majestad —se apresuró a decir Niamha—. Nos conocemos desde que éramos niños. Es bastante impulsivo y obstinado. Lo meteré en vereda en un periquete.

Niamha apenas había dado otro paso cuando Urduja tomó la palabra de nuevo. La daya de Catanduc se detuvo en seco tras el asiento de Talasyn y los murmullos escandalizados que se habían extendido entre los comensales cesaron de golpe.

—En primer lugar, señor mío, en presencia de tu soberana te desprenderás de las armas. Y en segundo, este no es momento ni lugar para exponer tus quejas con respecto a mi decisión. Estamos celebrando un banquete.

—Al contrario, Harlikaan, no hay mejor momento ni lugar —replicó Surakwel mientras desenfundaba su ballesta y la tiraba al suelo—. Así todos podrán ser testigos mientras protesto formalmente en contra de esta unión.

—¡Parece que tiene ganas de irse al otro barrio! —exclamó Praset, atónito.

—Ya lo creo —murmuró Talasyn—. No debería tirar de esa manera un arma cargada; acabará empalándose el pie.

Alaric soltó una risotada en voz baja, un sonido breve pero teñido de oscura diversión. Era la primera emoción que mostraba desde que Surakwel había irrumpido en la estancia.

—He estado en el Continente del Noroeste —le estaba contando Surakwel a la Zahiya-lachis—. He sido testigo de los estragos que ha causado el Imperio de la Noche. Tales atrocidades son contrarias a todo lo que Nenavar representa.

—No pienso tolerar que me sermonee alguien que se pasa ocho meses al año en el extranjero —repuso Urduja impasible—. Teniendo en cuenta tu apretada *agenda*, ¿qué sabrás tú sobre lo que Nenavar representa?

—¡Sé que no confraternizamos con criminales de guerra! —replicó Surakwel de forma acalorada—. ¡Sé que valoramos nuestra independencia! Sé que hace años os dije que debíamos ayudar a la Confederación Sardoviana antes de que la situación empeorase… ¡Y no me faltaba razón!

—Es hombre muerto, sin duda. Será idiota —dijo la daya Odish con un suspiro—. Una lástima, lo echaremos de menos.

Pero Talasyn se percató de que el ambiente de la mesa cambiaba poco a poco. Algunos de los comensales intercambiaron miradas contrariadas, como si estuvieran de acuerdo con Surakwel. El joven estaba verbalizando sus resentimientos, sus miedos.

—El Imperio de la Noche acabará cayendo, Harlikaan. —Sonaba sincero, apasionado, casi suplicante—. La justicia y la libertad prevalecerán al final. Por una vez, tenemos la oportunidad de situarnos en el lado bueno de la historia.

Una parte de Talasyn apreciaba la destreza con la que Surakwel había arrinconado a la Zahiya-lachis. Al plantarle cara abiertamente, la reina no podía echar mano de las mismas excusas que le había dado a Talasyn, no podía decirle que era mejor que el Imperio de la Noche pensara que estaban dispuestos a cooperar con ellos, tal y como le había dicho a Talasyn. Aun así, le extrañó que Urduja permitiera que la desafiara de forma tan descarada, frente a toda la corte y a otro jefe de Estado, y que no lo mandara detener ni lo echase de allí.

La confusión debió de reflejársele en el rostro, porque Niamha se inclinó hacia ella y susurró:

—Lord Surakwel cuenta con el favor de los más jóvenes y su familia está al mando de uno de los ejércitos privados más grandes del archipiélago. Su matriarca se encuentra postrada en cama; Surakwel es su único hijo y, por tanto, el heredero. Por no hablar de que *también* está emparentado con la Casa Rasmey, uno de los más poderosos baluartes de la reina Urduja. Esta no puede permitirse desairar a Lady Lueve.

Las siguientes palabras de Urduja corroboraron la explicación de Niamha.

—Lo debatiremos en otra ocasión, Lord Surakwel —dijo, tratando de zanjar el tema, y en ese momento Talasyn se dio cuenta de que Surakwel la había desconcertado y ella intentaba ahora volver a tomar las riendas de la situación.

Pero Surakwel no estaba dispuesto a permitirlo.

—¿*Cuándo* vamos a debatirlo? —insistió—. ¿Cuando el acuerdo se haya cerrado ya y Nenavar se encuentre al servicio de Kesath? ¿Cuando hayáis enviado a Su Alteza Alunsina Ivralis a la guarida del lobo? Afirmáis no estar dispuesta a tolerar que yo os sermonee, Harlikaan, ¡pero yo tampoco pienso dejar que la Lachis'ka se case con el Emperador de la Noche! —Se volvió hacia Alaric—. ¿Y bien? ¿Qué tenéis que decir al respecto, *Majestad*?

Era tal el silencio que se había apoderado de la estancia que Talasyn oía los latidos de su corazón. Alaric seguía impertérrito, pese a que todas las miradas estaban ahora puestas en él.

—Por desgracia, no queda nada más que añadir —dijo con calma—. Su Señoría parece haberlo dicho ya todo.

Talasyn no creía posible que Surakwel pudiera enfurecerse más, pero este se apresuró a demostrarle lo equivocada que estaba. La rabia que destilaba era la de alguien que creía fervientemente en sus ideales y ella casi pudo *saborearla*. No había nada más peligroso. Era *incandescente*.

—Pues no me dejáis alternativa, Ossinast. —Surakwel se irguió y su actitud adquirió cierto matiz ceremonioso—. Con el derecho que me otorga mi condición de ciudadano perjudicado del Dominio de Nenavar…

—*¡Lord Surakwel!* —tronó el príncipe Elagbi desde su asiento, pero su enfática advertencia cayó en saco roto.

— … y de acuerdo con las antiguas leyes del Trono del Dragón…

Lueve Rasmey se estaba levantando ya de la silla, con la mano en el corazón.

—Surakwel —murmuró, con el labio inferior temblándole.

— … Yo, Surakwel Mantes, señor de la Marca de la Serpiente, desafío a Alaric Ossinast de Kesath a un duelo sin restricciones.

El séquito de Alaric reaccionó con admirable celeridad, eso había que reconocerlo. Antes de que Talasyn pudiera asimilar siquiera lo que Surakwel acababa de decir, Mathire se puso en pie y corrió hasta colocarse al lado de Alaric, seguida de un hombre que debía de ser Sevraim. Desprovisto de su yelmo y armadura, Sevraim era un hombre de constitución delgada, con el cabello oscuro rizado y la piel de color caoba. Saludó brevemente a Talasyn antes de dirigirse a Alaric.

—Majestad, os aconsejo encarecidamente que no aceptéis el desafío de Mantes —le dijo Mathire con urgencia, pero sus palabras quedaron sepultadas bajo las de Sevraim, que procedió a explicarle entusiasmado su opinión respecto a las debilidades y fortalezas del noble nenavareno, y el mejor método para enfrentarse a él. Aun así, Mathire prosiguió hablando—: Somos huéspedes de la Zahiya-lachis; si acabáis matándolo, nos veremos envueltos en un apuro diplomático. No disponéis de acceso al Pozoumbrío, así que bien podría ser él quien acabase matándoos *a vos*…

Alaric alzó la mano para pedirle silencio. Paseó la mirada por el salón de forma teatral, contempló las tallas de cristal, la reluciente vajilla, los elegantes invitados.

—¿Aquí? —le preguntó a Surakwel con cierta perplejidad.

—¡En pie, cabrón déspota y genocida! —espetó el joven.

Alaric sonrió con más ganas.

—Muy bien, pues aquí. —Se puso los guantes, se levantó y se dirigió a la cabecera de la mesa.

Talasyn se puso también en pie e intentó seguir el ritmo de sus largas zancadas.

—No tienes por qué hacer esto —dijo bruscamente, interceptándolo. Un duelo nenavareno sin restricciones no llegaba a su fin hasta que uno de los participantes moría o se rendía. Alaric no era de los que se rendían y ella no quería que saliera herido. Ella...

Hacía unos meses lo habría lanzado sin problemas por el acantilado más cercano. Pero eso había sido antes de... todo lo demás.

Antes de que crearan los escudos negros y dorados que los habían protegido de las descargas de vacío y de los escombros. Antes de que él le dijera bajo el eclipse carmesí: *Podrías venir conmigo*, cuando le había parecido alguien mucho más joven, alguien que estaba ligeramente perdido. Antes de que se pusiera de su lado cuando descubrió que la familia de ella no le había contado lo de la Noche del Devoramundos. Antes de que le hablara de su madre y le enseñara pacientemente a crear un escudo. Antes de que se comiera el pudin y le tomara el pelo con el cerdo asado.

Algo había cambiado.

No quería que le pasara nada malo.

Talasyn profirió un gritito de lo más indecoroso cuando Alaric la tomó por la cintura y la depositó a un lado para seguir avanzando.

—Quédate aquí, Lachis'ka.

El duelo sin restricciones era el único escenario dentro de la doctrina jurídica del Dominio en el que la destreza física importaba más que la habilidad política, por lo que se consideraba el último recurso. Bárbaro hasta decir basta. Pero las reglas estaban bien claras: todas las condiciones que acordaban los participantes *debían* cumplirse. Por ello, tanto Talasyn como el resto de los comensales se limitaron a contemplar en vilo cómo Surakwel y Alaric se situaban frente a frente, a unos dos metros de distancia.

—¿Cuáles son las condiciones? —preguntó Urduja con brusquedad. La situación parecía provocarle una tremenda jaqueca, pero ni siquiera la Zahiya-lachis era capaz de detener un duelo una vez lanzado el desafío.

—Si yo gano, Ossinast renunciará a su compromiso con Su Alteza Alunsina Ivralis —dijo Surakwel—. Y tanto él como sus lacayos abandonarán de inmediato el Dominio de Nenavar.

—Y si gano *yo* —dijo Alaric—, nuestro joven señor guardará el respeto que se merece al Imperio de la Noche y se abstendrá de comentar asuntos sobre los que no tiene ni pajolera idea.

—Pero ¿qué hace? —le dijo Mathire a Sevraim—. Debería exigir algo que nos beneficiase desde un punto de vista estratégico.

No, pensó Talasyn. *Está siendo inteligente.*

La mente le iba a mil por hora; recordó sus lecciones y los numerosos consejos que Urduja había dejado caer durante las conversaciones que habían mantenido. Vio la situación en su conjunto. Consideró todos los ángulos.

Si Alaric exigía la ejecución o el destierro del aristócrata nenavareno, o cualquier otra cosa que situara al Imperio de la Noche en una clara posición de ventaja, el Dominio no le guardaría demasiado aprecio. Podría provocar, incluso, que Surakwel acabase convertido en un mártir a ojos del pueblo. El hecho de mostrarse indulgente y tratar el duelo como un inconveniente sin importancia posicionaba a Alaric como un gobernante sensato y tolerante, y a Surakwel como un agitador de mecha corta que había montado un numerito en un evento importante.

Era incapaz de apartar la mirada de Alaric. Daba la impresión de estar absolutamente tranquilo y sereno, tal vez, incluso, algo aburrido, con los ojos grises cargados de desdén. Y, sin embargo, emanaba un aire de lo más *particular*, ahí plantado, vestido de negro, rodeado por las ávidas miradas de la Corte del Dominio y las jaulas de sarimán que colgaban de las paredes.

Talasyn se preguntó si de verdad serían esos los motivos de Alaric. Se preguntó, en caso de que fuera así, dónde habría aprendido todo aquello, si le habría resultado sencillo o si al principio le habría costado, al igual que le estaba costando a ella.

Se preguntó por qué, incluso después de todo el tiempo que había pasado, seguía sin poder entenderlo.

Casi todo el mundo se había puesto de pie para ver mejor el enfrentamiento, olvidando el banquete. La reina Urduja mandó a un par de criados a buscar las armas del duelo y, para cuando estos volvieron, la tensión crepitaba en el ambiente.

Eran unas espadas tradicionales nenavarenas, con la hoja de acero más estrecha en la base y un pico que sobresalía de la parte plana de la punta. Los gavilanes de la empuñadura de madera tenían diseños ondulados grabados y el pomo representaba la cabeza de un cocodrilo con las fauces abiertas, profiriendo un bramido eterno y mudo.

Al principio, Alaric sujetó la espada como sopesándola, mientras una expresión de desagrado oscurecía su pálido semblante. Era mucho más pesada que una espada hecha de sombras, menos manejable y totalmente inalterable. Adoptó la misma postura que Surakwel, con los pies separados formando un ángulo perpendicular y las rodillas ligeramente flexionadas.

El combate dio comienzo sin ceremonia alguna. Toda la estancia se quedó en silencio en cuanto Surakwel cargó hacia delante y Alaric salió a su encuentro. Las espadas de ambos chocaron, emitiendo un estruendo metálico. El nenavareno se apartó con un giro y volvió a embestir, pero Alaric lo detuvo con una estocada hacia el lado.

Los hombres se contemplaron durante unos instantes, moviéndose en círculo como dos depredadores cuyos caminos se han cruzado. Daba la impresión de que estaban recuperando el aliento, pero Talasyn sabía que no era así. Habían acabado de tantearse, cada uno había comprobado el alcance y el tiempo de reacción del otro, y ahora el duelo estaba a punto de comenzar en serio.

Le resultaba extraño quedarse al margen, con el cuerpo vibrándole de energía, pero sin poder intervenir. Le resultaba extraño permanecer ahí plantada y observarlos intercambiar una serie de ataques frenéticos. Ambos estaban igualados, recorriendo de arriba abajo la extensión del untuoso salón mientras lanzaban una estocada tras otra. Surakwel blandía la espada con la destreza de alguien que llevaba manejando el arma en cuestión desde pequeño, pero Alaric tenía más músculo y atacaba con una precisión que conseguía atravesar las defensas de su oponente una y otra vez. Fue el primero en herir a su contrincante; la punta en forma de púa se deslizó por el bíceps de Surakwel, haciéndole un corte.

Talasyn oyó gritar a Lueve y vio, por el rabillo del ojo, que Niamha se estremecía como si hubiera recibido ella el golpe. La sangre goteó de la herida de Surakwel hasta el suelo de mármol, pero él hizo caso omiso y lanzó una nueva ofensiva, más rápida y temeraria que la anterior.

Retrocede, instó Talasyn en silencio a Alaric, sin saber por qué se ponía de su parte.

Alaric cedió terreno y fue retrocediendo cada vez más hasta llegar a la pared del fondo. Surakwel asestó una estocada a la luz de las antorchas y más sangre salpicó las baldosas, esta vez proveniente de un corte en el muslo de Alaric. A Talasyn estuvo a punto de salírsele el corazón del pecho. Un destello amenazador iluminó los ojos del emperador y ella recordó el lago helado a las afueras de Prunafría. Recordó aquella lejana noche de invierno, las llamas de la ciudad, la luz de las lunas y el tono dorado y negro que lo teñía todo.

Alaric se lanzó hacia delante e hizo retroceder a Surakwel hasta que estuvieron de nuevo situados a la altura de la mesa. Dio su siguiente golpe con tanta fuerza que le arrancó el arma de las manos. Esta se deslizó por el suelo, fuera del alcance del nenavareno, y el tiempo pareció ralentizarse mientras Alaric avanzaba hacia él, echando el codo hacia atrás para asestarle otro golpe...

Surakwel esquivó la arremetida y recuperó la ballesta de la que se había deshecho al llegar. Alzó el brazo y disparó; Talasyn oyó que alguien profería un grito ahogado, y tardó un instante en comprender que había sido ella. *Ella* había emitido ese sonido.

Alaric desvió la flecha de forma automática. No blandía una espada forjada en sombras con la que detener proyectiles, pero el arma estaba hecha de acero nenavareno, y la flecha rebotó en la hoja, se estrelló contra la pared y descolgó una de las jaulas de sarimán, que cayó al suelo y se alejó rodando con un ruido sordo.

Talasyn estaba demasiado cerca de otra de las jaulas como para poder recuperar sus habilidades, pero presenció el momento exacto en que la magia del Pozoumbrío inundó a Alaric de nuevo. Vio una expresión de triunfo en sus ojos grises antes de que estos adquirieran un brillo frío y plateado, y una salvaje oleada de euforia recorrió su ancha silueta. Ni la política ni la diplomacia tenían ya cabida en su interior. Era una criatura movida por el instinto, atrapada en las redes de su magia.

Arrojó a un lado la espada nenavarena. Una lanza negra apareció en su mano cuando el chirrido gutural del Pozoumbrío atravesó el aire. Se la arrojó a su contrincante mientras los espectadores gritaban y Talasyn...

... Talasyn sabía que si Surakwel Mantes moría aquella noche, el Dominio se sublevaría. Pese a que la alianza con el Imperio de la Noche había sido idea de la reina Urduja, el pueblo era más que capaz de rebelarse contra ella. Ya lo habían hecho antes.

Sin dedicar ni un instante a pensar en su propia seguridad, Talasyn salió disparada hacia la zona de combate. Los tacones la hicieron resbalar un poco, pero consiguió no caerse y se interpuso entre los dos contrincantes. La Telaluz volvió a fluir por sus venas, dorada e intensa, como un impulso que vuelve a aflorar tras un largo letargo. El halo crepitante y oscuro de la lanza de sombras que se precipitaba hacia ella invadió su campo de visión. Fue presa del pánico; debía urdir algún arma, pero no se le ocurría ninguna con la que bloquearla, no sabía cómo defenderse...

Alzó una mano y de sus dedos se derramó una masa informe de magia luminosa que chocó con la lanza. Sin embargo, Alaric había creado su arma con la intención de matar, mientras que ella no tenía ni idea de lo que estaba haciendo, y las sombras atravesaron el endeble velo de luz como un cuchillo de caza al hundirse en la mantequilla, sin desviarse de su letal trayectoria.

Al otro lado de la oscuridad y el éter, vio que Alaric abría los ojos plateados de par en par. Vio que trazaba un rápido movimiento con el brazo y desviaba la lanza justo antes de que esta le perforase el pecho. El arma voló en dirección al techo y Talasyn notó una punzada de dolor cuando el filo de la cuchilla le pasó rozando el brazo derecho.

Profirió un grito ahogado, pero este quedó sepultado bajo las voces de la muchedumbre y el estruendo que produjo la lanza mágica al chocar contra el mármol. El arma arañó el techo y se desvaneció, dejando caer una fina capa de polvo blanco.

Un silencio estremecedor se apoderó de la estancia. Talasyn alzó la cabeza y dirigió a Alaric una mirada desafiante que no se correspondía con lo que en realidad sentía, pues lo ocurrido la había dejado conmocionada. El joven respiraba de forma entrecortada. Su impasible fachada se había venido abajo. Pese a que ya no estaba canalizando la magia del Pozoumbrío, sus ojos resplandecían de furia y se había quedado aún más pálido. Avanzó hacia ella y Talasyn se preparó. Aquel vestido *no* estaba hecho para el combate, pero, si permanecía alejada del resto de las jaulas, podría plantarle cara.

¿Ya está?, quiso preguntarle. *¿Vamos a enfrentarnos aquí y ahora?* Trató de interpretar sus intenciones a partir de la tensión de sus hombros, del frenético vaivén de su pecho, de cada uno de sus acechantes pasos. *¿Podré contigo en esta ocasión, cuando eres tú el que está furioso?*

Cuando se detuvo frente a ella, Talasyn se percató de que Alaric tenía la vista clavada en la herida de su brazo. La lanza le había desgarrado la manga unos centímetros por encima del codo, dejando al descubierto una herida que se vertía, carmesí, sobre la iridiscente tela turquesa que la rodeaba.

—Llama a un sanador y que se ocupe de la herida de inmediato —dijo él, apretando los dientes.

—Es un rasguño de nada —protestó ella—. No hace falta…

Él la interrumpió, utilizando un tono de voz *horrible*.

—No me lleves la contraria, Talasyn.

Acto seguido, se volvió hacia los atónitos nobles, que estaban sumidos en un silencio sepulcral.

—Desde que mis hombres y yo llegamos a Eskaya, hemos hecho todo lo posible por relacionarnos con el Dominio de forma pacífica. —El tono de Alaric era frío, pero Talasyn se encontraba lo bastante cerca de él como para vislumbrar el fulgor incandescente de sus iris grises—. Por desgracia, no habéis considerado conveniente demostrarnos la misma cortesía. Parecéis abrigar la impresión de que podéis manejarnos a vuestro antojo, pero eso se ha acabado. —Fulminó con la mirada a Urduja—. Harlikaan, me he pasado las tres últimas tardes entrenando a vuestra heredera para poder salvar *vuestro* reino, y esta noche ha resultado herida porque todavía es incapaz de crear un escudo. Las habilidades etermánticas de la Lachis'ka jamás mejorarán mientras sigáis prohibiéndole el acceso a su punto de unión. No solo nos estáis haciendo perder el tiempo a ambos sino también condenando a vuestros súbditos… y todo porque os negáis a dar el brazo a torcer en este asunto en particular. La llevaré a Belian yo mismo. A partir de ahora, no seréis vos quien dicte a dónde puedo o no puedo ir.

Lo primero que quiso hacer Talasyn fue preguntarle a Alaric quién se creía que era para intervenir en aquel asunto. Sin embargo, justo cuando se disponía a abrir la boca, él le dirigió una mirada furibunda de reproche. Como si supiera que tenía ganas de pelea y él estuviera diciéndole que lo dejara estar.

De normal, Talasyn habría hecho caso omiso de sus advertencias..., pero, al mismo tiempo, las palabras de Alaric le llamaron la atención poderosamente.

Había dicho que el punto de unión era *de ella*. No de Urduja ni del Dominio.

La Grieta de la cordillera de Belian estaba hecha de la misma magia que fluía por sus venas. Únicamente respondería ante ella.

—Además, dejaréis de restringirnos a mi Legión y a mí el acceso al Pozoumbrío. —Su tono había adquirido un cariz siniestro—. Llevaos vuestras queridas jaulas; no quiero volver a verlas. Mañana será el último día de negociaciones. Si para entonces no hemos alcanzado un acuerdo, consideraos oficialmente en guerra. Y dentro de cinco meses, cuando el Vaciovoraz se cierna sobre vosotros, tendréis que apañároslas solos.

Talasyn esperaba que la Zahiya-lachis se resistiera, pero Urduja se limitó a asentir, como si fuera consciente también del peligro que corría el reino.

Alaric le devolvió el asentimiento, pero el gesto desprendía cierta actitud burlona. Abandonó el salón sin decir nada más, y Sevraim y Mathire fueron tras él. Mientras se marchaba, Talasyn se fijó en que cojeaba ligeramente por el corte de la pierna.

CAPÍTULO VEINTICUATRO

En cuanto la delegación kesathense se hubo marchado, el caos no tardó en desatarse en el salón de banquetes. Mientras un sanador le curaba la herida a Talasyn, los nobles del Dominio se pusieron a hablar todos a la vez, algunos entre gritos y otros con grandes aspavientos, sin que nadie se pusiera de acuerdo sobre si Surakwel Mantes había hecho bien en desafiar al Emperador de la Noche durante un banquete real.

Entretanto, el sujeto de la disputa se levantó del suelo y se acercó a Talasyn.

—Bienvenida a casa, Alteza. Parece que os debo el pellejo —señaló Surakwel—. Una deuda de vida, por así decirlo.

—La deuda de vida se fundamenta en el código de honor nenavareno —observó Talasyn, inhalando con fuerza debido al dolor mientras el sanador le limpiaba la herida con un té de hojas de guayaba hervidas en licor de palma—. *Vos* habéis tomado una ballesta durante una pelea de espadas, lo cual no se me antoja particularmente honorable.

Surakwel se encogió de hombros, sin mostrar arrepentimiento alguno.

—Era la oportunidad perfecta para matar dos pájaros de un tiro: habría salvado a Nenavar y os habría ahorrado la boda. Lo único que lamento es que no saliera bien.

El joven acababa de volver al Dominio. Ignoraba que los nenavarenos tenían la esperanza de que la magia combinada de luz y sombra subyugase al Vaciovoraz. Talasyn optó por dejar que fuera Niamha quien se ocupara de ponerlo al corriente; la daya se aproximaba a toda prisa con una expresión atronadora en el rostro.

Mientras Niamha increpaba a Surakwel por ser un mamarracho imprudente y poner en peligro la vida de la Lachis'ka, el sanador terminó de aplicarle a Talasyn una cataplasma de ajo, miel y corteza de alcanfor en el brazo y se despidió. Talasyn repasó lo ocurrido en su mente y un escalofrío la recorrió cuando por fin asimiló lo cerca que había estado Alaric de recibir el disparo de la ballesta.

Habría supuesto la guerra. Habría supuesto el fin de Nenavar a manos del Devoramundos.

Habría supuesto la muerte de Alaric, si la flecha hubiera dado en el blanco.

Era aquello último, sobre todo, lo que le generaba un malestar de lo más peculiar. Tenía que ir a ver a Alaric. Tenía que asegurarse de que estuviera bien.

Pero antes…

Talasyn desvió la mirada hacia los nobles, que seguían a la gresca. A los aliados de la reina Urduja no les hacía ninguna gracia que el futuro de Nenavar corriese peligro por culpa de las acciones de Surakwel, pero un buen número de damas y señores habían aprovechado la oportunidad para expresar su disconformidad con el compromiso. No era una cuestión que la Zahiya-lachis pudiera zanjar con simples palabras, y cada vez resultaba más evidente que estaba perdiendo el control de la situación.

Talasyn examinó el océano de rostros beligerantes y orgullosos y una revelación la sacudió. Podría haberlo evitado o mitigado de alguna manera. Cada vez que había tratado a Alaric como si fuera escoria, cada vez que había dejado que los nenavarenos lo criticaran, lo que había hecho era reforzar en sus mentes la idea de que la Lachis'ka era una pobre víctima. Aquello iba en contra de su cultura matriarcal. El príncipe Elagbi no se había equivocado al decir que la corte se dejaría guiar por Talasyn y el profundo rechazo que le provocaban sus circunstancias se había extendido entre ellos.

Había permitido que sus emociones la dominasen y, al hacerlo, no solo había llevado al Dominio un paso más cerca de enzarzarse en una guerra que no podían ganar, sino que había comprometido aún más la seguridad del remanente sardoviano, incrementando el riesgo de que los descubriesen. Y estaba condenándolos *a todos* a claudicar frente al Vaciovoraz.

Faltaban cinco meses para la Oscuridad de las Lunas Ausentes.

Cinco meses para que todo acabara, si no le ponía remedio a la situación.

—Nadie me obliga a casarme. —Las palabras de Talasyn se elevaron por encima del bullicio, y todas las miradas se posaron en ella—. Mi postura es la misma que la de la Zahiya-lachis. Acepté la mano del Emperador de la Noche voluntariamente. —Tenía la impresión de que la voz se le iba a quebrar en cualquier momento, pero se mantuvo firme y cumplió con su deber, se aferró a aquella parte de sí misma que siempre perseveraba, que había sobrevivido a las tormentas, al acecho de la muerte y a todo lo que le había deparado la Guerra de los Huracanes—. ¿Acaso no he demostrado igualarlo en fuerza? —preguntó, pues el instinto le decía que no debía dejar que los nobles olvidaran lo que habían presenciado aquella noche. Alaric era poderoso, pero ella también—. Nadie me ha subyugado. Mañana, cuando hayamos finalizado el acuerdo, será mi prometido. Y *le brindaréis* el respeto que se merece como mi futuro consorte.

Le repateaba decir aquello. Pero como en tantas otras cosas, no había alternativa.

En cuanto se encontró en sus aposentos, Talasyn se dirigió a toda prisa hacia la puerta lateral que daba al jardín de orquídeas. Sus tacones de plata resonaron sobre el sendero de piedra que conducía a la habitación de Alaric. Las luces del ala de invitados estaban apagadas, pero irguió los hombros y llamó a la puerta de todos modos.

Un resplandor dorado proveniente de una lámpara se filtró por la ventana. La puerta se abrió de golpe.

Una mano grande y fuerte se cerró en torno a su brazo sano y la metió en la habitación, para luego soltarla de inmediato. Su gritito de indignación se entremezcló con el portazo.

—¿Qué te dije sobre lo de ponerme la mano encima? ¿Cómo te atreves...? —balbuceó Talasyn, pero el resto de la frase quedó colgando cuando Alaric terminó de echar el cerrojo y se volvió hacia ella.

—Tendrás que perdonarme por no querer ponerles las cosas fáciles a tus francotiradores. —Su voz podría haber congelado la cascada del jardín. Se había quitado los guantes y el abrigo. La camisa de color marfil se ceñía a su poderosa figura, incapaz de disimular la tensión que se había apoderado de la parte superior de su cuerpo. Sus ojos grises se habían oscurecido tanto que parecían casi negros, en contraste con la palidez de su rostro, y destellaron con una expresión de amenaza apenas contenida.

—No digas tonterías. —Talasyn se dispuso a soltar un bufido de burla, pero se dio cuenta enseguida de que ella habría exhibido la misma actitud paranoica si hubiera estado en su lugar—. He venido a disculparme en nombre del Dominio.

—Eres preciosa pero idiota. —Posó la mirada sobre su brazo herido y dejó que se demorara un poco más de lo necesario antes de volver a su rostro—. ¿Cómo se te ocurre ponerte en medio mientras la lanza volaba hacia él?

Una oleada de ira la recorrió, de color rojo oscuro.

—¿A quién llamas «idiota»?

Alaric se acercó más a ella. Talasyn retrocedió de forma automática hasta golpear el armario con la espalda y quedarse sin escapatoria. Él la encajonó, colocando cada una de sus enormes manos junto a sus hombros. No había más que una pizca de espacio entre sus cuerpos y el aroma de él le abrumó los sentidos, piel cálida impregnada de bosque, bayas de enebro y mirra. Tenía el pelo revuelto, como si la frustración lo hubiera llevado a pasarse los dedos por las ondas color azabache antes de que ella llamase a la puerta. Los mismos dedos que se deslizaron por la superficie del armario hasta que las palmas quedaron situadas a la altura de su cintura.

Talasyn movió las manos también. Las llevó a la parte delantera de su camisa con la intención de darle un empujón, pero por alguna razón *no* lo hizo. Las dejó ahí apoyadas. Notó la calidez y la firmeza de su pecho bajo la seda acanalada, notó los latidos erráticos de su corazón bajo la yema de los dedos. Se sintió subyugada por su abrasadora mirada, por la formidable *masculinidad* que la envolvía, por la electricidad estática que zumbaba y colmaba aquel relampagueante y frágil momento.

—Contéstame, Talasyn —le ordenó Alaric con severidad. Las sílabas de su nombre brotaron de su garganta, bañadas en aquella voz profunda y áspera, mientras los carnosos labios que les habían dado forma se encontraban peligrosamente cerca.

—¿Cuál... cuál era la pregunta? —exhaló ella.

Dioses.

Talasyn quiso que se la tragara la tierra. Pero lo cierto es que no era capaz de recordar lo que le había preguntado; toda lógica, toda compresión de la situación se había desvanecido.

Nadie había estado nunca tan cerca de ella. Nadie se había aproximado tanto, ni siquiera en combate. Solo él. Los labios de Alaric se hallaban a un suspiro de los de ella, al igual que en el bosquecillo de plumerias. ¿Serían tan suaves como parecían? Ansiaba averiguarlo con todas sus fuerzas. Saber qué se sentía al tocar, al *sentir*.

Alaric parpadeó. Una expresión de incredulidad asomó a su rostro y fue sustituida lentamente por la máscara inescrutable que normalmente mostraba. Se apartó de ella y se dejó caer pesadamente en el borde del colchón mientras la estudiaba como haría un lobo con la trampa de un cazador.

—¿Cómo se te ocurre —repitió finalmente con un tono de voz más bajo pero cauteloso— ponerte en medio mientras la lanza volaba hacia él? ¿Cómo has podido hacer algo tan estúpido?

Ahora que la distancia los separaba, Talasyn logró respirar con normalidad de nuevo. Logró despojarse de la extraña inercia que se había apoderado de su cerebro hacía unos segundos y formular una respuesta.

—Intentaba evitar un incidente diplomático. Lo que no me explico es cómo se te ha ocurrido *a ti* seguir con el duelo después de que Surakwel perdiese la espada.

—*Surakwel* —se burló Alaric—. Qué bien que nuestro insurrecto aristócrata y tú os hayáis hecho amiguitos tan rápido.

Talasyn enrojeció, invadida por un nuevo arrebato de ira. Cada vez se le daba mejor utilizar el título adecuado al hablar de los demás, pero aún no lo tenía dominado del todo.

—Ahora no es momento de sermonearme sobre las normas de protocolo.

—No estaba… —Alaric se interrumpió con un suspiro exasperado. Apartó la vista, con la mandíbula en tensión, y Talasyn tuvo la impresión de que se le había escapado algo. De que lo había malinterpretado.

—En fin —prosiguió ella de forma apresurada, acordándose de pronto del motivo de su visita—, como he dicho, quería disculparme en nombre del Dominio por lo ocurrido. Sé que la corte no os ha recibido con los brazos abiertos precisamente, pero eso va a cambiar a partir de ahora. Vengo a reiterar la voluntad de colaboración por parte de Nenavar…

—Ya sé de qué va todo esto, Lachis'ka —la interrumpió Alaric, y volvió a mirarla a los ojos. Por algún motivo, parecía más ofendido que antes—. Si solo te han enviado para que repitas como un loro las palabras de tu abuela, me parece que podemos saltarnos esta parte. Sé lo mucho que te desagrada mi presencia, así que puedes marcharte cuando quieras. —Señaló la puerta con la cabeza—. Y creo que cuanto antes, mejor para ambos.

Talasyn permaneció clavada en el sitio, totalmente aturdida. Quería decirle que se había confundido, que había acudido a su habitación por voluntad propia, que se había escabullido del banquete antes de que Urduja tuviera la oportunidad de hablar con ella. Pero lo más probable era que no se lo creyese, y su insistencia no haría más que empeorar la situación.

Había algo que no le cuadraba y que la obligó a repasar mentalmente los acontecimientos de aquella noche. Los ojos desorbitados de Alaric, contemplándola a través del sombrío halo de la lanza, su insistencia en que llamara a un sanador.

¿Estabas preocupado por mí?, estuvo a punto de preguntarle, aunque se contuvo a tiempo. Toda preocupación que pudiera albergar hacia su bienestar estaba relacionada únicamente con la alianza política.

Talasyn volvía a agarrarse a un clavo ardiendo, como de costumbre, anhelando algo más de lo que en realidad merecía.

Tal vez fuera el orgullo lo que le impidió salir corriendo con el rabo entre las piernas. En cualquier caso, se devanó los sesos en busca de una razón para permanecer allí, y no tardó mucho tiempo antes de que su mirada se posase en el desgarro de la tela que le cubría el muslo a Alaric.

—He venido por si necesitabas ayuda con la herida —dijo—. Puedo avisar a un sanador para que te la vende.

—No hace falta —replicó Alaric—. Ya me he ocupado yo. ¿Has acabado ya con el numerito de enfermera preocupada? Te doy mi palabra de que el descontento del Imperio de la Noche con el modo en que se han desarrollado los acontecimientos de esta noche no interferirá con las negociaciones de mañana, siempre y cuando estas concluyan dentro del plazo establecido. A *eso* has venido, ¿no?

Talasyn reprimió las numerosas réplicas que amenazaban con brotar de sus labios. En cambio, se hizo la remolona, buscando alguna excusa, la que fuera, que le permitiera quedarse en aquella habitación. Y mientras dejaba que sus pensamientos fluyeran sin control, se dio cuenta de algo que la dejó descolocada.

Algo que iba más allá de su intención de apaciguarlo. Más allá de su responsabilidad por garantizar la seguridad de los nenavarenos y los sardovianos.

No quería marcharse.

No sentía ningún deseo de volver a sus aposentos y pasarse la noche dándole vueltas a la cabeza, sumida en un silencio ensordecedor y solitario. Quería quedarse allí con Alaric, dejando que la sacara de sus casillas y la hiciera olvidar la intrincada maraña en la que se había convertido su vida, aunque él mismo fuera el nudo central de esa maraña. Quería discutir con él en su propio idioma, pudiendo emplear expresiones y juegos de palabras que solo la gente del Continente del noroeste entendería. Quería examinar la herida que le había provocado la vieja hoja de metal, asegurarse de que no se le infectara. Quería arrancarle otro asomo de sonrisa.

Quería que no estuviera enfadado con ella.

Talasyn contempló a la imponente figura sentada en la cama, con el pelo despeinado, la mandíbula en tensión y los hombros agarrotados; con la mirada, de color gris carbón, entornada, con el orgullo herido y la enérgica actitud de autocontrol. Y pensó: *Quiero tantas cosas...*

Cosas imposibles.

Cosas que ni siquiera comprendía.

—Dime, ¿qué haces aquí todavía? —preguntó Alaric. El muy capullo.

Se le encendió una bombillita y respondió con otra pregunta:

—¿Cuándo vamos a ir a Belian?

—Lo debatiremos en la reunión de mañana. Márchate. —Al ver que ella seguía dudando, añadió, con el tono de quien estaba a un tris de perder la paciencia—: *Ya*, Alteza. Por favor.

Aunque le repateara que fuera él quien hubiera zanjado la conversación, debía darse por vencida. No podía seguir discutiendo.

Abandonó su habitación con la cabeza bien alta, refugiándose en un sentimiento de orgullo que se le antojó completamente falso, aunque nadie más tenía por qué saberlo. Se obligó a no volver la mirada, ni siquiera cuando sintió los ojos de él clavados en la espalda, y dio un portazo. Estaba a medio camino de su habitación cuando se dio cuenta de *otra cosa*. Algo que había quedado sepultado bajo la tensión del momento pero que ahora la hizo detenerse de golpe, mientras repasaba el encuentro en su cabeza.

Alaric Ossinast había dicho que era preciosa.

Sí, también la había llamado «idiota» inmediatamente después, pero…

Talasyn se dio la vuelta demasiado tarde. En el ala del palacio de Alaric reinaba ya la calma y sus aposentos se encontraban, de nuevo, sumidos en la oscuridad.

CAPÍTULO VEINTICINCO

A Alaric le costó conciliar el sueño aquella noche. Cada vez que cerraba los ojos, veía a Talasyn plantándose de un salto frente a la lanza y a sí mismo desviándola por los pelos, a un instante de perforarle el corazón. Veía la lanza rozándole la parte superior del brazo mientras un grito se le atascaba en la garganta. Veía la sangre brotándole de la herida, un reproche filtrándose a través de su reluciente manga.

Por los dioses, la había herido, había estado a punto de matarla, y la oleada de culpa que lo había invadido había sido tan tremebunda que las rodillas le habían fallado unos instantes antes de poder recomponerse y acercarse a ella para comprobar que estuviera bien, mientras los supuestos «nobles» permanecían boquiabiertos.

¿Por qué le afectaba tanto? Había sido un accidente, y Talasyn y él se habían infligido heridas similares durante sus combates en el pasado. Qué puñetas, ella le había causado una *conmoción cerebral* la noche que se conocieron.

Algo había cambiado y a Alaric no le gustaba un pelo.

Pero lo que menos le gustaba era que, cada vez que cerraba los ojos, seguía viéndola inmovilizada contra el armario, demasiado menuda para sus manos, pidiéndole que le repitiera la pregunta, empleando un tono de voz inusualmente distraído y entrecortado, con los ojos marrones abiertos de par en par. Cada vez que se acordaba de que la había llamado «preciosa» a la cara, se encogía para sus adentros.

No cabía duda de que había sido la pérdida de sangre lo que lo había llevado a cometer tamaña insensatez. Por no mencionar que el hecho de tener que pasar tanto tiempo en la corte nenavarena, un mundo ostentoso donde cada vez costaba más separar lo fingido de lo real, le estaba pasando factura. Un mundo donde la mugrienta e impetuosa soldado que en el pasado había sido su enemiga irrumpía en su habitación ataviada con un elegante vestido, deshaciéndose en disculpas y asegurándole su intención de cooperar.

Estaba claro que Talasyn obedecía las órdenes de su taimada abuela. Al parecer, Urduja estaba haciendo de su pequeña Tejeluces toda una política.

¿Su Tejeluces?

Alaric se incorporó de golpe en la cama, mientras las sábanas se deslizaban hasta su cintura desnuda, y dejó escapar un gruñido de frustración. No supo cuánto tiempo permaneció sentado en la penumbra de su habitación, con las cortinas echadas para evitar que el resplandor de las siete lunas se filtrase por la ventana, pero al cabo de un rato la notó. Una severa llamada sacudía y arañaba los contornos de su magia como si fueran garras, una llamada que era incapaz de ignorar.

Eres el Emperador de la Noche, insistió una parte de él. *No deberías responder ante nadie.*

Se estremeció. Tomó una profunda y meditativa bocanada de aire, componiendo una expresión calmada e impertérrita antes de abrir el Pozoumbrío. Antes de sumergirse en el éter, donde Gaheris lo estaba esperando.

El mundo se sacudió ligeramente mientras Alaric accedía al Espacio Intermedio.

—Padre —dijo, acercándose al trono.

Era evidente que a Gaheris no le hacía ninguna gracia haber estado tanto tiempo sin poder comunicarse con él, pero aún le iba a hacer menos gracia enterarse de la identidad de la Lachis'ka nenavarena. Alaric quería quitarse la cuestión de encima cuanto antes, de manera que le explicó la situación de la forma más breve posible. La mirada de Gaheris destelló, pero su expresión permaneció prácticamente impasible. El único momento en el que demostró algo parecido a un interés genuino fue cuando Alaric le habló de la Noche del Devoramundos.

—Confieso que tu incapacidad para dejarles claro que debías poder comunicarte conmigo me deja algo... *desconcertado* —dijo Gaheris por fin—. ¿Has olvidado que teníamos la sartén por el mango desde el principio? ¿Por qué no utilizaste a tu favor el hecho de que tu magia es crucial para salvarlos?

—Los nenavarenos me consideran el líder del Imperio de la Noche, padre, y habrían cuestionado mi autoridad a la hora de negociar...

—Así que fue una cuestión de orgullo —interrumpió Gaheris con suavidad—. ¿Tal vez no querías quedar mal frente a la Tejeluces? ¿O es que te preocupaba que fuera a censurar vuestra unión?

Alaric permaneció callado. No había posibilidad de seguir defendiendo su postura, no cuando el tono de Gaheris había adquirido aquella engañosa suavidad que casi siempre presagiaba dolor en un futuro inmediato. El aire del Espacio Intermedio se enrareció y la magia oscura crepitó en rincones que no existían en el reino material, mientras formas extrañas acechaban en las sombras.

—Has vuelto a dejar que la chica te nublase el juicio —gruñó el regente—. Sabes *perfectamente* que deberías haberme informado al instante de un descubrimiento de semejante magnitud y aun así no lo hiciste. Te parapetaste en una excusa tan pobre como la de las jaulas de los sarimanes y me ocultaste que vas a casarte con la Tejeluces que deberías haber eliminado hace *meses*.

—¿Pero no es mejor que siga viva? —no pudo evitar preguntar Alaric—. El tratado jamás se habría llevado a cabo sin ella. El Imperio de la Noche no habría sido capaz de detener el Vaciovoraz cuando llegase a nuestras costas.

Su padre se lo quedó mirando durante un rato, con una expresión escrutadora y astuta que lo hizo sentir minúsculo, mientras el miedo, los resentimientos y la culpa lo dejaban hueco por dentro.

—No tengo del todo claro que estés a la altura, muchacho —se burló Gaheris—. El Dominio de Nenavar te embaucará y se abalanzará sobre ti al menor signo de debilidad. Es su maniobra habitual y Urduja Silim sabe muy bien lo que se hace. ¿Cómo crees si no que ha mantenido el trono durante tanto tiempo? Estoy convencido de que está instruyendo a su nieta de la misma manera. La Tejeluces jamás sentirá por ti el extraño encaprichamiento que tú sientes por ella, pero, si no cortas por lo sano, con el tiempo aprenderá a usarlo en tu contra.

—No estoy *encaprichado*… —empezó a protestar Alaric, pero Gaheris lo interrumpió con una carcajada amarga que resonó en los temblorosos márgenes del Espacio Intermedio.

—¿Lo llamamos *obsesión*, pues? —inquirió el regente—. ¿O las fantasías de un blandengue con el que he sido demasiado indulgente? De alguien que, al final, es clavadito a su madre.

Alaric bajó la mirada, humillado. Oír a otra persona verbalizarlo lo hizo sentir insoportablemente estúpido —y *furioso*— por haber dejado que Talasyn se acercase demasiado.

—No creas que se me ha olvidado que hace meses, cuando todavía era una rata sardoviana que no tenía dónde caerse muerta, me sugeriste que la dejara vivir. Me dijiste que sentías curiosidad por la barrera de luz y sombra que habíais creado. Pero no era *solo* curiosidad, ¿verdad?

—Sí lo era —insistió Alaric de forma tajante. Jamás le revelaría a Gaheris las palabras que afloraron de sus labios mientras se enfrentaba a Talasyn bajo el cielo lacerado de Última Morada. *Podrías venir conmigo. Podríamos estudiarlo. Juntos.* Había sido poco menos que traición—. ¿De veras *no* sentís curiosidad, lord regente? La fusión de la magia es algo nunca visto. Podríamos sacarle partido.

Aquello consiguió distraer a su padre, haciéndole olvidar las carencias de Alaric durante unos instantes. Cierta expresión de repugnancia deformó las facciones esqueléticas de Gaheris.

—No permitiré que la Telaluz contamine el Pozoumbrío más de lo necesario —dijo con desprecio—. Puedes crear las barreras con ella hasta haber repelido el Vaciovoraz, pero una vez que haya acabado todo, no quiero que ese tipo de colaboraciones vuelvan a producirse. La Telaluz resulta calamitosa para el mundo. Para nuestra familia. Kesath es perfectamente capaz de prosperar sin ella. ¿Queda claro?

Alaric asintió.

—Cuando vuelvas a Kesath serás castigado por tu insolencia y por la forma tan negligente con la que has gestionado la situación —repuso Gaheris—. De momento, debemos decidir qué hacer con respecto al Dominio de Nenavar y los sardovianos.

—¿Los sardovianos?

Gaheris perdió en aquel momento los estribos y golpeó el reposabrazos del trono de forma tan repentina y cruel que Alaric tuvo que hacer uso de todo su autocontrol para no amedrentarse.

—¡Serás imbécil! —En contraste con la suavidad con la que se había dirigido a él antes, la voz de su padre retumbó, atronadora, y se extendió por el Espacio Intermedio—. ¡Si hubieras usado la *cabeza*, te habrías dado cuenta de lo que tenías delante de las narices! Si es cierto que la Tejeluces no sabe dónde se encuentra la flota sardoviana, ten por seguro que en algún momento intentarán ponerse en contacto con ella. Y tal vez incluso lo consigan. Tendrás que estar atento. E intentar sonsacarle su ubicación, si es que la conoce, después de la boda, cuando haya bajado un poco la guardia.

Alaric frunció el ceño.

—¿Pretendes que siga adelante con el compromiso?

—Al margen de la identidad de la Lachis'ka, una unión con ella sigue resultando ventajosa —repuso Gaheris—. Te voy a explicar cómo tratar con los nenavarenos a partir de ahora...

Las negociaciones concluyeron a primera hora de la tarde del día siguiente. La delegación kesathense se mostró firme y brusca y el Dominio, inusualmente complaciente. A Talasyn le dio la impresión de que aquel día hicieron más concesiones que nunca, echando por tierra todo lo conseguido durante la última semana, pero era evidente que la reina Urduja prefería no alimentar más la cólera de Alaric. El emperador estaba de peor humor que nunca; dejó de lado todo rastro de cortesía y adoptó una actitud hosca y amenazadora que dejaba muy claro que, si los nenavarenos daban otro paso en falso, no dudaría en asolar el archipiélago con su flota.

Ambas partes se turnaron para firmar el contrato y la escena adquirió un carácter ceremonial a medida que los nombres fueron floreciendo por el papel con cada trazo de la pluma. Alaric fue el penúltimo en estampar su firma, una sorprendentemente elegante teniendo en cuenta que la mano enguantada responsable había sido también la causante de innumerables muertes y una inmensa devastación. A continuación le tendió la pluma a Talasyn, que se acercó con paso inseguro. Decidida a dejar de lado el papel de mártir malhumorada, le dirigió a Alaric un cortés asentimiento de cabeza, pero este se negó a devolverle el gesto y permaneció impasible.

Talasyn hizo lo posible por no morirse de la vergüenza y se apresuró a tomar la pluma. Al hacerlo, rozó con los dedos el cuero del guantelete de Alaric y él *retrocedió*, apartando la mano como si hubiera tocado sin querer algo asqueroso.

La cólera la invadió y su orgullo quedó resentido. La noche anterior había dicho que era preciosa y ahora se comportaba como si su mera presencia lo ofendiera.

Intentó firmar el contrato sin que le temblase demasiado el pulso. Todos los presentes la observaban con una expresión inescrutable en el rostro: ni siquiera Elagbi mostró ninguna emoción en aquel momento de solemnidad política.

Talasyn dejó la pluma sobre la mesa. Y tal y como habían comenzado, las negociaciones llegaron a su fin.

Estaba comprometida.

—La boda se celebrará una semana después del eclipse —les informó Urduja—. Nos reuniremos a lo largo de los próximos días para debatir los detalles de la ceremonia, pero de momento podemos dar por concluido el asunto. Esta tarde anunciaré públicamente los esponsales. —Se volvió hacia Alaric y, con una entereza admirable, le preguntó educadamente—: ¿Y cuándo pensáis llevar a Su Alteza a la Grieta de Luz, Majestad?

—Dentro de cuatro días, Harlikaan —respondió Alaric—. Para entonces habremos acabado el registro del archipiélago.

Talasyn guardó silencio, tan perpleja como el resto de la delegación nenavarena. No obstante, Urduja recuperó la compostura de inmediato y ladeó la cabeza.

—¿El registro?

—Sí —dijo Alaric—. En cuanto lo hayamos llevado a cabo, podremos disipar todas las dudas acerca de la legitimidad de nuestra alianza.

Urduja enarcó una ceja.

—¿Qué dudas albergáis todavía, Majestad?

—Las relativas a la posible alianza de mi futura esposa con *otros* grupos —respondió Alaric escuetamente—. Con vuestro permiso, inspeccionaremos el territorio del Dominio para asegurarnos de que las fuerzas de Ideth Vela no estén escondidas aquí.

A Talasyn se le heló la sangre, pero el habitualmente taciturno Kai Gitab tomó la palabra:

—¿Pretende el Imperio de la Noche irrumpir en todas casas del archipiélago? ¿Rebuscar en las bodegas y mirar debajo de las camas? —El tono del raján era tranquilo pero severo, y un destello de indignación iluminó, tras las gafas, sus ojos marrones.

No está al corriente, recordó Talasyn, presa del pánico. Al formar parte de la oposición, Gitab se contaba entre los nobles que no sabían nada del acuerdo al que habían llegado Urduja y Vela.

—No solo supone una grave violación del acuerdo —prosiguió—, sino que también constituye un insulto a la reina Dragón.

—La reina Dragón podrá hablar de insultos cuando retroceda en el tiempo y evite que uno de sus súbditos me rete a un duelo durante un banquete —terció Alaric—. En ese mismo banquete, Surakwel Mantes manifestó sin tapujos su apoyo a la Confederación Sardoviana. No hay modo de saber cuántos más piensan lo mismo en la corte del Dominio. La Lachis'ka, sin ir más lejos, formaba parte del ejército sardoviano. Sería una negligencia por mi parte ignorar todos estos hechos.

Urduja asintió, apretando los labios.

—Por descontado. Resulta crucial que comprobéis de primera mano que Nenavar no intenta engañaros. —Las palabras de la Zahiya-lachis parecían dirigidas más a Talasyn que al emperador, como si percibiera, por la forma en que su nieta estaba frunciendo el ceño, que estaba a punto de poner el grito en el cielo—. ¿Cómo pensáis llevar a cabo exactamente el registro?

Alaric le hizo un gesto a la comodoro Mathire, que tomó la palabra con una arrogancia que sacó a Talasyn de sus casillas.

—Como la búsqueda se centrará, principalmente, en la localización de aeronaves sardovianas, la mayor parte consistirá en un reconocimiento aéreo. Solo enviaremos contingentes de tierra a aquellas zonas que cuenten con poca visibilidad desde el aire. No hará falta registrar las bodegas de nadie. Si desplegamos varios equipos, acabaremos en dos días, aunque nos hará falta un tercero para cotejar los informes. El Emperador de la Noche y la Lachis'ka podrán dirigirse a la mañana siguiente a Belian.

—Para reducir al mínimo la posibilidad de que se produzca algún complot, debo insistir en que la Lachis'ka permanezca en el palacio, donde pueda tenerla vigilada mientras mi flota emprende las labores de búsqueda —añadió Alaric—. El segundo día, efectuaré una inspección por mi cuenta a bordo de la *Libertadora* y Su Alteza me acompañará.

No digas sandeces, quería espetarle Talasyn, seguido de: *No pienso ir a ninguna parte contigo*, pero Urduja se apresuró a responder:

—Confío en que permitáis la presencia de las guardias de Alunsina a bordo de la nave.

—Así como *mi* presencia —dijo Elagbi.

Alaric apretó la mandíbula. Seguramente no le hacía ninguna gracia tener que soportar a más nenavarenos de los estrictamente necesarios a bordo de su nave.

—No deseo causaros ninguna molestia, príncipe Elagbi.

—No es molestia. —Elagbi sonrió mostrando los dientes—. Es más, me encantaría pasar más tiempo con mi futuro yerno.

Alaric palideció y una parte de Talasyn, la más mezquina, no pudo evitar regocijarse al presenciar su incomodidad.

—Lachis'ka —murmuró Alaric sin mirarla—, no seguiremos entrenando en el palacio. Pospondremos las sesiones hasta que estemos en el templo de Belian.

—Hasta después de que hayas acabado de aterrorizar a Nenavar, dirás —murmuró Talasyn. Urduja le lanzó una mirada de advertencia, pero ella hizo caso omiso.

Alaric se encogió de hombros.

—Llámalo como prefieras. A mí me trae sin cuidado.

Y, dicho aquello, la firma del tratado entre el Imperio de la Noche y el Dominio de Nenavar concluyó de la forma más amarga.

Como era lógico, sabía que su abuela tenía unos cuantos ases guardados bajo la enjoyada manga, ya que de lo contrario jamás habría consentido que Kesath registrase el archipiélago. Pero la lógica no tenía nada que hacer frente al miedo, y Talasyn pasó el resto de la tarde sumida en un estado de pánico apenas contenido. Para cuando cayó la noche y Urduja la convocó a su salón privado, estaba de los nervios.

Además de la Zahiya-lachis, en la habitación había otras dos personas: Niamha Langsoune e Ishan Vaikar. Esta última le dedicó a Talasyn un guiño travieso.

—En mi opinión, lo más probable es que Kesath no se percate de la existencia de Sigwad. No resulta visible desde la zona occidental del archipiélago, y el mapa que les hemos proporcionado se trazó antes de que el Ojo del Dios de las Tormentas formara parte del Dominio —explicó Urduja a Talasyn—. Aunque se toparan con el estrecho, tenemos la forma de capear la situación. No quiero que te preocupes.

Talasyn habría respondido que ya era demasiado tarde para eso si el objeto que se encontraba en medio del salón no hubiera captado su atención.

En el interior de un vivero rectangular de madera rojiza y vidriometal, vio a uno de los monos diminutos de pelaje marrón con los que se había cruzado hacía meses durante su excursión por la selva de Sedek-We.

El vivero estaba conectado, mediante una serie de finos cables de cobre, a un círculo de frascos de vidriometal tapados con unos precintos de níquel en forma de cebolla y adornados con unos diales semejantes a engranajes de relojería. Dentro de cada frasco había un núcleo resplandeciente de magia color zafiro salpicado de partículas rojas que goteaban y se fundían como el mercurio.

—¿Qué sabéis de los espectrales, Alteza? —preguntó Ishan, señalando a la criatura aferrada a una rama.

El pequeño primate parpadeó y miró a Talasyn con aquellos ojos desconcertantemente grandes mientras ella respondía:

—Poca cosa.

—Bueno, suelen desvanecerse cuando se asustan o para huir de los depredadores. Tras estudiarlos durante años, hemos llegado a la conclusión de que lo que hacen en realidad es desplazarse entre planos —explicó Ishan—. Del mismo modo que vos podéis acceder a la dimensión conocida como la Telaluz, los espectrales poseen un rasgo genético que les permite viajar a voluntad a otras dimensiones del eterespacio. Creemos que los dragones utilizan un mecanismo similar, lo que explicaría su cualidad escurridiza pese a su tamaño, aunque nos resulta imposible, claro está, probar nuestro método actual de evaluación en criaturas tan grandes…

Urduja carraspeó con énfasis.

Ishan bajó la cabeza y esbozó una sonrisa avergonzada.

—Os pido disculpas. Cuando me pongo a hablar de trabajo, me emociono y no paro. —Señaló el círculo de frascos y cables—. Es un dispositivo amplificador. Los Encantadores podemos darle diferentes usos a la sangre de sarimán combinándola con la magia del Lluviantial. Hemos conseguido cosas increíbles. Por ejemplo, podemos aprovechar la cualidad innata que poseen los sarimanes para influir en un radio de siete metros de su entorno mientras anulamos, al mismo tiempo, su capacidad para inhibir las habilidades etermánticas de los individuos. Y si lo combinamos con la habilidad de los espectrales para desvanecerse, podemos… daya Langsoume, si nos hacéis el favor…

Niamha se situó en el interior del círculo. Durante un instante, en su rostro asomó una expresión de incertidumbre que Talasyn jamás le había visto, aunque desapareció de inmediato. Ishan trasteó con los diales de las tapas en forma de cebolla. En cuanto hubo acabado se apartó de Niamha y golpeó el vivero con suavidad.

La reacción del espectral fue instantánea. Desapareció en un abrir y cerrar de ojos. Los filamentos de cobre irradiaron un fulgor blanco y el éter fluyó entre el tanque y el dispositivo amplificador en forma de finas y brillantes corrientes. Unas ondulaciones recorrieron el núcleo de magia de lluvia y la sangre de sarimán antes de que un destello invadiera las paredes de vidriometal, y entonces…

Niamha desapareció.

Así sin más. La daya de Catanduc había estado ahí plantada y, de pronto, ya no lo estaba.

—Hemos conseguido replicar el efecto en uno de nuestros buques de guerra con batangas —Ishan interrumpió el silencio atónito que se había apoderado del salón de la Zahiya-Lachis—. Y no hay motivos para creer que no vaya a funcionar igualmente con los navíos sardovianos, incluso con las naves de tormenta. —Señaló el vivero con la mano—. Hemos equipado los filamentos de aquí con la magia etérica extraída de la sangre de sarimán. Esto hace que todos los que se encuentran dentro del rango de alcance del dispositivo amplificador permanezcan ocultos en otro plano, invisibles, hasta que un Encantador detiene el proceso.

Dicho aquello, movió los dedos y los núcleos de sangre y magia del interior de los frascos se atenuaron. Los cables de cobre zumbaron una última vez antes de apagarse. El espectral se materializó de forma tan silenciosa como había desaparecido, al igual que Niamha, que parecía algo asustada, pero por lo demás ilesa.

—Permanecen del todo ocultos —repuso Ishan con la satisfacción de quien ha hecho un buen trabajo—. Completamente indetectables.

Urduja tomó entonces la palabra.

—Hemos enviado varios emisarios a las tropas de Vela hace unas horas y ahora mismo están coordinándolo todo —le dijo a Talasyn—. Mientras coloquemos los amplificadores de forma estratégica, los refugios y las plataformas de aterrizaje que hay repartidos por las islas de Sigwad permanecerán ocultos. Desde el aire, parecerá que el Ojo del Dios de las Tormentas está deshabitado. Cuando Kesath sobrevuele la zona, no verán más que arena, rocas y agua. Si las tropas peinan los densos manglares, no encontrarán nada. Y todo esto contando con que se percaten de la existencia de las islas de Sigwad. Yo, desde luego, no pienso decirles nada.

—¿Estás bien? —le preguntó Talasyn a Niamha.

—Muy bien, Alteza. —Niamha restó importancia a la preocupación de Talasyn—. No me ha dolido nada. Era como estar en una habitación extraña con las luces apagadas. Podía moverme, hablar y respirar con normalidad, pese a que mi entorno era... insustancial.

—El eterespacio está plagado de dimensiones similares —explicó Ishan—. Son como las celdas de un panal. Al usar la habilidad de los espectrales accedemos a un tipo de dimensión en particular, una especie de lugar *intermedio* bastante neutro, aunque también existen las dimensiones de energía mágica como la Telaluz y el Pozoumbrío. A saber qué otras cosas hay ahí fuera.

—Concentrémonos de momento en las cuestiones que afectan a *esta* dimensión —repuso Urduja—. Como ves, Alunsina, no hay de qué preocuparse. En cuanto Kesath compruebe que los sardovianos no se hallan dentro de las fronteras del Dominio, Alaric Ossinast bajará la guardia. Pero no podrás relajarte: tendrás que seguir haciéndole creer que no tienes ni idea del paradero de tus camaradas. Durante cada segundo del día. Deberás irradiar seguridad por los cuatro costados. Sin que nada te delate.

Talasyn se había quedado tan sobrecogida como cuando había visto a los dragones por primera vez. Aquella tecnología podía aplicarse de formas muy variadas. Puede que el Imperio de la Noche hubiera creado las naves de tormenta, pero tardarían *años* en alcanzar el nivel de desarrollo del Dominio.

En aquel momento, Talasyn comprendió, en un arrebato de lucidez, que la Guerra de los Huracanes aún no había llegado a su fin. Con la ayuda de Nenavar, Sardovia todavía podía recuperar el Continente del Noroeste. Tenía que haber un modo de recuperarlo. Ella daría con él. Algún día, se le ocurriría.

Su mente ardía de curiosidad. Ansiaba visitar Ahisma y comprobar de primera mano qué otros inventos maravillosos estaban desarrollando Ishan y los suyos. Pero aquello podía esperar; antes debía afrontar el registro del archipiélago y lo que se avecinara después.

CAPÍTULO VEINTISÉIS

Los dos días transcurrieron sin incidentes y el hecho de que aquello extrañara un poco a Alaric decía mucho acerca del estado en el que se encontraba su vida. Con los convoyes del Dominio en estado de alerta por si surgía algún problema, las fuerzas kesathenses peinaron el archipiélago, aunque no hubo nada destacable de lo que informar salvo algún que otro avistamiento de dragón.

Mathire había acertado con sus estimaciones: durante la tarde de la segunda jornada de búsqueda, los distintos equipos casi habían acabado de registrar sus respectivas zonas. Lo único que quedaba por hacer era cruzar el espacio aéreo nenavareno a bordo de la *Libertadora*, aunque llegados a aquel punto, se trataba de algo más ceremonial que otra cosa.

Mientras Mathire acababa de explorar las selvas con sus hombres, Alaric y Sevraim partieron hacia la nave de tormenta unas horas antes que Talasyn y su padre. Alaric estaba impaciente por abandonar los empalagosos muros de la Bóveda Celestial. La mayor parte de las tropas habían vuelto a Kesath hacía unos días, por lo que en el Dominio solo quedaban su flota y la de Mathire. Mientras su convoy se alejaba de la costa nenavarena y el cálido sol tropical iluminaba los familiares acorazados que se cernían sobre el Mar Eterno luciendo con orgullo la quimera kesathense, Alaric tuvo la sensación de estar respirando aliviado por primera vez en mucho mucho tiempo.

Las Lachis-dalo desembarcaron del bote que los había trasladado desde la goleta diplomática a la *Libertadora* con actitud tensa. Talasyn no podía culparlas. Aunque técnicamente no estaban pisando territorio enemigo, pues ambos reinos habían firmado el tratado de paz, la presencia de los numerosísimos soldados kesathenses que los esperaban en el hangar resultaba desconcertante. Lo cierto era que Talasyn se había pasado la mayor parte del trayecto en goleta desde Eskaya barajando mentalmente diversos planes de huida.

No obstante, el vestido en el que Jie la había embutido no estaba hecho precisamente para salir corriendo. Aunque el corpiño de color azafrán estaba tan recubierto de perlas y cristales de cuarzo que lo más probable era que ninguna flecha pudiera atravesarlo, el escote era... *increíblemente* generoso. Un movimiento brusco y Talasyn acabaría enseñándoles sus encantos a los soldados kesathenses, algo que nadie quería que ocurriese. Además, la falda no era en absoluto cómoda; se le ceñía a las caderas y los muslos y se abría ligeramente por debajo de las rodillas, con enormes pliegues en forma de abanico en algunas zonas. Si se le ocurría echar a correr, acabaría desgarrando alguna costura.

Así pues, Talasyn desembarcó en el hangar de la nave de tormenta sintiéndose bastante descontenta y constreñida. Alaric encabezaba la formación y Sevraim estaba justo detrás.

—Cuántos soldados, Majestad —comentó el príncipe Elagbi mientras Talasyn y él se aproximaban—. Cualquiera diría que no os fiais de vuestros aliados.

Alaric hizo caso omiso a la pulla.

—Bienvenidos a bordo, Excelencia, Alteza.

Miró a Talasyn, fijándose en ella por primera vez desde que habían llegado y...

La chica no supo qué ocurrió exactamente. La mirada del emperador aterrizó primero en su rostro y luego se deslizó hacia abajo.

Apretó los puños y, durante un breve instante, compuso la expresión de alguien que está ahogándose con su propia lengua, según le pareció a Talasyn. Pero el gesto desapareció en un abrir y cerrar de ojos.

Alaric se dio la vuelta y salió del hangar. A Talasyn y a Elagbi no les quedó más remedio que ir tras él, seguidos por las Lachis-dalo. Talasyn estaba desconcertada por el comportamiento de Alaric y quiso comentar el asunto con su padre, pero cambió de idea. Elagbi se encontraba demasiado ocupado contemplándolo todo anonadado y era evidente que no había notado nada raro. El interior de la *Libertadora* no podía compararse con el castillo flotante que era la *W'taida*, pero el príncipe nenavareno nunca había estado a bordo de una nave de tormenta y Talasyn suponía que cada centímetro del austero espacio le resultaba fascinante.

Sevraim se situó a su lado. Su atractivo rostro estaba oculto tras su yelmo de obsidiana, pero Talasyn percibió su untuosa sonrisa cuando le dijo:

—Qué alegría teneros a bordo, Lachis'ka. Vuestra presencia proporciona algo de vidilla a un lugar tan insulso como este, desde luego.

—Me parece que nadie más opina lo mismo —dijo Talasyn de forma mordaz.

El legionario hizo un gesto en dirección a Alaric, como restando importancia a sus palabras.

—No hagáis caso a Su Avinagrada Majestad. Cuando se lo conoce no es tan horrible.

—Sevraim —advirtió Alaric—, deja de darle la lata.

—¿Os reserváis para vos el privilegio de darle la lata, Emperador Alaric? —bromeó Sevraim y Talasyn se quedó boquiabierta.

Pero en lugar de fulminar al legionario, Alaric se limitó a lanzarle a Talasyn una mirada sufrida por encima del hombro.

—Mis disculpas.

Sevraim se echó a reír. La forma en que se metía con Alaric le recordó a las bromas que Khaede solía gastarle a ella, y de pronto, el sentimiento de pérdida que le provocaba la ausencia de Khaede, el no saber qué había sido de ella, volvió a sacudirla.

Le costó más que nunca despojarse de aquella sensación, pero finalmente logró recuperar la compostura al ponerse a reflexionar acerca de lo extraño que le resultaba que Alaric tolerase que uno de sus subordinados le hablase de aquella manera.

El estruendo de los corazones de éter recorrió las paredes de acero, acompañado por el chirrido de la maquinaria cuando la nave de tormenta se puso en marcha. Después de que Alaric le dirigiera una severa inclinación de cabeza, Sevraim se marchó, seguramente, para ir a ocupar su puesto mientras la *Libertadora* sobrevolaba el archipiélago. Alaric condujo a la delegación nenavarena hasta el ala de oficiales, donde se detuvo y se volvió hacia Talasyn y Elagbi.

—¿Os apetece un refrigerio? —preguntó.

Talasyn dio un respingo.

—¿Un refrigerio?

—Habéis sido muy amables al acceder a mi petición. Sería una descortesía por mi parte meteros en la sala de descanso sin ofrece-ros el mejor vino que tengo a bordo. —Extendió la invitación sin el menor atisbo de cordialidad. Era evidente que Alaric estaba cumpliendo con lo que exigían las convenciones sociales de forma mecánica y esperaba que sus *invitados* rechazasen el gesto—. Dada la situación, entendería que mi presencia os resultase intolerable. Por favor, poneos cómodos mientras yo superviso la búsqueda.

En un arrebato de impulsividad e imprudencia, Talasyn optó por dejarlo en evidencia.

—Me encantaría tomar una copa de vino. E insisto en que os unáis a nosotros, Majestad. —Una oleada de mezquino triunfo la recorrió al contemplar la expresión de sorpresa y fastidio que cruzó el rostro de su prometido—. Seguro que podéis posponer un rato lo de pegar la nariz a las ventanas y escudriñar el suelo.

Alaric miró a Elagbi como esperando que este lo ayudara a salir del lío en el que se había metido. En lugar de rechazar cortésmente la invitación, el príncipe del Dominio siguió de buena gana el ejemplo de Talasyn y le dedicó una sonrisa radiante.

—¡Sí, desde luego! —exclamó Elagbi—. Sería un honor que nos acompañaseis, emperador Alaric. ¡Gracias!

—El honor es mío —masculló entre dientes Alaric—. Por aquí, por favor.

Tras la aplastante derrota de la Confederación Sardoviana, Talasyn se había pasado la mayor parte del día a día en los salones de mármol y las estancias extravagantemente amuebladas de la Bóveda Celestial. Por lo tanto, la sala de descanso a la que los llevó Alaric no le pareció nada del otro mundo, pese a que la antigua Talasyn, la que había vivido en los barrios bajos, se habría quedado pasmada al ver los lujosos muebles tapizados y los ventanales que se extendían a lo largo de una de las paredes y que ofrecían una visión magnífica de las verdes montañas de Nenavar y las playas de arena blanca que se desplegaban bajo el cielo despejado.

Mientras las Lachis-dalo permanecían apostadas fuera, los tres miembros de la realeza tomaron asiento: Talasyn y Elagbi se acomodaron en un sofá y Alaric, en una butaca de cuero negro que parecía quedarle pequeña, tal y como Talasyn sospechaba que ocurría con casi todos los asientos de tamaño normal. El chico se encogió sobre sí mismo y estiró las largas piernas más de lo que era estrictamente apropiado. Si se hubiera tratado de otra persona, le habría parecido encantador.

Un tímido criado apareció con una botella de vino y tres copas alargadas apoyadas de forma cuidadosa sobre una bandeja, que depositó sobre la mesa. Descorchó la botella y se dispuso a servir el vino, pero Alaric lo detuvo con un escueto:

—Ya nos servimos nosotros, Nordaye.

El criado les dirigió una profunda reverencia y se apresuró a abandonar la estancia.

—Ah, vino de cereza. —Elagbi parecía, muy a su pesar, impresionado, y le echó un vistazo a la etiqueta de la botella—. Importado de la teocracia de Diwara. Es todo un lujo, emperador Alaric. Tenéis buen gusto.

Alaric lo miró atónito, como si el cumplido lo hubiera tomado desprevenido.

—Gracias —dijo por fin, con torpeza—. No puede ni compararse, claro está, con el vino de grosella de Nenavar.

—A la Lachis'ka no le entusiasma demasiado. Le parece demasiado amargo —comentó Elagbi—. Tal vez el vino de cereza se adapte más a sus gustos.

Y así fue. La purpúrea bebida era terrosa y dulce, y Talasyn intentó disimular lo mucho que le gustaba. Ni siquiera el Dominio, con todas sus exquisiteces, había conseguido que adquiriera el gusto por las bebidas alcohólicas, pero el vino de cereza era como un zumo particularmente intenso.

Alaric, por su parte, apenas bebió unos sorbos, y prefirió, en su lugar, hacer girar el líquido en la copa. Seguramente estuviera deseando que aquel calvario llegara a su fin.

—Me alegro de que los tres tengamos la oportunidad de charlar en privado —se aventuró a decir Elagbi tras un prolongado silencio—. He pensado que debería aconsejaros sobre cierta cuestión que, sin duda, surgirá a lo largo de los próximos días mientras organizamos la boda. Me refiero a la consumación...

Talasyn se atragantó con el vino. Alaric apretó con tanta fuerza el tallo de la copa que el fino cristal pareció a punto de partirse en dos.

—Tras la ceremonia se celebrará un banquete —prosiguió Elagbi—. Y se espera que en algún momento ambos os retiréis a los aposentos de la Lachis'ka, donde, de acuerdo con las costumbres nenavarenas, pasaréis la noche.

—No será necesario —intervino Alaric rápidamente—. No pretendo que Su Alteza... —se interrumpió, apretando los labios, y un levísimo rubor tiñó su pálida piel.

—Naturalmente, nadie se verá obligado a nada —repuso Elagbi en tono adusto y le dedicó a Alaric una mirada tan *severa* que un hombre con menos temple se habría venido abajo—. No obstante, la unión no tendrá validez ante la corte hasta que hayáis compartido los aposentos de vuestra esposa.

—¡Pero es del todo *innecesario*! —exclamó Talasyn—. La reina Dragón es consciente de que solo será un matrimonio sobre el papel… —Se interrumpió al ver la expresión seria de su padre.

—Ahora mismo, desde luego, no hay presión alguna —dijo con cautela el príncipe nenavareno—. La cosa cambiará cuando ocupes el trono y haga falta una nueva Lachis'ka, pero creo que es mejor dejar ese asunto para otro momento. Lo importante *ahora* es que os centréis en la noche de bodas y en cómo vais a abordar la cuestión.

Talasyn se preguntó si aquella conversación había sido idea de Urduja: la Zahiya-lachis era muy dada a reuniones extraoficiales. Le habría gustado que la avisaran con *algo* de antelación, aunque, por otra parte, lo más probable es que en ese caso se hubiera negado a poner un pie a bordo de la *Libertadora*.

Talasyn miró disimuladamente a Alaric, incapaz de reprimir los peligrosos pensamientos que la asaltaron tras tocar aquel tema. Notó una punzada de algo salvaje e inquieto en el abdomen. Contempló la imponente constitución del emperador, sus enormes dedos, sus carnosos labios. Recordó la sensación que la había invadido cada vez que sus cuerpos se rozaban, la calidez, el peligro y las mariposas…

No. Se negaba a pensar en él de esa manera, y más con *su padre* delante.

Por desgracia, Elagbi eligió aquel preciso momento para ponerse en pie.

—En fin, os dejo que os pongáis a ello, ¿de acuerdo?

Alaric salió de la extraña ensoñación en la que había estado sumido durante los últimos momentos.

—¿*A ello*? —repitió con un hilo de voz.

Elagbi frunció el ceño.

—Me refiero a que *habléis* de la situación —recalcó, fulminando al joven con la mirada—, sentado cada uno en *su asiento*.

Talasyn se planteó tirarse por la borda.

Como único heredero de Gaheris, Alaric había dedicado su juventud a los estudios y a la práctica de la etermancia. Después, se había pasado la década siguiente librando una guerra. Jamás había tenido tiempo para relacionarse con mujeres. Siempre había considerado estar por encima de los lascivos placeres con los que la gente como Sevraim se deleitaba.

Aquel día, sin embargo, su tentadora y exasperante prometida había tenido el descaro de presentarse en su nave ataviada con *ese* vestido —ese vestido tan revelador que se ceñía a su esbelta figura como si de luz líquida se tratase, mientras la pronunciada abertura del cuello, recubierta de perlas y cuarzo, abrazaba la turgencia de su escote—, y lo único en lo que Alaric podía pensar era en que sus pechos cabrían a la perfección en sus manos.

Y por si eso fuera poco, había intentado no ponerse a babear mientras *el padre* de la chica se encontraba delante, pero ahora el susodicho se disponía a marcharse tras alentarlos a hablar sobre la noche de bodas.

¿Por qué ha tomado mi vida este rumbo?, se preguntó Alaric. *Yo no tenía ninguna intención de que las cosas salieran así.*

En cuanto el príncipe Elagbi cerró la puerta tras él, Alaric se levantó con un resoplido de frustración y se acercó a la ventana apretando los puños.

—No me importa compartir habitación para guardar las apariencias —oyó decir a Talasyn—. Es solo una noche.

Cierto. Él volvería al Continente el día posterior a la boda y ella no se reuniría con él hasta quince días después, cuando se celebrase su coronación. Tras *aquello*, le resultaba difícil imaginar que fueran a verse más de lo estrictamente necesario.

—Dormiré en el sofá —murmuró él—. Total, ¿qué más da un inconveniente más?

—Menudo tonito; ni que fuera culpa mía —lo amonestó ella.

Claro que sí, estuvo a punto de soltarle Alaric, pero lo invadió una intensísima oleada de vergüenza. Talasyn no tenía la culpa de que él fuese incapaz de controlar las reacciones físicas que ella le provocaba.

Alaric dejó de taladrar la ventana con la mirada y se volvió una vez más hacia su prometida. Talasyn, que estaba sentada muy tiesa, jugueteaba con los pliegues en forma de abanico de su falda, mientras la luz del sol danzaba sobre las hileras de perlas que tenía trenzadas en el cabello castaño, bañándola con su resplandor. Llevaba el cuello desnudo, y él pensó con amargura que era el lugar perfecto donde posar sus labios.

La Tejeluces jamás sentirá por ti el extraño encaprichamiento que tú sientes por ella, pero, si no cortas por lo sano, con el tiempo aprenderá a usarlo en tu contra.

La bilis le trepó por la garganta. Igual que la magia que tomaba la forma de un arma, la amargura se transformó en palabras hirientes.

—¿Y qué tono quieres que ponga? ¿El de alguien que se muere por consumar el matrimonio? —le dedicó una sonrisa carente de alegría.

—¡No va a haber consumación, cretino, de eso se trata! —La cólera de Talasyn emergió como una ráfaga de viento costero, demasiado repentina e intensa. Bajo la capa de maquillaje, un rubor se extendió rápidamente por sus mejillas. Parecía que, además de la cólera, le había provocado otro sentimiento; le costó un instante reconocer que se trataba de vergüenza—. ¡No me acostaría contigo ni aunque fueras el último hombre sobre la faz de Lir!

La pulla no debería haberle afectado tanto, pero le llegó a lo más hondo. No habría ocurrido si fuera un hombre más duro, pero su padre tenía razón: era un necio.

—El sentimiento es mutuo —siseó—. Lo único que me aporta a mí esta alianza es una garantía de paz. Para lo otro había opciones mejores, y ninguna tenía tanta mala leche.

Talasyn se levantó del sofá y se dirigió a él como un cañonazo de seda amarilla; invadió su espacio y lo acorraló contra la ventana. Un leve destello dorado asomó a sus ojos marrones al tiempo que su magia amenazaba con desbordarse. Tenía las facciones desencajadas por la furia y... ¿el dolor? ¿Qué le hacía pensar que Talasyn parecía dolida, que la opinión de él le importaba un carajo?

—Pues no parecía disgustarte tanto la otra noche, cuando me dijiste que era preciosa.

Su tono destilaba desprecio y él hizo lo posible por no estremecerse. Hizo lo posible por pegar la espalda a la ventana, porque si no lo hacía y ella se inclinaba un poco más, las atractivas curvas de su escote le rozarían el pecho y no creía que pudiera soportarlo.

—Cuando te arreglas, das el pego —le dijo, con menos frialdad de la que le hubiera gustado, con la voz más ronca de lo que hubiera preferido. Pero surtió efecto y ella retrocedió como si él la hubiera golpeado; no dijo nada, y Alaric se preguntó cómo era posible que se sintiera tan vacío y a la vez tan repleto de sentimientos.

—Es mejor que seamos sinceros el uno con el otro, ¿no? —la provocó Alaric—. El acuerdo ya es lo bastante complicado como para que encima nos hagamos *ilusiones*.

Vio el momento en el que Talasyn perdió los papeles, el momento en el que todo rastro de prudencia desapareció. Se lo vio en la cara.

—¡*Jamás* me he hecho ilusiones contigo! —gruñó ella—. Eres *exactamente* quien siempre he creído que eras: un gilipollas arrogante, cruel y despreciable. No haces más que hablar de garantizar la paz, pero un día la gente se hartará de ti, ¿te enteras? Y cuando finalmente os dejen las cosas claritas a ti y a los déspotas de tus gorilas, te juro que no dudaré ni un instante en unirme a ellos...

Alaric se hallaba al límite desde el duelo con Mantes y en ese momento perdió la poca paciencia que le quedaba. Se abalanzó sobre Talasyn en un abrir y cerrar de ojos y le aferró los dedos a la cadera con tanta fuerza como para casi magullarla.

—Aunque la situación me produce el mismo desdén que a ti, no confundas dicho desdén con apatía —siseó él—. No espero que suavices el carácter, pero *ni por asomo* pienso permitir que mi futura emperatriz me haga quedar mal con sus desplantes.

—¿Que no piensas *permitir*? —Talasyn se zafó de su férreo agarre y le apartó la mano de un golpe—. No soy propiedad tuya. No soy propiedad de *nadie*.

Él contempló con una mirada sardónica su vestido de seda y las perlas del pelo.

—Eres la Lachis'ka, y la Lachis'ka pertenece a los nenavarenos. Su destino depende de ti. Si te pasas de la raya, serán ellos los que paguen las consecuencias. ¿Queda claro?

—Te odio —dijo ella con desprecio.

Alaric le dedicó una sonrisa burlona.

—¿Ves? Te estás adaptando de maravilla a la vida marital.

—Lo nuestro no es un matrimonio, sino una farsa. —Talasyn se apartó, poniendo distancia entre ambos.

—No como los demás matrimonios de la corte, que rebosan alegría y devoción, ¿verdad? —replicó Alaric, irónico—. Llevas varios meses en Nenavar, debería haberte quedado claro ya. No espero ni deseo que me brindes tu amor ni tu amistad, pero sí necesitaré tu colaboración. Al igual que tú necesitas la *mía* para detener el Vaciovoraz. ¿Lo entiendes?

Ella le lanzó una mirada asesina.

—Estupendo. —Alaric inclinó la cabeza con sorna—. Haré pasar al príncipe Elagbi y luego iré a supervisar la búsqueda, que ya la he dejado de lado bastante tiempo.

Cuando Alaric se reunió con Sevraim en el puente de mando de la nave de tormenta, el legionario echó un vistazo a la expresión de su rostro y dijo:

—Habéis vuelto a discutir con ella, ¿no?

—Es la criatura más frustrante… —Alaric se interrumpió bruscamente y tomó una profunda bocanada de aire para tranquilizarse—. No hay nada que hacer. Los consejos que me diste no sirven de nada. Ya tiene una idea hecha de mí y jamás será capaz de separarme de la guerra. Pues que así sea. Tengo asuntos más importantes de los que ocuparme.

Sevraim profirió un ruidito compasivo. Se quitó el yelmo y se lo metió bajo el brazo mientras se apoyaba en la barandilla que daba a la cubierta de la *Libertadora*, donde la tripulación llevaba a cabo sus tareas de forma organizada.

—Si me permitís la franqueza… dado que parece que Nenavar no está ocultándonos nada, ya que no hay ni rastro de la Confederación Sardoviana en sus fronteras, es posible que vuestra relación con la Tejeluces acabe siendo el asunto *más* importante de todos. Os harán falta herederos para…

Las palabras del otro hombre le provocaron tanta tensión que Alaric tuvo la impresión de que iba a estallarle una vena.

—Si sientes apego por la vida, no termines la frase.

—Bueno, pues empezaré otra —dijo Sevraim alegremente—. A juzgar por la escena que interrumpí en el bosquecillo de plumerias, parecía que ibais bien encaminado con lo de engendrar herederos. Qué orgulloso me sentí.

—¿Quieres que te mate con magia o prefieres que te arroje por la borda? —preguntó Alaric, impasible.

La carcajada de Sevraim quedó interrumpida cuando el navegante de la *Libertadora* se presentó en el puente para informarles de que habían llevado a cabo el reconocimiento aéreo de dos de las siete islas principales sin incidencias de ningún tipo. Después de que Alaric despachase al navegante, Sevraim demostró ser capaz de ponerse serio, algo inusitado en él; durante varios minutos, Alaric y él permanecieron en silencio, contemplando el archipiélago que se desplegaba por debajo.

—Creo que Talasyn decía la verdad —aventuró a decir Sevraim—. Los remanentes sardovianos no están aquí. De lo contrario, ya habríamos dado con ellos. Y tampoco podrían haber escapado durante nuestra estancia en Nenavar porque los habríamos visto. —Se rascó la cabeza—. Conque, ¿dónde están?

Alaric notó una sensación de tensión en la boca del estómago cuando se percató de que había sido muy injusto al tratar a Talasyn con tanta dureza. Tras reflexionar un instante, se dio cuenta de que la mayor parte de su enfado con ella derivaba de la posibilidad de haberse permitido bajar la guardia cuando los enemigos de Kesath podían aparecer en cualquier momento.

Pero no había rastro de la Confederación. Talasyn no dudaría ni un instante en retorcerle el pescuezo, pero no estaba engañándolo.

—El mundo es muy grande —le dijo por fin a Sevraim—. Seguiremos buscándolos. Y dejaremos bien claro que cualquier nación que dé cobijo a nuestros enemigos sufrirá el mismo destino que ellos.

CAPÍTULO VEINTISIETE

Era de noche y Talasyn no paraba de dar vueltas en la cama, todavía de mal humor.

Tenía que ver a sus camaradas. Aunque el enemigo seguía ignorando la existencia de Sigwad y ni siquiera se había aproximado al estrecho, no podía quitarse de encima la sensación de que habían estado a punto de descubrirlos. A puntísimo. Se encontraba muy alterada y las dudas que albergaba acerca de poder llegar hasta el final de aquel peligroso juego no hicieron más que acrecentarse. Estaba cometiendo errores, como siempre. No podía hacer aquello sola, tenía que hablar con alguien. En aquel momento necesitaba a Ideth Vela, necesitaba la actitud resolutiva y sensata de la amirante. Llevaban sin hablar desde que las naves kesathenses habían asomado por primera vez en el horizonte.

Todavía seguía furiosa después de la acalorada discusión que había tenido con Alaric a bordo de la aeronave, y ese mismo sentimiento la impulsó a tomar la iniciativa por una vez. La búsqueda de Kesath había resultado infructuosa, por lo que habían bajado la guardia más que nunca. Salió de la cama antes de que la asaltaran las dudas, se dirigió al vestidor y se puso unos sencillos pantalones y una túnica mientras trazaba mentalmente una ruta de salida. Jie, quien, por suerte, estaba siempre al tanto de los cotilleos, le había contado que, tras el altercado con Surakwel Mantes, Alaric había ordenado a los guardias nenavarenos que no se acercaran al ala de invitados, así que lo mejor sería escabullirse por las almenas que conducían a los aposentos del emperador y luego descender por los muros de palacio desde el balcón del susodicho. Simplemente tendría que ser lo más discreta posible.

Acto seguido, se dirigiría a la ciudad y buscaría a uno de esos patrones chanchulleros que hacía negocio hasta bien entrada la noche, el cual le alquilaría un cayuco sin hacerle ninguna pregunta. Partiría con rumbo a Sigwad y, si todo iba bien, estaría de vuelta en el palacio antes del amanecer, donde se pasaría el resto del día durmiendo mientras Alaric redactaba sus informes.

Se puso unas botas y una anodina capa marrón, convencida de que el plan saldría bien, y se ciñó un gancho a la cintura. Una oleada de emoción la recorrió mientras se apresuraba a salir al jardín de orquídeas…

… donde se tropezó con el enorme tórax de la espigada figura que se encontraba plantada al otro lado de la puerta.

Talasyn profirió un gritito de indignación y retrocedió con la misma rapidez que si se hubiera quemado. Se topó con la mirada gris de Alaric, que la contemplaba intensamente bajo la luz de las lunas mientras el revuelto cabello negro le enmarcaba el pálido semblante. Debía de acabar de levantarse de la cama.

—¿A dónde te crees que vas?

—No es asunto tuyo —replicó ella entre dientes, con el corazón acelerado. Ignoró su creciente sensación de pánico y se obligó a mantener la calma mientras se devanaba los sesos en busca de alguna excusa creíble.

—Te equivocas, Lachis'ka, tengo todo el derecho a saber por qué mi prometida anda escabulléndose después de que yo pidiera expresamente que permaneciera en palacio.

Talasyn se ruborizó al oírlo usar la palabra «prometida» así, como si nada.

—¿Y qué hacías *tú* plantado frente a mi habitación? —le preguntó intentando ganar tiempo.

—Estaba tomando el aire. —Durante un momento pareció contrariado, como si su estancia en el Dominio de Nenavar estuviera plagada de contratiempos—. Y tú estás dándome largas. ¿Cómo sé que no estás planeando algún ataque?

—No digas chorradas. —Le lanzó una mirada cargada de desprecio—. ¿Eres mi prometido o mi carcelero?

Él se encogió de hombros.

—No estás dándome demasiados motivos para hacer una distinción entre ambas cosas.

Dioses, había sido una mema y una imprudente, pero debía de haber alguna forma de salir de aquel lío.

Piensa, piensa…

Y llegó la inspiración.

Talasyn lanzó un suspiro teatral.

—Vale. Si *tantas ganas* tienes de saberlo, me voy al mercado nocturno. A comprarme algo de comer. Tengo hambre, pero no me apetece hablar con nadie del palacio. Volveré antes del alba.

Guardó silencio, encomendándose a todos los dioses sardovianos que conocía y a todos los antepasados nenavarenos de los que no sabía nada para que se lo tragara.

—No ha sido tan difícil, ¿verdad? —Alaric esbozó una sonrisa burlona, pero en lugar de sentir alivio, Talasyn se ruborizó. Antes de que pudiera responderle, él añadió—: Vale, ¿cómo nos escabullimos?

Ella lo señaló con el dedo.

—¡Tú no vienes!

—Ya lo creo que sí. Es el único modo de asegurarme de que dices la verdad. Además, Alteza —sonrió con más ganas—, yo también tengo hambre.

Mierda.

Alaric descendió por las almenas de la Bóveda Celestial con el equipo de escalada y una capa negra con capucha, que había tomado de sus aposentos. Talasyn era una mancha que colgaba por debajo de él con su propio instrumental. Había ciertos tramos de la fachada que carecían de la estructura o el follaje necesario para ocultarlos, pero ella había calculado el momento de su descenso a la perfección; era la hora del cambio de turno de los guardias y nadie se fijó en ellos.

Resultaba alarmante que a Talasyn se le diera tan bien lo de escabullirse y que la seguridad del Dominio fuera tan laxa, pero el asunto no preocupaba demasiado a Alaric. Al menos en aquel momento. Después de todos aquellos días de tensas negociaciones, agradecía el ejercicio físico, la sensación de aventura que lo inundaba y el hecho de encontrarse en el exterior. Y no había mentido al decir que tenía hambre. El estómago le gruñó mientras seguía a Talasyn acantilado abajo.

—No te quites la capucha —le indicó ella en cuanto estuvieron en la ciudad propiamente dicha. Ella llevaba la suya bien calada y Alaric solo podía verle los labios fruncidos en una mueca de fastidio y el tenso gesto de la mandíbula.

No pudo evitar hacerla rabiar aún más.

—A tus órdenes, querida —le dijo y contempló con secreto regocijo cómo su boca adoptaba una mueca feroz.

Pero Talasyn había aprendido un par de cosas durante su estancia en la corte de su abuela.

—Eso no ha sonado tan sarcástico como seguramente pretendías —le espetó, y pasó por su lado dándole con el hombro—. Como sigas así, igual me da por pensar que te gusta de verdad ser mi prometido.

Alaric le lanzó una mirada ceñuda y fue tras ella, reconociendo a regañadientes para sus adentros que le había pegado un buen corte.

Era la primera vez que paseaba por una ciudad nenavarena y se quedó algo sobrecogido. Pese a lo avanzado de la hora, las calles estaban repletas de gente que tiraba petardos, bebía en terrazas y bailaba al ritmo de los tamborileros que había apostados en casi todas las manzanas. Los farolillos de papel iluminaban los tejados curvados, y entre las farolas y los tendederos colgaban coloridos estandartes que exhibían la ondulada escritura del Dominio.

—Felicitan a la Lachis'ka por el compromiso —le tradujo de mala gana.

Alaric enarcó una ceja.

—¿*Solo* a la Lachis'ka?

—Sí —confirmó ella con un aire de engreída satisfacción—. A ti ni te mencionan.

En fin, no podía decir que le sorprendiera. Urduja había hecho todo lo posible por convencer al pueblo de que la inminente boda era un acontecimiento feliz, pero el pueblo habría visto los buques de guerra kesathenses apostados frente a Puerto Samout y sacado sus propias conclusiones.

El gentío fue haciéndose más numeroso conforme se acercaron al mercado nocturno y Alaric se encontró encajonado entre las masas de exuberante humanidad que pasaban por su lado a empujones, mientras el sudor le corría por la frente debido al calor tropical. Como no estaba dispuesto a dejar que Talasyn le diera esquinazo en caso de que la idea se le pasara por la cabeza, la agarró del brazo. Ella se quedó rígida, pero no se zafó de él. En su lugar, lo guio hacia el iluminado laberinto de puestos de comida, donde el humo y los aromas apetitosos impregnaban el aire.

Se encontraba mareado. No recordaba la última vez que había estado en medio de semejante aglomeración de gente sin que fuera para abrirse paso a estocadas o dirigir un ataque. Pasaron junto a unos puestos donde había bandejas con pescado fresco y marisco, así como frutas que jamás había visto: unas eran bolitas rojas con pinchos parecidas a los erizos de mar; otras poseían un oscuro tono morado, con hojas gruesas, semejantes a un trébol, alrededor del tallo; y otras tenían una forma que le recordaba vagamente a un corazón humano; la pulpa de estas últimas era blanca y estaba salpicada de semillas negras. Los mercaderes removían fideos gelatinosos dentro de unas ollas grandes, cocinaban brochetas de carne sobre un lecho de brasas, freían empanadillas y tortillas en aceite hirviendo, y preparaban pasteles de hojaldre rellenos de crema y cacahuetes picados. Mientras esperaban, los clientes se congregaban en torno a cada uno de los puestos para charlar, forzando la cantarina cadencia de la lengua nenavarena para que se los oyera por encima de los tambores y del barullo de cientos de personas hacinadas en un amasijo de callejones estrechos.

Alaric recibió un codazo en las costillas nada menos que en cuatro ocasiones. Los pisotones que tuvo que soportar fueron el doble. Y al menos tres desconocidos se pusieron a bramar, prácticamente pegados a su oreja, mientras llamaban a sus amigos.

Cada vez estaba más indignado. Si aquella gente supiera quién era…

Pero no tenían ni idea. Esa era la cuestión. No llevaba puestas la corona ni la máscara de lobo, y la capucha ocultaba los ojos grises de la Casa Ossinast. Aunque tampoco era como si el pueblo llano de aquel aislado archipiélago supiera nada de la Casa Ossinast. Le resultaba extraño el anonimato, que lo trataran igual que al resto.

Talasyn, por el contrario, parecía estar en su salsa. Lo condujo hasta un puesto que contaba con una serie de mesitas redondas y taburetes que se desplegaban a lo largo de un callejón.

—Espera aquí —le dijo prácticamente entre susurros, y le señaló una mesa vacía. Alaric se percató que era para que nadie la oyera hablar en la lengua común de los marineros. Pese a que los soldados y los nobles nenavarenos con los que se había topado hasta el momento la hablaban con fluidez, no había razón para que estuviese extendida entre los lugareños.

Alaric tomó asiento, asegurándose de que la capucha le ocultara los rasgos. Talasyn había escogido adrede un rincón apartado y la gente de alrededor parecía demasiado borracha o absorta en sus propias conversaciones como para fijarse en él, pero más valía prevenir que curar.

La Lachis'ka desapareció entre la multitud, dejándolo allí solo, incómodo, durante lo que le pareció una eternidad. Justo cuando empezaba a sospechar que lo había dejado tirado y que todo aquello no era más que una perversa estratagema por parte del Dominio para que el Emperador de la Noche apareciese muerto en alguna zanja, Talasyn volvió, portando con suma cautela una bandeja de bambú sobre la que descansaban unos utensilios, dos cuencos de madera con esponjoso arroz blanco y una especie de guiso grisáceo, y un par de jarras llenas de un misterioso líquido de color azafrán.

—¿Qué es eso? —le preguntó cuando ella tomó asiento frente a él.

—Cerdo con guisantes y yaca. Y lo que hay en la jarra es zumo de caña de azúcar —le explicó—. No es que este sea el mejor puesto, pero al menos es tranquilo. Para probar el *mejor* estofado de cerdo, hay que subir un poco la calle, al lado de donde están los tamborileros.

—Supongo que tú te dejarás caer mucho por allí, ¿no?

—No tanto como me gustaría —Parecía algo pesarosa, y él enarcó una ceja.

—Bueno, nada te impide darte una vuelta por aquí cuando te apetezca.

Talasyn murmuró algo sobre sus lecciones y deberes antes de ponerse a devorar su cuenco con un ansia apenas contenida, masticando y engullendo sin respiro mientras perforaba la mesa con la mirada. A Alaric casi le supo mal el haberle impuesto su presencia; estaba claro que le había agriado un poco la comida.

Por fin, se llevó, indeciso, un bocado a los labios. Y luego se llevó un segundo y un tercero. Tal vez simplemente tuviera un hambre voraz, pero el revoltijo caldoso de su cuenco estaba delicioso, y la bebida fría con la que lo acompañó le pareció dulce y refrescante.

Como su compañera de mesa no tenía demasiadas ganas de charla, dirigió su atención a su alrededor. La mesa que estaba frente a la suya se encontraba especialmente animada y el vocerío de los corpulentos hombres que la ocupaban resultaba bastante molesto; todos tenían el rubicundo rostro congestionado por el alcohol. A Alaric le pareció captar la palabra «Kesath» de tanto en tanto.

—¿Qué están diciendo? —le preguntó a Talasyn, señalando con la cabeza al grupo.

—No lo sé —respondió ella—. Aún estoy aprendiendo nenavareno y ellos hablan muy rápido. —Pinchó un trozo de carne con el tenedor y cambió de tema—. Me juego un brazo a que te mueres de ganas de que pase ya la boda para poder volver a casa.

Se mostraba tan irritada que Alaric tuvo que ceder una vez más al impulso de tomarle el pelo.

—¿Estás segura? No volveremos a vernos hasta tu coronación en Kesath. A lo mejor te echo terriblemente de menos.

Talasyn puso los ojos en blanco y levantó levemente una de las comisuras de la boca. Pero el gesto desapareció al instante y a Alaric le recordó a un escudo siendo levantado. Ella agachó la cabeza.

—Déjame comer tranquila —gruñó.

Desde que Talasyn se había sentado a comer, había estado escuchando cómo los borrachos de la mesa de al lado planeaban una guerra en toda regla contra el Imperio de la Noche. Los planes en cuestión se habían vuelto cada vez más estrambóticos, y llegó un punto en el que cambiar de tema con Alaric no fue suficiente. Tuvo que dejar de hablar con él del todo para poder concentrarse en mantener la compostura y no echarse a reír a carcajadas. Casi compensaba el hecho de que su excursión nocturna a Sigwad se hubiera ido al traste.

Casi.

—Puto emperador de los cojones, ¿quién se habrá creído que es? —exclamó el cabecilla—. Se planta aquí tan pancho y pretende que nuestra Lachis'ka se case con él... ¡Yo digo que asaltemos el palacio! ¡Carguémonos a los kesathenses mientras duermen!

En medio de los apasionados murmullos de aprobación, se alzó una voz solitaria que intentó hacer entrar en razón a los demás.

—Debemos confiar en el criterio de la reina Urduja. Ella sabe lo que le conviene a Nenavar y se pondrá furiosa si asaltamos el palacio.

—¡No si es para rescatar a su nieta de las garras de un forastero! —terció un tercer hombre—. A ver qué os parece esta idea: unos cuantos se cuelan con un montón de petardos en esa dichosa nave lanzarrayos y la hacen saltar por los aires mientras el resto asaltamos la Bóveda Celestial y...

—¡Y masacramos a los kesathenses mientras duermen!

El grupo vitoreó, haciendo chocar las jarras contra la mesa.

—¡Los tomaremos totalmente desprevenidos!

—¡Ningún ejército es capaz de hacer frente a seis patriotas intrépidos!

—¡Mi hacha está deseando probar la sangre del Emperador de la Noche!

Talasyn reprimió una carcajada al tiempo que engullía una cucharada de arroz y estofado. Evitó por todos los medios mirar a Alaric.

Entonces, uno de los hombres dijo:

—Aunque la Lachis'ka es de fuera también, ¿no? No se crio aquí y Lady Hanan, que en paz descanse, era extranjera.

—¡Eso no significa que Alunsina no sea nuestra! —dijo con un grito ahogado el de la voz de la razón—. Es hija de Elagbi, es La que se Alzará Después.

—Lo mismo es buena idea que su Alteza se case con el Emperador de la Noche —dijo con voz gangosa el que estaba más borracho—. Que se arrejunten los forasteros entre ellos.

Talasyn apartó a un lado su cuenco, que estaba casi vacío. La conversación ya no le hacía ninguna gracia y se le habían quitado las ganas de seguir escuchando. Agarró a Alaric por el brazo y lo sacó del callejón.

—Hora de marcharse —dijo ella cuando él le lanzó una mirada inquisitiva.

Pero no regresaron a palacio de inmediato, sino que cuando salieron del mercado, Talasyn lo condujo dando un rodeo sin saber muy bien por qué. Alaric y ella acabaron en una callejuela de una tranquila zona residencial, donde el festivo son de los tambores retumbaba como si de truenos distantes se tratase.

Por desgracia, la voz sarcástica de Alaric resonó mucho más cerca.

—¿Ahora es cuando me apuñalas y dejas mi cadáver por ahí tirado?

—Qué mal pensado. —*Y con razón*, reconoció ella, silenciosa pero fervientemente.

Talasyn se dio cuenta de que seguía agarrándolo del brazo, con los dedos cerrados en torno a su incomprensiblemente *sólido* bíceps, así que lo soltó de inmediato y se alejó de él. Él la había agarrado del mismo modo hacía un rato y ella se lo había permitido, pues la idea de tener que explicarle a su abuela que le había perdido la pista no le entusiasmaba. Pero ahora se preguntó si Alaric notaría en la piel la misma sensación de ardor que ella había sentido cuando él la tocó; se preguntó si a él también lo desconcertaría cualquier tipo de contacto entre ellos que no acabase desembocando en una lesión corporal.

Los recuerdos del bosquecillo de plumerias y de la noche en que la había encajonado contra su armario la asaltaron brutalmente, dejando a su paso un rastro de sensaciones fantasma. La imagen de sus suaves labios, de sus enormes manos recorriéndole el cuerpo, era lo único que ocupaba ahora su mente.

Talasyn huyó escopetada. Era la forma más sencilla de describir lo que hizo a continuación: aseguró el gancho a la barandilla superior del edificio más cercano y emprendió la escalada sin perder ni un instante. Por debajo, oyó el chasquido del metal al golpear el ladrillo y el ruido de una cuerda al tensarse mientras Alaric se apresuraba a ir tras ella, pero no echó la vista atrás, no se detuvo hasta que hubo escalado las seis plantas y estuvo en el tejado.

Se sentó peligrosamente en el borde de una de las vertientes, con las piernas colgando en el aire. Desde aquella altura, la ciudad conformaba una maraña de farolillos amarillos y rojos que resplandecían en la oscuridad mientras las siete lunas coronaban el cielo.

Mi sitio no es este. El pensamiento la atravesó de forma implacable. *No pertenezco a ningún lugar.*

Durante su juventud en Sardovia, había anhelado el regreso de su familia, y ahora que por fin se habían reencontrado, la familia en cuestión estaba formada por una abuela a la que no le importaba usarla como moneda de cambio y un padre que jamás se pondría de su parte si eso conllevaba desobedecer a su reina, en una tierra donde se la consideraba una extraña.

Y, para colmo de males, se iba a casar con alguien que la detestaba, alguien a quien tendría que traicionar algún día por el bien de todos los demás.

Era abrumador. *Todo* le resultaba abrumador y se abatía sobre ella como un peso insoportable.

Talasyn parpadeó con fuerza para ahuyentar las lágrimas que amenazaban con derramarse. Y justo a tiempo, además, porque una sombra cayó sobre ella y, al levantar la vista, vio los rasgos nebulosos y duros de Alaric iluminados bajo la luz de las lunas. Se alzaba sobre la precaria cornisa del tejado sin ninguna dificultad, pese a lo alto y grandote que era, y la estudiaba en silencio.

Al tomar la palabra, lo hizo con un tono que dejaba entrever cierta inquietud:

—¿Ocurre algo?

A Talasyn le dieron ganas de reír. ¿Por dónde empezaba?

LA GUERRA DE LOS HURACANES 363

—¿Por qué no me mataste cuando nos conocimos? —dijo de pronto, porque era algo que siempre se había preguntado, porque no había mejor momento para preguntar que el presente, cuando el resplandor de las lunas podía guardarles el secreto y estaban ellos dos solos, entre los tejados, con la ciudad desplegándose a sus pies y un océano de veletas a su alrededor—. Aquella noche a las afueras de Prunafría, sobre el lago helado, antes de que descubriésemos que yo era la Lachis'ka de Nenavar y que podíamos fusionar nuestras magias. He repasado mentalmente la batalla una y otra vez. Podrías haberme matado sin problema. ¿Por qué no lo hiciste? Incluso apartaste las barreras del Pozoumbrío para que no me topase con ellas. No solo eso, sino que también me protegiste cuando aquella columna se vino abajo y me dejaste marchar el día que el Núcleo cayó. ¿Por qué?

—¿Por qué sacas el tema ahora? —replicó él, con aspecto de estar a la defensiva.

Empezaba a enfadarse. Ella tampoco lo sabía. No tenía ni idea de lo que esperaba averiguar.

Al norte, varias llamaradas de luz brotaron desde las calles y estallaron en espirales de color verde, violeta, rosa y cobre, dejando a su paso unas volutas de humo plateado a medida que florecían sobre el cielo estrellado. Talasyn contempló aturdida el espectáculo, que tenía como objetivo celebrar su compromiso, y pensó en las ganas que le entraron de gritar. De dejar que todos sus miedos y sus frustraciones quedasen sofocados bajo la luz y el ruido.

Se sobresaltó cuando Alaric se dirigió a ella durante el silencio que se produjo tras el final de los fuegos artificiales.

—Creo que cuando nos conocimos despertaste mi curiosidad —reconoció. Su voz rasposa atravesó la penumbra por detrás de ella—. Nunca me había topado con una Tejeluces. Quería saber de qué pasta estabas hecha.

—¿Y en Última Morada?

—Me pareció que sería una muerte muy poco... solemne.

Por raro que resultara, entendía lo que quería decir. Nada que no fuera un final honorable, a manos de alguno de los dos, estaría a la altura. La revelación no le pareció tan desconcertante como debería. Al menos, le proporcionaba un sentido de pertenencia, algo que era solo de ellos. Incluso si no había otra forma de ponerle fin más que con sangre y la caída de un imperio.

Contempló la jovial y dorada Eskaya, con sus fuegos artificiales y sus celebraciones; era completamente diferente a cualquier cosa que hubiera visto en aquel entonces.

—Todas las ciudades del Continente tendrán este aspecto algún día —dijo Alaric en voz baja, como si le hubiera leído el pensamiento. Él contemplaba también el panorama que se desplegaba por debajo y ella pensó en el pudin, en cómo el chico se había terminado hasta la última pizca, deleitándose con algo tan simple como la soja y el azúcar—. Me encargaré de que así sea.

—Las ciudades de la Confederación podrían tener ya un aspecto parecido si a Kesath no le hubiera dado por invadirlas —murmuró Talasyn.

Él la miró con incredulidad.

—Tienes a Sardovia en muy alta estima.

—Era mi hogar.

—Ninguna nación debería permitir que el pueblo bebiese de los abrevaderos de los caballos —repuso Alaric con frialdad—. La Confederación no merecía tu lealtad ni la de nadie.

Talasyn se puso en pie y recorrió los pocos pasos que lo separaban de él; avanzó sobre las tejas con rapidez, demasiado centrada en despojarlo de esa superioridad moral suya como para preocuparse por caerse del tejado. Y puede que una parte de ella temiera también que sus palabras le calasen demasiado.

—Si pudiera ir a cualquier parte del mundo ahora mismo —le dijo Talasyn a Alaric en voz baja y mortífera, mirándolo con los ojos entornados—, te llevaría al cañón del Sendagreste, donde enterramos a todos los que perdieron la vida en Prunafría. Te llevaría a todos los campos de batalla donde vi caer a mis camaradas. Te llevaría a cada uno de los pueblos que quedaron asolados por culpa de las naves de tormenta kesathenses, a cada una de las ciudades que tus legionarios saquearon. *Allí* residían mis lealtades. Por eso luché durante tanto tiempo.

Por eso sigo luchando. Por eso volveré a ver los estandartes sardovianos ondear en el Continente algún día y contemplaré el cuerpo sin vida de tu padre con una sonrisa.

Alaric la agarró de los hombros. Fue un gesto amable, pero le sacudió el corazón como una onda sísmica. Se inclinó hacia ella, hasta que sus frentes casi estuvieron rozándose.

—No estaba... No pretendía... —Tomó una profunda bocanada de aire. Parecía exhausto. Había sido un día muy largo y los siguientes prometían ser igual de extenuantes.

—Debo lealtad a mi nación —dijo por fin Alaric—, pero detesto pensar en todo lo que pasaste. Ambas afirmaciones pueden ser ciertas al mismo tiempo, ¿no?

—Así es, pero yo también te puedo llamar «hipócrita» —replicó Talasyn, pese a que un rinconcito de su alma se entregó, anhelante, al canto de sirena de alguien a quien le enfurecía que ella hubiera sufrido tanto. Nunca les había contado los detalles escabrosos a las dos personas (Vela y Khaede) que de verdad se preocupaban por ella.

¿Por qué le había contado a Alaric lo de los abrevaderos y lo del cuchillo? Al final, había usado dicha información en su contra, instándola a cuestionar la conformidad con la que había participado ella en la guerra.

Él apretó la mandíbula. Deslizó las manos desde sus hombros hasta la parte superior de sus brazos, sin apretar en ningún momento.

—Entonces el acuerdo al que llegamos estos últimos días mientras entrenábamos no tiene ningún valor.

—Seguiré colaborando contigo —dijo Talasyn, incapaz de retorcerse ni siquiera un poquito para zafarse de él, cosa que la sacó de quicio—. Pero *jamás* me convencerás de que el Imperio de la Noche salvó a Sardovia de sí misma. Una vez te dije que la justicia y la venganza eran cosas distintas, y sigo pensado lo mismo. Ese mundo mejor que crees que vas a construir estará siempre erigido sobre una tierra empapada de sangre.

Alaric dejó caer las manos a los costados y cada parte de ella donde él la había tocado lloró su pérdida. Hecha una furia, descendió de nuevo hasta el suelo, mientras él la seguía sin decir nada más. Recorrieron en silencio un sendero iluminado por las lunas hasta llegar a los acantilados de piedra caliza de la Bóveda Celestial, envueltos en un ambiente festivo del que ninguno de los dos era capaz de tomar parte.

CAPÍTULO VEINTIOCHO

Talasyn había tenido la esperanza de hallar cierto desahogo al desatar su ira sobre Alaric, pero el efecto había sido el contrario. No dejaba de reproducir la conversación en su mente, los imprudentes agravios y las vacilantes confesiones. Había estado a punto de sacar a relucir las verdades que habitaban en el fondo de su corazón. Verdades que no solo la protegían a ella, sino también a las personas que le importaban. Alaric se las ingeniaba siempre para atravesar sus defensas, incluso cuando Talasyn era consciente de que un paso en falso podría resultar fatal. Su empeño por hablar con vela solo se acrecentó.

No había vuelto a ver a Alaric desde que regresaron del mercado nocturno, pero un chorro constante de oficiales kesathenses había estado entrando y saliendo del ala de invitados hasta bien entrada la tarde, cosa que había acabado con la paciencia de Urduja. Talasyn era consciente de que no podía arriesgarse a salir a hurtadillas de nuevo por el jardín que separaba sus aposentos de los de Alaric, pero entonces, ¿*cómo*…?

Oyó unas voces a la vuelta de la esquina. La voz alegre y pícara de un hombre entremezclada con los murmullos guturales de una mujer. Se asomó con disimulo al pasillo que discurría en perpendicular con el que ella se encontraba y vio a Surakwel Mantes y a Niamha Langsoune despidiéndose. Él se inclinó y ella hizo una reverencia bajando el cuerpo y doblando las rodillas antes de alejarse.

Se le ocurrió una idea. Mientras Niamha desaparecía por la otra esquina, Talasyn comprobó que no hubiese ningún guardia al acecho y, acto seguido, se acercó a Surakwel a toda prisa.

Él sonrió al verla acercarse, aunque su expresión denotaba cierta cautela.

—Alteza —dijo, haciendo otra rápida reverencia—. Me parece que debo felicitaros.

—Déjate de cuentos. —Talasyn se había cansado ya de aguantar a hombres sarcásticos.

Surakwel enarcó una ceja, pero fue inteligente y cambió de tema.

—Me marcho a Viyayin. La reina Urduja me ha dejado claro que he alargado mi estancia más de la cuenta… y que el hecho de que sea sobrino de Lueve Rasmey es lo único que ha impedido que me cortase en cachitos y me diese de comer a los dragones. Supongo que la próxima vez que nos veamos será en vuestra boda.

Talasyn sabía que todas las casas nobles debían enviar a un representante, pero había esperado que Surakwel no quisiera saber nada del asunto por una cuestión de principios. Él debió de adivinar lo que estaba pensando porque procedió a explicarle:

—Mi madre está muy enferma y debo asistir en su lugar. Ya le he prometido a la Zahiya-lachis que no haré nada que eche a perder la ceremonia y a vos os lo reitero. Tenéis mi palabra.

—¿Cuánto vale tu palabra? —preguntó Talasyn con cautela—. ¿Hasta dónde llegarías por honor?

Era imposible que un aristócrata del Dominio no tuviese la habilidad de reconocer ciertas señales. Surakwel le lanzó una mirada astuta desde debajo de su cabellera desgreñada.

—¿Requerís mi asistencia con algún asunto, Lachis'ka?

—Sí. —A Talasyn le latía con fuerza el corazón—. He venido a cobrarme la deuda que tienes conmigo. El pago se compone de dos partes. La primera es que no puedes decirle ni una palabra a nadie de lo que estoy a punto de contarte.

—¿Y la segunda?

—Tienes que llevarme a un sitio.

La aeronave de Surakwel era una pequeña embarcación de recreo equipada con muchos más cañones de vacío de los que ese tipo de navíos acostumbraban a alojar. El casco era de color verde y tenía estampada una serpiente blanca en el extremo de la popa, la insignia de la casa gobernante de Viyayin. Se encontraba atracada en una plataforma frente a palacio junto con las naves de otros huéspedes. Surakwel se puso a charlar con los guardias para distraerlos mientras Talasyn salía por la ventana de un pasillo adyacente y se escabullía por la rampa.

Pese a que la deuda de vida lo obligaba a guardar absoluta discreción si ella se lo pedía, Talasyn sabía que Surakwel era un joven imprudente e impredecible. Por suerte, no parecía empeñado en querer convencer al remanente sardoviano para llevar a cabo un ataque contra la flota de Kesath, aunque estaba la mar de emocionado. Hacía un rato, en el pasillo, había perdido la compostura durante unos instantes, dejando de lado su habitual porte aristocrático al mascullar con los ojos desorbitados: *¿Cómo que la Confederación Sardoviana está aquí?* Talasyn le había dado una palmada en el brazo y le había dicho que no podía contarle a nadie que estaba al tanto. No creía que a Urduja le hiciera demasiada gracia que se aliara con aquel hombre.

—Bonita nave —comentó Talasyn en cuanto él subió a bordo y el yate despegó. Se había acomodado en la cubierta que albergaba la cabina, con la espalda apoyada en un marco de madera resplandeciente—. ¿Cómo se llama?

Surakwel vaciló, mientras una de sus manos enguantadas se movía dubitativa sobre los controles.

—*La Serenidad* —respondió por fin, con un tono de voz inusualmente suave.

—Ah —fue lo único que a ella se le ocurrió decir. El nombre de Niamha significaba *la serena*. Talasyn se había fijado en que Surakwel y la daya tenían una relación estrecha, pero...

El joven aristócrata parecía no tener ningunas ganas de hablar del tema, de manera que Talasyn guardó silencio. La brisa nocturna le alborotó el cabello al tiempo que Surakwel y ella navegaban bajo las estrellas.

—¿Qué planea exactamente la Confederación, Alteza? —preguntó Surakwel—. Dudo que quieran seguir escondidos eternamente en el Ojo del Dios de las Tormentas.

—No te revelaré más que la información imprescindible —respondió Talasyn tajantemente. Lo cierto era que ni ella sabía muy bien qué tenía en mente Vela. Por lo que había deducido durante sus visitas anteriores, sus camaradas se habían pasado los últimos meses reparando las naves, recabando información a través de la eteronda y aprendiendo a sobrevivir en una nación extranjera.

La Serenidad era una nave rápida, pese a cargar con un armamento digno de un escuadrón, y ambos llegaron al estrecho en poco menos de cinco horas, cuando lo normal era que el trayecto desde Eskaya a bordo de una embarcación de dimensiones similares durase casi seis. A kilómetros y kilómetros de la costa de Lidagat, la más occidental de las siete islas principales del Dominio, dos hileras de descomunales y escarpadas columnas de basalto se alzaban sobre la superficie plana del océano. La leyenda contaba que el cuerpo maltrecho de un antiguo dios de las tormentas se había precipitado desde los cielos durante una cruenta guerra entre los miembros de su panteón y que las columnas eran el resultado de la colisión; su sangre, entremezclada con la de otras deidades muertas, había dado lugar al Mar Eterno. Entre las columnas fluía el tramo de agua que había que recorrer durante otra media hora antes de llegar a las islas de Sigwad, que supuestamente constituían el ojo derecho del dios.

Quiso la suerte que Talasyn y su impaciente acompañante no se toparan con rastro alguno de la Grieta de Tempestades que con frecuencia azotaba el estrecho. *El espíritu errante del dios de las tormentas se ha tomado la noche libre*, pensó con ironía. En el Continente —en Sardovia, en Kesath— las Grietas se consideraban manifestaciones de los dioses, pero en Nenavar, los dioses llevaban muertos hacía ya mucho. Solo tenían a la Zahiya-lachis.

Desde el aire, Sigwad era un conjunto más o menos circular de islas de coral. Surakwel aterrizó la nave en el centro, en un apacible tramo costero que relucía bajo el intenso resplandor de las lunas.

—Espera aquí —le indicó Talasyn mientras ella desembarcaba. No quería tener que pasarse un rato intentando convencer a Ideth Vela de que podía confiar en aquel noble nenavareno desconocido, pues no les sobraba el tiempo precisamente.

—Pero…

—¿Se te ha olvidado la deuda que tienes conmigo?

Surakwel dejó escapar un suspiro.

—*Vale*.

Talasyn le lanzó su mirada más feroz y altanera y el chico guardó silencio de mala gana. La contempló ceñudo mientras ella se daba la vuelta y enfilaba hacia el pantano que había cerca de allí. Ojalá fuera así de fácil hacer callar al memo de Alaric Ossinast.

Desapareció entre los manglares y urdió una espada de luz para alumbrar el camino. El olor húmedo del agua salobre le inundó las fosas nasales mientras atravesaba la jungla; las raíces de los manglares estaban tan enmarañadas que conformaban el suelo del bosque, donde una gran variedad de criaturas anfibias se deslizaban y croaban en la penumbra.

—¿Talasyn?

El susurro atravesó el oscuro pantano. Estuvo a punto de arrojar la espada en dirección a las copas de los árboles, pero el sentido común la detuvo en el último momento y ella escudriñó el selvático dosel que se desplegaba por encima de su cabeza. Un muchacho joven de rostro redondo le devolvió la mirada.

—Avisaré a la amirante de que has llegado.

Se escabulló a toda prisa, saltando de una rama a otra hasta que desapareció entre las hojas.

Talasyn siguió adelante, abriéndose paso entre el barro, las retorcidas raíces y las aguas poco profundas. La *Nautilus* y el campamento que se había levantado a su alrededor se hallaban en un terraplén natural, mientras que la *Brisa Veraniega* y las demás aeronaves estaban atracadas a poca distancia. Talasyn se fijó primero en la nave de tormenta; su contorno resplandecía bajo la luz lunar como el cadáver de una ballena que se hubiera quedado encallada entre los manglares. Alrededor, había una serie de chozas levantadas sobre pilotes.

Nada más llegar al terraplén, Vela salió a recibirla. En ocasiones, las visitas de Talasyn se convertían en todo un acontecimiento, pues sus camaradas ansiaban tener noticias de la capital, pero otras veces, como aquella, únicamente estaban la amirante y ella, charlando en voz baja en la penumbra.

La primera vez que Talasyn había visitado aquel escondite, se había quedado pasmada al ver el aspecto que lucía todo el mundo. Sigwad se hallaba bajo la jurisdicción de Niamha, y los sardovianos iban vestidos con las prendas que les proporcionaba la Casa Langsoune: túnicas ligeras de algodón, bombachos de colores chillones y faldas cruzadas a rayas. Todos, incluida Vela, parecían más nenavarenos que sardovianos.

Como medida de precaución, los emisarios del Dominio que habían trasladado a Sigwad el dispositivo espectral, habían puesto al corriente a la amirante sobre el acuerdo de matrimonio y la amenaza que entrañaba el Vaciovoraz. La susodicha había descargado ya su furia o se le daba de maravilla disimularla, puesto que contempló a Talasyn con una expresión extraordinariamente serena.

—Ya está bien, Talasyn. Tienes que aprender a no dejarte pisotear. Sé que crees que si te rebelas nos pondrás a todos en peligro, pero no tienes por qué ser una simple marioneta de la reina Dragón. Créeme, ella te necesita tanto como tú a ella. El Dominio no tiene reparos a la hora de destronar a una monarca que carece de herederas; es más, antes de que tú aparecieras, estuvieron a punto de hacerlo. Sin ti, se arriesga a perderlo *todo* y ya es hora de que se lo recuerdes. ¿Crees que podrás?

—No lo sé —farfulló Talasyn—. Todos, incluso mi padre, le tienen miedo. Estoy sola…

—No estás sola —dijo Vela—. Tienes a Ossinast.

Talasyn la miró perpleja, sin comprender. El ruido ambiental del pantano inundó el tenso silencio y Vela se acercó más a ella.

—El poder fluye y cambia de manos, puesto que lo determinan las alianzas. Ahora mismo, te parece que Urduja Silim tiene la sartén por el mango porque es la Zahiya-lachis, *pero*… ¿qué título ostentarás tú cuando te cases con el Emperador de la Noche?

—El de la Emperatriz de la Noche —susurró Talasyn.

Vela asintió.

—Aunque no me entusiasma en absoluto, el hecho de que Alaric se convierta en tu consorte nos proporcionará tiempo. Y a ti… muchas oportunidades.

—Para espiar a Kesath —se oyó decir Talasyn, pese al extraño nerviosismo que la recorrió al oír que Vela se refería a Alaric como su consorte. No solo le resultaba más fácil adoptar su actitud de soldado ahora que se encontraba con su superior, sino que la conversación había hecho asomar una revelación que había estado esperando el estímulo adecuado para extenderse como un reguero de pólvora—. Para averiguar sus puntos débiles. Para… —Se interrumpió, sin atreverse a pronunciar en voz alta las palabras siguientes.

Vela terminó la frase por ella.

—Para hallar el modo de llegar hasta Gaheris.

—Podemos cortarle la cabeza a la serpiente, tal y como fue siempre nuestra intención —prosiguió Talasyn lentamente—. Gaheris es quien ostenta en realidad el poder. Si lo matamos, su imperio se vendrá abajo. Y entonces ya pensaremos qué hacer con…

El nombre se le atascó en la garganta.

—Con el hombre que para entonces será tu marido —murmuró Vela.

Talasyn tragó saliva.

—Nimiedades —dijo con bastante más confianza de la que sentía.

—También debemos averiguar cómo han fabricado los cañones de vacío —añadió Vela—. Alaric volvió a Kesath con un único coracle polilla. Aún no me explico que lograsen abastecer varios acorazados solo con la magia que llevaba equipada esa nave. Tienes que averiguar cómo lo hicieron y si hay algún modo de deshacernos de esos cañones.

—De acuerdo. Lo haré —se apresuró a decir Talasyn. Sería complicado, pero ahora que había un plan en marcha, se sentía mejor.

Vela se pasó una mano por el rostro con expresión cansada.

—Será muy peligroso. Prométeme que nos avisarás si las cosas se tuercen y necesitas que te saquemos de allí.

—Lo prometo. —Talasyn pensó en Surakwel Mantes—. Conozco a alguien que puede venir a avisaros en caso de que necesite ayuda… O cuando descubra algo de suma importancia y no pueda acercarme yo misma.

—Te espera un arduo camino —dijo Vela con seriedad—. Y ahora mismo no parece que vayas a tener más alternativa que recorrerlo. ¿Crees que serás lo bastante fuerte?

Talasyn alzó el mentón.

—No me queda otra.

—Muy bien. Vuelve a Eskaya antes de que tu abuela se dé cuenta de que no estás.

Talasyn observó a la amirante mientras esta volvía a su choza. Una parte de ella deseaba que Vela se hubiera mostrado más indignada al descubrir sus circunstancias, pero su labor no consistía en reconfortarla y Talasyn debía cumplir con su deber, al igual que la amirante. El futuro era incierto; se desplegaba ante ella como las fauces de una oscura caverna. Y ella se enfrentaría a él, igual que se había enfrentado a todo lo demás.

Sigue adelante.

CAPÍTULO VEINTINUEVE

En Kesath tenían un dicho, uno de los muchos que Alaric se había aprendido de memoria durante su época de estudiante tras haberlo escrito una y otra vez para practicar la caligrafía de la corte imperial: *Si recoges la pera de bálsamo antes de tiempo, deberás saborear su amargura*. Significaba que uno sufría las consecuencias de sus malas decisiones. Que había que tener cuidado con lo que se deseaba.

Era un dicho que no dejaba de resonar en su mente de manera censuradora mientras Talasyn y él ascendían por la cordillera de Belian, cargados con pesadas mochilas llenas de suministros. Habían dejado la embarcación con la que habían llegado desde Eskaya en la guarnición del kaptán Rapat, donde se habían quedado también sus respectivos guardias… aunque en el caso de Alaric era solo *uno*, en singular, concretamente Sevraim, y ese había sido el problema. Las ruinas del templo de los Tejeluces se hallaban, además de cubiertas de maleza, en un estado demasiado delicado como para que ninguna nave aterrizase allí, y Alaric se había negado a adentrarse en mitad de la nada con tantos soldados nenavarenos, puesto que los superaban a él y a Sevraim ampliamente en número y no tenían ninguna vía de escape. Por su parte, la Zahiya-lachis tampoco había estado dispuesta a confiarles la seguridad de su nieta a dos Forjasombras kesathenses. Así pues, llegaron a un acuerdo y decidieron que solo Alaric y Talasyn acamparían en el templo, donde entrenarían y *con suerte* presenciarían una de las descargas de la

Grieta de Luz para que Talasyn pudiera entrar en comunión con ella.

Como resultado, Alaric se encontraba a solas en medio de la selva nenavarena con su antigua enemiga y futura esposa política, la cual seguía, a todas luces, enfadada con él por las discusiones que habían tenido a bordo de su nave y en el tejado en Eskaya.

Aunque su propio enfado se había diluido un poco tras constatar que los antiguos camaradas de Talasyn no estaban escondidos en Nenavar, lo que estaba claro era que el clima del archipiélago no contribuía en absoluto a mejorar su malhumor. En Kesath, siempre hacía fresco a primera hora de la mañana, y uno podía ver cómo su aliento formaba volutas de vaho bajo el cielo encapotado. En el Dominio, por el contrario, a esas horas hacía ya tanto calor como el que azotaba a su hogar en verano, en plena tarde, y la humedad era infinitamente peor, aún más que la última vez que Alaric había viajado hasta allí, en secreto, concentrado únicamente en detener a la Tejeluces antes de que llegara al punto de unión.

La vida daba unas vueltas de lo más curiosas, pero en aquel momento no estaba de humor para apreciar lo irónico de la situación. El calor era *insoportable*.

Y, para colmo, Talasyn llevaba puesta una túnica sin mangas y unos pantalones de lino que se le pegaban como una segunda piel, haciendo que sus pensamientos tomaran un rumbo peligroso. La culpa de aquello la tenía Sevraim, con todas esas bobadas que le había soltado acerca de engendrar herederos.

—¿Estás segura de que vamos por donde toca? —Alaric tuvo que alzar la voz porque Talasyn se encontraba varios metros por delante de él, abriéndose paso entre las enredaderas y los arbustos con una brusquedad que dejaba adivinar lo que opinaba de aquella excursión.

—¿Ya se te ha olvidado el camino? —le respondió ella sin dignarse a volver la mirada.

Él puso los ojos en blanco, pese a que ella no podía verlo.

—La última vez tomé una ruta distinta.

—¿Y cómo está el cabrón desaprensivo que te dio el mapa?

—Imagino que el *comodoro* Darius está saboreando la dulce victoria y disfrutando de los privilegios de su nuevo puesto.

¿Por qué decía esas cosas cuando sabía perfectamente que ella se enfadaría aún más? Talasyn aminoró el paso lo suficiente como para fulminarlo con la mirada y él pensó que tal vez la respuesta estuviera en el modo en que sus ojos marrones destellaron a la luz del sol, en la forma en que su pecosa piel aceitunada resaltaba contra todo aquel verde y dorado.

La chica volvió a darle la espalda con un resoplido y siguió adelante. Él fue tras ella, intentando encontrarle alguna satisfacción al hecho de haber replicado el último.

Talasyn se pasó toda la mañana deseando que al Emperador de la Noche se le cayera un árbol encima.

Estaba hecha polvo. El trayecto hasta el templo habría resultado agotador incluso para alguien que hubiera dormido de maravilla, y Talasyn solo había podido descansar cuatro horas mientras Surakwel y ella volvían a la Bóveda Celestial. Siguió avanzando, mareada, y su entorno adquirió un aspecto apergaminado.

No obstante, algo curioso sucedió cuando Alaric y ella se adentraron más en la selva y subieron la ladera otro poco. Tal vez fuera el aire puro que se filtraba en sus pulmones, el olor a tierra y néctar y hojas húmedas, la forma en que el ejercicio le aceleraba el corazón o el verdoso panorama; en cualquier caso, Talasyn se sentía más ligera de lo que se había sentido en mucho tiempo. La noche anterior no había sido capaz de reparar en ello, pues el tiempo apremiaba y una sensación de urgencia se había apoderado de ella mientras cruzaba los manglares del Ojo del Dios de las Tormentas, pero en aquel momento y lugar, consciente de los días que tenía por delante, se dio cuenta de lo mucho que necesitaba alejarse del sofocante ambiente de la corte nenavarena, aunque solo fuera durante un breve lapso. Aunque tuviera que estar con Alaric Ossinast. Aunque no pudiera asegurar que no fuera a apuñalarlo en algún momento.

El estómago empezó a rugirle.

—Pararemos para comer tras cruzar el estanque —anunció al espacio vacío que tenía delante. Le llegó un gruñido de conformidad desde atrás y se rio con disimulo al imaginarse a Alaric resoplando ante el asfixiante calor tropical y cociéndose bajo sus prendas negras.

Las lluvias habían inundado el estanque, que se encontraba todo embarrado, y aunque el estrecho puente de tablones que lo atravesaba estaba medio sumergido, seguía siendo funcional. Talasyn lo cruzó sin problemas, asegurándose de no resbalar en la enlodada madera.

Alaric no tuvo tanta suerte. El ruido de un chapuzón resonó en el silencio de la selva y ella se volvió y lo vio desaparecer bajo el agua marrón. Talasyn se apresuró a volver al puente, pero se detuvo al ver la cabeza del chico asomando de nuevo a la superficie. Estaba tosiendo y el cabello empapado se le pegaba al rostro cubierto de mugre.

—¡Mucho Maestro de la Legión Forjasombras, pero ni siquiera puedes cruzar un puente! —exclamó Talasyn.

Alaric frunció el ceño y escupió un puñado de tierra mientras braceaba en dirección al puente.

—Mucha Tejeluces, pero ni siquiera puedes crear un escudo.

La réplica apenas se oyó por encima del chapoteo, pero llegó a oídos de Talasyn igualmente. Le dirigió un gesto grosero, con la palma vuelta hacia arriba, el pulgar estirado y el índice doblado hacia dentro. Él parpadeó, perplejo, y a ella le pareció que estaba más sorprendido que ofendido.

Aunque había que admitir que no todo el mundo habría mostrado el mismo aplomo que estaba mostrando él mientras intentaba salir de lo que era básicamente un montón de tierra licuada. Se desplazaba con seguridad, casi como si se hubiera lanzado *adrede* al estanque. Talasyn observó la escena con escepticismo mientras él se encaramaba a lo que parecía ser un tronco volcado con la intención de usarlo como punto de apoyo y volver de un salto al puente.

Salvo que no se trataba de ningún tronco. En cuanto Alaric se hubo situado encima, este... *se agitó*.

El chico volvió a caer ruidosamente al estanque, justo cuando la enorme cabeza de un búfalo de agua asomaba a la superficie. Era tres veces más grande que un hombre adulto y tenía unas branquias rojas que revoloteaban en los costados del grueso cuello. Su dura piel era del color del carbón y sus ojos escarlata, situados entre unos cuernos enormes con forma de hoz, contemplaban a Alaric con una expresión irracional de furia.

No solo habían invadido su territorio, sino que también lo habían pisoteado.

Profirió un bramido que sacudió las copas de los árboles y salió disparado, abriéndose paso entre el agua con la misma elegancia que un pez. Talasyn hizo aparecer una lanza de luz y la arrojó con todas sus fuerzas, pero el búfalo de agua la esquivó con sorprendente rapidez antes de agacharse bajo el arco que describió la lanza forjada en sombras de Alaric.

Talasyn se metió en el estanque para ayudarlo —no pensaba ir a explicarles a los numerosos buques de guerra kesathenses que aguardaban al otro lado del archipiélago que había dejado que hicieran papilla a su soberano—, pero apenas se había adentrado hasta los tobillos cuando una orden ronca de Alaric la hizo detenerse de golpe:

—Quédate ahí.

Creó una espada en forma de medialuna con la magia que conjuró del Pozoumbrío y la lanzó en dirección a la embarrada orilla. Mientras el arma surcaba el aire, una oscura y crepitante cadena emergió del mango y su otro extremo se enroscó en torno al puño enguantado de Alaric. La hoja se hundió en la tierra que estaba detrás de Talasyn y, acto seguido, los eslabones de la cadena comenzaron a plegarse sobre sí mismos y Alaric salió propulsado. El búfalo de agua avanzó entre bufidos y resoplidos enfurecidos, con los cuernos apuntando al frente, persiguiendo a su presa hasta la orilla.

Talasyn se preparó para urdir otra arma, para enfrentarse cuerpo a cuerpo al animal, pero en cuanto la espada de sombras y su negra cadena se hubieron desvanecido y Alaric se puso en pie, este la agarró de la muñeca y, antes de que ella fuera consciente de lo que ocurría, ambos estaban corriendo al tiempo que el búfalo de agua les pisaba los talones. El animal se abrió paso entre la maleza, con el suelo temblando bajo sus pesadas pezuñas, sacudiendo la cabeza y apartando de su camino todos los arbolitos con los que se cruzaba como si fueran meros juncos.

Voy a morir aquí, pensó Talasyn, con la sangre palpitándole en los oídos y moviendo las piernas desesperada, mientras los tonos verdes y marrones de la selva se difuminaban por los bordes de su campo visual. *En la selva. Me va a matar una vaca cabreadísima.*

Alaric le había soltado la muñeca, pero corría a su lado. Conjuró un hacha de guerra para deshacerse de las ramas bajas que se interponían en su camino; de vez en cuando, la transformaba en una lanza para arrojársela al búfalo y después volvía a conjurar un hacha nueva. Talasyn jamás había presenciado tal despliegue de concentración, coordinación y habilidad mágica; jamás había sido capaz de hacer nada semejante.

Resuelta a no verse superada por él, creó también sus propias lanzas y las arrojó, una tras otra, a la criatura que los perseguía. La luz y las sombras silbaron juntas por el aire. Sin embargo, el búfalo era tan ágil en tierra como lo era en el agua, y esquivó el aluvión como si nada.

Y justo cuando llevaban tanto tiempo corriendo como para que Talasyn notase una punzada en el costado, como para que las piernas estuvieran a punto de cederle y el corazón, de estallarle…

… los temblores de tierra y los horribles sonidos producidos por el hostigamiento de la temible bestia se desvanecieron bruscamente.

Talasyn se atrevió a echar un vistazo por encima del hombro. A lo lejos, el búfalo de agua había dado media vuelta y desaparecía entre los arbustos, satisfecho tras haber ahuyentado a los intrusos. Sintió tal sensación de alivio que se le aflojaron las rodillas y se dejó caer contra el tronco de un árbol, con el pecho agitado y el sudor acumulándosele en la piel mientras tomaba una profunda bocanada de aire tras otra.

Alaric apoyó una mano en el tronco de al lado. Se inclinó hacia delante, con el aliento entrecortado también. Ambos pasaron varios minutos jadeando bajo un dosel de hojas.

Por fin, cuando recuperó el aliento y las manchitas negras que le habían inundado la vista desaparecieron, Talasyn se volvió hacia Alaric. Estaba cubierto de barro de la cabeza a los pies, no solo por culpa de su inesperado chapuzón en el estanque, sino también por la forma en la que había salido, arrastrado por su propia magia. El pelo empapado le colgaba flácidamente alrededor del rostro ceñudo y anguloso, donde la tez pálida asomaba únicamente en pequeñas franjas y manchas. Sus refinadas prendas eran ahora más marrones que negras.

En aquel momento, el Emperador de la Noche de Kesath parecía una nueva especie de criatura malhumorada que acabase de salir de un lodazal…, lo cual era más o menos lo que había ocurrido.

Talasyn se echó a reír a carcajadas.

Verla sonriéndole por primera vez fue como recibir una descarga en el pecho. Los ojos se le arrugaron en las comisuras y la luz del sol danzó sobre la curva de sus labios rosados, tiñendo sus mejillas pecosas con un cálido resplandor.

Alaric, que había recuperado el aliento hacía apenas unos instantes, se quedó sin respiración. Nadie le había dirigido nunca una mirada semejante, tan cargada de alegría, y cuando ella se echó a reír, sus sonoras y vibrantes carcajadas conformaron una canción que inundó todos los rincones de su alma. La melodía resonó en sus oídos y la imagen de ella quedó grabada en sus recuerdos.

Daría cualquier cosa, pensó él, *para que esta no fuera la última vez. Para que volviera a sonreírme y se echara a reír como si la guerra jamás se hubiera producido.*

Al cabo de un rato, se percató de que en realidad se estaba riendo *de* él, y la fulminó con la mirada.

Aquello solo la hizo reír más. Se agarró a la áspera corteza del árbol como si le fuera la vida en ello, prácticamente *aullando* mientras Alaric enrojecía bajo el barro que le cubría la piel.

Por fin, sus carcajadas se redujeron a unas risas silenciosas intercaladas con algún que otro bufido.

—¿Has acabado ya? —preguntó él entre dientes.

—Sí. —Se enderezó y se enjugó las lágrimas con los dedos—. Lo de estar a punto de palmarla por culpa de un búfalo de agua es prácticamente un rito de iniciación nenavareno.

Se sacó el mapa y la brújula de los bolsillos para comprobar si se habían desviado del camino.

—Primero el dragón, luego el águila mensajera con pinta de querer destripar a mis hombres y ahora la vaca esa —gruñó Alaric—. Está claro que todos los animales del Dominio intentan matarme.

—No solo los animales. —Pero el tono de Talasyn no desprendía ira alguna; pareció decirlo más por costumbre que por otra cosa. Guardó los dispositivos de navegación e hizo un gesto hacia delante—. Por lo menos, nos ha perseguido en dirección a las ruinas. Por aquí cerca hay un arroyo donde podemos parar a comer y tú puedes… —Le lanzó una mirada traviesa y la boca se le agitó como si fuera a echarse a reír de nuevo— lavarte.

—Eso si un pez monstruoso no me zampa primero —dijo él, impasible.

Ella resopló de un modo casi... *cómplice*, y algo parecido a la esperanza se agitó en el interior de Alaric. ¿Había olvidado ya Talasyn sus recientes discusiones? Si aquello era lo que hacía falta para que dejara de estar enfadada con él, quizá no fuera tan horrible acabar cubierto de barro...

Llegaron al arroyo al cabo de unos minutos, un ribete claro de agua que descendía por la ladera de la montaña, delimitado por rocas cubiertas de musgo. Mientras él se encaramaba con cuidado a una de las rocas y se quitaba las botas, Talasyn le dio la espalda a propósito y se puso a desenvolver la comida con más meticulosidad de la que requería la tarea.

Su repentina timidez contrastaba con los intentos de ambos de hacía unos meses por acabar con la vida del otro. Aun así, él le agradecía el gesto y buscó algo más de privacidad tras un grueso muro de juncos junto a la orilla, donde se agachó y se despojó de sus ropas cubiertas de barro.

El frescor del arroyo constituía un bálsamo tras haber pasado horas caminando bajo el sofocante calor. Se restregó cada centímetro de suciedad, oyendo de fondo el canto del agua sobre las piedras y las criaturas ocultas y potencialmente mortíferas que gorjeaban en las copas de los árboles. Era muy distinto a los baños de la Ciudadela o de la Bóveda Celestial, con el vapor perfumado que emanaba de las bañeras de mármol repletas de agua caliente, pero le resultó agradable igualmente.

Al salir del arroyo, hurgó en su mochila en busca de una muda de ropa, aunque descartó las túnicas de manga larga y cuello alto y optó, en su lugar, por una camiseta negra ajustada y unos guardabrazos. Tras titubear unos instantes, guardó también los guanteletes de cuero en la mochila. Hacía demasiado calor para llevarlos puestos.

Talasyn había sacado las tortas de arroz y la carne de venado en salazón y estaba preparando una infusión de jengibre con una tetera que se calentaba gracias a un corazón de éter imbuido con magia del Nidoardiente. Levantó la vista cuando él se acercó y parpadeó. Primero una vez y luego otra, con los labios ligeramente entreabiertos. Antes de que él tuviera ocasión de preguntarle por su extraño comportamiento, ella apartó la mirada y le pasó un plato de bambú repleto de comida sin decir ni «mu».

Mientras comían, sentados en la hierba, Alaric se devanó los sesos en busca de un tema de conversación apropiado.

—Al kaptán Rapat no le ha hecho ninguna gracia verme —comentó.

—No me extraña. —Talasyn se metió una torta de arroz en la boca. Entera—. Aunque sí se ha alegrado de verme *a mí*.

—¿Cómo no iba a alegrarse? —Había pretendido decir aquello de forma sarcástica, pero el recuerdo de la expresión risueña que había iluminado sus facciones doradas lo asaltó por alguna razón y el tono de su voz adquirió un matiz que incluso a él le pareció inquietantemente sincero. Para disimular, se aclaró la garganta y añadió con ironía—: Al fin y al cabo eres un dechado de virtud y jovialidad.

—Ambos sabemos que tú estás a años luz en lo que a virtud y jovialidad se refiere —le espetó ella, con los carrillos hinchados como si fuera una de esas ardillas del Continente que hacían acopio de bellotas para pasar el invierno. Acto seguido tragó y él intentó acordarse de si la había visto masticar la torta de arroz—. Espero que tu legionario se comporte mientras está allí.

Alaric hizo una mueca.

—He sido muy claro con él, aunque lo de que Sevraim se comporte es más una quimera que otra cosa.

—Lo imagino. —Talasyn tomó una tira de carne del plato que compartían—. Es un pelín descarado, ¿no? Y el otro día le dio bastante a la sin hueso, aunque durante las negociaciones no abrió la boca.

—Aunque hace ya mucho que dejé de intentar inculcarle un mínimo sentido del decoro, tenemos la suerte de que a veces sabe cuándo cerrar el pico —repuso Alaric—. Su labor en Nenavar consiste únicamente en guardarme las espaldas y a él le viene de perlas porque la política le aburre.

—No te ha costado demasiado cesarlo temporalmente de sus funciones. —Talasyn arrancó media tira de venado de un mordisco—. ¿Tanto confías en mí?

Alaric se quedó tan pasmado al verla engullir la comida como un animal hambriento que tardó unos instantes en darse cuenta de que le había hecho una pregunta. Se encogió de hombros.

—Confío en que tengas la suficiente sensatez como para no hacer ninguna tontería.

Le vinieron a la mente las palabras que ella le había dirigido la otra tarde. *Un día la gente se hartará de ti. Y cuando por fin os dejen las cosas claritas, te juro que no dudaré ni un instante en unirme a ellos.* Ella se revolvió, inquieta, y Alaric se dio cuenta de que estaba acordándose de lo mismo.

—No, no pienso hacer ninguna tontería. —A Talasyn parecía repatearle tanto tener que hacerle esa promesa que Alaric casi se echó a reír—. Cuando me enfado se me va la lengua, pero intentaré no complicar más las cosas.

Él asintió.

—Lo mismo digo. No creo que lleguemos nunca a poder esperar mucho más del otro, pero algo es algo.

—Coincido —dijo ella mientras masticaba.

—Por si sirve de algo —murmuró él—, mi comportamiento a bordo de la *Libertadora* fue inadmisible. Me esmeraré por que no vuelva a ocurrir.

A una parte de Alaric le resultaba increíble que estuviera disculpándose con la Tejeluces. Su padre montaría en cólera si se enteraba.

Pero Gaheris *jamás* lo descubriría. Esa era la cuestión. Se encontraba a un océano de distancia. Alaric nunca se había sentido más desvinculado de su padre como en aquel momento en mitad de la selva. Resultaba extrañamente liberador.

Talasyn tosió, como si se hubiera atragantado por la sorpresa. Le dio un buen trago al té para bajar la comida mientras lo miraba por encima del borde de la taza con una expresión meditabunda.

—Gracias —dijo por fin—. Yo también… *me esmeraré*… por hacer lo mismo.

Y aunque la Guerra de los Huracanes se interpondría siempre entre ellos, como si ambos fueran dos fragmentos de una lámina de cristal resquebrajada, dividida por una enmarañada grieta blanca, al menos parecían haberse puesto de acuerdo para no hablar más del tema. Por fin. En su lugar, Alaric contempló, asombrado, cómo Talasyn tomaba una segunda torta de arroz y se la metía en la boca junto con la otra media tira de carne.

Por todos los dioses. Fue incapaz de apartar la mirada. Comía igual que luchaba, de forma implacable y sin piedad.

No fue hasta que ella se relamió los carnosos labios rosados, relucientes a causa del té, que el instinto, que su sentido de autoprotección, lo llevó a apartar la mirada bruscamente y a concentrarse en la hierba, en el arroyo, en el musgo que cubría las rocas, en *cualquier cosa* que no fuera ella.

CAPÍTULO TREINTA

Para cuando llegaron a la cima de la montaña, el atardecer rojo y dorado derramaba su mortecino resplandor sobre las antiguas ruinas. El templo de los Tejeluces le había parecido a Talasyn un lugar vasto y etéreo al verlo por primera vez, envuelto en el manto plateado que le proporcionaba la luz de las lunas. Bajo el brillo abrasador de un día que llegaba a su fin, su desgastada fachada de arenisca contrastaba con la extensa selva de color verde oscuro donde descansaba, solemne e inmensa, como un antiguo dios sobre un trono que hubiera quedado olvidado hacía mucho. Los rostros de sus numerosas figuras talladas asomaban entre las enredaderas y las zarzas, esbozando enigmáticas medias sonrisas que ocultaban los secretos del pasado.

Alaric contempló con interés las siluetas danzarinas que recubrían el arco de la entrada.

—¿Qué son?

—*Tuani*. —Talasyn había aprendido la palabra en una de sus interminables lecciones de historia—. Espíritus de la naturaleza. Hay relieves como estos en muchas estructuras milenarias. Los antiguos nenavarenos los veneraban.

—Y los nenavarenos de ahora veneran a tu abuela. —Alaric tenía la mirada clavada en los grabados, en las melenas perpetuamente alborotadas por el viento, en los brazos que jamás descansarían, agitándose al son de alguna melodía de antaño—. Y, dentro de unos años, te venerarán a ti.

Talasyn se encogió levemente de hombros. No le gustaba pensar en aquello; en lo que pasaría *después*. El presente ya la tenía bastante preocupada.

—No sé si «venerar» es la palabra adecuada —murmuró ella—. La Zahiya-lachis es la soberana de Nenavar porque es el recipiente de los ancestros que velan por la nación desde el mundo espiritual. No se lleva a cabo ningún… ritual, ni se reza ni nada parecido. El pueblo se limita a acatar sus órdenes.

—Y como futuro consorte de la futura Zahiya-lachis se espera que yo haga lo mismo, ¿no? —La idea parecía resultarle ligeramente divertida—. Por lo que sé, aquí los maridos se someten a sus esposas.

Talasyn sintió un revoloteo en el estómago. El corazón le dio un vuelco y se quedó momentáneamente sin respiración. Entre la calma con la que Alaric hablaba de su inminente matrimonio y el aspecto que tenía en aquel momento…

Desde un punto de vista racional, Talasyn había sido consciente de que el cuerpo de Alaric se encontraba en algún lugar debajo de toda esa tela negra y armadura de cuero. Es más, el enorme tamaño del cuerpo en cuestión la había desconcertado en alguna que otra ocasión. No debería haberle afectado tanto.

Pero había salido de detrás de los altos juncos con una camiseta interior que le dejaba al descubierto las afiladas clavículas y los anchos hombros y que se ceñía a su musculoso pecho. Combinada con unos pantalones de tiro bajo que acentuaban la considerable longitud de sus piernas y unos guardabrazos negros que dejaban entrever la firmeza de los músculos de debajo… el efecto había sido arrebatador. Seguía siéndolo.

Al menos el pelo se le había secado y él había dejado de pasarse los dedos por los mechones con esa elegancia natural y canallesca, y ella había dejado de sentirse como si estuviera a punto de arder de forma espontánea. Más o menos. Tal vez.

—Ya estás otra vez hablando de cuando estemos casados —se burló ella con una fanfarronería que esperaba que resultase convincente—. Te hace ilusión, ¿eh?

—Dada tu afición por recalcarlo, me atrevería a decir que *a ti* te hace ilusión que a mí me la haga —contratacó Alaric.

—Eres el ser más insoportable con el que... —siseó ella.

—¿Has estado prometida? —sugirió él.

—*¡Deja el tema ya de una vez!*

—No. Sacarte de tus casillas forma parte de mi insoportable naturaleza, Lachis'ka —dijo en un tono monocorde. Perfectamente calibrado para provocarla, pensó ella.

Y funcionó.

Talasyn se adentró en el templo con el ceño fruncido. Él también, pero esta vez avanzó a su mismo paso en lugar de caminar por detrás. Al fin y al cabo, ambos sabían dónde estaba la Grieta de Luz.

No era la primera vez que Talasyn se topaba con un hombre guapo de físico espectacular. Sardovia había estado repleta de ellos, al igual que lo estaba el Dominio. Pero jamás había experimentado aquella... *atracción* hacia otra persona. La vista seguía desviándosele hacia Alaric, recorriéndolo de arriba abajo. Su proximidad le provocaba escalofríos.

En realidad, eran las mismas reacciones que la habían asaltado desde el día en que se conocieron, aunque, de algún modo, *amplificadas*. Como si al haberse despojado él de sus capas, algunas de las suyas se hubiesen desvanecido también.

El hecho de haber descubierto que era atractivo la asustaba. O tal vez «descubierto» no fuera la palabra adecuada. Tal vez, en el fondo, siempre lo había sabido y se trataba de una certeza que había estado esperando el momento oportuno para asomar a la superficie y sacudirla.

Y el momento oportuno no había sido otro que cuando Alaric había salido mojado del arroyo, con el pelo despeinado, todo músculo y piel enrojecida por el sol, con las largas pestañas salpicadas de gotas de agua.

Talasyn se puso roja, y agradeció enormemente la penumbra en la que se encontraban sumidos los polvorientos y ruinosos pasillos que estaban atravesando. Dioses, no había nada más humillante que sentirse atraída por alguien que no sentía lo mismo. Alaric le había dicho, con un tono de lo más mordaz y cruel, que cuando se arreglaba daba el pego. El significado de la frase estaba claro: las únicas veces que la había hallado tolerable a la vista había sido cuando llevaba la cara pintarrajeada e iba envuelta en seda y piedras preciosas. Sin aquellos aderezos, era evidente que no la consideraba más que un trol de las cavernas.

Un trol de las cavernas *con mala leche*, para mas inri.

Sintió náuseas. ¿Era *aquello* lo que la atracción conllevaba? ¿Preocuparse de pronto por si la otra persona te encontraba agradable a la vista?

La corte del Dominio era una mala influencia. La importancia que los nenavarenos concedían a la moda y los cosméticos había provocado que en su interior germinase una vanidad de la que había carecido veinte años. Decidió ponerle remedio, acabar con esa frívola faceta suya recién descubierta.

Los relieves que recubrían las paredes interiores del templo casi parecían moverse en la penumbra, siguiéndolos con su mirada pétrea. La sangre de Talasyn vibró con las hebras doradas que conformaban la Telaluz, que parecía llamarla mientras se agitaba entre los velos del eterespacio. Sin embargo, cuando llegaron al patio, la calma reinaba, y la Grieta de Luz seguía inactiva.

El árbol que Alaric había hecho caer hacía algo más de cuatro meses seguía tirado sobre el suelo de piedra, con el tronco agrietado como si de una cáscara de huevo se tratase. Alaric y Talasyn lo contemplaron y luego se miraron el uno al otro.

—Se llaman *lelak'lete*; significa «árboles ancestrales» —comentó ella, movida más por el deseo de evitar cualquier tema que tuviera que ver con su belicoso pasado, cosa que desembocaría, sin duda, en una discusión, que por las ganas de explicarle los pormenores de la botánica nenavarena—. Se cree que albergan los espíritus de los muertos a los que no se les dio sepultura como es debido.

Alaric dirigió su mirada plateada a los tejados de piedra que rodeaban el patio, hechos trizas bajo el peso de los árboles ancestrales que habían crecido encima, en un cúmulo de troncos torcidos, hojas de color gris verdoso y raíces aéreas con aspecto de cuerdas.

Talasyn ladeó la cabeza.

—¿Tienes miedo?

—De ellos no. Seguro que los animales me echan primero el guante.

Dijo aquello de forma tan irónica, tan manifiestamente sufrida, que Talasyn tuvo que reprimir una sonrisa, sorprendida de nuevo por la inusual muestra de humor sutil.

Montaron el campamento, tarea que consistió básicamente en dejar las mochilas en el suelo y desplegar los sacos de dormir junto a la fuente de arenisca. La cena transcurrió en silencio y para cuando terminaron, a Talasyn le pesaban los párpados; las sombras del crepúsculo la sumían en una sensación de sopor y la fatiga que había estado manteniendo a raya desde por la mañana se abalanzó sobre ella, calándola hasta la médula.

Fue dando tumbos hasta el saco de dormir y se metió en él como pudo. Lo último que vio antes de quedarse profundamente dormida fue a Alaric de pie junto a la fuente, con la cabeza inclinada hacia arriba para contemplar el cielo que se oscurecía sobre los árboles ancestrales. Para contemplar el pálido nacimiento de las siete lunas y el tenue resplandor de las primeras estrellas.

—Despierta.

Talasyn abrió los ojos de golpe. El cielo tenía un intenso tono celeste y la luz solar se derramaba abundantemente sobre el patio. Entornó los ojos para protegerse de la claridad, perpleja. ¿Acaso no había sido de noche hacía tan solo unos minutos?

Se espabiló y se incorporó, mientras su cuerpo protestaba, pues se había acostumbrado demasiado rápido a las almohadas mullidas, las sábanas de seda y los edredones de plumas de palacio. La culpa era suya por haberse ablandado, pero le sentó de maravilla lanzarle una mirada ceñuda al hombre que la había despertado.

Alaric se agachó a su lado con una expresión impasible en el rostro, su sombra totalmente definida sobre el antiguo suelo de piedra.

—Tenemos que empezar. He dejado que te quedases un rato más durmiendo porque parecías cansada, pero no podemos perder más tiempo.

—Qué considerado. —Muy a su pesar, el tono mordaz que pretendía imprimirle a sus palabras quedó sofocado por un bostezo.

Para desayunar tomaron más tortas de arroz y un café alarmantemente potente que prepararon con los posos que les había proporcionado la guarnición de Rapat. Olía ligeramente como el cremoso y amarillo fruto espino, que cuando se partía por la mitad desprendía un aroma tan intenso que la gente se daba media vuelta, pero sabía a humo y chocolate… y era tan fuerte que a Talasyn se le aceleró el corazón tras tomar unos pocos sorbos.

A Alaric no pareció convencerle.

—Si se lo echaras al casco de una nave, seguro que la pintura acababa deshaciéndose.

Talasyn opinaba lo mismo, pero los principios la instaron a salir en defensa de Nenavar.

—¿Acaso los sabores rústicos resultan demasiado extravagantes para tus regios gustos? —le soltó ella.

—Tú perteneces también a la realeza —señaló él—. ¿O se te había olvidado?

Talasyn parpadeó. La verdad era que sí se le había olvidado. Y él estaba mirándola con una ceja levantada y había esbozado una sonrisa burlona y llevaba esa *ridícula* camiseta interior…

Alaric sonrió con más ganas a medida que pasaron los segundos.

—Tienes pinta de querer matarme.

—Y tú tienes pinta de estar pasándotelo en grande —replicó ella.

La luz del sol incidió en los ojos de Alaric, otorgándole un brillo plateado, y durante un fugaz instante, su mirada adquirió una picardía que Talasyn no creía que poseyera. No obstante, la expresión desapareció de inmediato y fue sustituida por su habitual frialdad y estoicismo.

Ella se inclinó hacia él con recelo.

—¿Te divierte? —le preguntó sin rodeos—. Me refiero a sacarme de mis casillas.

Agachó la cabeza, muy interesado de pronto en su taza de café; escudriñó sus profundidades como si albergara los secretos del universo.

—No es que me *divierta*, pero es una dinámica diferente. La corte de mi... Mi corte... —Frunció el ceño mientras se corregía rápidamente. Parecía mucho más joven—. Me adulan y me tratan con suma reverencia. Mis legionarios no se comportan con tanta ceremonia, sobre todo Sevraim, como ya te habrás dado cuenta, pero aun así son conscientes de que soy su superior. A ti, por el contrario, no te da miedo decir lo que piensas. Me resulta interesante.

—Creía que te caía mejor cuando aún te tenía miedo. —Talasyn no pudo evitar echarle en cara las palabras que le había dirigido la noche en que los habían encerrado. Hasta aquel momento, no había tenido ni idea de que estas le rondaban todavía la mente.

—Como dijo una vez una aclamada filósofa: *Cuando me enfado se me va la lengua* —le dijo Alaric al café.

Una sonrisa volvió a tirarle de los labios sin que ella lo pretendiera. Y una vez más ella la reprimió.

—Bueno, la próxima vez que quieras que alguien te ponga de vuelta y media, ya sabes dónde estoy.

Alaric contrajo la comisura de la boca, como si él también estuviera conteniendo una sonrisa.

Después de desayunar, se turnaron para ir a asearse al manantial que, según les había indicado Rapat, estaba situado en los verdes alrededores del templo, a unos cuantos sinuosos pasillos de distancia del campamento. Talasyn fue después de Alaric y, mientras se lavaba los dientes con un polvo hecho de sal, pétalos de iris y hojas de menta machacadas, reflexionó sobre la inquietante camaradería que parecía haber aflorado entre el Emperador de la Noche y ella.

¿Había sido consecuencia de los acontecimientos de la mañana anterior? ¿Habían forjado un vínculo inesperado tras haber burlado a la muerte? ¿O era cosa de aquel lugar, tan inquietantemente pintoresco, tan remoto que bien podrían ser las dos únicas personas del mundo?

Fuera cual fuere la respuesta, Talasyn debía reconocer que seguramente era algo bueno. Había estado a punto de darse un batacazo —a punto de perder aquella larga partida— al ponerse a despotricar y a decirle que un día el Continente se alzaría contra él y ella se les uniría. Si en aquel momento ella hubiese sido ya la Emperatriz de la Noche, sus palabras se habrían considerado traición. Al dar rienda suelta a su mal genio, no solo había puesto en peligro a Nenavar y a Sardovia, sino también a ella misma.

Tenía suerte de que Alaric no pareciera guardarle *demasiado* rencor por sus acaloradas palabras.

Cuando volvió al patio, vio que Alaric estaba sentado con las piernas cruzadas a la sombra de un árbol ancestral que había brotado pegado a una pared, con sus ramas apoyadas sobre la antigua piedra. Talasyn se acercó con cierta reticencia y se dejó caer frente a él, más cerca de lo que hubiera preferido debido a las gruesas raíces, que ocupaban la mayor parte del espacio. Olía al jabón de calamansi de la guarnición.

—Nos dedicaremos únicamente a meditar hasta bien entrada la tarde —anunció él—. El objetivo es conseguir que tu respiración, tu magia y tu cuerpo se encuentren en perfecta armonía para así poder moldear sin esfuerzo la Telaluz y crear lo que tú quieras, que en este caso es un escudo. *¿Por qué* pones esa cara?

—Menudo rollo —refunfuñó ella.

—Cuando empecé a practicar la etermancia bajo la tutela de mi abuelo, me pasaba semanas enteras sin hacer otra cosa que no fuera meditar —dijo él, altanero.

Talasyn tenía que haberle echado en cara el tono que utilizó, pero…

—No sabía que te hubiera enseñado tu abuelo.

—Como ya he comentado en alguna ocasión, mis habilidades se manifestaron siendo yo muy crío. —Alaric trazó con el índice un círculo en el polvo sin darse cuenta de que lo estaba haciendo—. Estaba muy orgulloso de mí. Se encargó de supervisar mi adiestramiento hasta que…

No llegó a terminar la frase, pero Talasyn pudo imaginarse el resto. *Hasta que se obsesionó con las naves de tormenta* o *Hasta que estalló la guerra.* Todo venía a ser lo mismo, ¿no?

Lo único que sabía del rey Ozalus era que había sido el causante de todo. Que había acabado poseído por un sueño de relámpagos y destrucción que culminó con las sombras de las naves de tormenta cerniéndose sobre el Continente. Desde luego, jamás se lo había imaginado ejerciendo de abuelo, instruyendo a un niño de carácter serio y cabello oscuro en los caminos de la magia.

Qué inquietante le resultaba el hecho de que el mal pudiese adoptar un rostro humano. Pensó en la noche en que Alaric y ella habían discutido acerca de lo que había instigado realmente el Cataclismo, en el silencioso estallido de ira de él. Ahora lo comprendía mejor. Qué inquietante le resultaba el hecho de que un hombre malvado tuviese gente que lo quisiera tanto.

No pasó demasiado tiempo antes de que Alaric saliera de su ensoñación y dieran comienzo al entrenamiento del día. Primero repasaron los ejercicios de respiración y a continuación las técnicas de meditación en movimiento, aunque Alaric se aseguró aquella vez de mantener una distancia prudencial entre ambos y no corrigió su postura con las manos, tal y como había intentado hacer en el bosquecillo de plumerias, ni una sola vez. Talasyn se preguntó si se trataría de una decisión consciente por su parte, pero decidió no seguir dándole vueltas al asunto. Si, en efecto, se trataba de una decisión consciente, la había tomado para evitar que volviera a pasar lo de aquel día, cuando ella se había tropezado con él al retroceder. Ella era la única que había seguido con el corazón acelerado al regresar a sus aposentos, ya que jamás había experimentado ese tipo de contacto.

El sol estaba ya muy alto cuando Talasyn acabó de aprenderse todos los ejercicios. Alaric pasó de instructor y observador a compañero de práctica, ejecutando las posturas a su lado. Pese a su musculada complexión, era muy flexible y se movía con ligereza, llevando a cabo cada uno de los pasos con la elegancia de una pantera. Él marcaba el ritmo y ella lo seguía, y ambos cruzaron en paralelo el patio, rodeados por todos aquellos árboles antiguos y retorcidos. Deslizando las piernas hacia delante y hacia atrás. Empujando y atravesando el aire con los brazos, elevándolos en dirección al cielo; moviendo las muñecas como grullas de papel que alzan el vuelo para luego volver a descender. El aire fluía por sus pulmones, espoleado por las contracciones del pecho y el estómago, por las rotaciones de las caderas y las ondulaciones de la columna.

Y la magia de Talasyn fluyó también. Por primera vez, sentía cada uno de los senderos que tomaba el éter en sus venas. Por primera vez, veía las puntas de sus dedos, su corazón y las facetas ocultas de su alma como si fueran nexos, formando una constelación con el hilo dorado que constituía la Telaluz.

Por primera vez, se sintió unida al hombre que tenía al lado de un modo que iba más allá de la mera tolerancia o de aquellos breves y sorprendentes momentos de afabilidad, de franqueza. Alaric y ella se movieron juntos, en perfecta sincronía, como si fueran el reflejo del otro, como si fueran olas en un océano eterno, mientras sus sombras se alargaban sobre la piedra.

No obstante, aquella feliz circunstancia no tardó en llegar a su fin.

Para cuando atardeció, Talasyn se sentía increíblemente frustrada.

Todavía no había conseguido urdir ni un solo escudo. En teoría, el proceso era el mismo que se empleaba al crear un arma y, sin embargo, allí estaba ella, encaramada al tronco del árbol ancestral caído, tratando de visualizar una vez más algo que era incapaz de replicar. Llevaba intentándolo desde hacía unas horas y los resultados eran, en el mejor de los casos, mínimos.

Lo más probable era que Alaric estuviera tan perplejo como ella, pero era mucho más paciente de lo que Vela había sido jamás, y abordó el problema una y otra vez desde diferentes ángulos. En realidad, gracias a los ejercicios de meditación, podía *sentir* cómo la magia en su interior se hallaba cada vez más cerca de producir el efecto deseado. Simplemente era incapaz de hacerla aflorar a la superficie.

El tronco crujió. Talasyn abrió un ojo: Alaric se había sentado frente a ella e imitaba su postura. Le hizo un gesto para que continuara con una prepotencia que la sacó de sus casillas, pero obedeció de todos modos, sumiéndose una vez más en la oscuridad que reinaba tras sus párpados cerrados.

—Me contaste que la primera arma que urdiste fue un cuchillo idéntico al que robaste para protegerte —dijo él, y ella asintió—.

Los escudos también son capaces de protegerte, no solo las armas —continuó—. Créalo en tu mente, igual que hiciste con aquel primer cuchillo. Centímetro a centímetro. Talla la madera y dale forma de lágrima. Añádele una capa de resina. Forra con cuero la empuñadura. Refuerza la superficie con metal. Púlelo hasta que brille al sol o a la luz de las estrellas.

Su tono de voz era suave y pausado. Caló en su torrente sanguíneo, todo miel, vino y roble. Talasyn tuvo que esforzarse por no abrir los ojos, en un intento desesperado por reprimir los escalofríos que sintió en la nuca y que le recorrieron la espalda.

Se imaginó construyendo un escudo. Uno de verdad, de nogal, piel de vaca y hierro, sirviéndose como guía de las palabras de Alaric. En aquella ocasión se puso a pensar también en su primer cuchillo, recordó que lo conjuró a las afueras de un campamento militar del Núcleo de Sardovia, mientras Vela la observaba. En aquel entonces había sentido la desesperada necesidad de demostrar su valía, de ganarse el sustento. Esto era lo mismo, ¿no? Debía aprender aquella nueva habilidad para demostrarle al Dominio que merecía la pena ocultar a los sardovianos por ella. Debía salvar tanto a los sardovianos como a los nenavarenos de la noche amatista, de las fauces del Devoramundos.

Y *casi* lo había conseguido. Su magia se afanaba por cumplir su objetivo, se abría paso entre las dudas, los malos hábitos y las curvas de aprendizaje como un brote verde que empujara para brotar a través de la tierra.

Cuando abrió los ojos, una mancha translúcida de luz mágica que *podía* ser un escudo si uno achicaba la mirada relucía entre sus dedos, volviéndose cada vez más sólida mientras Talasyn la contemplaba con asombro.

Alaric estaba ligeramente inclinado hacia delante, con una expresión que ella nunca le había visto antes. Parecía… *satisfecho*. Con un gesto casi aniñado, habiéndose despojado de parte de la severidad que normalmente reflejaba su hosco semblante. Volvió a preguntarse, igual que aquel día en el atrio de la Bóveda Celestial, qué aspecto tendría si esbozara una sonrisa de verdad.

Y por culpa de esa pérdida momentánea de concentración, el escudo se desvaneció, dejándole los dedos aferrados al aire.

La decepción que sintió Talasyn al presenciar la efímera naturaleza de su intento fue igualmente fugaz. Un sentimiento de absoluta euforia ocupó rápidamente su lugar. Tenía la impresión de que ante ella se abría una senda que hasta entonces le había resultado imposible encontrar. La capacidad de crear un escudo se hallaba en su interior, solo debía esforzarse un poco más. La esperanza se abrió paso como un rayo de sol entre las tinieblas; la esperanza de que, tal vez, el mundo que conocía no fuera a acabar devorado.

—Lo he conseguido —exhaló, pero se corrigió de inmediato—. Es decir, *casi…*

—No. Lo has conseguido. —La voz de Alaric era suave y áspera. Sus ojos grises reflejaban calidez a la luz mortecina del día—. Lo estás haciendo muy bien, Talasyn.

El momento adquirió una tonalidad dorada y ambos compartieron la victoria en aquel lugar de piedra, madera y espíritus. La magia de Talasyn resplandeció con fuerza en su interior y una expresión abierta y sin reservas se apoderó del rostro de Alaric; era la primera vez en mucho tiempo que sucedía algo bueno …

Talasyn se lanzó hacia delante, casi perdiendo el equilibrio, y le rodeó el cuello con los brazos en un arranque de gratitud, de triunfo.

La brusca inhalación de él sofocó su arrebato. Bien podía haber sido el sonido de un cañonazo, pues la devolvió a la realidad con una brutal sacudida. Muerta de vergüenza y con el rostro encendido, se separó de él.

O, al menos, lo intentó. Alaric le colocó una mano en la parte baja de la espalda y la estrechó contra él, impidiendo que ella se apartase. La palma de su mano desnuda le producía una sensación de ardor en la piel, en absoluto atenuada por el fino material de su túnica. Alaric le apoyó la barbilla en la curva donde el cuello daba paso al hombro y le hizo cosquillas en la mejilla con las puntas del pelo.

Talasyn parpadeó estupefacta, contemplando los árboles del tejado, oscuros en contraste con el cielo mortecino. Que alguien la abrazara de ese modo, que la envolviera con su calor, suponía toda una revelación. Y fue el anhelo lo que la llevó a estrecharlo con más fuerza, piel con piel, hasta que no quedó ni una brizna de espacio entre ambos, mientras la urgencia con la que él se había aferrado a ella se hacía eco de todo lo que su alma llevaba clamando a gritos desde hacía una eternidad.

Talasyn se relajó entre sus brazos e inhaló su aroma, el aroma a agua de sándalo, jabón de calamansi y piel enrojecida por el sol. Alaric le acarició lentamente la base de la columna y ella supo que sentiría su caricia mucho después de que él se hubiera apartado.

Pero no quería que se apartara. Quería *más*. Deslizó la mano derecha hasta el cuello de la camiseta interior de Alaric y la hizo descender aún más, hasta trazar con los dedos la sólida musculatura de su bíceps expuesto. Un escalofrío recorrió la corpulenta silueta del chico, que le agarró, apremiante, el muslo con la mano que tenía libre, cálida y enorme. Todo él era cálido y enorme.

A Talasyn se le escapó un leve suspiro de repentina necesidad. Él profirió un murmullo bajo y tranquilizador, y ambos continuaron acariciándose, abrazándose, mientras los últimos rayos del sol desaparecían en el horizonte.

CAPÍTULO TREINTA Y UNO

Alaric no recordaba que su madre lo hubiera abrazado en demasiadas ocasiones, y su padre, desde luego, jamás lo había hecho. No disponía de referentes con los que poder comparar la sensación de tener a alguien entre sus brazos, de que alguien lo estrechase con los suyos. Era como si el frío en su interior hubiera comenzado a remitir allí donde Talasyn y él se habían tocado, algo que jamás se hubiera imaginado, como si el regocijo del verano lo inundara de golpe.

No supo —y lo más probable era que jamás lo descubriera— qué fue, exactamente, lo que los hizo volver en sí, pues una sensación de autoconciencia afloró junto con el añil del crepúsculo.

Tal vez fuera el dolor de espalda provocado por el incómodo ángulo del abrazo, ya que ambos tenían las piernas cruzadas. O los peligrosos zarandeos del árbol donde estaban sentados. Puede, incluso, que fuera el somnoliento trino de un pájaro posado en alguna rama del frondoso manto que los rodeaba.

En cualquier caso, se separaron lentamente el uno del otro. Pese a que el momento se había desvanecido ya, Alaric notaba todavía la cintura de Talasyn encajada en la curva de su brazo, notaba todavía los brazos de ella alrededor del cuello y la impronta que sus dedos le habían dejado en el bíceps. Era algo que iba mucho más allá de la sensación de novedad que uno percibía cuando experimentaba algo por primera vez. Mientras que Talasyn era incapaz de mirarlo a los ojos, *él* parecía no poder apartar la vista de ella. La chica se colocó un mechón suelto de cabello castaño detrás de la oreja y se lamió los labios con nerviosismo, y Alaric deseó que no lo hubiera hecho, pues no pudo evitar contemplar fijamente cómo su lengua rosada recorría la turgencia de su labio inferior.

—Se te... eh... —Ella se interrumpió. *Volvió* a lamerse los labios, porque, al parecer, su propósito en la vida era torturarlo—. Se te da bien enseñar —dijo con voz ronca. Tenía los ojos marrones clavados en la áspera corteza del tronco—. Has tenido mucha paciencia. Gracias.

Alaric no estaba preparado para aquello, para sus elogios tímidos y vacilantes. El calor le inundó las mejillas y se extendió hasta la punta de sus orejas. Agradeció que el sol se hubiera puesto ya, porque así a ella le costaría más percatarse de que se había sonrojado como un idiota tras oír unas pocas palabras amables.

Profirió un gruñido como respuesta y ambos bajaron del árbol. Alaric mantuvo la distancia mientras preparaban la cena y comían en silencio.

Para cuando se fueron a dormir, la tensión entre ambos se había reducido un poco. O dicho de otro modo, Talasyn había dejado de sobresaltarse cada vez que él se movía o desviaba la mirada hacia ella. Había pasado el tiempo suficiente desde el abrazo como para que le quedase claro que él no tenía ninguna intención de hablar del asunto, cosa que a ella le parecía bien.

No obstante, no podía dejar de *pensar* en ello, y tal vez por eso se encontraba tumbada boca arriba, fulminando el cielo con la mirada, como si este le hubiera gastado una mala pasada.

Lo cual era una pena, la verdad, porque se trataba de un cielo nocturno de lo más esplendoroso. Las lunas, cada una en distinta fase, se desplegaban, formando un círculo, sobre un campo de estrellas que arrojaban su titilante resplandor sobre la tierra que se extendía por debajo, tan numerosas y arracimadas que al contemplarlas una casi parecía quedar atrapada en aquel encantador cúmulo negro y plateado. Localizó las constelaciones con las que había crecido y les adjudicó los nombres que había aprendido hacía tan solo unos meses. El grupo de estrellas que conformaba lo que Sardovia denominaba El Reloj de Arena de Leng era conocido en Nenavar como El Arado, y su aparición señalaba el comienzo de la época de siembra. Luego estaban las Seis Hermanas de la Confederación, que en el Dominio respondían al nombre, mucho menos poético, de Las Moscas, y revoloteaban sobre los restos celestiales del Cerdo Acornado.

Vio por el rabillo del ojo que Alaric se removía en su saco de dormir.

Se volvieron hacia el otro al mismo tiempo, cruzando la mirada en la penumbra, a un metro de baldosas de piedra de distancia.

—Háblame de Bakun —dijo él—. Del Devoramundos.

—Mañana tenemos que madrugar.

—No puedo dormirme.

—Porque estás hablando. —Pero Talasyn tampoco podía dormir, de manera que comenzó a narrar la historia. Se refugió en ella, con la esperanza de que la conversación restableciera el equilibrio que su inoportuno abrazo había alterado—. En la época en la que el mundo era joven y había ocho lunas, Bakun fue el primer dragón que atravesó el eterespacio y se estableció en Lir. Permaneció en algún lugar de estas islas y acabó enamorándose de la primera Zahiya-lachis, que se llamaba Iyaram. Los dragones viven cientos de años más que los humanos y, con el tiempo, Iyaram murió de vieja. La pena que atenazó el corazón de Bakun se transformó en ira y, más tarde, en odio. Detestaba este mundo por haberle hecho experimentar el dolor por primera vez. Devoró una de las lunas y habría devorado el resto si el pueblo de Iyaram no se hubiera alzado en armas contra él y lo hubiera expulsado de nuevo al eterespacio.

Talasyn se interrumpió para tomar aire. Alaric la escuchaba con atención, sin apartar la mirada, iluminada por la luz de las lunas, de ella. Durante un instante, le vino a la cabeza el orfanato de Pico de Cálao, donde los otros niños intercambiaban historias acostados en sus finos jergones, a la espera de que el sueño se apoderase de ellos. Ella se había limitado a escuchar, mientras la piedra y la paja se le clavaban en la espalda. No tenía historias propias que contar.

—Incluso ahora, la guerra sigue librándose en el cielo una y otra vez —prosiguió Talasyn—. Cada vez que se produce un eclipse lunar, los nenavarenos afirman que se trata de Bakun, que vuelve a Lir e intenta devorar otra de las lunas, hasta que los espíritus de los antepasados que libraron esa primera batalla lo derrotan.

—Y supongo que una vez cada mil años, Bakun está a punto de ganar la batalla —dijo Alaric—. De ahí, la Oscuridad de las Lunas Ausentes.

—La Noche del Devoramundos —convino ella.

—Es curioso que un mismo fenómeno se explique de una forma o de otra según la nación —comentó él—. Creo que me gusta más la leyenda del Continente.

—¿Cuál, esa en la que el sol se olvida de dar de comer a su león y el animalito acaba zampándose las lunas? —se burló ella—. ¿Por qué te gusta más?

Alaric respondió de manera calmada y solemne.

—Porque no trata sobre la pérdida de un ser querido.

Talasyn se quedó sin aliento. Al contemplar el semblante de Alaric, que se esforzaba por ocultar su melancolía, la inundó una maraña de sensaciones que fue incapaz de expresar con palabras. Su madre; estaba hablando de su madre. Talasyn creyó ver algo que le era familiar en el leve temblor de su labio inferior, en la expresión de pérdida que oscurecía su mirada de plata.

—¿Quién iba a imaginarse —soltó Talasyn entre trémulas exhalaciones— que tú y yo acabaríamos así? ¿Prometidos y colaborando el uno con el otro?

Alaric estuvo a punto de esbozar una sonrisa.

—Yo desde luego que no.

—Siento que tuvieras que dejar pasar *otras opciones mejores* por mi culpa.

Pretendía ser una broma. De verdad que sí. Pero al sacar a colación el comentario sarcástico de Alaric a bordo de su nave de tormenta había reabierto, de algún modo, la herida infligida a su orgullo —¿a sus sentimientos?—, pese a que creía haberlo superado ya, y su voz desprendió más amargura que afabilidad.

Él se puso tenso. A Talasyn la invadió el deseo de esconder la cabeza en el saco de dormir, absolutamente mortificada.

Pero era incapaz de apartar la mirada de él, y no pasó demasiado tiempo antes de que Alaric tomase la palabra.

—Estaba enfadado cuando dije eso. No había ninguna opción mejor. No había opciones en absoluto. No pensaba casarme con nadie. Hasta que se me ofreció tu mano. —Alaric arrugó el ceño mientras medía sus palabras con cuidado—. Y aunque el nuestro será un matrimonio únicamente sobre el papel, para mí seguirá sin haber más opciones después de que llevemos a cabo los votos. Lo juro por tus dioses y por los míos.

Talasyn había ignorado que en Kesath pronunciasen el mismo juramento que en Sardovia. Alaric parecía tan desgarradoramente sincero que un extraño escalofrío le recorrió la columna. Se dispuso a decirle que no tenía por qué hacerle esa promesa, pero entonces se lo imaginó dirigiéndole a otra mujer uno de sus amagos de sonrisa y una brecha se abrió en su interior.

—Sí —dijo en cambio—. Debemos comportarnos. Me refiero a guardar las apariencias. Desde luego, a los nobles nenavarenos no les hacen falta más motivos para ensañarse contigo.

—Qué injusticia más grande, con lo *mucho* que se alegra el Alto Mando kesathense de que me case contigo —replicó él con calma.

Talasyn se echó a reír, y Alaric suavizó la expresión. Y allí, tumbados cada uno en su saco de dormir, se preguntó qué pasaría si salvara, de nuevo, la distancia que los separaba. Se lo preguntó, invadida por un anhelo que, durante un instante, fue tan profundo como el Mar Eterno.

Un tirón en los confines de su mente despertó a Alaric en plena noche. El firmamento empezó a desdibujarse al tiempo que el Pozoumbrío tendía sus oscuras redes en torno a él, arrastrándolo al eterespacio.

Gaheris estaba llamándolo.

Echando la vista atrás, tenía que habérselo imaginado, pero Alaric había estado tan concentrado en su prometida —en su adiestramiento— que aquello se le antojaba casi una como una intromisión. Como si la fría realidad hubiera pinchado una especie de burbuja.

Alaric le echó un vistazo a Talasyn. Estaba acurrucada en su saco, inmóvil, roncando ligeramente. Ahora no podía acceder al Espacio Intermedio. ¿Y si ella se despertaba mientras él no estaba? O peor, ¿y si lo sorprendía desvaneciéndose y volviendo a aparecer, como una de sus espadas?

Se trataba de una cuestión de seguridad. Gaheris lo entendería. Tal vez.

Alaric eludió la llamada de su padre. Lo bloqueó y volvió a sumirse en un sueño agitado, con la sospecha de que pagaría aquello muy caro.

Durante su segunda mañana de entrenamiento en el templo, Talasyn creó tres masas de luz vagamente parecidas a un escudo y dejó sin querer dos cráteres en un muro muy antiguo y de suma importancia histórica. La euforia que había sentido el día anterior se había disipado por completo. ¿Y si no conseguía conjurar nada más que aquellas masas de luz?

Hacia el mediodía, con el calor y la humedad acrecentándose a medida que el sol se acercaba a su punto álgido, puso en práctica sus ejercicios de meditación a la sombra de un árbol ancestral mientras Alaric salía a explorar.

Al menos uno de los dos se lo está pasando bien, refunfuñó ella para sus adentros. Los grabados del arco de la entrada le habían despertado mucha curiosidad y siempre estaba examinando los que había en el patio. Empezaba a sospechar que su prometido era todo un estudioso.

Aunque en realidad no debería estar pensando en él, sino practicando la etermancia.

Talasyn trató de crear un escudo unas cuantas veces más, pero ninguno llegó a solidificarse. Le faltaba la última pieza del rompecabezas, la pieza con la que dar forma a su magia.

Alaric volvió justo cuando su último intento se desvanecía.

—¿Todavía nada? —preguntó, cerniéndose sobre ella.

—¿A ti qué te parece? —Le lanzó una mirada ceñuda, pero el gesto perdió toda su severidad cuando la brisa le revolvió el pelo e hizo que un mechón acabara cayéndole en la cara; ella arrugó la nariz y se lo apartó de un soplido.

Él esbozó una sonrisa burlona, se inclinó hacia ella y le dio un toquecito en la barbilla. Ocurrió tan deprisa que Talasyn habría creído que se lo había imaginado de no haber sido por el ardor que sintió en la piel después de que él la rozara fugazmente con los dedos.

—Ánimo —dijo él, irguiéndose de nuevo—. Se me ha ocurrido una idea.

Le tendió la mano. Ella la contempló, confundida. Un leve rubor se extendió por la parte superior de las mejillas de Alaric, que volvió a dejar caer la mano. Fue entonces cuando Talasyn cayó en la cuenta de que su intención había sido la de ayudarla a levantarse.

Notó que ella también se ponía roja al tiempo que se incorporaba.

—¿A dónde vamos?

—He encontrado un anfiteatro. —Alaric se acercó a su mochila y sacó sus guanteletes sin mirarla—. Vamos a entrenar.

El anfiteatro conformaba una abertura perfectamente circular sobre una extensión de hierba silvestre y maleza; numerosos escalones de piedra arenisca y cientos de asientos tallados constituían sus inclinados muros. Unos profundos surcos recubrían el suelo del fondo, vestigios de los duelos que los Tejeluces habían celebrado allí en el pasado.

Ambos se contemplaban desde extremos opuestos, rodeados por las marcas de antiguas batallas. Talasyn no parecía muy convencida, y se toqueteaba sin parar los guantes de cuero marrón y las bandas con las que se había envuelto los brazos.

—Llevo meses sin luchar —explicó—. Desde... aquel día.

El día que cayó Sardovia.

No lo dijo en voz alta. No hizo falta. La gravedad del recuerdo oscureció el ambiente; la realidad volvía, una vez más, a perforar la luminosa burbuja de Alaric, al igual que había hecho la llamada de su padre.

—Pues con más razón debemos entrenar —dijo él antes de que el ambiente se tornara demasiado tenso y acusador—. El perfeccionamiento de las habilidades que ya tenías puede ayudarte a desarrollar otras. Ya hemos probado todo lo demás.

Talasyn lanzó un suspiro. Hizo rotar el cuello y estiró los delgados brazos, y pese a que procuró permanecer impertérrita, a Alaric le pareció vislumbrar por debajo de sus pecosas facciones un atisbo de irritación. Conocía aquella expresión a la perfección.

Es lo mejor, pensó él. Podría canalizar aquellas emociones durante el combate, y tal vez de aquel modo consiguiera crear un escudo. Iba todo según lo planeado.

Lo que no formaba parte del plan era que Talasyn se despojara de su túnica, dejando al descubierto las envolturas del pecho y la parte superior de aquellos ajustadísimos y endiablados pantalones. Posó la mirada sobre las firmes líneas de su vientre, las delicadas curvas de sus caderas y toda esa lustrosa piel olivácea, que empezaba a relucir debido al despiadado calor.

Alaric era consciente de que lo único que pretendía ella era moverse con más comodidad.

Pero una parte de él no podía evitar pensar que lo estaba atormentando a propósito.

Abrió el Pozoumbrío e hizo aparecer una espada curva en una mano y un escudo en la otra. Ella urdió sus dos dagas habituales, *retándolo* con la mirada a decir algo al respecto.

—Puedes hacer lo que quieras, pero al menos intenta transformar esa de ahí —señaló la daga de su mano izquierda— en un escudo cuando tengas oportunidad. Sin que se desvanezca. En fin, ya que *hace tiempo* desde la última vez, ¿prefieres que no te dé mucha caña, Alteza?

Añadió aquello último con el único propósito de enfurecerla, y se hubiera sentido algo decepcionado consigo mismo si ella no hubiera respondido al desafío, deslizando hacia atrás el pie derecho, curvando un brazo por encima de la cabeza y situando frente a ella la otra daga, que crepitó en dirección a Alaric de forma letal.

—Adelante, vejestorio —soltó ella.

Él reprimió una sonrisa.

Arremetieron al mismo tiempo; Alaric blandió su espada y la hizo chocar con la daga de Talasyn, que se precipitó sobre él desde arriba. La chica giró sobre su talón izquierdo y él se apartó de un salto para evitar que la pierna derecha de ella se estrellase contra sus costillas. Contratacó con una estocada y ella lo bloqueó con su otra daga.

—A alguien le hace falta un poquito de práctica —ironizó él, cruzando la mirada con ella a través del resplandor de luz y sombra.

—Sí, a ti —replicó ella con altivez al instante. Talasyn aprovechó la posición de bloqueo de sus armas para tomar impulso y lanzarse hacia atrás y, a continuación, volvió a arremeter contra él con un aluvión de golpes tan rápidos y feroces que a Alaric no le quedó más remedio que apartarla con un chorro informe de magia sombría.

Ella se deslizó varios metros hacia atrás.

—Podrías haberlo bloqueado con un escudo —le dijo él con sorna.

—Tomo nota —dijo ella entre dientes, antes de volver a abalanzarse sobre él.

A Alaric le pareció una danza preciosa y terrible: Talasyn y él persiguiéndose mutuamente, encontrándose a mitad de camino, una y otra y otra vez, mientras se producían unas leves descargas de energía estática cada vez que sus cuerpos se rozaban. Una euforia desenfrenada le corría por las venas, y vio ese mismo sentimiento reflejado en el rostro de Talasyn bajo el resplandeciente sol del atardecer. Ambos se anticipaban al otro y se llevaban mutuamente al límite, mientras el rugido de la magia, la energía bruta procedente del eterespacio, reverberaba en el antiguo anfiteatro.

Ahora entendía por qué Talasyn luchaba de la forma en que lo hacía, después de la vida que había llevado. Se la imaginó de niña, aguerrida y rebelde, abandonando el orfanato con un cuchillo de cocina escondido bajo un abrigo raído que apenas la resguardaría de los gélidos y ensordecedores vientos de la Gran Estepa. Pero ahora, en medio de las ruinas, era una diosa de la guerra que se movía al compás de un himno primitivo.

Eres como yo, pensó Alaric, sin saber muy bien si aquella revelación lo tranquilizaba o lo desconcertaba. *Ambos estamos hambrientos.*

Ambos queremos demostrar nuestra valía.

Talasyn se sentía feliz.

No, el término *feliz* se quedaba corto. Lo que sentía era una oleada de *éxtasis*, pura y desenfrenada, mientras la luz bramaba contra las sombras y su cuerpo trazaba, después de tantísimo tiempo sin haberse enfrentado a otro etermante, movimientos que conocía a la perfección.

En algún momento, Alaric y ella habían dejado de perseguirse por el anfiteatro. Ahora, luchaban muy cerca el uno del otro, negándose a separarse, el calor combinado de su magia a meros milímetros de abrasarles la piel. Un destello plateado iluminaba los ojos grises de Alaric, que esbozaba una sonrisa retorcida; al igual que ella, estaba disfrutando del duelo. Talasyn era consciente de que al menos debía *intentar* crear un escudo, pero ¿y si este volvía a desvanecerse y las sombras la herían? Y además, había un profundo abismo en su alma que la llevaba a perseverar, que la hacía sentir que podía vencerlo si se movía un poquito más deprisa, si golpeaba con un poquito más de fuerza…

Pero los golpes eran en ocasiones *demasiado* fuertes.

Estrelló la daga contra el escudo de Alaric, que se apartó con más rapidez de la que ella esperaba. Talasyn le había imprimido al golpe toda su fuerza, por lo que trastabilló y una de sus dagas se desvaneció al perder la concentración. Alaric se había preparado para su próximo ataque y había estirado el brazo con el que sujetaba el arma justo por detrás de ella, y la chica acabó tropezando con la cara interna de su codo al volverse hacia él.

De pronto, Talasyn tenía la cintura encajada en la firme curva del brazo de Alaric y el costado, apoyado en su sólido pecho. La daga de ella vibraba junto al cuello de él y la espada de él prácticamente le acunaba la barbilla. Los dos jadeaban, acalorados. Talasyn notó la calidez de la piel de Alaric, recubierta de sudor. *Esto es lo que se siente al arder*, pensó, oyendo el rugido del Pozoumbrío, el agudo zumbido de la Telaluz, la respiración entrecortada de Alaric junto a su oreja.

—Llevas luchando toda la vida —dijo él, con un tono de voz bajo y vacilante que no parecía del todo el suyo pero que, a su vez, reflejaba su versión más auténtica—. El instinto te lleva a atacar primero, antes de que nadie pueda hacerte daño. Pero a veces son los golpes los que nos moldean. —Las palabras conformaban vibraciones de aire que le acariciaban la sien, mientras la espada de él se aproximaba lentamente, acortando la distancia entre el filo oscuro y serrado y el contorno de su mandíbula—. Encajarlos. Dejar que reverberen contra nuestras defensas, hasta estar completamente seguros de que, cuando todo acabe, seguiremos en pie.

A Talasyn se le encogieron los dedos de los pies. Le acercó la daga a la garganta, y su cadera se hizo eco del gesto y se deslizó contra la ingle de él. Alaric hizo desaparecer el escudo que llevaba en la mano izquierda —¿por qué, después de haber insistido tanto en su importancia?— y acto seguido la tocó, el cuero del guantelete desplegado sobre su vientre, el pulgar rozándole la banda del pecho.

¿Y si se quitaba los guanteletes?

¿Qué sentiría al notar sus dedos desnudos sobre la piel, desplegados sobre la extensión de su vientre?

Talasyn era incapaz de pensar con claridad. La emoción del combate se había transformado en algo infinitamente más peligroso. Era totalmente *consciente* de Alaric, del modo en que la envolvía con el cuerpo, de lo tensos que tenía los tendones.

Él dejó escapar un suspiro. Ella levantó la cabeza y al mirarlo se quedó sin aliento.

La expresión de su rostro evocaba tormentas de invierno y cantos de lobo.

—Te toca mover, Lachis'ka —murmuró él y dirigió su mirada plateada a los labios de Talasyn.

—Tú primero, Majestad —susurró ella, sin saber por qué estaba susurrando ni por qué había susurrado *aquello*, y al final...

Al final dio lo mismo. Ambos se movieron a la vez, la daga se deslizó contra el canto de la espada, emitiendo un zumbido de estática y arrojando una lluvia de chispas de éter. Él se inclinó hacia abajo, ella se echó hacia delante, y los labios de ambos se toparon en un resplandor de luz y oscuridad, por encima de sus armas cruzadas.

CAPÍTULO TREINTA Y DOS

Alaric nunca había besado a nadie y *desde luego* en sus planes no entraba besar a Talasyn. Había un gran número de razones para no hacerlo.

Pero toda lógica, toda reticencia que hubiera podido albergar se desvanecieron en cuando posó la boca sobre la de ella. La espada de sombras y la daga dorada se esfumaron al mismo tiempo, y ella se volvió del todo hacia él, que la estrechó entre sus brazos.

Puede que no entrara en sus planes, pero lo había deseado. Con toda su alma. Ahora podía reconocerlo; ahora que notaba su piel cálida y resbaladiza, ahora que ella le devolvía el beso con una desesperación torpe e inexperta que reflejaba la suya propia.

El sol caía con fuerza sobre ellos. Le abrasó los párpados, mucho después de que hubiese cerrado los ojos. Obedeciendo algún impulso milenario, deslizó la lengua sobre la silueta de su boca y ella abrió los labios con un resuello, permitiéndole el acceso al interior.

Para él, aquello era una continuación del duelo. Le producía las mismas sensaciones; era colérico y frenético, y hacía que el corazón le atronase en los oídos mientras la pasión sofocaba todo lo demás. Talasyn le supo a pétalos de iris y té de jengibre. Era luz líquida en sus manos, todo líneas esbeltas y ángulos suaves, y ella le enredó los dedos en el pelo.

No lo sabía, pensó Alaric, besándola con más ganas, estrechándola con más fuerza. *No sabía que un beso me haría sentir así.*

No fue un beso tierno. Talasyn habría sido idiota si hubiera creído que Alaric Ossinast era capaz de exhibir ternura, pero, según lo que le habían contado, se suponía que los primeros besos eran tiernos. Aquel beso fue violento, casi brutal. Los labios de Alaric eran tan suaves como parecían, pero también implacables. Furiosos. Y ella no pudo evitar responder en consonancia, tal como llevaba haciendo toda la vida.

Al principio fue torpe, los dientes de ambos entrechocaron, lo que la llevó a sospechar que él probablemente tampoco tenía demasiada experiencia, si es que tenía alguna. Pero al cabo de unos instantes encontraron el ritmo y dejaron que el instinto los guiase. Después de todo, aquello era simplemente otro tipo de batalla. La lengua de él se enredó con la de ella, Alaric le mordisqueó el labio inferior mientras Talasyn notaba que un par de manos mucho más grandes que las suyas le recorrían el torso, tanteando y explorándola.

Quítate los guanteletes, le daban ganas de decirle, pues necesitaba sentir el tacto de su piel contra la suya en más partes del cuerpo, lo necesitaba *todo*, pero las palabras se le antojaban imposibles cuando la ávida boca de Alaric se tragaba cada sonido que ella profería. Y tal vez el tacto del cuero *no* estuviera del todo mal, tal vez no le disgustara sentir su aspereza en la columna, en la curva de sus caderas. Era otra sensación que sumar al despiadado asalto. Una oscura agitación crecía en su interior y la humedad se le acumulaba entre las piernas. Alaric hizo descender la mano hasta su trasero, y ella *gimió* contra sus labios; como respuesta, él la besó con tantas ganas que Talasyn ya no fue capaz de distinguir dónde acababa ella y dónde empezaba él. El corazón se le desbocaba en el pecho, dejándose invadir por la euforia, sumergiéndose en la sensación de caída libre...

Un estruendo parecido a un trueno quebró el silencio de la cumbre de la montaña.

Talasyn separó los labios de los de Alaric. Al principio creyó que lo que estaba oyendo eran los latidos de su corazón, atronándole en los oídos mientras él la estrechaba entre sus brazos. Pero entonces vio los destellos dorados reflejados en el reluciente acero de los iris del chico, y ambos volvieron la cabeza hacia el sonido. Una columna de luz radiante del color del sol se elevaba desde el campamento —desde el patio— hacia el cielo, tiñendo de dorado las copas de los árboles y la piedra erosionada. Colmando el aire a kilómetros y kilómetros a la redonda con su intenso zumbido.

La Grieta de Luz estaba lanzando una descarga.

Talasyn se apartó de él de inmediato y una sacudida recorrió a Alaric ante la repentina ausencia. Se inclinó hacia delante de forma impulsiva para volver a agarrarla, pero ella ya había echado a correr hacia el campamento, con la mirada clavada en la columna de luz. Alaric fue tras ella con las piernas temblorosas, y tuvo la sensación de que estas apenas se encontraban unidas a su cuerpo. Se sentía como si flotara, y *no* en el buen sentido. La rapidez con la que su sangre había fluido hacia abajo lo había dejado desorientado.

Cuando llegaron al patio, el lugar estaba totalmente iluminado, la columna de magia dorada que se elevaba en el centro era tan brillante que hacía daño a la vista, tan alta que desaparecía entre las nubes. Sin embargo, su base se hallaba limitada a la fuente y las fauces de piedra de los surtidores con forma de cabeza de dragón vertían relucientes efluvios como si se tratara de agua.

La magia no dañaba en absoluto la estructura de la fuente. Era toda una proeza arquitectónica. Los antiguos Tejeluces de Nenavar debían de haber medido y definido concienzudamente cada punto en el que el eterespacio atravesaba el mundo material para después erigir la piedra alrededor. Eran los mismos que habían cubierto el templo con intrincados grabados, narrando con todo cariño y detalle las historias de su tierra.

Costaba creerse que pertenecieran a la misma clase de etermantes que habían acabado con su abuelo y habían estado a punto de destruir Kesath.

Alaric apartó de su mente aquellos pensamientos, pues rayaban en la traición, pero eso solo le dejó más espacio para pensar en el cuerpo de Talasyn, en cómo encajaba a la perfección con el suyo, como si fuera una parte extraviada de él.

Se detuvo unos pasos por detrás de Talasyn mientras ella se aproximaba a la Grieta de Luz muy lentamente, como si estuviera en trance. Si la experiencia se parecía en algo a lo que él sentía al acercarse a una Grieta de Sombras, la magia estaría tirando de ella y el corazón se le habría henchido como a un marinero que avista las relucientes costas de su hogar.

Pero ella se detuvo a solo un suspiro de distancia de la resplandeciente columna. Se volvió para mirarlo, mientras una brisa sobrenatural le alborotaba el cabello castaño. Se mostraba poco convencida, casi asustada.

Todavía tenía los labios húmedos por sus besos.

—No pasa nada —dijo por encima del bramido de la Telaluz. Qué extraño le resultaba que alguien acudiera a él en busca de consuelo, qué sorprendente le parecía que lo contemplasen como si fuera algo más que un conquistador—. Camina hacia ella. Sabrás qué hacer cuando estés dentro.

Talasyn asintió y le sostuvo la mirada durante unos instantes antes de volverse hacia la Grieta de Luz. Pero él permaneció con la vista clavada en ella hasta que la magia engulló su esbelta figura y ella desapareció.

Entrar en una Grieta de Luz era como zambullirse de cabeza en un océano de luz solar.

Y resultaba… *maravilloso*.

Talasyn estaba rodeada de luz. Le calentaba cada centímetro de piel y fluía por sus venas. Le bañaba el alma con su radiante esplendor.

Y, sin embargo, era también una sacudida de adrenalina, si bien amplificada. Eran sus habilidades etermánticas en estado puro, el éxtasis que se arremolinaba en su interior, de forma tan intensa que casi sentía miedo. Miedo de la abundancia con la que inundaba su corazón.

Pero en aquel lugar el miedo era una sensación efímera e insignificante. Se sentía capaz de cualquier cosa. *Podía* hacer cualquier cosa.

Lo *comprendió*.

De lejos, el punto de unión le había parecido una columna sólida de luz entretejida con los efluvios plateados del eterespacio. Ahora que se encontraba en su interior, Talasyn vio que estaba compuesta de miles, de *millones*, de finas hebras doradas. Al tocarlas, resonaron como si fueran las cuerdas de un arpa. Podía moverlas en cualquier dirección que quisiera, y cada rincón resplandecía, cambiaba y danzaba, conformando tapices luminosos.

Y de cada hebra, se desplegaba un recuerdo.

Alaric le había dicho una vez que el núcleo de un punto de unión podía anclar con mayor firmeza a un etermante con su pasado, y no le había faltado razón. Ahora los momentos largo tiempo olvidados, así como los instantes que había *querido* olvidar, resultaban mucho más sólidos. Afloraron en su mente con absoluta claridad, cobraron vida en espirales conformadas por hebras de éter. Escenas de su infancia que ya no se veían diluidas por el paso del tiempo. Una canción de cuna entonada por una voz que pertenecía, sin lugar a dudas, a su madre. Retortijones de hambre en el vientre y las yemas de los dedos congeladas por culpa del frío invernal. El repiqueteo de sus botas al golpear el suelo tras su primera batalla aérea, seguido por un chorro de vómito mientras Khaede, en silencio, le daba palmaditas en la espalda para reconfortarla. La primera vez que Sol se había dirigido a ella, gesto que los llevó a convertirse en dos amistosas lunas orbitando en torno a Khaede... y el final de aquella historia, el cuerpo inerte de Sol tendido en la cubierta de la aeronave.

Y entonces vio a Alaric. No al hombre que la esperaba en el patio, sino a la espectral figura con una máscara de lobo y guanteletes con garras que se había enfrentado a ella en Última Morada. El Pozoumbrío se arremolinaba a su alrededor, los relámpagos rasgaban el cielo y el aire gélido anunciaba tormenta. La crepitante hoja de su arma se encontraba teñida de carmesí bajo el resplandor del eclipse, tan roja como la sangre de aquellos que habían muerto.

—Se acabó —dijo la aparición, con palabras que procedían del profundo pozo del pasado y un tono de voz extrañamente suave. En aquel momento, el tono la había dejado perpleja, puesto que no estaba acostumbrada a que el príncipe de Kesath exhibiera nada que no fuera una actitud letal y calculadora. Ahora lo conocía mejor.

Se acabó. Alaric le había implorado que se rindiera mientras el último baluarte de la Confederación sucumbía ante los huracanes.

Pero se equivocaba. Aquello todavía no había terminado. Ni para Sardovia. Ni para Nenavar. Ni para ella.

Enséñame, pensó. *Enséñame a no atacar antes de que me ataquen. Quiero aprender a encajar los golpes. Quiero proteger a todos aquellos a los que aprecio. No permitiré que las Sombras se ciernan sobre nosotros.*

No sucumbiré ni ante el Devoramundos ni ante el Imperio de la Noche.

Y la Telaluz zumbó y bramó, e hizo lo que Talasyn le ordenó.

La magia de luz es malvada, le había dicho a Alaric su padre cuando era niño. *Es el arma de nuestros enemigos. Lo abrasa todo y nos ciega. Por*

eso hemos destruido las Grietas de Luz del Continente: fortalecían a aquellos que pretendían hacerse con la tecnología de nuestras naves de tormenta y someternos a su voluntad. Es imposible aplacar ni apaciguar la Telaluz. No quedará satisfecha hasta haber arrojado su implacable resplandor sobre todas las cosas.

Alaric siempre había creído aquellas palabras, y aún podía ver algunos indicios de ello en Belian, donde la Grieta de Luz le abrasaba la piel y le dañaba los ojos incluso desde lejos. Era demasiado intensa, demasiado implacable. Completamente distinta al suave frescor del Pozoumbrío.

Despreciaba aquella forma de magia —*debería* despreciarla—, pero cuando la Grieta de Luz por fin comenzó a desmoronarse, a plegarse desde el cielo y hundirse de nuevo en la tierra…

… cuando la chica en el centro de la fuente se volvió hacia él con la mirada encendida y las venas doradas recorriéndole la piel olivácea, con los mechones sueltos de cabello castaño bañados de luz…

… cuando alzó la mano y conjuró un escudo sólido y ardiente, no en forma de lágrima como los del Continente, sino largo y rectangular, ahorquillado en la parte superior y en la base, como los de los nenavarenos…

… lo único que le vino a la cabeza fue que era preciosa. Toda ella era preciosa.

Cuando Talasyn volvió a encontrarse en el patio de piedra de Belian, el zumbido de la Telaluz seguía atronándole en los oídos.

Alaric seguía plantado en el mismo sitio. El fulgor del escudo de luz fluctuaba sobre su silueta, y los recuerdos y la realidad se contrapusieron como si fueran manchas tras sus ojos. Su armadura de legionario, su arma, las naves de tormenta de su padre, todo lo que se había perdido.

Dejó caer el brazo y el escudo se desvaneció. El bramido de la Grieta de Luz cesó y las imágenes residuales desaparecieron.

Alaric volvió a parecerle sólido. La observaba atentamente, con la pálida frente perlada de sudor a causa del resplandor de la Grieta. Aquel no era el mortífero espectro de Última Morada. Y, aun así, lo único que podía hacer ella era contemplarlo horrorizada.

Estaba a escasa distancia, esperando a que diera el primer paso. Parecía como si quisiera preguntarle qué había pasado, pero no podía explicarle todo lo que había visto. Aquellos recuerdos le pertenecían únicamente a ella. Es más, le habían hecho recordar el terrible error que acababa de cometer.

¿Qué había hecho?

Aquel beso carecía de toda explicación racional. Era imperdonable. Había dejado que el Emperador de la Noche le metiera la lengua en la boca y tendría que volver a Eskaya con aquella carga de conciencia. La próxima vez que fuera a visitar al remanente sardoviano, la asaltaría el recuerdo de la mano del Emperador de la Noche posada en su trasero.

Y, además, le había gustado.

Dioses, ¿qué mosca le había picado?, ¿a santo de qué había ocurrido aquello?

—He… —Talasyn buscó desesperadamente algo que decir para que Alaric dejara de mirarla así—. He creado un escudo.

Alaric asintió, pero la comisura de sus labios se curvó hacia abajo, como si hubiera preferido que ella dijese otra cosa.

—Ya lo he visto.

—Intentaré volver a crear otro.

De manera que se pasó el resto de la tarde transformando la Telaluz en escudos de varias formas y tamaños. Lo hizo por el simple placer de hacerlo, porque por fin era capaz, sí…, pero también porque le daba una excusa para ignorar a Alaric.

El emperador, por su parte, permaneció al otro lado del patio, lo más lejos posible de ella. A Talasyn le pareció sentir en alguna que otra ocasión su mirada perforándole la espalda, pero cada vez que echaba un vistazo en su dirección, él se encontraba absorto con alguna otra tarea. Supuso que también estaba haciendo lo posible por ignorar su existencia. Incluso lo sorprendió, sin que él se diera cuenta, intentando barrer las hojas caídas que salpicaban el suelo del campamento con un palo. Al final, se dio por vencido y se marchó, desapareciendo por uno de los numerosos pasillos medio derruidos del templo con la excusa de ir a explorar las ruinas.

En cuanto el cielo se oscureció, Talasyn se metió en el saco de dormir con la esperanza de conciliar el sueño antes de que Alaric volviese. Dio vueltas y más vueltas bajo el resplandeciente panorama del firmamento, al tiempo que un torrente de emociones contradictorias inundaba su mente y la magia retumbaba, inquieta, en sus venas.

Mientras permanecía allí tumbada, una tentadora posibilidad se abrió paso entre el barrizal que conformaban su confusión y sus remordimientos. Si volviera a vincularse con la Grieta de Luz, ¿podría seguir retrocediendo? ¿Sería capaz de recordar más cosas de su madre, aparte del aroma de las bayas y los ecos de una canción de cuna? ¿Volvería a la vida Hanan Ivralis en su mente? ¿Sería suficiente?

Todavía seguía despierta cuando oyó el sonido de las pisadas de Alaric. Cerró los ojos con fuerza y fingió estar dormida mientras él se metía en su saco de dormir.

Y entonces el tono de voz grave y ligeramente censurador del chico atravesó el silencio:

—Te *oigo* pensar desde aquí.

Ella se puso de lado para poder fulminarlo con la mirada, pero se pegó un susto cuando vio que él ya estaba observándola. Sus ojos grises contrastaban con la palidez de su rostro bajo la luz de las lunas.

La invadió otro recuerdo, mucho más reciente. El anfiteatro. Los dientes de él mordiéndole el labio inferior. Cada caricia de sus manos.

Lo más sensato que podía hacer era dejar de mirarlo, porque si seguía mirándolo y fijándose en lo grandullón que era y en que el saco de dormir se le quedaba pequeño, jamás conseguiría apaciguar el torbellino de ideas que se le pasaban por la cabeza. Pero en su lugar, Talasyn siguió contemplando a Alaric, por encima de la piedra y la noche, hasta que él le preguntó:

—¿Qué pasa?

Parecía estar a la defensiva, como si supiera lo que le rondaba por la cabeza.

Haciendo lo posible por no sonrojarse, soltó el primer comentario inofensivo que se le pasó por la cabeza:

—¿Crees de verdad que podremos frenar el Vaciovoraz?

—Sí —respondió él sin vacilar—. Has aprendido a tejer un escudo y todavía tenemos unos meses para prepararnos. Todo saldrá bien, y si no, todos moriremos.

—Qué inspirador —ironizó ella.

—Hago lo que puedo.

Se produjo otro silencio tenso y ella volvió a ponerse boca arriba y contempló la noche plateada. Los minutos transcurrieron y justo cuando Talasyn creía que el sueño se había apoderado de él, Alaric dijo:

—Recuerdo que me sentía solo.

Ella se quedó paralizada.

—¿Qué?

—Cuando empezamos a practicar la etermancia en el palacio, me preguntaste qué recordaba de mi infancia. Eso es lo que recuerdo. La soledad. —Ella giró el cuello de nuevo hacia él, que le dedicó una sonrisa triste—. No tengo hermanos, y mi padre exigió que me dedicase por completo a los estudios y el entrenamiento. Yo era el heredero del Emperador de la Noche, por lo que mis compañeros no podían trabar amistad conmigo realmente. Incluso Sevraim sabe cuáles son los límites. —Guardó silencio un momento, sopesando sus próximas palabras. Y cuando por fin llegaron, parecieron aflorar de las profundidades de un antiguo dolor—. Mi madre era amable pero infeliz. Creo que al mirarme veía aquello que la mantenía encadenada a su matrimonio y eso la hacía sufrir.

Todo lo que Talasyn había creído saber sobre la supuesta infancia entre algodones de Alaric había resultado ser erróneo. Ahora entendía por qué aquel día, a bordo de su nave de tormenta, había hablado con tanto desprecio acerca del matrimonio. Y, dioses, a pesar de todo, a pesar de ser consciente de la terrible equivocación que había cometido al besarlo, su vulnerabilidad la desarmaba; estaba ávida de más. No creía que pudiera soportar que él volviera a adoptar ahora su actitud fría.

—¿Por qué me lo cuentas? —se oyó preguntar.

Él se encogió de hombros.

—Es lo justo. Tú me confiaste esa historia de tu infancia, la del cuchillo… Mis experiencias palidecen con lo que tú pasaste, pero son las que son. Así que he decidido confiártelas también.

Una intensa sensación agridulce la recorrió. Le vino a la cabeza la noche del duelo sin restricciones, en lo solo que había parecido cuando se enfrentó a Surakwel frente a toda la corte nenavarena. Talasyn intentó recomponerse, mantenerse fiel a sus prioridades, pero la luz de las estrellas y las confesiones eclipsaban todo lo demás; era como si alguien quisiera darle la mano a lo largo de todos aquellos años baldíos.

—Yo también me sentía sola. —Le dio demasiado miedo añadir: *Sigo sintiéndome sola*—. Tuve que apañármelas por mi cuenta en la calle. Seguí esperando el regreso de mi familia, pero nadie vino a buscarme. Incluso cuando me uní al ejército sardoviano seguí aguardando. Supongo que es algo que nunca se acaba de superar.

—¿Te acuerdas de tu madre? —El tono de él era melancólico.

—No mucho —respondió ella, pero el sonido de la voz de Hanan que había oído dentro de la Grieta la asaltó. Aún no estaba preparada para desprenderse de ese secreto, pero tampoco le parecía bien ignorar los otros detalles que conocía de ella—. Sé qué aspecto tenía gracias a los eterógrafos y los retratos oficiales.

Cuando me concentro lo suficiente en su recuerdo, soy capaz de oler el aroma de las bayas silvestres. Eso es básicamente lo que recuerdo, aunque… —Parpadeó apresuradamente antes de que las lágrimas pudieran anegarle los ojos—. La primera vez que pisé suelo nenavareno, tuve… no sé si fue una visión o un recuerdo o una ensoñación, pero oí que alguien me decía que volveríamos a encontrarnos. Tal vez fuera ella, o tal vez nunca sucediese y me lo imaginase todo.

—Era ella —dijo Alaric con tal firmeza, con tal seguridad, que no podía ser de otra manera, que era como si el sol asomara en el corazón de Talasyn. Deseaba que aquella plácida noche no acabase nunca. Deseaba seguir hablando con él de todo y de nada, de su magia, de lo que habían perdido, de las estrellas y los dioses y las costas que compartían…

Pero no podía hablar con él de *todo*.

Si Alaric descubría alguna vez que la madre de Talasyn había jugado un papel decisivo en el despliegue de los buques de guerra nenavarenos para ayudar a los mismos etermantes que habían asesinado a su abuelo —y en cuanto los remanentes sardovianos se pusieran en marcha y él averiguase que Nenavar les había proporcionado refugio en el Ojo del Dios de las Tormentas—, sería el fin de toda relación cordial que hubiera forjado con él.

Y, sin embargo, allí estaba ella, bajando la guardia frente a Alaric, *suspirando por él*, mientras sus camaradas sardovianos se atrincheraban en Sigwad. Mientras el Continénte sufría por culpa de la crueldad de su imperio.

¿No era aquello lo que le había estado diciendo la Telaluz al mostrarle esa imagen de Última Morada? Alaric era el enemigo. Y puede que hubiera perdido a su madre y a su abuelo, pero *ella* también había perdido a gente.

Por culpa de Kesath. Por su culpa.

Basta. Notó una opresión en el pecho. *Ya basta*.

Hay cosas que son imposibles.

—Hice una amiga en los regimientos. Se llamaba Khaede. Ella fue la que me contó que el Vaciovoraz se veía desde el litoral sardoviano —explicó Talasyn—. No lo relacionó con el eclipse séptuple y dudo que creyera que la luz amatista era algo más que una fábula hasta que volví de Nenavar y le hablé de la magia de vacío. Pero aun así hace años habíamos hecho planes para cuando se produjese la Oscuridad de las Lunas Ausentes. Nuestra idea, si estábamos destinadas en el mismo lugar y no había ninguna batalla en marcha, era acampar al aire libre, en el bosque o en alguna colina, y quedarnos despiertas hasta que las lunas volviesen a brillar.

Talasyn hablaba con la claridad mental que la Grieta le había proporcionado. Aquel día había quedado sepultado por el horror y la violencia incesante de la Guerra de los Huracanes, pero ahora se alzaba sólido y nítido en sus recuerdos: el ruidoso y abarrotado comedor, Khaede embargada por un entusiasmo inusitado, hablándole con la boca llena de la noche en la que no saldría ninguna luna después de la puesta de sol. De que ambas presenciarían juntas aquel insólito suceso. Con el tiempo los planes habían cambiado, e incluían también a Sol, meses después de que él y Khaede hubieran derribado un coracle lobo y él hubiera tomado una flor de un jazmín y se la hubiera tendido a ella mientras sus naves se cruzaban y su enemigo se precipitaba hacia el valle que lo esperaba debajo.

—Ahora ya no podremos hacerlo, claro —prosiguió Talasyn con apenas un susurro—. Tras la batalla de Última Morada, no volví a ver a Khaede. Era la única amiga que tenía y ya ni siquiera sé si sigue viva o si el hijo que llevaba en el vientre está bien. Probablemente no. —Se le hizo un nudo en la garganta. Era la primera vez que verbalizaba aquel miedo—. Al fin y al cabo, tus soldados acabaron con muchos de nosotros.

Se produjo un opresivo silencio. Se prolongó durante un buen rato, la sofocante calma que sigue a un trueno estancada en un lapso eterno. Un dolor intenso hundió sus garras en Talasyn cuando cayó en la cuenta de que la noche en que Surakwel la sacó a escondidas de palacio y la llevó al Ojo del Dios de las Tormentas, ni siquiera se le pasó por la cabeza preguntarle a Vela si habían tenido noticias de Khaede.

En algún momento, sin que fuera plenamente consciente de ello, había dado por perdida a su amiga.

Aquello era lo que la guerra había conseguido. Había convertido a las personas en una estadística. Había transformado la esperanza en algo que debía sepultarse hasta que no quedasen más que los huesos.

—Talasyn. —Alaric pronunció su nombre en un tono bajo y acongojado—. Yo…

El tiempo volvió a ponerse en marcha.

—No. —Un torrente de lágrimas contenidas le asomaron a los ojos, pero se negó a derramarlas. Jamás lloraría delante de él; se lo debía a Khaede y a todos los que habían muerto. ¿Cómo podía haber olvidado, aunque fuera durante unos breves instantes, que Alaric representaba la caída de Sardovia? ¿Cómo era posible que los recuerdos de Khaede, Sol y la maestra de armas Kasdar no la abrasasen con cada aliento que tomaba?—. Prefiero que no digamos nada más.

Él se incorporó y la contempló con los ojos entornados. Su mirada no reflejaba la fría y silenciosa cólera que Talasyn había llegado a asociar únicamente con él, sino que refulgía con un destello salvaje y osado.

—¿Y qué hay de lo que ha pasado en el anfiteatro? ¿No te parece que deberíamos hablar de ello?

—No hace ninguna falta —dijo Talasyn con rigidez—. Fue una aberración.

—Pues bien que la disfrutaste.

—¡Creo que el que mejor se lo pasó fuiste tú! —Le dio la espalda, indignada, para que su imagen no la atormentara. Aun así, notó su penetrante mirada en la nuca—. La daya Langsoune me dijo una vez que el odio es otra clase de pasión. Me dejé llevar por el duelo, eso es todo.

—Lo mismo me sucedió a mí —espetó Alaric sin vacilar, y vaya si le dolió. El golpe reverberó en su interior. Se había limitado a corroborar lo que ella había dicho, pero Talasyn sabía que entre ambas afirmaciones había una diferencia notable.

Él estaba diciendo la verdad. Ni siquiera la encontraba tolerable cuando no iba toda emperifollada.

Ella era la única a la que le daba un soponcio cada vez que él movía un dedo. O le dirigía una de sus excepcionales medias sonrisas.

—¿Por qué te dijo eso? —preguntó Alaric de pronto con recelo.

—Me estaba tomando el pelo sobre ti —murmuró Talasyn.

Oyó un airado resoplido en la penumbra plateada. Evidenciaba el desdén que le producía el tema, y el dolor en su interior no hizo más que acrecentarse.

Soy una traidora. Talasyn, furiosa, se restregó los ojos con disimulo antes de que las lágrimas le cayeran por las mejillas y aterrizaran sobre sus labios, que aún le hormigueaban por el recuerdo del tacto de los de Alaric. *Me merezco la horca.*

La implacable claridad de las mañanas nenavarenas azotó a Alaric, que se despertó tal y como se había quedado dormido: desconcertado, furioso y arrepentido.

La noche anterior se había dejado llevar por la emoción del momento, había permitido que la falsa sensación de cercanía provocada por el hecho de encontrarse a solas con Talasyn en medio de la nada lo dominase. Lo habían engatusado su encantador rostro, su agudeza y su pasión. El beso abrasador, el aroma a mangos y jazmines. No había estado pensando con la *cabeza*, tal como habría dicho su padre, de modo que había bajado la guardia y le había confesado ciertas verdades desgarradoras que no le había contado a nadie más.

¿Y para qué? ¿De qué había servido, si ella era incapaz de dejar atrás el pasado? Si se lo guardaba todo para echárselo en cara cuando más vulnerable se sentía él...

Alaric era vagamente consciente de que aquel razonamiento era poco menos que censurable en vista de las penurias que Talasyn había tenido que pasar. En cierto modo comprendía que estaba ocultándose tras aquella nimiedad para no tener que afrontar los demoledores remordimientos que habían aflorado en su interior después de que ella le hubiese otorgado un rostro humano a la Guerra de los Huracanes. Pero siguió en sus trece de todos modos, pues los gobernantes de las naciones victoriosas *no* pedían perdón después de haber ganado la guerra, y menos a un antiguo enemigo cuyo bando había exhibido la misma brutalidad durante un conflicto que se había prolongado diez años.

No obstante, temía acabar haciendo precisamente eso, o algo igual de estúpido, aunque pocas cosas podían compararse con el disparate de haberle hablado de sus padres y haber compartido con ella sentimientos que jamás le había confiado a nadie... *después* de haberla besado hasta perder el sentido. A Alaric le agobiaba la idea de cometer alguna otra estupidez si permanecía más tiempo en aquella montaña con su prometida y sus dichosas pecas. Aunque estaba claro que la mayor idiotez de todas era sentirse atraído por alguien que, tal como le había dicho a Sevraim, jamás sería capaz de separarlo de lo ocurrido durante la guerra.

Así pues, lo invadió cierto alivio al ver que Talasyn se ponía a recoger el saco de dormir, la tetera y el material de acampada después del desayuno, que transcurrió en un doloroso silencio.

—¿Nos marchamos ya?

Ella asintió bruscamente con la cabeza.

—Hemos conseguido lo que queríamos. No veo ninguna razón para quedarnos más días.

Él ignoró la sensación de dolor que lo atravesó, tan afilada como unas garras.

—Como quieras.

CAPÍTULO TREINTA Y TRES

A Talasyn la esperaba un baño recién preparado en sus aposentos de la Bóveda Celestial. Jie, que se había mostrado horrorizada ante la idea de que la Lachis'ka anduviese correteando por el bosque, había esparcido por la superficie del agua pétalos de chirimoya amarilla, que desprendían un aroma dulce que se sumaba a los de los aceites perfumados y los jabones de hierbas.

Talasyn permaneció en la bañera de mármol hasta que se le arrugó la piel, regodeándose en la miseria al más puro estilo Alaric. Habían intercambiado apenas unas palabras de camino a la guarnición, y hablaron aún menos durante el viaje de vuelta a Eskaya. Al menos el chico había regresado sin perder ni un instante a su nave de tormenta, pues, según había asegurado, tenía asuntos urgentes que atender, y ella no iba a volver a verlo hasta el eclipse, cuando ambos tenían que crear la barrera para que los Encantadores del Dominio pudieran estudiarla.

Aquello le proporcionaba tiempo para asentar la idea en su cabeza de que era una persona frente a la que no podía bajar la guardia. Le proporcionaba tiempo para olvidar todo lo que había sucedido entre ambos en Belian.

Lo siento, le dijo a Khaede. A la Khaede que habitaba en su mente, que bien podría estar muerta a aquellas alturas.

No hubo respuesta alguna —estaba demasiado alterada como para imaginarse la respuesta de su amiga— y allí, en la seguridad que le brindaba el agua perfumada, por fin derramó unas cuantas lágrimas.

Puesto que la comodoro Mathire se encontraba atendiendo unos asuntos en su buque insignia, Alaric y Sevraim acudieron solos, la noche del eclipse, al mismo atrio donde Talasyn y él habían llevado a cabo la demostración fallida de la barrera, y donde, con suerte, no tardarían en llevar a cabo una exhibición con buenos resultados. No obstante, al llegar allí descubrieron que los Encantadores del Dominio habían estado ocupados trabajando en un dispositivo de lo más... *peculiar.*

Ishan Vaikar le explicó, encantada, la mecánica del dispositivo amplificador mientras el personal y ella colocaban los cables y formaban un círculo con los frascos de vidriometal lo bastante grande como para albergar a dos personas.

Sevraim se acercó para examinarlo y, acto seguido, volvió a colocarse junto a Alaric y se encogió de hombros.

—Lo más probable es que *no* sea un artefacto letal, pero yo dejaría que lo probasen primero con vuestra encantadora prometida...

—¿Que probasen primero conmigo *el qué?*

Sevraim se cuadró y Alaric se puso rígido. Talasyn se les había acercado sigilosamente, tan silenciosa como un gato. Se volvió hacia ella con la mandíbula apretada y la contempló por primera vez desde que habían vuelto de la cordillera de Belian.

La salvaje soldado de la trenza despeinada y el uniforme manchado de barro se había desvanecido. En su lugar, se alzaba la Lachis'ka nenavarena, que portaba una corona de colibríes y flores de hibisco forjada en oro. La escoltaban sus taciturnas guardias.

Alaric quiso responderle con un comentario irónico, pero Talasyn desvió sus ojos marrones a algún punto por encima de su hombro. Una punzada de decepción lo atravesó, tan feroz que le provocó náuseas.

Talasyn no pareció sorprenderse demasiado al ver el dispositivo amplificador, pero seguramente estaba acostumbrada ya a la tecnología nenavarena. Se acercó a Ishan y ambas intercambiaron unas palabras en voz baja; Alaric se unió a ellas al cabo de un rato.

—¿Sangre de sarimán, daya Vaikar? —inquirió él, echando un vistazo a los resplandecientes núcleos de color zafiro y escarlata de los tarros—. ¿Los matáis?

—¡Desde luego que no! —La mera idea pareció escandalizar a Ishan—. Solo el personal experto se encarga de extraer la sangre de especímenes jóvenes y sanos. En Nenavar está terminantemente prohibido matar a ninguna criatura etérica si no es en defensa propia.

A Alaric le vino a la cabeza la quimera del sello imperial de Kesath. Antaño, dichas criaturas habían abundado en el Continente, pero su pelaje leonino y las propiedades medicinales de sus pezuñas de antílope y de sus escamas de anguila, además del prestigio que otorgaba matar a un ejemplar, las convirtieron en el blanco de los cazadores, que las exterminaron en masa. El último avistamiento de quimeras se había producido hacía un siglo. Su extinción siempre le había parecido una vergüenza, por lo que se preguntó si podría aprobar una ley similar a la que Ishan acababa de describir.

Tras examinar por última vez el dispositivo amplificador, Ishan asintió satisfecha e hizo un gesto a Talasyn y a Alaric para que se situasen en el interior del círculo de frascos y filamentos.

Cuando una luna estaba en fase de eclipse, se alzaba sobre el Continente convertida en un orbe teñido de rojo sangre o gris plateado, y podía tardar desde unos minutos hasta unas cuantas horas en volver a su estado normal. En el archipiélago del Dominio, donde iban adelantados varias horas, serían testigos de todo el proceso de principio a fin. Aquella noche se produciría un eclipse de la Primera, la mayor de las siete, y mientras se elevaba por encima de sus espectrales hermanas, el patio relucía, casi tan blanco como la nieve inmaculada.

Jamás le había parecido que Talasyn se encontrase a tanta distancia de él como en aquel momento, pese a que ambos estaban dentro del círculo, lo bastante cerca como para casi tocarse.

—No debe de faltar mucho —dijo Ishan. La acompañaban otros seis Encantadores que se habían situado a varios pasos de distancia, cada uno en paralelo a un frasco—. Esperemos hasta que la Primera se oscurezca parcialmente.

Los minutos siguientes transcurrieron en silencio mientras todos los presentes contemplaban la luna llena. Y entonces, poco a poco, una densa oscuridad se desplegó sobre su reluciente superficie blanca y el astro se fundió, lentamente, con el cielo nocturno. Siendo devorado, bocado a bocado, por el hambriento león del dios sol o por las reptilianas fauces de Bakun, que lloraba la pérdida de su amor.

Puede que, al final, todo viniese a ser lo mismo. Historias que se relataban alrededor del fuego y se contaban a los niños a la hora de dormir. Puede que, en lo relativo a las leyendas que formaban parte de un pueblo, varias cosas pudieran ser ciertas al mismo tiempo. Tal vez el enorme león estuviera enseñándole los dientes a Alaric en aquel momento, pese a que se encontraba en una tierra extraña, muy lejos de sus dioses.

—*Ya* —dijo Ishan Vaikar.

Talasyn y Alaric extendieron las manos a la vez y rasgaron el velo del eterespacio. Ella era su radiante reflejo, y un escudo de luz brotó de sus dedos mientras la sombría creación de Alaric crepitaba y zumbaba en respuesta. Ambos intercambiaron una mirada y combinaron su magia, y, bajo el eclipse de la Primera, una esfera negra y dorada se desplegó y los envolvió.

Ishan y los demás Encantadores también se movieron al unísono, dejando que sus brazos y muñecas fluyeran como el agua y trazaran patrones arcanos. Los cúmulos de sangre de sarimán y magia de lluvia del interior de los frascos se iluminaron intensamente, como si se tratase de soles diminutos, y un resplandor se extendió por los recipientes y se desplegó a través de los cables.

Antes de que Alaric se percatara de lo que estaba ocurriendo, la esfera que Talasyn y él habían creado se expandió hasta cubrir el atrio en su totalidad.

Todo era éter. Todo era luz y sombra y lluvia y sangre. La magia de Alaric bramaba a través del aire, desplegándose ligera y reluciente, más poderosa de lo que jamás hubiera creído posible. *Amplificada.*

Era la señal que los guardias de palacio que había apostados en las almenas y balcones circundantes habían estado esperando. Apuntaron con los mosquetes y dispararon, en dirección al atrio, una oleada de rayos color amatista. Cada una de las descargas resultó inútil. Cada una chocó contra la barrera y desapareció.

Así que aquello era lo que sucedía cuando una nación no se pasaba una década sumida en la guerra. Cuando sus Encantadores no se dedicaban únicamente a abastecer las naves de tormenta. Cuando los vidrieros y trabajadores del metal no destinaban todos sus esfuerzos a crear y reparar fragatas, coracles y armas.

Aquello era lo que podía lograrse.

Aquello era lo que el Continente había perdido mientras sus naciones-Estado se destruían mutuamente.

—Lo sé —murmuró Talasyn. Alaric no recordaba exactamente en qué momento se había vuelto para mirarla, en qué momento se habían vuelto para mirarse. Pero era lo que estaban haciendo, y la mirada de ella brillaba de magia, de asombro y pesar.

—No he dicho nada —protestó él.

—No ha hecho falta —respondió ella bajo aquella red negra y dorada, bajo aquel eclipse moteado—. Lo llevas escrito en la cara.

Podría acabar con él, pensó ella. *Podría matarlo ahora mismo.*

Nadie podría atravesar la esfera. Nadie sería capaz de detenerla.

Si lograba sorprenderlo, si se movía con la suficiente rapidez como para atravesarle las costillas con una daga de luz, podría vengar a Khaede y a todos los demás.

Pero debía tener en cuenta la Noche del Devoramundos. Debía tener en cuenta el objetivo a largo plazo.

Y, sin embargo, no fue eso lo único que la detuvo.

Talasyn había puesto fin antes de tiempo a su estancia en Belian para evitar que la situación se complicase demasiado. Ahora, mientras contemplaba la mirada plateada de Alaric, mientras contemplaba su pálido rostro, que reflejaba el incandescente manto negro y dorado que se arremolinaba a su alrededor, temió que fuera ya demasiado tarde.

Vio al Emperador de la Noche. Vio al chico que había experimentado su mismo sentimiento de soledad. Vio al Maestro de la Legión Forjasombras con el que se había enfrentado en el hielo y en el corazón de una ciudad devastada por las naves de tormenta. Vio al hombre que le había dado un toquecito en la barbilla, que la había enseñado pacientemente a crear un escudo, cuyas secas observaciones le habían arrancado alguna que otra risa. Vio su primer beso, la primera vez que las manos de otra persona la habían acariciado, prendiendo una ardiente pasión en su interior.

Vio el peligro que acechaba, en más de un sentido.

La barrera se desvaneció finalmente. Talasyn no supo quién había perdido la concentración, si Alaric, o algún Encantador o ella misma, pero por suerte los guardias de las Almenas habían dejado ya de disparar.

En cualquier caso, Ishan pareció satisfecha.

—¡Casi seis minutos, Alteza! —Le dirigió una sonrisa radiante a Talasyn mientras Sevraim se acercaba a toda prisa para asegurarse de que Alaric estuviera bien—. Por supuesto, hay que tener en cuenta que durante la Noche del Devoramundos, la Grieta de Vacío estará activa durante una hora más o menos y que este patio constituye únicamente una *fracción* de su alcance, pero disponéis de casi cinco meses para practicar con los escudos. Además, os aseguro que mi personal y yo aprovecharemos bien el tiempo en Ahimsa y desarrollaremos dispositivos de amplificación aún mejores.

—Si alguien puede conseguirlo, sois vosotros, daya Vaikar —dijo Talasyn con sinceridad.

Ishan agachó ligeramente la cabeza, que era la forma en que los nenavarenos solían responder a los elogios. No obstante, su entusiasmo era palpable.

—Estoy descando informar a la Zahiya-lachis de los resultados de hoy.

Movida por un presentimiento, Talasyn escudriñó las torres circundantes. Vislumbró, en una de las ventanas más altas iluminada por un rectángulo de luz cálida, una silueta que portaba una corona y que se apartaba en ese preciso instante del cristal.

—Algo me dice —dijo con ironía— que Su Majestad Estelar está ya al corriente.

CAPÍTULO TREINTA Y CUATRO

Los días pasaron volando, pues la boda estaba a la vuelta de la esquina y todo el mundo andaba atareado. El resto de los preparativos se llevaron a cabo sin incidentes, salvo por el pequeño bache que Alaric y Talasyn tuvieron que capear cuando salió a colación el tema de la consumación. Talasyn estaba convencida de que habrían manejado el asunto con mucha menos soltura si el príncipe Elagbi no los hubiera avisado de antemano aquel día a bordo de la nave de tormenta.

Lo habrían manejado mucho *mejor*, claro está, si no hubieran empezado con la consumación el día del anfiteatro.

—Tras abandonar el banquete, Su Majestad concederá a Su Alteza el tiempo suficiente para prepararse antes de unirse a ella en sus aposentos —estaba diciendo Lueve Rasmey.

—Para prepararme —repitió Talasyn sin comprender.

—Bueno, necesitaréis la asistencia de vuestra dama de compañía, Lachis'ka —clarificó Niamha Langsoune—, porque el vestido de novia es un poco engorroso a la hora de desabrocharlo…

—Ya me hago una idea —se apresuró a interrumpir Talasyn, intentando no ponerse como un tomate. Alaric puso la misma cara que si le hubieran dado un puñetazo en el vientre—. Podemos pasar al siguiente punto. —No mencionó que ambos habían acordado compartir sus aposentos esa noche y nada más. El raján Gitab no se perdía detalle de nada y Talasyn no quería darle a la oposición ningún motivo para cuestionar la validez de la alianza matrimonial.

Por suerte, la reina Urduja tomó el relevo.

—Si Su Majestad desea trasladar a Iantas cualquier efecto personal, os ruego que se lo comuniquéis a la daya Rasmey, pues es la que se encarga de coordinarlo todo con el mayordomo de allí. Casi hemos acabado de arreglar el lugar, por lo que podréis trasladaros después de la boda.

Iantas, que formaba parte de la dote de Talasyn, era un extenso castillo situado en una pequeña isla de arena blanca. Se lo habían cedido a Alaric para que lo utilizara como residencia permanente en Nenavar, aunque Talasyn se alojaría allí también, al menos, hasta que ascendiera al trono y tuviera que establecer su corte en la Bóveda Celestial.

—A Alunsina le vendrá bien aprender a gestionar el hogar —continuó Urduja—. Su educación, desde luego, no la ayudó a cultivar ese tipo de habilidades, y es la Lachis'ka más joven desde hace generaciones en contraer matrimonio.

Alaric tensó la mandíbula y le dirigió a Urduja un seco asentimiento de cabeza. Estaba poniendo especial esmero en no mirar a Talasyn, cosa que a ella le parecía bien. Es más, si pudieran ignorarse mutuamente hasta que el ejército sardoviano se ocupase de Gaheris y el Imperio de la Noche cayese, sería *fantástico*.

Como cualquier otra ceremonia real importante, la boda iba a celebrarse en la Torre Estelar, situada en el corazón de Eskaya, por lo que la actividad de la zona se incrementó a medida que se llevaban a cabo los embellecimientos pertinentes y se instalaban los perímetros de seguridad. Del mismo modo, un auténtico ejército de decoradores y personal de limpieza invadió el salón de baile de la Bóveda Celestial, donde tendría lugar la recepción, para asegurarse de que todos los colores combinaran a la perfección, de que ningún adorno estuviera fuera de lugar y de que ningún centímetro del suelo quedara sin pulir.

Cuando Alaric y ella no tenían que atender reuniones en las que se les explicaba paso a paso cada parte de la ceremonia, Talasyn se pasaba la mayor parte del tiempo probándose el vestido con los sastres. Aunque de cara a la galería aparentaba serenidad, la situación se le hacía cada vez más cuesta arriba, pues cada amanecer la acercaba más al día de su boda.

Me voy a casar. Dioses. De vez en cuando se pellizcaba con la esperanza de despertarse en un barracón sardoviano, pero nunca tenía suerte.

El día previo a la boda, varios oficiales kesathenses llegaron a Eskaya y se unieron a la comodoro Mathire y a Sevraim, pues todos iban a acudir a la ceremonia en calidad de testigos. Talasyn los vio desembarcar desde lo alto de una torre y no pudo evitar que se le pusiera el vello de punta. Aquellas personas habían sido sus enemigos durante cinco años y el instinto la llevaba a seguir considerándolos como tales. Solo harían falta unos cuantos proyectiles de cerámica para quitarse de en medio a la mayor parte del Alto Mando del Imperio de la Noche. Qué puñetas, si Urduja ordenase a sus soldados que atacasen en *ese preciso momento…*

No. No serviría de nada. Gaheris no se encontraba allí; al parecer, estaba demasiado ocupado, pues debía gobernar el imperio en ausencia de Alaric.

Las guerras se libraban de muchas formas.

Talasyn debía ser paciente.

Siguió contemplando la escena mientras Alaric se acercaba a saludar a sus oficiales. Les dirigió un asentimiento de cabeza y procedió a intercambiar unas palabras con ellos. Los uniformes oscuros y austeros de los kesathenses desentonaban claramente con las ornamentadas armaduras de los guardias de palacio y los llamativos atuendos de los aristócratas nenavarenos.

Nunca llegaría a saber si se había tratado de una horrible casualidad o si Alaric, como todo guerrero que se preciase, había sentido el peso de su mirada. Sea como fuere, su prometido levantó la vista de pronto.

Y la miró directamente.

Talasyn se apartó a toda prisa de la ventana, y notó como la sangre se le agolpaba en las mejillas. *¿Por qué has hecho eso?*, se recriminó. Debería haber permanecido allí plantada: *¿y qué* si la sorprendía mirando? *Vivía* allí, podía mirar lo que le diera la gana...

Talasyn se cuadró de hombros y se lanzó hacia delante, dispuesta a fulminar a Alaric con la mirada hasta que a él no le quedase más remedio que escabullirse con el rabo entre las piernas. Sin embargo, al llegar a la ventana, el último miembro de la delegación del Imperio de la Noche cruzaba ya las puertas de palacio y desaparecía en su interior.

Volvió a recuperar el sentido común. *¿Qué estoy haciendo?*, se preguntó, consternada e incrédula por su propia actitud. No pudo evitar sentir que había perdido otra ronda más de aquella nueva y extraña batalla en la que Alaric Ossinast y ella habían acabado enzarzándose. No auguraba nada bueno para lo que se avecinaba.

De regreso a sus aposentos, Talasyn se topó con Kai Gitab en la Galería de la Reina, un vestíbulo alargado y alfombrado donde de las paredes de mármol colgaban enormes retratos al óleo de todas las Zahiya-lachis de las que se tenía constancia. Al contrario que en casi todas las demás estancias del palacio, las ventanas de aquella sala estaban cubiertas con unas pesadas cortinas para que el sol no dañase el delicado arte. La única luz provenía de las escasas lámparas de fuego que había desperdigadas alrededor, lo cual no hacía sino alimentar la sensación de que los bellos rostros que ocupaban los marcos dorados no se perdían detalle de nada.

Gitab estaba plantado frente al retrato de Magwayen Silim, la madre de Urduja. Se inclinó ante Talasyn cuando ella se acercó.

—Alteza.

—Raján Gitab —saludó Talasyn. En aquella estancia no había guardias y hacía un rato había conseguido dar esquinazo a sus Lachisdalo. Se encontraba a solas con él, con un noble nenavareno que se oponía a la alianza con Kesath. Se preguntó hasta qué punto llegaría su desacuerdo y si se atrevería a intentar algo parecido a lo que había llevado a cabo Surakwel, pero supuso que no estaba de más comportarse con cortesía—. Quiero agradeceros vuestra labor durante las negociaciones.

Gitab le dedicó una fría sonrisa.

—El mérito es de las dayas Rasmey y Langsoune. Ambos sabemos que el único motivo por el que Su Majestad Estelar solicitó mi presencia en el comité negociador fue para que pudiera asegurarles a los que mantienen una posición crítica que no se estaba llevando a cabo ninguna maniobra turbia.

Ninguno de vosotros me contó lo de la Noche del Devoramundos. A mí eso me parece algo bastante turbio, refunfuñó Talasyn para sus adentros, pero algo debió de notársele en la cara porque cierto brillo iluminó los ojos oscuros de Gitab tras sus gafas de montura dorada, como si supiera lo que estaba pensando.

—Aun así, todo ha acabado ya —continuó ella, con bastante entereza, según le pareció, pues empezaba a creer que aquella insustancial charla era en realidad un campo de minas encubierto.

—Así es —respondió Gitab—. Y ahora comienza una nueva era. —Se volvió de nuevo hacia el retrato y Talasyn siguió la dirección de su mirada. La anterior Zahiya-lachis, de pelo castaño y piel morena, los contemplaba con ferocidad desde arriba. Mientras que la corona de Urduja parecía cincelada en hielo, la de Magwayen era un armatoste hecho de espinas de hierro y ópalos oscuros.

—Vuestra bisabuela era, a todas luces, una gobernante fuerte y capaz —le dijo Gitab a Talasyn—. Sabía que el Devoramundos se manifestaría durante el reinado de su hija, de manera que dedicó sus últimos años a preparar al reino, y a la reina Urduja, para su llegada. Si el Emperador de la Noche y vos fracasáis en vuestro intento por detenerlo, Nenavar sobrevivirá igualmente a la Época Yerma gracias, en gran parte, a los protocolos y contramedidas que Magwayen ideó.

—No fracasaremos —le aseguró Talasyn.

Todo saldrá bien, había dicho Alaric. *Y si no, todos moriremos.*

Se obligó a acallar su molesta voz, que solía asaltarla en los momentos más inoportunos.

—Sí, supongo que con el tipo de habilidades etermánticas que blandís cualquier cosa es posible, Lachis'ka. Ya veremos. —Si la Telaluz o el Pozoumbrío le suscitaban algún miedo, como pasaba con los demás nobles del Dominio, no lo demostró. Siguió contemplando el retrato de Magwayen mientras Talasyn barajaba la posibilidad de marcharse, pues la conversación parecía haber llegado a su fin.

Sin embargo, Gitab volvió a tomar la palabra.

—El ocaso de la dinastía Silim comenzó cuando la reina Urduja dio a luz a su segundo y último hijo. El día que parta y se reúna con sus ancestros, Alteza, se alzará una nueva casa. Una que llevará el nombre de vuestra madre, pues tal es la costumbre de nuestro pueblo.

Talasyn se quedó de piedra. Era la primera vez que oía a un noble mencionar a Hanan Ivralis. Su madre era un tema tabú, al igual que el príncipe Sintan, el usurpador frustrado. Talasyn procuraba no invadir el terreno de Urduja, de manera que solo se permitía satisfacer su curiosidad cuando se encontraba a solas con su padre, aunque ni siquiera entonces indagaba demasiado, ya que no quería causarle dolor a Elagbi.

Pero el recién recuperado recuerdo de Hanan cantándole una nana hizo que en su interior aflorase cierto sentimiento de rebelión.

—¿Os molesta? —le preguntó a Gitab, ansiosa por descubrir qué opinaba de su madre, la mujer cuyas acciones habían estado a punto de destronar a Urduja—. ¿Que se trate del nombre de una forastera?

—No guardo ningún rencor a la difunta Lady Hanan y soy leal a quien los ancestros bendicen —dijo Gitab de forma solemne—. Vuestra abuela y yo tenemos nuestras diferencias, sin duda, pero mi prioridad será siempre el bienestar de la nación, por lo que si existe alguna posibilidad de que podamos evitarle a Nenavar la

Época Yerma, debemos aprovecharla. Pero después… —bajó el tono de voz—. Podéis contar conmigo para *después*, Lachis'ka. Confío en que ninguno de los dos desea que las Sombras se ciernan sobre nosotros.

Al contemplar el rostro de Gitab en aquel momento, a Talasyn le vino a la mente Surakwel Mantes. El raján le doblaba la edad a Surakwel y era infinitamente menos impetuoso, pero en él se vislumbraban los rescoldos de ese mismo fuego. Su amor por la patria. La firme convicción de hacer lo correcto.

Se ha ganado la fama de ser una persona incorruptible y entregada a sus ideales, había dicho Elagbi. *Con él en el comité de negociación, nadie podrá acusar a la Zahiya-lachis de vender a Nenavar.*

Gitab le despertó cierta simpatía. Aún no podía confiar en él, pero no era mala idea empezar a allanar el terreno para así forjar en un futuro sus propias alianzas dentro de la corte.

—Lo tendré en cuenta, mi señor —le dijo.

Gitab asintió y ella se retiró. Recorrió la galería de retratos mientras él permanecía donde estaba, contemplando a la reina de las espinas.

CAPÍTULO TREINTA Y CINCO

El día de la boda real amaneció claro y despejado. Dado que la ceremonia se celebraría al atardecer, los invitados empezaron a llegar poco después de que sonaran los gongs del mediodía. El cielo de la capital del Dominio de Nenavar se colmó con todo tipo de lujosas aeronaves que lucían velas iridiscentes y multicolores junto a los emblemas de todas las familias nobles del archipiélago.

Las embarcaciones se dirigieron a los numerosos atracaderos que había esparcidos por Eskaya y una flota de esquifes blancos y dorados trasladó a los pasajeros hasta la Torre Estelar: un edificio construido casi enteramente en vidriometal de color verde esmeralda que despuntaba en el horizonte como si de un cetro recubierto de espinas se tratase. A medida que los invitados, engalanados con pieles, plumas y joyas, desembarcaban, se los escoltaba por la resplandeciente puerta de entrada hasta el interior, donde esperaban a que la ceremonia diese comienzo mientras se les ofrecía un refrigerio.

O al menos eso suponía la novia. En cuanto a ella, se encontraba en sus aposentos de la Bóveda Celestial, intentando no vomitar.

—*¡No puedo hacerlo!* —le gritó Talasyn a Jie.

Para mérito suyo, su dama de compañía permaneció impertérrita mientras seguía llevando a cabo la delicada tarea de adherir unas gotitas diminutas de diamante a las pestañas de Talasyn. Ni siquiera eran las suyas de verdad; hasta que llegó a la corte, no había tenido ni idea de que existieran las pestañas artificiales. Eran antinaturalmente largas y gruesas y no le dejaban *ver*.

—Son los nervios de la boda, Lachis'ka, es de lo más normal —la tranquilizó Jie—. Mi hermano mayor se escapó por la ventana la mañana de su boda. Cuando los guardias de mi madre lo detuvieron, se puso a soltar chorradas sobre no sé qué de abrazar su verdadera vocación de pirata... Con el debido respeto, Alteza, *ni se os ocurra* —le dijo con firmeza cuando se percató de que Talasyn había vuelto la vista hacia la ventana, desesperada.

—¿Sigue Ossinast por aquí? —preguntó Talasyn—. Igual puedo hablar con él y convencerlo para hacernos piratas.

Jie esbozó una sonrisa.

—Si una boda en alta mar es más de vuestro estilo, Alteza...

—¿Qué? —La bilis le subió a Talasyn—. *No*. No me refería a *eso*.

Jie, que parecía haberse percatado de que la cosa no estaba para bromas, compuso una expresión más seria.

—Su Majestad se ha marchado ya a la Torre Estelar. Da mala suerte que el novio vea a la novia antes de la boda.

Teniendo en cuenta que el asunto está abocado al fracaso desde el principio, tampoco creo que pase nada, pensó Talasyn de forma sombría.

Para cuando Jie terminó de ajustarle la tiara y el velo, Talasyn estaba de los nervios y sentía náuseas. Se puso en pie, incómoda y agobiada por el pesado vestido. Jie dio un paso atrás para poder contemplarla de arriba abajo y esbozó una amplia sonrisa.

—Ay, Lachis'ka, estáis *radiante* —dijo Jie, entusiasmada—. Su Majestad es un hombre con suerte.

Talasyn ni siquiera se molestó en responder, y se removió, inquieta, bajo la arrobada mirada de Jie. Sin embargo, aquello no fue *nada* en comparación con la reacción del príncipe Elagbi. La estaba esperando en el gabinete contiguo a su alcoba y, en cuanto la vio, los ojos se le llenaron de lágrimas.

—Hija mía —fue lo único que Elagbi consiguió decir al principio, embargado por la emoción, y Talasyn no pudo sino quedarse ahí plantada, con una sensación *rara* e incómoda recorriéndola mientras él se sacaba un pañuelo de lino del bolsillo y se secaba las mejillas—. Perdóname —dijo—. Es solo que… nos han arrebatado muchísimo tiempo, ¿no es así? No he tenido la oportunidad de verte crecer, y ahora aquí estás, tan preciosa como tu madre el día de nuestra boda. Ojalá pudiera verte ahora. Y ojalá… ojalá esta fuera la boda de tus sueños. Con alguien que de verdad te importase.

Talasyn se sintió impotente ante aquella muestra de amor. Ante lo que había recuperado y lo que le había sido arrebatado. No sabía cómo reaccionar a nada de todo eso.

Así que se conformó con esbozar una sonrisa vacilante y dejar que la tomara del brazo y la acompañara hasta el exterior del palacio. Hasta la goleta que los conduciría hasta su boda.

Hay demasiados eterógrafos, refunfuñó Alaric para sus adentros mientras aguardaba a que la ceremonia diera comienzo. Se encontraba en una alcoba adyacente al enorme salón de la Torre Estelar donde tendría lugar. Hacía un rato se había asomado disimuladamente para echar un vistazo a la multitud y, tras las hileras de invitados, había visto congregada a una horda de corresponsales cargados con aquellos dispositivos etermánticos, unas resplandecientes bombillas equipadas con la magia del Nidoardiente que no dejaban de emitir fogonazos.

Cuando Gaheris comenzó su expansión por el Continente, lo primero que hizo fue deshacerse de las gacetas informativas de cada territorio que conquistaba. *Su única función es infundir terror en las masas*, acostumbraba a decir el antiguo Emperador de la Noche. *No comprenden lo que intentamos llevar a cabo. Lo que tratamos de construir.*

Al parecer, la reina Urduja no era de la misma opinión. Por supuesto, teniendo en cuenta el aislacionismo del Dominio, lo más probable era que las crónicas que se escribiesen sobre la boda no se filtrasen al resto de Lir. No obstante, el Imperio de la Noche publicaría boletines informativos que, con toda certeza, acabarían llegando hasta los puertos comerciales. Sus embajadores comunicarían la noticia. Puede incluso que llegara a oídos de Sancia Ossinast, dondequiera que estuviese. Suponiendo que siguiera viva.

Alaric sabía que no debería estar pensando en aquella mujer. Se había marchado en plena noche. Era una traidora a la patria. Pero le costaba apartarla de la mente una vez que empezaba. Los recuerdos lo inundaron, resplandecientes de vida bajo la luz que se filtraba a través de las paredes de vidriometal.

En Valisa, le había contado una vez con expresión melancólica, como siempre que hablaba de la tierra natal de sus padres, *cuando querías declararte a la persona que amabas, lo que hacías era llevarla a algún lugar que tuviera unas vistas preciosas, la tomabas de las manos y mirándola a los ojos le decías: Las estrellas me guían a casa, me guían hasta tu corazón.*

¿Es así como le pediste a padre que se casara contigo?, le había preguntado Alaric, que en aquel entonces había sido un niño que ignoraba muchas cosas.

La mirada de Sancia se había endurecido. *No, palomita. Me lo pidió él a mí, pero no dijo nada del corazón ni de las estrellas. Fue una pedida kesathense en todos los sentidos.*

La puerta de la estancia se abrió y la comodoro Mathire asomó la cabeza, devolviendo a Alaric al presente.

—Majestad, la novia ha llegado. —Acto seguido desapareció con la actitud de quien acaba de quitarse de encima otra ardua tarea de una larga lista.

Alaric tomó una profunda bocanada de aire en cuanto volvió a encontrarse a solas, pero también se flageló por permitir que los nervios se apoderasen de él. Era el Maestro de la Legión Forjasombras y el Emperador de la Noche de Kesath; había arrasado innumerables campos de batalla y doblegado reinos enteros. Una ceremonia de matrimonio palidecía en comparación.

Ya no podía retrasarlo por más tiempo. Abandonó la cámara y se adentró en el salón de ceremonias.

Situada bajo el campanario de la Torre Estelar, las paredes de cristal de la estancia no solo ofrecían unas vistas impresionantes de la ciudad, sino que también proporcionaban abundante luz natural. Pese a que el diseño era más minimalista que el de los ornamentados interiores de la Bóveda Celestial, el salón contaba con unos impresionantes techos cubiertos de vidrieras que filtraban la luz y la derramaban, con tonos de cobalto, cuarzo rosa, jacinto y lila, sobre los suelos y las centenares de personas que ocupaban los asientos. Los invitados se sumieron en un decoroso aunque tenso silencio al ver entrar a Alaric. Este se encaminó, impertérrito y sin hacer el menor caso a nadie, hacia la plataforma donde habían emplazado el altar, que constituía el punto principal del salón.

Situado sobre unas columnas de alabastro, el altar estaba tallado en forma de dragón, agazapado y en actitud depredadora, con la cola orientada al techo, las alas plegadas y el cuello combado hacia delante, contemplando la estancia con unos relucientes ojos hechos de zafiro. Un incensario de bronce colgaba de una larga cadena de sus feroces fauces abiertas. Por detrás, se veían dos estandartes que pendían del techo: la quimera plateada del Imperio de la Noche sobre un campo negro y el dragón dorado de Nenavar, que se elevaba sobre un fondo de seda tan azul como el cielo veraniego.

Alaric se situó en la base de la plataforma. La oficiante se hallaba ya en lo alto de la escalinata frente al altar, ataviada con una túnica de un intenso tono escarlata.

Intentando no dar muestras de nerviosismo, Alaric contempló a la multitud con el semblante inexpresivo. Sus oficiales, vestidos con sus uniformes de gala, ocupaban las primeras filas junto con Urduja, Elagbi y los aristócratas nenavarenos de alto rango. Todos tenían un semblante de lo más agrio.

—He asistido a funerales más animados —oyó que comentaba la oficiante a las dos novicias que estaban ayudándola. Alaric coincidió al cien por cien (aunque se guardó su opinión para sí).

La música, cortesía de la orquesta que ocupaba la galería del coro, dio comienzo. Primero, se oyeron tres tañidos de gong desde lo alto. Acto seguido, sonaron los xilófonos y los caramillos, a los que no tardó en acompañar una conmovedora melodía de cuerda salpicada de suaves golpes de tambor. Las puertas principales se abrieron y Talasyn entró en el salón.

Y durante unos largos instantes, Alaric se quedó sin aliento.

Estaba soñando. Tenía que estarlo.

Era imposible que *ella* fuera real.

El Dominio no había escatimado en gastos para el vestido de novia de su Lachis'ka. Confeccionado en lustrosa seda de loto del color de los pétalos de magnolia, el ajustado corpiño, que estaba ribeteado en oro, constaba de un escote festoneado, mangas rígidas de mariposa y una cintura entallada que daba paso a una espectacular falda de vuelo que probablemente podría calificarse de proeza arquitectónica. Estaba compuesta de capas y capas de gasa y organza generosamente adornadas con constelaciones de hilo de oro y de plata salpicadas de diamantes. La parte de atrás se extendía hasta formar una cola que se deslizaba con la suavidad de un susurro sobre el suelo de cristal. Talasyn llevaba el cabello castaño recogido en bucles sueltos en lo alto de la cabeza y lucía una tiara de oro y diamantes de la que colgaba un velo confeccionado con la más elegante de las gasas, salpicado de más diamantes e hilo de plata para dar la sensación de que se trataba de un cielo estrellado. Aferrada a un ramo de peonías blancas como la nieve que captaban la lluvia de colores que se precipitaba desde las vidrieras del techo, recorrió el pasillo, como si flotara, en dirección a Alaric, mientras los alegres y etéreos acordes del arpa arqueada inundaban la estancia. Su aspecto era desgarradoramente exquisito bajo la ardiente luz del atardecer; lucía absolutamente encantadora, vestida de blanco, plata y oro.

E iba a ser su esposa.

Alaric no prestó la menor atención a los murmullos de aprobación que se extendieron entre la multitud. Dejó de fijarse en el techo o en el altar o en las vistas. Talasyn eclipsaba todo lo demás.

CAPÍTULO TREINTA Y SEIS

Mientras Talasyn emprendía el largo y lento recorrido hacia el altar, la imagen de ella misma tropezándose reverberó en su mente. En cuanto la idea cobró vida, le fue imposible ahuyentarla. La atormentó de tal manera que cada paso que daba le parecía el último. Estaba convencida de que se iba a caer de culo y de que todos se echarían a reír...

Alaric seguramente no se reiría de ella, pero solo porque estaba demasiado amargado para encontrarle la gracia a nada. Mientras se acercaba a él, con su rostro impasible y su fría mirada gris, Talasyn fue incapaz de sacudirse de encima la sensación de estar dirigiéndose hacia su propia ruina.

El recuerdo de Darius al preguntarle, durante la boda de Khaede y Sol, si ella iba a ser la siguiente no podría haber asomado en peor momento. En cuanto la asaltó, el ritmo de sus pasos se resintió, pues el impulso de echarse a reír se apoderó de ella. O de dar media vuelta y salir corriendo, de alejarse todo lo que sus zapatos y su vestido le permitieran, que no sería mucho.

No obstante, se las arregló, milagrosamente, para llegar hasta Alaric sin ningún sobresalto. Sintiendo en la nuca el peso de cientos de miradas, le tendió el ramo a Jie, que lo recogió y volvió a fundirse con la multitud, y contempló al hombre con el que estaba a punto de casarse.

Alaric iba vestido con una túnica negra de cuello alto y manga larga con bordados plateados en los puños, así como con unos

pantalones y botas negros. Como para compensar la relativa sencillez de su atuendo, llevaba un collar ceremonial de gemas de obsidiana, de cuya parte trasera colgaba una capa de brocado en tonos
plata y medianoche. Tenía el pelo… perfecto, como de costumbre,
todo ondas oscuras, abundante y hábilmente despeinado, remata-
do con una corona esmaltada en negro con rubíes incrustados de
color burdeos. De lejos, su aspecto resultaba demasiado imponente, pero de cerca, su rostro no reflejaba tanta dureza como cabría
esperar, y la luz del atardecer, teñida de esmeralda, imprimía a su
mirada cierta calidez.

Sosteniéndose la mirada, Talasyn y Alaric se movieron al mismo tiempo mientras la música sonaba. Él se inclinó cortésmente al
tiempo que ella doblaba las rodillas y ejecutaba una reverencia tan
profunda como las vaporosas faldas le permitían. Aquella parte de
la ceremonia había sido motivo de controversia durante las negociaciones; según las costumbres nenavarenas, el novio debía incli-
narse ante la novia, pero el Emperador de la Noche no se inclinaba
ante nadie y la Lachis'ka únicamente ejecutaba reverencias ante la
reina Dragón. La daya Rasmey dio con la solución al problema y
sugirió que ambas acciones se llevasen a cabo al mismo tiempo
como señal de respeto mutuo, para que así la pareja se encaminara
al altar en condición de iguales.

Tras enderezarse, Alaric le ofreció el brazo a Talasyn. Ella metió la mano en la curva de su codo y ambos ascendieron los escalones de la plataforma. Un suspiro se extendió entre la multitud:
Talasyn sabía que en aquel momento la cola de su vestido y su
velo se derramaban por las escaleras como si de un río blanco y
dorado se tratara, un golpe de efecto cuidadosamente calculado
por un batallón de sastres.

Como los escalones eran bastante resbaladizos, Talasyn tuvo
que aferrarse a Alaric con más fuerza de la que le hubiera gustado.
Él pareció entender de forma instintiva las dificultades de ella, pues
aminoró la marcha y se aseguró de mantener firme el brazo para

que pudiera sujetarse sin problema. Ella le echó un vistazo y captó en su perfil una expresión altanera y divertida.

—Ponte *tú* a subir las escaleras con estos zapatos infernales y esta falda y luego me cuentas —le soltó ella en voz baja.

—Prefiero jugármela con los zapatos —murmuró él—. El vestido tiene tantos diamantes que me extraña que el suelo no se haya venido abajo todavía.

—Cállate.

Al llegar a lo alto de la plataforma y situarse frente al altar y la oficiante, las novicias les tendieron dos contratos para que los firmasen. En los documentos, ornamentados con un llamativo membrete, se hacía constar que Alunsina Ivralis del Dominio de Nenavar iba a desposarse aquel día con Alaric Ossinast de Kesath.

Tras alzar los documentos a la luz para comprobar que la tinta se hubiera secado, la oficiante los enrolló con cuidado. Le entregó uno a una de las novicias y colocó el otro dentro del incensario que colgaba de las cristalinas fauces del dragón. El humo se desplegó, y el olor acre del pergamino en llamas no tardó en quedar sepultado por el aroma del incienso mientras las noticias del enlace llegaban hasta los grandes buques de guerra de los ancestros que surcaban el paraíso, el Cielo que Corona al Cielo, o eso creían los nenavarenos. Talasyn estaba convencida de que si el más allá existía, los antepasados de la Casa Silim estarían revolviéndose en sus tumbas.

Alaric y ella se volvieron hacia el otro, extendieron las manos y, no sin cierta vacilación, entrelazaron los dedos. Él no llevaba sus característicos guanteletes y ella abrió los ojos sobrecogida al notar el roce de su piel. Fue como si una descarga eléctrica se extendiera por sus venas allí donde sus manos se tocaban. El corazón empezó a acelerársele.

Y, aun así, su contacto resultaba en cierto modo reconfortante. Como una gota de agua fresca que se deslizara por su lengua reseca. Talasyn llevaba toda la vida alimentándose a base de rabia, bien fueran las llamas o la humareda. El fuego era lo que avivaba su magia; era, en ocasiones, todo cuanto conocía.

Pero *esto* le proporcionaba una sensación de… anclaje. La Telaluz, que a menudo se alzaba implacable en su interior, fluía ahora con suavidad, extendiéndose hacia su opuesto, hacia su oscuro reflejo, que acechaba bajo la piel de Alaric. El abrazo de las manos del chico dejaba entrever un lugar tranquilo y seguro bajo la tormenta que constituían los latidos de su propio corazón. Le brindaba una promesa de paz.

Era…

Era *irreal.*

Los labios de Alaric dibujaban una línea sombría. No se le veía en absoluto afectado, lo que instó a Talasyn a dominar la extraña reacción que el roce de sus dedos desnudos le había provocado.

La oficiante sacó un cordón de seda roja y lo ató alrededor de las muñecas de la pareja para indicar que el destino los había unido. La música cesó y la mujer de la túnica escarlata alzó los brazos hacia el techo y entonó con una voz solemne que reverberó por toda la estancia:

—Nos hemos reunido hoy aquí para celebrar la unión de dos reinos, un enlace que señala el nacimiento de una nueva y gloriosa era para el Dominio de Nenavar. Con el beneplácito de Su Majestad Estelar, Urduja Silim, estas dos almas se disponen a llevar a cabo su promesa de fidelidad…

Tal vez las palabras de la oficiante hubieran despertado más interés en Talasyn si de verdad *deseara* casarse. Quizás entonces aquella farsa de ceremonia hubiese albergado algún significado. Pero como no era así, acabó distrayéndose con el peso de las cientos de miradas y las manos de Alaric, que por algún motivo la sujetaban de forma extrañamente gentil, como si fuera una frágil criatura. Jamás hubiera esperado que aquel hombre adusto y corpulento fuera a tratarla con semejante delicadeza. Jamás hubiera esperado encontrarlo atractivo.

Y, *desde luego*, jamás hubiera esperado encontrarse totalmente enfocada en él mientras la oficiante seguía con su cantinela. Alaric conseguía que se olvidase de la multitud. Le proporcionaba un eje al que agarrarse, pues era la única persona de aquel precioso y traicionero lugar que la conocía de antes, la única persona que podía afirmar con sinceridad conocer. Tal vez se hubieran visto obligados a adoptar nuevos roles, pero ambos compartían los recuerdos de la guerra.

Talasyn recordó el choque de sus armas a la luz de las lunas, en el interior de las ruinas, bajo el cielo en llamas. Recordó haberse dejado llevar por el instinto, la colisión de la luz y las sombras, y lo viva que se había sentido cada vez que se enfrentaba a Alaric, con el éter zumbando entre ellos. Él apretó un poco los dedos y, durante un instante, Talasyn creyó *ver* aquellos recuerdos en sus ojos, que emitían destellos plateados bajo el sol poniente.

La oficiante señaló sus manos unidas.

—Estas son las manos que os amarán durante los próximos años y os consolarán en los momentos de dolor —les dijo—. Estas son las manos que os ayudarán a erigir un imperio. Estas son las manos que acunarán a vuestros hijos y os ayudarán a cargar con el peso del mundo. Estas son las manos que siempre sostendrán las vuestras.

La oración sacudió a Alaric profundamente. Sus manos jamás podrían llevar a cabo nada de lo que la oficiante había mencionado, no cuando se encontraban tan irrevocablemente manchadas de sangre. Jamás podría cumplir ninguna de las promesas que estaba haciéndole a Talasyn porque la relación de sus padres era su único referente en cuanto al matrimonio, y este había acabado en traición y abandono.

Era absurdo —no tenía ninguna lógica— que la ceremonia estuviera afectándolo de aquella manera. Todo era pura comedia, pero una parte de él deseaba…

Debería haber llevado los guantes. Su padre había insistido siempre en que estos constituían su armadura, en que lo protegían de las distracciones del plano físico. Pero la daya Rasmey le había advertido severamente que llevarlos durante el rito con el cordón supondría una falta de respeto, de manera que había prescindido de ellos. Como consecuencia, se encontró del todo desguarnecido cuando Talasyn entrelazó los dedos con los suyos. Una calidez semejante a la del sol lo inundaba allí donde sus dedos se tocaban, filtrándose en todos los lugares gélidos en los que el Pozoumbrío había echado raíces. Saciaba las ansias de contacto que creía haber superado hacía ya mucho.

Le encantaba. No quería dejar de sentir aquella sensación.

Todo se había torcido irremediablemente.

Alaric se apresuró a pronunciar sus votos, intentando que no se le notaran demasiado las prisas que tenía por terminar. Se dijo a sí mismo que no debía mirar a Talasyn, pero era imposible apartar la vista. Se hallaba preso bajo la puesta de sol y las vidrieras, sujetándole las manos a su futura esposa mientras recitaba las palabras que deseaba poder decir de corazón. Ojalá aquello hubiera ocurrido en otra vida.

Y entonces le tocó el turno a ella.

—T-tomo… —Talasyn vaciló y cerró los ojos brevemente antes de volver a intentarlo—. Te ofrezco mi corazón al ascenso de la luna y al ocaso de las estrellas.

Alaric deseaba que hubiera permanecido con los ojos cerrados. Su mirada crepitaba, rebosante de intensidad, lo que imprimió, de algún modo, más ferocidad a sus palabras, más emoción, pese a que simplemente estaba haciéndose eco de lo que él había dicho hacía apenas unos momentos.

—Fuego de mi sangre, luz de mi alma, alzaré a mis ejércitos para defenderte y permaneceré a tu lado aunque el mismísimo Mar Eterno se abata sobre nosotros.

Un dolor sordo atravesó el pecho de Alaric. No eran más que palabras y, además, ni siquiera eran de cosecha propia, pero nadie le había dicho nunca que no tenía por qué luchar solo.

—Prometo amarte completa e incondicionalmente —continuó Talasyn con cara de concentración—, en la fortuna y en la desdicha, en la luz y en la oscuridad, en esta vida y en la siguiente, en el Cielo que Corona al Cielo, donde navegan mis antepasados, donde nos reuniremos y reconoceremos, y donde volveré a tomarte como esposo.

La oficiante retiró el cordón rojo y las novicias se adelantaron con los anillos. Talasyn le colocó la alianza en el dedo a Alaric y luego permaneció allí plantada, con el corazón desbocado, mientras él hacía lo mismo. Solo quedaba un obstáculo por superar, pero no estaba segura de poder hacerlo.

—Yo os declaro unidos para siempre —repuso la oficiante—. Lachis'ka, podéis besar a vuestro consorte.

No puedo, pensó Talasyn, presa del pánico. Pero *tenía* que hacerlo. No había forma de evitar el beso. Era el gesto con el que concluían todos los ritos matrimoniales desde tiempos inmemoriales.

Talasyn se acercó unos centímetros a Alaric, quien, durante una fracción de segundo, dio muestras de querer salir corriendo. Por primera vez desde que se había calzado los zapatos, dio gracias por llevar tacones, ya que así no tendría que ponerse de puntillas. No obstante, el rostro de él aún se encontraba unos centímetros por arriba. ¿Por qué tenía que ser tan rematadamente alto? Cerró los ojos y...

Se suponía que debía ser un pico rápido de apenas una fracción de segundo, nada que ver con el beso que se habían dado en el templo y que tantas complicaciones les había traído. Lo tenía todo planeado. Pero los cálidos labios de él eran tan suaves como recordaba. No había contado con el agradable chispazo que la recorrió, con la sacudida que dio su alma, con el modo en que su magia se agitó en su interior, como una criatura salvaje que tensara las orejas con interés.

Y tampoco había contado con que Alaric le rodeara la cintura con el brazo y le devolviera el beso.

La cabeza le dio vueltas. Cuando ya no pudo seguir en la misma posición y tuvo que volver a apoyar todo el peso en el suelo, fue él quien se inclinó hacia ella, persiguiéndola con la boca, sujetándola firmemente con el brazo. Ella le deslizó una mano por el pecho y notó los acelerados latidos de su corazón bajo las yemas de los dedos, haciéndose eco del suyo propio.

El beso duró demasiado. O… terminó demasiado pronto. Talasyn lo ignoraba. Su instinto de conservación la asaltó de repente y la llevó a separarse de él, mientras la invadía la sensación de estar tambaleándose al borde de un precipicio. Alaric la miró aturdido, con los carnosos labios ligeramente entreabiertos.

Los oídos le retumbaron, y tardó una bochornosa cantidad de tiempo en darse cuenta de que se debía a los gongs de la Torre Estelar, que resonaban y desplegaban su estruendosa melodía por toda Eskaya. La orquesta comenzó a tocar de nuevo. Los invitados se pusieron en pie, señal de que la ceremonia había llegado a su fin. El sol estaba a punto de ocultarse en el horizonte.

Talasyn y Alaric se contemplaron fijamente bajo la sombra del altar del dragón. Estaban casados.

CAPÍTULO TREINTA Y SIETE

La risueña dama de compañía de Talasyn le había desabrochado la cola de seda del vestido antes de dejarlos solos en el camarote privado de la goleta. Incluso sin los cuatro metros de tela desplegándose por detrás, la falda seguía siendo un armatoste inmenso, y Talasyn se vio obligada a ocupar tres de los asientos del compartimiento. Alaric se sentó frente a ella, demasiado alto y corpulento para lo reducido del espacio, y sus largas piernas quedaron enredadas entre las capas de elegante seda salpicada de diamantes de su falda.

Estaban tan cerca que Alaric no pudo evitar contemplarla. Pese a que trató de contenerse, siguió volviendo los ojos una y otra vez hacia el rostro de Talasyn, que miraba por la ventana mientras la goleta se deslizaba sobre los tejados de Eskaya. La luz crepuscular incidía en ella, y los diminutos diamantes que le adornaban las puntas de las pestañas refulgían en contraste con su tersa piel. Por hermosa que estuviera, Alaric echaba de menos las pecas que se ocultaban bajo todos aquellos cosméticos y polvos y que le recubrían de forma natural el puente de la nariz y la parte superior de las mejillas.

Bajó la mirada hasta sus labios. No debería haberle devuelto el beso, pero el instinto lo había llevado a seguir el rastro de su boca y a sujetarla con firmeza.

Se había sentido… como si todo lo demás hubiera quedado eclipsado durante aquel breve lapso y él estuviera cayendo en picado y Talasyn fuera su único asidero.

En comparación con el beso que se habían dado en el anfiteatro, el del altar había sido relativamente casto. No había razón para que le hubiese afectado tanto. Para que siguiera afectándole.

Alaric miró a otra parte, buscando desesperadamente algo con lo que distraerse. Por desgracia, cometió el error de hacer descender su mirada por la barbilla y el cuello de Talasyn hasta llegar a su escote, donde el corpiño blanco y dorado moldeaba sus pechos de forma seductora.

Que los dioses me asistan. Alaric reprimió el impulso de apoyarse la cabeza entre las manos en un arranque de desesperación. *Me siento atraído por mi esposa.*

—¿Qué haces? —le preguntó Talasyn de pronto.

Lo había atrapado. Lo había atrapado mirándole el escote, comiéndosela con los ojos.

Él desvió la mirada hacia el paisaje urbano que se extendía al otro lado de la ventana.

—¿A qué te refieres? —preguntó, intentando que su voz sonara lo más aburrida posible.

—Sé que tengo una pinta ridícula, pero no ha sido cosa mía. Da gracias de que convencí al sastre para que la cola no fuera de *seis* metros.

Alaric se volvió hacia Talasyn, sorprendido de hasta qué punto había malinterpretado sus acciones. Su rígida postura dejaba entrever el golpe que había sufrido su orgullo, pero jugueteaba con nerviosismo con el bordado de estrellas de su velo de gasa. *No tienes una pinta ridícula,* quería decirle él.

—Deja de hacer eso —le dijo en cambio y le agarró la muñeca sin demasiada fuerza antes de que ella pudiera desbaratar la pedrería del vestido. Talasyn movió la mano y de algún modo su palma se deslizó sobre la de él y los dedos de ambos se entrelazaron sobre el regazo de ella, entre los diamantes y el reluciente hilo, entre todas aquellas elegantes y sinuosas constelaciones. Fue tan natural como un reflejo, tan voraz como el instinto. Fue un momento que exudó la misma gravedad inestable que la vez que se sintió observado y, al levantar la mirada, se topó con ella.

Suéltala, le gritó el sentido común.

Pero no la soltó. Trazó con las yemas de los dedos el borde de la enjuta curvatura de los nudillos de Talasyn. Recorrió el montículo de su palma con el pulgar, dibujando círculos azarosos. La mano de su esposa no era la de una aristócrata: tenía callos en los dedos, que eran delgados pero fuertes. Todo le resultaba fascinante, la textura de su piel, los surcos de aquel territorio desconocido. Y no dejó de mirarla en ningún momento, fascinado por las motas doradas que salpicaban, pese a la penumbra del ambiente, pese a ser casi de noche, sus oscuros iris.

La goleta se inclinó, trazando una trayectoria ascendente: estaban aproximándose a la Bóveda Celestial. Solo entonces el hechizo se rompió y Alaric le soltó la mano a Talasyn. Lamentó haberla dejado marchar y, al mismo tiempo, sintió una oleada de alivio por haber reunido la fuerza suficiente para hacerlo.

Cuando entró en el gran salón de baile del brazo de Alaric, Talasyn vio que la estancia se había transformado en un paraíso de colores crepusculares, como si el cielo que había engalanado la ceremonia se hubiese utilizado para decorar el lugar del banquete. Del techo colgaban una decena de enormes lámparas de araña de bronce que portaban los estandartes de Nenavar y Kesath y miles de velas. Las mesas redondas estaban adornadas con manteles púrpuras, servilletas de color burdeos, cubiertos de plata con incrustaciones de rubí y arreglos florales en tonos crema y rosa oscuro. Sobre la plataforma que se encontraba al final del salón había otra mesa decorada de la misma manera, rectangular y dispuesta para dos. Estaba orientada de tal manera que todos los invitados pudieran contemplarla sin problema.

Fenomenal, así todos podrán darnos un buen repaso, se dijo Talasyn sarcásticamente, pero lo cierto era que los invitados ni siquiera esperaron a que Alaric y ella estuvieran sentados para hacer eso mismo. En cuanto aparecieron por la puerta, la música y las conversaciones cesaron y todas las miradas se centraron en ellos.

Un anciano menudo ataviado con la librea real se situó junto a Talasyn. Ella no reparó en su presencia hasta que anunció la llegada de los recién casados con una voz atronadora que rebotó en las vigas y estuvo a punto de hacerla brincar.

—Su Alteza Alunsina Ivralis, Lachis'ka del Dominio de Nenavar, y su consorte, Su Majestad Alaric Ossinast del Imperio de la Noche. ¡Largo sea su reinado!

La última frase se le antojó extraña. Ella no reinaba. Todavía no era la Zahiya-lachis…

No, advirtió, y un escalofrío le recorrió la columna, *pero soy la Emperatriz de la Noche*.

O lo sería muy pronto, tras su coronación en la Ciudadela.

Había movimiento por todo el salón de baile. Los señores y las damas de Nenavar llevaban a cabo sus reverencias y los oficiales de Kesath ejecutaban sus saludos. La música dio comienzo de nuevo cuando la pareja imperial entró en el salón, y ambos atravesaron la pista de baile hasta llegar a la mesa de Urduja y Elagbi. Fruto de la costumbre, Talasyn se dispuso a dirigirle a la reina una reverencia, pero Elagbi la miró a los ojos y la detuvo con una leve sacudida de cabeza. A la Emperatriz de la Noche solo la superaba en rango su esposo.

—Emperador Alaric —dijo Urduja arrastrando las palabras—. Bienvenido a la familia.

—Gracias, Harlikaan. —El tono de Alaric era cortés, pero Talasyn notó, a través de la seda de la manga, que los músculos del brazo se le tensaban—. Es un honor.

Elagbi le tendió la mano y, tras unos momentos de vacilación, Alaric se la estrechó con la que tenía libre.

—Cuidad de mi hija —dijo el príncipe del Dominio dedicándole al hombre más joven una mirada penetrante.

—Lo haré —respondió Alaric con cierta tensión en la voz.

Elagbi se volvió hacia Talasyn y la besó en la frente. El gesto desprendió tanta ternura que a la chica se le formó un nudo en la garganta, pero el momento pasó demasiado pronto y ella tuvo que volverse hacia Urduja, que se limitó a dirigirle un enérgico asentimiento de cabeza.

—Ha sido una boda preciosa, Emperatriz. —Al margen de lo que Urduja pensara sobre el cambio en la balanza de poder entre ambas, su rostro maquillado constituía una máscara imperturbable y ocultaba sus emociones por completo.

Elagbi dejó escapar una risita. Tres pares de ojos se volvieron hacia él, inquisitivos.

—Solo estaba pensando —explicó— que es un final de lo más inesperado. —Le posó una mano en el brazo a Talasyn con cariño—. Si alguien me hubiera dicho en la guarnición de Belian, cuando descubrí que eras mi hija, que ibas a casarte con el hombre que compartía la celda contigo, ¡lo habría tomado por loco!

Talasyn se estremeció de vergüenza. A su despreocupado padre se le daba de maravilla conseguir que una situación se volviera aún más incómoda. Urduja parecía furiosa: estaba claro que los intentos de su hijo por trabar conversación no le hacían la menor gracia. Y Alaric...

Alaric frunció el ceño, como si algo no le cuadrase.

Pero no iba a tener ocasión de darle vueltas al asunto, pues ahora que el intercambio de saludos había concluido, todavía se interponía cierta costumbre entre ellos y la cena. Alaric condujo a Talasyn hasta el centro de la pista de baile al tiempo que la orquesta de cuerda comenzaba a tocar una melodía más lenta y las luces se atenuaban.

—Sí que te han enseñado a bailar el vals, ¿verdad? —le susurró él al oído.

—¡A buenas horas lo preguntas! —espetó ella.

Él relajó el gesto.

—Era solo para asegurarme.

Frente a frente, bajo las danzarinas luces de una lámpara de araña tan grande como un bote, se situaron en posición: él le apoyó la mano derecha en la parte baja de la espalda y ella posó la mano izquierda sobre el hombro de él, mientras unían sus otras manos a la altura del pecho. Echaron a bailar, ejecutando los pasos que Talasyn había aprendido hacía meses. Se había visto obligada a tomar clases porque los bailes formaban parte de la vida en la corte, pero ni en un millón de años hubiera estado preparada para que su primer baile oficial fuera, literalmente, el *baile de apertura* de su boda.

Hubo más contratiempos de los que ella hubiera esperado.

—Talasyn. —Alaric parecía molesto—. Se supone que me tienes que dejar llevar a mí.

—¿Qué dices? —preguntó ella—. La que lleva *soy yo*.

—No… —Se interrumpió. De pronto pareció entender la situación—. De acuerdo. Parece que en el Dominio de Nenavar las cosas se hacen de forma diferente.

A medida que ejecutaban el baile, ella se percató de que él se esforzaba por adaptarse. No obstante, le costaba deshacerse de las viejas costumbres.

—Sigues sin dejarme llevar —dijo ella entre dientes. Más que un baile, era un tira y afloja.

Alaric frunció el ceño, pero reajustó obedientemente la postura, obligándose a someterse a ella. En aquel momento todo cambió.

La música los envolvió: los etéreos acordes de un arpa arqueada, los laúdes ligeramente pulsantes, una cítara de suelo plateada, el acompañamiento de los rebab. Los invitados se desvanecieron mientras ellos se sumían en la elegante y cautivadora melodía. Él la estrechó todo lo que las amplias faldas de Talasyn le permitieron, su mirada tan oscura como el carbón a la luz de las velas. El vestido captó el resplandor de las lámparas y sus oscilantes tapices de oro se reflejaron en el rostro de Alaric.

Tras los duelos que habían librado, tras llevar a cabo todos aquellos ejercicios de respiración y entrenamiento mágico, conocían el ritmo del cuerpo del otro demasiado bien como para fingir lo contrario. Se mecieron y se deslizaron al compás de la música mientras ella dirigía los pasos, sintiendo el calor que irradiaba su alto y robusto cuerpo incluso cuando giraba y se separaba de él, quedándose cautivada cada vez que volvían a toparse. Se movieron al unísono como el agua y la luz de la luna.

Alaric, sentado a la mesa principal junto a Talasyn, se sentía como un mono de feria mientras la corte nenavarena los estudiaba con atención. Picoteó de cada uno de los platos que fueron poniéndole delante un desfile interminable de criados elegantemente vestidos y cató de forma comedida los vinos que le sirvieron para complementar los distintos platos.

Talasyn no parecía estar llevando mejor la situación, y pinchó sin entusiasmo el cordero especiado de su plato con un llamativo tenedor. Se oyó el revoleteo de la seda cuando intentó infructuosamente cruzar las piernas; estaba claro que las capas interiores de la falda eran demasiado voluminosas. Resopló, irritada, y procedió a descargar su frustración con el cordero, cortándolo con una brutalidad que no casaba en absoluto con el elegante ambiente.

—Yo diría que ya está muerto —dijo Alaric arrastrando las palabras.

Talasyn no levantó la vista del plato. Llevaba rehuyéndole la mirada desde que habían acabado de bailar, y no podía culparla. *Algo* había ocurrido entre ellos, cierta tensión abrasadora se había apoderado de ambos. Pero no era el lugar ni el momento para examinar más a fondo la cuestión, pues estaba toda la corte mirando.

Alaric comenzó a sacudir la rodilla por debajo de la mesa, un gesto que rara vez se permitía, pero estaba aburrido e incómodo y deseaba que la velada acabase de una vez. No se dio cuenta de que estaba golpeando a Talasyn en la pierna hasta que notó una ligera palmada en la rodilla, y al bajar la mirada, vio la mano de ella todavía posada en él, mientras la alianza de bodas resplandecía en su dedo anular.

—¿Acabas de darme *un azote*? —preguntó él, incrédulo.

—Estate quieto o ve a sentarte a otro lado —le dijo ella al plato.

Alaric no era rencoroso por naturaleza. Además, era consciente de que le sacaba seis años a su recién estrenada esposa, por lo que debía comportarse no solo como correspondía a su cargo de emperador sino también a su condición de persona más madura. Sin embargo, tras echar un vistazo a la expresión crispada e irritada de Talasyn, no pudo evitar abrir aún más las piernas e invadir su espacio.

Ella se volvió hacia él indignada, agarrando el tenedor como si fuera a clavárselo. Él le dedicó su mirada más gélida, olvidando todo vestigio de incomodidad. Ahora *sí* que estaba en su salsa.

Pero Elagbi había dicho algo hacía un rato que le rondaba la mente. Tras decidir que aquel era tan buen momento como cualquier otro para preguntárselo, se inclinó hacia su flamante esposa… gesto que, por otro lado, lo dejó a una distancia preocupantemente cercana del puntiagudo tenedor.

—Antes, el príncipe Elagbi me ha hecho acordarme de que descubriste la verdad sobre tus orígenes cuando nos detuvieron en la cordillera de Belian. Pasaste el último mes de la guerra siendo consciente de que eras su hija, y por eso huiste luego a Nenavar. Sabías que te recibirían con los brazos abiertos. Pero ¿por qué volviste al Continente? —El tono suave y perplejo de Alaric contrastó con la tensión que se apoderó de Talasyn, que se quedó rígida.

Lo fulminó con la mirada.

—La amirante me pidió que me concentrase en la guerra, así que eso hice.

—Me contaste lo sola que te habías sentido toda la vida, lo mucho que anhelabas reunirte con tu familia —dijo Alaric con el ceño fruncido—. Pero cuando por fin diste con ellos, te marchaste y volviste a una guerra que estaba prácticamente perdida. Entiendo que te sintieras obligada a poner al corriente a Ideth Vela, pero ¿por qué no le preguntaste si podías volver a Nenavar?

—Tenía que cumplir con mi deber hasta el final —respondió ella, sin entender a dónde quería llegar él—. No podía abandonar así como así.

Antes de que él pudiera argumentar nada, Niamha Langsoune se acercó a su mesa, toda sonrisas y elegancia, ataviada con unas ropas de color cobre.

—Alteza, Majestad —dijo en voz baja—. Ha llegado la hora de que os retiréis.

Sin que nadie se percatara, Talasyn le clavó los dedos a Alaric en el muslo por debajo de la mesa. Debían abandonar el salón de baile y dirigirse a sus aposentos, donde pasarían la noche de bodas. Habían acordado que no iban a hacer *nada*, cierto, pero aun así…

En ese preciso instante, Urduja se puso en pie, y el silencio se apoderó de la estancia.

—Distinguidos invitados —dijo, con una copa de vino en la mano—. Gracias por celebrar con nosotros tan histórica velada. Mediante esta unión, damos comienzo a una nueva era de paz y prosperidad para el Dominio de Nenavar y el Imperio de la Noche. Os pido que os sumáis a este brindis en honor a los recién casados, que a partir de hoy se embarcan en el siguiente capítulo de su vida en común.

Talasyn pensaba que estaba llevando la situación bastante bien, dadas las circunstancias. Se las había arreglado para abandonar el banquete con toda serenidad, e incluso le había dirigido una rígida aunque educada inclinación de cabeza a Alaric antes de que el personal los escoltase a ambos a sus respectivos aposentos para cambiarse de ropa. Ahora que se encontraba alejada del bullicio y las miradas indiscretas, ahora que se había soltado el pelo y deshecho de las pestañas postizas y los tortuosos zapatos, tenía la esperanza de que el resto de la noche discurriera sin mayores sobresaltos. Pero todo se fue al traste cuando vio salir a Jie del vestidor con su muda de ropa.

—No pienso ponerme eso.

—Pero, Lachis'ka, es la tradición… —empezó a decir Jie, aunque Talasyn la interrumpió.

—¡Pero tú te has fijado bien! —Señaló consternada el… en fin, apenas podía considerase un vestido. Ella ni siquiera lo hubiera considerado un *pañuelo*. Era de manga larga y llegaba hasta los tobillos, cierto, pero nada de eso tenía importancia cuando estaba confeccionado con un material tan fino que se *transparentaba del todo*, con tan solo unos adornos estratégicamente colocados para cubrirle las… las *partes*—. ¿Quién en su sano juicio…? —titubeó, pues se había quedado sin palabras.

—Es lencería, Alteza —se apresuró a explicarle Jie.

—Me da igual cómo se llame —exclamó ferozmente Talasyn—. No me lo pienso poner.

Jie parecía desconcertada. Talasyn enarcó una ceja, como invitándola a contradecirla.

La disputa se vio interrumpida por el tintineo de unas campanillas. Alaric había llegado.

—Lachis'ka, el Emperador de la Noche ya está aquí —imploró Jie—. No tenemos más tiempo.

Debería haber opuesto más resistencia. Pero Jie jamás lo hubiera entendido porque, hasta donde ella sabía, lo que iba a suceder a continuación era una consumación legítima. Lo último que quería Talasyn era que se corrieran rumores por la corte que contradijeran dicha creencia.

—De acuerdo —suspiró, y dejó caer los hombros, resignada.

Jie se apresuró a quitarle a Talasyn el vestido de novia, y acto seguido la peinó con una trenza sencilla y le echó un poco de perfume en el cuello y las muñecas. Las campanillas volvieron a sonar justo cuando su dama de compañía estaba pasándole el supuesto camisón por la cabeza.

Jie le guiñó un ojo.

—Qué ansias tienen algunos.

Talasyn gimió para sus adentros. *Dioses, dadme paciencia.*

Jie le dirigió una reverencia por fin y, tras atenuar las lámparas, abandonó la habitación. Talasyn permaneció arrodillada en medio de la cama con dosel, muerta de vergüenza pero procurando que no se le notara, esperando a su marido con el corazón desbocado.

CAPÍTULO TREINTA Y OCHO

La puerta de los aposentos de la Lachis'ka se abrió con un chirrido y la sonriente dama de compañía de Talasyn apareció al otro lado. Sí, la dichosa adolescente tenía una sonrisa *de oreja a oreja* y a Alaric le vino a la cabeza la imagen de un tiburón ataviado con ropa de gala.

—Su Alteza está lista para recibiros, Majestad —le dijo Jie con descaro, antes de marcharse en medio de un torbellino de faldas y atrevidas risitas.

Alaric dejó escapar un suspiro, molesto por las payasadas de la chica. Pertenecía a la aristocracia del Dominio —y no solo eso, sino que además era *mujer*—, por lo que no solía exhibir una actitud particularmente respetuosa en presencia de Alaric.

Se dirigió lentamente hacia la puerta cerrada que daba al dormitorio de Talasyn. Una parte de él seguía sin poder creerse que aquello fuera algo más que un extraño sueño febril. Llamó a la puerta por educación, y después entró.

Al igual que la habitación adyacente, el dormitorio de Talasyn tenía un aspecto desconcertantemente femenino, todo adornado con suaves tonos naranja, rosa pálido y melocotón, con tapices colgados de las paredes y un dosel de seda tornasolada sobre la cama. No le parecía en absoluto una decoración que hubiera escogido Talasyn; ella preferiría, tal vez, colores más intensos y muebles con los que no hubiera que llevar tanto cuidado.

Las cortinas estaban echadas para impedir que se filtrase el intenso resplandor de las lunas, pero las velas perfumadas que había sobre la mesita de noche conferían cierto matiz dorado a las sombras y proporcionaban a Alaric la claridad suficiente para vislumbrar a la figura que yacía sobre el colchón. Al posar la mirada en ella se quedó sin aliento y todo pensamiento, toda duda, abandonó su mente.

Talasyn iba vestida con un camisón de la tela más transparente y fina que Alaric hubiera visto jamás. Cada centímetro del corpiño de manga larga se ceñía a su esbelto torso y realzaba su delgada cintura y la ligera curva de sus caderas. Por todos los dioses, era como si no llevara *nada*; el transparente tejido dejaba al descubierto su piel aceitunada, cubierta únicamente en ciertas partes gracias a unos intrincados bordados de encaje. Unos tallos de parra salpicados con flores de hibisco le recorrían las muñecas, la caja torácica y los muslos; además, el conjunto también tenía bordadas unas garzas en pleno vuelo a la altura del pecho y las caderas, en un intento desesperado por transmitir cierto recato. No llevaba ni rastro de maquillaje y tenía el pelo castaño recogido en una trenza suelta que le caía por el hombro y le llegaba por debajo del pecho derecho. Se encontraba arrodillada en la cama, con las manos entrelazadas sobre el regazo. Su aspecto era al mismo tiempo el de una ofrenda y el de una noche de verano. Su aspecto era...

El de una persona con un cabreo de mil demonios.

—Ni se te *ocurra* decir nada —le dijo entre dientes.

Tenía las mejillas sonrojadas por la vergüenza, cosa que no hacía más que acrecentar el atractivo de la espléndida visión que se desplegaba ante él.

—No pensaba —se obligó a decir Alaric entre dientes.

Se adentró en la habitación con cautela, mientras ella dejaba vagar la mirada por su camisa de lino, arremangada hasta los codos, y sus pantalones negros y sueltos. Se preguntó qué clase de hombre vería ella al contemplarlo, cohibido, de pronto, por sus rasgos. Tenía la nariz demasiado prominente, la boca demasiado ancha y la asimetría de sus pómulos, barbilla y mandíbula no resultaba en absoluto elegante.

Empeñado en hacer cualquier otra cosa que no fuera quedársela mirando boquiabierto, echó un vistazo por los aposentos, en busca de algún lugar donde dormir. Había un diván, pero Alaric era demasiado alto y ancho como para poder acomodarse en él. *Pues tendré que conformarme con el suelo*, pensó, resignado.

—¿Voy a buscar más sábanas?

—¿Cómo? —preguntó Talasyn.

Alaric se volvió hacia ella. Talasyn lo miraba fijamente, y a él lo invadió una sensación de *déjà vu*: se acordó de la noche del banquete, del altercado ocurrido en su habitación, cuando ella le había apoyado las manos en el pecho y le había pedido, distraída, que le repitiera la pregunta.

Y entonces le asaltaron las desdeñosas palabras de su padre: *La Tejeluces jamás sentirá por ti el extraño encaprichamiento que tú sientes por ella.*

—Que si voy a por más sábanas —repitió Alaric de forma tensa.

—Ah —dijo Talasyn—. No, nada de eso, no puedes dormir en el suelo. Alguien vendrá a despertarnos por la mañana, y si no te ven en la cama conmigo, habrá habladurías. Podemos compartir cama una noche, no pasa nada.

Discrepo, estuvo a punto de soltar él, pero ella eligió ese preciso instante para cambiar de postura: se colocó a un lado de la cama y se apoyó contra el ornamentado cabecero, lo que permitió a Alaric contemplar sus larguísimas piernas, con sus pantorrillas tonificadas y sus delgados tobillos. Todo reparo que hubiera albergado se desvaneció al instante.

Alaric se tendió en la cama e imitó la postura de Talasyn, aunque sentía como si su cuerpo no fuera realmente suyo. La rozó con el hombro y notó una oleada de calor y electricidad, así que se apresuró a ampliar la distancia que los separaba. El colchón de plumón se meció con el desplazamiento de peso.

Al principio, aquella nueva postura le pareció algo más soportable, ya que así no le veía el rostro, que siempre acababa distrayéndolo. Pero no tardó en darse cuenta, muy a su pesar, de que aquello le brindaba una vista *excepcional* de sus piernas. Eran esbeltas e interminables, y se extendían bajo las hojas y flores de encaje que salpicaban el camisón. Se preguntó qué aspecto tendrían sin nada encima... Y qué sentiría él si le rodearan la cintura.

—Basta de cháchara —Talasyn apagó las velas y se tumbó. Se tapó con las sábanas hasta la barbilla, ocultando aquellas increíbles piernas, lo cual le provocó una oleada de... ¿alivio? ¿O era decepción?—. Mañana, después de que te hayas marchado a Kesath, debo asistir a mis lecciones. Necesito dormir.

Por mí, perfecto, pensó Alaric. Se estiró sobre el colchón, aunque se aseguró de mantener la distancia con ella.

Se quedó contemplando las colgaduras de la cama durante lo que le pareció una eternidad antes de reconocer que no iba a poder conciliar el sueño.

—¿De qué son las lecciones? —preguntó antes de darse cuenta de lo que hacía.

—He dicho que *basta* de cháchara.

—*También* has dicho que necesitabas dormir. A no ser que poseas la increíble habilidad de mantener una conversación mientras duermes...

Talasyn se incorporó. Alaric hizo lo mismo, debido, supuso él, a su instinto guerrero. Si hubiera permanecido tumbado, a ella le habría resultado demasiado fácil alzar la mano y apuñalarlo en la garganta.

Pero entonces Talasyn le dio un tirón al camisón, en un intento deliberado por taparse todo lo posible con los delicados adornos de encaje de la prenda, y Alaric sintió que lo invadía la misma oleada de solidaridad que ella llevaba despertándole desde que se conocieron, cosa que lo desconcertó.

—Si te incomoda llevar... —Hizo un vago ademán en dirección al finísimo tejido que abrazaba su figura mientras intentaba mantener la mirada clavada en su rostro— este tipo de prendas, ¿por qué no se lo has dicho a tu dama de compañía?

—Jie es un encanto —dijo Talasyn lentamente—, pero también una cotilla de cuidado y tiene ciertas ideas preconcebidas sobre cómo debería ser el matrimonio. Si yo hiciera algo que fuera en contra de dichas ideas, mañana por la tarde se habría enterado ya hasta la vecina del panadero del pueblo de al lado. A veces es más sencillo no llevar la contraria.

Ojalá optaras por hacer eso conmigo aunque solo fuera una vez, pensó Alaric. Sin embargo, en voz alta dijo:

—Lamento decirlo, pero nuestra risueña y joven dama *no* tiene ni idea de lo que se cuece dentro de nuestra vida matrimonial.

—Ni la más remota —dijo Talasyn, dándole la razón—. Pero bueno, lo del camisón es una chorrada en comparación con cosas muchísimo más engorrosas que me ha tocado hacer.

Dijo aquello último con énfasis, para que le quedara claro que se refería a su matrimonio.

—¿Las lecciones son igual de *engorrosas*? —le preguntó, enarcando una ceja—. ¿O el único engorro es tener que explicármelas?

—Si tanto te interesa, son lecciones de política —respondió bruscamente. Adoptó una expresión aún más agresiva—. Al menos, del estilo de política que practica la Zahiya-lachis.

—¿No estás de acuerdo con los métodos de la reina Urduja? Son eficaces. —No pudo evitar que sus siguientes palabras destilaran algo de irritación—. Desde luego, hasta ahora no has tenido reparos en acatar sus órdenes.

Talasyn retorció el trozo de edredón que le cubría el regazo, casi como si se imaginara que era el cuello de Alaric.

—¿Qué quieres decir con eso?

—Sabes *exactamente* lo que quiero decir —soltó Alaric, y fue como si se hubiera roto un dique; la tensión que llevaba acumulándose en su interior desde el día que estuvieron en el anfiteatro de Belian por fin se desbordó. *Venga, cariño*, pensó una oscura, cruel e impulsiva parte de él. *Una última pelea antes de marcharme*—. Te pones vestidos que odias, no accedes a la Grieta de Luz porque Su Majestad Estelar te lo prohíbe, te comportas como ella considera que debes comportarte, dejas que la corte te oculte cosas y permaneces en el palacio como si fueses un pajarillo encerrado en una jaula de oro. E incluso antes de todo esto, ignoraste las ganas de estar con tu familia porque te lo pidió Ideth Vela. ¿Sabes qué, Lachis'ka? —concluyó con una mueca mientras ella palidecía—. Creo que eres una de esas personas que *necesitan* que les digan lo que tienen que hacer. Te da demasiado miedo tomar la iniciativa.

Un destello de furia iluminó sus ojos marrones. Ella le dirigió una mueca feroz.

—¿Cómo te *atreves* a decirme eso —dijo con un gruñido—, cuando tú llevas toda la vida viviendo bajo el yugo de tu padre? Cuando no has hecho más que estudiar y entrenar para convertirte en el heredero perfecto, tragándote todas las mentiras que él y tu abuelo te contaron sobre el auténtico motivo del Cataclismo...

—No son mentira —siseó Alaric—. *Sardovia* te mintió a ti...

—¡Ah, claro! Si lo dice Gaheris, será verdad. —Talasyn alzó el mentón—. Dime, ¿tomaste tú la decisión de aceptar la alianza matrimonial con Nenavar o tuviste que pedirle permiso? ¿Debería mandarle una cesta de fruta como muestra de agradecimiento?

Aquella pulla le tocó la fibra sensible y Alaric se puso tenso. Se dispuso a darle la espalda, puede que, incluso, a abandonar la cama, pero Talasyn lo agarró con fuerza de la muñeca y él se quedó paralizado.

—Te has empeñado en no dejarme dormir, así que hablemos —gruñó—. ¡Hablemos de cómo me echas en cara que cumpla los deseos de mi familia, cuando *tú* has participado en la invasión de numerosas naciones-Estado siguiendo las órdenes de tu padre!

Alaric estaba perdiendo la paciencia, pero trató con todas sus fuerzas de mantener un tono calmado.

—No espero que entiendas la visión de mi padre...

—La *visión* de Gaheris —se burló ella—. La noche del duelo con Surakwel me acusaste de repetir como un loro las palabras de mi abuela, ¡pero tú eres igual o peor! No solo eres un loro, sino también una marioneta y un perro al que tiene atado en corto...

Alaric estaba a un tris de estallar. Acercó el rostro al de ella.

—Yo no soy el único que se ha casado con el enemigo a instancias de sus superiores, Lachis'ka.

Ella también se acercó a él y un brillo triunfal iluminó su mirada.

—Así que admites que Gaheris *es* tu superior. Entonces, ¿tú qué eres? ¿El Emperador de pega?

A Alaric le pareció increíble que se le hubiera escapado aquello. Siempre se había enorgullecido de su habilidad para la oratoria, pero Talasyn le dejaba la mente en blanco o lo sacaba de sus casillas por completo.

En aquella ocasión, era la cercanía de sus rostros la que tenía la culpa. Era aquel dichoso camisón. Era el contacto ardiente de sus dedos, cerrados en torno a su muñeca.

—Se acabó la conversación —le dijo secamente.

Ella se enfureció.

—Eres mi consorte, no permitiré que me des órdenes.

—Tú eres *mi* emperatriz —le contestó—. Respondes *ante mí*.

—En el Dominio de Nenavar los maridos obedecen a sus esposas, así que mientras estemos aquí, ¡harás lo que yo diga! Pobrecito Alaric, que tiene *dos* amos.

—Lachis'ka —Una furia cegadora lo hizo acercarse a su lado de la cama. Las puntas de sus narices se rozaron—. Cállate.

—¿*O qué*? —gritó aquella insufrible mujer justo a su cara—. ¿Qué harás si no me callo, *Majestad*?

Alaric se lanzó hacia delante sin tener ni idea de lo que ocurriría a continuación. Se movió de forma instintiva, dando rienda suelta, por fin, a la oscura rabia del Forjasombras que habitaba en su interior. Estaba tan enfadado que pensó en abalanzarse sobre la yugular de Talasyn...

Pero en lugar de eso, la besó.

Aunque Talasyn había sabido que dejar que su temperamento la dominara tendría consecuencias, lo hizo de todas formas, pues disponer de un blanco donde descargar su rabia y su angustia de forma justificada la hacía sentir bien. Había querido que Alaric fuera el pedernal contra el que estrellarse, y habría dicho cualquier cosa para conseguirlo. Había tentado al destino con gusto, al margen de lo que ocurriera después.

Sí, había sido consciente de lo que hacía.

Pero no había estado preparada para que las consecuencias fueran… *aquellas*.

Los labios de él sobre los suyos. Otra vez.

No se parecía en nada al casto beso que ella le había dado en el altar, o al modo breve y suave en que él le había correspondido. Aquel beso era como el de las ruinas de Belian, ardiente y demoledor. Talasyn, que, por algún motivo, aún estaba agarrando a Alaric de la muñeca, echó la mano que tenía libre hacia atrás para darle una bofetada…

Pero la palma aterrizó sin ningún ímpetu en la mejilla de él, con los dedos curvándose sobre su recién afeitada mandíbula. Él le colocó la mano en el cuello y ella notó la presión de su pulgar en la clavícula y el roce de su lengua en los labios, igual que la vez anterior. Y, al igual que aquella vez, Talasyn abrió la boca y Alaric profirió un sonido grave y salvaje mientras avanzaba hacia ella de forma insaciable.

Una sensación abrasadora la recorrió y Talasyn se precipitó hacia atrás con el corazón desbocado, se fundió con las sábanas de seda y el edredón de plumón. Alaric la siguió, sin dejar de besarla, la inmovilizó contra el colchón con su enorme cuerpo mientras ella le rodeaba el cuello con los brazos.

Una parte diminuta del cerebro de Talasyn intentaba dilucidar cómo era posible que aquella acalorada discusión hubiese acabado con él metiéndole la lengua hasta la campanilla, pero todo pensamiento racional no tardó en evaporarse ante la avalancha de sensaciones que la inundó cuando Alaric le agarró el pecho derecho. No dejó de besarla en ningún momento, era como si estuviese canalizando toda la frustración que aún arrastraba de la Guerra de los Huracanes.

Gimió, pegada a sus labios, cuando Alaric le acarició de forma algo brusca el pecho. El pezón se le endureció con el contacto a través de la seda y el encaje, y él murmuró un juramento ininteligible contra sus labios. La voz grave y profunda del chico no hizo sino acrecentar la sensación de calor que le inundaba la entrepierna.

Con que esto es lo que se siente, pensó, aturdida.

Eso era lo que se sentía al tener a alguien pasándole los dedos por el pezón, provocándola, acariciándola, desatando en su interior una oleada de placer que la invadía por completo. Eso era lo que se sentía al tener a alguien colmándole la boca de besos, fieros e implacables, mientras le restregaba la erección que se extendía por debajo de sus pantalones contra el estómago.

Pero no era alguien cualquiera. Era Alaric, su marido, su enemigo, su oscuro reflejo, y la Telaluz que corría por sus venas se alzó en su interior, victoriosa; reconoció a Alaric como lo que era, llamó a sus sombras, y todo se tiñó de dorado, todo se sumió en un eclipse y fue eterno y solo de ellos dos.

Más. Talasyn le acarició la espalda con las uñas. *Tócame por todas partes, dime qué sientes, concédeme esto, quiero, necesito…*

Alaric interrumpió el beso e hizo descender los labios hasta la curva de su cuello. Talasyn abrió los ojos —¿cuándo los había cerrado?— y arqueó la espalda cuando él le mordisqueó y le lamió la garganta, moviendo las caderas contra las de ella. Era tan alto y grande que la cubría por completo, y tal vez el sitio de Talasyn se encontrase justo allí. Alaric arrastró los dientes por un punto particularmente sensible de su cuello y le provocó un escalofrío; ella le trazó el contorno de la oreja con los dedos. Contempló, enardecida, la insignia del Dominio que había cosida en el dosel de seda de la cama: el dragón alzando su sinuosa silueta, con las garras sacadas y las alas desplegadas, con unos ojos brillantes del color del rubí, rodeado por un campo de estrellas y lunas.

La imagen la devolvió a la realidad de golpe, consciente, una vez más, de su entorno.

No podía hacer aquello.

No *podían* hacer aquello.

Acabaría, sí o sí, en desastre.

—Espera —dijo entre jadeos.

Alaric se detuvo de inmediato y echó la cabeza hacia atrás para mirarla. Le acunó el rostro con una de sus enormes manos y con la yema del pulgar le acarició el pómulo mientras esperaba, tal y como ella le había pedido. Sus ojos tenían el aspecto de la plata líquida bajo la mezcolanza de los rayos de luna y la claridad de las estrellas. La veía tal y como era, y veía la salvaje y desaliñada criatura en la que él la había convertido.

Quería decirle que debían parar. Esa había sido su intención, en serio, pero fue incapaz de pronunciar las palabras en voz alta. Se sentía febril e insatisfecha, y el calor que notaba entre los muslos le provocaba un anhelo y un vacío insoportables. Alzó la mano y lo agarró de la pechera.

—Alaric —susurró.

Él se tensó al oír su nombre. Se le oscureció la mirada y entonces, con un sonido gutural, descendió sobre ella.

O quizá fue ella la que lo atrajo hacia sí. Ignoraba quién había sido el primero en moverse, solo sabía que el invierno que inundaba su alma se transformó en un estallido de flores de primavera cuando él tomó sus labios y le dio otro beso devastador. Un beso que parecía suplicar lo mismo que ella clamaba con todo su ser.

No pienses.

Limítate a sentir.

Solo estamos nosotros dos.

Talasyn estaba sin aliento, al igual que Alaric, que volvió a interrumpir el beso para descender de nuevo sobre su cuello; le mordisqueó y le succionó la piel con tanto entusiasmo como para casi dejarle marcas, inhalando el perfume, llamado «sangre de dragón», que su dama de compañía le había echado allí donde palpitaba el pulso. Alaric murmuró «Tala» una y otra vez contra su piel, mientras la vibración de su voz se extendía por su interior como una serie de terremotos diminutos, y ella notó que una lágrima agridulce se le deslizaba por el lateral del rostro, ya que *talliyezarin* hacía referencia a un hierbajo de la Gran Estepa, pero *tala* significaba «estrella» en nenavareno. Y aunque era imposible que él lo supiera, Talasyn podía fingir que sí. Le enroscó una pierna alrededor de la delgada cadera y los besos que él le estaba dando en la garganta se volvieron febriles. Le subió la fina falda del camisón por encima de los muslos y de pronto…

De pronto notó la mano de Alaric entre las piernas, acariciándola por encima de la ropa interior.

—Por todos los dioses. —Alaric le dio un fiero y ardiente beso en los labios—. Estás empapada —gimió él pegado a sus labios—. Mi preciosa mujercita está toda mojada.

A Talasyn no le avergonzaba que él notara la humedad de su entrepierna, aunque tal vez debería. Lo que sí que la avergonzó fue la oleada de placer que la recorrió al oír sus cariñosas palabras. Talasyn le mordió el carnoso labio inferior y aprovechó su estupefacción para ponerse encima. Alaric dejó escapar un suave gruñido cuando golpeó la almohada con la cabeza; la contempló con las pupilas dilatadas.

—Como vuelvas… —Se sentó a horcajadas sobre él y tuvo que reprimir un gemido de placer al notar su erección— a decir eso…

—¿Acaso no es verdad?

Alaric le rodeó la cintura con las manos para inmovilizarla y, acto seguido, la *embistió* con las caderas. Solo una vez, pero fue suficiente para que a Talasyn se le escapara un grito ronco al notar la fricción inesperada en la entrepierna; no pudo evitar cerrar los ojos. Él aprovechó para hacerlos rodar de nuevo y ella quedó tendida sobre la cama una vez más. Alaric la apretó contra el colchón, besándola, y se abrió paso entre sus muslos con la rodilla.

—¿Acaso no eres preciosa? —Se apartó de ella el tiempo suficiente para preguntarle aquello antes de silenciar las protestas de Talasyn con los labios—. ¿Acaso no pareces diminuta entre mis brazos? —Y, como si quisiera enfatizar sus palabras, le deslizó la mano por el cuerpo hasta situar el final de la palma por debajo del ombligo mientras le rozaba los pechos con la punta de los dedos, demostrándole que podía abarcarle el vientre en su totalidad—. ¿Acaso no estás toda mojada? —le dijo con la voz ronca, y siguió deslizando la mano hacia abajo, hacia el lugar donde Talasyn ansiaba que la tocara. Lo deseaba tanto que incluso le provocaba un dolor físico—. ¿Acaso no eres mi mujer? —le susurró junto a la oreja.

—Cabrón. —Se planteó darle un rodillazo en la entrepierna, pero, en cambio, abrió las piernas todavía más para que él pudiera seguir tocándola. Metió la mano por debajo de la camisa de Alaric y trazó el contorno de su musculado abdomen—. Solo crees que soy preciosa cuando voy emperifollada, tú mismo lo dijiste.

Alaric se estremeció. Notó que tensaba los hombros para después relajarse, como rindiéndose ante ella.

—Te mentí —dijo él, y otra de las murallas que tanto le había costado levantar se vino abajo. Alaric la cubrió de besos, en la frente, las mejillas, en la punta de la nariz… Eran besos tan ligeros como el aire, y rezumaban tal ternura y veneración que Talasyn se emocionó—. Siempre estás preciosa. Incluso cuando parece que quieres arrancarme las entrañas y ahorcarme con ellas.

La besó de nuevo en la boca, y ella se lo permitió e incluso le devolvió el beso. Talasyn le agarró el pelo con la mano que tenía libre mientras inclinaba las caderas hacia su muñeca para acrecentar la fricción.

—Mueve los dedos —le pidió de forma hosca, y le clavó las uñas en el cuero cabelludo.

Él le acarició la punta de la nariz con la suya.

—Sabía que serías una mandona.

Alaric suspiró complacido, e incluso en la oscuridad, a Talasyn le dio la sensación de que estaba sonriendo, pegado a sus labios. Pero antes de que pudiera comprobarlo, Alaric hizo lo que le había pedido y deslizó la punta de los dedos lentamente por la seda que la cubría, que cada vez estaba más empapada.

La presión que había estado acumulándose en su interior por fin estaba siendo atendida y Talasyn se habría puesto a llorar del alivio si no se le hubiera escapado antes un gemido. Animado por el sonido, Alaric le besó el cuello de forma apasionada, siguiendo con los labios el ritmo de sus dedos sobre la seda. Se arqueó contra él, pues el instinto la llevaba a querer acercarse más. Echó la cabeza hacia atrás y dejó la garganta expuesta ante su avariciosa boca.

Talasyn notó que Alaric le restregaba en las caderas la prueba de su deseo. Y, por lo que parecía, era una prueba bastante *contundente*, ardiente y firme bajo sus pantalones. Una retorcida oleada de curiosidad la atravesó, así que bajó la mano, le desató los pantalones y cerró los dedos en torno a su miembro.

Alaric dejó escapar un sonido estrangulado, como si estuviera agonizando. Enterró la cara en la almohada y jadeó bruscamente contra la mejilla de Talasyn, mientras le metía la mano por dentro de la ropa interior y acariciaba la humedad de sus partes con la punta de los dedos.

Las caricias de Alaric reverberaron por todo su ser. Talasyn se elevó y se onduló como las mareas, fundiéndose bajo su roce, abriéndose a él por completo. Le mordió el hombro para sofocar sus gemidos, completamente pasmada por lo placentero que le resultaba que alguien la tocara ahí abajo. Él dejó escapar una risa áspera y grave y Talasyn, irritada, se echó hacia atrás ligeramente para poder fulminarlo con la mirada al tiempo que le agarraba la erección con más fuerza.

—Te has puesto muy chulo para lo tiesa que la tienes, *maridito*.

Un destello plateado iluminó la mirada de Alaric y él volvió a estrellar los labios contra los suyos.

—No me he puesto chulo —murmuró contra su boca—. Te daré cualquier cosa que me pidas, con tal de que no dejes de tocarme. Con tal de que te corras.

Y muy, pero que muy lentamente, introdujo un dedo en su interior.

Talasyn profirió un grito, aunque ignoraba si era de dolor o de placer. Los límites se difuminaban, todo estaba mezclado. Se restregó contra la mano de Alaric, buscando de forma instintiva aquella sensación, mientras seguía tocándolo al ritmo que él había marcado. Su miembro era suave y grueso, y estaba tan duro como una piedra. Alaric le besó el cuello y la cara, enfebrecido y cada más excitado.

Talasyn estaba a punto. No sabía lo que ocurriría, ni lo que supondría llegar al éxtasis de aquella manera con él. No sabía lo que pasaría después.

—Alaric, voy a… —intentó decirle, pero se interrumpió. No reconocía a la persona ansiosa y sofocada que hablaba con su voz.

Pero él pareció entenderla.

—Estoy contigo —le prometió con voz ronca. Con la mano libre, le colocó un mechón de pelo suelto tras la oreja—. Déjate llevar, Tala. Estoy aquí.

Talasyn tomó conciencia de su cuerpo, aunque de forma distante, enterró el rostro en el cuello de Alaric, amortiguando sus gemidos, y se retorció sobre las sábanas, pegándose cada vez más a él, hasta que no hubo más espacio entre sus cuerpos, hasta que no hubo nada más salvo aquella sensación, un respiro de la soledad, un placer infinito, un paraíso celestial.

Y se dejó llevar, lanzándose al vacío. La noche se desintegró en un millar de fragmentos abrasadores. Se abandonó al clímax con un gemido ronco, enroscando los dedos de los pies, y sintió los gloriosos espasmos que la consumieron en sucesivas oleadas.

Alaric no dejó de besarla en ningún momento, sofocó sus suspiros agotados y continuó moviendo el dedo con cuidado en su interior hasta que la sensación se volvió demasiado intensa y ella se retorció, y él retiró la mano.

Pero Talasyn no permitió que ninguna otra parte de él se separara de ella. La enorme erección del chico se agitó con ansia en su mano laxa, y aunque le costó trabajo, Talasyn consiguió abrirse paso a través de la placentera, sosegada y lánguida bruma que se había apoderado de ella y mover la muñeca con sacudidas experimentales. Alaric llevó a cabo torpes embestidas con la respiración acelerada, hasta que finalmente él también se corrió con un gruñido. Sumida en un estado de placer y aturdimiento, Talasyn notó el cálido líquido en la palma de la mano, notó cómo se le derramaba entre los dedos.

Alaric se dejó caer sobre ella. Él, que era la viva imagen de la rigidez, del aplomo, del autodominio, se había quedado del todo sin fuerzas, y movía la boca sobre su clavícula, debatiéndose entre los murmullos y los besos. No entendía lo que decía, pero tampoco le importó: no había palabras que pudiesen describir aquello. El oscuro cabello del chico le hacía cosquillas en la barbilla, así que alzó la otra mano para aplastárselo. Enterró los dedos en la suavidad de su melena y lo abrazó mientras ambos recobraban el aliento.

Talasyn volvió a la realidad con la misma languidez con la que una pluma flota hasta el suelo. Pestañeó para deshacerse de la bruma que le empañaba la mirada, y levantó la mirada hacia el techo. Contempló las colgaduras que había sobre la cama, las estrellas bordadas, las relucientes lunas, el dragón de Nenavar...

Nenavar. Sardovia. Kesath.

Todos los recuerdos la asaltaron de golpe.

¿Qué estaban haciendo?

Acabaría consiguiendo que los mataran a todos.

Alaric le rodeó la cintura con sus grandes brazos para intentar acercarla más a él, pero ella se tensó ante el abrazo. El abrazo del Emperador de la Noche.

Talasyn le apartó la mano del pelo y le dio un empujón en el hombro.

—Quítate de encima.

Él apartó la boca de su clavícula. Al principio pareció no entenderlo. La miró con los ojos entornados, como buscando una explicación, y entonces frunció el ceño, confuso... Casi *dolido*. Ella seguía debajo de él, así que giró la cabeza hacia un lado para no tener que mirarlo a los ojos.

Y entonces, Alaric pareció recuperar también el sentido común. Se quitó de encima de inmediato y se alejó de ella todo lo que pudo sin llegar a caerse de la cama.

No pudo negar que algo en su interior se resquebrajó cuando él se apartó.

Se metió debajo de las mantas y tiró de ellas para cubrirse hasta la barbilla. Se atrevió a lanzarle otro vistazo y se fijó en que tenía la respiración acelerada, los labios hinchados y húmedos y el pelo negro apuntando en todas las direcciones después de que ella le hubiera pasado las manos por la cabeza. Mientras él se recolocaba los pantalones, vio que su tez pálida había adquirido un tono arrebolado a causa de la vergüenza. Parecía tan alterado como ella se sentía. La exquisita sensación de placer que habían experimentado hacía solo unos momentos se había desvanecido y en su lugar solo quedaba un horrible torbellino de pensamientos inconexos.

El hombre con el que acababa de hacer... *aquello* la odiaba, y se suponía que ella también debía odiarlo. Era un aliado político poco dispuesto, a quien, algún día, tendría que traicionar. Era su enemigo. Un monstruo.

Y, sin embargo, aún tenía los dedos pegajosos por su semen.

—Te marchas mañana —le dijo.

Y, con esas palabras, Talasyn hizo estallar la burbuja en la que habían estado atrapados el último mes. Hizo trizas todas las ilusiones bajo las que habían estado operando; lo supo en cuanto vio la expresión de resignación en su rostro.

Fue un milagro que pudiera mantener un tono calmado y que no le temblara la voz en absoluto. Algo era algo.

—No deberíamos haberlo hecho —dijo ella.

Alaric abrió la boca y un destello plateado iluminó su oscura mirada. ¿Iba a llevarle la contraria? ¿Quería ella que lo hiciera?

Pero él pareció pensárselo mejor y, en su lugar, asintió brevemente.

Talasyn salió de la cama y se dirigió al baño para poder lavarse.

—Me lo he pensado mejor —le dijo—. Vas a dormir en el suelo.

Sin esperar respuesta alguna, cerró el baño de un portazo. Colocó una barrera entre ambos para evitar cometer más errores.

CAPÍTULO TREINTA Y NUEVE

Alaric se despertó de golpe cuando una almohada le aterrizó en la cara.

Abrió los ojos sobresaltado y vio que aún era muy temprano. Agarró la susodicha almohada y volvió a lanzarla por donde había venido, en dirección a la salvaje de su esposa. Aterrizó en el regazo de esta y Alaric se dio cuenta entonces de que ella se encontraba ya incorporada en la cama y lo miraba con una expresión de pánico: alguien estaba llamando a la puerta de forma suave.

Se puso en pie a toda prisa mientras todos los músculos de su cuerpo protestaban. Estaba lo bastante espabilado como para volver a colocar en su sitio los cojines del diván que se había agenciado la noche anterior, pero no pudo evitar lanzarle a Talasyn una mirada ceñuda cuando se metió con ella en la cama.

Es increíble que me hayas hecho dormir en el suelo, pensó de forma sombría. No es que no se lo mereciera tras haberse tomado demasiadas libertades con ella, pero había dormido fatal, y no estaba dispuesto a mostrarse comprensivo.

Ella lo ignoró y se dirigió en nenavareno a quienquiera que estuviera llamando a la puerta. Esta se abrió con un chirrido y Jie entró en la habitación, intentando disimular, a todas luces, una mueca traviesa al ver a la pareja imperial tumbada en la cama con dosel.

—Disculpadme, Majestad, pero la Lachis'ka debe prepararse para el desayuno —dijo Jie.

Mientras Jie guiaba a Talasyn hacia el baño, Alaric se aseguró de no mirar a ninguna de las dos a los ojos, aunque antes de que la puerta se cerrase tras ellas, Jie se puso a hablar a toda velocidad y de forma emocionada. Pese a que no entendió lo que dijo, el *tono* que empleó no dejaba lugar a equívocos, y una oleada de arrepentimiento e incredulidad lo invadió al recordar lo ocurrido. Lo que había hecho la noche anterior con la Tejeluces. Con la chica a la que había conocido en el campo de batalla y que ahora era su *esposa*.

¿Por qué había permitido que la tocara? ¿Por qué le había devuelto los besos y las caricias?

Lo había llamado Alaric; era la primera vez que escuchaba su nombre en sus labios. Aquello había avivado el fuego que ardía en su alma, y la sangre se le había agolpado en los oídos. El recuerdo le provocó una punzada de dolor en el pecho.

Alzó la mano para protegerse del resplandor del sol y se contempló los dedos. Las pequeñas esquirlas de la pedrería incrustada en su alianza resplandecieron.

Esa misma mano había estado entre las piernas de su esposa la noche anterior. Y el dedo corazón había estado en su *interior*.

Talasyn se había desmoronado a su alrededor, y Alaric jamás había experimentado una sensación mejor que la de los espasmos de sus paredes interiores al contraerse… Puede que le hubiera gustado aún más que el momento en el que él mismo había alcanzado el éxtasis, gracias a la habilidosa mano de la chica.

El recuerdo de los suaves gemidos de Talasyn y la inesperada delicadeza con la que le había acariciado el cabello mientras yacía sin fuerzas sobre ella lo perseguía, pues lo había sacudido de forma irrevocable.

Pero hoy, Alaric pondría rumbo a su hogar, a la nación que tanto sufrimiento había causado a Talasyn. Ella no se uniría a él hasta dentro de dos semanas y para entonces, sería demasiado tarde para recuperar esos momentos.

Aunque era mejor así, ¿no?

Poco después de que Talasyn acabase de vestirse, un criado llamó a su puerta para avisarla de que la Zahiya-lachis deseaba verla. Talasyn se preguntó qué querría echarle en cara su abuela, y luego pensó en lo triste que era que *aquella* fuera su primera reacción cuando su propia familia la mandaba llamar.

De haber compartido sus lamentos con Urduja, la mujer se habría burlado de ella. La Zahiya-lachis del Dominio de Nenavar tenía muy poca paciencia para tales sensiblerías, algo que quedó patente cuando recibió a Talasyn en su salón unos minutos después.

—Dado que esta mañana no hemos encontrado ningún cadáver en tus aposentos, confío en que el Emperador de la Noche y tú hayáis pasado una noche agradable.

De puro milagro, Talasyn fue capaz de sostenerle la mirada a su abuela y mantener una apariencia calmada, aun cuando se aferró a su falda y retorció el tejido de forma nerviosa.

—No hubo ningún problema.

—Espero de todo corazón que esta feliz circunstancia no acabe siendo algo excepcional —Urduja guardó silencio un instante, como replanteándose sus palabras, y entonces inclinó la cabeza de forma meditada—. Bueno, al menos, hasta que llegue la hora de la verdad.

A Talasyn le dio un vuelco el corazón. No era que se le hubiera olvidado, pero…

No, no era cierto. Hubo momentos en Belian donde *sí* que se le había olvidado, aunque solo hubiera sido por unos instantes. Y *estaba claro* que la noche anterior se le había olvidado el tiempo suficiente como para alcanzar el clímax. Había permitido que Alaric le arrebatase el sentido común.

—Me temo que las cosas se complicarán más a partir de ahora —continuó Urduja—. Enviaré a alguien para que se reúna con Vela y le pregunte qué planea hacer. Los remanentes sardovianos no pueden permanecer escondidos en Nenavar eternamente, sería insostenible. Debemos seguir aliados con Kesath hasta la Noche del Devoramundos. Pero después… O la Confederación espabila y recupera el Continente del Noroeste en un año o…

Guardó silencio de nuevo y respiró hondo.

—¿O *qué*? —insistió Talasyn. Una terrible sospecha se abrió paso en su interior y acabó aflorando de sus labios—. ¿O tendrán que marcharse a otro sitio?

—Llegado el caso, ya lo debatiremos —dijo Urduja con firmeza—. El tiempo que puedo proporcionarles a tus amigos no es infinito, Alunsina.

Talasyn comenzó a temblar de rabia… y de miedo.

—Dijiste que les brindarías refugio durante el tiempo que fuera necesario. Lo *prometiste*. Hicimos un *trato*. —De pronto, la asaltó un pensamiento terrible, y lo proyectó como si fuera una flecha de su carcaj—. Pero el Dominio ha llegado también a un acuerdo con Kesath y además ha firmado un tratado de defensa mutua. Así que, dime, cuando la amirante dé el siguiente paso, ¿de qué lado estarás tú, *Harlikaan*?

Talasyn escupió el título como si fuese un insulto, pero su abuela ni siquiera se inmutó. El rostro de Urduja no delataba sentimiento alguno.

—Debes aprender a ser más discreta, Alunsina —dijo la Zahiya-lachis tras un momento—. Nunca dejes que el enemigo sepa lo que estás pensando. Y, teniendo en cuenta nuestros objetivos, ahora mismo *soy* tu enemiga, ¿no es así? Sigue pensando eso, si lo prefieres, no puedo impedírtelo. Pero sí te diré una cosa: no se me escapa nada, nada me toma nunca desprevenida, y no pienso pedir disculpas por ello. Ningún tratado entre naciones es vitalicio, sobre todo si uno de los signatarios acaba reducido a cenizas. ¿Creo acaso que el Imperio de la Noche vaya a correr esa suerte y que la flota de Vela vaya a ser capaz de derrotar a los kesathenses? De momento, no. Y por eso, tal y como te he dicho, estoy proporcionándoles tiempo —Urduja bajó la voz incluso más—. Los constructores navales nenavarenos han terminado las reparaciones de las aeronaves sardovianas. Dichos constructores colaborarán a partir de ahora con nuestros Encantadores a fin de mejorar las carracas, las fragatas y las tres naves de tormenta. Se equipará a los navíos restantes de la Confederación con tanta magia como sea posible mientras Vela traza sus planes. Y, entretanto, los sardovianos dispondrán de comida y refugio. Algo que, normalmente, resultaría excesivo pedirle a una reina, y más a una que no tomó partido alguno durante la Guerra de los Huracanes.

Talasyn guardó silencio, ya que no se le ocurría nada más que decir. Su abuela había urdido un laberinto de palabras para el que no había escapatoria.

Poseedora del instinto inequívoco de una araña que sabe que su presa ya no es capaz de seguir luchando, Urduja decidió asestar el golpe final:

—Lo único que te pido, Lachis'ka, es que cumplas *tu parte* del trato. No llames la atención, ejerce tu deber como heredera y no dejes que los encantos del Emperador de la Noche te distraigan. No podrás volver a ponerte en contacto con los sardovianos; es demasiado arriesgado. Te quedarás aquí en Eskaya, acudirás sin falta a tus lecciones y llevarás a cabo tus apariciones públicas con la mayor diligencia...

Cuanto más hablaba Urduja, más evidente resultaba que aquel había sido su plan desde el principio. Aquella conversación no era más que otra forma de asegurarse de que su nieta permaneciera sometida a su control, y el resentimiento que Talasyn había albergado todos aquellos meses alcanzó su punto álgido y se vio agravado por la culpa que la invadió al pensar que en realidad *sí* había dejado que los encantos del Emperador de la Noche la distrajeran. Había acusado a Alaric de no ser más que el perrito faldero de su padre, pero a él tampoco le había faltado razón. La habían manipulado y ella se había dejado manipular porque no le quedaba otra.

Le vino a la cabeza lo que Vela había dicho entre los manglares. *No estás sola.*

Tenía a Alaric, aunque fuera solo por estar casada con él. Y *precisamente* el hecho de estar casada con él le confería más influencia de la que jamás había tenido en la corte nenavarena.

En aquel momento, Talasyn tuvo algo parecido a una epifanía, así que se enderezó y alzó la cabeza.

Te da demasiado miedo tomar la iniciativa, le había echado en cara Alaric la noche anterior.

Era hora de demostrarle que se equivocaba.

—No soy solo la Lachis'ka —le recordó Talasyn a su abuela—. Dentro de poco seré también la Emperatriz de la Noche. Gracias a mí, Nenavar gozará de un poder que jamás ha tenido. Nos convertiremos en una de las naciones más destacadas a nivel mundial. Y soy la única que puede garantizar que algo así suceda durante tu reinado; la única que puede garantizar la solidez de dicho reinado, puesto que no dispones de más herederas, Harlikaan, ni de ningún otro Tejeluces que te ayude a detener el Vaciovoraz. Solo me tienes a mí —Talasyn pronunció cada palabra con toda solemnidad, pese a que el corazón le latía a toda velocidad—. Y me necesitas tanto como yo a ti.

Observó a Urduja con atención, buscando la más mínima grieta en su gélida expresión. La reina Dragón contrajo los labios con severidad, y Talasyn tuvo la sensación de que había ganado, aunque no podía cantar victoria hasta que...

—¿Qué es lo que quieres? —le preguntó Urduja, con una actitud tan fría como las aguas del Mar Eterno en invierno.

Talasyn tuvo que hacer acopio de todo su autocontrol para no desplomarse allí mismo de puro alivio. Aquello aún no había acabado. Debía llegar hasta el final.

—Coincido en que es demasiado peligroso que siga visitando el Ojo del Dios de las Tormentas, de manera que me abstendré. Pero... —Y entonces fijó sus reglas, aunque le dio la impresión de que no era ella misma, de que aquel momento no era real. Le dio la impresión de estar escuchando hablar a otra persona, alentada por los nervios y la adrenalina—. Quiero poder visitar cualquier otro lugar de Nenavar. Quiero estar al tanto de los avances tecnológicos que se llevan a cabo en Ahimsa. Y quiero poder acceder al punto de unión de Belian cuando me plazca. —Un destello iluminó la mirada sombría de Urduja, pero Talasyn continuó hablando—: Tomaré todas las clases de etiqueta y política que quieras, me esforzaré… Pero, a cambio, exijo poder actuar con libertad. Quiero seguir perfeccionando mis habilidades etermánticas, ya que necesitaré la Telaluz para lo que se avecina. Los Forjasombras son impredecibles, y no serviré de nada si estoy muerta.

Y averiguaré más cosas sobre mi madre, juró Talasyn, de forma feroz y silenciosa. Había evitado indagar en los motivos que habían llevado a Hanan a participar en el envío de buques de guerra nenavarenos al Continente por miedo a que la Zahiya-lachis lo pagase con los refugiados sardovianos, pues tenía muchas formas de destruirlos, pero eso se había acabado. Recuperaría más recuerdos de la Grieta de Luz y empezaría a cuestionarlo todo, tal y como había hecho con Kai Gitab. Ahora tenía poder para hacerlo.

Contuvo la respiración mientras esperaba la respuesta de Urduja. Incluso en aquel momento, una parte de ella deseaba que la autoritaria mujer le mostrara una pizca de amabilidad. Deseaba que Urduja le demostrara que, por encima de todo lo demás, la consideraba su nieta.

En cambio, la reina Dragón se limitó a asentir.

—De acuerdo —dijo con una expresión impasible que casaba a la perfección con el tono de su voz—. Que así sea.

Suponía una pequeña victoria. Talasyn abandonó el salón invadida por una extraña mezcla de triunfo, acierto, y la inquietante sensación de que acababa de prestarse voluntaria para participar en un juego del que apenas conocía las reglas.

Alaric siguió de un humor de perros durante todo el desayuno, un humor que no hizo más que empeorar con cada intento infructuoso de no mirar a la chica que tenía sentada al lado. A su *emperatriz*. Cuando lo había despertado de forma tan brusca aquella mañana, todavía llevaba el cabello recogido en una trenza, pero ahora le caía suelto sobre los hombros y sus rizos perfectos le enmarcaban el rostro. Era preciosa... Debía partir cuanto antes de Nenavar.

Tras ver lo incómoda que Talasyn se había sentido con la lencería puesta, Alaric había llegado a la conclusión de que el arte de la seducción no se le daba nada bien, pese a la supuesta astucia que, según su padre, poseían las mujeres de la corte nenavarena. Ahora lo asaltaban las dudas. Talasyn lo había dejado anonadado.

Tal vez, después de todo, *sí* había estado seduciéndolo para someterlo.

En cuando aquel pensamiento asomó, su instinto le advirtió de que aquellas palabras se parecían demasiado a las de Gaheris. Lo ocurrido la noche anterior entre ambos le había parecido sincero y primario. Tuvo que ser real.

Pero ¿acaso su padre se había equivocado alguna vez? ¿Quién era él, que había heredado todos los defectos de una madre débil que los había abandonado, para cuestionar al hombre que había salvado a Kesath de la destrucción?

En cuanto retiraron los últimos platos, Alaric se despidió de forma sumamente cortés de Urduja, que lucía una expresión glacial en el rostro, y de Elagbi, cuyo semblante era una versión un tanto menos gélida de la de su madre. Talasyn lo acompañó de mala gana hasta el exterior del palacio, mientras Jie, Sevraim y las Lachis-dalo iban tras ellos. La chalupa que iba a llevarlo hasta la *Libertadora* resplandecía bajo la luz matutina y, al principio, solo Alaric y Talasyn se aproximaron a la embarcación.

Alaric miró a sus acompañantes, confuso. Todos se habían detenido y mantenían una distancia cortés, expectantes.

—Están dejándonos algo de intimidad —le explicó a Talasyn con una expresión sufrida—. Para que podamos despedirnos.

Alaric alzó la mirada hacia los pisos superiores del palacio blanco. Una multitud de sirvientes se había congregado frente las ventanas y los contemplaba con expresión ávida, con los rostros prácticamente pegados al cristal.

—A lo mejor deberías derramar alguna que otra lágrima mientras me suplicas que no me marche, Lachis'ka —comentó Alaric con ironía—. Imagina, si no, la decepción que se va a llevar la vecina del panadero del pueblo de al lado.

Una sonrisilla se abrió paso hasta los labios pintados de Talasyn, pero la reprimió de inmediato.

—Oye, lo de anoche...

—Lo sé —la interrumpió, intentando disimular su turbación, lo que se tradujo en un tono de voz áspero que debió de sorprender a Talasyn, pues ella echó la cabeza hacia atrás—. No hace falta que te andes con delicadeza. —Se maldijo a sí mismo al escuchar su intento deliberado por suavizar el tono. Era un necio, y estaba hecho un lío por culpa de Talasyn—. Soy perfectamente consciente de que no sientes afecto alguno por mí y no estoy tan verde como para pensar que esa clase de actos siempre significa algo. Teníamos las emociones a flor de piel y no había otra forma de desahogarnos.

Talasyn inclinó la cabeza como si estuviera considerando sus palabras. Entonces, repitió las palabras que habían pronunciado en las ruinas de Belian.

—*El odio es otra clase de pasión.*

—Dos caras de la misma moneda —confirmó Alaric, aunque notó una punzada en el corazón que no quiso analizar—. Estábamos discutiendo y nos dejamos llevar. No hace falta darle más vueltas. Y soy consciente, al igual que debes de serlo tú, de que no puede volver a pasar.

Talasyn bajó la mirada y un silencio incómodo brotó entre ambos.

Finalmente, asintió.

Alaric decidió que ya era hora de finiquitar la conversación.

—Tu coronación es dentro de dos semanas. Nos veremos en Kesath, mi señora.

No pudo evitar recordarle que ahora ella era *su* esposa y que estaban unidos por ley.

Talasyn lo fulminó con la mirada.

—Aguardaré con impaciencia tan dichoso reencuentro, mi señor —le soltó con la voz cargada de ironía. Volvía a tener el aspecto de un gatito disgustado y a Alaric le dieron ganas de sonreír.

Se dio la vuelta, dispuesto a marcharse, pero entonces se detuvo. La expresión de Talasyn era tan gruñona como encantadora. No volverían a verse hasta dentro de un tiempo y no soportaba dejar las cosas así.

—Talasyn. —Alaric se volvió de nuevo hacia ella—. Al llegar a la Ciudadela, preguntaré por el paradero de tu amiga Khaede. —Ella abrió mucho los ojos, alarmada, y Alaric casi se estremeció. Se apresuró a añadir—: Si está... detenida, me encargaré de que podáis reuniros cuando vengas a Kesath.

Fue un comentario torpe y obtuso, un recordatorio de que sus antiguos camaradas estaban en prisión. Fue, en resumen, lo peor que podría haber dicho en aquel momento, y Alaric se preparó para recibir un puñetazo de Talasyn, pues era consciente de que se lo merecía.

Pero ella no lo golpeó. En cambio, dejó escapar un suspiro, como si se sintiera aliviada.

—Gracias —le dijo, con cierta rigidez, aunque su voz desprendía un matiz desgarradoramente sincero. Su expresión era recelosa, pero estaba teñida de esperanza—. Si *está* allí, me gustaría... —Titubeó, y Alaric contempló cómo su semblante pasaba de la esperanza a las dudas y, finalmente, a la determinación—. Me gustaría traérmela a Nenavar conmigo.

Alaric se quedó helado. No podía autorizar aquello. No podía liberar a una soldado sardoviana, a una prisionera de guerra. No...

Se devanó los sesos en busca de un modo de conseguirlo. Podría fingir que era un acto de conciliación, un gesto grandilocuente que señalase el inicio de una época de paz. Un regalo de bodas.

Tragó saliva.

—Veré lo que puedo hacer.

No era más que un comentario ambiguo, pero impregnó el ambiente con un rastro de traición. Prácticamente, los convertía a ambos en cómplices de una especie de plan furtivo. Como si ahora conspirasen juntos.

Aun así, una sonrisa sincera, si bien breve, iluminó el rostro de Talasyn y, al ver los hoyuelos que asomaban en sus mejillas, Alaric sintió que, de algún modo, había merecido la pena.

Un destello amatista los hizo volver la mirada en dirección sur. El Vaciovoraz se había activado, lanzando una descarga de magia que atravesó el horizonte en forma de humo violeta. Parecía… *enfadado*, y a Alaric le vinieron a la cabeza los grabados que había descubierto en el templo de los Tejeluces de Belian. Unos guerreros vestidos con taparrabos hechos de corteza y unas diademas de plumas en la cabeza adornaban uno de los muros que conducía al campamento. Montaban en elefantes y búfalos de agua y esgrimían espadas y lanzas mientras cargaban contra un leviatán serpentiforme que exhibía una luna repleta de cráteres en las fauces.

Una batalla eterna que se libraba en el plano espiritual de los ancestros nenavarenos para impedir que Bakun destruyese todo rastro de vida.

Una batalla que los propios Alaric y Talasyn tendrían que librar dentro de poco más de cuatro meses.

Observó el Vaciovoraz y se fijó en la intensidad con la que resplandecía, incluso desde aquella distancia. No parecía que la suerte fuera a estar de su parte… Pero debían intentarlo. Y, si Alaric tenía una cosa clara de la feroz soldado que se había convertido en su esposa era que, sin duda alguna, lo intentaría.

Talasyn se había quedado pálida y contemplaba el resplandor amatista totalmente tensa. Su preciosa sonrisa se había desvanecido, y Alaric se enfureció de pronto con aquello que había provocado que desapareciese de su rostro.

De acuerdo. Tenía que marcharse *ya*, antes de que le diera por prometerle que acabaría con el Vaciovoraz a puñetazo limpio.

Alaric se dio la vuelta y se dirigió rápidamente hacia la rampa de su aeronave. No volvió la mirada. Necesitó de toda su fuerza de voluntad para no echar la vista atrás. La Grieta de Vacío chirrió una vez más antes de que el resplandor se desvaneciera del todo, sin dejar más rastro que un eco en el aire similar al rugido de un dragón.

Talasyn regresó con Jie y sus guardias mientras la chalupa se preparaba para zarpar. Alaric se alzaba solemne sobre la cubierta, vestido de negro de la cabeza a los pies. Un intenso color esmeralda iluminó los corazones de éter y la embarcación se elevó en el aire con las crepitantes corrientes de la magia eólica, antes de alejarse de la Bóveda Celestial y de los acantilados de caliza.

Al igual que sus guardias, Jie parecía algo nerviosa tras la fugaz descarga del Vaciovoraz, aunque no lo bastante como para reprimir las pullas. La expresión de Talasyn, fuera cual fuere, debió de llamarle la atención, porque le preguntó con un brillo descarado en la mirada:

—¿Echáis ya de menos a su Majestad, Lachis'ka?

—No digas tonterías —resopló Talasyn.

Durante los próximos días, le tocaría reanudar sola su entrenamiento de etermancia, afrontar unas circunstancias nuevas que, sin duda, no iban a estar exentas de peligro ahora que había reunido el valor para desafiar a Urduja y, además, prepararse mentalmente para volver al Continente del Noroeste. Tenía demasiadas cosas que hacer y echar de menos a Alaric Ossinast *no* era una de ellas.

Pero él le había prometido que intentaría dar con Khaede. Si lo lograba, si Khaede se encontraba en Kesath, Talasyn movería cielo y tierra para llevarla a Nenavar. Si Alaric faltaba a su palabra, o era incapaz de cumplir con lo prometido, sacaría a Khaede de la Ciudadela ella misma, delante de las narices del mismísimo Gaheris si hacía falta.

Talasyn permaneció plantada en la escalinata del palacio durante más tiempo del debido. Su mente era un torbellino de intrigas y planes, cierto, pero cuando vio alejarse a Alaric, notó un hormigueo en los labios fruto del recuerdo de sus ardientes besos.

No puede volver a pasar, había dicho él.

Pero ¿y si yo quiero que pase otra vez?

Aquel pensamiento atravesó sus defensas, abriéndose paso hasta la superficie con una facilidad traicionera. Se obligó a reprimirlo y sepultarlo, con un gran peso en el corazón. Contempló cómo la nave de Alaric se convertía en un punto en el horizonte y se perdía en el cielo, totalmente despejado y de un intenso color azul.

CAPÍTULO CUARENTA

Gaheris convocó a Alaric en sus salones privados de la Ciudadela apenas una hora después de que la *Libertadora* aterrizara en Kesath.

Entró en la amplia estancia de techos altos, envuelta siempre en oscuridad, y el abrupto contraste con las luminosas islas de Nenavar le rechinó. Lo más probable era que Talasyn detestara la Ciudadela. Aquel lugar le arrebataría la luz. Tendría que asegurarse de que se sintiera lo más cómoda posible; tal vez podría comprobar en qué aposentos daba más el sol y asignárselos a ella.

Céntrate, se reprendió a sí mismo. No podía pensar en Talasyn mientras estaba reunido con su padre. Debía ocurrírsele una excusa aceptable para su última transgresión: cuando había ignorado su llamada desde el Espacio Intermedio en el campamento de Belian.

Sin embargo, la consumida figura que ocupaba el trono de obsidiana en el centro del salón no tenía interés alguno en abordar todavía ese tema.

—Bienvenido a casa, hijo mío. —Un destello plateado iluminó la mirada de Gaheris en la oscuridad—. El matrimonio te favorece. Estás radiante, caray.

Aquel sentido del humor seco y afectuoso era un vestigio del antiguo Gaheris, el que había sido rey y no Emperador de la Noche. Por más que intentara no hacerlo, no podía evitar aferrarse a aquellos fragmentos del padre que recordaba.

Se percató demasiado tarde de que algo no cuadraba. No le hizo falta más que recorrer la estancia con la mirada para averiguar lo que era. La magia de sombras con la que a Gaheris le gustaba envolverse no era tan densa aquel día, y Alaric halló la causa en un rincón apartado, al margen del Pozoumbrío; un rincón que se encontraba, en cambio, bañado por la luz natural que se filtraba por una ventana alta.

Allí había una mesa, con un objeto vagamente rectangular y alto, cubierto por una tela negra como la noche.

—Un regalo de la comodoro Mathire —dijo Gaheris, esbozando una sonrisilla de satisfacción—. Adelante, échale un vistazo.

Confundido, Alaric se acercó al misterioso objeto mientras su padre lo observaba con atención. Tras dar unos pocos pasos, oyó unos sonidos que emergían de debajo de la tela negra, una serie de gorjeos que le resultaban siniestramente familiares. Frunció el ceño y aceleró el paso. Dio unos cuantos pasos más y entonces…

La sintió.

Una ausencia en su interior. Un vacío donde antes estaba el Pozoumbrío.

La magia desapareció de sus venas exactamente a siete metros de distancia del objeto.

Alaric echó a correr mientras los gorjeos inundaban el aire, más agónicos y apremiantes con cada segundo que pasaba. En cuanto llegó al rincón iluminado, apartó la tela negra y dejó al descubierto la ornamentada jaula de latón que había sobre la mesa y la criaturita que estaba posada en el interior, con su pico dorado y las plumas de la cola rojas y amarillas. Una criatura dotada de un poder único y terrible.

El sarimán volvió sus ojillos brillantes hacia Alaric y lo contempló con expresión apenada a través de los barrotes de latón de la jaula. Batió las alas, y los gorjeos adoptaron un tono de puro miedo y desesperación. Era evidente que estaba aterrado, y muy lejos de la verde selva…

—Una criatura fascinante, ¿no crees? —dijo Gaheris—. Sabía que tenía que hacerme con un ejemplar. Fue una suerte que los hombres de Mathire lograran capturarlo mientras peinaban el archipiélago.

—¿Por qué...? —comenzó a preguntar Alaric, que era incapaz de apartar la mirada del sarimán de la jaula.

—Porque no es justo que solo Nenavar se lo pase bien —respondió Gaheris, y Alaric pudo adivinar la sonrisa en el tono de su voz, incluso sin mirarlo—. Porque los Encantadores kesathenses deben llegar al nivel de desarrollo tecnológico del Dominio y superarlo. Y porque tu esposa es una Tejeluces y una antigua sardoviana, y así hallaremos el modo de arrebatarle la magia de una vez por todas. No solo gobernaremos el Continente, sino también Nenavar. Lo gobernaremos todo.

Alaric apretó los puños. El sarimán golpeó con las alas los barrotes de la jaula en un intento inútil por liberarse. Su lastimera melodía resonó en la estancia mientras trinaba desesperado, deseoso por regresar a las costas de su hogar.

AGRADECIMIENTOS

Esta primera novela nunca habría visto la luz sin el apoyo de toda la gente maravillosa que forma parte de mi vida.

Gracias a mis padres, Casten y Joy, y a Jayboy, Ysa, mama Bem, mama Di, mama Budz, manang Tim, manang Meg, Kuya Jer, TJ, Greg, Anna, Christina, Matthew, tito Jeff, tito Peng, papi Pal, mami Don, tito Matt, tita Pinky, tita Rose, tita Nons, lolo Jo, lola Nelia, tía Emcy, tía Bec, tío Dodong, Jembok: mi inmensa e increíble familia ha sido mi apoyo durante todos estos años.

A lolo Tatay, que me inculcó la pasión por la literatura desde pequeña; a lola Nanay, que me enseñó lo que significa ser fuerte y valiente; a lola Tits y lola Rosit, que nos quisieron como si fuéramos suyos. Vuestras historias viven en mi interior y espero seguir dándoos razones para que estéis orgullosos de mí hasta el día en que nos volvamos a encontrar.

Al equipo Bira: Justin G., Ryan N., Anna, Miggi, Neil, Jake, Micha, Drei, Mik, Justin Q., Lex, Joseph y Caneel el Ilonggo honorario por animarme a cumplir mis sueños y ser la mejor red de apoyo del mundo.

A tito Jeremy, tita Rita y Phil, por hacerme sentir siempre bienvenida (¡además, su máquina de café me proporcionó el combustible necesario mientras escribía el primer borrador!).

Al equipo Kakapo: Tiffy, Mayi, Macy y Kyra, que fueron de los primeros en leer mis escritos. Han estado ahí desde el instituto y doy las gracias cada día.

A EWW: Alexa, Trese, Mikee, Dana, Therd, Jor-el, Lizette, Aida, Andrew, Faye y ¡a todos los que me acompañaron durante aquella época de locura! Para enumerar todos los nombres y recuerdos haría falta otra novela, pero llevo a Bacólod en el corazón, y mi faceta artística jamás habría florecido sin vosotros.

Al equipo Tanques no (Hiyas, Kat, Kim, Trish, Michael, Gabby y Francis) y Viva el compañerismo (Jet, Dado, Angelo, Jasca, Abramer y Omar), los mejores jugadores de D&D del mundo, cuyas creativas soluciones me tuvieron siempre en vilo y me ayudaron a pulir mis habilidades narrativas.

A Angeline Rodriguez, la primera persona con la que comenté el concepto de esta historia, por creer que podía escribirla y ayudarme a dar forma a este universo.

A mi fantástica agente, Thao Le, quien tuvo toda la paciencia del mundo mientras yo todavía albergaba dudas sobre si embarcarme o no en esta aventura y quien, sin embargo, no dudó en darme una oportunidad. A mis editoras Julia Elliott y Natasha Bardon, quienes orientaron mis primeros (y a veces torpes) pasos en el ámbito de la ficción original, así como al resto de los equipos de Voyager en Estados Unidos y Reino Unido: Elizabeth Vaziri, Binti, Kasilingam, Robyn Watts, Holly Macdonald, Leah Woods, Roisin O'Shea y Sian Richefond, que se esforzaron más que nadie para que esta novela naciera.

A mis amigas escritoras: Katie Shepard, Jenna Levine, Molly X. Chang, Ali Hazelwood, Kirsten Bohling, Elizabeth Davis, Sarah Hawley, Celia Winter y Victoria Chiu, por darme la mano en la distancia y concederme su tiempo de forma tan increíblemente generosa, y por todos los memes y fotos de gatos. Estoy superorgullosa de haber conocido a estas mujeres tan inteligentes, ¡todas derrochan talento!

A mis lectoras de AO3 y amigas del fandom de todo el mundo, quienes me han proporcionado en los últimos años un ambiente de comunidad maravilloso y me han apoyado desde el primer día:

jamás habría seguido escribiendo si no hubiera sido por vosotras. Os lo debo todo.

Y, por último, a mi gato, Darth Pancakes, el chico más blandito y más malo del mundo.

Gracias a todos por ayudarme a crear la tormenta perfecta.